EL
CAUTIVO

EL CAUTIVO

Vida y misión del caballero don Luis María de Monroy

JESÚS SÁNCHEZ ADALID

Editado por HarperCollins Ibérica, S.A.
Núñez de Balboa, 56
28001 Madrid

El cautivo
© Jesús Sánchez Adalid, 2019
© 2019, para esta edición HarperCollins Ibérica, S.A.
Publicado por HarperCollins Ibérica, S.A., Madrid, España.

Diseño de cubierta: CalderónStudio

ISBN: 978-84-9139-682-6

Dedicado a tanta gente de Azuaga, por aquellos felices años

¡Ay, qué larga es esta vida!
¡Qué duros estos destierros,
esta cárcel y estos hierros
en que está el alma metida!

Santa Teresa de Jesús, siglo XVI.

Vida, aventura y desventura
del noble caballero don Luis
María Monroy de Villalobos,
tambor mayor que era de los
tercios de su majestad, y fue
hecho cautivo por el moro
en la triste jornada de los
Gelves de Túnez.

LIBRO I

Donde don Luis María Monroy de Villalobos narra su origen, linaje e infancia en la muy noble ciudad de Jerez de los Caballeros, en la casa de su abuelo materno don Álvaro de Villalobos, el cual era cautivo en tierras de moros.

1

He ponderado mucho el tiempo de mi infancia. Parecíame que era la mía la más feliz de las existencias, aunque mi corta razón de niño llegara a barruntar cierto misterio entre las gentes que habitaban la casa donde dio comienzo mi vida. Fue esto en la muy noble ciudad de Jerez de los Caballeros, en la que estuve confiado entre las manos de las mujeres hasta los siete años, edad que mi señor padre consideró suficiente para iniciarme en los secretos de la caza, la esgrima y la equitación. Alcanzo a recordar la alegría que me causaban los primeros contactos con las armas, las aves de presa, los perros y los caballos. Veía yo muy claro que había nacido para ser caballero y para servir a la causa del rey, nuestro señor. Pero los niños ven las cosas del mundo con los ojos de la inocencia, bañadas por una luz y un candor que no son sino la imagen más dulce de su verdadera semblanza. Que luego viene la vida a poner a cada uno en su sitio y a templar los ánimos con desencantos y padecimientos, para hacerlos salir del engaño que habían traído y vengan a ennoblecerse y endurecerse como el más puro acero.

Pero, como digo, fueron aquellos primeros años para mí los más dulces y hoy creo que ya en ellos hacíame Dios muchas mercedes y regalábame con muchas gracias para que no se me olvidara nunca de que Él es el Creador y Padre de todos, que cuida con amor y bondad de sus criaturas.

Era mi madre, doña Isabel de Villalobos, mujer muy virtuosa y de mucha caridad. Parecíame la más hermosa, lozana y alegre de las damas. Siendo yo el tercero y el más pequeño de sus hijos, hacíaseme que solo vivía para mí, para llenarme de besos y no tener tiempo sino para arrullarme colmado de amores en su regazo tierno. Con los criados y los pobres tenía gran piedad y no se la veía nunca malhumorada o vencida por la melancolía; muy al contrario, siempre estuvo alegre, cantarina, como si hubiera fiesta o motivo de gran contento. A mí y a mis hermanos nos contaba cuentos que nos gustaban mucho y que nos ayudaban a dormir felices, encantados por los finales que ella relataba entusiasmada, de historias en las que a última hora se resolvían los males y todo el mundo, socorrido y contento, hacía banquetes y danzas.

La casa donde vivíamos era grande y fresca, soleada por estar en la parte alta de la ciudad y construida según el gusto de los alarifes moriscos, con ladrillos, pues no abundaba por allí la buena piedra. Pero la fachada lucía nobles escudos de armas cristianas, bien cincelados en granito, de los tiempos del maestre Pelay Pérez Correa, según decía mi abuelo. Hacia el interior se extendían dos amplios patios en torno a los cuales se alineaban las estancias y más al fondo un huerto con palmeras y árboles que daban ricos bruños y albarillos en el tiempo de su sazón. Al final estaban las cuadras, las casillas de los criados y un portalón que se abría al adarve de la muralla.

Todo, en fin, estaba dispuesto de la mejor manera en aquella casa, siguiendo las rectas disposiciones de don Álvaro de Villalobos Zúñiga, mi abuelo materno, al que no conocía, pero cuya presencia seguía tan viva en Jerez, y especialmente en mi familia, que parecía que nada se hacía sin mentarle antes. De manera que solía decirse: «Don Álvaro haría esto» o «El señor dispondría tal o cual cosa». Y constantemente escuchábanse lamentos como: «¡Ay, si don Álvaro estuviera!» o «Señor don Álvaro, ¿qué hacer ahora?», cada vez que se presentaba un conflicto que tenía solución difícil.

Y cuando el uso de razón me fue dando entendederas para preguntarme por las cosas, vine yo a pensar si mi señor abuelo habría muerto o, si no, cuál era la causa de su perenne ausencia. Entonces mi buena madre tuvo a bien decirme que su padre era cautivo en tierra de moros por haber servido noble y valientemente a la causa de la cristiandad, que es la del rey, nuestro señor.

—¿Son gente mala esos moros, madre? —le pregunté yo con mis torpes palabras de infante.

—Mucho, hijo mío —me respondió ella con ojos tristes—. Pero no sufras por tu abuelo, puesto que Dios ha de librarle pronto de su cautiverio y entonces haremos grandes fiestas y danzas.

—¿Como en los cuentos? —añadí, ignorante de mí.

—Claro, hijo, como en los cuentos.

Tampoco conocía yo en mis primeros años a mi señor padre, don Luis Monroy de Zúñiga, pues era capitán y andaba con los tercios de su majestad haciendo la guerra a los protestantes alemanes de la Liga de Esmalcalda.

Mi madre me decía siempre que era el más hermoso y valiente caballero de las tropas del emperador, que lucía brillante armadura y cabalgaba en un caballo blanco al que llamaba Rayo. Aseguraba ella que su esposo vendría un día de estos, victorioso y premiado por el emperador, y haríamos entonces banquetes y muchas fiestas en la casa.

—¡Eso, madre, como en los cuentos! —exclamaba yo.

Ya adivinaba yo un cierto fondo triste en sus ojos, mas no perdía nunca su sonrisa. De vez en cuando la veía asomada a la ventana más elevada de la casa, desde donde se contemplaban los campos, abstraída, mirando al horizonte, como si esperara que de un momento a otro fuera a llegar su añorado marido.

Por haber tenido estos padres tan virtuosos y temerosos de Dios, aunque no lo mereciera, yo, Luis María Monroy de Villalobos, doy gracias al Creador por siempre y me manifiesto orgulloso de los apellidos que honran mi nombre con los que me bastara para ser de noble linaje, si yo no fuera tan ruin.

¿Y qué decir de la ciudad donde vine al mundo? Jerez de los Caballeros se asienta sobre dos altas y gallardas colinas que miran al sur, a los cerros tupidos de encinares y a los agrestes parajes donde se cobijaban los moros buscando el abrigo de los montes, hasta que quiso Dios que viniesen los freires de la Orden del Temple a hacerles guerra impetuosa y feroz y echarlos definitivamente para que estas tierras pasaran a manos de cristianos. Luego el papa de Roma disolvió dicha Orden y vinieron a gobernar los Caballeros de Santiago, los cuales tanta fama dieron a la villa y a sus pobladores que nuestro señor, el emperador don Carlos, le otorgó título de ciudad muy noble allá por el año de 1525, haciéndola cabeza del partido de la Orden, que es el rango que hoy ostenta. Y, por esta importancia, hay numerosas iglesias, conventos, ermitas, fuentes, palacios y bonitas casas de nobles, así como una buena porción de vecinos que temen y ensalzan al Señor y a María Santísima como buenos cristianos. Hay también moriscos en la parte baja de la población, pero andan a sus avíos, muy ocupados en el trabajo de las huertas o criando cabras por los riscos, de manera que no hacen mal a nadie ni dan más molestia que la de empecinarse en los errores de su secta mahomética.

Me bautizaron en la parroquia de Santa María de la Encarnación y me pusieron de nombre, por mi señor padre que andaba ya en la guerra, Luis de María Santísima y de Santiago, Miguel, Bartolomé y Antonio. Santos que son testigos de que por mis venas no corre otra sangre que la de viejos cristianos que supieron muchos de ellos dar su vida por los reyes y por la causa de la cristiandad, sin pedir más recompensa que la que Dios reserva para los que le son fieles.

Pues así comencé mi vida, como he dicho, felizmente, colmado de cuidados y cariño por parte de mi señora madre, en el caserón de mi abuelo don Álvaro de Villalobos Zúñiga, cautivo que estaba en tierra de moros. Y aguardando su vuelta y la de mi señor padre me alcanzó el uso de la razón, pareciéndome que uno y otro no habían de tardar mucho en volver, pues sus nombres eran tan pronunciados en aquella bendita casa que, a fuerza de tanto nombrarlos en oraciones y suspiros, debían de sentirse llamados donde quisiera que se hallaran.

2

A pesar de tantos avatares como ha querido Dios que sufriera en esta vida, aquellos primeros años en Jerez de los Caballeros están muy vivos en mi memoria. Recuerdo especialmente los veranos, tan llenos de luz, pues en invierno parecía que la vida se detenía y pasaba los días casi confinado en los interiores en penumbra, próximo al calor de chimeneas y braseros. Pero, llegada la primavera, me sentía libre como el aire. En las horas en que todo el mundo se adormecía cuando el sol estaba en alto, salía a mis primeros paseos, lejos del cuidado solícito de las mujeres, e iba por ahí con otros niños de mi edad. Todo me parecía dorado. Íbamos a hurgar por los gallineros, a trastear por los desvanes y a rebuscar entre los antiguos enseres que se amontonaban por todas partes.

Había en las traseras de mi casa, en el adarve, una vieja casilla adosada a la muralla donde vivía un hombretón medio paralizado del lado derecho, con unos extraños ojos negros, al que llamaban el Granadino, por haber sido esclavo traído de Granada, después de la última guerra que se dio a los moros. Muertos sus amos de viejos, quedó solo este hombre, sin más compaña que unos perrillos sarnosos. Allí íbamos con esa crueldad tan propia de los niños. «¡Granaíno, moro!», le gritábamos y tirábamos piedras a su tejado. Salía el pobre infeliz arrastrando su medio cuerpo y no podía hacer otra cosa que jurar y maldecir en algarabía, y azuzarnos a los perrillos que salían detrás de nosotros. Nos causaba esta mala acción un gran divertimento y nos jactábamos por hacer sufrir al pobre moro, que bastante traía ya en su malhadada vida con haber sido esclavo.

Tenía yo dos hermanos mayores, así como un buen número de primos y amiguitos con los que concertábamos bandas a modo de ejércitos y trabábamos batallas a palo limpio y a pedradas, de manera que siempre salía alguno lastimado. Así son las cosas de los niños.

En estas felices andanzas, sin preocupaciones y sin tener otra obligación que la de alimentarse y crecer, deseando llegar un día a ser caballero, acaeció algo en la casa que cambió por completo nuestra vida y fue como la primera espina que encontré en mi camino, para que me diera cuenta de que vivir no era cosa tan fácil como holgar y crecer entre malvas.

El suceso tuvo lugar en hora de quietud, durante la siesta, cuando solo se oía el cacareo de alguna gallina tras poner un huevo. Estábamos mis hermanos y yo como de costumbre dedicados a los asuntos de niños, enfrascados en nuestros juegos y fantasías, cuando se escuchó un griterío de mujeres muy alborotadas.

—¡Virgen Santa! ¡Dios Bendito! ¡Madre de Dios!…

Después se hizo un gran silencio, al que siguió un zapatear de gente corriendo en todas direcciones con nuevos gritos y exclamaciones.

—¡Bendito sea Dios! ¡Santa María! ¡Ánimas del purgatorio!…

Nos miramos sin comprender nada y, llevados por nuestra curiosidad infantil, corrimos en dirección al lugar de donde venían las voces y el jaleo, que era de la parte principal de la casa, es decir, el primer patio.

Llegados allí, encontramos congregada a gran cantidad de gente: mi abuela, mi madre, mis tías, los criados y criadas, los vecinos… Algo muy importante estaba sucediendo. Las mujeres gemían y los hombres se daban golpes en el pecho. Todo el mundo bendecía a Dios y daba gracias a la Virgen y a los santos como si se hubiera obrado un gran milagro. De la manera que pudimos, nos abrimos paso entre los cuerpos, pues nuestras menudas estaturas nos impedían ver lo que ocurría más adelante, en el recibidor de la casa, donde se agolpaba el mayor número de personas.

Nunca olvidaré aquel momento. Mis familiares rodeaban a un hombrecillo anciano de blancos y lacios cabellos que vestía raídas ropas y que estaba muy tieso, con unos delirantes ojos inyectados en sangre, flanqueado por dos frailes mercedarios que lo traían sujeto cada uno por un brazo.

Mi madre se precipitó hacia el anciano y se arrojó a sus pies sollozando.

—¡Padre! ¡Padre mío! ¡Bendito sea Dios!…

Mi hermano mayor, que estaba próximo a mí, me dijo entonces al oído:

—Debe de ser nuestro señor abuelo, don Álvaro de Villalobos.

Una extraña sensación se apoderó de mí. Contaba yo la edad de seis años y, desde que tuve noción del sentido de las palabras, escuchaba hablar de mi abuelo una y otra vez. Había un retrato suyo en el comedor, debajo de un gran cuadro que representaba a la Virgen de las Mercedes, donde siempre ardía una lámpara de aceite. Don Álvaro estaba pintado con aspecto de hombre joven; en el robusto pecho cubierto con oscuro hábito de Santiago lucía la roja cruz de la Orden y a un lado resaltaban las armas de la familia, enlazadas por un cordón dorado; Villalobos más arriba, Zúñiga debajo. Su espesa barba negra y su penetrante mirada nada tenían de parecido con el semblante de aquel hombrecillo escuálido y de aspecto tan débil que acababa de llegar.

Pasado el inicial alboroto, escuché que uno de los frailes aconsejaba gravemente a mi abuela con estas o parecidas palabras:

—El caballero debe descansar ahora. Han sido muchos los sufrimientos padecidos y su mente está algo enajenada. Pero… no se preocupen vuestras mercedes, el Señor le devolverá la salud, lo mismo que le ha concedido la libertad.

Mi abuela asintió con la cabeza, muda de la emoción, y después hizo un gesto a su administrador, el cual trajo aprisa una bolsa llena de monedas de oro y las estuvo contando encima de una mesa antes de entregársela a los frailes.

—Es mucho, señora —dijo el mercedario con gesto sorprendido.

—Para la Virgen, todo para la Virgen… ¡Y es nada para tan grande merced que nos ha hecho! ¡Ay, Santa María bendita! —exclamó mirando al cuadro.

Los frailes se marcharon prodigando bendiciones y mi abuelo se quedó allí, muy tieso, tal y como había llegado, escrutándolo todo con aquellos ojos extraños. Estábamos expectantes, aguardando a que dijese alguna palabra o hiciese algún gesto.

—¡Esposo! ¡Esposo mío! —le gritó mi abuela, si puede decirse que grita a quien habla sin emitir casi sonidos, llevada por toda su fuerza.

Don Álvaro miró a un lado y otro e irguió su barbilla blanca y en punta. Con gesto altanero, contestó:

—Haceos a un lado, señora, que no os conozco, y no comprometáis mi honra.

—Pero… marido, ¿qué dice vuestra merced? —replicó confundida mi pobre abuela.

—¡Don Álvaro, por Santiago! —le dijo el administrador de la casa, yéndose hacia él con los brazos abiertos—. ¡Bienvenida sea vuestra merced a esta vuestra casa!

—¡Qué decís, villano! —le replicó mi abuelo fuera de sí—. ¡No reconozco a otro rey que a mi señora doña Juana! ¡Viva la reina!

Podrá comprenderse la perplejidad de todos los presentes ante esta actitud tan extraña y tan poco acorde con el momento.

—¡Padre, padre, padre…! —le gritaban mi madre y el resto de sus hermanos.

—¡Vuelva en vos vuestra merced! —suplicaba el administrador desconcertado.

En esto, mi abuelo echó mano a un candelabro que había a un lado y se abalanzó amenazante sobre un grupo de buenos vecinos que no habían venido sino a cumplimentarle y hacerle recibimiento:

—¡Traidores! —les gritaba—. ¡Malos caballeros! ¡Habéis traicionado a estos reinos y a sus majestades católicas!

Alarmados, los vecinos dieron un paso atrás, mientras todos los presentes seguían paralizados, estupefactos ante aquel raro comportamiento de don Álvaro.

—¡Teneos, señor! —le gritó el administrador, temiendo que pudiera hacer un desatino con aquel candelabro de plata que por lo menos pesaba media arroba.

Pero mi abuelo no paró en mientes, se volvió hacia él y le propinó un fuerte golpe en lo alto de la cabeza, dejándolo sin sentido, malherido y tendido en el suelo.

Al ver la sangre que manaba abundantemente de la cabeza del administrador y que don Álvaro soltaba golpes a diestro y siniestro con su improvisada arma, todo el mundo comenzó a dar gritos de espanto y a correr en todas direcciones.

—¡Dios nos valga! ¡Está loco! —gritaban—. ¡Huyamos!

Los más escaparon por pies para no ser los siguientes en recibir la ira del abuelo; mi madre y mis tías gritaban fuera de sí y mi abuela se desmayó y quedó tumbada junto al administrador. Menos mal que allí estaba mi tío don Silvio, un caballero recio y lleno de cordura, que supo hacer lo que más convenía en aquel difícil momento.

—¡A él! —ordenó a los criados, que estaban como pasmados—. ¡Echémosle mano o sucederá una desgracia!

Se abalanzaron sobre don Álvaro y consiguieron arrebatarle el candelabro y dejarle inmóvil entre todos. Luego trajeron unas cuerdas y lo amarraron, ya que no había manera de dominarle, pues, aun siendo menudo y estando mermado de fuerzas, la locura lo tenía fuera de sí y daba coces y muerdos como una mula desbocada.

Llevaron a mi abuelo a sus aposentos y los criados nos sacaron a los niños de allí muy aprisa, obedeciendo las órdenes de las mujeres de la casa, para que no fuésemos por más tiempo testigos de tales desagradables sucesos. Tan atemorizados y confusos estábamos que ni nos atrevíamos a levantar la voz.

Durante los días siguientes hubo idas y venidas en la casa, susurros, medias palabras y mucho secreto. Todos los médicos de Jerez pasaron por allí y también algunos de fuera. Se palpaba la presencia de la desgracia. Más que una buena nueva, la libertad de don Álvaro parecía el anuncio de un duelo. Mi abuela, mi madre y mis tías no paraban de llorar. Las puertas se cerraron a cal y canto para cualquier visitante que no fuera médico y se impuso un riguroso silencio sobre el asunto. A los niños se nos tenía por completo al margen de lo que estaba pasando. De manera que llegamos a pensar que verdaderamente mi abuelo continuaba cautivo en tierra de moros.

Y lo más triste era que las fiestas, banquetes y danzas con las que soñaba mi señora madre y que tanta ilusión nos hacían siguieron siendo algo que solo pertenecía a los cuentos.

3

Pasó el verano de la llegada de don Álvaro sin que este diera señales de vida, recluido como estaba en sus aposentos. Aunque los niños dormíamos en estancias muy alejadas de los abuelos, en el silencio de las noches calurosas escuchábamos a veces gritos que nos causaban gran temor. Generalmente no se entendía lo que aquellas desgarradas voces decían, pero en alguna ocasión se oyeron con cierta nitidez lamentos como estos o parecidos:

—¡Soltadme! ¡Abridme estas prisiones! ¡Por el amor de Dios!…

Yo temblaba y sudaba en el lecho, y se me hacía que habían de venir fieros moros de un momento a otro para arrancarme de allí y llevarme cautivo a lejanas y extrañas tierras. Pasé mucho miedo por entonces, pero me lo callaba, pues ya me parecía que estaba feo manifestarse medroso alguien que iba a ser caballero.

Cuando cayeron las primeras lluvias, vino a casa un nuevo médico desde Córdoba. Moisés Peres, creo recordar que se llamaba. Era un hombre circunspecto, muy calvo, cuyos oscuros y vivos ojos lo escrutaban todo. Se frotaba las manos nervioso y con demasiada frecuencia repetía: «Veamos, veamos». Guardo fiel memoria de esto porque fue por entonces cuando caí enfermo con grandes fiebres y hube de estar en cama muchos días, a resultas de lo cual crecí desmedidamente, de manera que cuando pude ponerme en pie me mareaba y me parecía que estaba subido en un alto.

El señor Peres me pasaba su pequeña y ágil mano por la frente y luego decía:

—Veamos, veamos… No parece que marche mal la cosa. Es el sirimpio o morbillo. Esperaremos a que brote el sarpullido y luego Dios dirá.

Y poco tardó en brotar. Me picaba la cabeza y las orejas, luego el cuello, los hombros y la barriga. Pero pronto me abandonó la fiebre. Entonces el médico me hacía sudar con vapores de romero y me frotaba la piel con miel y limón. Con minuciosidad me observaba cada día y comentaba:

—Veamos, veamos… No marcha mal la cosa.

Luego cayeron enfermos mis hermanos del mismo mal. El señor Peres utilizó con ellos idéntica medicina y los hizo sanar igualmente. Mientras se ocupaba de los niños, sabíamos por medio de las conversaciones de los mayores que también estaba tratando a nuestro abuelo. Recuerdo haber oído que traía unas hierbas con las que hacía cocimientos, y que una y otra vez repetía:

—Veamos, veamos… El señor no curará si no va a tomar las aguas.

Y al final, obedeciendo a sus prescripciones que tan buenos resultados parecían dar, mi abuela determinó que don Álvaro fuera llevado a tomar esas dichosas aguas.

Aquella fue la segunda vez que vi a mi abuelo. Lo llevaban sujeto entre cuatro criados, envuelto en mantas, más por tenerlo inmóvil que por abrigarlo, pues era el mes de octubre y no hacía demasiado frío. En ese estado lo subieron a una carreta donde ya estaban acomodadas mi abuela y una de mis tías. Iban también en sus mulas el señor Peres, media docena de lacayos y dos criadas. Toda esa comitiva emprendió camino hacia el norte. Fuimos con mi madre tras ella un buen trecho, hasta las afueras de la muralla. Luego la vimos perderse por entre los encinares pardos, dejando una estela de polvo.

—¡Ay, Dios quiera que le sanen esas aguas! —suspiró mi madre con lágrimas en los ojos.

—¿Adónde llevan al señor abuelo, madre? —le preguntó Maximino, mi hermano mayor.

—A unas fuentes que llaman de Alange —respondió ella—, donde manan unas aguas que dice el señor Peres que calman las almas sin paz. Allí le darán baños y, si Dios lo quiere, vendrá curado el pobre.

Mi madre, por ser la mayor de sus hermanos, quedaba como dueña de la casa, mientras durase el tratamiento que había de recibir don Álvaro en esas fuentes de Alange, que estaban cercanas a la ciudad de Mérida, a más de veinte leguas de distancia. La ausencia, pues, de mis abuelos se prometía larga.

Pasó todo el mes de noviembre y llegó diciembre con sus nieblas. Seguía yo en esa edad en la que parece que el tiempo se estira, y en una sola jornada, desde el amanecer a la noche, vienen a pasar muchas cosas. ¡Cuántas más en tres meses!

Sucedió por entonces que llegaron buenas noticias. Las trajo un caballero joven que iba camino de Sevilla con sus escuderos y criados. Decía que era un compañero de armas de mi señor padre y que portaba un feliz mensaje: que había finalizado la guerra contra los protestantes alemanes con la victoria en la batalla de Mühlberg, y que el emperador, nuestro señor, daba licencia a sus soldados para que regresasen a sus tierras. Mi madre dio un grito y se arrojó de rodillas al pie del cuadro de la Virgen que estaba en el recibidor.

—¡Hijos, hijos míos! —exclamó luego abrazando a sus tres niños—. ¡Vais a conocer a vuestro señor padre por fin!

Y decía esto porque nos había parido a mis dos hermanos y a mí tan seguidos que ni siquiera el mayor recordaba a su padre, que se marchó a la guerra hacía entonces ya más de seis años.

Aquel caballero que vino a traer el feliz anuncio pernoctó durante tres noches en nuestra casa con toda su servidumbre. Mi madre le colmó de atenciones y él, agradecido, no paraba de ponderar las hazañas y obras meritorias de nuestro señor padre.

—El caballero don Luis Monroy —contaba— es el más valiente y noble caballero que hay en las huestes del emperador, nuestro señor. Habíais de verle, niños, subido en su caballo, como un trueno, lanzado con estruendo de arneses, hierros y armas a dar batalla a esos endemoniados protestantes. Él solo se llevó por delante a seis de los más aguerridos y fieros soldados de la Liga. ¡Ah, qué buen caballero es vuestro padre! Y como amigo no hay otro; bondadoso, fiel, buen cristiano…

Y así proseguía enunciando sus virtudes y narrando sus aventuras guerreras. Mi madre lloraba emocionada y nosotros veníamos a imaginárnoslo como uno de esos personajes de los cuentos que ella nos contaba. De manera que se nos hacía lejano e irreal el día de su regreso, por mucho que aquel caballero asegurase que sería inminente.

Tuve una de aquellas noches una pesadilla harto desagradable. Soñé que por fin era llegado mi señor padre e íbamos toda la familia a recibirle. Yo, entusiasmado, corría a su encuentro lleno de curiosidad. Resultó que mi señor padre era tan menudo que no me llegaba a mí ni a la cintura. Lo traían sujeto dos frailes de gran tamaño, uno de los cuales era el Granadino, el moro del adarve de la muralla. Traían también su caballo Rayo, tan nombrado, que no era en el sueño sino uno de los perrillos del mencionado Granadino. Mi padre se montó en el perro y cabalgó por los patios de la casa enarbolando un candelabro a modo de espada. A resultas de esto, todo el mundo gritaba y huía despavorido. Después llegaban unos moros, cogían al minúsculo personaje, que se me hacía en el sueño ser mi padre, y lo alzaban para llevarlo en volandas hasta el pozo, donde lo arrojaban y allí se ahogaba y se disolvía en las aguas.

Desperté en la oscuridad de la noche, empapado en sudor, tiritando y lleno de angustia. Y entonces, desdichado de mí, empezó a mortificarme el mal deseo de que mi señor padre no regresase nunca, que estábamos bien así. ¡Qué raras son las almas de los niños!

4

Después de haber pasado en cama las fiebres del sirimpio, como ya dije, vine a dar un estirón grande. Las piernas me crecieron y enflacaron tanto que me veía muy extraño reflejado en el espejo del recibidor. Fue por entonces, al salir por primera vez a la calle sanado de mi enfermedad, cuando un vecino se me quedó mirando y comentó:

—Anda, si es el hijo menor de don Luis Monroy, el nieto de don Álvaro de Villalobos. ¡Qué barbaridad, cómo se parece al padre!

Me dio por pensar entonces que mi padre había de ser flacucho y enclenque, tal y como me sentía yo en aquellos momentos. Pero, por otra parte, estaban todas esas historias que contaba mi madre acerca de él y lo que nos dijo aquel caballero que iba de paso. Así que unas veces se me hacía que debía de ser menudo, como don Álvaro, otras que sería flacucho, como yo, y otras que su aspecto era como el de una robusta armadura de brillante acero. Pero por mucho que trataba de imaginarlo, no era capaz de encontrar para él un semblante. En todo caso, se me representaba como un hombre ya de cierta edad, con el cabello encanecido y algunas arrugas en la frente.

Faltaban escasos días para la Navidad y había pocos preparativos de fiesta aquel año y no muchas ganas, ya que los ánimos estaban mermados a causa de los males de mi señor abuelo. Mi madre y el aya Vicenta nos tejían jubones de espesa lana en el salón que daba a poniente y de vez en cuando suspiraban:

—¡Ay, Señor, cómo irán las cosas en esas dichosas fuentes!

—Confiemos en Dios. ¡Santa María, asístenos!

De manera que permanecían encendidas día y noche las dos velas que estaban debajo del cuadro de la Virgen; una para que mi abuelo sanase pronto de su demencia y la otra para que mi padre regresase entero y salvo de la guerra.

Por aquel tiempo, mi hermano mayor, que ya contaba diez años, empezó a vivir a su aire. Como no hubiera hombre en la casa que le parara los pies, se unía a una banda de niños pobres del arrabal que le enseñaron a maldecir y muchas más cosas nada buenas. Era una ralea de muchachos expertos en saltar muros y saquear frutales. Venían los guardas y los dueños de las huertas a dar las quejas, y más de una vez vino la ronda a casa a traerle prendido, como si fuera un vulgar bribonzuelo. Causó esto mucho disgusto a nuestra señora madre.

—Con lo que tenemos encima y ahora esto —se quejaba amargamente—. ¡Ay, Virgen Santa! ¡Marido mío, ven pronto! —imprecaba.

Mi padre demoraba la vuelta. No se sabía el porqué. Pero, gracias a Dios, al fin hubo un suceso feliz en nuestra casa. Regresaron mis abuelos y parecía que don Álvaro venía muy mejorado de sus males. La llegada fue de la manera que contaré de seguido.

Una tarde de principios del mes de diciembre, que salió muy soleada, me hallaba yo enredado en mis cosas de niño, trasteando por las caballerizas, cuando se escucharon unos fuertes aldabonazos en el gran portón trasero de la casa. Allá fue uno de los criados, presuroso, advertido por alguien desde los patios. Se descorrieron las aldabas, crujieron las bisagras y apareció la carreta entoldada de mi abuela, con los cortinajes echados. El palafrenero tiró de los caballos y pronto el vehículo estaba atravesando las huertas, hacia la casa.

—¡Los señores! ¡Los señores! ¡Los señores!... —gritaban los criados, alzando las manos con júbilo.

Pero enseguida asomó mi abuela muy enojada y les comunicó con energía:

—¡Silencio, mentecatos, que vais a enterar a todo el vecindario!

Decía aquello mi señora abuela porque en el fondo estaba temerosa de que sucediera algo semejante a lo del día que los frailes mercedarios trajeron a don Álvaro, que dio mucho de qué hablar a los vecinos. Así que todo esta vez se hizo con meditado sigilo.

Descendió mi abuelo del carromato por su propio pie. Venía muy tieso y solemne, vestido con buenas galas, como correspondía al gran caballero que era: el sombrero de fieltro negro, el cuello muy blanco y almidonado, el jubón oscuro con la cruz de Santiago… Tenía la perilla muy bien compuesta y los bigotes atusados, como en el cuadro del salón, aunque más canosos. Nos miró a toda la familia, que estábamos allí apostados, bajo la palmera, y me pareció ver que esbozaba una leve sonrisa.

—¡Ay, qué bien está...! —suspiró mi madre haciendo ademán de adelantarse hacia él.

—¡Esperemos, Isabel! —le sujetó mi tía Adriana—. Esperemos a que diga madre lo que hemos de hacer.

Mi abuela venía muy seria, pero no parecía preocupada. Descendió a su vez de la carreta y se puso a dar órdenes a la servidumbre.

—¡Vamos, llevad el equipaje a los aposentos! Y todo el mundo a la casa. ¡Andando!

Obedecimos. Caminábamos en fila, detrás de mis abuelos, muy nerviosos, entre los almendros y los ciruelos pelados. Atravesamos el patio y fuimos a congregarnos en el recibidor. Nos embargaba la curiosidad y la emoción. De vez en cuando se escuchaba el gimoteo de alguna de las criadas.

Mi abuela avanzó solemnemente hasta el cuadro de la Virgen, se hincó de rodillas y musitó en voz baja unas oraciones, con gran recogimiento, entrelazando los dedos y humillando la frente. Luego se incorporó y nos dijo con voz temblorosa:

—Gracias a Dios y a la intercesión de la Virgen María, don Álvaro está bien.

Un murmullo de alegría recorrió la estancia. Después todo el mundo fijó los ojos en mi abuelo. Estaba él muy serio, acariciándose la perilla con una mano, con gesto interesante. Pero sus ojos tenían un no sé qué delirante que daba un poco de susto. Muy atentos, esperábamos a que dijera algunas palabras.

Don Álvaro recorrió la estancia con la mirada, circunspecto. Asentía con la cabeza, en graves movimientos, como si estuviera muy conforme de hallarse en su casa. De repente fijó sus ojos en la chimenea, donde un grueso tronco de encina humeaba entre ascuas. Mi abuelo se frotó las manos, como nervioso, y luego, en un rápido movimiento, echó mano a un largo atizador de hierro que estaba apoyado a un lado. Todo el mundo dio un paso hacia atrás y un gran grito de espanto colectivo resonó en la bóveda.

Hubo un momento de tenso silencio, en el que creo que todos temimos que alguien saliera malparado, como le sucedió al administrador aquella vez. Pero enseguida se disipó el pánico, cuando vimos a don Álvaro afanarse en remover las ascuas, como si tal cosa, mientras comentaba:

—Vaya frío que hace en esta casa.

5

Mi señora abuela nos tenía arrestados a causa de alguna trastada que habíamos hecho. Nos encontrábamos en un viejo lagar que se extendía por detrás de las cocinas, frío y húmedo. Recuerdo que estaba ya próxima la Navidad, pues el castigo consistía en pelar almendras para la gran cantidad de dulces que se hacían en esas fechas. Algo contrariados, mis hermanos y yo machacábamos las duras cáscaras y extraíamos el fruto, mientras éramos vigilados por nuestra aya. De vez en cuando refunfuñábamos o, cosas de críos, nos enzarzábamos en alguna pelea.

—¡Niños, niños, ya está bien! —nos reñía Vicenta, nuestra aya—. ¡Maximino, deja en paz a tus hermanos!

Maximino, el mayor de los tres, era el más travieso. Todo el mundo coincidía en opinar que se parecía mucho a don Álvaro. Como nuestro abuelo, mi hermano era menudo de estatura y seco de carnes. Pero eran sus ojos negros, vivos e inquietantes la herencia más visible de don Álvaro. Lorenzo, el del medio, era en cambio más parecido a mí: solían decir que salíamos a mi señor padre.

Estando cumpliendo el castigo de pelar almendras, apareció de repente don Álvaro. Venía muy bien compuesto, con su hábito de Santiago de andar por casa y con espada al cinto. Caminaba solemne y reposadamente y traía un gesto manso; las manos atrás, las delgadas piernas muy tiesas dentro de las calzas y su barriguita abultada apuntando hacia delante.

Cuando estuvo a nuestra altura, nos remiró alzando la barbilla canosa y frunciendo el ceño sobre sus vivos y delirantes ojos. Era la primera vez que lo teníamos tan cerca, cara a cara, y nos infundía un gran respeto.

—Andad, niños, haced reverencia a vuestro señor abuelo —nos ordenó Vicenta.

Sin titubear, los tres nos inclinamos respetuosamente. Y cuando hubimos alzado la frente, vimos a don Álvaro muy satisfecho, con una sonrisa altanera.

—¿De quién sois hijos, mozalbetes? —nos preguntó recuperando su seriedad.

—Somos hijos de don Luis Monroy de Zúñiga, señor, capitán que es de los tercios del rey —contestó con orgullo mi hermano mayor.

—Bien, bien —observó nuestro abuelo con gravedad—, supongo que será un valiente caballero vuestro padre.

—¡Señor, que es yerno de vuestra merced! —le explicó Vicenta algo exasperada—. Es el esposo de su señora hija, doña Isabel de Villalobos, ¿no lo recuerda?

—¡Ah, claro, claro…! —murmuró meditabundo don Álvaro.

En ese momento, a mi hermano Maximino se le escapó una risita que rápidamente contuvo llevándose la mano a los labios. Nuestro abuelo fijó los ojos en él muy serio y temimos que le soltara un sopapo. Pero, por el contrario, don Álvaro pareció sonreír divertido, alargó la mano y le revolvió los cabellos cariñosamente.

—¿Queréis que os enseñe algo, mozalbetes? —nos preguntó luego con voz ronca.

Nos miramos extrañados.

—Sí, señor —respondió Maximino en nombre de los tres—, lo que mande vuestra merced.

—Andando —dijo con autoridad nuestro abuelo, dando media vuelta y encaminándose hacia la puerta.

—Señor... —le salió al paso con respeto Vicenta—. No es que quiera yo entrometerme, pero he de advertir a vuestra merced que la señora tiene castigados a los niños y...

—¿Castigados? —replicó mi abuelo frunciendo el ceño—. ¡Tonterías! ¡Seguidme, mozalbetes!

Caminaba altanero él, delante, como irguiéndose sobre su menuda estatura. Detrás íbamos los tres nietos, muy contentos, dando saltitos e imitando las poses de nuestro señor abuelo.

Nos llevó don Álvaro hasta las escaleras de peldaños de madera carcomida, que crujían a cada paso, y luego nos condujo por los pasillos del piso de arriba del caserón, que conocíamos bien, precisamente porque nunca nos dejaban subir allí y los frecuentábamos a escondidas. Al final de los pasillos había una puerta de sólida madera muy negra, que recordábamos siempre cerrada con siete llaves, y que conducía a una habitación prohibida para nosotros a la que llamaban en la casa «los doblados de don Álvaro». Sacó nuestro abuelo de entre sus faltriqueras un manojo de llaves y comenzó a introducirlas una por una en los diversos ojos de las cerraduras, haciéndolas crujir. Soltó después un par de candados y empujó la puerta, cuyas bisagras chirriaron.

—¡Hala, pasad adentro, mozos! —nos ordenó.

La estancia estaba en penumbra, lo cual acentuaba el misterio del espectáculo que apareció ante nuestros ojos. Encantados, vimos que las paredes estaban completamente cubiertas por armas colgadas: espadas, puñales, alabardas, lanzas, corcescas, picas, arcabuces, ballestas y dardos. En las esquinas había armaduras antiguas, muy bien compuestas sobre sus bastidores de paja. Había también en unos estantes diversos cascos, grebas para media pierna, brazales, guardabrazos, coseletes y manoplas. En fin, los doblados de don Álvaro no eran otra cosa que un arsenal con el que podía armarse a media compañía de los tercios del rey.

Nos quedamos con la boca abierta. Para tres niños de diez, ocho y seis años, aquello era un descubrimiento sensacional. Nuestro abuelo se fue hacia los cortinajes polvorientos que cubrían las ventanas y los descorrió. La luz entró a raudales y pudimos contemplar el orden con que todo estaba dispuesto, como si fuera a ser usado al día siguiente, aunque las más de las piezas eran muy antiguas.

—¡Qué os parece, mozuelos! —exclamó orgulloso don Álvaro—. Se os cae la baba, ¿eh?

Entusiasmado, iba de acá para allá, señalando las armas más valiosas, desempolvándolas y explicándonos cómo se usaban. Blandía las espadas, sujetaba las adargas, empuñaba las dagas, alzaba las picas, cortaba el aire con las alabardas, se ponía ora un casco ora un bacinete, después un yelmo empenachado o una coraza. Sonreía ufano, correteaba haciendo demostraciones de ataque o defensa y se parapetaba detrás de los arneses para caballos o de las monturas guerreras que estaban dispuestas en el centro de la estancia.

Nos dio muchas y cumplidas lecciones esa mañana, durante más de dos horas, acerca de las artes de las armas. Nos contó también las batallas en las que había guerreado y nos dijo cosas harto interesantes sobre los ejércitos y sus costumbres. No salíamos de nuestro asombro escuchando la sabiduría militar de nuestro abuelo.

Cuando nos hubo explicado todo lo que consideró oportuno sobre las armas blancas, pasó a darnos cuenta del uso de los arcabuces, animándose cada vez más al ver que estábamos muy atentos, con los ojillos abiertos como platos.

—Ya sabía yo que os iba a gustar todo esto, mozalbetes —comentaba muy satisfecho, dándonos de vez en cuando algún cachete cariñoso.

Rebuscó en un baúl y extrajo pólvora, algo de munición y unas mechas. Con todo ello, dispuso un viejo arcabuz para ser usado, mostrándonos con todo detalle el proceso. Después propuso con entusiasmo:

—¡Hala, vayamos a los huertos, que os enseñaré cómo funcionan estas endiabladas armas de fuego!

Salimos los cuatro; nosotros, los niños, locos de contento. Descendimos a los patios, atravesamos los huertos y fuimos a parar a las cochiqueras que estaban al final de la casa. Don Álvaro iba eufórico, fuera de sí y con el ardor guerrero reflejado en el rostro. Fijó los ojos en un gran cerdo que hozaba tranquilamente en el estercolero y adiviné en ellos un brillo malicioso. Preparó la mecha, se encaró el arma y dijo con sorna:

—¡Encomiéndate, malnacido!

Al momento sonó un estruendo espantoso, como no habíamos sentido otro en nuestras cortas vidas; se vio una nube de espeso humo negro y una especie de bocanada de fuego. Caímos todos al suelo, aturdidos por la explosión. Cuando abrí los ojos, vi al cerdo reventado, saltando con las tripas fuera y dando horribles gruñidos. La sangre brotaba a borbotones.

Don Álvaro yacía en el barro, con toda la cara negra y los pies por alto. Gritaba a voz en cuello:

—¡Cada uno a su puesto! ¡Salvad la bandera! ¡Viva el rey nuestro señor!

Acudieron los criados avisados por tanto escándalo y no daban crédito a sus ojos, sin comprender lo que había pasado. Poco después llegaron mi señora abuela, mis tías y mi madre, llevándose las manos a la cabeza, presas de gran excitación.

La matanza tuvo que adelantarse ese año, en contra de lo que era costumbre en nuestra casa, pues solían sacrificarse los cerdos pasada la Epifanía.

6

Toda la casa olía a fritangas, a pepitoria de capón y a dulces enmelados. En los estercoleros, las criadas desplumaban docenas de perdices, codornices y becadas. Las chacinas exhalaban los deliciosos aromas de sus adobos y los lechoncitos descansaban, abiertos en canal, en sus rojas fuentes de barro, blancos y tiernos, esperando a ser dorados en las ardientes fauces del horno. Estaba muy próxima ya la fiesta más esperada para quienes gustan de llenar la panza: la Navidad.

En nuestra familia había tradición de tirar la casa por la ventana esos días. Eran tantos los parientes, prohijados, lacayos, criados, siervos y esclavos que se ocupaban de las haciendas y posesiones de don Álvaro de Villalobos que no se daba abasto poniendo y quitando mesas para contentarlos a todos. Pues era costumbre en los días anteriores y posteriores al 25 de diciembre que pasase por casa todo ese personal, para ser regalado con viandas y propinas que manifestaran con creces las generosidades y bondades de mis señores abuelos.

Asimismo, era tal la cola de pobres que se formaba

en la puerta trasera, que daba la vuelta por el adarve y descendía calle abajo, hasta unos pilones donde se abrevaban las bestias, próximos ya a los arrabales.

Veía yo a mi madre muy briosa, ir de acá para allá, disponiéndolo todo con la servidumbre para que no faltara de nada. Qué fortaleza de ánimo tenía siempre, a pesar de no haber vuelto a tener noticia alguna de mi señor padre. Y esas fechas tan señaladas, ya se sabe, son de echar de menos a los bien amados. Mi abuela, en cambio, era dada a venirse abajo.

—No tengo yo ganas de nada este año —decía muy compungida.

—Ande —le replicaba mi madre muy sonriente—, sobrepóngase vuestra merced, que tenemos muchos y buenos motivos para dar gracias a Dios; que padre está sano, salvo y en casa. ¿Vamos a quejarnos?

—Tienes razón, hija —observaba ella—, pero su cabeza no anda buena.

Y es que don Álvaro no paraba de hacer de las suyas. Después de reventar el cerdo con el arcabuz, parece que se aficionó a destripar animales. Uno de aquellos días salió muy de mañana y dijo que iba de caza, provisto de una ballesta. A un tiro de piedra del pueblo asaeteó a una piara de ovejas que pacían tranquilamente junto a unos rafales. Costó esto unos buenos cuartos a las arcas familiares. Otro día mató el perro a unos pastores, convencido de que era un lobo, aunque ni el pelaje ni la pinta eran de tal, sino de mastín o perro de ganado. A mis hermanos y a mí, que solíamos acompañarle a estas andanzas, todo esto nos divertía mucho. Pero a mi señora abuela le producía gran disgusto.

Y todavía los estropicios causados a las bestias podían solucionarse con dineros. Mas no así las afrentas hechas a personas principales de la ciudad. Pues don Álvaro se había vuelto muy pendenciero, por mor de las viejas rencillas que tuvo al parecer en su juventud con algunos nobles y que ahora, merced a su locura, se le habían despertado.

Sucedió un día después de la misa en la iglesia de San Miguel que se acercó un caballero, llamado don Fernando Casquete, para saludarle y manifestarle su congratulación. Muy efusivamente, el caballero le palmeó el hombro a mi abuelo y le dijo algo así:

—¡Bienvenido, don Álvaro! ¡Bien librado por Dios de esos malditos moros!

Sin mediar más palabras que estas, mi abuelo le propinó un puntapié en la entrepierna y lo dejó doblado de dolor. Los vecinos que habían visto la repentina y desmesurada reacción de don Álvaro gritaban:

—¡Diablo tiene! ¡Está loco! ¡Dios nos libre de él!

Y salían corriendo despavoridos, pues la fama de lo peligroso que era mi abuelo ya se iba extendiendo.

Por el camino hacia nuestra casa, mi abuela recriminaba a su marido, exasperada.

—Por Dios, esposo, ¿por qué ha hecho tal cosa vuestra merced?

—¡Quién se cree que es ese Casquete para decirme a mí esto y lo otro de moros y mandangas! —contestó mi abuelo rabioso.

—Pero si lo decía con buena intención, para cumplir con vuestra merced —insistió mi abuela.

—¡Nada! —replicó don Álvaro—. ¡Los Casquete han sido siempre unos entrometidos! ¡Si yo soy libre o cautivo de moros eso es solo asunto mío! ¡Que se vayan al diablo los Casquete!

La afrenta de mi abuelo cayó muy mal en la familia

de don Fernando Casquete. Acudieron a dar las quejas al juez mayor de la Orden de Santiago y se abrió una causa contra don Álvaro. Tuvo que ir mi abuela a llorarle a los Casquete y al juez para que retirasen la denuncia y cayeran en la cuenta de que mi abuelo no andaba muy bien de la cabeza a causa de sus largas prisiones en tierras de moros. Gracias a Dios, lo comprendieron y tuvieron caridad cristiana, haciendo como si nada hubiera pasado.

Contaban veintiún días del mes de diciembre del año 1547, cuando nos estábamos comiendo un guiso de palominos en el salón principal de la casa. Habían venido unos parientes nuestros de la parte de Cáceres a visitar a mi abuelo. Estando ya servidas las aves y bien dispuesta la mesa para el festín, irrumpió de repente en la estancia el administrador de la casa muy alterado, gritando:

—¡Señores! ¡Una gran noticia! ¡Bendito sea Dios!…

Nos sobresaltamos. Mi madre, como si presintiera el feliz suceso, se fue a él y, sujetándole por la pechera, le inquirió:

—¡Hable vuestra merced!

—¡El señor don Luis Monroy, señora! —respondió vibrando de emoción el administrador—. Viene por la calle Corredera arriba. Unos mozuelos llegaron aprisa a dar el aviso.

No había terminado de hablar cuando se abrieron de par en par las puertas del salón. Ante nuestros ojos apareció un caballero de muy noble aspecto; alto, esbelto y vigoroso; el cabello claro y los ojos verdosos. Tenía una sonrisa franca y un brillo aventurero en la mirada, y no contaría más de treinta años. Vestía jubón de corte alemán, gregüescos amarillos acuchillados en rojo y chaleco de cuero, y llevaba en la mano la borgoñota con plumas blancas y bermejas de los capitanes de los tercios del rey.

Al comprender que era mi señor padre, me dio un vuelco el corazón. Algo parecido debió de sucederle a mi madre, pues se tambaleó, se puso lívida y a punto estuvo de caerse redonda al suelo. Aunque enseguida se sobrepuso y saltó hacia su marido para colgarse de su cuello exclamando:

—¡Luis! ¡Marido mío! ¡Mi Luis!…

Cuando se hubieron abrazado y besado como corresponde a esposos reencontrados después de tan larga separación, mi señor padre se dispuso a saludar al resto de la familia. Nos habíamos puesto todos en pie alrededor de la mesa y, vencidos por la emoción, nadie decía nada. El recién llegado paseó la mirada por los presentes. Estaban, como es de ley, mis abuelos en la cabecera, presidiendo, y a su derecha e izquierda una veintena de tíos y tías míos, próximos y lejanos; después se alineaban los primos por orden de edad, de mayor a menor mocedad, y finalmente estábamos los niños, agrupados en unas mesitas bajas. Supongo que, con tanta gente reunida, a mi señor padre le resultaba difícil saber cuáles eran sus hijos, pues estábamos muy crecidos desde la última vez que nos vio. Saludó primero a don Álvaro y a mi abuela, después a mis tíos por orden y, finalmente, con nerviosismo, se vino adonde estábamos los niños y preguntó:

—¿Quiénes de estos caballeretes son los hijos de mis entrañas?

Mi madre se apresuró a señalarnos con el dedo de entre los demás.

—Hijos —dijo—, abrazad a vuestro padre.

Estábamos pasmados. No sabíamos qué hacer. Tímidamente, nos fuimos hacia él y nos apretamos contra sus piernas. Él se abajó a nuestra altura, nos abrazó muy fuertemente y sollozó un buen rato. Sentí sus lágrimas brotar. Olía a cueros, caballo y polvo, y sus brazos me parecieron hechos de recia madera.

7

Fueron unas fiestas de Navidad como no recuerdo otras. Parecíame que los cuentos de mi madre se habían hecho realidad. Vino mucha gente a nuestra casa durante aquellos días. Si pudiera ser que don Álvaro de Villalobos no le cayera muy simpático a algunos, a la vista estaba que mi señor padre tenía numerosos amigos. Y no era de extrañar que fuera tan querido, porque, aunque me esté a mí mal decirlo por ser su hijo, no creo haber conocido a nadie con más dones que don Luis Monroy de Zúñiga, mi señor padre. Le había dotado Dios de esa gracia natural que tienen algunas personas, que parece que les brota luz desde dentro. Caminaba muy recto, mas no era en absoluto presuntuoso, y se movía con gran galanura y un desenfado que su gallardía no envidiaba a la de un apuesto príncipe. Vine yo a comprender ahora por qué había oído hablar tanto y tan bien de él durante mi más tierna infancia.

Fue como si a nuestra casa llegara de repente una ráfaga de brisa limpia y fresca. Mi madre amanecía cada mañana con ojos soñadores y hasta me pareció que se había vuelto aún más hermosa de lo que era. Se soltó el pelo, que antes siempre llevaba recogido, y se ponía flores prendidas sobre la oreja, bonitos collares y brillantes zarcillos que nunca antes le había visto. Canturreaba mañanera y le acudió una sonrosura a las mejillas que la hacía parecer una moza casadera. Por fin vio hechas realidad sus ilusiones, pues pudo disfrutar cumplidamente de los banquetes y jolgorios que antes solo estaban en sus añoranzas.

Para mi señora abuela, nuestro padre siempre tenía un obsequio: ora un bronce de filigrana, ora un relicario con el huesecillo de algún santo, ora una cajita esmaltada…; exquisitas menudencias que la volvían loca.

Mis tías disfrutaban con las bromas de su cuñado. Para cada una tenía la palabra oportuna; un halago, un cumplido o una pícara insinuación, aunque sin más atrevimiento que el que permitía una recta compostura. Así que cloqueaban a su alrededor, huecas, reclamando sus lisonjas, y una vez recibidas las obsequiosas frases de mi padre, suspiraban proclamando:

—¡Ay, qué don Luis este! ¡Qué cosas dices, cuñado!

Hasta don Álvaro pareció estar más contento e incluso mejorado de sus chaladuras. Su yerno se sentaba con él delante de la chimenea, horas y horas, y ambos charlaban de batallas, de este o aquel rey, de tal o cual maestre de campo, capitán de los ejércitos del rey o de otros altos jefes militares que ambos conocían. Mi abuelo se alteraba frecuentemente, se ponía en pie, pateaba y decía cosas que no venían a cuento con lo que estaban tratando, como:

—¡Que digan de una vez qué hay de la reina Juana!

—O—: ¡Los franceses son aún peor ralea que los moros!

—Y también—: ¡Desde los tiempos del rey Fernando III

no cabalga Santiago con nuestras huestes; pues no hay ya sino herejes, traidores y saqueadores en los ejércitos de España!

Mi padre le calmaba con mucho tino, sin llevarle nunca la contraria, diciéndole:

—Tiene vuestra merced toda la razón, don Álvaro. ¡Adónde iremos a parar en estos reinos!

Mi abuelo se sentaba otra vez, muy conforme, y clavaba sus fieros ojos en las llamas. Mi padre aprovechaba entonces y le decía:

—Brindemos por los viejos tiempos, señor. ¡Por los Villalobos!

—¡Por los Villalobos! —brindaba don Álvaro orgulloso y se echaba al coleto unos buenos tragos de vino de azahar, una dulce medicina recomendada por el señor Peres que le dejaba muy calmado y le hacía dormir como un niño.

Pero a quienes verdaderamente nos vino nuestro padre como caído del cielo fue a mis hermanos y a mí. No habían pasado dos semanas desde su llegada y ya se nos hacía que llevaba toda la vida a nuestro lado. Sin escatimar nada el tiempo que debía dedicarnos, parecía que quería recuperar generosamente los años que de su compañía fuimos privados.

Pudimos comprobar entonces que sabía un poco de todo. No había pregunta que le hiciéramos para la que no encontrara una respuesta. Empezamos pues a aprender muchas cosas que nadie antes se había preocupado de enseñarnos.

Nos fabricó con sus propias manos una buena colección de armas de madera muy manejables para los niños que éramos: espadas, picas adecuadas a nuestra estatura e incluso un mandoble que por lo menos medía una vara de largo, para que se nos hiciera familiar ese gran espadón que solo manejaban los más fuertes guerreros. Ya desde el primer momento nos daba cumplidas enseñanzas acerca del arte de la esgrima. Y tenía una gran paciencia con nosotros, porque, dada nuestra edad, éramos tardos de movimientos y flaqueaban nuestros miembros. Con cierta frecuencia nos entraban rabietas al ver la destreza con la que nuestro padre se movía, siendo nosotros incapaces de emularle.

—Bueno, no pasa nada —nos consolaba él—. Tiempo al tiempo.

Incluso a mí, que era zurdo, no me afeaba el defecto que tantas veces otros habían tratado de corregirme. Mi padre, en cambio, me decía animosamente:

—Nada, Luisito, no te preocupes. Tú siempre con la mano zurda, que es para ti la diestra. ¡Si eso es una suerte, un regalo de Dios! No ves que, como piensan los diestros, el zurdo siempre coge desprevenido al contrincante. He visto zurdos atravesar el corazón al contrario con solo dos movimientos precisos. ¡Uf, menudo peligro es vérselas con un zurdo a la espada!

De manera que les dio entonces a mis hermanos por coger el arma con la mano izquierda, por envidia de mi suerte. Pero mi padre, muerto de risa, les corrigió al momento.

—No, vosotros no. ¡Ja, ja, ja! Que lo vuestro es la diestra. Cada uno como Dios lo ha hecho. ¡Ay, qué críos estos! ¡Ja, ja, ja!

Ya empezaba a parecerme a mí que a mi padre se le notaba cierta preferencia hacia mi persona, lo cual me envanecía y, ¡oh, grandísimo mal!, me llevaba a creerme mejor que mis hermanos. Sucedía que había siempre alguien cerca que decía:

—Bien han hecho vuestras mercedes en ponerle Luis de nombre al pequeño. ¡Y es que es idéntico al padre!

Me miraba yo en los espejos y me buscaba la semejanza. Ciertamente, mis cabellos, el color de mi piel y mis ojos se me hacían parecidos a los de mi padre. Empecé pues a imitarle en todos sus movimientos y hasta forzaba la voz para hablar como él, repitiendo una y otra vez sus expresiones, que eran tales como: «¡Válgame Santiago!», «¡Por el siglo de Cristo!», «¡Váleme Dios!»… u otras más propias de hombres, como: «¡Por los clavos de Cristo!», «¡Me cago en todos los moros!» o «¡Al infierno los turcos!». De manera que mi madre regañaba cariñosamente a mi padre cada vez que me oía un desatino y le decía:

—¡Jesús! Luis, estás haciendo al niño tan malhablado como tú.

Y mi padre le respondía ufano:

—Déjalo estar, mujer, que es bueno que aprendan a ser hombres desde críos.

Llegó ese tiempo de febrero tan apropiado para la caza. Una noche, después de la cena, mi padre explicó que se estaba preparando una jornada de montería en unos parajes muy cercanos donde solían proliferar las más deseadas presas, que eran los venados y jabalíes. Dijo quiénes iban a participar y estuvo haciendo referencia a la jerarquía de nobles y poderosos que habían anunciado su asistencia. Contó todo esto aprovechando que mi señor abuelo se había retirado ya a sus aposentos, pues hacía tiempo que le ocultaban estas diversiones, temiendo que se le antojara participar y fuera a formar alguna de las suyas.

Cuando hubo mi padre dado la fecha de la jornada de caza, manifestó muy contento que quería llevarnos a sus tres hijos. Saltamos de nuestras sillas y nos pusimos a brincar enloquecidos de júbilo.

La víspera del ansiado día pusimos rumbo a los montes. Dos lacayos llevaban a mis hermanos en la silla de sus caballos. A mí, por ser el pequeño, me correspondió ir en la montura de nuestro padre. No creo que hubiere una gran distancia entre Jerez y las tierras sin cultivar donde había de tener lugar la cacería, pero me pareció un verdadero viaje; toda una aventura, pues era la primera vez que salía más allá de las huertas que circundaban la ciudad. Recuerdo los paisajes del invierno ya tardío, con hierba mullida que crecía a los lados del camino, las blancas flores de los almendros, las rosadas y malvas de los frutales y la bruma de la tarde levantándose en los profundos valles. Las encinas brillaban doradas por la última luz del crepúsculo y llegaba una brisa limpia, muy fría, de las oscuras montañas. Reinaba un raro silencio, roto solo por las pisadas de las bestias y el jadeo de los muchos perros que llevábamos. Nos fuimos adentrando por encinares cada vez más espesos, hasta que el camino vino a ser un sendero tortuoso entre parduscas rocas cubiertas de líquenes, quejigos, madroños y esparragueras. Aquellos parajes eran para mí un mundo nuevo, umbrío y misterioso que despertaba en mi interior como un ansia, una intrepidez que hasta entonces no había sentido. Constantemente escrutaba el horizonte y me maravillaba contemplar majestuosas y enormes aves planeando, del todo diferentes a los pequeños pájaros de las arboledas.

—Eso que vuela allá, ¿qué es, padre? —preguntaba boquiabierto.

—Aquello es un águila —contestaba él—, el ave de presa más grande que puede verse.

Luego me parecía atisbar alguna sombra fugaz que cruzaba desde las frondas el sendero.

—¿Y eso, padre, lo has visto?

—Era un jabalí.

Los perros se agitaban, ladraban, tiraban de las traíllas, gruñían…, queriendo ir en pos de las presas.

—¿Por qué no los sueltas padre?

—No, no, hijo, se irían detrás de cualquier alimaña y se perderían. Mañana los verás cazar.

La oscuridad de la noche en mitad de los campos fue para mí todo un descubrimiento. Nos detuvimos en un poblado de pastores formado por poco más de una veintena de chozos, rodeado por una rudimentaria pared hecha con pedruscos puestos unos encima de otros. Las cabras y las ovejas se alborotaron, lanzaron temerosos balidos e hicieron oírse sus cencerros. Salieron a nuestro encuentro media docena de perrillos de carear y algún mastín que nos ladraron hostiles. Pero enseguida aparecieron los pastores, muy solícitos, a hacernos reverencia y a ofrecernos la lumbre que tenían encendida. Allí fuimos a sentarnos y a compartir nuestras viandas. A la luz de la hoguera, sentados en derredor, en mitad de la oscuridad infinita y bajo un negro cielo lleno de brillantes estrellas, me pareció haber llegado de repente a un lugar de encantamiento.

Aquellos hombres, nobles, lacayos, menestrales y pastores, comían, bebían y hablaban a voz en cuello. No recordaba yo haber escuchado conversaciones como esas y no perdía ripio. Primero salió el tema de la caza, como es de comprender, dado que era el menester que nos había llevado allí. Pero luego llegó el momento de hablar de la guerra. Los más viejos, que habían estado luchando en sus mocedades contra los moros, contaron crueles y sanguinarias historias que ponían los pelos de punta: hombres quemados vivos, asados en calderos de aceite hirviendo, empalados, emparedados, cabezas cercenadas, ojos, lenguas y orejas cortadas... Escuchando estas y otras terribles cosas, mi alma empezó a padecer como una zozobra y sentí que todo daba vueltas a mi alrededor. Repentinamente noté como un dárseme la vuelta el estómago y vomité sonoramente todo lo que había comido.

Se hizo un gran silencio. Todo el mundo me miraba. No sé si sentí vergüenza o simple confusión. Alguien de entre los presentes le preguntó a mi padre:

—¿No es demasiado menudo el menor de sus hijos, don Luis, para este tute?

—¡Oh, no! —se apresuró a contestar mi padre—. Le habrá caído mal la cecina. Ya me estaba pareciendo a mí que tragaba demasiado el bribonzuelo.

—¡Hala, todo el mundo a dormir! —dijo entonces el caballero que llevaba la voz cantante—. Que amanece pronto.

Nos metimos en una cabaña de piedras techada con tamujos, cuyo suelo los pastores habían cubierto con esteras de esparto y con pieles. Dentro había un intenso olor a cueros y cabras, pero resultaba confortable, merced a un buen brasero lleno de ascuas que ardía al fondo, ya que afuera la noche era muy fría. Me eché al lado de mi padre y él me cubrió amorosamente con mantas. Antes de soplar el candil, me preguntó:

—¿Estás bien? ¿No te habrás puesto malo?

—No, padre —musité.

Algún caballero comenzó a rezar algo desde el fondo, pero no se entendían sus palabras, puesto que la oración era en latín. No bien había terminado los rezos, cuando comenzaron los ronquidos. Vino luego un gran silencio a aquella oscuridad tan negra. Me asaltaron entonces unos tiritones y un pavor de muerte, pues se me venían a la mente las imágenes sangrientas de las conversaciones de la hoguera. Creo que gemí débilmente, pero lo suficientemente fuerte para que lo oyera mi padre. No dijo nada, solo me cogió la mano y la apretó. Al sentir sus poderosos dedos y el calor de su palma me vi enseguida confortado y me hundí en un sueño profundo.

Con los primeros ecos de los ladridos despertamos todos casi a la vez. No se veía sino una débil luz en el horizonte cuando ya íbamos cada uno al puesto asignado. Fueron concentrándose muchos caballeros provistos de ballestas y picas, asistidos por sus secretarios, que se iban situando en los lugares que les indicaban.

Mi padre me sentó a su lado en un sitio donde el bosque era muy tupido. Extendió los dardos, preparó las armas y dijo:

—Ahora a esperar.

—¿Esperar a qué? —pregunté.

—¡Chissst…! Esperar y callar.

Pasó un buen rato y el sol apareció sobre las copas de los árboles, calentando poco a poco el rocío y haciendo que se levantaran retazos de bruma, como guiñapos prendidos en los arbustos. Había una paz majestuosa que reinaba en los inmensos claros que se abrían delante de nosotros, cubiertos de un verdor muy vivo.

De repente, cada vez más cerca, empezó a escucharse venir a la jauría.

—¡Ahí van! —advirtió mi padre—. ¿Los ves?

Enloquecidos por el temor, los ciervos huían por un valle y luego se dirigían veloces hacia las tierras altas.

Pero pronto se vio venir a los ojeadores ladera abajo, haciendo mucho ruido y gritando:

—¡Hey! ¡Hale! ¡Eh!…

Con tal estrépito, fueron conduciendo a los ciervos hacia los claros que se extendían ante nosotros. Allí se vio concentrarse a los ciervos adultos con sus altivas testas y a las ciervas delicadas que miraban hacia atrás. Entonces, desde cada rincón del bosque, comenzaron a volar hacia ellos las flechas.

—¡Ahora vas a ver, hijo! —exclamó mi padre.

Le vi apuntar y disparar una saeta que fue a clavarse en el pardo flanco de un gran ciervo que nos pasaba por delante.

—¡Le has dado! ¡Le has dado! —grité.

Era tan experto que no fallaba una. Hasta tres flechas más le clavó y la bestia cayó agonizante. Enseguida acudieron varios hombres que estaban apostados con perros de refresco y rápidamente remataron al venado.

Terminada la cacería, recorrimos muy satisfechos el escenario de la matanza. Los niños estábamos encantados. Llevados por nuestra curiosidad, nos deteníamos absortos a contemplar el desolle y descuartizamiento de los animales, el reparto de las carnes y el arrojo de los despojos a los perros que se los disputaban fieramente.

Más tarde, a mediodía, en la comida, los caballeros bebían y discutían entre ellos sobre si era mejor esta o aquella manera de caza.

—Prefiero cazar con pica y espada —opinaba mi padre—, en vez de con arcos y flechas. Pues así, persiguiendo a caballo al venado o al jabalí, arrinconándolo luego, descabalgando y yéndose a ellos con el arma, tiene uno mejor ocasión de practicar las habilidades caballerescas.

—¡Claro! —replicaba otro—. Pero en unos parajes tan agrestes como estos ya me dirás. Aquí no cabe más caza que la de las flechas.

Y así proseguía la discusión, opinando unos y otros, porfiando entre ellos, ponderando estas o las otras armas.

De vuelta a casa iba yo feliz, como si regresase de un sueño. Me dieron un baño caliente, me acostaron y me dormí al momento sumido en una inmensa placidez.

8

Cuando, cumplidos trece años, llegué a los umbrales de la adolescencia, ya mi padre había puesto sumo cuidado en que aprendiera muchas cosas importantes para la vida. Pues su buen juicio le aconsejaba que el hombre ocupado solo en los menesteres de las armas y la caza —por muy conveniente que esto sea— acaba embruteciéndose. Así que determinó que, desde temprana edad, mis hermanos y yo tuviéramos preceptor. Se empleó en nuestra educación un clérigo, don Celerino, hombre muy sabio, de hablar pausado y lentas maneras, que tenía fama de ser paciente. Con él aprendimos el abecedario primero y después la lectura y la escritura. Su mayor empeño era la caligrafía, a la que nos aplicaba horas y horas sin ceder hasta que no viera que imitábamos perfectamente las muestras. Esto a mí me exasperaba y me causaba grandes sufrimientos, pues siempre he pecado de impaciencia. Don Celerino me sacudía buenos pescozones y me recriminaba:

—¡Chapucero! ¿No ves que si un día no vales para las armas al menos podrás ser un buen escribano?

Los latines tampoco me iban mucho, pero comprendí pronto, gracias a Dios, lo necesarios que eran para conocer muchas cosas de los grandes hombres del pasado que tanta admiración empezaban a causarme. Los rasgos y el color de aquellas batallas narradas por Tito Livio y Salustio me encendían por dentro. También me encantaban las historias que se narraban en los libros históricos de la Biblia: las gestas guerreras del rey David, la destrucción de las murallas de Jericó, los apasionantes capítulos que se refieren al Arca de la Alianza. Pero sobre todo me encandilaban las viejas crónicas que narraban las vidas de reyes y nobles señores; en ellas se enseñaba cómo se deliberaba en la corte real, las vidas que hacían los reyes virtuosos, las de los reyes dominados por los vicios; cómo se conjuraban los magnates, cómo se libraban las batallas: la disposición de los ejércitos, el avance, la refriega y la lucha cuerpo a cuerpo, una retirada simulada, el asalto repentino, el asedio de las fortalezas, la confusión, la fuga…

Don Celerino, que solo había salido de Jerez para encerrarse en el seminario, veía el «siglo» —como él decía—, lo temporal, la vida y el mundo como un mar tempestuoso y lleno de peligros. Solía repetir una y otra vez que «para el verdadero cristiano la vida terrena es, a modo de noche oscura y tormentosa que ha de atravesarse por fuerza, como una nave que en la tempestad se debate; más allá está la eternidad, iluminada por la luz celestial o por la llama del infierno; solo domeñando lo terrenal puede darse con el camino que nos lleve a esa meta a través de las tinieblas». Para él solo contaba pues el afán por llegar a buen puerto, que es la salvación del alma.

Era muy exigente nuestro preceptor y a nuestro

padre esto le parecía muy oportuno. Estábamos en pie a las cinco de la mañana y, después de haber rezado una oración, íbamos con candelas en la mano, pues era bien de noche, a aplicarnos en las lecciones de aquellos grandes libros y en las escribanías que don Celerino nos encomendaba. Teníamos varias clases hasta las diez, sin interrupción. Después empleaba el maestro una media hora en corregir nuestros apuntes. Comíamos y se nos concedía una hora de recreo. Luego teníamos lectura obligada, aunque él la llamaba «diversión», de fragmentos de Sófocles, Aristófanes, Eurípides y, algunas veces, de Demóstenes, Cicerón, Virgilio y Horacio.

Quedó muy grabado en mi mente el particular orden del mundo que aprendí en esos años. Por encima de todas las obras, *La Ciudad de Dios* de san Agustín describía la Historia como estado terrenal, por una parte, como historia de esta tierra, de sus reinos y de las grandes monarquías que habían reinado en el mundo; siendo la última de ellas el Imperio romano, con sus seis épocas históricas que se corresponden con los seis días de la creación. Mas, por otro lado, se va desarrollando el otro imperio, que es la Ciudad de Dios. Y el cristiano, aun reconociendo los derechos del reino temporal y sabiendo inclinarse ante sus potestades, debe saberse por encima de todas las cosas, ciudadano de la Ciudad de Dios. A este reino, que es el del cielo, nos dio acceso el bautismo, y en el tiempo presente somos como extranjeros en la Tierra.

Decía don Celerino que a la caída del Imperio de Carolo el Grande había seguido al mundo una división en tantos reinos que la unión de la cristiandad fue cosa difícil. Pero que, gracias a la providencia, el emperador nuestro señor, el nuevo Carlos, había sido ungido para hacer el último y definitivo de los imperios, para gloria de Dios, uniendo en sí mismo las monarquías que formaban la cristiandad.

Fue entonces cuando comencé a comprender cuáles eran los grandes enemigos de esta noble y santa causa de nuestro emperador. Por un lado estaban las muchas guerras con Francia, la cual, siendo un reino cristiano y que, por tanto, debía ser hermano, no hacía sino incordiar; por mor de su rey Francisco I, que era gran envidioso del emperador nuestro señor, alzando la testuz orgulloso, y despreciando una y otra vez los tratados que se le ofrecían. Ni las estipulaciones de matrimonio entre el rey francés y doña Leonor, hermana de don Carlos, le hicieron entrar en razón. Tanta era su vileza que hasta llegó a forzar al mismísimo papa de Roma para que se coaligara con él y con otros príncipes occidentales, malos cristianos todos ellos.

Me expliqué entonces por qué había en casa un niñito Jesús de madera, al que mi abuela decía «de Roma», que fue traído por don Álvaro, según contaban, antes de nuestro nacimiento, cuando fue con los tercios a hacer la guerra al papa de Roma. Ya me parecía a mí raro eso de hacerle la guerra al papa, nosotros que éramos tan cristianos, católicos, apostólicos y romanos, precisamente. Qué bien me hizo comprenderlo don Celerino, razonando que Clemente VII, el obispo de Roma, era también un rey temporal y que por lo tanto, aunque no como papa, podía irse contra él a modo de señor de vasallos y súbditos.

También venía yo a ver claro entonces por qué mi abuelo y mi padre en sus conversaciones maldecían a los franceses y decían que eran aún más malos que los moros. Y es que ambos habían guerreado lo suyo contra los ejércitos de Francia. Don Álvaro tenía un pedacito de plomo en la frente, que le traslucía por la piel, de un tiro de arcabuz que le dieron cerca de Niza, cuando iba embarcado con los genoveses, después de que estos se pasasen del lado de los franceses al nuestro, antes de la Paz de las Damas.

Don Celerino decía siempre que los franceses eran capaces de tener inteligencias con los herejes, con los infieles y hasta con el mismísimo Satanás, con tal de no hermanarse con España. Así de perverso es ese reino.

A nuestro buen emperador no le bastara la penitencia de los franceses, para que en los propios reinos de Alemania le creciera una mala hierba peor que ninguna: los protestantes. Ese Lutero, hijo del demonio, vino a sembrar sus herejías y esto nos costó otro montón de guerras. Fueron estas las que le tocaron en suerte a mi señor padre, que se pasó toda la juventud, desde sus dieciséis años, recorriendo Europa para no darle respiro a los luteranos. En las campañas del Danubio y del Elba contra la Liga de Esmalcalda y por fin en Mühlberg, en la gran victoria, cosechó los méritos y distinciones para ser capitán de los tercios y ganarse este merecido descanso junto a su esposa y sus hijos.

Con todo esto, cerníase en el horizonte la sombra del más terrible enemigo: los turcos. Ya para nuestros reinos de Castilla había sido el moro africano una amenaza que no daba descanso, aliado a Barbarroja, que desde sus posiciones argelinas saqueaba y asolaba cuanto le venía en gana las costas levantinas y andaluzas. Así que el emperador nuestro señor decidió de una vez por todas ir a darles su merecido y ordenó que toda la flota, bien cargada con los mejores soldados, fuera allá, a Argel, en el año del Señor de 1541 para hacer la guerra a los infieles.

Pero no estaría de Dios la victoria, puesto que arreció una fuerte tormenta que dispersó las naves, dando al traste con la operación de ataque. En una de las galeras iba don Álvaro, muy resuelto, a luchar en la que sería su última batalla. Naufragaron y mi abuelo fue hecho cautivo, justo el año que nací, permaneciendo más de un lustro en manos de moros que le hicieron perder el buen juicio, como ya he contado más atrás.

9

Corría el año del Señor de 1555, un año aciago para nuestro Imperio, cuando el emperador mandó convocar a cuantos caballeros pudieran acudir en auxilio de su causa. Resultaba que el frente antiprotestante del Tirol se había visto obligado a retroceder ante el avance de los herejes enemigos, llevando a nuestras tropas a los lugares inciertos de Innsbruck. Y meses más tarde se fracasó de nuevo en el desafortunado cerco a los franceses en Metz, donde tantas bajas españolas hubo. Así que solo llegaban noticias de derrotas, retiradas y huidas vergonzantes. La buena fama de nuestros ejércitos empezaba a estar en entredicho.

Mi padre estaba furibundo, como un león amarrado con una cadena. Iba de un lado a otro por el pasillo, sumido en sus cavilaciones, y comentaba desolado:

—¿Para esto hicimos lo de Mühlberg? ¿Para esto nos hemos dejado media vida en esa sombría Europa?

Mi madre se iba a él con mucha ternura y trataba de calmarle con palabras consoladoras.

—Esposo, tú ya hiciste tu parte de guerra. No sufras ahora. Deja esas guerras para los que vienen detrás.

Porque ella estaba muy temerosa de que mi padre resolviera acudir al llamamiento de hombres que un domingo y otro, después de la misa, hacía el regidor de la ciudad públicamente; animando a cuantos caballeros quisieran ir a unirse a la empresa de la cristiandad.

—Tengo poco más de treinta años —observaba él sacando un robusto pecho—. He de dar lo que tengo, que es esta juventud que aún me queda.

Entonces mi madre rompía en sollozos, se hincaba de rodillas delante de él y le suplicaba:

—¡No, amor mío! ¡Hazlo por tus hijos, por esta esposa que se morirá si vuelves a la guerra!

—Bueno, bueno, querida —decía él abrazándola, vencido por las lágrimas de su esposa.

Fue por entonces cuando vino a empeorar mi abuelo. Precisamente a causa de una de esas pésimas noticias que este mal año no dejaron de llegar. Ya hacía tiempo que tenía perdida casi del todo la memoria, de manera que, extrañamente, recordaba unas cosas sí y otras no. A las personas las confundía, aunque fueran de su propia familia. Si se cruzaba, por ejemplo, conmigo o alguno de mis hermanos, se nos quedaba mirando extrañado y preguntaba:

—¿De quién eres hijo tú, mozo?

—De don Luis Monroy —contestábamos.

—Ah, buen caballero —añadía él y seguía su camino.

No reconocía ni a sus hijos, aunque vivían en su propia casa.

Uno de aquellos días, el vicario de la Orden de Santiago mandó aviso de que había de reunirse el capítulo del partido de Extremadura en Jerez de los Caballeros. El acontecimiento se anunció con mucha antelación y fueron llegando miembros de la Orden para congregarse en la fecha prevista, la cual no recuerdo bien ahora, pero que debió de ser por el mes de abril, pues era pasada ya la Semana Santa. A nuestra casa vino a hospedarse don Juan de Villalobos, hermano de mi abuelo, que era de Montánchez.

Curiosamente, don Álvaro reconoció a su hermano y se alegró mucho de verle. Pero no debía de estar tampoco muy cuerdo don Juan, pues le llenó a mi abuelo la cabeza de pájaros con los asuntos de las guerras con los moros, las cruzadas y los menesteres de la Orden. Así supo don Álvaro que en los últimos cuatro años la cristiandad había perdido Trípoli, la isla de Elba y —lo peor de todo— recientemente había caído en poder de los sarracenos el peñón de la Gomera. Don Álvaro puso el grito en el cielo:

—¡Vive Dios! ¡Esto es el acabose! ¡Señor Santiago, válenos!

Esa misma mañana subió a los altos de la casa y se encerró en el doblado donde guardaba el arsenal. A mediodía bajó revestido con armadura y pertrechado como para ir a dar batalla.

—¡Mi caballo! ¡Traedme mi caballo! —ordenaba.

Mi señora abuela, muy asustada, fue hacia él imprecando:

—Señor marido, ¿adónde va vuestra merced?

—¡A hacer la guerra a los moros y que nadie se cruce en mi camino que me lo llevo por delante! —respondió fieramente don Álvaro.

No se encontraba mi padre en casa por haber salido a unos asuntos y, como viéramos que estaba don Álvaro en actitud peligrosa, no sabíamos qué hacer.

—¡He dicho que traigan ahora mismo mi caballo! —insistía mi abuelo, poniéndose cada vez más violento—. ¿Es que no se va a hacer lo que yo mando en esta casa?

Muy apurados, se reunieron en la cocina mi abuela, mi madre y mis tías con los criados. Acordaron reducir a don Álvaro entre todos, si podían. Fueron a donde él y le rodearon con sogas y con mantas. Pero vieron que nada podía hacerse, pues daba mandobles a diestro y siniestro.

A todo esto, en vez de ayudar, don Juan de Villalobos, mi tío abuelo, se inhibía y, de manera muy poco razonable, añadía leña al fuego diciendo:

—Dejadle, pues necesita desbravarse.

—¡Por Santa María, que hará una temeridad! —sollozaba mi abuela.

Finalmente, resolvió mi madre que se le llevara la corriente a don Álvaro, pues recordó que mi padre había dicho que era eso lo que debía hacerse si se ponía obcecado. Fueron los lacayos a por el caballo, lo ensillaron y se lo llevaron.

Subió don Álvaro a su montura y salió al galope por las puertas traseras, cruzando los huertos, como alma que lleva el diablo, lanza en ristre y capa al viento, dejándonos muy preocupados. Atravesó los arcos de la muralla y le vimos remontando unos cerros a lo lejos.

—¡Ay, Dios Santo, que no le pase nada! —rezó mi abuela.

—¡Corre, Maximino, ve a buscar a tu padre! —ordenó mi madre.

Corrió mi hermano mayor y fue a buscar a mi padre, que estaba en unas propiedades nuestras no muy alejadas de la ciudad. Cuando regresaron ambos y hubo sabido mi padre todo lo que había pasado, dispuso que fuéramos los tres hermanos con él en busca de don Álvaro.

69

Así que subimos en los caballos y partimos a galope tendido hacia los campos.

Después de un largo trecho, llegamos a un rafal donde unas mujeres cardaban lana junto a sus cabañas.

—¡Eh, buenas mujeres! —les preguntó mi padre—. ¿Vieron pasar a un caballero armado?

—¡Por allá! —señalaron ellas con el dedo.

Cabalgamos en la dirección que nos indicaron y fuimos a parar a unas huertas donde preguntamos lo mismo de antes a unos labriegos. Muy extrañados estos, nos explicaron que había estado allí no hacía mucho tiempo y que les dijo que iba en busca de turcos, que si habían visto alguno le dijeran dónde.

—Ya ve, señor caballero —habló el más anciano de los labriegos—, ¿turcos por aquí…? Le dijimos que lo más parecido a lo que buscaba era una caravana de moriscos que iban por el camino real hacia el sur. Y en esa dirección se marchó veloz.

—¡Corramos, no haga un desatino! —exclamó mi padre picando espuelas.

No muy lejos de allí, en una loma cubierta de vegetación, encontramos el caballo de don Álvaro paciendo muy tranquilo junto a unas peñas.

—No debe de andar lejos —comentó mi padre—. ¡Don Álvaro! ¡Don Álvaro! —le llamó.

Nos separamos y comenzamos a buscar por los alrededores.

—¡Padre, aquí! —gritó mi hermano Maximino.

Estaba mi abuelo tumbado junto a un arroyo seco, boca arriba, de manera que no tenía fuerzas para incorporarse, merced al peso de su armadura. Se había golpeado en la cabeza con la rama de una encina y había caído a tierra.

—¡Ay, a mí! —se lamentaba—. ¡Valedme que me han derribado esos turcos del demonio! ¡A traición me atacaron! ¡Cobardes! ¡Bellacos!

Entre los cuatro pudimos ponerlo en pie. No paraba de gritar:

—¡Soltadme, que he de volver al combate! ¡No he de cejar hasta que el último dellos sea echado de los cristianos reinos!

Nos costaba mucho llevarle de vuelta a casa; pero, con argucias muy bien pensadas, mi padre fue ganándoselo hasta hacerle entrar en algo de razón. Cuando regresamos con él sano y salvo, sin otro mal que unas magulladuras en los lomos y un chichón en el cuero de la cabeza, las mujeres de la casa, que estaban rezando a la Virgen, dieron gracias a Dios.

Después de aquel suceso le sobrevino a don Álvaro una especie de tristeza, una melancolía que fue a dar con él en cama, de donde no volvió a levantarse. Ni el sabio médico Moisés Peres sabía decir qué tenía; con sombrío rostro, meneaba la cabeza y se lamentaba:

—Hummm, mala cosa. Es cansancio de vivir, me temo.

Ni las friegas con ungüentos que le dieron, ni el jarabe de vino de pasas con yema de huevo, ni el majado de diversas hierbas reconstituyentes consiguieron levantarle el ánimo. Languidecía don Álvaro e iba perdiendo día a día esa fiereza en la mirada, tan suya. Aun así, con débil voz repetía de vez en cuando:

—No dejéis que vuelvan los moros; ponedles coto, que no se pierdan estos reinos…

Una tarde que estábamos en la alcoba con él, rodeando su cama, mi padre y los tres hermanos, empezó con esta cantinela. Y mi abuela, desde el pasillo, le gritó:

71

—¡Por Santa María, marido, déjese ya vuestra merced de moros y de reinos! Descanse que no está ya para esos trotes.

Y don Álvaro, mirándonos a nosotros con ojos muy tristes, se lamentó:

—¡Ay, señor Santiago, los reinos perdiéndose y toda esta mocedad aquí, mano sobre mano!

Este lamento de don Álvaro hizo mella en el alma de mi padre y le dejó muy compungido. Volvió otra vez a ir pasillo arriba y pasillo abajo, meditando sobre si debía o no ir al tercio.

—¡Por Dios, marido! ¿Vas a hacer caso a las palabras de mi pobre señor padre? ¿No ves que está enajenado?

—Eso es lo peor, esposa —respondía él—, pues los ebrios y los locos dicen siempre la verdad.

10

La vida de don Álvaro de Villalobos se fue consumiendo, como se agota el aceite de una lámpara, hasta que se apagó definitivamente la tenue fiereza que quedaba en sus ojos. Cuando expiró, caía la tarde y estaba la casa a media luz, ornada por el baile de sombras que las oscilantes llamas de las velas proyectaban en las paredes. Fuimos a congregarnos en la alcoba donde yacía con las manos cruzadas sobre el pecho, como asidas a la cruz de Santiago que tan roja tenía bordada en el negro hábito. Su perilla blanca apuntaba al techo, como las punteras de sus finos zapatos de tafetán que enfundaban los menudos pies. Tenía su pálida piel un algo de cera y se asemejaba a los cuatro cirios que ardían en las esquinas. Gemía mi abuela con quejidos sordos y un fraile recitaba el responso en latín, monótonamente.

Hubo funerales muy solemnes, con misa de muchas capas y la presencia de importantes y nobles caballeros. Asistió el vicario de la Orden, que vino expresamente desde Tudía y no escatimó elogios a mi abuelo. Silenció prudentemente la demencia de los últimos años y ponderó el cautiverio que sufrió con los moros de Argel, como un «grande sacrificio que a manera de purgatorio le había servido para ganar el cielo». En casa se taparon los cuadros, excepto el de la Virgen y los santos, y se colgaron telones negros que cubrían las paredes y las ventanas, convirtiendo la casa en un lugar oscuro y triste.

El primer día que recibimos lecciones después de los lutos, don Celerino nos habló muy gravemente de nuestro señor abuelo, diciéndonos que «con él se extinguía una raza de nobles y bravos caballeros, gracias a los cuales nuestros reinos disfrutaban de toda su gloria y grandeza».

—¡No ha de ser así! —saltó en su pupitre mi hermano Maximino, que por tener ya diecisiete años estaba hecho todo un hombre.

—¿Y pues? —le preguntó don Celerino.

—Porque he resuelto irme al tercio, a hacer la guerra a los infieles, como hicieron mi abuelo y mi padre cuando tuvieron mi edad.

—Loable y santa es esa voluntad tuya —le dijo muy solemnemente el clérigo—. Plugo a Dios que te acompañe.

A mí me entró como un removimiento por dentro y un deseo grande de emular a mi hermano.

—Y yo también iré al tercio —afirmé a mi vez.

—Bueno, bueno —observó don Celerino—, tú de momento será mejor que te apliques a los latines y a los libros, mientras no te brote la barba.

Mi hermano Maximino cumplió sus propósitos y fue a alistarse a la Caja. Le acompañó mi señor padre, y esto fue lo peor; puesto que, al tener inteligencias con sus compañeros de armas, se le encendieron aún más las ganas de irse a la guerra. De manera que se decidió a no llevar cuenta de las contemplaciones de mi madre y muy firmemente anunció que su hijo y él se iban a los tercios del emperador, a dar batalla a los sarracenos que asolaban las costas.

La despedida fue como un duelo dentro de otro. Toda enlutada, mi madre se aferraba al capote de su marido y gritaba presa de la desesperación:

—¡No, que se me irá la vida! ¡No me dejes!

Me pareció que el alma se me desgarraba al contemplar aquella escena. Pero comprendía yo que mi padre debía marchar, pues era su deber. Verle subir al caballo, tan serio y decidido, picar espuelas y partir, vistiendo su armadura, con el bacinete empenachado y las galas de capitán, igual que el día que vino, me produjo una rara impresión, mezcla de dolor y de entusiasmado orgullo.

Mi madre enfermó a causa de la pena. La palidez se apoderó de su rostro, los ojos cambiaron su dulce mirada y sus piernas se debilitaron. No parecía la misma persona. Cuando yo iba a consolarla, me abrazaba y me decía entre suspiros y gemidos:

—Estas guerras, hijo mío… Siempre estas malditas guerras… Esta vez me lo quitarán… Sí, esta vez no volverá…

Parecía que su fina intuición de amante veía a través del tiempo y la distancia, pues no habían transcurrido seis meses cuando regresó mi hermano malherido y portando las peores noticias: nuestro señor padre había sido muerto en la galera en la que navegaban hacia Bugía con la flota que iba a recuperar la plaza africana perdida a manos de Uchalí de Argel. Los turcos atacaron harto fuertes en naves y hombres y hundieron un buen número de nuestros barcos. Mi hermano, herido en una pierna, pudo escapar a nado y ponerse a salvo en una galera de las nuestras que lo recogió. Pero mi pobre padre pereció a causa de sus heridas o ahogado y no pudieron siquiera rescatar su cuerpo. Dios lo tenga en su gloria.

Pareció que la más oscura sombra vino a caer sobre nuestra casa. No hubo ese año Navidad, ni palominos guisados, ni chacinas, ni dulces... Ciertamente culminaba un año aciago. Las últimas guerras contra los protestantes se habían llevado a demasiados buenos caballeros. En Jerez no había casa en la que no estuvieran de luto. Me parecía que el doblar de las campanas de Santa María de la Encarnación, grave, monótono y triste como un lamento, era un sonido cotidiano. Y tanta sangre de buenos soldados parecía vertida en balde, pues los fracasos militares que se sucedieron, uno tras otro, hicieron que nuestro emperador se plegara finalmente en la Paz de Ausburgo a las exigencias de los herejes. También se supo que había muerto la reina doña Juana, en el castillo de Tordesillas, el Viernes Santo de este infausto año de 1555.

Parecía que todo se coaligaba para hundir definitivamente el prestigio de nuestro señor don Carlos. Algunos utilizaban su nombre con ligereza y hacían juicios sobre él, no exentos de cierto aborrecimiento. Iba extendiéndose el sentimiento de que sus vanidades y excesos en el poder terminarían llevando al desastre a nuestro mundo. Habían sido años tan recios, a causa de tantas guerras, que no quedaba en España un maravedí que se pudiera dar en socorro de estas desgracias.

Como no tuviéramos suficiente con escuchar a los

mayores relatar infortunios, don Celerino nos mortificaba diariamente con su visión funesta de la vida. Le dio por leernos los escritos de Hugo de san Víctor y de san Bernardo de Claraval en los que se decía que «la vida es un destierro del que deseamos salir para llegar a la patria; es un valle de lágrimas del que ansiamos evadirnos para ver a Dios». También una mañana tras otra, en las penumbras heladas del amanecer, nos hacía leer fragmentos del tratado *Del desprecio del mundo* o de *Miseria del cuerpo humano*, del papa Inocencio III, en los que describía el hombre y la vida humana como «objeto de tenebrosa y repugnante atrocidad; la generación y el nacimiento, el cuerpo y sus funciones, todos los procesos de la vida son cosa tristísima y lamentable; bajo tantos bellos nombres no hay más que el ciego impulso de la Naturaleza, que todo lo domina, y bajo la capa de la apariencia laboran sin descanso las destructoras fuerzas de la muerte y de la corrupción. El niño es concebido —decía— en el incendio de la pasión, nace entre gemidos y es el más miserable y desamparado de todos los seres».

Tengo grabado en mi memoria adolescente el sombrío rostro del clérigo, a la luz de la lámpara de aceite, impasible, casi inmóvil, diciéndonos con voz lenta y grave:

—El mundo es pecado y el pago del pecado es la muerte.

Padecía yo mucho sufrimiento a causa de tan tenebrosas enseñanzas. Parecíame que perdería el alma para la condenación eterna y la angustia se apoderaba de mí. Por las noches tenía terribles pesadillas en las que me veía caer a las aguas oscuras e insondables del mar, hundirme e ir a encontrar en ellas a mi pobre padre, comido por los peces.

Para colmo, mi hermano Maximino empeoró de la herida de su pierna; le salieron pústulas hediondas y la carne se le pudría en vida. El médico Moisés Peres determinó que había que cortar por lo sano. Aunque a los hermanos nos llevaron al final de la casa, a las caballerizas, pudimos oír los horribles alaridos del pobre Maximino cuando le amputaban la pierna con un serrucho.

Con estas impresiones en la mente aún tierna, no podía pegar ojo luego. Comencé a languidecer, adelgacé mucho y me asaltó cierta debilidad de vientre. El señor Peres me observaba atentamente y, al verme tan desmejorado, después de haber sido el más robusto de los tres hermanos, comentaba:

—Hummm… No sé… debe de ser cosa del crecimiento.

Pero ahora comprendo que las casas donde reinan la tristeza y el permanente recuerdo de la muerte no son sano ambiente para la crianza de un muchacho.

A finales del año del Señor de 1555 se extendió la noticia de que el emperador don Carlos, nuestro señor, había abdicado en el gran palacio de Bruselas de su reinado sobre los Países Bajos. Y más adelante, el 16 de enero del año recién comenzado, abdicó asimismo de Castilla y Aragón, Sicilia y Nuevas Indias, en la persona de su hijo don Felipe.

Cambió pues la testa real que había de llevar la corona y alentó una leve esperanza de que vinieran tiempos mejores.

Pero este nuevo año del Señor de 1556 fue para mi persona para quien vino a trocar completamente los destinos. Pareció que mi malogrado padre acudía a socorrerme desde el otro mundo. Fue abierto su testamento y resultó que dejaba la hacienda a mi hermano Maximino, como era de esperar por ser primogénito, luego dotaba al segundo de sus hijos, mi hermano Lorenzo, con dineros suficientes para quedar bien situado en el monasterio de Guadalupe, pues ya había manifestado él su deseo de ser monje de la Orden de San Jerónimo. Y para mí disponían sus últimas voluntades que, al faltar él, fuera yo enviado a ponerme a las órdenes de don Francisco de Monroy, su tío, el séptimo señor de Belvís, que, por haber sido gran caballero del emperador y muy afamado hombre de armas, era el más indicado para darme una adecuada instrucción militar.

Mi pobre hermano Maximino quedó con una pierna de palo y tuvo que renunciar a las armas, pasando a hacerse cargo de las tierras y encomiendas de la familia; Lorenzo partió hacia su monasterio muy conforme; y yo fui mandado por mi madre a cumplir la voluntad de mi señor padre, poniéndome en camino hacia el norte, hacia Belvís de Monroy para ser paje del mencionado señor.

LIBRO II

De cómo el héroe de esta historia, obedeciendo al codicilo de su señor padre, partió para servir de paje en el castillo de Belvís, con el fin de ser instruido en las armas por don Francisco de Monroy. Pero habiendo muerto este, la octava señora de Belvís, su hija, llevó a don Luis María a servir a su esposo, el conde de Oropesa.

11

Recuerdo mi partida como si hubiera sido ayer mismo. No fue un acontecimiento ornado con el orgullo familiar como debió de ser el día que mi padre se marchó a hacer la carrera de las armas. Era tanto el dolor en nuestra casa que mi despedida estuvo impregnada por el sabor de lo irremediable. Los únicos hombres presentes fueron mi tío don Silvio, que no era muy expresivo, y mi pobre hermano Maximino, cuyos ojos traslucían su tristeza por haber perdido la oportunidad que a mí se me daba. Subimos los tres a los doblados de don Álvaro, que no se habían vuelto a abrir desde su muerte, y estuvimos determinando qué armas iba a llevarme.

Era evidente que ninguna de las armaduras de mi abuelo me serviría, pues no teniendo aún cumplidos los catorce años ya le superaba yo en estatura. Pero había allí buenas espadas, el mandoble toledano de inmejorable temple y un par de rodelas en perfecto estado.

—Con esto y media docena de picas de caza tendrás suficiente —aseguró don Silvio—. Tu señora abuela tiene pensado darte cuartos bastantes. Mejor es llevar dinero, que pesa y no abulta, y adquirir luego lo que necesites. Ya tendrás oportunidad de ir a Toledo, donde hay todo lo que ha menester un caballero. Belvís no está lejos y don Francisco de Monroy a buen seguro lo frecuenta, pues le privan las armas.

Y bien generosa fue mi abuela. No era una mujer demasiado cariñosa, mas no le escocía soltar los cuartos. Abrió el arcón donde guardaba los dineros y fue sacando puñados de monedas que depositó sobre la mesa, mientras comentaba:

—No corren buenos tiempos y es preciso administrarse, Luis María, hijo mío; pero, ya que eres el último Villalobos que ha de esgrimir las armas, no ha de faltarte de nada.

Alineándolas por su valor contó cuarenta monedas. Primero separó las de oro: una corona cuádruple, dos dobles, tres coronas sencillas, seis ducados y cuatro escudos; o sea, dieciséis en total. Después contó veinticuatro monedas de plata de diversos valores: de seis, tres, dos, uno y medio real. Y por último, a peso, de otro arcón sacó la calderilla: maravedís de cobre y dineros de vellón que puso en dos bolsas de cuero.

—Esto para ir tirando —me dijo—. Pero el oro y la plata guárdalo, que al paso del tiempo se aumentará su valor, hijo.

Mi madre me entregó la mejor montura de la casa, una yegua alazana que mi difunto padre usaba para sí. Maximino no puso muy buena cara, lo cual es de perdonar, y yo hice ademán de conformarme con otra cabalgadura.

—Es lo que haría vuestro señor padre —justificó con energía su largueza nuestra buena madre, tirando de las riendas de la soberbia yegua y poniéndolas en mis manos.

Me cedieron también dos criados para que me acompañasen en el largo viaje, dos buenas mulas de carga y un jumento para llevar alforjas con viandas y agua.

La partida fue una madrugada muy fría del mes de febrero. Hubo primero una sesión de llantos y lamentos en el salón principal de la casa. El aya Vicenta, que era muy dada a poner aspavientos a estas circunstancias, sostenía un gran pañolón para enjugarse las lágrimas y sollozaba:

—¡Ay, Virgen Santísima, que se me hace ver al padre cuando marchó! ¡Si es igualito! ¡Qué bien dejó su semblanza el bueno de don Luis! ¡A ver si eres tan buen caballero como tu señor padre!…

Vi a mi madre derrumbarse y mi abuela mandó callarse al aya.

—¡Calla, Vicenta, por amor de Dios! ¡No nos remuevas la pena!

Vinieron luego los besos, los abrazos y los buenos consejos de mis tías. Siguieron las recomendaciones graves de don Celerino:

—Guarda el alma más que nada, Luis María. No vayas a perder lo que más vale por ir a perseguir vientos. Cuídate de las vanidades, sujeta la sensualidad, modera el amor propio, encomiéndate a Dios, la Virgen, los santos…

Don Silvio, tan poco expresivo como era, solo me dijo:

—Deja bien alto el nombre de los Villalobos; que no se diga, muchacho.

Mi madre estaba muy afectada. No pudo decir ni media palabra. Ya el día antes me había manifestado con mucha amargura que no comprendía las guerras, que las odiaba y que sería capaz de dar su propia vida para que cesaran. También me dijo que si me dejaba marchar era por obedecer la voluntad de mi señor padre; pero que, si por ella fuera, me quedaría en casa para ayudar a Maximino, o me mandaría al monasterio con Lorenzo. Asentí con la cabeza por no contradecirla en un momento de tanto dolor, mas no había en mi alma el menor deseo de gobernar haciendas y mucho menos el de ingresar en religión. ¡Menos mal que mi buen padre supo prever bien las cosas antes de irse al encuentro de Dios!

Amanecía débilmente cuando salí de la casa. Un gran silencio estaba como prendido de las murallas y una quietud inmensa lo dominaba todo. Allá en el cielo azul turquí, tan limpio, brillaban lejanísimos luceros como ojos que observaban desde las alturas el nuevo porvenir que se extendía ante mis pasos.

Las caballerías descendieron lentas por las calles en cuesta, haciendo resonar sus cascos. Los perros del Granadino ladraron un rato. Después cantó un gallo; otro le contestó y luego un tercero. Retornó el silencio. En mi alma había algo de congoja, pero brotaba un surtidor de ilusiones, de deseos de aventuras, de pasión por lo desconocido…, como una fuente que me animaba.

Atravesamos el rabal, las huertas, las casillas de los campesinos y los poblados de pastores. Después fue como si nos engullera un denso alcornocal que se extendía, cerro tras cerro, hasta hacerse más espeso cada vez. Amanecía ya y la luz bañaba las encinas carrascas, los quejigos, los madroños y las retamas. Me llegaban los aromas umbríos del invierno hechos de humedades y musgos. Acá fluía un arroyuelo entre las peñas, allá corría una torrentera desde donde se alzaba a los cielos el vuelo de los patos; las liebres saltaban a nuestro paso e iban a buscar sus perdederos. Llevaba yo atado a mi caballo el mejor de los alanos de nuestra reala, que fue el regalo de Maximino, y quería irse a cada momento en pos de cualquier movimiento de hojas que hubiera en la espesura.

—¡Quieto, León! —le gritaba yo con autoridad, emulando la manera de tratar a los perros de mi difunto padre.

Fuimos siguiendo el camino real que cruzaba las sierras hacia el este, pasamos bajo el gran castillo de Burguillos del Cerro y, después de ir sorteando montes por agrestes parajes, descendimos hasta Zafra. En las puertas de las murallas se agolpaban los comerciantes esperando para pagar la tasa y entrar a vender sus productos. Hicimos noche en una venta del camino y proseguimos muy de madrugada hacia el norte, por la gran carretera que llaman de la Plata.

Desde Mérida hasta Trujillo se hizo muy bien el trayecto, ascendiendo y descendiendo por suaves ondulaciones, con sol todo el tiempo, aunque caída la tarde arreciaba un viento frío que helaba los huesos. Lo peor vino una vez pasado Trujillo, pues el camino se enriscaba por unas sierras tremendas donde alcanzamos las nubes y comenzó una lluvia fría, de manera que no volvimos a viajar secos.

Era la última hora de la tarde cuando avistamos el castillo de Belvís de Monroy, allá a lo lejos, enseñoreado sobre un alto promontorio, bajo el cielo oscuro abarrotado de negros nubarrones. Fuimos acercándonos por una vereda tortuosa, entre bosques. El vendaval agitaba las copas de los árboles y ululaba en las montañas. Sentí un estremecimiento, pues me parecía aquel un paisaje hostil, bien diferente al de mi tierra.

Después de remontar una loma, aparecimos repentinamente al pie del monte donde se yergue la fortaleza. Ascendimos lentamente por la ladera, pasando entre el caserío, y fuimos a detenernos ante la primera muralla, cuya puerta estaba ya cerrada por ser de noche casi.

—¡¿Quién va?! —nos gritó alguien.

—¡Gente de bien! —contestó uno de los lacayos que me acompañaban.

Oímos ajetreo al otro lado de la puerta. Al cabo subió un hombre a la torre y nos observó durante un rato. Luego dijo:

—El señor del castillo compra solo en el mercado del pueblo.

—No somos comerciantes —explicó el criado.

—¿Qué procuráis pues? —preguntó el de la muralla.

—Viene aquí don Luis María Monroy —comentó el criado—, hijo de don Luis Monroy, que Dios tenga en su gloria.

—¡Ah, vive Dios! —exclamó el de la muralla—. ¡Haber empezado por ahí! Ahora mismo os abro.

Arreciaba la lluvia en ese momento. Estaba yo calado hasta los huesos y tiritaba encima de mi caballo; no sentía las manos, ni las piernas y estaba a punto de caer de la silla, pues me abandonaban ya las fuerzas.

—No se los esperaba tan pronto a vuestras mercedes —comentaba desde el otro lado el castellano, mientras iba descorriendo chirriantes cerrojos y dejando caer aldabas.

—¡Apresúrese vuestra merced! —le apremió mi criado—, que se nos arrece el muchacho.

—¡Va, va!

Se abrió la puerta y apareció un hombrecillo enjuto que sostenía un farol. Nos indicó el camino y fuimos subiendo por la calzada empedrada hasta los muros robustos de la fortaleza.

—A ver si nos oyen —comentó el hombrecillo—; que a veces andan por dentro y…

En esto aparecieron cuatro fieros mastines ladrando que se abalanzaron sobre mi perro, enzarzándose los cinco en una pelea. Apenas se veía, escuchábase el surgir y el zaleo de los canes, de manera que mi yegua se encabritó y dio conmigo en el suelo. De repente estaba en un charco, bajo los cascos de las bestias.

—¡Eh! ¡Quietos! ¡Tened esos perros! —escuchaba.

Cuando lograron sujetar a los mastines cesó el jaleo. Habían acudido media docena de criados que se hacían cargo de nuestras cabalgaduras y comenzaban a descargar la impedimenta. Uno de ellos se ocupó de mí y me condujo por una gran puerta hasta unos patios.

—¡Señora! ¡Señora! —iba gritando.

Caminaba yo casi a tientas, cubriéndome con una manta que poco me guarecía por estar empapada. Arreciaba la lluvia y el agua corría por todas partes.

—¡Señora! ¡Señora! —insistía el lacayo, haciendo sonar el aldabón de una segunda puerta que permanecía cerrada delante de nosotros.

—¡Va! —se escuchó contestar al otro lado.

Salió a recibirnos un anciano vestido de negro.

—La señora está ya en sus aposentos —dijo.

—Este es el pariente que esperaban —explicó el lacayo.

—¡Ah, vaya! —exclamó el anciano.

—¿Qué pasa por ahí, qué jaleo es este? —preguntó una voz de mujer desde la altura.

Vi que bajaban dos damas por una escalera de piedra que tenía justo enfrente, la una llevaba una palmatoria con una vela; la otra venía detrás y apenas se la veía por estar en la sombra.

—Es vuestro pariente —le dijo el anciano.

Las dos mujeres se acercaron a mí. La de la vela era una bella señora y la que venía por detrás me pareció ser muy joven, aunque seguía sin verla del todo.

—¡Ay, criatura, si está pingando! —exclamó la de la vela al comprobar mi estado.

A todo esto acudieron un par de criadas con sus candiles encendidos y hubo más luz en la estancia. Me quité yo la manta de por encima de la cabeza y avancé unos pasos, aunque no decía nada, pues la timidez y el frío me tenían mudo.

—¡Virgen Santa! —suspiró la señora más madura—. ¡Si es nuestro Luis Monroy en persona!

Se adelantó la joven y se puso muy cerca de mí, delante, mirándome muy fijamente. Entonces pude ver al fin su rostro. Era casi muchacha todavía y me pareció muy bella. Aun siendo la primera vez que la contemplaba, sus rasgos y toda ella me resultaban familiares.

—¿Eres Luisito, el hijo de don Luis Monroy? —me preguntó con unos sorprendidos ojos azules.

—Para servirla, señora —respondí con una inclinación.

—¡Ay, madre, si es la estampa de Luis! —exclamó la señora madura—. ¡Qué parecido!

Entonces estornudé yo un par de veces.

—Pobre —se lamentaron ellas—; lo tenemos aquí arrecido. Anda, Luisito, ven al calor.

Me llevaron a un salón grande y destartalado, a cuyo fondo había una chimenea inmensa donde el anciano vestido de negro atizó la lumbre y pronto empezó a emanar un calor que me daba la vida.

—Andad, traedle algo de comer —ordenó la señora a sus criadas—; un tazón de leche caliente, pan, miel y dulces.

Allí, sentados junto al fuego los tres, estuvimos un buen rato. Mientras yo daba buena cuenta de los alimentos que tan bien me sentaban, ellas me explicaron algunas cosas que no sabía. La mujer madura era doña Beatriz de Monroy, hija del séptimo señor de Belvís, don Francisco de Monroy; y la más joven era una sobrina suya que le hacía de dama de compañía, llamada Inés Castro de Monroy. Ambas eran pues parientes de mi señor padre.

—¿Y el señor de Belvís? —le pregunté a doña Beatriz—. He venido a este castillo a ponerme a su servicio. Mi señor padre dejó dispuesto en su codicilo que si moría en la guerra viniera yo a servir de paje a su tío don Francisco de Monroy, para que prosiguiera él mi instrucción como caballero.

Ella se quedó mirándome un momento con cara de perplejidad. Luego, comentó con tristeza:

—Vaya, muchacho, ni mi primo don Luis ni tu señora madre debieron de enterarse de que mi padre, el señor de Belvís, murió hace años. En este castillo no habita ya ningún Monroy. Si me alojo yo ahora en él es solo de paso, pues vengo cada año un par de veces a lo que fue mi casa. No viven aquí sino ese viejo lacayo que te abrió la puerta, Ventura que se llama, y media docena de sirvientes para mantenerlo todo en orden y que no se eche a perder.

Me quedé pasmado y en estado de confusión grande. De repente se disipaban todas mis ilusiones. Debió ella de adivinar mis angustias y temores porque enseguida se apresuró a añadir:

—Eh, muchacho, no te gane la preocupación. Falta mi señor padre, pero aquí estoy yo para ver la manera de socorrerte.

—Muchas gracias, señora. Dios se lo pague —le dije, viendo su buena disposición.

—Llámame tía, querido —dijo ella haciéndome una caricia en la mejilla—, mi primo don Luis, tu buen padre, me era muy amado. Ya que no puedo hacer nada por él, me place mucho ayudarte a ti, su hijo.

—¿Y si no vive aquí vuestra merced, tía Beatriz, dónde vive ahora? —le pregunté muy confortado.

—Mira, querido sobrino, yo me casé con el conde de Oropesa, don Fernán Álvarez de Toledo. Vivo en las propiedades de mi señor esposo, no muy lejos de aquí, en el castillo de Oropesa… —Se quedó como pensativa durante un rato. Después me dijo, poniéndose en pie—: Pero mañana seguiremos hablando; es muy tarde y debes de estar cansado. Además, me preocupa que sigas con esas ropas tan mojadas.

Tenía razón mi tía. Aunque ya había entrado yo en calor, estaba aún empapado.

—Mis criados tienen el equipaje con todas mis cosas —dije.

—¡Ventura! —ordenó doña Beatriz al anciano lacayo—, dispón que traigan las ropas del muchacho.

Resultó que todo lo que yo tenía estaba muy húmedo, de manera que tuvieron que prestarme un camisón de dormir. Me acompañó Ventura a una alcoba grande, que estaba muy fría por llevar tiempo desocupada, pero dispuso que me llevaran allí un par de braseros y buenas mantas de lana. Me despedí de mis anfitriones con agradecimientos y reverencias, como mi educación me dictaba.

—Anda, déjame que te bese, querido —dijo mi señora tía muy cariñosa, y me regaló con unos buenos ósculos en la frente y en la mejilla—. Si no lo veo no lo creo —decía con sus bonitos ojos muy abiertos.

Me metí en la cama contento por haber sido tan bien recibido y recé dando gracias a Dios. El cansancio me hizo luego sumirme en un profundo sueño.

12

Había despuntado el día cuando alguien penetró en mi alcoba y abrió de par en par los postigos de la ventana. Entró una luz grande y me sacó del pesado sueño que me tuvo privado muchas horas, de manera que no sabía dónde despertaba.

—¡Vamos, que ha tiempo que salió el sol! —escuché decir a una voz femenina—. Hace un día precioso y es menester ir a ver el castillo y los bonitos montes que desde aquí se divisan.

Saqué la cabeza de entre las sábanas y encontré a los pies de la cama las figuras de mi tía Beatriz e Inés, que muy sonrientes me animaban a que saliera del lecho. Estaba yo todavía un poco confuso y comenzaba a recordar lo de la noche anterior.

—¿Has descansado bien? —me preguntó Inés.

—Sí, señora.

—Pues, hala, arriba, que hemos de desayunar juntos.

Reparé en ese momento en que no tenía puestas más ropas que el camisón de dormir que me prestaron, que me hacía harto ridículo por estarme muy corto, por encima de las rodillas, quedándome al aire las piernas. Me daba vergüenza mostrarme así a unas damas, aunque fueran familia, ya que con casi catorce años no era ya un niño y tenía mi pudor.

—¡Vamos! —insistían ellas—. No seas tan perezoso.

Sonreía yo avergonzado y no sabía de qué manera salir del trance.

—Ah, claro —comprendió mi tía—, te da vergüenza de nosotras. Ahora mismo subirá Ventura con tus ropas, que ya están secas después de haberse oreado junto al fuego durante toda la noche.

Salieron ellas al fin, vino Ventura y pude vestirme. Me puse lo más presentable que tenía y bajé al salón. Ahora, a la luz del día, vi lo hermosas que eran mi tía y mi prima con mayor claridad. Doña Beatriz vestía terciopelos de luto con atavíos de raso negro; llevaba el pelo muy bien recogido, con velo fino de seda y una banda de perlas negras por la cabeza. Inés vestía traje con cuello en forma de pico, mangas de cuchilla y hombreras, todo de tafetán verde; el canesú muy ceñido hacía delicada su delgada cintura. Su figura esbelta, bien proporcionada, y sus movimientos ágiles le daban un aire liviano, alegre.

Sentado a la mesa seguía yo dominado por mi timidez y solo contestaba con breves frases a cuanto querían conocer de mí. Me preguntaban acerca de mis abuelos, de mi madre y de mis hermanos, pero sobre todo tenían interés en las cosas de mi señor padre, lo cual era muy lógico, siendo familia suya.

—Tu padre era de mi edad —explicó doña Beatriz—. Llegaría a este castillo más o menos con tus años. ¡Qué gracia! Me parece estar viéndole, ahí mismo, donde tú estás sentado. Era muy travieso mi primo

Luis… Cuando se hizo a vivir aquí, que fue muy pronto, andaba siempre por ahí, montaraz, dedicado a la caza, a los caballos y a los perros. Mi padre tenía que atarle corto porque no temía a nada. Recuerdo que una vez estuvo perdido por las sierras un par de noches, y regresó hecho un eccehomo después de habernos tenido en vela muy preocupados. El señor de Belvís le castigó a cuatro días de mazmorra. ¡Ay, qué Luis! ¿Eres tú tan intrépido como él?

—Sí, señora. Digo… no, señora…

—Luego se hizo un hermoso mozo —prosiguió ella—. ¡Virgen Santa! Bebíamos los vientos por él… —suspiró con ojos ensoñadores—. Yo imaginaba casarme un día con tu señor padre. ¡Ja, ja, ja…! No había doncella en edad de buscar esposo por entonces que no se hiciera esas ilusiones… Se marchó a la guerra y cuando regresó al cabo de dos años era todo un caballero. Ya le tenían entonces arreglado el matrimonio con Isabel de Villalobos, tu señora madre, que parecía que estaba hecha para él. ¡Cuánto se habrán amado los dos! ¡Qué buena pareja hacían! ¡Qué lástima, Dios mío!

Permanecimos un rato en silencio. Eran completamente nuevas para mí esas historias y me despertaban mucha curiosidad. Doña Beatriz estuvo un buen rato arrobada, con la mirada perdida, como recordando. Después dio un pequeño respingo y exclamó:

—¡No nos pongamos tristes! Ya habrás tenido que soportar suficientes lágrimas tú, muchacho. Vayamos a enseñarte el castillo donde tu padre se hizo hombre.

Salimos los tres acompañados por Ventura y estuvimos recorriendo la fortaleza. Era una mañana de sol espléndido, que arrancaba brillos en los campos, bajo un cielo muy limpio por el agua caída durante la noche.

Fuimos primero al lado oriental, que era la parte más antigua. Ventura iba contando las viejas historias que estaban unidas a cada torre, los asaltos de la muralla, los largos asedios y las batallas del pasado que tuvieron lugar merced a las rivalidades entre los diferentes señores de vasallos.

—Reinaban los católicos reyes Isabel y Fernando cuando mi señor padre defendía ese paño de la muralla —contaba el anciano lacayo—. Era entonces señor de Belvís don Hernando de Monroy y andaba en pendencias con su primo, el señor de Monroy. Tres veces fue asaltado y robado el castillo. ¡Qué tiempos esos en que nadie andaba seguro!

Ventura narraba las cosas con una voz viva, con grandes movimientos de manos y yendo de un sitio a otro para señalar las almenas o las barbacanas donde había sucedido esto o aquello. Eran historias contadas por sus abuelos y su padre, que él hacía propias. Su ser estaba unido al castillo de donde nunca se había alejado demasiado y conocía cada rincón, cada piedra, como su propio cuerpo.

—Aquí mataron al pobre Hernando Núñez —señalaba con afectada gravedad—. Le rodearon cuatro y uno, ¡maldito traidor!, le dio con la maza en la nuca; pero ya se había llevado él por delante a dos de los de Monroy. ¡Menudo era Hernando Núñez! Se cuenta que un día volcó una carreta cargada con diez fanegas de trigo y atrapó debajo a un niño. Hernando Núñez echó mano y levantó de un golpe buey, carreta y sacos…

—Bueno, bueno, Ventura —le conminó doña Beatriz—, sigamos viendo el castillo, que te vas de una cosa a otra.

La torre del homenaje era muy elevada. Se veía abajo

el pueblo con sus chimeneas soltando hilillos de humo blanco. Los campesinos andaban por los campos, dedicados a sus labores, y los rebaños recorrían mansamente las laderas.

—Aquí tenía mi señor don Francisco de Monroy sus halcones —explicó Ventura—. Soltaba un baharí, el mejor que tenía, desde aquí mismo y cazaba perdices en aquella loma de allí. Aunque él prefería los azores. Recuerdo que un día nos alargamos hasta unas vaguadas que…

—¡Ventura!

—Sí, señora, sigamos por esas almenas de ahí.

Nos detuvimos en una torre de planta triangular desde donde se contemplaba un hermoso panorama. Había una quietud muy grande y un agradable calor iba ganando a la brisa fresca de la mañana. Los gallos cantaban abajo en el pueblo y desde algún sitio llegaba el monótono martilleo de una fragua.

—Tenía vuestra merced que haber conocido a mi señor don Francisco —me dijo Ventura con la mirada perdida en la vastedad de los abruptos montes—. Con la buena edad que tiene vuestra merced, le habría convertido en un caballero como Dios manda, igual que hizo con vuestro señor padre y con otros tantos.

—Sí, era un gran señor —añadió doña Beatriz—; muy exigente y muy buen caballero. Era un hombre de los de antes, de los que ya no quedan.

Derramó ella unas lágrimas y nos quedamos los cuatro en silencio, pensativos, como si el séptimo señor de Monroy se hubiera hecho presente misteriosamente en el páramo que contemplábamos desde allí y fuera cabalgando con sus armas y sus halcones bajo nuestros ojos.

—Bueno, mozo —me dijo de repente mi tía, poniéndome la mano en el hombro—, he pensado mucho esta noche acerca de ti. Daba vueltas y vueltas sobre lo que debía aconsejarte en este momento. Me pareció primero que lo más conveniente era devolverte a tu casa, para que tu señora madre decidiera sobre tu futuro, puesto que no puede realizarse lo mandado en el codicilo de mi primo don Luis.

Me causó esto un sobresalto, pues no quería yo regresar a Jerez, ahora que había iniciado mi vida independiente.

—Pero… —prosiguió ella—, en fin, supongo que a tu buen padre le hubiera gustado que, de una manera o de otra, llegaras a ser buen caballero, como él lo fue.

Asentí con la cabeza muy serio.

—Así que —añadió—, ponderando unas cosas y otras, he llegado a concluir que lo mejor será esperar a que regrese mi señor marido y que él determine qué hacer. El conde de Oropesa conoce a mucha gente importante y está muy avezado en hallar soluciones para cualquier menester.

—¿Y cuándo ha de regresar? —pregunté con ansiedad.

—Hummm… —contestó ella circunspecta—. He meditado sobre si debía decirte o no en qué complicados asuntos se halla ocupado, pues son un delicado secreto de Estado que no debe saberse… —Bajó la voz al proseguir—. Pero he resuelto que, al fin y al cabo, eres de la familia, hijo de mi querido primo Luis. Si vas a vivir con nosotros, debes saber nuestras cosas. Resulta que el emperador don Carlos, nuestro señor, ha abdicado de todos sus reinos y tiene pensado retirarse a un lugar apartado para esperar a que el Altísimo decida llamarle a su juicio y ponerse a bien con él. Y ha determinado hacer un apartamiento del mundo precisamente cerca de aquí, en una comarca que se llama de la Vera de Plasencia. Y mientras le terminan un pequeño monasterio que ha mandado edificar en un sitio llamado Yuste, se hospedará en nuestra casa de Jarandilla de la Vera.

—¡Ahí es nada! —exclamó Ventura santiguándose—. El rey nuestro señor aquí, en persona, y en nuestra propia casa.

13

No me resultó nada difícil adaptarme a vivir en Belvís. Aunque fue aquel un invierno lluvioso y poco podía hacerse, salvo estar en el castillo y disfrutar de la agradable compañía de las encantadoras damas que tan amablemente me acogían. Con mi poca edad, solo la novedad de estar en un lugar diferente y conocer nuevas personas era suficiente para pasarlo muy bien.

Supe que doña Beatriz tenía cuatro hijos, fruto de su matrimonio con el conde de Oropesa. Eran aún niños, no habiendo cumplido el mayor de ellos los doce años, por lo que permanecían en el palacio de Oropesa al cuidado de sus ayas. Mi señora tía solía venir todos los años un par de veces a su antiguo señorío de Belvís, una en verano, para recoger los frutos de la cosecha, y otra por estas fechas, en invierno, para hacer las matanzas y proveerse de los necesarios productos del cerdo. Aprovechaba además su estancia en el castillo para poner en orden las cosas, recibir a sus vasallos y cuidar de las fundaciones de la familia, es decir, del convento de frailes franciscos del que era patrona desde la muerte del señor de Belvís.

—Me da lástima este lugar —suspiraba con triste-za—. ¡Ay, son tantos recuerdos! Cuando vivía mi padre, daba gusto ver el señorío. Teníamos árboles frutales en las vegas, un lagar que producía exquisito vino, dos hornos en constante funcionamiento, una tenería… Ahora está todo hecho una pena. ¡Y gracias a que no dejo de venir! Ya ves, este año ha llovido lo suyo y no cuidan siquiera de que el camino esté como Dios manda. Esta gente es despreocupada; van a lo suyo. Les das tierras, casa, ganados y ¿cómo te lo agradecen?; en cuanto faltas un año se entregan a la dejadez. Hay que estar siempre encima de ellos. Ya se sabe: «El ojo del amo engorda el caballo».

Tenía ella una gran nostalgia de los tiempos de su mocedad, cuando habitaba siempre aquí. Constantemente se refería a cómo era entonces esto o aquello, a las cosas de su señor padre, a las costumbres familiares y a la vida antigua, aun no siendo mujer de edad.

—¡Tendrías que ver la romería de la Virgen del Berrocal! —añoraba—. ¿No te contaba nada de aquello mi primo Luis, tu padre?

—No, señora —le dije—. Tuve poco tiempo para disfrutar de mi señor padre. Apenas estuvo en casa unos cuantos años. Contaba muchas cosas de las guerras en las que sirvió al emperador.

—¡Mi Luis —suspiraba—, mi querido y bello Luis! Te pareces mucho a él, pero no hay dos personas iguales…

Una mañana amaneció todo nevado. Me maravillé al contemplar desde la ventana el manto blanco que cubría los campos y la villa, pues nunca en mi vida había visto la nieve. Me vestí y bajé a las cocinas entusiasmado, exclamando:

—¡Es la nieve! ¡Qué maravilla! ¿Habéis visto?

—¡Ja, ja, ja…! —rio a carcajadas mi prima Inés—. ¿Tanto te sorprende?

—¡Claro, es impresionante! Mi preceptor nos habló de ello a mis hermanos y a mí, pero nunca lo vimos en Jerez. En mi tierra esto es algo extraordinario que sucede muy de tarde en tarde.

—¡Pues haremos una fiesta! —exclamó de repente Inés—. Anda, vamos en busca de doña Beatriz para decírselo.

—¿Una fiesta? ¡Qué buena idea! —se entusiasmó nuestra tía cuando Inés se lo dijo—. Hay algunos familiares en el pueblo a los que quiero regalar por ser muy fieles y atentos a mi persona. Ahora mismo ordenaré que maten un par de chivos y que preparen una buena caldereta. Pasado mañana es domingo; ¿qué mejor día para la fiesta? No creo que permanezcamos aquí más de dos semanas, puesto que se concluyeron las matanzas y la cecina está bien oreada y muy seca gracias a estos fríos que ha hecho.

El domingo fuimos a misa por la mañana temprano. La mayor parte de la nieve se había derretido, pero quedaban algunos montones arrinconados, pegados a las vallas de piedra y en los tejadillos de alguna cuadra donde daba poco el sol. Los montes permanecían nevados. Como amaneció un día despejado de intenso cielo azul, el contraste con el inmaculado blanco tan brillante era un espectáculo digno de verse.

Doña Beatriz iba muy contenta en su mula, que estaba bellamente enjaezada y que hacía sonar los cascabeles de las cinchas a cada paso, mientras era llevada de las bridas por Ventura. Detrás íbamos a pie Inés y yo, seguidos por toda la servidumbre. Descendimos por la empinada calzada y entramos en la villa. En la plaza nos aguardaba todo el concejo con el alcalde y los alguaciles vestidos de domingo. Los hombres agitaban el sombrero y las mujeres hacían reverencias.

—¡Viva la señora condesa! —gritaban—. ¡Viva! ¡Viva doña Beatriz! ¡Viva!

Nos recibió el párroco con los capellanes, sacristanes y acólitos a la entrada de la iglesia. Acomodaron a mi tía en el presbiterio, en un lujoso reclinatorio tapizado con terciopelo verde. Nos situamos los acompañantes muy cerca, delante del altar mayor, en unos sitios que nos tenían reservados. Desde allí seguíamos la celebración muy devotamente. Me fijaba yo en doña Beatriz, que en un par de ocasiones dejó que se le escaparan las lágrimas, sobre todo cuando el sacerdote mencionó los nombres de sus padres.

Al terminar la misa, los criados del castillo repartieron tocino, panes y cuatro pellejos de vino entre los vecinos, los cuales habían acudido con sus recipientes y se animaron mucho con este regalo.

—¡Viva la señora condesa! —gritaban—. ¡Viva! ¡Viva doña Beatriz de Monroy! ¡Viva!

Acudió un hombre de envejecido rostro y se puso a tocar la flauta y el tamboril. La gente bailaba; unos mejor que otros, y todo el mundo parecía muy contento. Llegó un muchacho con un oso sujeto con una cadena y nadie se asustó, pues debía de ser corriente que anduviera por el pueblo. El animal danzó, dio volteretas e hizo otras gracias que agradaron mucho a la vecindad, que aplaudió y vitoreó a rabiar el espectáculo.

Luego salió al medio de la plaza una mujer vieja

que estuvo cantando coplas con su voz cascada. Hacían referencia sus versos a enredos entre mozas y mozos que debían de ser conocidos por todos, pues reía todo el mundo y celebraban mucho las ocurrencias. En algún momento sus medias palabras dijeron más de lo permitido y el párroco la mandó callar con autoridad:

—¡Bueno, María, sin pasarse de la raya!

Se conoce que ella había bebido demasiado o no estaba bien de la cabeza, porque sacó la lengua al párroco y se alzó las sayas enseñando las enaguas a la concurrencia. Una gran carcajada saludó el atrevimiento.

Mi tía se volvió entonces hacia nosotros y nos dijo disimuladamente:

—Bueno, es hora de irnos y seguir la fiesta arriba, que esto empieza a desmandarse.

Se levantó del sillón que le tenían dispuesto delante de la picota y se despidió muy sonriente, agitando la mano y diciendo:

—¡Hasta el verano, queridos! ¡Que Dios os bendiga! ¡Que la Virgen del Berrocal os proteja!

—¡Viva la señora condesa! —contestó la gente—. ¡Viva!

Muchos se acercaron a besarle la mano y a traerle obsequios. Ella los conocía a todos por su nombre y repartía monedas de una caja que sostenía Ventura. Como viera que empezaban a apretujarla y a ponerse pegajosos, se montó finalmente a la mula y nos indicó que era hora de regresar al castillo.

Había dispuesto mi tía que se sirviera el banquete en la mejor sala del palacio. Cuando llegamos la estancia estaba bien caldeada, pues ardía al fondo, bajo una gran chimenea, un haz de leña de encina que expandía un agradable calor. En el centro estaba ya dispuesta la mesa con finas vasijas, bandejas de plata y copas de cristal delicadamente tallado. Proporcionaban suficiente luz un buen número de lámparas y candelabros distribuidos de manera que pudiéramos vernos bien las caras y resaltaran los manjares que se iban sirviendo.

Seríamos una treintena de invitados en total; algunos clérigos, los administradores del señorío con sus mujeres e hijos y varios hidalgos venidos de las aldeas cercanas. Fuimos distribuyéndonos por los sitios que nos indicó doña Beatriz.

—Está todo dispuesto tal y como le gustaba al señor de Belvís —dijo cuando estuvo todo el mundo sentado.

—¡Y tanto! —afirmó uno de los administradores—. Me parece estar viendo al señor ahí mismo, donde está vuestra merced, doña Beatriz. ¡Cuánto le gustaban a él estas cosas!

Un orondo clérigo bendijo la mesa y mi tía dio orden de que comenzaran a servir las viandas. Primero distribuyeron verduras y chacinas de las matanzas de este año; luego trajeron varias fuentes con toda suerte de volatería y, finalmente, llegaron los calderos con el guiso de chivo hecho a la manera de aquellas tierras. A los postres llegaron interminables fuentes de dulces; frutas de sartén, piñonate y mojicones empapados en vino y miel.

—Todo lo que sobre os lo lleváis —les decía generosamente a sus invitados doña Beatriz—. Total, para los pocos días que he de estar aquí…

Cuando dábamos muestras de estar satisfechos, mi tía hizo señas a Ventura. El viejo lacayo salió y regresó al instante seguido por dos sirvientes que traían unos sacos.

—Y ahora, queridos —dijo en alta voz doña Beatriz poniéndose en pie—, los obsequios.

Los invitados prorrumpieron en un murmullo de entusiasmo.

—¡Viva la señora condesa! —exclamó uno de los administradores.

—¡Viva! —contestamos todos.

Repartió mi tía valiosos regalos entre sus invitados: bonitas dagas y espadas toledanas para los varones, joyas damasquinadas para las mujeres, libros de cuentas para los administradores, telas para las mozas, un poemario para el clérigo… A mí me sonrió muy cariñosamente y me dijo:

—No sabía que ibas a venir, querido; pero acepta este jubón tan bonito que encontré en uno de los arcones y que he arreglado yo misma para ti.

Extrajo del saco la prenda. Era un jubón magnífico de tafetán bordado con hilos de seda. Me entregó también un precioso cinturón claveteado y una gorra de fieltro con sus plumas de gallo inglés. Quedé encantado por aquellos regalos que no esperaba.

—Y esto es para Inés —dijo sacando su último obsequio, que era una vihuela.

Inés abrió unos grandes ojos y exclamó entusiasmada:

—¡Oh, una vihuela de mano!

Cogió el instrumento y lo estuvo observando minuciosamente. Lo acarició como si fuera un ser con vida y lo apretó contra su pecho.

—Gracias, muchas gracias, señora tía —le dijo a doña Beatriz—. Ya sabe vuestra merced la ilusión que me hacía.

—Lo encargué al maestro Miguel de Fuenllana para ti —le explicó la condesa.

Inés se abalanzó hacia doña Beatriz y le besó las manos emocionada.

—Anda —le dijo la condesa—, tonta, te lo mereces de sobra.

—¡Cante, doña Inés! —le pidió uno de los administradores—. ¡Cante vuestra merced!

Inés miró a doña Beatriz y esta, muy sonriente, le dio permiso con un gesto. La música brotó y parecióme que ascendía hasta las bóvedas, descendiendo luego, llenándolo todo. Después mi prima comenzó a cantar con una voz dulce. Me pareció repentinamente que era la más delicada y bella de las criaturas. Abría la boca y mostraba sus dientes blanquísimos, fruncía sus finos labios, entornaba los ojos, estiraba el delgado y blanco cuello, hinchaba el pecho… Sus palabras me llegaban al corazón y se me hacía que la vida se me escapaba y era como llevado en volandas:

> *No te tardes que me muero,*
> *carcelero,*
> *no te tardes que me muero.*

> *Apressura tu venida*
> *porque no pierda la vida,*
> *que la fe no está perdida:*
> *carcelero,*
> *no te tardes que me muero.*

> *Bien sabes que la tardança*
> *trae gran desconfiança;*
> *ven y cumple mi esperança:*
> *carcelero,*
> *no te tardes que me muero.*

> *Sácame desta cadena,*

que recibo muy gran pena
pues tu tardar me condena:
carcelero,
no te tardes que me muero.

La primera vez que me viste,
sin te vencer me venciste;
suéltame pues me prendiste:
carcelero,
no te tardes que me muero.

La llave para soltarme
ha de ser galardonarme,
proponiendo no olvidarme:
carcelero,
no te tardes que me muero.

Y siempre cuanto bivieres
haré lo que tú quisieres
si merced hazerme quieres:
carcelero,
no te tardes que me muero.

14

Al ver cómo me había cautivado su manera de tañer y cantar, Inés me dijo:

—A buen seguro tendrás fino oído para la música. Cuando una persona se maravilla tanto, se arroba y encuentra gran contento escuchando tañer y cantar es porque Dios lo ha creado para este menester.

Sonreía yo desconfiado, creído de que mi prima me tomaba el pelo, pues era muy guasona. Aunque veía que algo nuevo estaba sucediendo en mi persona. Parecíame ella desde el domingo del banquete la criatura más maravillosa del mundo. Me quedaba como extasiado contemplándola, se me iba el habla y me subían unos calores desde los pies a la cabeza. Era un deseo de estar con ella a todas horas; escucharla hablar, verla moverse con sus gráciles y nerviosos aires, aspirar el perfume que emanaba su proximidad y, sobre todo, oírla cantar.

—Que sí, bobo —insistía, al ver que yo me quedaba como mudo, preso de mi bochorno—. ¿No me crees? ¿Quieres hacer la prueba? ¿Por qué no te atreves a cantar algo?

Se me iban las fuerzas solo de pensarlo. No me atrevía

yo a hacer el ridículo delante de ella por mucho que me lo suplicara.

Estábamos en un rincón de la galería que daba al precioso patio de arcadas y columnatas. A esa hora de la tarde, después del almuerzo, el sol del invierno bañaba las piedras de granito y las paredes encaladas, proporcionando un agradable calor al ángulo donde había un recio banco de madera. Doña Beatriz no perdonaba la siesta y después de los postres se retiraba a sus aposentos. Entonces Inés y yo íbamos a buscar ese rincón donde hablábamos de nuestras cosas. Era para mí este el más grato momento del día.

—Vamos, Luis María, inténtalo. Te acompaño yo con la vihuela y cantas tú, aunque sea un par de versos.

—No, no, no… —negaba, avergonzado.

—Entonces cantaré yo un poco y, si ves que puedes imitarme, repites tú el verso.

Muy resuelta, sujetó la vihuela y dejó escapar la preciosa música con hábiles movimientos de sus dedos. Su voz sonaba muy templada:

No te tardes que me muero,
carcelero,
no te tardes que me muero.

Me salió de dentro. No había bien terminado ella de dar la última nota, cuando ya estaba yo repitiendo:

No te tardes que me muero.

Siguió ella y cantábamos los dos la copla que ya casi me sabía yo entera por habérsela escuchado todas las tardes a esa hora.

111

Apressura tu venida
porque no pierda la vida...

Nos mirábamos fijamente. Al principio el pudor me hacía taimar la voz, pero me fui soltando y luego la canción parecía salirme sola del cuerpo. Así seguimos todo el canto, haciéndonos acompañamientos, como si muchas otras veces hubiésemos cantado juntos.

No te tardes que me muero.

Dio la última nota Inés, me miró con sus bonitos ojos encendidos de felicidad y se abalanzó de repente para abrazarme y cubrirme de besos.

—Primo, querido —decía—, ¡si cantas como un ángel! ¡Cielos! Nuestra tía tiene que escucharte...

—No, Inés, por caridad, te lo ruego..., no...

—Sí, Luis María, no te avergüences. ¡Si es un don de Dios!

—Pero te ruego que no se lo digas a nadie —le suplicaba un poco atemorizado por su entusiasmada reacción—. Al menos de momento. Me da mucha vergüenza.

—Bien. Haremos una cosa: te enseñaré a tocar la vihuela y cuando tú lo creas oportuno cantarás en público. ¿Te parece bien?

—¿Harías eso por mí? —exclamé lleno de emoción—. ¿Me enseñarás a tañer?

—¡Claro! Estaré encantada. Todos los días nos reuniremos aquí a esta hora y te iré enseñando.

Desde que abría los ojos cada mañana, vivía esperando a que llegase el momento de la siesta. Todos los días obrábamos de idéntica manera: terminada la comida, permanecíamos un rato sentados a la mesa conversando con doña Beatriz, hasta que a ella le vencía el sueño y se retiraba a su alcoba para dormir la siesta; entonces, Inés y yo, lanzándonos miradas de mutua complicidad, no necesitábamos recordarnos el concierto que teníamos hecho. Iba ella por la vihuela y yo corría al rincón de la galería. Enseguida estábamos entregados a nuestro musical entretenimiento, bañados por el cálido sol de la tarde.

Me explicó Inés muchas cosas. Sabía el cifrado de la música escrita y tenía unos pliegos y un par de libros en los que leía las notas. Era eso lo que más despertaba mi curiosidad. Pero me decía:

—No, tú ahora de oído; ya aprenderás el cifrado.

Al principio me acompañaba ella. Daba los acordes y cantando me mostraba las inflexiones de la voz; cómo había de usar el mejor instrumento, cual es la garganta humana. Indicábame las maneras de mover los labios, la lengua y el paladar; la vocalización. Insistiendo siempre en que la cantiga debía sentirse como propia.

—Si no convence sonará hueca —observaba—. Hay que llorarla y reírla si es preciso. Y si es de amores… ¡Ay, si es de amores! Vendrá entonces del corazón.

Rebuscaba entre sus pliegos, nerviosa, pasaba las páginas de los librillos y los ojeaba con aguda mirada, buscando un buen ejemplo que mostrarme. Luego cantaba:

¡Dicen que me case yo!
¡No quiero marido, no!
Mas quiero vivir segura
nesta sierra a mi soltura

que no estar en ventura
si casaré bien o no.
¡Dicen que me case yo!
¡No quiero marido, no!

Era una canción alegre que ella entonaba rítmicamente, golpeando con sus dedos la vihuela, tamborileando, para acompañar las notas que arrancaba a las cuerdas. Al tiempo que cantaba, sonreía pícaramente y movía el talle, alzaba los hombros y meneaba la cabeza. Me hacía suspirar contemplándola.

—Nunca podré cantar así —me quejaba yo.

—Tiempo al tiempo —aseguraba ella.

15

Llegó un mensajero con una carta del conde de Oropesa. Doña Beatriz la leyó y nos dijo:

—Bien, mi señor marido me reclama. Dice en su carta que no podrá venir a Belvís, pues los negocios que lleva con el emperador se complican y solo tendrá tiempo para pasar un par de semanas en Oropesa. De manera que tendremos que ir preparándolo todo para partir.

—¿Cuándo? —le preguntó Inés.

—A lo más tardar el lunes. Aquí ya he hecho todo lo que me traía; ha un mes que vinimos y se me va haciendo largo el tiempo sin ver a mis niños. Solo me queda ir a visitar a los frailes franciscos del Berrocal.

Tenía la casa de los Monroy una fundación hecha desde los tiempos de don Francisco, el séptimo señor; se trataba de un convento de frailes que apenas distaba un cuarto de legua de la villa. Había sido mandado hacer el cenobio en el año del Señor de 1509, en los terrenos propiedad del señorío y con dineros proveídos por don Francisco y su esposa. Muertos ambos, doña Beatriz seguía siendo patrona y benefactora de los susodichos frailes.

—Te gustará ver la vida que hacen esos buenos franciscanos en su convento —me dijo mi tía.

El domingo muy temprano fuimos a visitar a los frailes. Apenas había amanecido cuando íbamos en nuestras cabalgaduras camino al convento de San Francisco. Era una deliciosa mañana, luminosa, que anunciaba la primavera. Las avecillas recién despertadas emitían cantos aún tímidos y el sol despuntaba por los montes, anaranjado, clorando las copas de las encinas. Las primeras flores se abrían a lo largo del camino y los verdes trigales ondulaban suavemente bajo la brisa mañanera. El camino culebreaba por los campos, dejando atrás olivos y almendros floridos, para adentrarse en los alcornocales donde sorteaba enormes y redondeados peñascos de granito.

Me sentía el más feliz de los mortales cabalgando al lado de Inés. Llevaba ella una sonrisa de extasiada alegría y el vientecillo agitaba su cabello castaño. De vez en cuando me miraba y me guiñaba cariñosamente un ojo, como solía hacer, tal vez para que yo no olvidara nuestra mutua complicidad.

—¡Hummm…! —aspiró elevando su naricilla respingona hacia el cielo azul—. Apenas ha comenzado marzo y ya parece primavera. ¿No sentís el aroma de las flores?

—Cuando marzo mayea, mayo marcea —sentenció doña Beatriz.

—Deseaba más que nunca que pasara el invierno —confesó Inés—. Se me han hecho los fríos tan largos este año…

Proseguimos en silencio. Una perdiz se desgañitaba por detrás de unas rocas y el sol cobró fuerza. Parecía que la estación de las flores no quería aguardar más tiempo y reventaba por todas partes.

—Canta algo, Inés —le pidió doña Beatriz a su sobrina.

Carraspeó un poco ella y, obedientemente, inició una copla:

Amor, amor, un hábito vestí,
el cual de vuestro paño fue cortado;
al vestir ancho fue, más apretado
y estrecho cuando estuvo sobre mí.

Después acá de lo que consentí,
tal arrepentimiento me ha tomado,
que pruebo alguna vez, de congojado,
a romper esto en que yo me metí.

—¡Oh, qué preciosa es esa canción! —exclamó doña Beatriz.

—Es un soneto del poeta Garcilaso —explicó Inés—. El maestro Miguel de Fuenllana le puso música para mí. Habría de escucharlo vuestra merced cantado con acompañamiento de vihuela.

—Hija —le dijo doña Beatriz—, ¡qué envidia me das! ¡Qué fino oído te ha dado Dios para la música! Ya quisiera yo saber de notas y de sonetos como tú.

—Pues hay quien cantará y tañerá pronto mejor que yo —observó Inés guiñándome el ojo.

Enrojecí al oírla decir aquello. Temía que le contara todo a nuestra tía.

—¿Quién? —preguntó doña Beatriz.

—¡Ah, es un secreto! —contestó Inés con ojos picaros—. Ya lo sabrá vuestra merced a su tiempo.

—Hija, que secretosa eres —le dijo mi tía.

Estando en esta conversación llegamos al paraje

117

donde se alzaba el convento de San Francisco. A lo lejos, sobre el alto de un risco se divisaba la ermita de la Virgen, y un poco más abajo, rodeado de grandes peñascos, entre alcornoques, encinas y retamas, el convento. La campana tintineaba alegremente llamando a misa. A esa hora se veía regresar a los frailes de los campos por donde andaban paseando, disfrutando del asueto dominical.

El camino llevaba directamente a la fachada principal de la iglesia, delante de la cual se abría un atrio cuadrado, rodeado por altos muros de piedras musgosas. En ese lugar, delante de la puerta del templo, fueron reuniéndose los frailes para darnos la bienvenida. Vestían basto sayal e iban descalzos, lo cual me sorprendió mucho, pues la hierba estaba aún mojada a causa del rocío.

—¡Paz y bien, señora! —saludaban muy alegres.

Uno de ellos se acercó a sujetar el caballo de doña Beatriz y otro la ayudó a descabalgar.

—Enseguida vendrá el padre vicario —dijo un tercero—; han ido a avisarle de vuestra llegada.

Al momento apareció por la puerta de la iglesia un fraile de largas barbas blancas y aspecto venerable que se aproximó muy sonriente con los brazos abiertos.

—¡Paz y bien, doña Beatriz! —saludó—. Bienvenida sea vuestra merced a esta su casa. Que Dios la bendiga.

Era este fraile fray Francisco de Villasbuenas, el vicario del convento, viejo conocido como se veía de mi tía.

—Ya la estábamos echando en falta —dijo con falso enojo.

—Ah, padre —le respondió doña Beatriz—, comprenderá vuestra reverencia que no quería yo venir a importunar la paz y orden del convento.

—Bueno, bueno —respondió el fraile—, aquí siempre es bien recibida vuestra merced, ya lo sabe; esta es su casa.

—¿A qué hora es la misa? —le preguntó mi tía.

—De aquí a media hora —contestó fray Francisco—; ese que está sonando es el penúltimo toque de la campana.

Se veía venir a las gentes que vivían en los campos, hortelanos y pastores, caminando o en sus jumentos, para asistir a la misa.

—Entremos a rezar —propuso doña Beatriz.

Atravesamos el arco de la puerta y penetramos en la nave del templo. Era una capilla no muy grande cubierta por una bóveda de cañón de cierta altura. Reinaba dentro una atmósfera sacra acentuada por la penumbra y por el arder de las velas. Avanzamos hacia la cabecera, nos arrodillamos con reverencia y estuvimos orando un rato delante del altar. Luego fray Francisco se aproximó a doña Beatriz y le dijo a media voz:

—Hagamos una oración por vuestros señores padres.

Asintió mi tía y se puso en pie. Fuimos todos un poco más adelante y nos detuvimos frente a las tumbas de don Francisco de Monroy y su esposa, cuyos nombres estaban grabados en dos grandes losas en el mismo suelo, junto al altar mayor. Allí bisbiseó el fraile unos rezos que fueron contestados por todos. Se cantó el paternóster y doña Beatriz derramó copiosas lágrimas.

—Inés, acércame las flores —pidió luego.

Depositó un ramo de margaritas tempranas al pie de las losas y encendió unas velas.

—Dios los tendrá en su gloria —manifestó fray Francisco haciendo la señal de la cruz con la mano.

Nos santiguamos todos y fuimos a situarnos en unos reclinatorios que nos habían dispuesto a un lado.

La campana repiqueteó con el último aviso y el vicario fue a la sacristía para revestirse.

Asistimos devotamente a la misa que fue muy bien cantada por los frailes. Terminada la celebración, nos sirvieron un almuerzo que resultó sustancioso, mas no por la cantidad y la exquisitez de las viandas, que eran pan, aceitunas, algo de queso y poco vino; sino por las conversaciones que mi tía tuvo con el padre vicario del convento, las cuales no tenían desperdicio.

Hablaron de muchas cosas acerca de la fundación del convento que, como dije más arriba, había acaecido en el año 1509, en vida de don Francisco de Monroy y de su esposa doña Francisca Enríquez, quienes donaron a los frailes estos terrenos y corrieron con los gastos de la edificación. Era interesante escuchar los detalles de las muchas dificultades y contrariedades que tuvieron los buenos frailes franciscanos al principio. Alababa fray Francisco de Villasbuenas la caridad del séptimo señor de Belvís y su buen hacer en favor de la fundación.

Pero fue lo más interesante de la conversación lo que se habló acerca de los doce frailes que partieron desde este convento hacia las Indias. Preguntaba doña Beatriz muchas cosas sobre este acontecimiento y fray Francisco le daba pormenores de cuanto sabía a través de las noticias que llegaban desde allende los mares.

Contó cómo hacía treinta años ya desde que el conquistador pariente nuestro, don Hernán Cortés, llegara al Yucatán y quedara horrorizado al ver las idolatrías y sacrificios humanos que hacían los indios. Por lo cual, siendo el hombre religioso y prudente, creyó necesario que aquellas lejanas tierras fueran evangelizadas por los santos frailes. Escribió al emperador, nuestro señor, y le pidió que enviara a los tales religiosos. Así fue como el papa León X y el propio emperador dieron permiso a la Orden de San Francisco para fundar misiones. Partió precisamente de este pequeño convento la primera expedición que estaba compuesta por doce frailes.

—¿Qué noticias hay de ellos, ahora, pasados ya más de treinta años desde que partieron? —le preguntó doña Beatriz.

—El bueno de fray Martín de Valencia murió santamente el año del Señor de 1534 y reposa su cuerpo allí, en México. Los demás fueron dando el alma a Dios en años sucesivos, después de fundar ciudades, conventos y escuelas, y tras haber hecho muchas obras buenas por la causa del Señor. Vive todavía fray Toribio de Benavente, el cual no ha mucho que nos escribió una carta y nos envió los restos de fray Juan Xuárez, el único de los doce que reposa en este convento.

Después de estas explicaciones y antes de partir fuimos de nuevo a la iglesia, donde el superior de los frailes nos mostró la tumba del tal fray Juan Xuárez. Nos explicó que el misionero había ido embarcado en una malograda expedición que comandaba el gobernador Pánfilo de Narváez y sufrió naufragios y muchas desgracias, hasta morir de una enfermedad. Su cuerpo fue llevado de un lado a otro, embarcado en múltiples navíos, esperando encontrar una iglesia donde tener reposo. Los franciscanos se habían hecho finalmente con él y decidieron enviarlo a este convento, desde donde partió un día.

—Para nosotros es una valiosa reliquia —explicó el vicario—. Aguarden, que les daré ocasión de venerarla y pedirle protección.

Dicho esto, el fraile se agachó y tiró de la argolla que estaba clavada en la losa. La piedra cedió y apareció ante nuestros ojos un cofre de madera. Lo abrió fray

Francisco y, con gran reverencia y satisfacción, nos mostró una monda calavera y unos cuantos huesos.

—¡Oh, Dios santo! —exclamó doña Beatriz arrodillándose.

Nos pusimos todos de rodillas. Entonces el franciscano nos fue pasando por delante el cráneo a cada uno, para que lo besáramos. Primero lo veneró nuestra tía, con mucha devoción; luego Inés y finalmente me llegó a mí el turno.

Me echaba yo para atrás, un poco confundido y atemorizado, y el fraile, dale que te pego, me empujó la calavera contra la boca, de manera que el frío hueso me apretujó los labios y hasta me dio en los dientes.

Nos fuimos de allí después de muchas despedidas, lisonjas, buenas palabras y bendiciones. Mi señora tía iba muy alegre y confortada por esta visita.

—Qué, ¿vais contentos? —nos preguntaba—. Parece que estás muy serio, Luis María.

—Voy contento, señora —le respondí.

Pero llevaba yo como un malestar de cuerpo y un sabor de muerte en la boca que me tenía maltrecho.

16

Hicimos el viaje a Oropesa el lunes, tal y como dispuso doña Beatriz. Llegamos muy tarde, porque había una jornada larga de camino. A pesar de ser noche cerrada, estaban aguardando en la entrada de la villa los lacayos y administradores para recibir a su señora condesa. Ya desde el pie de la colina donde se asientan el castillo y el palacio se veían los hachones encendidos. En el mismo atrio del palacio, y sin que hubiéramos aún descabalgado, se aproximó el jefe de la servidumbre y dio las nuevas:

—Señora condesa, el señor conde viene apriesa de las Cortes; estará aquí en un mes a lo más tardar.

Después las criadas se acercaron a decirle que sus hijos estaban ya durmiendo, como era propio de unos niños a esas horas. Unos y otros administradores se turnaban para contarle los incidentes que habían acaecido en su ausencia.

—Mañana me lo decís todo —les pidió ella con voz que delataba su cansancio—. ¿No veis que vengo agotada?

Mandó luego que se me diera alojamiento y se retiró a sus aposentos.

Era inmenso el palacio de los condes de Oropesa. Podías perderte en el intrincado laberinto de pasillos, salas, escaleras y estancias de todos los tamaños. Cuando desperté, la mañana siguiente a nuestra llegada, me vi de repente inmerso en aquel enorme edificio y me fue difícil encontrar el núcleo principal de la casa. Preguntaba a los criados que iban muy afanados de un lado a otro y me contestaban:

—Por ahí.

Iba yo en esa dirección, atravesaba diversas estancias y no daba con mi tía.

—Por allá —me indicaba otro lacayo.

Llegué al fin a un amplio salón en cuyo centro caldeaba el ambiente un gran brasero lleno de ascuas. Allí estaba sentada Inés charlando con otra joven, sentadas ambas delante de un ventanal.

—¡Ah! —exclamó Inés—. Precisamente hablábamos de ti en este momento. Mira, esta es Margarita; sirve también de dama de compañía a doña Beatriz.

Margarita era menuda y rellenita. Tenía una cara redonda como un pan y una sonrisa de oreja a oreja.

—Así que tú eres el mozo que canta tan bien… —me dijo muy alegre, y al momento se llevó la mano a la boca—. ¡Ay, qué tonta! —exclamó disculpándose con Inés—. Se me ha escapado. ¡Con lo que me advertiste de que no lo dijera!

—Bueno, no pasa nada —repuso Inés—. Al fin y al cabo, tarde o temprano habrías de enterarte, ya que mi primo vivirá aquí. ¿No te importa, verdad Luis María?

Negué con la cabeza, pero sí me importaba. Seguía siendo muy celoso de mis cosas y empezaba a darme cuenta de que Inés iba disponiendo a su gusto de mi persona. Debí de hacer algún mohín de contrariedad, puesto que ella enseguida se puso muy melosa y me indicó:

—Anda, querido, ven aquí y contempla la preciosa vista que se divisa.

Era un espectáculo maravilloso. El ventanal se abría dejando ver una extensa llanura que estaba muy verde y a lo lejos se alzaban unas altísimas montañas azuladas en cuyas cumbres blanqueaba la nieve.

—Esas tierras llanas que ves —explicó Inés— son el llamado campo Arañuelo; y las montañas son la sierra de Gredos. El condado se extiende por todo lo que ven tus ojos. Allá, al pie de las montañas, está el otro palacio, la residencia de verano de los condes, donde acabamos de saber que vendrá a alojarse el emperador nuestro señor.

Me resultó más difícil hacerme a la vida de Oropesa que a la de Belvís. En la residencia de los condes todo funcionaba a lo grande; y en el conjunto que formaban el castillo, el palacio y las dependencias adosadas vivía una cantidad enorme de personal. Además, el anuncio de la inminente llegada de don Fernán Álvarez de Toledo hizo venir a concentrarse a gentes procedentes de todo el amplio condado: parientes, caballeros, hidalgos, clérigos y vasallos de los diversos señoríos. Esto hizo que tanto el castillo como el poco terreno llano que había en las proximidades y toda la villa se vieran atestados de gente.

Doña Beatriz no daba abasto recibiendo a unos y a otros y comprendí que se olvidara casi del todo de mi persona.

El jefe de la casa, don Marcelino Antúnez, se ocupó por orden de mi tía de darme acomodo en el maremágnum que componía la variopinta servidumbre de los condes.

—A ver, ¿qué sabes hacer tú, mozo? —me preguntó con tono displicente.

Me encogí de hombros, pues no comprendí a qué se refería.

—Algo sabrás hacer, ¿no? —se impacientó—. ¿No te enseñó tu señor padre el uso de las armas, montar a caballo y todo eso?

—Ah, claro, señor —respondí tímidamente.

Era don Marcelino un hombre estirado, agrio, de rostro verdoso, carente de toda simpatía. Solo delante de doña Beatriz esbozaba de vez en cuando una leve sonrisilla de medio lado, muy forzada, que le costaba sudores arrancarse de los labios apretados.

—¡Vaya por Dios! —gruñó—. ¡Como no teníamos pajes suficientes en esta santa casa, otro más, para hacer bulto y entorpecer!

Me incorporé desde ese mismo momento al nutrido grupo de pajes de los condes, haciendo el número dieciséis de la lista. Me señaló don Marcelino las dependencias donde hacían la vida mis compañeros y me dijo:

—Esta tarde te tomarán las medidas para confeccionarte el traje. A ver si te lo pueden tener listo para cuando llegue el señor conde, pues esas ropas que llevas son de hidalgo de medio pelo.

«¿De medio pelo?», me pregunté yo, no sabiendo a qué querría referirse con aquello; y me quedé un poco ofendido en mi orgullo.

Entre los quince mozalbetes que formaban la corte de pajes había de todo, como es natural. Las edades de mis compañeros iban desde los once a los catorce años, salvo el jefe del grupo, Fernando, que por tener los quince cumplidos se las daba ya de ser hombre. Eran todos hijos de parientes, señores e hidalgos vasallos del conde, venidos para, además de asistir en la casa, prepararse y engrosar un día las huestes de las armas de Oropesa y Figueroa, que desde antiguo servían directamente a los reyes de Castilla. Pensé que, al fin y al cabo, aunque esto no era exactamente lo que mi padre había dispuesto en su codicilo, al menos se cumplía en parte su última voluntad para mi persona; lo cual era que llegase a ser hombre de armas y caballero de las huestes de Castilla.

Pero, la primera vez que estuve delante de mis compañeros, me di cuenta de que de momento me iba a tocar pasarlo un poco mal por ser el último en llegar al oficio.

Fernando, que era un mozo fuerte y de rudos ademanes, se puso frente a mí y, después de observarme un rato con su dura mirada ante los atentos ojos de los pajes, me dijo con hostilidad:

—Vaya, así que tú eres la nenita que ha venido de Belvís con la señora condesa.

Esto me hizo arder la sangre. Le di la espalda y salí de allí comido por la rabia.

—¡Eh, no te pongas bravo! —me gritaba él por detrás—. Así que tiene humos el mozuelo. ¡Ja, ja, ja…! Ya te arrugaremos la cresta, nuevo.

Viendo la mala disposición que tenían hacia mi persona, no me quedaba más remedio que irme por ahí a vagar solitario, buscando siempre la manera de no encontrarme con ellos. Y cuando tenía por fuerza que verles las caras, debía soportar sus gestos hoscos, las medias palabras, los desprecios y los insultos.

17

—¡Me va a oír a mí el gallito ese de Fernando! —exclamó enardecida Inés cuando le conté por encima lo que me estaba pasando.

Entonces me di cuenta de que, por querer aliviarme desahogando mis desdichas en ella, había metido la pata.

—No, por caridad, prima, te lo suplico. ¿No ves que se me pondrán peor las cosas?

—¡Es que ese Fernando me saca de quicio! ¡Pues no se cree que es el amo de la casa! ¡A ver si me lo echo a la cara!

—Que no, Inés. Déjame a mí, que ya sabré yo salir del apuro.

—Bueno, pero no consientas que te haga sufrir, que tanto derecho tienes tú como ellos para estar en esta bendita casa.

En los días que siguieron las cosas empeoraban para mí. Bastaba que doña Beatriz me hiciera una caricia o que me vieran ir a dar un paseo con Inés y Margarita para que se pusieran como fieras y se empleasen en hacerme imposible la vida.

Todos los días teníamos lecciones de armas en el

patio del castillo. Venía a primera hora de la mañana don Manuel de Huete, el maestro de armas, y nos ponía en danza sin darnos respiro. El primer día que me tocó medirme con él a la espada en la hora de la esgrima, aproveché para echar el resto y batirme con el arte que tan bien me enseñó mi señor padre desde que tenía yo siete años. Aunque me esté feo decirlo, tengo que apuntar que se me daba muy bien y que era hábil, rápido y certero con mi adiestrada mano izquierda. No había cruzado la espada media docena de lances, cuando le puse la punta en el pecho a don Manuel.

—¡Me cago en los moros! —exclamó el maestro—. Si eres uno de esos zurdos que tan punteros son. A ver, empecemos otra vez, no vaya a ser cosa de suerte.

Lo mismo pasó que la vez anterior y de nuevo le dejé con la boca abierta.

—¿Será posible? —comentaba asombrado—. Si no lo veo no lo creo, muchacho. ¿Quién te adiestró de esta manera siendo tú de tan corta edad?

—Mi señor padre, don Luis de Monroy —le comenté.

—¡Ah, claro! —exclamó elevando los brazos—. ¡Eres el hijo del capitán Monroy! Conocía yo mucho a tu padre, muchacho. Iba él en el tercio con los de Toledo cuando la batalla de Mühlberg y yo con las huestes de mi señor conde. Combatíamos en la misma ala. ¡Qué bravo caballero! ¿Y qué es de tu señor padre, muchacho?

—Dio su vida en la jornada de Bugía el año pasado —respondí con tristeza y orgullo.

—¡Cielos! Triste jornada esa, hijo. Así que el capitán Monroy fue uno de aquellos desdichados… ¡Dios lo tendrá en su gloria! Era un valiente soldado.

Me puso cariñosamente la mano en el hombro. Los

demás estaban muy atentos a nuestra conversación y yo me sentía ufano porque escucharan las alabanzas que el maestro hacía de mi padre.

—Ahora que te miro bien —añadió don Manuel—, veo que eres idéntico a don Luis. ¡Buena casta la tuya, muchacho! Los Monroy son gente de primera.

Suponía yo —pobre de mí— que aquellos elogios hacia mi persona y apellido me ganarían el respeto y el cariño de mis compañeros. Pues no fue así, sino que, muy al contrario, vinieron a empeorarse las cosas.

Esa misma tarde, cuando íbamos por los pasillos camino a nuestros aposentos, se puso Fernando a mi lado y me dio un fuerte empujón, de manera que fui a golpearme con la cabeza en la pared. Me gritaba enfurecido:

—¡A ver si te crees tú que por haber llegado con la señora condesa eres más que nadie! A ti te bajo yo los humos, sabidillo.

Los demás se mofaban de mí y me tocó soportar algún que otro puntapié por las espaldas, pues los muy cobardes no daban la cara.

Una de aquellas noches que maldormía yo por haber tenido tristes sueños, que me llevaron a mi infancia feliz que tan lejana veía ya, desperté con mucha añoranza y gran tristeza del alma, al ver que estaba en aquel castillo tan lejos de los míos y tan despreciado. Tenía mucha necesidad de consuelo y, para colmo de mi desgracia, aquellos truhanes habían echado en mi lecho una suerte de redomilla hecha con mierda y porquerías cuyo olor pestilente resultaba insoportable.

Tuve que ir a lavarme al pilón con agua helada en mitad de la noche, mientras ellos hacían guasa de mi lamentable estado. Y no teniendo suficiente con el tormento que me causaban, idearon diabólicamente esconderme toda la ropa. Amanecía y estaba yo envuelto en una sábana, como un alma en pena, humillado, zaherido por esos malos compañeros, con un nudo en la garganta hecho de rabia y dolor.

Se fueron ellos a desayunar y a las tareas cotidianas después de haberse reído lo suficiente. Me quedé solo, dialogando con la ira y las ganas de vengarme. «¡Dios mío, qué les he hecho yo a estos para que me traten así!», rezaba con irreprimibles deseos de romper en sollozos, pues verdaderamente no comprendía la maldad de mis compañeros. Pasaron unas horas y los veía desde la ventana, entrenándose en el patio con las armas, sin que pudiera bajar al no tener nada que ponerme.

Debió de escuchar el buen Dios mis oraciones y sucedió que apareció en la alcoba el jefe de la casa, don Marcelino, acompañado por el sastre. Venían a traerme el uniforme de paje que ya estaba terminado.

—¿Se puede saber qué haces aquí a estas horas? —inquirió don Marcelino con su habitual acritud—. Te hemos buscado por toda la casa. ¡Cómo es que estás aún en la alcoba, siendo ya media mañana! ¡Menudo holgazán!

—Tengo toda la ropa sucia y no hallé qué ponerme —murmuré atemorizado.

—¿Toda la ropa sucia? —me espetó—. ¿Eres bobo? ¿Para qué están las lavanderas? ¡Ay, Dios mío, vaya una cabeza de chorlito! ¡A ver si despabilas de una vez!

Era lo que me faltaba. No estaría yo suficientemente humillado para que mereciera esto. Llovía sobre mojado. Me subía como una rabia desde los pies a la cabeza que se hacía ya incontenible, por mucho que yo me dijera: «Templa, Luis María, recuerda lo que decía don Celerino; que no ha de desbocarse nunca la fiera que llevamos dentro».

—¡Hale, ponte el traje! —me ordenó el mayordomo displicente, dejándome el uniforme sobre la cama.

El sastre y él me miraban muy serios. Me fui vistiendo con aquellas ropas: unos zaragüelles de brocado, calzas de seda, camisa de encajes, jubón de fieltro verde con bordados de hilo de oro, capote de paño negro con dos tiras de terciopelo acuchilladas y un bonito chapeo con una pluma anaranjada.

—No, no —me decía el sastre—. El sombrero va un poco de medio lado y el capote algo caído, con elegancia, así —me iba tirando de un lado y otro—, de esta manera.

Una vez dispuestos todos los atavíos, se quedaron los dos mirándome con gesto de complacencia.

—Vaya, esto es otra cosa —afirmó don Marcelino—. Al menos tienes buena planta y lucirás bien como paje.

—Ya le dije a vuestra merced —observó el sastre—; este mozuelo parece un príncipe.

—Bueno, bueno, sin exagerar —dijo el mayordomo—, digamos que es buen mozo y basta.

Me sentía avergonzado y suplicaba a Dios que se marcharan cuanto antes, pues no estaba para lisonjas en ese preciso momento.

—En fin —concluyó don Marcelino—, ya que no tienes otra cosa que ponerte, viste esas galas hasta que mande yo a las lavanderas a que te busquen algo más adecuado.

Dicho esto, salieron los dos.

Me quedé pasmado, con la sangre ardiendo. Fui a mis baúles y saqué la espada de mi señor abuelo don Álvaro de Villalobos que traje conmigo desde Jerez. Fue como si me poseyeran todos los demonios. Bajé las escaleras enfurecido, ciego de ansia de venganza; corrí por los pasillos llevado en volandas por mi herido orgullo y la ira acumulada. A mi paso, alguien me preguntó:

—Luis María, ¿adónde vas?

Era Inés, que iba con su inseparable Margarita.

—¡Qué bien compuesto! —exclamaban admiradas—. ¡Te sientan bien esas ropas!

Pasé a su lado como el que oye llover; tanta era mi ofuscación.

En el patio estaban ejercitándose a la espada. Se batía el maestro con Fernando, que era el más alto y por lo tanto el más adecuado a su estatura. Llegué de súbito y me puse frente al jefe de los pajes.

—¡Eh, muchacho, qué haces! —me gritó don Manuel echándose a un lado.

Pero ya estaba yo midiéndome con Fernando sin parar en mientes. Solo la divina providencia me libró de lo que pudo haber pasado, pues ejercité mi zurda estocada que resbaló en el peto de cuero de jabalí que le servía a mi contrario de protección y la punta de la espada fue a clavarse en su hombro, no lejos del cuello.

—¡Está loco! —gritaban los demás—. ¡Tenedle!

Se echó sobre mí el maestro y consiguió desarmarme. Acudieron prestos los caballeros que estaban por allí realizando sus entrenamientos y entre todos me redujeron. Bufaba yo como una fiera y luchaba con todas mis fuerzas para librarme de la presa que me hacían en mis ropas y cabellos. Echáronme por encima una manta y sentí cómo, a oscuras, era llevado muy sujeto a alguna parte.

Pronto estaba en una oscura mazmorra bajo siete llaves, sin que de momento fuera capaz de entrar en razón, con todos los demonios morando a sus anchas en mi pobre alma.

18

—¡A punto de llegar el señor conde y esto! —se lamentaba doña Beatriz cuando me llevaron a su presencia—. Pero... ¿se puede saber qué te ha pasado? ¡Con lo pacífico y sosegado que aparentabas!

Permanecía yo cabizbajo, sin querer hablar nada; tal era mi estado de confusión y desaliento.

—Di algo, Luis María —me suplicaba Inés—, no te quedes callado. Cuéntaselo todo a doña Beatriz.

Negué con la cabeza sin alzar la mirada, pues me daba mucha vergüenza encontrarme con sus ojos.

—Ordene vuestra merced que salga todo el mundo, señora —le pidió Inés a la condesa—, que he de hablar en privado a vuestra excelencia.

—Ya habéis oído —dijo doña Beatriz—. Esperad fuera del salón.

—¡No se lo cuentes! —rogué a Inés.

—¿Y por qué no? —contestó muy resuelta ella—. No se ha de temer a la verdad.

Salimos todo el mundo del salón y estuvimos aguardando en la antesala, mientras dentro permanecían doña

Beatriz, Inés y Margarita durante largo rato. En la espera, don Marcelino me miraba de soslayo y me decía con desprecio:

—Mira que venir a formar pendencia a casa de los condes, con lo buena que ha sido contigo doña Beatriz. ¿Así le has pagado la caridad que te ha hecho? Malnacido, truhan… Ya podrás ir pensando en recoger tus cosas e irte por donde has venido, que en estos señoríos no se da cobijo a malandrines. ¿No ves que has podido matar al pobre Fernando en la flor de la vida? Ay, dale gracias al Creador porque ha puesto la mano y ha sido poca cosa, que si no daríais con los huesos en la cárcel para toda tu miserable vida… ¡Vaya mocedad esta! ¡Qué tiempos, Señor! Si es que no se encomiendan estos mozos ni a Dios ni al diablo…

Seguía con su retahíla, martilleándome los oídos, cuando se abrió la puerta del salón y apareció Margarita.

—Dice la señora que paséis —comunicó.

Entramos de nuevo. Me daba vueltas la cabeza y no deseaba otra cosa que morirme y acabar con todo aquello de una vez; o subirme a mi caballo y poner tierra de por medio con mis pocas pertenencias, para olvidarme de aquel castillo cuanto antes.

Mi tía vino hacia mí con las manos extendidas y los ojos llorosos.

—Pero… ¡criatura, por qué no decías nada! Bastante has aguantado, hijo de mi vida. Así que eso te pasaba. ¡Ya decía yo que te veía cabizbajo y tristón! Si la culpa la he tenido yo por no poner cuidado en tu persona, siendo mi invitado. ¡Ay, qué arrepentimiento tan grande! —sollozaba—. ¡Una desgracia ha podido ocurrir por mi culpa!

—No, señora —saltó Inés que también lloraba a lágrima viva—. Yo he tenido toda la culpa. Pensé que eran cosas de niños y, ¡Virgen Santísima!

—¡Ay, que no! —empezó entonces a llorar Margarita—. ¡Que he sido yo la única culpable! Pues habiéndomelo contado todo Inés me callé como una tonta. ¡No me lo perdono!

Y así lloraban las tres con muchos arrepentimientos, mesándose los cabellos y abrazándose.

—Que no es para tanto —quería consolarlas don Marcelino—, que gracias a Dios no ha pasado nada grave.

—¡Calla, tú, Marcelino! —le recriminó mi tía—. Que al fin y al cabo eres tú más culpable que nadie. ¿No es tu cometido cuidar de que los pajes vivan en palacio como Dios manda? ¡Cómo es que se te escapan estas cosas!

—Yo…, señora… —murmuró él muy abatido—; cómo iba yo a saber que…

—Anda, ve en busca de Fernando y tráelo a mi presencia —le ordenó doña Beatriz—. Y que vengan también todos los demás pajes. Zanjemos esta cuestión de una vez para siempre.

Al rato estaba allí la corte de pajes al completo, con Fernando que venía muy modosito, con el brazo en cabestrillo y el hombro vendado.

—Sabed que estoy enterada de todo —inició su discurso la condesa con mucha autoridad—. De manera que andabais dando tormento a Luis María, solo por ser el último en llegar. ¡Conque esas nos traíamos! ¿Así de buenos cristianos sois? ¿Qué clase de caballeros queréis llegar a ser un día? ¡Virgen Santa, menuda tropa de piratas! En esta bendita casa no se ha de hacer sufrir a nadie. ¡Ya lo sabéis! Que bastante se encargará la vida de haceros padecer por su cuenta en esos caminos de Dios cuando tengáis que ir a las guerras. Aquí sois hermanos y no debéis hacer sino buscar la manera de facilitaros la vida unos a otros. ¡Ay, qué disgusto me habéis dado! Sabed que este compañero vuestro es huérfano de padre y que es hijo de un pariente mío, muy querido para mí, que dio su vida por la causa de estos reinos. ¡Merece respeto y no burlas!

Estábamos todos muy compungidos al escuchar estas palabras. Alguno de los pajes dejó caer sus lágrimas. Fernando recapacitó y se arrojó a los pies de doña Beatriz llorando a moco tendido.

—¡Perdón, señora! —imploraba.

—A mí no —le dijo mi tía—; pídele el perdón a Luis María por todo lo que ofendiste su honra y el buen apellido de su casa.

Vino Fernando hacia mí e hincó la rodilla en el suelo, muy turbado, deshecho de dolor. Me estremecí al verle en ese estado, tan robusto como era, reclamando mi comprensión con tanta humildad.

—Eso es —dijo doña Beatriz—. Hala, daos un abrazo y aquí no ha pasado nada.

Nos abrazamos como buenos hermanos.

—Muy bien —sentenció la condesa—. Que ese perdón sea de verdad. Id a confesar los pecados y que no se vuelva a hablar de este incidente. Que no llegue esto a oídos del señor conde; no vayamos a estropearle la bienvenida con disgustos.

La intervención de mi señora tía fue mano de santo. A partir de aquel momento mis compañeros empezaron a hacerme partícipe de sus asuntos y me miraban de otra manera, no ya como a un advenedizo, sino como a uno de ellos. Íbamos juntos a holgar por ahí en los ratos libres, a pasear por la villa y a enredar en menesteres de muchachos. Alababan ellos mi destreza con la espada y mi manera de cabalgar y parecía que se les habían pasado las envidias que antes les comían.

Fernando curó pronto de su herida y estaba feliz por poder mostrar una cicatriz de duelo.

—Esta es la primera —presumía ufano—. ¡Hasta que llegue a dieciséis que tiene mi señor padre!

Y todos se ponían a contar muy animados dónde tenían sus padres y abuelos las heridas de guerra; así como las historias que habían escuchado y que se parecían mucho unas a otras, de barrigas abiertas, tripas colgando y ojos sacados de sus cuencas. Esos viejos relatos que venía escuchando desde que era niño acerca de la crueldad de las batallas, que por ser tan habituales no causaban ya espanto, sino diversión a los que un día deberíamos vivirlas en carne propia.

Por un lado discurría mi vida de paje, con sus reglas caballerescas, los menesteres propios de las armas, los caballos y la caza; y por otro, como la cara anversa de la moneda, mi aprendizaje de la música, que tanto contento proporcionaba a mi ánimo.

Como hiciéramos desde un principio en Belvís, Inés y yo no perdimos la costumbre de encontrarnos cada día a la hora de la siesta para aplicarnos al canto y al tañer de los instrumentos.

Manejaba Inés lo mismo la vihuela de cuerda pulsada que la de arco, el laúd y el arpa, con lo que no pudo haber puesto Dios en mi camino mejor maestra en estas artes. Me mostró todas las maneras de dominar los diversos instrumentos y no se me dieron mal. Pero desde un primer momento me incliné por la vihuela de péñola, pues me agradaban más los sonidos arrancados por el plectro que los del arco. Aunque para algunas canciones, especialmente las que eran muy tristes, el acompañamiento de la vihuela de arco casaba muy bien, al sonar como una especie de lamento.

Primeramente aprendí algunas piezas de oído, fijándome solo en Inés y ayudado por ella a situar los dedos en los trastes. No me fue muy difícil acompañarme en alguna canción sencilla en la que no fuera preciso variar más de cuatro notas.

—¡Estupendo! —exclamaba ella—. Si ya decía yo que estabas hecho para esto.

Pero pronto se empeñó Inés en que aprendiera yo la tablatura.

—Debes saber leer la música escrita —me decía—. Si aprendes a manejar los libros de la vihuela ninguna pieza se te resistirá.

Extendía delante de mí un montón de papeles donde estaban dibujadas las líneas que representaban los siete órdenes, equivalentes a las siete cuerdas, y los diez trastes, con todas las figuras situadas en la tablatura indicando las notas y su duración.

—¿Ves? —explicaba—. Esta es la tablatura italiana.

—¡Dios mío, qué complicado! —exclamé al ver tantas rayas, números y letras que no comprendía.

—Que no, bobo, que es sencillísimo. Ya verás cómo te alegrarás cuando aprendas la lectura de las notas —me dijo ella, y empezó ese mismo día a mostrarme los secretos de la música cifrada.

19

Llegaban constantes noticias traídas por los recaderos que enviaba el conde de Oropesa. El contenido de las misivas solía ser el mismo: que nuestro señor el emperador aplazaba una y otra vez su travesía para España, lo cual demoraba al mismo tiempo la venida de don Fernán Álvarez de Toledo. Esta tardanza exasperaba a doña Beatriz.

—Mira que hemos guardado el secreto —decía—, tal y como nos advirtieron, pues la llegada del emperador a nuestras tierras debía ser íntima y austera, según su voluntad. Pero a estas alturas debe de estar enterada toda Castilla.

Así era. El asunto se convirtió en secreto a voces y en Oropesa se iba concentrando más y más gente. La condesa pasó de recibir con buena cara a todo el mundo a enfurecerse cada vez que le anunciaban que tal o cual noble era venido para ofrecerse.

—No, si al final acabará reuniéndose aquí todo el reino —se quejaba malhumorada.

Pasaron Cuaresma y Semana Santa, y se echaron encima los calores sin que el conde llegara, por mucho que una y otra vez sus cartas avisasen de que en pocos días estaría en Oropesa. Así que tuvo finalmente que ocuparse la condesa de adecentar el palacio de Jarandilla y ello le supuso tener que hacer frecuentes viajes para revisar las obras, adquirir muebles y ponerlo todo a punto.

Cumplí los catorce años y se obraron en mi persona una serie de transformaciones que me hicieron comprender que pronto sería hombre. Crecí mucho en estatura y constantemente me tenían que sacar las bastillas de la ropa. Fue ese un tiempo muy raro para mí. Me parecía que todo pasaba deprisa y despacio a la vez. Era como si el tiempo a veces se quedara detenido en las tardes calurosas y, de repente, empezase a correr vertiginosamente, sucediéndose los días que nos llevaban al verano.

Las mañanas las pasaba ocupadas en los menesteres propios del aprendiz de caballero que debía ser conforme a mi edad. Pero, gracias a Dios, no descuidó mi tía otros aspectos de mi formación permitiendo que, además del uso de las armas, aprendiera muchas cosas que completasen la enseñanza sólida en mi infancia. Así que me hizo la gran merced de ponerme en manos del preceptor de sus hijos. Era este un buen fraile de la Orden de San Francisco al que llamaban fray Pedro de Alcántara; un hombre verdaderamente santo, como no he conocido otro.

Como dije más atrás, tenía la condesa cuatro hijos, Juan, Francisco, Juana y Ana. El mayor de ellos, Juan, contaba por entonces unos doce años, y sus hermanos apenas se distanciaban en edad un año entre ellos, teniendo la menor, Ana, unos siete años. Cuidaba mucho doña Beatriz de que estos tiernos vástagos habidos en su matrimonio con el señor conde recibieran una buena educación religiosa y había procurado desde el principio que este delicado menester estuviese en manos de los frailes franciscos, que tanta estima y confianza le merecían. Conocía ella desde su infancia al bueno de fray Pedro de Alcántara, por haber sido este novicio en el convento de Belvís cuando aún vivían los padres de la condesa. Ella misma presentó después al fraile a su esposo. Convirtiose desde entonces el conde en protector de la Orden de San Francisco en sus señoríos y manifestó la voluntad de que sus hijos fuesen educados por estos frailes mejor que por ningún otro clérigo. Y es de comprender que así fuera, pues los franciscanos daban un ejemplo de pobreza, caridad y continencia muy superior al de otros miembros de la Iglesia en estos difíciles tiempos de confusiones y herejías.

Aunque era fray Pedro quien se encargaba mayormente de la enseñanza, no por esto vivía permanentemente en el palacio de Oropesa, sino que sus muchas obligaciones de reformar conventos y fundar otros, que era la tarea principal de este santo fraile, le mantenían siempre itinerante. En su ausencia, ejercía de preceptor de los hijos del conde fray Francisco de Villagarcía, otro franciscano más joven que vivía en el convento de la Madre de Dios. Fue este último el que, merced a la bondad de mi señora tía, se ocupó de proseguir mi educación. Así que volví a los latines y a los libros, aunque, gracias a Dios, sin las exigencias y sombrías inspiraciones de don Celerino.

Esforzábase sobre todo fray Francisco en que aprendiéramos a orar, alabando primeramente la creación entera y confiando luego en la misericordia de Dios, que es la mayor fuente de tranquilidad para el alma. «Bienaventurado quien nada espera, porque de todo gozará», nos repetía una y otra vez con palabras de san Francisco. Quería con ello que pensásemos menos en nosotros mismos y en nuestro porvenir y más en los beneficios de Dios. Pero qué difícil es en la mocedad tener esos sentimientos, cuando a lo que se aspira en la vida es al goce de la buena fama, la fortuna y el placer de haber realizado grandes y célebres hazañas que estén en boca de todos.

Por contraste, la vida de estos franciscanos, harapientos, sin dinero, sin hogar y sin cualquier otra posesión mundana, me parecía a mí cosa de locos, o de ánimas unidas a Dios de una manera que difícilmente podía comprenderse para el común de los mortales.

Llevaba yo poco más de un mes en el palacio de los condes cuando conocí a fray Pedro de Alcántara. Venía él de las tierras portuguesas a pasar la Semana Santa con sus benefactores, los señores condes. Era el santo fraile un hombre alto y huesudo, que hubiera sido muy robusto si no fuera por esa delgadez extrema que le tenía la piel pegada al esqueleto. Estaría por entonces cerca de los sesenta años y parecía ya un venerable anciano. Llegó con un caminar pausado, mas no cansino, apoyándose en su largo cayado. Iba descalzo y le asomaban unos tobillos recios por debajo del sayal y unos pies encallecidos a causa de los muchos senderos pedregosos, polvorientos, embarrados o nevados que habían andado por este mundo. Solía mirar al suelo, por practicar la austeridad —decían— de no complacerse en la belleza pasajera; pero, si en algún momento alzaba levemente el rostro, su gesto era sonriente, risueño incluso, y sus ojillos menudos traslucían tímida bondad. Las manos sarmentosas se movían pausadamente y su largo dedo índice parecía hecho para señalar en los libros la sabiduría de las frases que pasaban más desapercibidas. Convenían los que le conocían bien en asegurar que había estudiado recio y que sus consejos acerca de los conflictos propios de la vida no podían ser más certeros.

Durante su estancia en el palacio de Oropesa, fray Pedro no disfrutaba lo más mínimo de los lujos de la residencia de los condes. Se alojaba en una austera habitación de reducidas dimensiones, a la cual se accedía por una estrecha escalera; allí oraba y moraba siguiendo las reglas de la pobreza, durmiendo en un camastro de tabla con un pedrusco como almohada, sin mantas ni cobertor alguno. Se abstenía de carnes, pescados, huevos y vino, alimentándose solo de algún mendrugo de pan y poco más; durísima penitencia esta, rodeado como estaba de los deliciosos manjares que se servían en las mesas palaciegas.

Doña Beatriz le tenía gran devoción y repetía:

—Es un santo en vida, un verdadero hombre de Dios. Ya nos servirá él de valedor en el cielo cuando el Señor decida llamarnos a todos a su juicio.

20

Se alargaban los días en mayo y allí estábamos Inés y yo, cada tarde, aplicados a la vihuela y al canto como si no hubiera nada mejor en el mundo. Parecía que nos hacían coro los pájaros, tan afanados en construirse los nidos, en los árboles del jardín y en los huecos de los muros. Los vencejos surcaban veloces el aire y un cielo cálido se extendía hasta el infinito sobre los inmensos llanos del campo Arañuelo, allá abajo. Gredos reinaba en el horizonte, majestuoso, y blanqueaban los pueblos en sus laderas azuladas.

—Aquello de allá es Jarandilla. ¿Lo ves? —me señalaba Inés apoyada en el alféizar de la ventana.

—Hummm… ¿Dónde? —musité yo fijando la vista.

—Allá, bobo, bajo aquella hilera de montañas, justo debajo de aquel pico.

—Veo algún que otro pueblo…, pero… ¿cuál de ellos es?

—Anda, acércate y sigue mi brazo —me dijo ella tirándome del jubón—. Mi dedo te indicará justo el lugar. Pon aquí la cabeza, en mi hombro.

Situé la barbilla sobre su hombro y mi mejilla le rozó el cuello. Pude sentir que se estremecía. Su cabello castaño se tornaba dorado por el sol de la tarde y su piel rosada adquiría ahora un tono de cobre, muy saludable. Estuvimos así un rato sin decir nada. Ya nos venía pasando que nos quedábamos con cierta frecuencia mirándonos el uno al otro, como arrobados, sin decir palabra.

—¿Lo ves? —preguntó.

—¿El qué?

—¡Anda, bobo, qué va a ser! ¡Jarandilla! ¿Lo ves o no?

No veía nada. Mis ojos estaban perdidos en el horizonte y no se sujetaban a mi voluntad, dominada ahora por la proximidad de Inés.

—Sí, sí lo veo —murmuré sin que apenas me saliera la voz del cuerpo.

—Pues allí está el palacio donde solemos pasar los veranos. Es un lugar fresco y verde ideal para aliviarse de las calores. Hay gargantas que llevan frías aguas, arboledas espesas, prados… Ya verás, te encantará.

—¿Cuándo iremos?

—¡Ah, qué sé yo! —contestó volviéndose hacia mí, con lo cual abandonamos esa proximidad que me tenía transido por el deseo de abrazarla—. Este año va todo al revés. Con eso de que ha de venir el emperador nuestro señor…

—¿Crees que viviremos nosotros allí mientras esté el emperador?

—Claro, al fin y al cabo es nuestra casa, ¿no? El otro día comentó doña Beatriz que no habíamos de modificar en absoluto nuestra vida por este menester. Que el emperador quería precisamente un trato familiar, sencillo, y no grandes dispendios ni gastos, ni jerigonzas que alterasen su deseo de retirarse del mundo.

—¡Paréceme mentira llegar a ver al césar en persona! —exclamé.

—Pues ya ves —dijo ella—; parece estar de Dios que llegues a verlo pronto de cerca.

—¿Cómo será el emperador?

—De carne y hueso; como tú y yo. ¿O piensas que es de oro y piedras preciosas?

—Bueno, mujer…

—Es un hombre más, Luisito; solo que es rey. Y dejemos ya esta conversación, que tenemos mucho que aprender de la vihuela —zanjó la cuestión—; que esta tarde, entre unas cosas y otras, casi la hemos perdido.

Dicho esto, sacó los libros y los extendió delante, como solía hacer.

—¿Repasamos el afinado nuevo? —sugerí.

—Vamos allá —asintió ella muy conforme.

Estábamos por entonces dedicados al libro de Alonso de Mudarra, que llevaba por título *Tres libros de música en cifras para vihuela*. En él se recogían la antigua y la nueva afinación, que tanto me había costado aprender, pero que ya casi dominaba del todo. Solíamos, por otra parte, usar también el tratado de Bermudo, más reciente, que era el favorito de Inés. Pero el que nos privaba a ambos era el último que ella había recibido, el intitulado *Orphenica Lyra*, del maestro Miguel de Fuenllana. Este libro era muy fácil de comprender y contenía tal número de canciones, piezas transcritas y piezas libres que de por sí bastaba para hacerse uno maestro de la vihuela y rebosar arte en el acompañamiento y la voz.

Me manejaba ya a las mil maravillas a la hora de tañer y cantar, distinguiendo el villancico de la canción o el romance del madrigal; y me desenvolvía con destreza incluso en lo más difícil, cual eran los versos, los tientos y la fantasía. Aunque en esta última me faltaba lanzarme como Inés, sin miedo, al más complejo arte del contrapunto florido: aumentación y disminución, síncopas, floreos, notas de paso, redobles, quiebros y retardos.

Una vez templadas nuestras vihuelas, nos poníamos el uno frente al otro, nos mirábamos y aguardaba yo a que ella me diera la entrada. Era maravilloso verla con el cuello delgado ladeado y las finas manos sobre el delicado instrumento. Hacía unos graciosos movimientos con la cabeza y allá nos lanzábamos los dos con el villancico, alternándonos en las estrofas y luego cantando al unísono el refrán:

> *Soy contento y vos servida*
> *ser penado de tal suerte*
> *que por vos quiero la muerte*
> *más que no sin vos la vida.*
> *Quiero más por vos tristura*
> *siendo vuestro sin mudanza*
> *que placer sin esperanza*
> *d'enamorada ventura.*
> *No tengáis la fe perdida,*
> *pues la tengo yo tan fuerte*
> *que por vos quiero la muerte*
> *más que no sin vos la vida.*

Quedaba la última nota aún prendida en el aire cuando, extasiados por la magia de la música y por las bellas palabras de la letra, nos miramos fijamente a los ojos. Tenía Inés los labios humedecidos por el canto, entreabiertos, y jadeaba levemente esbozando una media sonrisa.

—¡Ay, me encanta esta canción! —suspiró.

—A mí también —dije, dejando la vihuela recostada en la pared. Me senté en el banco junto a ella. Me iba aproximando a su cuerpo llevado por un impulso más fuerte que mi voluntad.

—Cuando llegue el conde —observó—, le dejaremos con la boca abierta. ¡Con lo que le gusta el canto!

Sentía el calor que emanaba de su cuerpo y percibía el delicioso aroma de su habitual perfume, una esencia que recordaba al olor del jazmín. Seguía aproximándome, hasta que mi muslo se juntó con el suyo y nuestras caderas se tocaron.

—No puedes imaginarte cómo son las fiestas en el palacio —comentaba ella mientras templaba las cuerdas de su vihuela, con los ojos fijos en el libro—. Y esta vez serán sonadas, dado el tiempo que lleva el conde fuera.

Hervía yo por dentro y el sudor me recorría la espalda a chorros. Esa fuerza más poderosa que yo me empujaba hacia Inés, de manera que mi cuerpo estaba ya pegado completamente al suyo. Era incapaz de pensar.

—Escucha esto —dijo, mientras pasaba la página del libro *Silva de sirenas* de Valderrábano—. Puso los finos dedos en el puente y arrancó unas bonitas notas con la mano derecha. Luego inició el canto de unas bellas endechas con su dulce voz:

> *¿De dónde venís, amore?*
> *Bien sé yo de dónde,*
> *bien sé yo de dónde.*
> *¿De dónde venís, amore?*
> *Bien sé yo de dónde,*
> *Cavallero de mesura,*
> *Cavallero de mesura.*

No hizo ese canto sino arrojar leña al fuego y encender más mi pasión. Le eché el brazo por detrás de la cintura y la atraje hacia mí, apretándome a ella más de lo que estaba ya.

—¡Ah, qué calor! —exclamó dando un respingo—. ¡Qué pegajoso estás últimamente! —Me empujó apartándose de mí.

Fue como si me echaran por encima un jarro de agua fría. Me quedé mudo y muy compungido.

—¡Eh, qué te pasa! —dije luego algo enojado—. ¿No me quieres?

—Claro, amor —contestó, haciéndome una caricia en la mejilla con el dorso de la mano—. Pero estos apretujamientos me cortan el resuello. Eres muy efusivo tú. Además, imagina que entrase alguien por ahí… ¿Qué pensaría?

—¿Qué? —repuse en mi ignorancia.

—¡Ah, ja, ja…! —rio—. ¡Qué bobo eres, cariño! Pues eso; pensarían que tú y yo tenemos amores. ¿No te das cuenta de que ya no eres tan niño como hace unos meses? La vida corre que vuela a estas edades, querido.

21

El furor de la primavera en todo su esplendor animaba mis deseos. Me convertí en la sombra de Inés. La seguía por todo el palacio, la buscaba por los jardines; no podía respirar sin su presencia; era para mí la vida.

—¿Habéis visto a doña Inés? —era mi pregunta.

—Se la habrá comido el lobo —respondían con suspicacia los criados—. Ay, dónde estará, dónde estará la doncella —decían con malicia.

La caída del sol era muy bella en Oropesa. En medio de aquellos arrebatos de amor, el cielo anaranjado surcado por innumerables aves hacía volar mi alma. El rumor de las golondrinas, el estridente piar de los gorriones, el martilleo monótono de la cigüeña; el intenso aroma que el calor levantaba desde los jardines; la lluvia de primavera golpeando la tierra; la infinita lejanía del horizonte…; todo en aquel tiempo me llevaba a languidecer.

De repente escuchaba a lo lejos el tañer de la vihuela y allá iba veloz, arrobado, como llamado por un canto de sirenas, nublada la mente y perdido el juicio.

Algo raro estaba sucediendo. Empecé a darme cuenta de que Inés me esquivaba. No acudía ya a nuestra habitual cita para ensayar en la hora de la siesta. Siempre tenía excusas para no estar conmigo: que si doña Beatriz la necesitaba para los preparativos que eran menester en el palacio, que si tenía ocupaciones, que si no se encontraba bien… Comprendí finalmente que no quería estar conmigo como antes. Esto me causó mucho desconcierto primero y gran desazón después.

En los adiestramientos que obligadamente tenía yo cada mañana en la plaza de armas del castillo, empecé a errar y a perder el tino.

—¿Qué te pasa, muchacho? —me decía el maestro—. De un tiempo a esta parte no pareces el mismo.

Iba yo una tarde cabizbajo, sumido en mis pensamientos, cuando escuché la vihuela tañer. Fui a los jardines y allí cantaba Inés bajo el algarrobo, acompañada por su inseparable Margarita. Se habían puesto ambas guirnaldas de jazmín en el pelo y estaban sentadas sobre la hierba, con sus coloridas faldas extendidas. Para mayor desdicha mía, Inés me pareció más bella que nunca y la canción que cantaba era una de mis favoritas; las endechas que estaban en el libro del maestro Diego Pisador y que decían así:

¿Para qué es, dama, tanto quereros?
Para quedarme y a vos perderos:
más valiera nunca veros.

Fui acercándome sigilosamente por entre los setos, sin querer avisarlas de mi presencia. Me deleité viendo cantar a Inés, plácidamente, y recordé cómo hasta un par de semanas antes la acompañaba yo cada tarde.

Ahora era Margarita quien le hacía las segundas voces, ocupando mi lugar. La rabia y el dolor se iban apoderando de mí. Las notas de la vihuela me herían el corazón como dardos y cada palabra de la canción parecía atravesarme como una espada:

Si, cuando viene el pesar, durase,
no habría mármol que no quebrase:
¿qué no hará el corazón de carne?

Mi corazón terminó de romperse y separé los arrayanes que tenía delante de mí. Hecho una furia me planté en dos zancadas delante de Inés.

—A ver, ¿qué te pasa conmigo? —le espeté—. ¿Qué mal te ha hecho mi persona para que me desprecies así?

Se puso roja como una granada a punto de reventar. Me miraba con sus azules ojos muy raros. Se levantó y dijo solemnemente:

—He de irme.

Entonces me abalancé sobre ella y la sujeté por el antebrazo.

—¡Inés, por Santa María! —le rogaba—. ¡Dime algo!

Se soltó de un tirón y corrió a perderse por entre los arbustos. Cuando desapareció de mi vista, Margarita se puso en jarras frente a mí:

—¡Qué modales son esos, Luis María! —me inquirió furiosa—. ¿Tienes acaso un demonio dentro? ¡Déjala en paz! ¿No ves que la asfixias persiguiéndola todo el día? ¡Dale un respiro!

—No lo comprendo —balbucía yo—. Antes ella no era así conmigo…

—¡Tonto! Pero… ¿no ves que ya eres un mozo hecho? ¡Mírate al espejo! ¿No has visto el bozo que rodea tus labios? Tu cuerpo va haciéndose maduro. El niño que había se muere y nace un hombre. ¿No te das cuenta de eso?

—¿Y qué? —pregunté desesperado.

—¡Bah! —dijo—. No quieres darte cuenta. Entre doncella y mozo pueden pasar cosas que… —se ruborizó—. ¡Bueno, ya sabes!

Margarita se marchó también y me quedé allí solo, hecho un mar de dudas. Un nudo me atenazaba la garganta y quería llorar pero no era capaz. Me sentía humillado y despreciado. Corrí por los jardines y fui a buscar el gran espejo que estaba al final de una de las escaleras del palacio, en un rellano donde había una puerta que conducía a los roperos.

Iba subiendo la escalera que estaba casi en penumbra y me fui encontrando con el espejo en el cual podía verme reflejado de cuerpo entero. Frente a mí apareció de repente un caballero que me resultaba muy familiar. Cuando distinguí su semblante y su figura, grité:

—¡Padre!

No era mi señor padre —comprendí—, sino yo mismo reflejado.

Avergonzado por las contradicciones que se debatían en mi alma, busqué la soledad. Mi única compañera fue entonces la vihuela. Iba cada tarde a perderme por los campos y a dialogar con mis penas. Una y otra vez repetía yo solo las canciones que animaban mis recuerdos y parecíame subirme a una montaña de amor, desde la que divisaba las mieses que se doraban, las tórtolas que se hacían compañía aparejadas y los mansos rebaños que se derramaban por las laderas de los montes. Me sentía el ser más solo del mundo y las endechas del maestro Fuenllana parecían escritas únicamente para mí.

Si los delfines mueren de amores,
si los delfines mueren de amores,
triste de mí, ¿qué harán los hombres
que tienen tiernos los corazones?
Triste de mí, ¿qué harán los hombres?

Por aquel tiempo, fray Francisco, nuestro preceptor, nos hacía leer el *Flos sanctorum*, el libro en el que se cuentan las dramáticas historias de los santos y mártires. Mis ansiedades se agitaban al conocer las vidas de los héroes de los primeros tiempos del cristianismo, que no dudaban en dar su sangre por la fe: san Sebastián, que se hacía oficial de las tropas, a pesar de su repugnancia por las armas, con el único objeto de alentar a sus hermanos cristianos llevados para ser pasto de las fieras; san Policarpo de Esmirna, que, después de haberse ocultado de las autoridades que le buscaban durante largo tiempo, se somete en su ancianidad a la prueba del martirio. ¡Cómo odiaron su propio cuerpo, cómo lucharon por dominarlo aquellos santos!

No podía yo dominar mis pasiones y la angustia se apoderaba de mí. Las necesidades y sensaciones del cuerpo me causaban vergüenza y afrentosa humillación.

Fray Francisco repetía una y otra vez que nuestra principal tarea en esta vida es el perfeccionamiento y la salvación de nuestra propia alma. Insistía en que conocerse y estudiarse a sí mismo es de mayor importancia que conocer el curso de las estrellas, estudiar las virtudes de las plantas, descubrir los caminos del mundo o dominar el arte de tañer el más sublime instrumento musical. Según él, debíamos cultivar nuestra propia alma como el labrador cultiva su campo, siguiendo lo que se leía en uno de los tratados de san Agustín.

Arrepentirse, dominarse, hacer penitencia y abatir la soberbia cerviz era, en palabras de nuestro maestro, la gran tarea de la mocedad, la cual había de durar toda la vida, hasta el momento de dar el alma a Dios. En los libros que nos daban a leer había expresivos dibujos que representaban a la soberbia en forma de guerrero armado de punta en blanco sobre un caballo encabritado, atravesando con su espada a un pacífico hombre; la ira como un burgués que levantaba la mano contra un clérigo; y la lujuria, en forma de una opulenta doncella que llevaba en la mano cetro y espejo, y a quien abrazaba un mancebo —un trovador joven y apuesto—. De semejante manera se representaban los vicios, en alegorías donde se veía a los desenfrenados hombres que asistían a los espectáculos de tabernas y a las ferias y romerías donde corría el vino, se prodigaba el juego y las mujerzuelas se exhibían.

—Mi obligación es advertiros de lo que hay en el mundo —decía fray Francisco—, pues pronto habréis de veros en él y afrontar sus peligros. Huid, hijos míos, de la vanidad de los torneos y de las maldades de la guerra, que estima al hombre por el número de enemigos que ha matado y realzan el valor de la riqueza y de los cargos.

Este buen fraile, como fray Pedro de Alcántara luego, nos animaba elocuentemente a que lucháramos solo por la causa de los humildes y oprimidos, de aquellos a quienes es tan difícil hacer valer sus derechos frente a los ricos.

Vestir al desnudo, dar de comer al hambriento, rescatar a los cautivos, cuidar a los enfermos, enterrar a los muertos… eran las virtudes esenciales que aquellos franciscanos ensalzaban una y otra vez para prevenirnos de las tentaciones que el diablo haría valer para sacarnos del buen camino.

Escuchaba yo muy atento todo esto y me sentía poseído de angustia y zozobra, viendo lo difícil que me sería salvar el ánima, dados los muchos peligros que me amenazaban.

—La lujuria —comentaba fray Francisco— es el fuego del que se habla en el Libro de Job, fuego que consume todo hasta las raíces. Pero más insaciable aún que los placeres de la carne es, sin embargo, la codicia. Pues si el lujurioso calla a veces harto y exhausto, la mirada del codicioso está siempre fija en el oro y los bienes, pensando cómo los acrecerá, sin darse descanso…

22

Anunciaron por fin la venida del conde. Los trajines del palacio de Oropesa se acentuaron; andaba todo el mundo de acá para allá como loco. Doña Beatriz quería que no faltase ni un solo detalle para el recibimiento. Se colgaron tapices en los balcones, se llenaron las torres de estandartes, se extendieron alfombras y se pusieron flores en las estancias. El aroma mezclado de las esencias lo llenaba todo. La plata relucía y el bronce lanzaba destellos dorados.

—¡Ya viene en lontananza! —gritó un lacayo que vigilaba el horizonte desde la torre más alta.

Una febril agitación se apoderó de los sirvientes. Corría cada uno al puesto asignado. Los hidalgos, los parientes, los administradores y los menestrales fueron situándose por orden de importancia en el camino que ascendía hacia el palacio. En la explanada que se extendía delante de la puerta principal estaban colocados los camareros, mayordomos y prohijados con sus libreas de gala. Los pajes lucíamos el uniforme más lujoso y los caballeros del palacio, jubones con las armas de la casa bordadas en el pecho. Una docena de tamborileros y flautistas esperaban a que se les diera la orden para iniciar su fanfarria de bienvenida, y seis doncellas aguardaban con cestos repletos de pétalos de rosa para arrojarlos a los pies del recién llegado.

Fueron apareciendo los estandartes y pendones; venían los de a pie con sus picas enhiestas, los arcabuceros con las armas al hombro y los ballesteros de la misma guisa. Después, con un rugir de cascos de caballo, llegaron los caballeros vistiendo relucientes armaduras, revoleando las capas coloridas al viento, así como los empenachados yelmos. Las celadas estaban levantadas y los rostros venían sonrientes.

—¡Viva el señor conde! —gritaban—. ¡Vivan las armas de Oropesa y Figueroa! ¡Viva el emperador nuestro señor! ¡Vivan los caballeros de Castilla!

Se te ponían los pelos de punta al escuchar estas recias voces, entre el estruendo de los arneses, el griterío de los niños y las mujeres y el crujir de hierros, cueros y armas.

Doña Beatriz estaba muy hermosa, sentada en un trono delante de la puerta principal del palacio, flanqueada por sus damas de compañía, rodeada por sus hijos y asistida por los principales lacayos. Los ojos de la condesa traslucían felicidad y en su rostro exultante confluían todas las miradas.

—¡Viva la señora condesa! —gritó con exaltación una de las doncellas.

—¡Viva! —contestó la nutrida concurrencia prorrumpiendo en aplausos.

Pero ella acalló inmediatamente el espontáneo vitoreo con un expresivo movimiento de manos.

Llegó por último el conde. Venía sobre un gran caballo cubierto con gualdrapas de brocado y brillantes arneses metálicos. Vestía don Fernán armadura de gala, muy vistosa, con adornos broncíneos en la coraza. Traía descubierta la cabeza. Sus cabellos oscuros y la barba muy negra estaban surcados por hilos plateados. El gesto era grave; los ademanes solemnes y llevaba la espalda muy recta sobre la silla. Cabalgaban a su lado jóvenes y fornidos caballeros bien ataviados, que portaban los escudos de parada en los que relucían, pintadas en vivos colores, las armas de su señor.

—¡Viva don Fernán Álvarez de Toledo! —gritaban enarbolando las espadas desenvainadas—. ¡Viva el conde de Oropesa!

—¡Viva! —constestaba todo el mundo.

Descabalgó don Fernán delante del palacio y salió su esposa a presentarse ante él, hacerle reverencia y entregarle las llaves de la casa. El conde la atrajo hacia sí y la besó cariñosamente en la frente. Ella lloró entonces de alegría y se santiguó dando gracias a los cielos.

—¡Vivan los condes! ¡Vivan! —gritaban los vasallos.

Veinte mulas muy cargadas y cuatro carretas venían detrás, portando el botín cosechado por las huestes de don Fernán en las últimas batallas en que intervinieron. Se abrieron los fardos y los presentes fueron extendidos en el suelo. Había candelabros, bandejas de oro y plata, objetos preciosos, joyas, buenas telas, sacos de monedas, cuadros, esculturas, y muchas menudencias de valor. Todo el mundo se abalanzó para ver de cerca tal tesoro y una exclamación de admiración brotó al unísono de las gargantas.

Cuando los condes dieron el permiso, los hombres fueron al encuentro de sus mujeres e hijos. Se formó entonces un confuso alboroto de abrazos, aspavientos y griteríos. El orden de la hueste se deshizo al momento y allí mismo se dispersaron los caballeros y soldados para ir cada uno a encontrarse con sus seres queridos.

En el interior del palacio, en el gran patio que se extendía entre la residencia y el castillo, se inició entonces la ceremonia de bienvenida íntima preparada por doña Beatriz. Allí fueron a reunirse los parientes y los nobles próximos al conde para expresarle los parabienes, rendirle cuentas y darle las nuevas habidas en su ausencia. Los clérigos entonaron el tedeum, derramaron agua bendita sobre él y luego fueron todos los presentes a dar gracias a Dios en la capilla.

Al atardecer dio comienzo la fiesta. En el salón principal del palacio se habían extendido largos tableros y alargadas mesas donde estaba dispuesta una extensa vajilla. No tardaron los criados en llegar con humeantes calderos y grandes bandejas en las que venía todo género de volatería guisada, carneros asados, cabritos, conejos, liebres, ciervos y copiosos cestos de frutas y pan, así como abundante vino en jarras de barro que fue escanciándose sin tregua.

Me correspondió a mí llenar la copa del conde, por deferencia de doña Beatriz, la cual consideró que sería esta la mejor manera de presentarme a su esposo. Cuando hube servido el preciado caldo como me enseñó el jefe de la servidumbre, advertí con desilusión que don Fernán no se había percatado de mi presencia, entretenido como estaba en atender a las conversaciones con sus invitados. Pero la condesa, siempre tan solícita en favorecerme, le tocó el antebrazo a su cónyuge y le dijo:

—Señor, no os habéis fijado en este noble mozo.

El conde se volvió hacia mí y me miró con unos ojos sorprendidos. Preguntó:

—¿De quién es hijo?

—De mi primo don Luis de Monroy —le respondió doña Beatriz.

—¡Claro, ya caigo! —asintió don Fernán—. ¿Y qué hace aquí pues? ¿No vivía su familia en tierras de la Orden de Santiago, allá por Jerez de los Caballeros?

Mi tía le explicó entonces los pormenores de mi historia, se disculpó por haber resuelto traerme a palacio en su ausencia y solicitó a la vez el permiso para que entrase yo a su servicio.

—¡Vive Dios, señora esposa! —exclamó el conde—. Lo que haga vuestra merced bien hecho está. Cualquiera que reciba mi señora esposa es bien recibido por mí, ¡máxime si se trata de la noble gente que lleva su apellido!

—Gracias, señor —dijo ella complacida—. No se arrepentirá vuestra merced; Luis María es un buen paje y llegará a ser mejor caballero, como su señor padre.

Me incliné en una cumplida reverencia y luego le besé la mano.

—Por lo pronto —añadió el conde—, me gusta el muchacho; tiene buena presencia, es fuerte y de noble semblante. ¿Sabes ya de armas? —me preguntó.

—Sí, señor —respondí—. No había cumplido los siete años cuando ya mi señor padre me proporcionó los primeros adiestramientos.

—Muy bien —asintió conforme—. Así me gusta; cuanto antes mejor. Nunca es pronto para ejercitarse uno en las armas. Dice mucho a tu favor que manejaras la espada al tiempo que te salían los dientes. Con la estatura que tienes y esas fuertes muñecas —aseguró mirando la mano con la que sostenía yo la jarra de vino—, no ha de pasar mucho tiempo antes de que vayas a dar a los sarracenos lo que se merecen. ¡Ay, hijo mío, qué falta le hacen a nuestro reino buenos caballeros! Cada día son más los enemigos del emperador nuestro señor.

Hice una nueva reverencia manifestando mi disponibilidad y él alargó la copa, muy sonriente, para que se la llenara. Era don Fernán un caballero de porte distinguido, ni grueso ni delgado, fuerte, pero de armoniosa figura. Tendría por entonces cumplidos ya los cincuenta años y no por ello aspecto alguno de hombre viejo, aunque las canas iban tiñendo de blanco su barba y cabello.

Este buen recibimiento que me hizo y las amables palabras que me prodigó aliviaron algo mis tristezas. Fui a ocupar el sitio que me correspondía en la mesa de los pajes y, cuando me senté, advertí que el vino tenía sonrojados los cachetes de mis compañeros y la fanfarronería empezaba a asomarles desde dentro. Ya hacía algún tiempo que me venían cantando una copla que me sacaba de quicio:

Qué tendrá el mozo,
qué tendrá que no le ama la doncella,
le faltará, le faltará
lo que precisaba ella.

Para colmo de mi humillación, vi que Inés estaba sentada junto a otras doncellas en la misma mesa que los jóvenes caballeros que habían llegado con el conde. Estaba ella muy guapa con el pelo recogido y un vestido de seda verde, cuyo almidonado cuello blanco realzaba su perfecto rostro. Sonreía todo el tiempo a un apuesto caballero que no le quitaba los ojos de encima y jugueteaba con una flor que sostenía entre los dedos.

No era yo capaz de mantener el disimulo demasiado tiempo y los ojos se me iban en esa dirección constantemente. Entonces los malintencionados pajes de mi mesa entonaron por lo bajo la dichosa copla.

No habían terminado de cantarla cuando corrí a escapar de allí abrumado por mi orgullo herido. Recorrí los pasillos y fui a buscar consuelo en una galería que daba a los patios. La luna reinaba redonda y plateada en el cielo que ya se había oscurecido y los grillos cantaban por todas partes. Llegaban desde el salón voces, risotadas y el ajetreo del banquete. Quería yo sobreponerme a los diablos que me punzaban en el interior, pero no lo lograba.

De repente, alguien me chistó desde algún sitio.

—¡Chist! ¡Eh, Luis María!

Me volví y vi a Inés en una ventana que daba a la galería. Me hacía señas con la mano para que fuese donde ella.

—¡Qué me quieres! —le espeté de forma intempestiva—. ¿Vienes a causarme más daño?

—¡Chissst…! No grites. Acércate, que he de decirte algo.

Fui hacia ella con ademán interrogante.

—¿Vas a cantar conmigo para el conde? —me preguntó.

—¿Ahora me vienes con esas? —le contesté huraño.

—Anda, bobo, no seas cabezota. No hemos ensayado todo este tiempo para echarlo a perder por un orgullo tonto.

—¿Un orgullo tonto? ¡Me hiciste mucho daño, Inés!

—Anda, querido —dijo melosa—, deja eso ahora. Ya te explicaré. Se tercia agasajar al conde; es lo único que debe importarnos. Mañana hablaremos de lo demás. ¿Lo harás? ¿Me acompañarás?

—Todo sea por el señor conde —asentí.

—Bien, querido, ¡corre, ve a por tu vihuela!

Fui a mis aposentos todo lo rápido que podía, debía atravesar varias estancias y recorrer un par de largos pasillos. Cuando llegué al salón, jadeante y sofocado, ya estaba Inés sentada en un taburete delante de la mesa del conde y todo el mundo la miraba en silencio.

—Aquí está mi acompañante —dijo señalándome con la mano al verme entrar.

Me puse junto a ella y templamos los instrumentos. En voz baja me sugirió:

—Cantaremos primero *La mañana de San Juan*.

Asentí con un movimiento de cabeza. Ya sabía yo que elegiría esa composición, pues era muy adecuada para el momento y holgaría mucho a los presentes, por ser un romance viejo que conocía casi todo el mundo.

Me dio la señal de comienzo e iniciamos al unísono el tañer. Cantó ella primero:

La mañana de San Juan,
al tiempo que alboreaba,
gran fiesta hacen los mozos,
por la vega de Granada.
Revolviendo sus caballos,
jugando van de las lanzas,
ricos pendones en ellas,
labrados por sus amadas,
ricas aljubas vestidas,
de oro y sedas labradas.

Entraba yo ahora en la siguiente estrofa, afinando mi voz cuanto podía:

El moro que amor tiene,
allí bien se señalaba,

165

y el moro que no los tiene,
de tenerlos procuraba,
mirando las damas moras
desde las torres de Alhambra,
entre las cuales había
dos de amor muy lastimadas,
la una se llama Jarifa,
la otra Fátima se llama.

Ambos ahora, muy conjuntados, tal y como habíamos ensayado tantas veces, cantábamos a dos voces la estrofa final:

Solían ser muy amigas,
aunque ahora no se hablan.
Jarifa llena de celos
a Fátima le hablaba:
Ay, Fátima, hermana mía,
cómo estás de amor tocada;
solías tener colores,
veo que ahora te faltan,
solías tratar amores,
ahora obras y callas.

Le cantaba yo esto mirándola a los ojos muy quedo, como si se lo dijera a ella. Sonreía Inés algo turbada mirándome de soslayo.

Dimos la última nota y todo el mundo aplaudía y vitoreaba muy contento, premiando nuestra actuación. El conde, puesto en pie, hacía gestos de aprobación y sonreía de oreja a oreja.

—¡Magnífico! ¡Excelente! —exclamaba—. ¡Vamos, cantadme ahora el romance del rey moro! —nos pidió.

Cuando estuvo todo el mundo en silencio, cumplimos su deseo, animados por el éxito anterior.

> *Paseábase el rey moro*
> *por la ciudad de Granada,*
> *cartas le fueron venidas*
> *cómo Alhama era ganada.*
> *¡Ay, mi Alhama!*

Y así proseguimos con el romance y cantamos luego otro y otro, hasta cinco. Pero lo que hizo las delicias de la concurrencia fue la triste canción del maestro Fuenllana que se llamaba *Duélete de mí, señora*, la cual canté yo y me salió del alma, como si sus palabras apenadas se las dijera a Inés:

> *Duélete de mí, señora,*
> *señora, duélete de mí,*
> *que si yo penas padezco*
> *todas son, señora, por ti.*
> *El día que no te veo,*
> *mil años son para mí,*
> *ni descanso, ni reposo,*
> *ni tengo vida sin ti…*

Los vapores del vino iban haciendo languidecer a la concurrencia y, en el sopor, el tono tan lastimero de la canción llenaba de nostalgias los corazones y abría las heridas de pasión de los enamorados. Así mi alma, tan dolorida, se abría para dejar escapar el canto con tanto sentimiento que arranqué lágrimas hasta de los ojos del mismo conde.

> *… Los días no los vivo*

suspirando siempre por ti.
¿Dónde estás, que no te veo,
alma mía, qué es de ti?

Sé que detuve el aliento de los atentos oyentes, pues, terminada la canción, solo se escuchó algún suspiro en el instante de silencio que siguió. Hasta que fue roto por el señor conde que, habiéndose alzado de su silla, venía a nosotros exclamando:

—¡Bravo, queridos! ¡Muy bien!

Nos abrazó y nos regaló con una moneda de plata a cada uno.

—Habéis estado espléndidos —decía—. ¡Qué maravilla! Doy gracias a Dios por tener cantores como estos en mi casa. ¡Hale, todo el mundo a brindar!

Siguieron luego las danzas. Se deshizo el orden de las mesas y los invitados corrieron a coger sitio al centro del salón, para bailar la pavana que un grupo de músicos comenzaba a interpretar.

Doña Beatriz se acercó a mí y me dijo al oído:

—Te has ganado al conde, cariño. ¡Y ya es difícil caerle en gracia a la primera a mi señor esposo!

Miré a Inés temiendo que pudiera estar celosa, ya que era ella, al fin y al cabo, a quien yo debía tanta merced. Estaba alegre y disipó mis temores con un rápido beso que me dio en la mejilla.

Vinieron de pronto mis compañeros pajes y me arrancaron de allí para llevarme en volandas a un rincón, donde habían conseguido reunir un montón de jarras de vino, distrayéndolas de las mesas, aprovechando el revuelo del bailoteo.

—¡Hala! —me animó Fernando—. Aplícate al vino y olvídate por un momento de las mujeres.

Llevado por la euforia, vacié cuantas copas me pusieron en la mano. No conocía yo aún el efecto que causan los duendes del vino y me vi de súbito como poseído por el alma de otra persona. Bailé, salté, canté y solté la lengua diciendo cosas que nunca antes siquiera habían pasado por mi mente. Iba de acá para allá, echado el brazo por encima de alguno de mis compañeros; reía y me sentía feliz, como si hubiera subido al mismo cielo.

No sé en qué momento me vi descender de la gloria e ir dando tumbos sin rumbo fijo. Oía las voces y quería hablar, pero balbucía solo palabras inconexas. Quise huir de mi estado de confusión y anduve a trancas y barrancas por el palacio. En la oscuridad, rodé por unas escaleras y fui a darme contra un macetón.

Más tarde, aunque no puedo precisar cuánto tiempo había pasado, recuerdo haber ido cantando por los jardines el romance del rey moro.

—¡Ay, mi Alhama! —vociferaba—. ¡Ay, mi Alhama!

Aparecieron unos criados, gracias a Dios, y se hicieron cargo de mí:

—¡Borracho está este! —los oía decir—. ¡Vaya tranca!

—Que no… —balbucía yo sin fuerzas—. ¡Soltadme…! ¡Ay, mí Alhama!…

Recuerdo que me llevaron junto al pozo y allí me estuvieron echando agua por la cabeza. Luego me transportaron en brazos por las oscuridades del palacio, me desnudaron y me metieron en la cama.

23

No bien había descansado el señor conde de su largo viaje, cuando manifestó su deseo de ir a Guadalupe para presentar acción de gracias a la Virgen María por haberle guardado en tantas batallas y difíciles trances como había pasado. Finalizaba ya el mes de agosto y se acercaba el día de la fiesta de la Natividad de la Virgen, fecha en la que solían los peregrinos llegarse hasta el santuario. Doña Beatriz dio las órdenes oportunas a la servidumbre para que se iniciaran los preparativos de la peregrinación.

—Este año no quedará en el palacio sino la gente imprescindible —anunció—. De manera que dispóngase todo el mundo a hacer la caminata, que tenemos mucho por lo que dar gracias a Dios.

Era 2 de septiembre y salíamos de Oropesa la nutrida comitiva que acompañaba a los condes por el camino del sur. Delante iban los aldeanos, siervos, mozos de cuadra, criados, hortelanos y pastores; seguían los pendones y estandartes de la casa, llevados por los caballeros principales con sus esposas e hijos si los había y las damas del séquito; a continuación, caminaban los lacayos del palacio, los mayordomos, camareros y camareras, el maestre de sala y los pajes; detrás los señores condes con sus hijos y parientes más próximos y, cerrando el cortejo, un buen número de frailes, clérigos seculares, sacristanes, acólitos y monaguillos que portaban insignias litúrgicas, cruces, ciriales, exvotos y banderolas. A todo este personal seguían carreteros y muleros con carromatos y bestias cargados hasta los topes de colchones, toldos, ollas, sartenes y cacharrería de todo tipo, así como de las viandas necesarias para abastecer a los peregrinos a lo largo del camino y una vez llegados a Guadalupe.

Inicióse la romería con mucho brío, entonándose cantos y dando vítores a la Virgen, y parecía todo el personal muy dispuesto a cubrir las doce leguas a pie. Pero hacía mucho calor y los ancianos hubieron de retirarse una vez hecha la primera jornada, conformándose con peregrinar a lomos de jumento.

Nos detuvimos a pasar la noche a orillas del Tajo, en unas vegas que estaban muy secas a estas alturas del estío. Los criados que tenían costumbre en estos menesteres, pues anualmente se hacía la romería, extendieron rápidamente los toldos y se improvisó un bonito campamento cerca de la orilla. Vimos allí caer la tarde y el sol irse a perder muy rojo por detrás de los montes. Repartieron chacinas, guiso de cordero, panes y vino para todo el mundo, y se hizo mucha fiesta, una vez que los clérigos hubieran entonado las letanías y cumplido con los rezos oportunos.

Estaba yo terminando de dar cuentas de una escudilla de dulces gachas junto a mis compañeros, cuando se aproximó a mí una chiquilla de no más de nueve o diez años y me dijo al oído con mucho sigilo:

—Me manda un cristiano a pedirte que me acompañes a un sitio.

—¿A un sitio? —le pregunté extrañado.

Ella me señaló una arboleda a lo lejos, algo retirada de donde se concentraba el personal.

—Vamos allá —dije—, a ver qué quiere ese cristiano.

No era cristiano quien me reclamaba, sino cristiana; y no era una, sino tres. Llegueme al claroscuro de la arboleda y había allá tres mozas que serían de mi edad, muy risueñas, las cuales se pusieron a dar saltitos y a hacer jerigonzas, alborotadas al verme llegar.

—¿Quién me reclama? —pregunté.

—Servidoras —respondió muy resuelta una de ellas.

—¿Y qué me queréis?

—Que nos cante algo vuestra merced, si lo tiene a bien —respondió la moza.

Me fijé en ellas. Oscurecía y no se les veían muy bien los rostros, pero me pareció que la que hablaba no estaba mal del todo.

—No traigo mi vihuela —dije.

—No importa —respondió ella—. No queremos escuchar a la vihuela, sino a vuaced.

—¡No estoy para tontunas! —repliqué dándome media vuelta y haciendo ademán de irme.

—¡Eh, un momento! —dijo la moza que llevaba la voz cantante—. Hay alguien que quiere verte.

—¿Otro cristiano? —observé con retintín.

De repente salió alguien de entre el follaje y contestó:

—Luisito, yo soy quien quiere verte.

—¡Inés! —exclamé, al ver de quién se trataba.

—¡Hala, ya podéis iros vosotras! —les pidió Inés a las tres mozas.

Salieron ellas de allí deprisa y fueron a perderse por la arboleda muertas de risa.

—¿Querías hacer mofa de mi persona? —le dije a ella, algo contrariado al no comprender aquel juego.

—Anda, bobo —respondió Inés—, era la única manera que tenía de traerte aquí. ¿No querrás que vaya y me presente delante de esos pajes fanfarrones?

—¿Y esas tres?

—¿No comprendes? —dijo viniendo hacia mí—. Si hubiera mandado yo a la chiquilla habría estado todo a la vista. En cambio, haciéndolo de esta manera, parecerá una broma de muchachas. Además, si hubieras venido acompañado, no habría salido yo de mi escondite.

Luchaban los sentimientos dentro de mí: estaba contento y furibundo a la vez. Quería irme y dejarla allí, pero su presencia me paralizaba.

—Anda, bobo —dijo tirando de mí y llevándome a la oscuridad de la arboleda—. Tenemos que hablar largo y tendido, ¿no?

Fuimos a sentarnos en un tronco caído en las proximidades del río. Las aguas fluían mansamente y llegaban aromas a humedad, algas y cieno. Las ranas cantaban desgañitándose y una delicada media luna comenzaba a asomar por los montes.

—¡Ah, qué noche más hermosa! —suspiró.

Era la última luz del día y una leve claridad hacía ya inciertos los contornos. Llevaba ella un pañuelo que le cubría la cabeza, anudado detrás, y una blanca blusa ceñida en el talle por una faja oscura. La falda suelta y con vuelo le daba aires de campesina. Casi podía yo percibir el leve olorcillo a sudor que desprendía su cuerpo, el cual no me resultaba desagradable mezclado con su habitual perfume.

—¿Sabes que pensaba en ti durante todo el camino?

—dijo—. He pensado mucho en ti desde el día de la fiesta, querido.

Mi enfado se iba disipando vencido por su belleza. Aun así, por orgullo, seguía sin decir nada.

—¿Qué pasa? —preguntó dulcemente—. ¿Se te comió el lobo la lengua?

—De sobra sabes lo que me pasa —contesté huraño.

La oscuridad crecía y dejaba yo de ver sus ojos, lo cual me contrariaba, pues no podía adivinar en ellos la intención de sus palabras.

—Hay cosas que no comprendes —dijo—. Y son difíciles de explicar. Ya no eres el niño que vino a Belvís hace más de siete meses. Te vas haciendo hombre y…

—¿Y por eso me desprecias?

—¡No, cariño, todo lo contrario!

—¿Eh?

—Me gustas mucho, querido —expresó con sinceridad—; mucho más de lo que yo quisiera. ¡Ese es el problema! ¿No lo comprendes?

—No.

—Yo te explicaré —dijo tomándome las manos—. Resulta que una cosa es el cariño, de hermano a hermana y de hermana a hermano, y otro muy diferente los amores del hombre y la mujer; el de amantes, ¿comprendes? Ese amor del cual hablan las canciones y los versos de los poetas.

—¿Quieres decir que me amas así? —balbucí.

—Sí.

En la oscuridad solo veía la silueta de su cabeza y el suave reflejo azulado del cielo en su cabello, pero adivinaba la ternura de su rostro y la sinceridad que brillaba en sus ojos.

174

—¿Y qué hay de malo en eso? —pregunté con ingenuidad.

—Oh, querido, el amor del hombre y la mujer encierra en sí mismo muchas dificultades.

—¿Por qué? Yo también te amo —confesé— y no veo en ello tantos problemas.

—Soy dos años mayor que tú —dijo.

—¿Y qué? No es tanto tiempo. Pronto cumpliré los dieciséis años. Es esta la edad que te permite ser caballero; si podré ir a la guerra, ¿no puedo acaso amar a una mujer?

—Claro que podrás —contestó enjugándose las lágrimas con la manga de la blusa—, pero no a mí.

—¿Por qué?

—Pues porque me prometieron mis señores padres con un caballero de Toledo.

—¡No me lo habías dicho! Nunca te escuché hablar de ello y ha muchos meses que nos conocemos.

—Es algo con lo que siempre he vivido. Apenas tuve uso de razón cuando ya lo tenían todo dispuesto. Es algo que forma parte de mí y no suelo hablar de ello.

—¿Conoces a ese caballero? —le pregunté.

—Claro, es un sobrino del señor conde.

—¿Cómo es?

—Es bello y buen caballero; noble, leal y muy amable. Pero yo no le amo. Me aburro a su lado.

—¿Es viejo?

—No, es muy joven; apenas ha cumplido veinte años.

—¿Dónde está?

—Con los tercios del emperador en alguna parte de Europa. Cuando regrese, que ha de ser un día de estos, será la boda.

175

—Pues niégate —le propuse con firmeza—. Tus padres lo comprenderán.

—¡Uf! Qué más quisiera yo. Frente a esas cosas poco puede hacerse. Es una unión que interesa mucho a su casa y a la mía; pero sobre todo a los condes.

—Doña Beatriz lo comprenderá —dije—; sabrá ponerse en tu lugar…

—No, no, querido. Ya hablé de ello con la condesa.

—¿Y bien?

—¿No ves que ella ya pasó por esto? Me aconsejó con muy sabias palabras que tuviera paciencia; que el amor no es cosa de arrebatos, que eso es pasión y no conviene; que la vida de los esposos se construye con el día a día, la buena armonía y los hijos de ambos.

—Pero… ¿es que no puede uno vivir la vida junto al ser que ama? —protesté.

—¡Ah, querido, eso solo sucede en los cuentos! Ya ves, doña Beatriz estaba enamorada de otro joven y no pudo casar con él.

—¿De quién estuvo enamorada?

—Pues de tu señor padre, Luisito. Siempre lo amó. ¿Por qué crees que te tiene en tan gran estima?

Me resultaba muy raro lo que me decía. Ciertamente, doña Beatriz y mi padre pasaron la mocedad juntos, en el castillo de Belvís, lo cual hacía posible todo lo que Inés me contaba, pues ambos tenían la misma edad.

—¡Qué triste es la vida! —suspiré.

—Sí, muy triste —asintió ella.

Permanecimos en silencio un buen rato. Había oscurecido del todo y en el río apenas se veían los reflejos plateados de la luna. Un ave lanzaba pausadamente un canto lastimero, como un quejido. Desde el campamento llegaban los sonidos de la flauta y el tamboril, las risas, los cantos, las conversaciones… El resplandor de las hogueras comenzaba a iluminar las copas de los árboles. Corría un vientecillo cálido, agradable, que creaba un hospitalario ambiente en torno a nosotros.

Pasé el brazo por detrás de la cintura de Inés. Ella se pegó a mi cuerpo, recostó la cabeza en mi hombro y empezó a cantar muy bajito una triste copla que ambos conocíamos por estar en el libro de vihuela del maestro Pisador:

Si la noche hace oscura
y tan corto es el camino,
cómo no venís, amigo.
Si la medianoche era pasada
y el que me pena no viene.
Mi ventura lo detiene
porque soy muy desdichada.
Véome desamparada,
gran pasión tengo conmigo.
Cómo no venís, amigo.

—Aquí estoy —le dije, apretándola contra mí—. Nada nos separará, Inés, nada…

Nos besamos con pasión, torpemente primero, y con mucha soltura después. Tenía yo la sensación de conocerla de una vida anterior; toda ella me resultaba familiar y cercana como mi propia carne. Sentía su cuerpo frágil debajo de la seda y el pelo suave me acariciaba la mejilla. Percibía una ternura grande y un amor inmenso que me expandía el alma.

—¡Inés! ¡Inés! —nos sobresaltó una voz y un crujir de pisadas en la hojarasca—. ¿Dónde estás?

—Es Margarita —me dijo al oído Inés—. ¿Qué querrá ahora esta pesada?

—¡Inés, doña Beatriz quiere que cantes! —gritaba Margarita—. ¿Dónde estás, condenada?

—Hala, querido, ve a esconderte —dijo Inés—, que esta entrometida no cejará hasta dar conmigo.

Fui a esconderme entre los arbustos y ella salió al encuentro de su amiga.

—¿Se puede saber qué misterios te traes? —le regañaba Margarita—. ¡Te vas a buscar una desgracia, Inés!

—Estaba ensayando a solas —se justificaba Inés—. Necesitaba apartarme del gentío.

—Ensayando a solas, ensayando a solas… ¡Allá tú! Pero te advierto que te buscarás una desgracia. Doña Beatriz preguntaba por ti y no sabía yo qué decirle… —Se iba perdiendo la voz con este relatar—. ¡Te lo advierto, te buscarás una desgracia…!

24

La peregrinación prosiguió su camino por agrestes parajes, atravesando bosques, subiendo y bajando montes. A la altura de una aldea llamada Navatrasierra cruzamos las sierras de Altamira y luego fuimos adentrándonos en la espesura de castaños, madroños, quejigos y encinas carrascas por el sendero que conducía a las Villuercas. Más tarde, el enriscado camino serpenteaba descendiendo por las húmedas laderas e iba al encuentro de la humilde puebla de Guadalupe, sobre la cual se alzaba majestuoso, soberbio, el inmenso monasterio, como una visión de encantamiento, como descendido de los cielos para posarse en la loma que lo sostenía, resplandeciendo al sol de la mañana por sus yeserías claras de pulcros estucos, torres geométricas, chapiteles alicatados, ventanas y chimeneas de sillarejos aplantillados, con detalles polícromos y esmaltes que lanzaban destellos verdeazulados. El tañido alegre de la campana, persistente, neto, llegaba desde la distancia e iba dejando que su eco se ahogara en las montañas. Los vaqueros en esta época no subían los ganados a las dehesas y los animales buscaban el alimento diseminados por las proximidades, en las abruptas pendientes sembradas de matas espinosas y arbustos montaraces. Se veían multitud de caminantes transitando por las veredas, hortelanos laborando en las huertas y leñeros componiendo haces de ramajes secos.

Los clérigos iniciaron sus cánticos y los peregrinos parecieron cobrar vida al divisar la meta. La larga fila recobró bríos y, entre plegarias y vítores, avanzó a paso firme por el sendero pedregoso y en pendiente.

Caminaba yo muy alegre, encantado por haber descubierto el amor en este viaje. No quitaba de encima la vista a Inés, que iba junto a los condes, apoyándose en un largo palo de cerezo, resuelta y cantarina como siempre.

Llegamos a la plaza de la Puebla, donde bullía un hervidero de gentes de diversa condición: prelados, nobles, monjes, criados, aldeanos y ermitaños llegados de los alrededores. Ya se habían adelantado los lacayos de los condes para anunciar la llegada de sus señores a las autoridades, así que salió a recibirlos el prior del monasterio con el regidor y algunos nobles. Hubo cordiales saludos, parabienes e intercambio de regalos en la explanada que se extendía delante mismo de las gradas. Las campanas repicaban y el gentío acudía bullicioso, llamado por la curiosidad de contemplar la comitiva de nobles caballeros y damas.

Fuimos entrando por orden en la penumbra del templo. Un fraile nos iba rociando con agua bendita y otro nos decía:

—¡Humildad, señores, que esta es la casa de Dios! ¡Postraos ante el atrio sagrado, dad muestras de conversión y humillaos ante el Altísimo!

Avanzamos por mitad de la nave hasta el altar principal. Al fondo del presbiterio permanecían corridos unos suntuosos cortinajes. Alguien me explicó al oído:

—Detrás de esas cortinas se guarda la imagen de Nuestra Señora.

El fraile que hablaba en voz alta subió al púlpito y gritó:

—¡Arrodillaos, hermanos! ¡Se va a desvelar el rostro de Santa María!

Nos pusimos todos de rodillas. La escolanía del monasterio inició en ese momento el canto del Gradual y después el Aleluya. Los condes oraban postrados con gran reverencia en unos reclinatorios, fijos los ojos en el retablo que seguía velado.

Se descorrieron los cortinajes y aparecieron detrás otras cortinas, intensamente azules estas y con plateadas estrellas bordadas. El humo del incienso ascendía hacia las bóvedas y la luz entraba por ventanales y rosetones creando la atmósfera sacra. Reinaba un gran silencio cargado de reverencia. Los acólitos acudieron presurosos y encendieron las velas. El retablo brillaba.

En este momento, dio comienzo el canto del *Alma Redemptoris Mater* entonado por el coro de monjes. La cortina azul se alzó recogiéndose sobre sí misma y apareció el trono sobre el que resplandecía la imagen de la Virgen de Guadalupe vestida de brocados, oro y platería. Los sahumerios se intensificaron y ocultaron por un momento la visión, que no tardó en aparecer de nuevo como resurgida de una nube de inciensos, saludada por un clamor de admiración y suspiros fervorosos. Proseguía el canto, sereno y grave:

…natura mirante, tuum sanctum Genitoren,
virgo prius ac posterius, Gabrielis ab ore

sumens illud Are, peccatoreum Miserere.

En la penumbra del templo, a pesar de las muchas lámparas y velas encendidas, parecía la imagen salida de la nada, brotada de entre los humos, los resplandores del oro, la platería, las cintas, guirnaldas, flores, telas y bordados. Estaba la Virgen rodeada de exvotos de todo género: cabezas, pies, manos y cuerpos de cera; bastones y muletas, vendas, mortajas, cabellos cortados y una infinidad de grilletes, cadenas y anillas traídas por cautivos liberados del suplicio de sus prisiones en tierras de moros, tras invocar el auxilio de Santa María de Guadalupe.

Una vez entonadas las letanías y hechas las oraciones, la imagen volvió a ser ocultada y los condes con todo su séquito salieron de nuevo al atrio. Las gentes vitoreaban y aplaudían desde la plaza donde se extendía un colorido mercado en el que se vendía de todo: frutas, embutidos, dulces, especias y vino.

En la misma puerta del monasterio, doña Beatriz repartió alimentos y ropa a los mendigos que nos rodeaban por doquier. Y después de esta piadosa acción, mandó que sacaran de sus equipajes una abultada bolsa de cuero de la que extrajo puñados de monedas que repartió entre el séquito. Me correspondieron dos reales de plata que mi generosa tía me entregó con cariñosas palabras:

—Toma, para que hagas fiesta, querido sobrino mío; que son días grandes estos en Guadalupe.

Fui con mis compañeros a gastar mis dineros y sentíame feliz por verme tan bien tratado y regalado con tantas mercedes.

A última hora de la tarde, luego de haber vagabundeado durante toda la jornada por ahí, empezaba la fatiga a hacer mella en mi cuerpo, pues no me di descanso después de las largas leguas de camino. Llevaba la panza llena de golosinas, y el vino que había bebido en las tabernas me tenía amodorrado. Fui a sentarme en las gradas y allí me adormilé arropado por el calorcillo que emanaba del granito.

Pasado un buen rato, cuando el sol se ocultó tras los montes y un hermoso tono violáceo teñía la bóveda del firmamento, me sacó de mi somnolencia un estrépito de metálicos ruidos. Abrí los ojos y me vi rodeado por una nutrida fila de hombres de todas las edades, los cuales ascendían por las escaleras para acceder al santuario por la puerta principal. Traían estos recién llegados cadenas prendidas en muñecas y tobillos que arrastraban por las piedras.

—Son cautivos redimidos —me explicó Fernando que sesteaba a mi lado—; vienen a dar gracias a la Virgen.

Me fijé en aquellos hombres. Venían descalzos, peregrinando seguramente desde muy lejos, porque llevaban maltrechos los pies y estaban sucios, sudorosos y polvorientos. Los acompañaban algunos frailes y otras personas que debían de ser sus familiares. Todos daban gracias a Dios y avanzaban transidos de emoción, con los ojos inundados en lágrimas.

Penetró la fila en el templo y poco después, algo demorados respecto a los anteriores, llegaron un par de frailes más acompañando a otros de estos cautivos, los cuales venían tullidos, caminando trabajosamente, apoyándose en bastones y muletas.

—¡Eh, buenos mozos! —nos pidió desde la distancia uno de los frailes—. Haced una obra de caridad y echadnos una mano con estos pobres desdichados, que han de subir los peldaños.

—Vamos —dijo Fernando.

Descendimos las gradas el grupo de pajes y fuimos prestos a echar la mano que nos pedía el clérigo. Me correspondió a mí sostener a un anciano que estaba ciego y muy débil, el cual se aferró a mis manos y enseguida me preguntó con temblorosa voz:

—¿Falta mucho para llegar, hermano?

—Nada, buen hombre —le contesté—, apenas veinte pies.

—¡Ay, gracias a Dios! —exclamó.

Intenté ayudarle a subir las escaleras, pero vi que flaqueaba su vigor y no podía hacer tal esfuerzo. Compadecido de aquel pobre hombre, le propuse:

—Ande, buen hombre, súbase vuaced a mis espaldas.

Me eché a cuestas al ciego, que pesaba lo que un niño por estar flaco como un esqueleto, y con él ascendí los escalones. Avanzamos luego por la penumbra de la iglesia, dificultosamente, a causa del gran gentío que la abarrotaba.

—Llévame donde la Virgen, hermano —me rogó el ciego.

—Va a ser difícil —repuse—, pues el gentío se agolpa allí delante.

—Hazme esa merced —insistió—; la Virgen te lo premiará.

—Vamos allá.

Cuando a duras penas conseguí llevarlo a la mitad de la nave, comprobé que esta parte era ya un hervidero de gente que fluía ininterrumpidamente, amontonada, como un río humano imposible de atravesar.

—¡Dejen paso! —suplicaba yo—, ¿no ven que llevo un tullido?

—¡Así estamos todos, hermano! —replicaban sin dejarme avanzar.

Pensaba yo que era vano aquel intento, pues el ciego, aunque llegáramos al final, no podría ver a la Virgen; pero, como insistía él a pesar dello, decidí adentrarme en la barahúnda.

—¿Falta mucho? —me preguntaba él.

—Ya llegamos, ya llegamos…

Por mucha compasión que me inspiraba aquel hombre, empezaba a contrariarme, sintiéndome preso de la situación. No podía abandonarle ahora en medio de tanta confusión y tendría además que arrancarle las manos de mis ropas, las cuales asía fuertemente. Por otra parte, la gente nos apretujaba por todos sitios y el hedor a humanidad llegaba a ser insoportable. Para colmo, empecé a sentir algo caliente que me recorría espalda y pierna, y comprendí que el ciego había desaguado encima de mí.

—Perdona, hermano —se disculpó él—, pero ha tiempo que no puedo sujetarme y se me escapa… ¡Cuánto más agora, con esta emoción!

—¡Me cago en…! —musité entre dientes, por respeto al lugar en que nos hallábamos.

Furioso y lleno de repugnancia, avancé a empujones dispuesto a culminar cuanto antes mi buena obra y librarme de mi carga.

Gracias al cielo, el fraile del púlpito debió de verme afanado desde arriba y me asistió pidiendo a los fieles:

—¡Dejad paso a los cautivos! ¡Tienen preferencia! ¡Dad paso a ese anciano que va a hombros de un buen cristiano!

Pude al fin avanzar hasta la reja que estaba delante del altar mayor y allí me detuve. Dejé al anciano junto a una columna y le dije:

—¡Hala, buen hombre, ya está vuestra merced frente a la Señora!

El ciego se hincó de rodillas y alargó el cuello hacia las alturas, como esforzándose para atisbar a la Virgen, pero miraba en dirección equivocada. Habían descorrido ya los cortinajes y aparecía la imagen en ese momento. Le orienté la cabeza poniéndosela mirando hacia ella.

—Ahí se queda, buen hombre —me despedí—. La Virgen está justo delante.

—Un momento, hermano —suplicó él—; solo un favor más, por caridad.

—Bueno, ¿qué es ahora? —dije contrariado.

—Dime cómo es la Señora —me pidió.

Me pareció oportuno completar mi buena acción atendiendo al ruego del pobre ciego. Así que me fijé con atención en la Virgen. Estaba la imagen muy bien vestida con ricos ropajes de sedas y brocados, bordados con hilos de plata y oro, en los que lanzaban destellos brillantes gemas prendidas. La corona era refulgente, de metales preciosos y pedrería. Todos estos abalorios y ricos ornatos describí al ciego con lujo de detalles.

—Pero… ella —quería saber él—, ¿cómo es la Señora? ¿Cómo es su semblante?

Puse entonces mi atención en la imagen propiamente dicha. Era una talla pequeña, oculta casi entre el ampuloso revestimiento. El rostro de la Virgen era muy menudo y de color oscuro, de manera que casi desaparecía en la penumbra del templo, eclipsado por los relumbres de tantos materiales preciosos que le rodeaban. Apenas se veían sus ojillos blanquear y —perdóneseme la irreverencia— me pareció una tosca talla en comparación con otras imágenes de Vírgenes que había visto, las cuales eran bellas y resultaban muy reales a la vista.

—¿Cómo es, hermano? —insistía el ciego.

Me apenaba decirle lo que veían mis ojos, pues sentía

186

defraudar al pobre infeliz que con tanta ilusión venía a venerar a la Virgen que había sido destino de sus plegarias y meta de sus desvelos. Así que no me pareció oportuno describirle la talla pequeña, renegrida y poco sugerente que teníamos delante. Comencé a recordar entonces las ricas esculturas de Vírgenes que había visto en otras partes, representando a la Madre de Dios bella como una reina, tallada de una pieza, policromada y con el mínimo detalle plasmado en la expresión de su rostro. Así se la describí:

—Es muy hermosa, ¡bellísima! Sus ojos brillan como relucientes astros; la piel, radiante, es blanca como la luz. Tiene los labios entreabiertos y sonríe con dulzura y felicidad como si contemplara a Dios mismo. El niño Jesús, en su regazo, lanza bendiciones, hermoso como la madre…

—¿Eh? ¡Qué raro! —me interrumpió el ciego de repente.

Me fijé en él y vi que tenía el rostro demudado.

—Sí, buen hombre —seguí insistiendo—, es esta la más bella entre las mujeres…

—No, no, no… —negaba con grandes movimientos de cabeza él.

—Que sí —me empeñaba yo—. Es como yo os digo. ¿Por qué duda vuestra merced de mi palabra?

—Porque no se me hace a mí que sea de esa manera —observó—. Eres un buen poeta, hermano; pero tan bonita poesía no sabe describirme a la Virgen de Guadalupe tal y como la veo en mi alma.

—Ah, ¿pues cómo la ve vuestra merced, siendo ciego?

—Bueno, no puedo decir que la veo —reconoció—; aunque en cierta manera sí la veo.

—¿Qué dices?, buen hombre, no te comprendo. ¿Ves o no ves?

—Tú eres muy joven, hermano —me dijo—. Aunque no veo tu figura, tu manera de hablar y tu voz me dicen que apenas habrás cumplido dieciséis años. Aun siendo tan mozo, pareces sabio y tienes corazón de poeta. Pero ves con los ojos de la carne, como es propio de tu mocedad. En cambio, yo soy viejo y, a causa de tanto como he sufrido en la vida, veo con los ojos del alma.

—Quiero comprenderte, mas me resulta harto difícil —observé, removido en mi interior por la curiosidad.

—Tus intenciones son buenas —prosiguió—, aunque no casan con la verdad. Querías hacerme ver por tus palabras una Virgen diferente a la que ven tus ojos. ¿No es así?

—Así es, buen hombre —confesé sorprendido—. ¿Y cómo sabes eso si tú no puedes ver? ¿O me mientes acaso y ves?

—No veo, hermano —juró besando sus dedos puestos en forma de cruz—, por esta.

—¿Entonces?

—¿Tienes un rato de tu tiempo para escuchar mi historia? —me preguntó, asiéndome fuertemente las manos, como deseoso de narrar su peripecia.

—Relata, buen hombre, que yo te escucharé.

—Resulta, hermano —comenzó a contarme el anciano—, que estando yo viajando en una nao por el mar, ha más de cuarenta años, cuando era casi tan joven como tú, vine a caer cautivo de moros y fui llevado a Argel, donde pasé una mala y penosa vida, a causa de los pesados hierros que me sujetaban y de los ásperos trabajos que tenía que hacer de sol a sol. Así que llegué a vivir como hombre sin esperanza. Y puesto en tanta aflicción acordeme de la Virgen nuestra Señora y encomendábame a ella, suplicándole que me quisiere consolar y librarme de la cruel vida y dolores grandes que padecía.

Al escuchar el triste relato del ciego me sentí conmovido y reparé en que el pobre hombre estaba en una incómoda postura, arrodillado en el frío suelo y encorvado.

—Siéntese aquí, vuaced —le ofrecí mi capote.

—Gracias, hijo —dijo él, sentándose sobre el capote y recostando la espalda sobre una columna que teníamos al lado. Prosiguió—: Y no pudiendo sufrir tan mala vida como los moros me daban, probé a huir. Me descolgué por una torre abajo, con una soga, una noche que mis dueños dormían. Pero la soga se quebró y caí de tan alto como tres lanzas de armas, de manera que fui a darme contra unas piedras. Pero plugo a nuestro Señor, por los ruegos de su Santa Madre, que no me hiriera ni me lastimase en parte alguna de mi cuerpo; aunque el estrépito de la caída puso en atención a unos moros que me echaron mano y tornáronme a las prisiones… —La voz se le quebró.

—Prosigue, buen hombre —le rogué, pues su historia había despertado mi curiosidad.

Sollozó él durante un rato y, luego de suspirar para sobreponerse y tomar fuerzas, prosiguió:

—Te decía, hermano, que los moros me prendieron de nuevo y me dieron tantos azotes, puñadas y palos que casi me matan. Luego me quebraron los dientes —señaló sus encías desdentadas— y me echaron un caldo ardiente como fuego en los ojos de resultas del cual perdí la vista.

—¡Malvados! —exclamé.

—Déjame que te cuente —prosiguió—. Y aún no contentos con esos males que me causaron, me aprisionaron pies y manos con unas buenas cadenas y pusieron sobre la puerta gallos y gallinas que se alborotasen si probare a irme. De manera que me vi sumido en gran dolor y oscuridad, llegando a creer que había caído en los infiernos en pena de mis pecados.

Sollozó de nuevo durante un rato.

—¿Y bien, buen hombre? —le apremié.

—Pues que, gracias a Dios, tanta aflicción no me movió a desesperanza, sino que torneme con mucha devoción a nuestra Señora y con muchas lágrimas recé así: «¡Oh, Madre de Dios, santa y bendita! Pues estás llena de todas las gracias y bienes, los cuales repartes con todos los que con fe y devoción te llaman, muestra sobre mí tu misericordia y dame refrigerio en esta gran tribulación, y yo te prometo que si de aquí salgo libre, iré a velar a tu santa casa de Guadalupe y servir en ella aquello que buenamente pudiere».

Me sentí invadido por una gran pena al escuchar este relato y me vi llamado a mucha compasión por el desdichado ciego. A esa hora el templo estaba iluminado solo por los cientos de velas que rodeaban a la Virgen y, en la acogedora penumbra, el murmullo de las oraciones y el fervor de los cantos que de vez en cuando se elevaban me transportaron a un extraño arrobamiento.

—¿Y qué pasó luego? —pregunté al anciano que se había quedado absorto, recordando sus plegarias.

—¡Ah, sí! —prosiguió—. Pues resulta que me dormí plácidamente, vencido tal vez por el dolor o confortado por nuestra Señora. El caso es que soñé que iba cogido del brazo de la Virgen y que salía tan libremente como si no tuviera prisiones algunas, ni dolor, ni cadenas… Sintiendo que andaba toda la noche sin soltarme de ella ni saber adónde iba…

—¡Dios Santo! —exclamé—. ¿Y cómo era la Virgen? —quise saber.

—A eso iba, hermano. En la oscuridad de mis pobres ojos, apareció envuelta en un gran resplandor que no dañaba la vista, y en medio de esa claridad, veía yo a una señora menuda de estatura, morenita y sencilla, la cual me dijo: «¿Qué haces ahí? ¡Levántate!». Ya ves, hermano, por eso te decía que de alguna manera puedo decir que he visto a la Señora y que no se me hacía ser como tú me la describías.

—Y tienes razón —asentí sin salir de mi asombro—, pues es semejante a como la viste en tu sueño.

—Entonces, ya que me crees —dijo—, déjame que te cuente cómo vine a ser libre.

—Escucharé con gusto el final de tu historia.

—Pues resultó que, pasados siete días, aparecieron por allí unos frailes con dineros del rey para rescatar cautivos y, teniendo gran compasión al ver mi lamentable estado, dieron la suma que aquellos moros les pidieron y compraron mi libertad. Así que regresé a mi tierra que es Jaén y esperé a verme repuesto para venir a dar gracias a Santa María en su casa.

—Perdóname, buen hombre, por haberte mentido —le supliqué conmovido—, lo hice pensando que estarías más confortado.

—Lo sé —dijo—, y esa es una buena intención, aunque es mejor decir siempre verdad. Yo te estoy agradecido por haberme ayudado y por escucharme.

—¿Estás solo? ¿No tienes familia? —le pregunté.

—El hombre nunca está solo —contestó el ciego, convencido—. Te podrá parecer que soy viejo y ciego y que por ello estoy abandonado. Pero no es así. Siempre hay alguien…

—¿Alguien?

—Sí, hoy tú estabas ahí. Siempre hay alguien.

Permanecimos un rato en silencio. Estas últimas palabras flotaban en la atmósfera sacra del templo.

—Gracias a ti por esa historia —dije.

—No hay de qué —contestó—. Y ahora vete, mozo, supongo que tendrás amigos con los que divertirte y holgar conforme a tu edad. Gracias una vez más. Dios te lo pagará.

Me marché de allí con una sensación rara. Salí del santuario. Había anochecido y la gente iba de acá para allá en ambiente de fiesta. Anduve por la plaza vagabundeando por entre los chiringuitos donde se servían fritangas y vino.

—¡Eh, Luis María! —me llamó alguien.

Me volví y descubrí el bello rostro de Inés a unos pasos, iluminado por los candiles de un puesto de golosinas. Fue como regresar a una feliz realidad.

—Te buscaba —dijo viniendo hacia mí—. ¿Dónde has estado toda la tarde?

—Ya te contaré —respondí—, me sucedió algo que…

—¡Puf! ¡Qué hedor desprendes! —se quejó—. ¿No fuiste a lavarte a la fuente?

—Bueno, me orinaron encima —dije avergonzado.

—¿Que te orinaron encima? ¡Ja, ja, ja…! ¡Qué cosas tienes, querido! Anda, busquemos un caño para quitarte toda esa porquería.

Me acompañó a las afueras de la población, a un descampado donde teníamos los equipajes. Saqué las ropas limpias que traía y me dispuse a lavarme en una fuente que estaba cerca.

—Llevaré la vihuela —dijo—, así podremos ensayar.

El conde quiere que cantemos mañana en el patio principal del monasterio.

Se sentó en un poyete de piedra que había junto a la fuente y estuvo observándome.

—Vamos, quítate la ropa —me apremió— que se hace tarde.

Me desnudé y estuve lavándome mientras cantaba ella muy divertida sin quitarme los ojos de encima:

En la fuente del rosel
lavan la niña y el doncel.
En la fuente de agua clara
con sus manos lavan la cara
él a ella y ella a él,
lavan la niña y el doncel.
En la fuente del rosel
lavan la niña y el doncel.

LIBRO III

DE CÓMO EL CONDE DE OROPESA LLEVÓ
CONSIGO A DON LUIS MARÍA MONROY A
SU CASTILLO DE JARANDILLA DE LA
VERA, DONDE DIOS LE HARÍA LA MER-
CED DE CONOCER EN PERSONA AL EMPE-
RADOR NUESTRO SEÑOR, CUYA COPA
SIRVIÓ EN LA MESA DEL PALACIO Y TUVO
A DICHA DE TAÑER LA VIHUELA Y CAN-
TAR ROMANCES PARA ÉL.

25

Sería por haber pasado la vida en campañas guerreras, de un lugar a otro, que el conde no sabía darse descanso y no lo daba tampoco a su gente desde que llegó a Oropesa. No habíamos recobrado el resuello después de que regresamos de la peregrinación a Guadalupe y ya estaba ordenando que se hicieran los preparativos para ir al castillo de Jarandilla. Estas prisas ponían nervioso al personal de la casa. No así a mí, que me gustaba estar en danza, como era propio de mi mocedad, e ir a conocer nuevos sitios y variar las costumbres.

Avanzaba el mes de septiembre hacia sus últimos días y parecía aún ser verano, pues si no fuera porque las tardes iban acortándose, los calores y el color de los cielos eran propios del estío. Y con esta bonanza, una apacible mañana salimos del palacio acompañando a nuestros señores condes hacia su residencia de reposo. Como ya doña Beatriz se había encargado en ausencia de su señor marido de adecentar el castillo de Jarandilla, no llevábamos sino cada uno el propio equipaje en las mulas de carga y un par de carretas que viajaban detrás, a su paso, tiradas por pacíficos bueyes, en los que transportaban algunos baúles con menudencias y las abundantes viandas que eran menester en los primeros días.

Holgueme mucho en este viaje. Ya venía pasándome que la contemplación de los paisajes me ensanchaba el ánima y elevaba mis pensamientos. El camino discurría primeramente por llanas tierras de pastos donde los ganados pacían lustrosos. Las dehesas estaban repletas de bandadas de tórtolas que revoloteaban por encima de las encinas. Las hierbas secas tapizaban los suelos de ocre y las zarzamoras exhibían sus jugosas frutas moradas, las cuales hacían nuestra delicia cada vez que nos deteníamos para descansar. Avanzábamos teniendo siempre delante las inmensas montañas de Gredos, como un paredón majestuoso que arañaba el azul cielo.

Cruzamos el río Tiétar en unas grandes balsas que prestaban servicio a los viajeros en un ensanche donde las aguas se remansaban. Y allí acudieron los pescadores con cestos de mimbre, a ofrecernos suculentos peces verdosos que doña Beatriz mandó comprar, y que fueron asados en la misma orilla por los criados en unas parrillas puestas sobre las brasas. Deliciosos me supieron a mí estos peces, a los que llamaban truchas, y que abundaban en los ríos de la zona.

Proseguía luego el camino adentrándose por espesos bosques, en medio de los cuales fluían impetuosas gargantas de aguas muy claras y frías. Ascendíamos y descendíamos por las abruptas laderas, pasábamos por encima de los puentecillos, vadeábamos las torrenteras, e íbamos avanzando finalmente junto a las fértiles huertas que se extendían delante de los pueblecillos, cuyas casas se arracimaban en las faldas de los montes. Salían entonces los aldeanos a nuestro paso y se quedaban boquiabiertos al ver a sus señores tan próximos.

—¡Vivan los señores condes! —gritaba alguna voz tímidamente.

—¡Viva! —coreaban las vocecillas casi asustadas de los hortelanos y cabreros.

Fueron los condes muy bien recibidos y regalados por los alcaldes e hidalgos de las villas que fuimos cruzando: Valverde, Viandar y Losar. Todas las autoridades y hombres principales estaban ya enterados de la venida del emperador nuestro señor a estas tierras próximamente y todo su interés era enterarse de la fecha. Por lo que una y otra vez lo preguntaban.

—No se sabe el día ni la hora —les respondía el conde, circunspecto—. Lo cual quiere decir que hemos de prepararnos para recibirle como si fuera mañana mismo su llegada.

—Estemos prevenidos —añadía la condesa—. Es una gran merced la que se nos hace, por haber elegido nuestro señor estos señoríos, y no hemos de parecer desidiosos a cuantos estarán pendientes de nuestras obras.

Con mucho entusiasmo, nobles y regidores juraban hacer cuanto estuviera en sus manos para no dejar mal a los condes. Se acordó formar una junta de prohombres en Jarandilla y pasar aviso a los alcaldes, clérigos y a la Santa Hermandad para que se pregonase en las iglesias, plazas y mercados la próxima venida del emperador.

Llegamos al castillo cuando era ya noche cerrada. Unos hachones encendidos señalaban el camino que conducía a la puerta principal. Rodeamos la muralla y nos detuvimos delante de la reja donde el alcaide salió a hacer reverencia y a entregar las llaves a su señor. Era este un hidalgo grueso y de rostro sonrosado cuyos ojillos vivarachos, brillantes, delataban su afición por el vino. Don Valerio de Soria era su nombre, pero el conde le llamaba cariñosamente Valerito Soria, por haber entre ellos un entendimiento más propio de hermanos que de señor y vasallo. Así que, una vez hecha la reverencia, los condes se fueron a él y le abrazaron como a un querido familiar, haciendo luego lo mismo con su esposa e hijos. Acabados los saludos y los recibimientos, el alcaide hizo a don Fernán la consabida pregunta:

—¿Y el emperador nuestro señor? ¿Ha de venir pronto?

—No sé nada, Valerito —le contestó el conde—. ¡Ojalá lo supiera! Pero ha más de un mes que no recibo noticias dél.

—Entonces, ¿qué hacemos? —exclamó desconcertado el alcaide.

—Prevenirnos —le respondió el conde, haciendo extensiva esta recomendación a toda la servidumbre que le rodeaba impaciente.

—Pero... ¿será pronto? —quiso saber don Valerio.

—Hummm... no lo creo —dijo don Fernán acariciándose la barba—. Se echa encima el invierno y la salud del emperador es muy mala. Supongo que sus consejeros acordarán el viaje para la primavera. Es un trayecto largo y no creo que se expongan a hacerlo con lluvias y barro en los caminos. Por mayo vendrá, si quiere Dios que no empeore. Aunque... esto es lo que yo supongo. Pero, si por el emperador fuera, ya estaría aquí. ¡Tanta es la gana que tiene de venir! Al menos, es eso lo que me manifestó la última vez que lo vi.

Con estas suposiciones, entramos todos al castillo. Se extendía delante de la puerta principal un amplio patio, con bellas arquerías de piedra al fondo y una fuente con su pila de granito en el medio. Si fuera los árboles y la espesa vegetación crecían hasta el pie mismo de la muralla, dentro no faltaban grandes macetones con frondosas plantas que brillaban a la luz de los faroles, por lo que los aromas vegetales impregnaban el aire. La doble muralla se recortaba en el cielo oscuro y las altas copas de algunos álamos asomaban por encima, pues no era muy elevada la fortaleza.

Pasada la inicial confusión que le embarga a uno al llegar a un sitio desconocido, reparé en que era este el tercer castillo en el que iba a morar desde que salí de mi casa y me asaltó ese raro placer de sentirse en libertad, ora aquí ora allá, que suele embriagar a la mocedad. Percibía asimismo en el rostro de mi amada Inés la honda satisfacción que la invadía por estar en Jarandilla, su villa de origen, y el impaciente deseo de mostrarme los bellos lugares de los que tanto me había hablado.

Me mandaron alojarme en unos aposentos que estaban en las traseras del edificio, donde vivía el alcaide con su familia y los mayordomos y donde se daba acomodo a la servidumbre que acompañaba a los condes durante su estancia en esta residencia. Allá fuimos a dormir los pajes, cansados del largo viaje, en una alcoba pequeña en la que apenas había espacio entre jergón y jergón.

Me despertó muy de mañana una recia voz que repetía mi nombre:

—¡Don Luis María Monroy! ¡Don Luis María Monroy!

—¡Heme aquí! —respondí, saliendo de entre las mantas. Anduve a tientas en la oscuridad del aposento hasta que salí al exterior y me cegó la intensa luz de los patios—. ¿Quién me llama?

—Servidor —respondió un criado del castillo—. Manda la señora condesa que se ponga vuestra merced las galas de paseo, que ha de ir a hacer de palafrenero y llevar las riendas del caballo del señor conde.

Todo lo aprisa que pude me lavé, me vestí y me atusé los cabellos para estar presentable. Llegueme al patio principal de la fortaleza y aguardé a que me ordenaran lo que debía hacer. Había un gran movimiento de sirvientes que corrían en todas direcciones. Los mayordomos y las amas gritaban nerviosas y el ajetreo que reinaba hacía comprender que algo importante pasaba. Vine a suponer entonces que el emperador nuestro señor llegaba presto y la agitación se apoderó de mí.

En esto apareció al alcaide ataviado con buenas ropas, acompañado por el mayor de sus hijos.

—¿Dónde está el palafrenero del señor conde? —preguntó a voz en grito.

—¡Heme aquí! —contesté yendo adonde él.

—¡Ah, bien, muy bien! —dijo con gesto de aprobación al verme tan dispuesto—. Anda, mozo, vente conmigo.

Le seguí hasta las cuadras y allí puso en mis manos las riendas de la yegua blanca de don Fernán, la cual estaba ricamente enjaezada y muy limpia y lustrosa.

—Anda —me mandó el alcaide—, lleva la montura al patio y aguarda allí a tu señor.

Acababa de llegar adonde me ordenó, cuando vi salir al conde con ricos atavíos: capote de terciopelo, gorro de fieltro y calzas de seda. Salió también doña Beatriz con vestidos lujosos y definitivamente comprendí que el emperador venía, pues todo el mundo en el castillo vestía galas como para un gran recibimiento. Además, colgaban en ese momento los tapices y pendones en las balaustradas y en las galerías, y venían a congregarse los caballeros que solían acompañar a don Fernán con sus corazas de parada y las armas de exhibición. El estómago se me contrajo hecho un manojo de nervios al presentir yo que vería muy de cerca al césar pronto y temí no hacer bien lo que se me encomendara.

El conde se acercó al caballo sin parar de dar órdenes a unos y otros:

—Que no deje de hacerse nada de lo que está dispuesto —decía con enérgicos ademanes—; que cada uno esté donde se ha dicho. ¡No quiero fallos! ¿Entendido?

Asentía todo el mundo, gravemente, decidido a cumplir fielmente lo que el señor pedía.

—¡Andando, muchacho! —me ordenó a mí al tiempo que montaba con un ágil movimiento.

Salieron por delante de nosotros los caballeros con las lanzas en ristre, a paso quedo. Yo iba ligero, llevando la yegua del conde tal y como me enseñó don Marcelino, sujetando fuertemente el freno del animal con la mano izquierda y acariciándole el cuello de vez en cuando con la derecha, para calmarlo y que llevara el paso con solemnidad.

Era la primera vez que veía el paisaje de Jarandilla a la luz del día. El tupido bosque de rebollos empezaba a presentar los primeros indicios del otoño a estas alturas de septiembre. El sol brillaba allá arriba, en los roquedales de las altas montañas y la espesa vegetación se derramaba ladera abajo. El cielo estaba muy azul, haciendo que resaltaran los rojos tejados de la villa, de entre los cuales asomaba la robusta torre de la iglesia.

Iba muy serio el conde en su montura, oteando el horizonte. De vez en cuando, yo volvía la cabeza para escrutar las expresiones de su semblante, pues se me hacía que meditaba sobre la inmediata llegada del emperador.

—¿Qué tal, muchacho? —me preguntó de repente,

esbozando una sonrisa—. ¿Qué te parecen estos parajes serranos?

—Es todo muy hermoso, señor —contesté.

Avanzamos por la vía principal, que cruzaba la villa de parte a parte, pasando entre las casas de piedra y ladrillo, cuyas balconadas de madera se asomaban a las calles, y llegamos a una cuesta que descendía hasta un arco abierto a los campos. En ese momento el alcaide gritó:

—¡Alto!

Detuve la yegua del conde. Él me dijo entonces:

—Bien, muchacho, aguardemos aquí.

Me asaltaba una emoción grande y una duda me recomía por dentro: nadie me había explicado qué debía hacer yo cuando el emperador y don Fernán se encontrasen frente a frente. Como no quería incurrir en un desatino, finalmente le pregunté al conde:

—Señor, disculpe vuestra excelencia, ¿qué habré de hacer cuando el emperador nuestro señor esté a nuestra altura? ¿He de arrodillarme?

—¿Cómo? —dijo él extrañado—. ¿El emperador…?

—Sí, señor, no me explicaron qué reverencia he de rendir ante el rey.

—¡Ah! ¡Ja, ja, ja…! —rio—. Comprendo, muchacho. ¿Crees que aguardamos al emperador?

—Claro, señor —respondí confuso.

—No, muchacho, no es al emperador nuestro señor a quien aguardamos aquí, a la entrada de la villa, sino a don Luis de Ávila y Zúñiga, comendador mayor que es de la Orden de Alcántara. Bastará con que te inclines ante él.

Aliviado por una parte y desilusionado por otra, al conocer que no veía esa mañana de cerca al césar, me dispuse a cumplir mi cometido lo mejor que sabía.

—¡Ya llegan! —gritó un caballero que estaba apostado en unas peñas, adelantado con respecto a nosotros.

Al momento aparecieron por entre los árboles, viniendo por el camino, las insignias de Alcántara, portadas por los abanderados de la Orden. Venían también una veintena de caballeros vistiendo el hábito alcantarino.

—¡Hala, muchacho! —dijo el conde—, ¡salgamos al encuentro!

Hiciéronse a un lado los alabarderos, maceros y portaestandartes y avancé tirando del freno. Un vocero estuvo enseguida a nuestra altura gritando con forzada solemnidad:

—¡Su excelencia el gran comendador de la Real Orden de Alcántara, sumiller de su majestad el emperador nuestro señor, jefe de corps de la imperial casa, general de honor de la caballería, marqués de Mirabel…!

Descabalgaron todos los caballeros y se doblaron en una gran reverencia. El conde permanecía en su silla, muy serio. Hice ademán de humillarme yo, pero él me dijo:

—No, no, todavía no. Espera a ver llegar al comendador y llévame unos pasos hacia él.

Así lo hice. Vi aparecer al comendador que doblaba un recodo del camino. Llevaba su gran caballo un palafrenero de mi edad. A un lado y otro cabalgaban dos caballeros maduros que vestían el hábito de la Orden. Se detuvieron ambos y avanzó solo don Luis de Ávila, que venía muy estirado en su montura, irguiendo el cuello y apuntando con una afilada perilla hacia el frente. En ese momento, tiré yo del freno y llevé hacia él la yegua de mi señor.

—¡Bienvenido seáis del Todopoderoso! —le gritó el conde—. ¡Que la paz de Dios esté con vuestra excelencia, señor comendador!

—Bien hallada sea vuestra excelencia, señor conde de Oropesa —contestó el comendador con una delicada y cantarina voz—. Dios os pague este recibimiento.

Sin descabalgar ninguno de los dos, estuvieron cruzando entre ellos saludos, parabienes y cumplidos. Permanecía yo inclinado, sin alzar la cabeza, y escuchaba muy atento cuanto se decían el uno al otro.

—¿Qué es de su majestad? —preguntó el conde—. ¿Cuándo ha de venir el emperador nuestro señor a estos humildes señoríos?

—Si Dios lo ha tenido a bien —respondió gravemente el comendador—, su majestad ha de estar navegando ya con destino a las benditas tierras de España, pues las últimas noticias llegadas dél dieron cuenta de que se hallaba en Gante, acompañado por su hijo el príncipe Felipe, aguardando a embarcarse en Flesinga cuando los vientos le fueran favorables.

—Me alegra saber dello —dijo el conde—. Aquí estamos ya prevenidos, esperando a que la divina providencia traiga sano y salvo a su majestad. Hoy es 28 de septiembre y mañana, día 29, es la fiesta del santo arcángel Miguel, el cual guarde a nuestro señor en su viaje.

—¡Pluguiera a Dios que así sea! —imploró el comendador.

26

A finales de octubre se supo que el emperador se hallaba ya en Valladolid, donde sus hermanas, doña Leonor y doña María, así como su hija, doña Juana, y sus secretarios y consejeros trataban de persuadirle de que permaneciese quieto unos meses y demorase el viaje hasta la primavera. Pero en Jarandilla los preparativos estaban tan a punto como si su majestad fuera a llegar de un día a otro. Con cierta frecuencia venía el comendador de Alcántara para departir con el conde, después de supervisar las obras que se llevaban a cabo en Yuste.

Una vez finalizada la cena en el comedor del palacio, ambos señores se sentaban frente a frente en sendos sillones, junto a la chimenea del salón principal, para beber una última copa de vino y hablar de sus asuntos. Como me correspondía a mí servirlos, me enteraba de muchas cosas, no por malsana curiosidad, sino por estar muy próximo a ellos pendiente de mi oficio.

—Desde luego —se quejaba amargamente el comendador—, el palacete y el convento de los monjes no estará terminado antes de un año. Los dineros no llegan y, ¡vive Dios!, no se pueden hacer milagros.

—Y lo malo es que se echará encima el invierno —observó el conde.

—Esperemos que su majestad sea razonable y se quede en Valladolid hasta el verano —dijo el comendador perdiendo los ojos en las ascuas de la chimenea—. Fray Juan de Ortega asegura que, aun terminándose las obras en primavera, el edificio tardará en ser habitable.

Me fijaba yo en el señor comendador. Era don Luis de Ávila un anciano casi, pero su aspecto pulcro y cuidado desvelaba que dentro de él anidaba aún la coquetería. Llevaba los bigotes atusados y la perilla blanca, terminada en punta, muy delicadamente recortada. El cabello completamente cano le caía sedoso hacia un lado. Su piel era muy clara y tenía unos ojillos azules que con frecuencia cerraba al hablar, como meditando concienzudamente en lo que decía. Era hablador, grandilocuente, redundante… y sus palabras, teñidas de poesía, brotaban de una voz gutural, con inflexiones casi femeninas. Ni su presencia, ni los ademanes de sus menudas y delicadas manos, decían nada del gran guerrero que había sido, luchando infatigablemente por la causa del emperador en cien batallas. Gozaba este gran señor ahora de un apacible retiro en el suntuoso palacio de los Mirabel de Plasencia, con cuya heredera estaba casado.

—De todas formas —dijo el conde—, su majestad podrá permanecer aquí en esta humilde casa todo el tiempo que desee. Desde aquí podría supervisar él mismo las obras del palacio y convento de Yuste.

—Sí —afirmó don Luis—, eso no deja de ser una gran tranquilidad. Si finalmente se decide a venir, tendrá esta casa y, cómo no, mi palacio de Plasencia.

Pasaban así los días, con un ir y venir de ambos señores a Yuste, para cumplir con su cometido de aligerar todo siguiendo los deseos del emperador.

Vino el otoño a la Vera y los árboles se tornaban rojos, anaranjados y amarillos antes de que se desprendieran las hojas. A veces me parecía que había fuego en la espesura —tal era la intensidad de los colores—, pero las llamas estaban encendidas en mi corazón. Retornamos Inés y yo a nuestras escapadas de la siesta, como inicialmente hiciéramos en Belvís y luego en Oropesa. Era este el tercer castillo y la tercera etapa de nuestros amores. No había ya solo música, sino también arrumacos, caricias y besos entre canción y canción. De manera que resultaba difícil en el ajetreado palacio de Jarandilla encontrar un rincón para nuestras manifestaciones de cariño. Así que salíamos cada uno por su lado e íbamos a darnos cita en un bello lugar, retirado media legua del castillo, en la ribera de una garganta por la que fluían las aguas de las montañas. Era este un paraje umbrío y solitario, poblado de sauces y álamos, repleto de aromas silvestres, donde las bellas oropéndolas surcaban veloces las frondas, como doradas flechas perdiéndose en el verdor.

Sentados en la tierna hierba, en un amplio claro que servía de remanso a las aguas transparentes, Inés y yo cantábamos acompañados por nuestras vihuelas una bonita copla del maestro Mudarra:

Claros y frescos ríos
que mansamente vais
siguiendo vuestro natural camino.
Desiertos montes míos

que en un estado estáis
de soledad muy triste de contino...
Aves, en quien hay tino
de estar siempre cantando,
árboles que vivís,
y al fin también morís,
perdiendo a veces tiempos y ganando.
Oídme, oídme juntamente
mi voz amarga, ronca y tan doliente.
Pues quiso mi ventura
que hubiese de apartarme
de quien jamás osé pensar partirme.
En tanta desventura
conviene consolarme
que no es agora tiempo de morirme.

—No, no, querido —dijo ella enojada, moviendo enérgicamente la cabeza de un lado a otro—, esta copla es triste, muy triste. Y la tristura debe ir aumentando a medida que avanzan los versos. Escucha. —Comenzó a tañer y, afligiendo el rostro y la voz, repitió:

Pues quiso mi ventura
que hubiese de apartarme
de quien jamás osé pensar partirme.
En tanta desventura...

—¡Ja, ja, ja...! —reí yo sin saber por qué.
—¡Eh, bobo! ¿A qué viene ahora esa risa?
—Me resultaría difícil fingir tanta tristeza. ¿Cómo puedes hacer para llorar casi mientras cantas? —le pregunté—. Al verte así, con esa cara, cualquiera diría que acabas de sufrir una gran desventura.

—¡Ah, es esa la virtud del buen cantor! —exclamó entrelazando los dedos, como si abrazara amorosamente la vihuela—. Él, como el recitador de versos, es un administrador de los sentimientos ajenos. Aprende bien esto: nunca serás un gran cantor si no sabes llegar al ánima de la copla; es decir, desaparecer tú y que cobren vida las notas y las palabras tal y como fueron concebidas por el poeta o el músico.

—Pero... eso es muy difícil. Ahora, por ejemplo, estoy yo muy contento; me siento feliz por hallarme entre esta bella naturaleza, junto a ti.

—Pues debes intentarlo —sentenció—. La sabiduría del cantor está en ser fiel al espíritu de la canción. No basta tañer compostura hábil y limpiamente. El maestro Fuenllana me dijo un día que, aunque cualquier obra compuesta de música sea muy buena, fallándole la letra carecerá de alma, estará hueca, vacía... Hay que ser capaz de arrobar al que escucha y, si la copla es muy triste, arrancarle incluso las lágrimas.

—A ver —dije—, voy a intentarlo.

—Bien. Elige una canción cuyas palabras te lleguen de verdad al alma.

—Hummm... Déjame pensar... ¡Ya está! ¿Qué te parece *Las carceleras* de Juan del Encina?

—Sabía que elegirías esa —observó—. ¿Por qué te gusta tanto? Es una copla antigua cuya compostura resulta pasada de moda.

—No sé, tal vez porque fue la primera que te oí cantar.

—En fin, allá tú —otorgó—. Vamos, intenta ponerle todo el sentimiento.

Comencé a tañer. Ella estaba frente a mí con una media sonrisa desplegada y una dulzura especial en los ojos. Un suave vientecillo agitó sus cabellos castaños. Era para mí la más bella criatura del mundo. Canté, preso de su amor, dando lo más profundo que había en mi alma.

> *No te tardes que me muero,*
> *carcelero,*
> *no te tardes que me muero...*

Cuando hube terminado la copla, ella me miraba muy complacida. Inesperadamente, me echó los brazos al cuello.

—¡Qué hermosura! —suspiró—. Ya sabía yo que estabas hecho para tañer y cantar, querido. Lo supe siempre...

27

Pasaba las mañanas muy ocupado en los asuntos propios del oficio de paje. Fernando había cumplido ya los dieciséis años y estaba hecho un hombre, por lo que se quedó en Oropesa completando las enseñanzas que le faltaban para ser escudero de algún caballero de las huestes del conde. Recayeron entonces en mi persona las obligaciones que antes le correspondían a él y fui nombrado jefe de los pajes. Aquí en Jarandilla éramos media docena solamente, y mis compañeros, cuyas edades oscilaban entre los once y trece años, resultaban fáciles de manejar. Agradecí que los más revoltosos se hubieran quedado en el otro castillo.

Mis obligaciones consistían en servir directamente a los condes: hacer de palafrenero llevando sus caballos cuando debían desplazarse, servir el vino en la mesa, acompañar a la condesa al mercado, participar en los juegos de sus hijos y sacarlos de paseo y, gracias a mi habilidad tañendo compostura, cantar coplas y amenizar los banquetes que daban a sus invitados.

Durante aquel tiempo, quien más visitaba el palacio

era el comendador de Alcántara, don Luis de Ávila. Por ser este un caballero refinado y amante de las artes y la poesía, holgose mucho al escucharme la primera vez que canté en su presencia. Se levantó del asiento y exclamó muy complacido:

—¡Maravilloso! ¡Exquisito! ¡Excelente!…

Me inclinaba yo en continuas reverencias, pues no cejaba él en sus elogios, hasta que doña Beatriz me hizo una seña con la mano para que me acercara. Llegueme hasta ellos y la condesa le explicó al comendador:

—Este apuesto mozo es pariente mío, hijo de mi primo don Luis Monroy, el cual pereció valientemente en la jornada de Bugía.

—¡Ah, triste jornada esa! —exclamó el comendador—. ¿Cuántos años tienes, muchacho?

—Pronto cumpliré dieciséis, señor.

—Vaya, vaya —comentó acariciándose la barba—, pronto serás todo un hombre. ¿Sabes ya manejar la espada y montar a caballo como Dios manda?

—Claro, señor.

—¿No te gustaría ser caballero de la Orden de Alcántara? —me preguntó ufano.

Permanecí un momento en silencio, aguardando la reacción de mi señor conde. Luego contesté:

—Lo que ha de ser de mi persona deberá decidirlo mi señor don Fernán Álvarez de Toledo.

—¡Así se habla, muchacho! —exclamó el comendador—. ¡Cielos, qué joven tan encantador! Cededme su servicio, conde —le rogó a don Fernán—, y yo haré de él un buen caballero.

—Oh, no, no —negó el conde—, nada de eso, señor comendador; Luis María Monroy de Villalobos permanecerá en esta casa, pues así lo dispuso el codicilo de su señor padre. De momento, servirá la mesa del emperador nuestro señor mientras su augusta persona se hospede en este castillo.

—¿Y luego? —preguntó con ansiedad don Luis de Ávila—. Él mismo ha dicho que pronto cumplirá los dieciséis…

—Luego decidiremos lo que más le convenga —respondió don Fernán.

Es de comprender que escuchando tales alabanzas hacia mi persona comenzase yo a envanecerme, ¡mísero de mí!, y a sumirme en las ensoñaciones propias de la mocedad, las cuales me hacían verme como un gran caballero que cosecharía resonadas victorias en la guerra y conquistaría el corazón de las damas.

Vine en este tiempo a conocer la existencia de los libros de caballería, y me aficioné de tal manera a ellos que se convirtieron en mi principal pasatiempo después de la vihuela. Y fue Inés la que, como en el tañer y el canto, me acercó a esta clase de libros que pronto me embebieron y me hacían gastar muchas horas del día. Guardaba primero ella esta afición para sí, como un gran secreto, pero decidió luego compartirla conmigo.

Una de aquellas tardes de sol fuimos como cada día a la orilla de nuestro arroyuelo. Llevábamos los libros de la vihuela y muchos papeles sueltos donde teníamos copiadas las coplas y las tablaturas de las nuevas composiciones. Extendimos sobre la hierba todo este material y nos dispusimos a iniciar nuestra tarea. Pero, no bien había yo templado mi vihuela, cuando advertí que Inés tenía entre sus manos un envoltorio de telas de forma cuadrada.

—¿Sabes qué tengo aquí? —me preguntó con mucho misterio.

—¿Cómo voy a saberlo? —respondí—. Aunque… paréceme que es un libro. ¿Se trata de un nuevo libro de vihuela?

—No, no, nada de eso —observó con ojos picaros—. Esto que tengo aquí es algo maravilloso, querido.

—¿Y bien? Enséñamelo ya, que me tienes en ascuas.

—Prométeme que no se lo dirás a nadie.

—Ya empezamos con las promesas. ¡Vamos, dime ya qué es, que te prometo no decírselo a nadie!

Se puso a desliar el envoltorio con infinito placer en el rostro.

—Ahora verás —observaba—. No tendrás palabras para agradecerme el habértelo mostrado.

Como me había parecido desde un principio por sus contornos, el misterioso objeto era un libro. Lo acarició con fruición, lo apretó contra su pecho como si de un ser palpitante y lleno de vida se tratara, y luego me lo mostró.

—Querido —explicó—, esto es el *Amadís de Gaula*; el más bello y entretenido libro que se ha escrito.

—¡Vaya! —exclamé—. De manera que se trataba de eso…

—¿Lo conocías?

—No, nunca tuve la oportunidad de ver de cerca uno de esos libros. Pero ya mi preceptor me previno de que esas novelas de caballería son muy perniciosas para el ánima.

—Eso piensan algunos —repuso—, lo cual es un desatino. A mí, por el contrario, me elevan, me hacen soñar, llevan a volar mi ánima como una paloma y la transportan a hermosos y felices lugares, entre valientes caballeros y damas hermosas…

—¡Inés, el Santo Oficio prohíbe leer libros de caballería! —le advertí.

—Nadie tiene por qué enterarse. Además, ¿crees que la gente hace caso de esa prohibición?

—A ver —le pedí—, déjamelo.

Me alargó el libro y lo cogí en mis manos. Ya el mero tacto de las tapas de suave vitela lo hacían apetecible. Tenía un precioso grabado en la primera página que representaba a un apuesto caballero cabalgando, pertrechado con armadura y un gran penacho de plumas al viento; le seguían sus escuderos y al fondo, detrás de una frondosa arboleda, se veía un soberbio castillo. Las letras del título, impresas en brillante tinta roja, rezaban:

AMADÍS DE GAULA
Los cuatro libros de Amadís de Gaula
nuevamente impresos e historiados

—Debes leerlo, querido —me animó—. ¡Te encantará!

Esa misma tarde comencé la lectura de mi primer libro de caballería. Maldije la oscuridad que se hizo al marcharse el sol y no poder continuar, cuando, página tras página, era como si se apoderara de mí un hechizo.

—Ya sabía yo que te gustaría —me dijo Inés al verme tan absorto leyendo, pues ese día ni siquiera hice caso a la vihuela.

—¿Puedo llevármelo? —le supliqué.

—Claro, querido; yo ya lo he leído tres veces. Ahora estoy con otro que se llama *Libro del caballero Zifar*.

Esa noche, a la luz de una vela, proseguía yo de corrido las apasionantes aventuras de Amadís, su rutilante educación como caballero en manos de Gandales de Escocia, los amores del Doncel del Mar con la bella princesa Oriana, hija del rey Lisuarte, su boda secreta y su fidelidad hasta la muerte. Me parecía vivir intensamente las peripecias del héroe, sentir su pasión; enfrascarme en sus contiendas contra Galaor, su desconocido hermano, o contra el pérfido Endriago; y sufrir como propias las tribulaciones del caballero en la ínsula Firme.

Cuando hube concluido los cuatro libros del *Amadís*, puso Inés en mis manos el quinto, en el que seguí los galopes de Esplandián. Deslumbrado por este mundo bello, puro e irreal, en el que no importaba el dinero ni había gente mediocre, empecé a sentir una especie de nostalgia de la vida libre y una sed de aventuras. Mi alma se iba a las nubes perdida en sus ensoñaciones.

Después de *Las sergas de Esplandián*, proseguí mi lectura con *Florisando, Lisuarte de Grecia, Palmerín de Oliva, Primaleón, Libro del caballero Zifar...* y tantas otras novelas que Inés me proporcionaba, las cuales comentábamos ambos entusiasmados.

28

Pasada la fiesta de Todos los Santos, llegaron las lluvias. Hubo primero un fuerte viento que agitaba las copas de los árboles y arremolinaba las hojas muertas; después el cielo se tiñó de gris y las montañas se ensombrecieron bajo los densos nubarrones. Cuando cesó el aire, hubo una quietud silenciosa a la que siguió el golpeteo de gruesas gotas que pronto empaparon la tierra y formaron charcos. El paisaje de la Vera pasó a ser otoñal y triste. Los días se acortaron y los recios muros del castillo rezumaban humedades. Gruesos chorros se desprendían desde los canalones y el agua corría por doquier.

Con tal panorama, apenas podía salirse del palacio. No me importaba; las lecturas unidas a mi imaginación me hacían vivir maravillas. Me sentaba en un rincón confortable del salón, entre cojines, donde, cubierto con una manta, devoraba los libros de caballería. El *Perceval* me tenía enloquecido. Me seducía especialmente la historia de este héroe que no sabía nada de caballería, y que iba aprendiendo gradualmente a ser un caballero. Herzeloyde, su madre, le había criado en las profundidades del bosque con el propósito de alejarle de los peligros de la vida civilizada para evitar que un día fuera caballero. Pero el destino hace que llegue a conocer la verdad de su sangre noble: un día contempla por primera vez a los caballeros con sus resplandecientes armaduras y cree estar viendo dioses. Finalmente abandona a su madre y marcha en busca del rey. Aunque adquiere rápidamente un caballo y una armadura, el joven Perceval carece de las cualidades morales y de las virtudes propias del noble arte de la caballería; se comporta de manera ruda y grosera, guiado solo por sus deseos y sin pensar en las consecuencias de sus actos. Pero, gracias a Dios, un astuto y viejo señor, Gornemans, accederá a instruirle en los comportamientos y principios propios de un caballero. Deberá tener un fuerte sentido del bien y del mal, deberá sentir compasión para con los desafortunados, ser generoso, atento y, sobre todo, humilde. Tendrá que ser discreto y honesto, dadivoso y no derrochador. Siempre habrá de apiadarse de sus adversarios derrotados si ellos lo piden. Con las damas, deberá ser cortés y honorable. En su persona, habrá siempre de manifestarse limpio y elegante. Cómo me impresionaban esas palabras:

«Tendrás que llevar frecuentemente la armadura. Tan pronto como te la quites, lávate las manos y los ojos para quitarte el óxido. De esa manera tendrás el color del amor, y los ojos de las mujeres lo notarán».

Identificado con estos sentimientos, vine a traer galas y a cuidar mi aspecto exterior, deseando ardientemente parecerme a tales caballeros de aquellas historias. Obnubilado, perdía la mirada en los bosques otoñales y la fantasía me llevaba a lugares irreales, a vivir aventuras intrépidas y amores imposibles.

***

Nunca olvidaré la mañana del 11 de noviembre. Estábamos ya resueltos a pasar el invierno sin la presencia del emperador, cuando llegó un mensajero empapado y exhausto. Venía cabalgando sin descanso por las sierras, bajo la lluvia, para traer un recado de parte de don Francisco de Toledo, hermano del conde de Oropesa.

—¡Un mensajero! —Oí gritar en los patios—. ¡Llega un mensajero!

Como solía suceder en estos casos, salimos todo el mundo a satisfacer nuestra curiosidad. El mensajero descabalgaba en ese momento y, presa de una gran agitación, gritaba entre tiritones:

—¡El señor conde! ¿Dónde está el señor conde?

Salió don Fernán y corrió hacia él.

—¿Qué me traes? —le inquirió.

—Señor —anunció el mensajero—, mi amo, vuestro noble hermano don Francisco de Toledo, me envía a dar aviso a vuestra excelencia de que el rey nuestro señor viene de camino.

—¡Dios Bendito! —exclamó el conde llevándose las manos a la cabeza—. ¡Cómo es eso! ¿Por dónde viene el rey?

—Descendiendo hacia el puerto de Tornavacas para cruzar las montañas y venir a esta casa —explicó el recadero.

—¡Vamos! ¡Hay que prepararlo todo! —gritó el conde.

Se contaba una jornada larga desde donde estaba el emperador hasta Jarandilla y no había tiempo que perder. Enseguida corrieron los criados en todas direcciones y comenzó el ajetreo de los preparativos. Se mandó dar aviso a los alcaldes para que los aldeanos desbrozasen y acondicionasen los caminos. El ris-ras de las escobas sobre piedras y baldosas, arañando suciedades y líquenes, no encontraba descanso. Se colgaron los tapices y se colocaron los estandartes y enseñas sobre las torres. Para caldear las estancias de palacio, se inició un ir y venir de haces de leña y de sacos de carbón que debían arder en chimeneas, braseros y estufas. Pronto parecía el palacio un horno.

A media tarde llegó a Jarandilla don Francisco de Toledo. Irrumpió impetuosamente, montado en su caballo, por el arco de entrada al patio. Le acompañaban un buen número de caballeros bien pertrechados.

—¡Hermano! —gritaba—. ¿Dónde está mi señor hermano? ¿Dónde está el conde?

Descabalgó junto al estanque que ocupaba el centro del patio. Era don Francisco un caballero de imponente presencia, de gran estatura y aspecto distinguido. Se parecía a su hermano el conde, aunque su figura resultaba más robusta y sus ademanes más elegantes si cabe.

Salió al encuentro don Fernán y ambos se abrazaron.

—¡El rey nuestro señor viene de camino, hermano! —le dijo con nerviosismo don Francisco al conde—. Creí oportuno adelantarme para darte aviso y ayudarte en lo que precises de mí.

—¿Cómo está su majestad? —preguntó el conde.

—Muy fatigado y con grandes dolores —le explicó su hermano—. Pero está firmemente resuelto a proseguir el camino hasta el final.

—Las obras en Yuste no están concluidas —observó don Fernán.

—Ya lo sabe —afirmó don Francisco.

—Habrá de hospedarse aquí pues —sentenció el conde—, mientras se termina de hacer el monasterio.

El día siguiente por la mañana supimos que el emperador había pasado la noche en Tornavacas, donde se había holgado mucho viendo cómo los aldeanos pescaban las truchas con luces, y luego las comió para cenar. No pasaba una hora sin que hubiera nuevas, pues así lo tenía mandado el conde, para estar sobre aviso del momento exacto de la llegada. De manera que a mediodía se disipó finalmente la mayor de las dudas que don Fernán tenía sobre este viaje del emperador: si su majestad resolvería ir primeramente a Plasencia por el camino más llano, aunque empleara tres jornadas; o si, como le había sugerido don Francisco de Toledo, vendría por puro monte, por los malos senderos que atravesaban las sierras desde Tornavacas hasta Jarandilla, por donde apenas había dos leguas y media de trayecto.

—¡El emperador nuestro señor viene por la sierra de Tormantos! —anunció uno de los aldeanos encargados de dar aviso.

—¡Dios Santo! —exclamó el conde—. Si todo va bien, a media tarde estará aquí su majestad.

Al emperador le pareció más oportuno escoger el camino más corto, aunque tuviera que ir un buen trecho por empinadas pendientes, ásperas quebradas y torrenteras. Le urgía llegar a Jarandilla cuanto antes. Así que sus secretarios pidieron auxilio a los aldeanos y acudió una turba de labriegos y pastores para transportar a su rey en los brazos y los hombros por los difíciles senderos de montaña que tan bien conocían.

—¡Virgen Santa, que no le pase nada! —rezaba el conde a medida que iba conociendo los pormenores del traslado.

A media tarde estaba todo preparado para el recibimiento. Los caballeros de la hueste del conde estaban, revestidos con sus mejores galas, dispuestos a un lado y otro del camino principal con sus lanzas y alabardas en ristre. La servidumbre lucía vistosas libreas confeccionadas para la ocasión, y los mayordomos y damas no ocultaban su nerviosismo. Me correspondía a mí sujetar el freno de la yegua del conde en el lugar donde mi señor debía estar aguardando al emperador, y otro palafrenero sujetaba la montura de doña Beatriz unos pasos más atrás.

—¡Ya vienen! —se oyó gritar desde la lejanía.

Un denso murmullo agitó a la concurrencia.

—No han tardado mucho —oí comentar a don Fernán.

Pasados unos minutos se escuchó un trepidar de cascos de caballos y las recias órdenes de los heraldos dadas en lengua flamenca. Pronto comenzaron a llegar mulas cargadas con pesados fardos y un par de carretas con abundante impedimenta. Enseguida se vieron venir a los aldeanos del emperador, en filas de a dos, montando robustos caballos con gualdrapas de brocado, bordadas con las armas imperiales.

—¡Viva el emperador nuestro señor! —gritó impacientemente alguien, impresionado por esta visión.

—¡Chissst…! ¡Silencio! ¡Todavía no! —le mandó callar el conde—. ¡Permanezcamos en respetuosa quietud!

Llegaban ahora algunos criados, mujeres y jóvenes pajes de aspecto extranjero; rubicundos y de sonrosados rostros. A continuación fue apareciendo al fondo del camino la menguada corte del emperador: el secretario, Martín de Gaztelú; los ayudas de cámara, Guillaume de van Male, Guyon de Morón y Jean Martin Ester, flamencos todos ellos; el médico, Enrique Matiz y algunas señoras muy elegantes con sus damas de compañía, las cuales también debían de ser flamencas, a juzgar por sus rasgos y ropajes. Reconocí enseguida a don Luis de Ávila y Zúñiga, que había ido a esperar a su majestad para acompañarle entre los miembros del séquito, y que venía con algunos caballeros y pajes. Fue él quien se detuvo delante del conde y gritó con su aguda voz:

—¡Viva nuestro señor el emperador don Carlos, rey de España!

—¡Viva! —contestamos todos, lo más fuerte que pudimos, con gran emoción.

—¡Inclinaos! —gritó a su vez don Fernán, descabalgando.

Todo el mundo se dobló en una profunda reverencia. Los criados estaban de rodillas y los caballeros echaron pie a tierra para humillarse. Se hizo un gran silencio. El corazón me golpeaba con fuerza el pecho y un frío sudor me recorría la espalda. No me atrevía a levantar lo más mínimo la mirada, por grande que fuese la curiosidad que tenía de ver lo que había delante de mí. Escuché muchas pisadas y un solemne anuncio:

—¡Paso y reverencia a su imperial majestad, el serenísimo emperador don Carlos V, máximo rey de España, nuestro señor!

—¡Viva el emperador! —gritó el conde a mis espaldas.

—¡Viva! —contestó la concurrencia.

De soslayo, vi venir a un buen número de piernas, con paso lento y grave. Me corría el deseo de alzar algo la cabeza, pero me contenía.

—Bienvenido seáis augusto señor a esta, vuestra casa —dijo muy solemnemente don Fernán, con temblor en la voz—. Aquí tenéis a vuestro humilde siervo para lo que preciséis dél.

—¡Podéis alzaros! —otorgó por fin una voz.

Me incorporé y encontré frente a mí, a unos veinte

pasos, una entoldada litera portada por ocho lacayos que en ese momento descendía para posarse en tierra. El conde iba hacia ella y se inclinaba respetuosamente para decir nuevamente:

—Bienvenido, augusto señor.

Se aproximó un criado y puso un par de escalones delante de la portezuela de la litera. Descorriose la cortina y apareció una pierna cubierta con calzas negras y una mano muy blanca. Entonces los ayudas de cámara del emperador se apresuraron a sujetarle.

—¡Viva nuestro señor el rey! —gritó alguien.

—¡Viva!

Vi descender de la litera al emperador. Jamás olvidaré aquel momento. Era su majestad un hombre avejentado, cuyas ropas oscuras estaban muy arrugadas; su estatura era mediana, y muy grave su aspecto. Me llamó la atención la mandíbula inferior larga y ancha, cubierta por una barba erizada y canosa, y aquellos ojos intensamente azules, tristes, ojerosos, perdidos…

29

Fue tal la impresión que me causó la visión del rey que no pude pegar ojo en toda la noche. En el castillo reinaba un gran silencio, pues se obedecía al grave mandato dado por los condes, los cuales querían mantener a toda costa la tranquilidad que buscaba tan augusto huésped. Se habían engrasado con este fin los goznes de las puertas y ventanas, y todo el mundo procuraba no hacer ruido de pisadas y hablar en voz baja. La parte del palacio que ocupaba el emperador permanecía cerrada y el acceso a las dependencias que se le destinaron estaba permitido únicamente a la gente de su servicio. Incluso se prohibió el paso por el patio central del palacio, por si acaso su majestad deseaba asomarse a la galería, preservándole así de la curiosidad y de la indiscreción de las miradas.

Supongo que esa primera noche en Jarandilla casi nadie durmió, a causa de la agitación de saber tan cerca al césar, y por el celo que teníamos allí todos por cumplir nuestros cometidos y no dejar mal a los condes delante de la menguada corte que vino a aposentarse a la villa.

Por la madrugada, antes de que amaneciera, estaba

yo vestido con mis nuevas galas de paje, sentado en un banco del corredor principal, aguardando a que mis señores necesitasen algún servicio de mi persona. Fue entonces cuando se produjo el primer sobresalto, del cual fui testigo precisamente por mi solicitud tan puntual. Sucedió que vino a las alcobas de los condes el mayordomo de su majestad, para manifestarles desde bien temprano que nuestro señor el rey no estaba demasiado conforme con el aposento que se le ofreció. Resultaba que no había pasado muy buena noche y se quejaba.

Como era natural, don Fernán destinó para su real invitado el dormitorio principal del palacio, el cual era el suyo propio, por lo que él y su señora esposa tuvieron que trasladarse a otra alcoba más secundaria en las traseras de la residencia. Lo mismo hicieron con las mejores dependencias del castillo, dejándolas expeditas y a plena disposición de la gente del rey.

En el corredor donde aguardaba yo a mi señor, se dieron cita el secretario, el mayordomo y el primer ayuda de cámara del emperador con don Francisco de Toledo, don Fernán y doña Beatriz. Allí porfiaban todos en voz baja, poniéndose de acuerdo en lo que debía hacerse ante esta inoportuna contrariedad.

—Pero… —decía el conde con gran disgusto—. No lo comprendo… Hemos reservado para su majestad el principal dormitorio del castillo…

—¡Nuestra propia alcoba! —añadió la condesa—. No hay mejor estancia que esa en esta humilde casa.

El mayordomo del rey, don Luis Méndez Quijada que se llamaba, era un seco y áspero castellano, reservado y nada simpático, al que todo el mundo temía más que a ningún otro de los caballeros del séquito. Su aspecto era austero y pulcro, sin adorno alguno en la ropa;

su rostro largo, la barba puntiaguda y la mirada inquietante bajo el poblado ceño negro. Muy tieso, hierático, contestó gravemente:

—¿Qué quieren que les diga? Nuestro señor el rey no está a gusto.

El secretario real se llamaba Martín de Gaztelú; era este caballero un navarro más afable que el mayordomo y trataba de quitarle hierro al asunto para aliviarles el disgusto a los condes.

—Hay que comprender —decía— que su majestad está fatigado.

—¡La cama es excelente! —repuso la condesa—; el colchón de plumas de ganso y las sábanas de hilo. Yo misma las bordé y las suavicé con mis manos, aplicándole una mixtura comprada en Sevilla.

—No, no, no… —observó el mayordomo Méndez Quijada—. El emperador no se queja por capricho…

—¡Por Dios, señor! —protestó el conde—. ¡Nadie juzga aquí al emperador nuestro señor! Comprenda vuestra merced que mi esposa está desolada…

En esto, doña Beatriz lanzó una especie de quejido, se cubrió la cara con las manos y comenzó a sollozar sonoramente. Los cinco caballeros quedaron entonces desconcertados, mirándose unos a otros.

—¡Oh, no, esposa mía! —se fue hacia la condesa don Fernán, para consolarla.

Se abrazaron los dos.

—¿Qué podemos hacer, querido? —gemía ella—. ¡Ay, Virgen Santísima!

—Bueno, bueno, no es para tanto —decía fríamente don Luis Méndez Quijada, el mayordomo.

—Cálmese, señora, no se disguste —le rogaba el secretario Gaztelú.

El primer ayuda de cámara del emperador era un estirado flamenco, Guillaume de van Male, que permanecía algo retirado, observando con sus azules ojos todo lo que estaba sucediendo. Al ver tan alterada a doña Beatriz, quiso también calmarla.

—Oh, señora condesa —le dijo con su acento extranjero—, no os toméis tan a mal lo que os dijimos. Se trata, sencillamente, de que el rey prefiere un lugar más pequeño, más… ¿cómo decirlo? ¿Discreto?

—¡Claro, de eso se trata! —añadió Gaztelú—. El aposento es confortable, amplio, limpio y lujoso; pero… hay que comprender que su majestad está muy fatigado, enfermo y deseoso de encontrar finalmente acomodo para su malogrado cuerpo.

—Bien, tengamos calma —propuso don Francisco de Toledo, poniendo la mano en el hombro del conde—. Escuchemos, querido hermano, a estos caballeros y obremos en consecuencia. Ellos sirven de cerca al emperador y mejor que nadie conocen los deseos y necesidades de su majestad.

—De eso se trata —observó el mayordomo real—. Acuérdese vuestra merced de lo que pasó en Medina del Campo, cuando veníamos de camino.

—¿Qué sucedió pues? —le preguntó el conde.

El mayordomo, el secretario y el ayuda de cámara contaron entonces que en Medina el emperador se alojó en casa de un rico cambista descendiente de judíos, llamado Rodrigo de Dueñas, el cual quiso agasajar a su augusto huésped con abundancia de lujos y ostentación desmedida. A tales efectos, mandó colocar en la habitación destinada al rey tapices exquisitos, terciopelos, damascos y todo tipo de objetos preciosos. Incluso se le ocurrió poner en el centro de la estancia un brasero de oro macizo, en el que ardían encima de las brasas unos palos de canela de Ceilán que desprendían unos humos de intenso aroma. El emperador se enojó ostensiblemente ante esta exhibición altanera y, lejos de mostrarse agradecido a su anfitrión, se negó a dejarse besar la mano por él y ordenó que se pagase el alojamiento, como si de una posada se tratase y no de una invitación complaciente.

—¡Cielos! —exclamó la condesa—. ¿Hemos pecado nosotros de excesiva solicitud como ese necio converso?

—No, no, no, señora, ¡ni mucho menos! —respondió el secretario Gaztelú—. Ese cambista de Medina quiso abrumar a su majestad con dispendios y exhibición de lujos, lo cual es una imperdonable soberbia. Debería haberse mostrado humilde y servicial, sencillamente, y el emperador habría agradecido su hospedaje. Vuestras excelencias, en cambio, han pretendido únicamente dar a nuestro señor el mejor aposento de esta casa, lo cual es lógico.

—Entonces… —preguntó circunspecto el conde—, ¿qué podemos hacer?

Se quedaron todos pensativos, como aguardando a que alguno diese con la solución. Finalmente, el ayuda de cámara Van Male dijo:

—Se me ocurre que lo mejor será dejar que su majestad recorra el palacio y escoja él mismo dónde quiere alojarse.

—¡Claro, eso haremos! —asintió el conde dando una fuerte palmada.

A media mañana ordenaron los condes que toda su servidumbre saliera fuera del castillo, para que el emperador pudiese recorrer a gusto todas las estancias y decidir cuál de ellas era de su agrado. Se palpaban la gran tensión y el desasosiego que embargaban a los condes y a toda su gente, por el temor a que su majestad no diera con el lugar ideal para su reposo.

Pero, a mediodía, llegó el secretario muy sonriente y expresó a los señores del castillo que se había encontrado un rincón que le placía mucho al césar. Se trataba de una alcoba recogida, situada en las traseras, cuyo balcón miraba a las montañas y valles, y que recibía de lleno el sol que bañaba unos huertos de naranjos, limoneros y cidras, justo debajo, los cuales habían hecho las delicias de su majestad.

—¿Está contento nuestro señor? —preguntó impaciente doña Beatriz.

—¡Encantado! —afirmó Gaztelú—. Se ha holgado mucho contemplando la naturaleza y ha expresado cuánto le agradaba la solanilla que dará vigor a sus fatigados huesos; así como las fragancias que ascendían hasta la ventana desde los jardines.

—¡Ay, gracias sean dadas al Creador! —exclamó el conde.

30

Arreciaron los vientos y las lluvias; fue aquel otoño harto desapacible. Los árboles terminaron de desnudarse de hojas y un frío intenso llegaba desde las altas montañas. Resultaban los días tan cortos y con tal densidad de nubes que reinaba una oscuridad triste. En el silencio decretado por los condes, la humedad del ambiente, los nublados y las nieblas, vino a adueñarse de todo una atmósfera gris, envolvente, impregnada de melancolía, en la que los habitantes del castillo y los paisanos de la villa se recogían en sus intimidades, al calor de las estancias interiores, de manera que las calles y los campos estaban solos, a merced de los barrizales y las brumas.

Los disgustos de los condes no se acabaron, a pesar de tanta quietud, sino que siempre surgía algún sinsabor para empañar la satisfacción de tener alojado al rey nuestro señor en su propia casa. Resultó que el nada benévolo clima de noviembre de aquel año hizo que cundiera el desánimo entre las gentes de su majestad. Se quejaban amargamente los miembros del séquito, desalentados, al ver que las lluvias no cesaban y que las humedades del ambiente hacían chorrear las paredes, y que los paños, tafetanes y algodones de las ropas difícilmente llegaban a secarse. No era eso lo que esperaban de estas latitudes, ni mucho menos. Supusieron que estas laderas meridionales de las sierras propiciarían una cálida solana, aun en invierno, y que serían aquellas tierras de perpetua primavera y sanos aires. A la vista de que no paraban de llegar nubarrones preñados de aguaceros, algunos de los mayordomos fueron a tener inteligencias con los lugareños y les preguntaron acerca de si era aquello corriente o no. Y, muy imprudentemente, unos labriegos sombríos les dijeron que este mal tiempo solía durar aquí la mayor parte del invierno, y que en Yuste la humedad era mayor aún.

Enterado don Luis Quijada de tales informaciones se puso de muy mal humor y vino a tornarse más agrio de lo que ya era, para desasosiego de mis señores condes, los cuales se hacían culpables y temían mucho que la salud del emperador empeorase.

—Si yo llego a saber esto —se quejaba amargamente el seco mayordomo—; ¡ay, si llego a saberlo! ¿Pues no decían que el invierno era aquí suave? ¡Pero si esto es peor que Valladolid!

—Bueno, ya será menos —le decía don Francisco de Toledo—. Es tiempo de llover; ya cejará…

—¡Voto al cielo! —echaba juramentos Quijada—. ¿Cuándo?

La condesa se puso triste y no paraba de rezar para que el tiempo mejorase. Se pasaba las horas en la capilla o frente a la ventana, mirando a los cielos. La escuchaba yo lamentarse cuando se sentaba a la mesa con su esposo y su cuñado:

—¡Ay, Virgen Santísima! Hemos obrado con la mejor de las intenciones y…

234

—Bien, querida, no te atormentes —la consolaba el conde—. Confiemos en que un día de estos ha de clarear.

—Dios lo quiera —decía ella apesadumbrada—. ¡Es que ese antipático de Quijada me enferma! ¡Qué hombre tan funesto y negativo!

—¡Bah, no le hagamos caso! —repuso desdeñoso don Fernán.

—Quijada es así —explicó don Francisco de Toledo—. ¡Si parece que está siempre oliendo a mierda!

Como continuaron las lluvias, que además arreciaban en las paredes de la alcoba del rey por estar al norte, la preocupación aumentó. Finalmente se optó por construir una chimenea en la estancia. Y escuché decir por ahí que habían llegado unos enviados de doña Juana, la hija del emperador, para traer unas colchas de plumas, cálidas aunque livianas, de las que se usan en Flandes, confeccionadas especialmente para él.

A todo esto, nadie veía a su majestad, pues permanecía siempre en sus aposentos al cuidado únicamente de su gente. Los criados del castillo servían a los condes y a los miembros del séquito que se hospedaban en el palacio, pero el contacto personal con el emperador estaba reservado solo para sus secretarios y ayudantes, los cuales se cuidaban mucho de preservar a su amo de visitas e inoportunidades.

Como era de esperar, corrió la voz de la presencia del rey nuestro señor en Jarandilla y pronto se vio que a nadie le pesaba el barro de los caminos y la lluvia persistente para dejar de venir a rendir pleitesía a su majestad. Pasaban las semanas, y no había día en el que no llegase algún egregio personaje a las puertas del castillo: duques, condes, marqueses, arzobispos, obispos, prelados, abades, damas de la Corte, altos militares, magnates, caballeros insignes… Muchos de ellos acudían primeramente a Plasencia y ya allí les advertía el comendador don Luis de Ávila de que el emperador no recibiría a nadie de momento. Otros se presentaban de súbito, sin otro anuncio que el de los lacayos que llegaban a avisar de la inminente llegada de sus señores. De manera que el conde don Fernán era puesto en gran aprieto y debía dar muchas razones, cumplidas explicaciones y disculpas para librar al rey de esta riada de visitantes. Sucedía pues que algunos decidían quedarse a esperar y otros se conformaban con dejar sus presentes o extender una carta con los cumplimientos y parabienes. Así que se amontonaban los fardos de los regalos y no paraban de llegar las más exquisitas viandas: piezas de caza, capones, corderos, cabritos, terneros cebados, lechones, chacinas y sacos de legumbres. Al parecer, era público y notorio que a su majestad le complacían más que nada los bienes de la buena mesa, y se veía que sus ilustres súbditos estaban dispuestos a tenerle bien servido.

Pero, por mucho que le gustara el bien comer al césar, su gente era sabedora de que el mal que le atormentaba, cual era la gota, empeoraría con los atracones a los que por lo visto era dado nuestro señor el rey. Por esto, el mayordomo Quijada revisaba cada día los presentes y procuraba retirar todo aquello que los médicos que atendían sus padecimientos consideraban pernicioso.

—¡Uf, nada de eso! —decía desdeñoso cuando veía los exquisitos manjares recién llegados—. La gota se cura tapando la boca. Que no vea su majestad tanta comida que se le despertarán los apetitos y estaremos perdidos.

Así que los miembros del séquito y los alabarderos de

la escolta venían cada día y se repartían la mayor parte de las viandas. También acudían a gulusmear los demás servidores del rey, cuales eran sus guardarropas, guarda-joyas, relojeros, barberos, boticarios y el personal de menor rango. Todos aquellos reclamaban un día y otro el sustento que Quijada y Gaztelú les proporcionaban distribuyendo los obsequios que llegaban para su majestad.

Aunque —según escuché decir a mi señor conde— componían las gentes del emperador una menguada corte; para la pequeña villa que era Jarandilla de la Vera, la venida de un buen número de nobles con sus servidumbres fue un impacto considerable. Toda esta cantidad de señores extranjeros con sus esposas, mayordomos, damas de compañía, pajes y lacayos resultaba un espectáculo impresionante, resplandeciente, para unos aldeanos que vivían sin otra novedad que las idas y venidas de sus condes. Así que casi todos los villanos se convirtieron en hospederos, pues había que dar alojamiento al errante séquito, alimentarlos diariamente y asistir a sus necesidades.

A finales de noviembre cesó la lluvia, mas se apoderó de los campos una espesa niebla que impedía ver más allá de veinte pasos. Aun así, se empeñó su majestad en ir a ver las obras de Yuste, por lo que se armó un buen revuelo en el palacio.

Recuerdo que la mañana del día 25 de dicho mes estuvieron los señores mayordomos y secretarios desde muy temprano porfiando entre ellos, pues el emperador se había levantado muy dispuesto a ser llevado al monasterio. Decían los unos que abriría el día cuando se levantaran las nubes; los otros miraban al cielo y meneaban la cabeza, asegurando que no habría de salir el sol sino que tornaría a llover. Quijada, malhumorado como solía, daba órdenes al personal.

—¡Viva el rey nuestro señor! —se oyó de repente gritar a una recia voz.

Me hallaba yo enjaezando la yegua del conde bajo los soportales cuando alcé la vista hacia las galerías del piso alto y vi a su majestad acodado en la balaustrada oteando el horizonte. Me incliné en respetuosa reverencia como todo el mundo y oí cómo mandaban disponer todo para partir al punto.

Enseguida llegaron los lacayos portando la litera y fueron prestos hacia la puerta del palacio. Mi señor don Fernán apareció repentino y subió a la montura al tiempo que me decía:

—Hala, muchacho, vete a tus asuntos, que no hará falta que me hagas hoy de palafrenero.

La gente que servía a su majestad fue saliendo con graves ademanes y pronto les siguió la litera muy entoldada y cerrada, flanqueada por los alabarderos de la guardia, para ir a perderse en la densa niebla, por el camino que lleva a Yuste.

Supusimos que el emperador se quedaría a vivir en el monasterio. Pero retornó la misma noche del día 25, porque al parecer no estaban las obras de su palacete concluidas para que el sitio resultara habitable. Así que siguió su majestad alojado en el castillo de Jarandilla, aguardando al menos a que remitiesen los fríos.

31

Se me hacía que Inés era otra vez esquiva conmigo y me llevaban de nuevo los demonios. Deambulaba yo como alma en pena por el castillo buscándola y me sorprendió encontrar a su inseparable Margarita muy sola a media tarde, en el saloncito donde ambas solían entretenerse bordando.

—¿Viste a Inés? —le pregunté.

Me miró con un mohín malicioso y repitió con retintín como un eco:

—¿Viste a Inés? ¿Viste a Inés? ¿Viste a Inés?…

—¿La viste o no? ¡Que no estoy para guasas, carajo! —le espeté.

—¡Hijo, qué temperamento! —replicó soltando el bastidor con enojo—. ¿Qué la quieres ahora?

—Hace dos días que no acude a cantar conmigo…

—¡Anda este! Pues no tiene Inés mejor cosa que hacer que ir a cantar coplas con vuaced.

—Si sabes dónde está me lo dices, si no, en paz; pero no me andes con monsergas, Margarita.

—¡Huy, qué genio…! —dijo sacudiendo la mano.

Luego esbozó una sonrisita cordial y añadió más amablemente—: Anda, no te enfades conmigo. ¿Por qué no te sientas aquí un poco y la esperas? No ha de tardar.

Me senté sobre un cojín frente a la ventana y me puse a contemplar los campos. Ella recogió el bastidor y volvió a su bordado canturreando. La miraba yo de soslayo y veía cómo me observaba de reojo con malicioso brillo en los ojos. En voz baja y con guasa cantaba:

> *¿Dónde estará la doncella?*
> *¿Dónde estará?*
> *¿Quién platicará con ella?*
> *¿Quién platicará?*

Me sacaba de quicio Margarita. Procuraba eludirla aun cuando estaba con Inés, pues tenía mala idea y era muy hábil para hacer de rabiar. Ella, que conocía la manera de verme la paciencia, proseguía con su venenosa copla:

> *Un caballero la lleva*
> *por el talle a pasear.*
> *Ella contenta se deja*
> *muy holgada cortejar…*

Deseaba taparme los oídos o taparle la boca a ella, pero no quería dejar que me viera una vez más enojado para satisfacción suya.

Abajo, en los jardines, un tímido solecillo bañaba los árboles desnudos y las laderas de las montañas. El jardín estaba cubierto de hojarasca seca y solo los setos de ciprés estaban verdes. De repente, vi corretear a Inés llevando su vihuela en la mano. Sentóse en el banco de piedra y se puso a templar las cuerdas. Me levanté yo y me disponía a bajar cuando vi aparecer a un caballero y sentarse junto a ella. Se miraron, se sonrieron y luego él le hizo a ella una caricia en el rostro con el dorso de la mano. Inés le devolvió el gesto con una redoblada sonrisa y al momento empezó a cantar.

Me dio el corazón un vuelco y se me nubló la mente. Debí de dar un respingo, pues Margarita vino enseguida y se situó a mi lado para ver lo que me sobresaltaba de aquella manera.

—Es el capitán de los alabarderos de su majestad —explicó con resonantes palabras—. Es un caballero alemán, cortés, gentil… y ¡tan apuesto!

No creo haber sentido antes de aquello tanta ira. Me subía como un calor hacia las sienes y me rechinaban los dientes.

—¿Dónde estará la doncella? —comenzó a cantar cruelmente Margarita—. ¿Dónde estará?…

—¡Cállate! —le grité hecho una furia.

—¡Huy, qué susto! —exclamó apartándose de mí.

Salí del salón llevado por los demonios y recorrí los pasillos como un viento. Pronto estaba en el jardín; supongo que enrojecido por la cólera que me agitaba. A medida que avanzaba por entre los setos, escuchaba cantar alegremente a Inés y me dejaba guiar por su voz. Aparté unas adelfas y me topé con ambos en su banco de repente, el uno frente a la otra, muy complacidos. El caballero era alto, robusto y rubio, como el resto de los alabarderos del emperador. Vestía el uniforme blanco y amarillo que tanto llamaba la atención, con las medias cada una de un color, y el capotillo de tafetán claro. Aunque era imponente su presencia, no me arrugué a causa de los bríos que encendían en mí los celos. Grité fuera de mí:

—¡Inés, qué haces aquí con este!

Ambos se sobresaltaron. Inés dejó de cantar y se quedó mirándome extrañada.

—¿No lo ves? —dijo—. Cantaba.

—¿Y yo qué? —me quejé despechado.

—Anda, ven —me pidió ella—, que te presentaré a este caballero. Es nada menos que el capitán de los alabarderos alemanes.

—¡Ya lo sé!

—¿Y pues? —contestó sin alterarse demasiado—. Cualquiera diría que estoy con el rey de los moros…

Asistía el caballero a nuestra discusión sin inmutarse, mirando ora a uno ora al otro, pues no entendía ni palabra de nuestra española lengua.

—Anda —le rogué a Inés—, vámonos nosotros a cantar juntos, como cada día, solos los dos.

—¡Nada de eso! Estoy aquí con él y no voy a dejarle ahora plantado. Cantemos los dos para el capitán. Se llama Ulrich, que según parece quiere decir Ulrico.

—¡No cantaré para él!

—¿Por qué, querido?

—¡Por que no me da la gana! —contesté zanjando la cuestión y me fui de allí muy humillado.

El 7 de diciembre se organizaba mucha fiesta en Jarandilla con motivo de la víspera de la Virgen de la Concepción. Era tradición hacer grandes hogueras al llegar la noche y luego los vecinos salían con una especie de escobones en llamas con los que iban recorriendo el pueblo y cantando coplas en honor de la Virgen. Como corría por el castillo desde hacía días la voz de que este jolgorio era digno de verse, allá fuimos los jóvenes, después de pedir permiso a nuestros señores, deseosos de divertirnos.

Mozos y mozas, damas de compañía y pajes nos pusimos galas de fiesta y bajamos a la plaza de la villa muy alegres, dispuestos a resarcirnos de nuestros trabajos y de los fríos invernales pasando un buen rato. Iba Inés en el grupo de las muchachas, llevando la voz cantante como solía; y yo, algo enfurruñado, iba con los pajes y lacayos de mi edad, muy pendiente como siempre de todo lo que ella hacía y decía, pues la seguíamos de cerca.

Llegamos a la plaza y ya estaban los villanos amontonando los haces de leñas y ramas para su regocijo. Inés, por ser de allí, conocía a todo el pueblo y fue saludada con muchos miramientos y consideraciones. Los vecinos les dieron a ella y a sus amigas dulces y se pusieron allí a cantar coplas todos, mientras los varones nos quedábamos en una esquina mirando, por prudencia. Hasta que Inés se volvió hacia nosotros y nos llamó:

—¡Eh, qué hacéis vosotros ahí pasmados! ¡Andad, veníos acá a hacer fiesta!

Como quiera que estábamos deseosos, nos allegamos donde ellas y nos unimos pronto al jaleo.

Traía su vihuela Inés y enseguida se puso a tañer acompañando las coplas alegres que los vecinos bien conocían por ser antiguas.

Ardía la zarza y la zarza ardía
y no se quemaba la Virgen María.

Se hizo la noche y comenzaron los villanos a encender las hogueras, con lo que, entre el calorcillo, el vino y la algaraza, parecía sentirse muy feliz el personal.

En esto, empezaron a aparecer por allí algunos de

los alabarderos de la guardia alemana, los cuales andaban despistados y se quedaban a distancia no sabiendo de qué iba la cosa. Inés les hizo señas también a ellos con la mano para que se acercasen y, cuando hubieron venido donde todo el mundo, también se les repartió bebida y comida.

Entonces me volvió a mí el enfurruñamiento, al ver que entre los alemanes estaba el joven capitán del otro día, y me dio por suponer que Inés se había citado con él para pasar juntos la fiesta. Vi cómo ambos se saludaban y se cruzaban miraditas melosas, y se me amargaron los dulces en la boca. Así que decidí quitarme de en medio e irme por ahí a ahogar mis penas en vino.

Había hecho yo días antes amistad con un joven escudero que se llamaba Rodrigo de Vera, que por llevar ya tiempo al servicio de don Francisco de Toledo conocía bien la villa y los alrededores.

—Vamos a dar una vuelta —le propuse.

—Hay una buena taberna ahí cerca —dijo—. ¿Vamos?

—¡Ea!

La taberna estaba en una de las calles que partían de la plaza, por las traseras de la iglesia. Era un lugar muy curioso, pues, siendo como una edificación corriente por delante, el fondo del habitáculo estaba horadado en la roca viva, a modo de cueva, por lo que resultaba cálido y acogedor. Era taberna y mesón a la vez, pues el dueño tenía su vivienda al lado y desde ahí servía comidas a quienes lo solicitaban. De manera que nos fuimos a sentar en una de las mesas y dimos cuenta de un rico guiso de chivo a la manera del lugar. Y luego nos pusimos bien de vino mientras hablábamos de nuestras cosas.

Rodrigo de Vera era un buen muchacho que decía

siempre lo que sentía. Originario de Cáceres, había entrado al servicio de un capitán de su ciudad llamado Juan de Carvajal, el cual a su vez servía en la hueste de don Francisco de Toledo. Ahora, con sus diecisiete años, esperaba ser armado caballero e irse pronto a alguna campaña. Era Vera muy delgado, pero fuerte y activo. Tenían sus ojos negros un algo de melancolía y soñaba continuamente con gestas guerreras en tierras de moros y con glorias militares. Mientras hablaba con fervor, aunque con una voz dulce, era capaz de transmitir su pasión caballeresca.

—Ya me harán pronto caballero —confiaba—. Espero que mi señor capitán don Juan me invista esta misma primavera en Plasencia, pasada la Cuaresma. ¿Y tú, Monroy —me preguntó—, qué piensas hacer con tu vida?

—En enero cumpliré los dieciséis —respondí—. Mi señor el conde quiere que le sirva al menos durante el tiempo que el rey esté en su casa y que luego ya decidirá lo mejor para mí. Aunque hemos hablado poco de ello.

—Pídele servir a su señor hermano, don Francisco —me sugirió con entusiasmo—; es una hueste de renombre. Así podrías venir con la caballería de don Juan de Carvajal, mi capitán. Tiene pensado él hacer muchas y grandes campañas, ahora que rige los reinos el príncipe don Felipe.

—Ya me gustaría.

—Pues háblale a tu señor. A buen seguro que comprenderá tus razones. No vas a quedarte aquí al abrigo del castillo toda la vida, como una mujer, tañendo y cantando.

—¡Eh, sin ofender!

—¡Hale, brindemos! —propuso elevando el vaso—. Que el año nuevo que se acerca nos ha de traer buenas aventuras.

A todo esto, la taberna se iba llenando de gente y el rumor de las voces crecía a medida que los hombres se calentaban con el vino.

Entró un grupo de alabarderos que venían ya muy alegres, y cuyos blancos rostros se habían tornado colorados a causa de la bebida. Traían ademanes bruscos y comenzaron a golpear con la palma de la mano en las mesas y a cantar a voz en grito sus raras coplas en lengua alemana. Pero enseguida apareció el mesonero y supo calmarlos hábilmente, con gestos y sonriéndoles. Les sirvió abundante vino y parecieron quedar conformes.

—¿Qué piensas de esos? —le pregunté a Rodrigo.

—Bueno, son los hombres fieles de su majestad. Dicen que es lo más granado de la caballería alemana, escogidos de entre las mejores familias de nobles de allá. Pero, ya ves, después de haberle acompañado en las campañas gloriosas, ahora están aquí, en un lugar apartado y merced a lo que Dios disponga del emperador.

—¿Cuántos son? —quise saber.

—Noventa y nueve, nada más y nada menos. Y eso es lo peor, puesto que tanto hombre adulto, hecho a ir de acá para allá, de guerra en guerra y de ciudad en ciudad, ahora se ven ociosos y casi inútiles. Lo cual es un problema. Ya se sabe —sentenció—: Cuando el diablo no tiene nada que hacer, mata moscas con el rabo. Y al parecer a esos hace tiempo que no les llega la paga y, ¡claro!, tienen que comer, beber y divertirse. Por eso los lugareños están quejándose amargamente, porque andan sin pagar, creyéndose con derecho a todo. ¡Y cualquiera les dice nada!

—Pues que se marchen a su tierra —dije—. Total, para lo que están haciendo aquí…

—Eso mismo dice todo el mundo. Que para defender a su majestad nos bastamos y sobramos los españoles, que para eso es nuestro rey antes que de los alemanes.

No solo porque no eran necesarios para proteger al emperador quería yo que se fueran a Alemania, sino para perder de vista al dichoso capitán por cuya causa me atormentaban los celos.

Pasado un rato volvimos a ir a la plaza de la villa, pues se concentraba reunido allí todo el gentío para el festejo. Nada más llegar vi a Inés muy resuelta aplicada a la vihuela y rodeada de villanos que palmeaban y cantaban coplas. Los rostros resplandecían a la luz de las hogueras y todo el mundo estaba muy divertido. Menos yo, por ver a ese capitán Ulrico tan pendiente de mi amada.

—Hala, vamos allá —dijo Rodrigo—, donde están las mozas.

Asentí de mala gana y nos acercamos al corro. Comenzaban a danzar en ese momento un grupo de muchachas con mucha soltura y lo celebraba el personal regocijado.

—Eh, ¿qué te pasa, hombre? —me preguntó mi amigo—. ¿No te diviertes?

—No es nada —refunfuñé.

Las mozas de la villa parecían encantadas por nuestra presencia y sus madres nos animaban a danzar con ellas. Se echó para delante Rodrigo y comenzó a dar saltitos, lo cual levantó las risas de la concurrencia. Me empujó entonces alguien por la espalda y me lanzó al centro del corro. No tuve más remedio que dar unas vueltecitas y servirme de cuatro pasos de pavana que la propia Inés me había enseñado.

—¡Muy bien, Luis María! —me jaleaba ella, guiñándome un ojo.

Cuando volví junto a Rodrigo, me advirtió él al oído:

—¿No te das cuenta de que no se ven mozos en este pueblo?

Tenía razón el escudero: estaban allí las mozas con sus madres y los hombres maduros dándose al vino, pero no se veían varones jóvenes en parte alguna.

—No será costumbre en Jarandilla —observé por decir algo.

Estando en esta conversación, aparecieron los alabarderos alemanes que venían calle abajo, visiblemente borrachos y formando gran alboroto de voces y pisadas con sus zapatones.

—¡Es la guardia del rey nuestro señor! —exclamó uno de los villanos—. ¡Convidémosles!

—¡Eso! —asintió otro—. Ya que no podemos ofrecer nuestro vino a su majestad, démoslo a quienes le dan custodia.

Y fueron a dar generosamente unos pellejos de vino a los alemanes. Estos lo aceptaron gustosos y pronto fueron a llamar al resto de sus compañeros, con lo que se juntó allí todo el pelotón para aprovechar la convidada.

Parecían encantadas las mujeres al ver tan de cerca a aquellos hombretones rubios y de tan buena presencia. Se formó de nuevo el baileteo y a nosotros nos hicieron ya poco caso.

Sucedió al cabo de un buen rato algo que vino a estropear la fiesta, y a dar el mayor de los disgustos a mis señores condes desde que el emperador nuestro señor vino a su palacio.

Resulta que era costumbre en Jarandilla que, pasada

la media noche, vinieran los mozos de la villa en tropel trayendo en las manos una especie de escobones ardiendo, los cuales agitaban al aire, levantando chispas y pavesas incandescentes que se elevaban a los negros cielos. Llevaban los dichos mozos cubierta la cabeza con paños y llegaban aullando, de manera que causaban sobresalto. No era esto sino una de esas viejas tradiciones que hay en los pueblos, por lo que los villanos se alteraron poco, aunque hacían como que se espantaran y corrían de acá para allá.

—¡Dios Santo, qué es esto! —exclamé yo—. ¿Qué pasa?

—No es nada —explicó Rodrigo, que conocía el asunto ya de otros años—. Aunque será mejor ponerse a salvo, puesto que suelen atizar con esas escobas y pueden chamuscarte el pelo.

Así que salimos por pies como todo el mundo y fuimos a escondernos en las oscuridades de las callejas.

Pero los alemanes, que no sabían de la misa la media, se quedaron allí pasmados, en la plaza, pues nadie les explicaba aquella estrambótica costumbre. Y los mozos de los escobones, que vendrían envalentonados por el vino, les atizaron con el fuego sin miramientos.

—¡Ay, madre mía, la que se va a armar! —oí gritar a Inés, que escapaba también como el resto de las muchachas.

Y se armó. Los alabarderos tomaron muy a mal la chamusquina y se liaron a mamporros con los mozos. Comenzaron a destrozar cuanto encontraban a su paso y a extender el fuego de las hogueras, de manera que ardieron unas casas y un par de carros de los que tenían los villanos para traer la leña.

La gente corrió despavorida, creyendo que iban a

matarlos, ya que algunos de los mozos llevaban la cabeza abierta o sangraban por los golpes recibidos.

—¡Que nos dan muerte! —gritaban—. ¡Valednos! ¡Socorro!

Tuvo que venir la Santa Hermandad y un buen número de alguaciles y caballeros españoles. Aunque los alabarderos no se calmaron hasta que llegaron unos nobles alemanes con el secretario Gaztelú y les hablaron en su lengua. Pero el daño ya estaba hecho y por la mañana la bonita plaza de Jarandilla amaneció como un campo de batalla.

En los días siguientes al tumulto causado por los alabarderos, el castillo estuvo muy agitado. Los oficiales iban y venían a entrevistarse con don Luis Quijada, el cual estaba harto alterado por el suceso. Mis señores condes a su vez recibieron las quejas de los regidores y vecinos, disgustándose mucho y teniendo que resarcir los daños de su bolsillo. Fue muy comentado todo esto y empezó a correr por ahí la voz de que lo mejor era que los alemanes se fuesen cuanto antes.

Y fue el rey nuestro señor quien decidió sobre el asunto, resolviendo licenciar a casi un centenar de los servidores extranjeros que venían con él y mandarles regresar a sus países. Dicen que causó mucho pesar a su majestad esta decisión, pues era un personal que le había acompañado durante largos años.

La despedida estuvo cargada de emoción y de lástima, tanto por los que se quedaban como por los que partían. El rey se asomó a la galería del patio central del palacio y allí extendió sus manos, como bendiciendo, mientras un reguero de lágrimas le corría mejilla abajo y los labios le temblaban. Los aguerridos alabarderos arrojaron entonces sus alabardas al suelo, haciendo ver que en adelante no querrían servir a otro señor. Y con paso triste fueron saliendo del castillo, para encaminarse por el viejo camino de las montañas hacia el norte, en dirección a sus lejanas tierras.

32

Algunos días antes de la Navidad me hizo Dios una gran merced. Vino a Jarandilla el prior del monasterio de Guadalupe a obsequiar al rey con un par de carneros cebados a pan. Salió el conde a recibirle a la entrada de la villa, como solía hacer con los visitantes de importancia, y fui yo llevándole la yegua por el freno, como mandaba mi oficio. Venían los monjes en sus mulas y traían buenos presentes para la mesa de su majestad en una recua de jumentos rucios: vino de Cañamero, carnes de caza en manteca, mazapán y papín (que gustaba mucho a nuestro señor el rey); además de los carneros que venían por su pie, inmaculadamente blancos, sedosos, que daba gloria verlos. Acompañaban al prior cuatro monjes, los cuales cabalgaban detrás, con los criados, ocupándose de la impedimenta.

—¡La paz de Dios! —saludó el superior dellos al ver a mi señor.

—Bienvenido sea del Señor vuestra paternidad —le contestó el conde—. ¿Se ha hecho bien el camino?

—Hace un frío de mil demonios por esas sierras

—observó el prior—. Vaya un año este; entre lluvias, nieblas, aires, hielos… ¿Y su majestad? ¿Cómo anda de salud nuestro señor el rey? —preguntó nada más descabalgar el monje.

—Muerto a dolores por el mal de la gota —respondió don Fernán.

En ese momento, vi que uno de los frailes, el más joven de ellos, venía a mí con los brazos extendidos gritando:

—¡Hermano! ¡Hermano mío!

No le reconocí hasta que no estuvo a mi altura: era mi hermano Lorenzo que, como expliqué más atrás, se hizo monje de la Orden de San Jerónimo. Holgueme mucho de verle y de abrazarle. Casi se me saltaron las lágrimas de la emoción.

—¡Lorenzo…! —balbucía yo—. ¡Dios bendito! ¡Hermano!

Estaba él muy cambiado; había engordado y, con la tonsura y los hábitos, parecía ser mayor de lo que era.

Bondadosamente, tanto mi señor conde como el superior de mi hermano comprendieron que teníamos que hablar mucho de nuestras cosas, pues hacía tiempo que no nos veíamos, y nos dejaron libres una vez que llegamos todos al castillo. Así que Lorenzo y yo nos fuimos a pasear.

—¿Y madre? —fue lo primero que le pregunté, con gran ansiedad.

—Vino a verme cuando hice los votos, en octubre. Se alegró mucho en Guadalupe por ver a la Virgen y estuvo allí rezando y derramando copiosas lágrimas, la pobrecilla. Ya sabes…

—Ay, qué lástima —suspiré.

—Dios la ha de ayudar, hermano.

—Estuve yo también en Guadalupe —le expliqué— y pregunté por ti.

—Ya lo sé. Me lo dijeron los monjes. Andaba yo retirado en la parte de Portugal, en unas posesiones que tiene el monasterio, adonde mandan a los jóvenes novicios antes de hacer los votos.

Hablamos largo y tendido. Parecía él muy contento y rebosaba salud. Holgose por su parte mucho de encontrarme y, con lágrimas en los ojos, me dijo:

—Cada día te pareces más a padre, Luis María. Eres su mismo retrato. El Creador ha querido dejarnos en ti la estampa de su semblante, tal vez para que no le olvidemos mientras vivamos. ¡Ah, cómo me gustaría que madre te viera!

—Escríbele tú y dile que soy feliz. Que los señores condes de Oropesa me cuidan mucho y que pronto, si Dios quiere, partiré de aquí para ser caballero al servicio de la causa de nuestros reinos.

—Hummm… —observó circunspecto—. Eso ha de entristecerla.

—Lo sé. Pero no me sucederá nada malo. Retornaré a casa con el nombre de los Monroy y los Villalobos muy alto, hermano.

—¡Dame un abrazo! —sollozó—. Rogaré a Dios que vele por ti y se cumpla eso que deseas, hermano.

Permanecieron los monjes dos días en Jarandilla y tuve tiempo, aunque no mucho, para disfrutar de la compañía de Lorenzo. Quedeme muy triste cuando se marchó, pues ya sabía yo que nos veríamos poco en adelante al correr nuestras vidas por caminos tan diferentes. Pero me sosegaba el alma la certeza de que rezaría él en su monasterio cada día por mí, rogando a Dios y a la Santísima Virgen que me acompañasen en los peligros del mundo.

En Nochebuena ofreció el conde un gran banquete

en el salón principal del palacio, para que el emperador pudiese celebrar como Dios manda tan señalada fecha rodeado de su séquito. Para este menester anduvo la condesa muy atareada los días anteriores, pues no se podía poner cualquier cosa en la mesa de su majestad. Era ya bien sabido que tanto el egregio huésped como su menguada corte gozaban de los más exigentes paladares. Así que la cena se preparó a conciencia.

Dispuso mi señora doña Beatriz una regalada sucesión de platos sobre los mejores manteles que pudo conseguir. Estaba vestida la gran mesa de ónice verde del salón con hilo fino, encajes y bellos bordados. Extendíanse acá y allá fuentes de plata con frutillas tempranas entre ramitas de acebo y muérdago, cuyas rojas y brillantes bayas resplandecían a la luz de las velas. La vajilla y las copas eran de vidrio y oro. Estaban también dispuestos los trincheros cuadrados de plata y las servilletas de damasco, así como los braserillos con sus ascuas encendidas, donde le gustaba al emperador recalentar los platos si se le enfriaban o dorar algún pedazo de carne.

La condesa había dado cumplidas lecciones a toda la servidumbre, y los lacayos que debían servir la mesa estrenaban librea ese día. A mí me dio un vuelco el corazón cuando mi tía me dijo muy seria:

—Tú, Luis María, te encargarás única y exclusivamente de la copa de su majestad.

A continuación me explicó cómo debía cumplir mi cometido, dándome severas recomendaciones, a la vez que me halagaba ponderando la responsabilidad que se ponía en mis manos.

—No deberás servir el vino —decía— hasta que los mayordomos del rey te lo indiquen. Tú mantente siempre pendiente del señor Van Male, él irá comunicando las necesidades de su majestad. Esta de aquí —me indicó señalándome una copa de reluciente oro— es la de su majestad. Recuerda: no deberás mirar al emperador nuestro señor directamente a los ojos, sonríe levemente, muévete con discreción y delicadeza, no derrames ni una gota y, lo más importante, que no se note tu presencia… ¿Comprendido?

—Sí, señora, no defraudaré a vuestras mercedes.

—¡Ay, qué encanto! —exclamó pellizcándome cariñosamente la mejilla—. ¡Si eres mi paje principesco!

Cuando se acercaba la hora del banquete estaba yo hecho un manojo de nervios. Iba una y otra vez y me ponía frente a la copa del rey que estaba puesta sobre el mantel, en el lugar que debía ocupar su majestad. Ensayaba acercando la jarra, para hacerme al movimiento, pero me temblaba aún el pulso.

—¡Sonríe! —me decía doña Beatriz.

—Ah, sí, claro, señora, perdone vuestra merced. —Y sonreía como me indicó.

No tenía yo bastante con la encomienda de servir la copa del emperador, cuando llegó el conde y me mandó:

—No te olvides de traer la vihuela, Luis María, pues habrás de tañer compostura y cantar para el rey, si sus mayordomos lo estiman oportuno.

Me sobresaltó esto mucho más que lo del vino y, aterrorizado, repliqué:

—Pero… señor…

—Nada, no vas a amedrentarte ahora —me dijo él con autoridad—. A nuestro señor el rey le encanta la música y ¿qué mejor cosa podemos ofrecerle? No me parece oportuno que cante para él Inés. En familia, vale, pero para los invitados, una doncella… ¡No se hable más del asunto! Para eso tienes ese don que Dios te ha dado.

Salí de allí aprisa para ir a buscar a Inés. La encontré vestida ya para la cena con unas bonitas galas que acentuaban su belleza.

—Inés —le dije—, don Fernán me ha pedido que cante para el rey esta noche… y… ¡Dios mío! ¿Qué hago?

—¡Ja, ja, ja…! —rio—. ¡Qué bobo eres! ¿Pues no habría de pedírtelo? ¿Qué temes?

—No sé…

—Anda, pazguato, vamos a ensayar.

Teníamos poco tiempo, así que decidimos escoger una pieza que me saliera bien.

—*Las carceleras* —dijo ella—; son tristes y te salen del alma. ¿Recuerdas cómo sabías ponerle sentimiento?

—¿No son demasiado tristes? —repliqué.

—¡Bah! ¡Son preciosas!

Eché mano de la vihuela y comencé a cantar.

—Bien, pero… ¡más melancolía, querido! —dijo ella.

Canté una vez más la canción.

—Te daré un consejo —observó Inés—: un momento antes de cantar apura un par de vasos de vino. ¿Lo harás?

Asentí con un movimiento de cabeza, aunque mi temor seguía dominándome.

—¡Ay, qué poca confianza en ti mismo! —exclamó dándome un cariñoso cachete.

Cuando atardeció, estaban ya todas las velas encendidas en el salón y el ambiente suavemente caldeado por los braseros. El delicioso aroma de las viandas llegaba desde las cocinas y sobre las mesas se desplegaba el maravilloso espectáculo de las preciosas piezas de la vajilla. Cada lacayo estaba en su puesto, con las libreas impecables, aguardando a que llegasen los comensales. Apareció primero la condesa con sus damas, entre las que estaban Inés y Margarita, para dar las últimas recomendaciones.

—Dejadnos bien, por amor de Dios —suplicó.

La servidumbre tranquilizó a su señora con grandes asentimientos y promesas de no fallar.

Comenzaron a entrar los invitados y fueron ocupando los asientos que se les iban indicando. Se desplegaba ante nuestros asombrados ojos todo el esplendor de los vestidos del uso cortesano, al estilo de los nobles llegados de otros países: las joyas, los paños ricos, la seda y la fina lana, los brocados labrados, los afeites y los complementos que engalanaban tan lujosas ropas; mantos exteriores, corpiños con pedrería, faldas, miriñaques, cuellos blancos y almidonados, cintas de colores chillones, sombreros con plumas, bonetes, gorros de terciopelo y collares e insignias de las Órdenes Militares. Destacaban entre los extranjeros del cortejo imperial tres distinguidos nobles flamencos: Jean Poupet, señor de Chaulx, el conde de Roeulx y Florys de Montmorency, señor de Hubermont. Llegó asimismo al salón el gran comendador de la Orden de Alcántara, don Luis de Ávila y Zúñiga, llevando de la mano a su esposa, la señora marquesa de Mirabel. Seguidamente hizo su entrada don Francisco de Toledo, acompañado por algunos importantes prelados y por el obispo de Plasencia. Finalmente, entraron los mayordomos reales; el ayuda de cámara Van Male; el secretario de su majestad, Martín de Gaztelú; y el mayordomo, Luis Quijada. Era este el momento más emocionante, pues resultaba ya inminente la aparición del césar.

Se hizo un gran silencio, interrumpido solo por algún carraspeo o el leve crujido de los muebles. Hubo que esperar un rato que pareció una eternidad, hasta que, por fin, se vio agitarse una cortina de terciopelo rojo, la cual sabíamos que daba al pasillo que conducía a las dependencias de su majestad. Irrumpieron en el salón los señores condes, visiblemente turbados por la emoción, aunque sonrientes. Don Fernán apartó la cortina y tendió la mano a quien venía detrás, que no era otro que nuestro señor el emperador.

—¡Viva su augusta majestad! —gritó eufóricamente don Luis de Ávila—. ¡Viva el césar! ¡Viva nuestro señor el emperador!

—¡Viva! ¡Viva! ¡Viva! —contestaron los presentes.

Estábamos todos inclinados en profunda reverencia desde que su majestad hizo acto de presencia y aguardábamos a que se nos diera permiso para alzar la cabeza. Cuando se nos permitió, no pude evitar mirar en dirección a la mesa principal. Vi al emperador por primera vez desde muy cerca. Se sentaba él a poco más de diez pasos a mi derecha, de manera que observaba yo discretamente de soslayo y veíale de perfil. Su aspecto era ciertamente regio y su porte imponía mucha reverencia. Vestía un lujoso tafetán de raso negro profusamente bordado con hilos de seda y sobresalían los blancos cuellos de la camisa sobre el remate de las solapas de pelo de lobo, negro y brillante. Encima de estas ricas ropas, resplandecía el collar de la Orden del Toisón de Oro, su insignia más preciada, según decían. Siempre pensé que, como ornato de su dignidad, llevaría corona; mas no la ostentaba sobre la testa, sino una amplia gorra negra con unas plumas de mediano tamaño. Destacaban en el rostro la nariz aguileña y la prominente barbilla cubierta de vello hirsuto, corto y canoso. Parecía escrutar el salón con sus azules ojos, algo vidriosos, como cansados.

Enfrascado en mi curiosidad, aprovechaba yo no tener a su majestad de frente y quería como apropiarme de su imagen, guardándola en el espejo de la memoria para poder luego describirla, sobre todo a mi señora madre, si quería Dios que volviera a verla. ¡Ya me acordaba yo bien de ella en ese momento!

Hicieron unos rezos los prelados y se dio inicio al banquete. Ocupó cada uno su asiento y al momento comenzó el rumor de las conversaciones. Estaba yo muy atento a que me indicaran qué debía hacer, sin perder ripio de cuanto a mi alrededor pasaba. Vi servir las ostras crudas en un lecho de nieve, cosa que no había visto en mi vida, y me llegó el aroma del mar. Sucedieron a este exótico plato las empanadas de anguilas —que placían sobremanera a su majestad—, las cuales eran llegadas en rápido correo, como el resto de los pescados frescos, los lenguados, lampreas y platijas, brillantes, braseadas, que parecían hechas de plata fina. Vinieron luego las truchas pescadas en los mejores tramos de ríos y arroyos. Mis ojos contemplaban delicias que jamás soñaron ver. Entonces hízome una seña el mayordomo Quijada y me aproximé para servir el primero de los vinos, un clarete que decían de Oigales, de tierras castellanas, el cual escancié desde una jarra de vidrio transparente, tan traslúcido que parecía el rojo caldo puro zumo de guindas. Por encima de su hombro, me llegó el perfume de su majestad, una mezcla de ambrosía, almizcle y cueros rancios.

Vi cómo el emperador aspiraba el aroma del vino y, con un paladar sonoro y deleitoso, gustaba luego de su sabor, asintiendo con leves movimientos de cabeza.

—Rico —le dijo al oído a su mayordomo Quijada—, aunque algo frío.

Entonces el servidor real tomó un pedazo de oro que se usaba para templar el vino y lo depositó en la copa de su majestad, el cual la acercó de nuevo a sus labios, saboreó el caldo y asintió:

—Mejor, mucho mejor.

De súbito, percibí el intenso aroma de las perdices estofadas que venían con sus orondas pechugas relucientes, humeantes, las cuales trinchó el propio don Fernán ante los ojos del césar, mientras le decía:

—Regalo son del conde de Osorno, majestad, cazadas junto al Pisuerga.

—¡Ah! —exclamó el rey, y abalanzó sus dedos finos hasta una de las pechugas carnosas para arrancar un pedazo.

—El vino negro —me susurró Quijada—, muchacho.

Escancié un oscuro caldo que desprendía intenso olor a moras maduras, espeso, espumeante en la copa, y su majestad no dio tiempo para concluir el chorro, llevando rápidamente y con ansiedad la bebida a sus labios, de manera que, sin quererlo, dejé un reguero de rojas gotas sobre el mantel.

—¡Ay! —se me escapó.

Volviose y me miró con unos ojos raros. Me turbé, pero él esbozó una consoladora sonrisa y dijo:

—Llena, llena, muchacho, hasta el borde.

Apuró de nuevo con sonoros tragos el caldo y me apresuré a llenar de nuevo la copa, mientras él alargaba la mano y hendía el tenedor en la dorada pierna de un cabrito.

—Basta de vino —me ordenó Quijada severamente a las espaldas de su majestad, sin que él lo escuchara.

Pero no había pasado un suspiro cuando el rey ex-

261

tendió de nuevo la copa suplicante. Titubeé confuso, y un impulso reverencial me llevó a llenarla de nuevo hasta el borde.

—Hummm… *Delicieux…!* —exclamó el emperador vaciando de un solo trago el áureo recipiente.

Meneaba Quijada la cabeza con gesto desaprobatorio; mas qué podía hacer yo sino obedecer a su majestad.

Vi con alivio que servían los postres, en cuyo momento pusieron en mis manos una gran jarra de cerveza. Nunca había yo visto esta bebida, aunque me habían explicado que era corriente entre los miembros de la Corte. Y fui testigo de cuánto gustaba al rey, pues la bebió con avidez durante el resto de la noche, mientras se atiborraba de nata, confituras, mazapán y melcochas.

En ese momento terminaba mi cometido, justo cuando el conde me indicó con una seña que me acercase a él.

—Ahora es cuando has de cantar —me ordenó.

Corrí a por mi vihuela. Con tanta emoción, me asaltaba el temor de haber olvidado la letra de las canciones. Pero hubo discursos y se recitaron poemas y loas al emperador, con lo que pude hacer memoria. Además, cantaron unos niños villancicos, y se presentó un mesonero de la villa, el cual era célebre por hacer bailar unos muñecos de madera tamborileando con los dedos sobre una tabla, cosa que hizo las delicias de la concurrencia. Después de estas y otras gracias, mi señor Fernán me señaló el centro del salón y supe que era mi momento.

Una tranquilidad rara se había apoderado de mí, pues un momento antes apuré a escondidas hasta el fondo la jarra con la que servía el vino del rey. Era como una hilaridad desafiante, un calor intenso y un sin miedo. Templé las cuerdas, aclaré la voz tragando saliva y comencé a tañer y cantar la copla que mejor se me daba, sacando de mi alma todo el sentimiento:

> *No te tardes que me muero,*
> *carcelero,*
> *no te tardes, que me muero.*

> *Apressura tu venida*
> *porque no pierda la vida,*
> *que la fe no está perdida:*
> *carcelero,*
> *no te tardes que me muero.*

> *Bien sabes que la tardança*
> *trae gran desconfiança;*
> *ven y cumple mi esperança:*
> *carcelero,*
> *no te tardes que me muero.*

Sería por la calidez del salón, por la luz de tantas velas, encendidas como racimos de llamas o por el vino… o por la cercana presencia de su majestad, pero nunca había sentido como esa noche el duende misterioso de la copla, como Inés tantas veces me indicó y que tan lejano a mi arte me parecía. Menguaron mis fuerzas y solo era voz, pasión de cantar, hecho todo uno con mi vihuela. Los dedos se me escapaban como si vida propia tuvieran y mi voz alcanzaba las notas…

> *Sácame desta cadena,*
> *que recibo muy gran pena*

pues tu tardar me condena:
carcelero,
no te tardes que me muero.

Fugazmente, mis ojos recorrieron el salón, mas estaban perdidos, presos de la sentida canción:

La primera vez que me viste,
sin te vencer me venciste;
suéltame pues me prendiste:
carcelero,
no te tardes que me muero.

Pósose mi mirada en los ojos de su majestad. Percibí la profunda melancolía que ascendía desde el fondo de su ánima. Vime hundido en su solemnidad grave, en el cansado lastre de los años, el pesar, la presencia rotunda, el dolor contenido, la inalcanzable liberación de las pasiones…

La llave para soltarme
ha de ser galardonarme,
proponiendo no olvidarme:
carcelero,
no te tardes que me muero.

Se me avivó aún más el sentimiento cuando vi que de los ojos del emperador, perdidos en la nada, se desprendía un brillante reguero de lágrimas…

Y siempre cuanto bivieres
haré lo que tú quisieres
si merced hazerme quieres:

carcelero,
no te tardes que me muero.

Entonces el mayordomo Quijada, que no perdía de vista ni un momento a nuestro señor, se agitó viendo cómo su majestad se apesadumbraba. Daba yo las últimas notas de la canción y un espeso silencio quedaba en la penumbra cálida del salón.

El emperador se puso en pie y se alzaron los comensales con servicial respeto. Alguien levantó la copa proponiendo un brindis. Gritó el gran comendador:

—¡Viva nuestro augusto césar!

—¡Viva! —respondió la concurrencia.

Hizo un gesto con las manos su majestad pidiendo calma y, con voz quebrada, dio un discursito emocionado diciendo estas o parecidas palabras con su metálico acento extranjero:

—Hijos… nuestros caros hijos… Dios premie vuestra lealtad por habernos acompañado a este lugar lejano… Habéis aventurado familias, haciendas y vuestras valiosas personas en nuestro servicio… ¡Dios os lo pague!

Se levantaron sonoros suspiros, y luego algún sollozo, especialmente de entre las damas.

—¡Serenísima majestad… no…! —exclamó don Luis de Ávila lloroso.

—¡Calla tú, comendador, que no por mucho amarme no vas a dejarme decir lo que siento! —le recriminó cariñosamente el rey.

Se hizo de nuevo el silencio. Llevóse la mano al rostro su majestad, se enjugó las lágrimas y prosiguió:

—¿Qué nos queda, sino que el Altísimo nos libre del peso de la vida? Tenemos por cierto que ninguno de los

265

trabajos que hemos hecho para gobernar y administrar estos reinos fue más penoso para nuestro espíritu ni afligió tanto nuestra ánima como el que sentiré al dejaros…

Arreciaron los suspiros. Era aquella una emoción tan grande que recorría el salón y se transmitía a la servidumbre. La voz resonaba, grave y triste, como arrancada de lo más profundo del ser del césar.

—… Y si alguno de esto puede quejarse con razón —prosiguió—, confieso y protesto aquí delante de todos, en este mi último retiro, que sería agraviado sin saberlo yo y muy contra mi voluntad, y pido y ruego a todos los que estáis presentes me perdonéis…

Ya no podía nadie aguantarse y lloró todo el mundo a lágrima tendida.

—¡Quedaos con Dios, hijos caros —concluyó—, quedaos con Dios que en el alma os llevo atravesados!

Un gran murmullo de exhortaciones y lamentos ascendió hasta los techos.

—¡Viva el emperador nuestro señor! —gritaban—. ¡Viva nuestro rey invicto! ¡Viva el césar!…

Salió su majestad apoyado en el brazo de Quijada y fue a perderse por detrás de la cortina de terciopelo rojo. Como una tenaza, una viva pena y un desconsuelo oprimían los corazones embriagados de fatal finitud.

Quédeme yo como un pasmarote, con la vihuela en la mano, siendo testigo de tan triste desenlace.

Y no me endulzó el trance siquiera la moneda de oro de medio ducado que el secretario Gaztelú me puso en la mano a la vez que me palmeaba el hombro y me decía:

—Toma, mozo, por ese lindo villancico que tan rico nos ha sabido.

33

Concluía el año de 1556 y nuestro señor el rey empeoraba de sus males. La gota iba inmovilizando su cuerpo de manera que no gobernaba ya el brazo izquierdo y apenas podía llevarse a la boca el derecho. Los dedos se le agarrotaban y era presa de grandes dolores. Oíase que no dormía en las noches desasosegado por la comezón que sufría en las piernas y por el tormento de las almorranas.

A finales de enero del año nuevo vino a Jarandilla un sabio médico italiano de nombre Giovanni Andrea Mola, el cual era experto en la cura con hierbas. Se le veía con frecuencia observando las plantas que crecían al borde de los caminos, junto a los cauces de las aguas e incluso en las paredes de roca.

Servía yo la bebida al emperador durante un almuerzo y fui testigo de cómo este entendido médico dijo a su majestad que convenía a su salud dejar de beber cerveza. A lo que el césar respondió rotundo que no lo haría y, para enojo del facultativo, hízome seña con la mano de que le llenara el vaso. Cumplida la orden, apuró la bebida y dijo con obstinación a todos:

—Más bien que mal me hace a mí la cerveza, que si dejara de beberla mañana mismo daría en tierra con mi molido cuerpo.

Desfilaron en este tiempo por Jarandilla importantes personajes que venían con sus séquitos y aguardaban pacientemente a ser recibidos en audiencia por su majestad, a veces bajo el frío o la humedad de las nieblas. Servía yo el vino en los banquetes y pude conocer en persona a importantes y nobles señores, como el duque de Gandía, don Francisco de Borja, sacerdote que era de los llamados jesuitas de Ignacio de Loyola; el conde de Olivares; el duque de Escalona, don Fadrique de Zúñiga y numerosos obispos, arzobispos, prelados y abades. A los postres de estos imperiales almuerzos cantaba yo coplas con mi vihuela, pues solía pedírmelo mi señor conde cuando a su majestad le apetecía hacer sobremesa.

Los médicos se enfadaban mucho a causa de este ajetreo que según ellos acentuaba los males del rey.

Los últimos días de enero avisaron del monasterio de Yuste que las obras del palacete estaban concluidas. Iniciáronse inmediatamente los preparativos para el traslado de su majestad y vi llegado el momento de cesar en mi oficio de llenarle la copa y cantar delante de él. Lo cual me apenaba un poco, pues no es cosa corriente el ser galardonado un paje, sin ser hijo de padres cortesanos, con la merced de servir en persona al rey.

Así que ya me tenía advertido mi señora tía la condesa de que aprovechara la mejor oportunidad para solicitar una gracia al césar. Pero como no llegase ese momento, pues ni me preguntó su majestad quién era ni me dio ocasión para hablarle, fue la propia doña Beatriz la que se dirigió al secretario real la noche del banquete de despedida, todavía en el castillo de Jarandilla, y le pidió que me dejase besar la augusta mano de nuestro señor el emperador. A lo que don Martín de Gaztelú contestó solícito:

—¡Ah, claro, señora, cómo no! Han placido mucho a su majestad las canciones del muchacho. Que pida lo que desee, que nuestro señor será generoso recompensando su arte.

Pero no hubo ocasión tampoco esa noche para que me dirigiera al emperador, pues sintióse él muy indispuesto y tuvo que retirarse sin que hubiera vino ni canciones a la sobremesa.

El último día del rey en Jarandilla era 2 de febrero, es decir, la fiesta de la Presentación de Jesús y la Purificación de la Santísima Virgen. Era por lo visto su majestad muy afecto a celebrar con mucha solemnidad esta cristiana fiesta, por lo que pidió ir de madrugada a la iglesia principal de la villa. Fue llevado en su silla y acudimos a acompañarle todos los demás habitantes del castillo, así como los miembros del cortejo real que se concentraron a esperarle en la plaza, delante del templo, cuando aún era noche cerrada.

Hizo la procesión el rey descalzo, llevando una candela encendida en la mano y derramó muchas lágrimas. Oyó luego la Santa Misa, comulgó y estuvo llorando un rato, fijos los ojos en el sagrario. Le veía yo como transido, arrodillado en el reclinatorio, en la penumbra de la iglesia, y me parecía la imagen de un cuadro piadoso.

Se sintió muy bien durante el día su majestad. Se decía por el castillo que esa penitencia y la candela bendecida, llevada a casa, era tenida justamente como dotada de una sobrenatural eficacia para curar los males del alma y del cuerpo.

El caso es que a mediodía estaba dispuesto el emperador a convidar a toda la gente que le servía con un gran banquete, haciendo uso de las muchas viandas que se acumulaban en las despensas, fruto de los constantes regalos.

Hizo una espléndida mañana. Amaneció el cielo limpio, sin nieblas, y las brumas se levantaron. A mediodía lucía un sol radiante y la naturaleza parecía despertar del letargo invernal. Salió su majestad a los patios a recibir la solanilla y aspiró el aire puro. Se le veía contento. Tal vez porque era llegado el día de su ansiado retiro en Yuste.

Antes de la comida, mis señores los condes me llevaron a su presencia. Comparecí ante ellos en el despacho de don Fernán y me hablaron grave y solemnemente:

—Querido sobrino —me dijo doña Beatriz—, no hace falta que te exprese cuánto cariño siento por ti. ¡Como a un hijo te veo ya!, después de llevar un año en esta casa nuestra, sirviendo obedientemente. Y mi señor marido, el conde, también me habla del afecto que te tiene. ¿Verdad, esposo?

—Sí, querido Luis María —dijo él poniéndome afectuosamente las manos en los hombros—. Ya quisiera yo tener un paje como tú en mi casa durante lo que me quede de vida… Pero no sería justo retenerte a nuestro servicio sin dejar que se realizasen en tu persona los sueños de tu señor padre…

—¡Ay, —suspiró la condesa—, mi encantador primo don Luis Monroy! Ha querido Dios que vinieras a caer en mi propia casa, tú, su hijo…

—Y hemos de cumplir lo dispuesto en el codicilo de su testamento —añadió don Fernán—; pues, por mucho que nos agrade tu presencia en esta casa, no sería de buenos cristianos dejar de cumplir la última voluntad de un caballero tan noble y valiente. ¡Quiera Dios que esté en su gloria! Así que hemos de obrar conforme a lo que será lo mejor para ti, cual es mirar porque sigas la carrera de las armas como corresponde a tu linaje y a ese deseo manifestado en el codicilo.

—Pronto cumplirás dieciséis años —observó la condesa—; la edad más adecuada para que te hagas un caballero digno de tus apellidos. ¡Y qué mejor momento que este!, pues tenemos en estos señoríos nada menos que a nuestro señor el emperador. Dios vela por ti, querido; o tu señor padre desde el cielo... ¿Qué te parece?

Me estremecí al escuchar aquellas palabras. Vi llegado el momento que tanto esperaba, y una gran emoción me atenazaba la garganta sin que pudiera contestar a tan cariñosos razonamientos.

—Vamos, di algo —me apremió el conde—. ¿Qué piensas de todo esto?

—Yo..., señores... Lo que manden vuestras mercedes...

—¿No te alegras? —me preguntaba doña Beatriz—. ¿No es lo que querías?

—Sí, sí..., señora. ¿Qué he de hacer pues? —quise saber, impaciente.

—Hoy besarás la mano del emperador —dijo el conde—. Ya hemos hablado de ello con el secretario. Su majestad está muy agradecido por los servicios que le hemos prestado durante su alojamiento en nuestra casa y estará dispuesto a complacernos en cuanto solicitemos a su benignidad. Así que le rogaremos que tenga a bien admitirte en una hueste digna.

—Él sabrá qué ha de ser lo mejor para ti —añadió la condesa—, en atención a nosotros. Rogaremos que te envíe al servicio del mejor de sus generales. Ya verás cómo ha de complacernos en esto.

—Gracias —balbucí—, muchas gracias, señores…
¡Que Dios os lo pague!

En torno a mediodía fueron llegando muchos pobres a la puerta del castillo, pues pronto corrió la voz de que el emperador partía inminentemente para el cenobio de Yuste. Vino también la Santa Hermandad para poner orden y un buen número de alguaciles y guardas de campo fueron apostándose en los caminos. Los regidores de las villas vecinas se hicieron asimismo presentes, para ver la manera de sacar tajada de la marcha del césar. En fin, se congregó más gente en Jarandilla que el día de la llegada de su majestad en noviembre.

Repartieron generosamente los mayordomos reales muchas viandas, dineros y otros bienes en nombre de nuestro señor. Salió muy bien parado el alcaide del castillo con toda su familia y los curas, regidores e hidalgos de Jarandilla también recibieron lo suyo. Y para festejar el señalado día que era, se dio vino abundante, tocino y panecillos para cuantos se concentraban aguardando para ver y vitorear a su rey.

El banquete se sirvió tarde, pues quiso su majestad terminar las audiencias antes de comer. Así que estuvo el séquito aguardando un largo rato sentado a la mesa y me pidió el conde que amenizara la espera cantando una copla.

Entró por fin el emperador en el salón y se le recibió con vítores emocionados, como era el caso. No hubo discursos ni palabras algunas, salvo el rezo de acción de gracias. Sobre los manteles estaban dispuestos los candeleros con las llamas encendidas, traídas de la candela bendecida con motivo de la fiesta. Se sirvió la comida, exquisita y abundante, y los comensales se aplicaron a ella con voraz apetito, por lo tardío de la hora.

A los postres me tocó cantar. Elegí un romance de Fuenllana que gustó mucho al personal.

> *De Antequera, sale el moro,*
> *de Antequera se salía,*
> *cartas llevaba en su mano,*
> *cartas de mensajería.*
> *Encontrado ha con el rey,*
> *que del Alhama salía:*
> *¿Qué nuevas me traes, moro,*
> *de Antequera esa mi villa?*
> *De día le dan combate,*
> *de noche hacen la mina,*
> *si no socorres al rey,*
> *tu villa se perdería.*

Acabada la canción, el señor Gaztelú me hizo una seña y vi que la condesa me animaba a acercarme con asentimientos de cabeza y gentiles sonrisas. Me llegué adonde el rey andando encorvado, en sumisa reverencia.

—Este es el joven del que os hablé, majestad —le dijo el secretario al rey.

—Álzate, mozo —me dijo el emperador con metálica y grave voz que me puso los pelos de punta.

Contraviniendo la recomendación que se me había hecho, no pude evitar poner la mirada en sus ojos. Tenía su majestad unas pupilas muy claras, perdidas como en una tristeza cansina. Causaba su rostro mucho respeto y algo de lástima.

—Así que quieres servir a su majestad en los ejércitos imperiales —dijo Gaztelú.

—Sí, señor —asentí.

—Sea —sentenció el emperador—. Que vaya a po-

273

nerse a las órdenes de don Álvaro de Sande, como quedamos con el conde de Oropesa —dicho esto, extendió la mano para que yo se la besara y añadió—: Me ha complacido mucho escucharte cantar, muchacho. ¡Que Dios todopoderoso te acompañe!

Besé la mano del césar sintiéndome muy afortunado y me retiré despacio, sin darle la espalda.

Esa tarde busqué a Inés para compartir con ella tan importante momento de mi vida. La encontré en los jardines, donde estaba con Margarita disfrutando de los últimos rayos de sol vespertino. Si no fuera porque los árboles estaban desnudos de hojas, el cálido ambiente y la luz de este día radiante parecían ser de primavera.

Nada más verme aparecer por detrás de unos setos, vino ella hacia mí y me abrazó sin reparos. Luego sollozó un rato sin soltarse de mi cuello, diciéndome al oído cariñosas palabras.

—Ay, querido mío, mi amor… ¡Cuánto sentiré que te marches!

—Ah, ya lo sabías —dije.

—Claro, la condesa me contó todo antes del banquete.

Margarita, que estaba unos pasos más allá, exclamó con ironía:

—¡Oh, qué tierna y linda escena! ¡Ya se separan los amantes! ¡Parte él y queda ella, llorando!

—¡Margarita! —la increpó Inés—. ¿No tienes corazón?

—Me iré —contestó Margarita—. Os dejaré solos con vuestras penas y lamentaciones. —Y dicho esto se fue aprisa de allí.

Fuimos Inés y yo a sentarnos al banco de piedra. Nos mirábamos el uno al otro con ojos raros. Sentía yo de verdad en mi alma tener que alejarme de ella, pero no podía evitar el pensamiento de que Inés vivía todo esto como un capítulo de una de las novelas a las que tan aficionada era. Pues no dejaba de asaltarme la duda acerca de si me quiso de verdad alguna vez. Sobre todo en los últimos tiempos.

—Te echaré mucho de menos, querido —decía con lágrimas en los ojos, endulzando mucho la voz.

—¿De veras?

—¿Por qué lo dudas? He sido muy feliz todo este tiempo, primo amado. Cada vez que cante, no podré evitar acordarme de ti.

—Yo también te recordaré siempre que eche mano a la vihuela. Tú me enseñaste a tañer y a cantar, Inés.

—Eso me consuela mucho, querido —aseguró con una sonrisa triste—. Sé que, aunque pases por momentos difíciles, la música te ayudará a aliviar los amargos tragos de la vida. Y tú estás hecho para tañer y cantar, Luis María, no olvides nunca eso.

—Bueno, ahora quiero ser caballero.

—¡Claro, cielo! Una cosa no quita a la otra. ¡Ah, los hombres y vuestras armas!

—Pienso regresar...

—¡Huy! ¡Sabe Dios cuándo volveremos a vernos! —suspiró mirando a los cielos.

—¿Vas a casarte finalmente con ese caballero toledano? —le pregunté.

—¿Qué he de hacer si no? —contestó resignada—. Tú te debes ahora a tus armas y yo... Al oficio de las mujeres... ¡Ay, qué vida esta!

—¿Serás feliz?

—¿Lo serás tú?

Nos quedamos en silencio, mirándonos. Era un momento muy triste. El cielo se iba tiñendo de tonos morados y parecía disiparse el engaño de aquel día de invierno que nos hizo creer que era primavera, a medida que un airecillo frío traía las brumas desde los bosques sin hojas.

—Entremos dentro, que refresca —dijo apartándose de mí para recoger su capote y la vihuela que estaban sobre el banco de piedra.

—Cantemos algo antes —propuse—, para espantar esta pena.

Asintió con un movimiento de cabeza, sujetó la vihuela y comenzó una copla:

> *Quién te hizo así, mi amor,*
> *sin gasajo y sin placer*
> *que tú alegre solías ser,*
> *que tú alegre solías ser...*

Se le quebró la voz en un gemido y rompió a llorar. Entonces proseguí yo, sacando fuerzas de flaqueza:

> *Solías con tus cantares*
> *el mal ajeno alegrar,*
> *y agora causas pesares*
> *a quien te quiere escuchar...*

Se sumó ella de nuevo al canto y los dos, sonrientes y llorosos, pusimos remate a la canción con bríos, para vencer tanta tristeza:

> *Ya yo perdí el cantar*
> *y también perdí el tañer*
> *que yo alegre solía ser,*
> *que yo alegre solía ser.*

LIBRO IV

DE CÓMO DON LUIS MARÍA MONROY SE
ALISTÓ EN EL TERCIO DE ITALIA, EN LA
MILICIA QUE ARMARA EL CAPITÁN DON
JERÓNIMO DE SANDE DESDE CÁCERES A
MÁLAGA, POR MÉRIDA, CÓRDOBA Y
ANTEQUERA; EMBARCÁNDOSE PARA
GÉNOVA Y YENDO A PARAR A LA INFAN-
TERÍA DE ESPAÑOLES DE LA BANDERA DE
DON ÁLVARO DE SANDE EN LOMBARDÍA.

34

Partí de la Vera de Plasencia a mediados de marzo del año del Señor de 1557, con los dieciséis años recién cumplidos, y harto de escuchar a unos y otros que esta era la edad más adecuada para echarse al mundo. Así que, reparando poco en mi mocedad, me creía ya hombre, sin darme cuenta de que no era otra cosa que un tierno polluelo apenas salido del cascarón.

Llevaba conmigo todas mis pertenencias: la yegua que heredé de mi señor padre, las buenas ropas que me regaló mi tía doña Beatriz, mis armas, los cuartos que me diera mi abuela en Jerez, los cuales conservaba intactos, y la recompensa del conde de Oropesa por haberle servido, que no fue menuda. Pero el más preciado de los enseres que portaba era sin duda el manojo de cartas de recomendación que habrían de franquearme las puertas del ejército: la del secretario del emperador, sobre todo; además de otras del gran comendador de Alcántara, de don Fernán y de don Francisco de Toledo. No me faltaban pues asideros donde agarrarme e iba por ello contento y muy seguro de que las dichas puertas no se me cerrarían. También llevaba la vihuela que Inés me dio como recuerdo suyo, y estaba dispuesto a no olvidar el arte de tañer compostura ni las coplas que aprendí della, convencido por su boca de que la música formaba parte de mi persona.

Tal era la ilusión por llegar a mi destino, que me hice casi de una sentada las diez leguas que separan Jarandilla de la ciudad de Plasencia. Descendí luego hacia el sur por la vieja vía militar que llaman de la Plata y en dos jornadas de camino me puse en Cáceres. Los cielos eran azules, los frutales estaban en flor, el tomillo y el cantueso perfumaban los montes, y la calzada serpenteaba llevándome entre cercas de piedra, olivares, casitas de campesinos y huertos muy bien regados por un sinfín de acequias. Allá, en lo alto de la loma, la ciudad era majestuosa, con sus torres y murallas muy elevadas y gallardas, de entre las que asomaban algunos sobrios palacios y las espadañas y los campanarios de las iglesias, coronados con nidos de cigüeñas.

Llegueme donde el cuartel de la Santa Hermandad y pregunté por la Caja de Reclutamiento, a lo que me respondieron que no había llamamiento por entonces a la milicia. Me quedé desconcertado y sin saber qué hacer. Pero, a resultas de la conversación que mantuve con el oficial de guardia, supe que el tal general don Álvaro de Sande, para quien llevaba mis credenciales, tenía muchos familiares en Cáceres, los cuales vivían en el barrio noble, en la parte más alta de la ciudad.

Hacia allí encaminé mis pasos y fuime hasta una grande y antigua iglesia que me indicaron, llamada de San Mateo. Entré en la fresca oscuridad del templo y un sacristán me dijo que, efectivamente, era el tal Sande bautizado en esa parroquia. Enseguida se puso a hablarme de la importancia de tan alto militar, de las hazañas que se contaban dél, y de los muchos y renombrados cargos que ejercía al servicio de la causa de nuestro señor el emperador en los tercios de Italia. El propio acólito se ofreció muy amablemente a llevarme a la vivienda de los Sande, la cual estaba situada tras la misma iglesia donde nos hallábamos.

Llegados a la puerta de la casa solariega salió a recibirme la cuñada del general, la señora de Valonado, la cual era viuda del hermano mayor de don Álvaro y, muy anciana, estaba para pocas entendederas. Fue una hija suya la que me indicó que fuese a un caserón cercano donde vivía un primo suyo que podría mejor informarme de las cosas de su señor tío.

Y debía de guiarme mi ángel de la guarda, porque no pude ir a parar a sitio más adecuado para cumplir con el menester que me traía entre manos. Resulta que el pariente al que me mandó la sobrina de don Álvaro era nada menos que don Jerónimo de Sande, sobrino carnal del general, el cual servía de oficial en el tercio de su tío en Sicilia y, ¡oh, casualidad!, se encontraba por estas fechas en Cáceres, disfrutando del descanso que el ejército permitía a los militares después de una dura campaña.

Era don Jerónimo un joven caballero de unos veinticinco años, de gran apostura, muy rubio, esbelto y de fuertes hombros, el cual me atendió enseguida con amabilidad. Le expuse lo que a él me llevaba y le mostré las cartas de recomendación que portaba. Escuchó atentamente mi perorata y leyó las cartas, asintiendo con leves movimientos de cabeza. Luego me miró, extendió los brazos y, muy sonriente, exclamó:

—¡No podrías haber llegado a mejor puerto, muchacho!

Y como me quedara yo mirándole extrañado, por no saber a qué se refería diciendo esto, explicó:

—Es una expresión de marineros. Quiere decir que has llegado al lugar oportuno en el momento justo. Precisamente estoy yo aquí para reunir gente y llevarla al tercio de mi señor tío, don Álvaro de Sande. No ha dos semanas que vine a mi casa y aún no he comenzado el llamamiento; cuando, ¡vive Dios!, llegas tú aquí con una carta nada menos que de nuestro señor el emperador. A buena fe que me parece ser esto un buen presagio. Pues te diré una cosa, muchacho: serás tú el primero de los soldados de la primera compañía que voy a armar. ¿Qué te parece?

Abrumado por esta reacción del joven oficial, casi doy un salto de alegría.

—¡Aquí estoy para lo que se demande de mi persona! —exclamé—. Para eso he venido, señor.

Jerónimo de Sande me echó el brazo por encima de los hombros y me condujo cariñosamente al interior de su casa. Me presentó a su familia, padres y hermanos, los cuales me parecieron gente muy noble y distinguida. Luego llamó a un lacayo y le ordenó que trajera vino y algo de comer y me invitó a sentarme con él en un precioso patio, en cuyo centro había un pozo. En alguna parte estaría colgada la jaula de un pájaro cantor que se desgañitaba con un bello gorjeo.

—Así que eres un Monroy —me dijo don Jerónimo.

—Y Villalobos —añadí ufano.

—Claro, claro, Villalobos también. Pues hay Villalobos aquí, en Cáceres.

—Ya lo sé —asentí—. Son parientes de mi madre a los cuales he de visitar.

—Yo te acompañaré —se ofreció—. Son muy buenos

amigos de nuestra familia. Aunque... es posible que en estas fechas estén viviendo en el campo, pues tienen una buena cortijada cerca de Trujillo.

Hablamos y hablamos como si nos conociéramos de toda la vida. Era muy agradable de trato él desde el primer momento y se manifestaba conmigo con mucha amabilidad. Después de contarle yo cosas de mi familia y linaje, así como lo que había hecho hasta entonces, comenzó él a explicarme cómo funcionaba el tercio y los proyectos que tenía para reclutar gente por toda Extremadura y parte de Andalucía.

Había venido este sobrino de don Álvaro de Sande a España con el único propósito de reunir al menos cuatro compañías de soldados para engrosar el tercio de su tío, que era el de Lombardía. Cada tercio estaba compuesto por tres mil hombres organizados en tres coronelías, cada una de las cuales comprendía a su vez a cuatro compañías. El cometido de Jerónimo de Sande era pues conseguir levantar mil reclutas para formar la unidad y llevarlos a Milán, donde serían instruidos como soldados de infantería e ir luego a servir a la causa de nuestros reinos en las guerras que se terciasen.

Me explicó asimismo cómo tenía previsto hacer el levantamiento de toda esta gente. Había mandado ya cartas a los diversos municipios de la región y debía luego recorrerlos para alistar al personal. Suponía esto atravesar Extremadura de arriba abajo y seguir por Andalucía hasta Córdoba y de ahí a Málaga para embarcarlos con destino a Italia.

—¿Y cuánto se ha de tardar en hacer todo esto? —quise saber.

—¡Uf! Por lo menos un año.

—¿Tanto?

—Naturalmente. Hay que llevar la Caja de un sitio a otro y detenerse siquiera un par de noches en cada municipio. En las ciudades importantes es necesario parar una semana como mínimo, y en las capitales veinte días o incluso un mes, que es lo que tengo pensado para Córdoba. Como comprenderás, hay que ir adiestrando a la gente por el camino, pues recién reclutados están cerriles y se creen que todo el monte es orégano. ¡Vive Dios que es esto lo más complicado!

—¿Y quién se encargará de eso? —pregunté en mi ignorancia—. ¿Vuestra merced solo?

—¡Ja, ja, ja…! —Reía ante mi poco conocimiento del asunto—. ¡Cómo comprendes! ¡Me comerían entre todos!

—¿Entonces?

—Traigo conmigo oficiales viejos y pláticos que se las saben todas, los cuales son harto duchos en manejar incluso a la chusma más rebelde. Ya los irás conociendo.

—Pero… serán los reclutas jóvenes hijos de padres militares que les habrán ya advertido —observé ingenuamente—. Yo pensaba que esto del ejército era cosa de padres a hijos, cuando no de abuelos a nietos…

—¡Huy, dónde estarán esos tiempos! —exclamó sorprendido una vez más por mi ignorancia—. ¡No ha lustros que pasó esa clase de ejército! Mira, muchacho, hoy día la procedencia de los soldados es muy diversa; forman las filas de los tercios simples campesinos, aventureros, gente sin otra posibilidad para seguir adelante, incluso pícaros, maltrapillos y chusma de mal vivir. —Se quedó pensativo, con una mueca triste, y añadió—: ¡Tiene poca salud el ejército en estos tiempos! Pero… ¡no quiero yo desanimarte, hombre! —Me dio una palmada en el hombro.

—No me desanimaré —aseguré—. ¡Son tantas las ganas que tengo de entrar en este negocio! Mi señor abuelo, don Álvaro de Villalobos, fue maestre de campo y mi padre, don Luis Monroy, capitán de los tercios. Solo he oído cosas buenas acerca de la milicia en mi casa.

—¡Así me gusta! Gente como tú es la que hace falta. Y puedes estar seguro de que viniendo de tan buena cepa habrás de llegar muy alto en el tercio de don Álvaro de Sande.

—Haré todo lo que buenamente pueda.

Esa misma tarde visité a los parientes de mi madre, los cuales me acogieron cariñosamente y tuvieron a bien alojarme en su casa mientras estuviera en Cáceres.

35

Permanecí en Cáceres durante todo el mes de marzo y parte de abril, asistiendo a don Jerónimo de Sande como paje y ayudante suyo, pues no tardó en darme gentilmente este cometido cuando vio que el uso de las armas no tenía secretos para mí y él, lejos de afearme mi educación propia de los antiguos señoríos, lo alababa mucho y se holgaba sobremanera al ver mis costumbres.

—¡Ah —solía suspirar—, qué tiempos aquellos, los de las viejas huestes!

Porque él también fue educado como caballero en su mocedad, lo cual decía que le sirvió siempre mucho, pues aseguraba ser un militar convencido de haber nacido para esto y para ninguna otra cosa.

—Yo también siento eso —me sinceraba.

—Ya se ve, Monroy —decía—; no hace falta que lo jures.

Por sus explicaciones fui conociendo que los usos del ejército habían cambiado mucho en las últimas décadas. Aquellas antiguas huestes de caballería ligera, hombres de armas y ballesteros, básicamente, poco tenían que hacer en las modernas batallas. Eso, para los tiempos de la Reconquista, resultaba más que suficiente, aunque no en las guerras de Europa, frente a unidades de arcabuceros y piqueros que deshacían a los caballos en un abrir y cerrar de ojos. Las armas de fuego y la infantería llevaban ahora la voz cantante. Lo cual no quería decir que desaparecieran los caballos ligeros. Eran estos tiempos, pues, propios de soldados mercenarios y gente plebeya; no faltando los nobles y los hidalgos en busca de fortuna, los cuales conservaban el privilegio y la consideración de ser nombrados como soldados principales.

Es de comprender, por lo dicho, que don Jerónimo de Sande se alegrara tanto al conocer mi origen y que ya desde un primer momento me escogiera para su servicio directo.

—Buena madera no te falta —me decía halagüeño—; tienes noble carácter, eres humilde y servicial. ¡Ya haré yo de ti un buen militar, muchacho!

Al escuchar estas cosas y otras semejantes se inflaban mis vanidades y empezaba yo a disfrutar de unos aires de superioridad nada beneficiosos para mi ánima.

A primeros de abril llegó a Cáceres el lugarteniente de don Jerónimo de Sande. Venía de hacer una gira por las comarcas vecinas para reclutar gente y trajo consigo medio centenar de hombres. Fueron acudiendo en los días siguientes otros oficiales con la gente levantada en las aldeas de las sierras, en Trujillo y en algunas villas importantes. Con esto, quedaba concluida la primera parte del reclutamiento. Debía partirse ahora hacia el sur para ir haciendo por el camino el resto del trabajo.

Don Jerónimo, por su parte, se había dedicado a visitar las nobles casas de Cáceres y las familias de los hidalgos para engrosar el cuerpo de soldados principales. Y no quedó descontento con el resultado de su gestión, pues se le unieron una decena de jóvenes, algunos de ellos con apellidos tan resonantes como Ovando, Ulloa, Carvajal o Golfín, que eran los linajes más principales de la ciudad.

—No ha estado mal la cosa este año —se felicitaba don Jerónimo—; para lo malos que andan los tiempos…

Yo le preparaba diligentemente las listas, con todo detalle: filiación, edad, dirección y méritos. Para llevar apenas mes y medio de servicio, no podía quejarme por falta de consideración. Y ya procuraba hacer muy bien cuanto se me encomendaba, para no defraudar a quien iba a ser mi jefe.

El lugarteniente de don Jerónimo era un veterano alférez que se llamaba Gumersindo Muñoz, el cual era conocido amigablemente por todos como el alférez Gume, o señor Gume, a secas. Era este un soldado de mucha edad y sabiduría; gruñón, malhablado y hosco de apariencia, aunque enseguida se veía que su pecho albergaba un buen corazón. Su aspecto era desaliñado y sucio. Usaba el uniforme a su manera, de forma arbitraria, con chalecos de cuero y correas cruzándole el cuerpo; los gregüescos y las calzas que llevaba eran de indefinido color y la gorra que cubría su calva, vieja y grasienta, hasta el punto de no saberse de qué material estaba confeccionada. La barba canosa, larga, le caía más abajo del cuello y solía darse tirones y sobársela cuando estaba nervioso. Me sorprendió que hablara de tú a don Jerónimo. Pero luego supe que se conocían desde que este era muchacho y que —cosas del ejército— al principio estuvo don Jerónimo bajo el mando del alférez y luego, ascendido a capitán el primero, tomó al señor Gume a su servicio. Sería por esto que decidían sobre los asuntos casi a la par e incluso discutían y hasta se faltaban al respeto cuando estaban en privado. En fin, se veía con claridad que don Jerónimo no podía hacer nada sin su lugarteniente, por mucho que de vez en cuando renegara dél.

Cuando el alférez Gume me vio por primera vez, se me quedó mirando con el ceño fruncido sobre unos agudos ojos y exclamó:

—¡Carajo, mozo…! ¿De qué demonios te conozco yo a ti?

—No lo sé, señor —contesté—. Soy de Jerez de los Caballeros.

—¿De Jerez? —observó, sobándose la barba canosa—. Hummm… No conozco a nadie de Jerez…

—Le envía nada menos que el emperador nuestro señor —le explicó don Jerónimo—. Aquí donde lo ves, sirvió la mesa de su majestad en Yuste.

—¡Me cago en los moros! —exclamó el señor Gume—. ¡Menuda recomendación!

Otro de los oficiales que acompañaban al capitán se llamaba Cristóbal Pacheco. Era este un caballero alto, encorvado, con aire de enfermo; muy reservado y silencioso, que solía ver todo negro, y por ello chocaba frecuentemente con don Jerónimo, que era propenso a ver y juzgar las cosas por el lado más favorable. Pero con quien se llevaba a matar este oficial Pacheco era con el señor Gume, el cual le decía irónicamente «el tristón de Pacheco».

Estaba también entre los mandos de esta compañía de reclutamiento otro alférez llamado Juan de Baena, un andaluz de unos cuarenta años, muy cordial, grueso, barbudo y sonriente, que iba a lo suyo, preocupado más por comer y beber que por cualquier otra cosa del tercio.

Con estos jefes al frente, con los caballeros que se nos unieron en Cáceres y con un centenar de jóvenes reclutas, partimos hacia el sur por la vía real una fresca madrugada de mediados de abril. Era la nuestra una fila de gente variopinta; a lomos de buenos corceles unos, en mulas, en jumento o a pie otros, que más se parecía a una banda de aventureros que a una compañía del ejército, por muy en formación que estuviese. Y lo peor era que los más de los hombres iban sin vituallas y hambreaban, por lo que su cantinela era un continuo suplicar alimentos.

Me causaba a mí gran pesar esta situación y comunicaba a don Jerónimo discretamente mi preocupación a medida que hacíamos leguas de camino, y veía que esa pobre gente no tenía qué llevarse a la boca.

—¡No te preocupes, Monroy, que esto es así! —me respondía mi jefe—. Ya encontraremos con qué alimentarnos. Dios proveerá. Y no te angusties, que estos están muy acostumbrados a pasar necesidades. ¿Por qué crees si no que se alistaron?

El caso es que, antes de llegar a Mérida, se vio a unos cerdos pastando en montanera en unas bonitas dehesas no muy lejos de un pequeño pueblo. Los hombres empezaron entonces a ponerse nerviosos y gritaban:

—¡Señor capitán, denos licencia para abastecernos! ¡Que morimos, señor capitán! ¡Tenemos hambre!

Nos detuvimos junto a un arroyuelo y nos sentamos a descansar en un prado. Sacamos allí cada uno lo que llevaba para comer. Yo tenía algo de chacina, panecillos, queso, almendras y un buen pedazo de tocino, así que no tenía por qué padecer. Pero me movía a compasión ver a esos pobres reclutas que se ponían a distancia a mirarnos con ojos caninos.

—No des nada a esos —me advirtió el señor Gume—. Que por hacer caridad te verás perdido y los tendrás todo el tiempo encima.

—¿Cómo van a seguir sin comer? —dije muy compadecido—. No es de cristianos estar aquí llenándose la panza mientras ellos pasan necesidad. Dentro de poco no podrán ni caminar.

—¡Ja, ja, ja…! —rieron a coro los oficiales y veteranos.

—¿Qué eres tú? —dijo con sorna el alférez Baena—. ¿Una monja de los pobres?

—¡Ja, ja, ja…! —reían los otros.

—Dejad al muchacho en paz —terciaba en favor mío el capitán—. ¿No veis que es nuevo y no está acostumbrado? Esa compasión le honra.

El caso es que no era yo capaz de comer a la vista de los reclutas hambrientos y me retiré a echarme debajo de una encina sin probar bocado.

Iba cayendo la tarde cuando avanzábamos por la carretera y cabalgaba yo detrás del capitán, muy próximo a su corcel. Entonces se llegó hasta nosotros el señor Gume, que solía ir con los reclutas de a pie, y le dijo a don Jerónimo:

—Oye, Sande, esos de atrás están caninos. Mañana al mediodía llegaremos a Mérida y ¡vive Dios que harán un desatino si les damos suelta!

—Sí —asintió el capitán—, tienes razón. No he visto gente más hambrina y pobretona que la de hogaño. Habrá que ir pensando en algo.

—¿Procedo a dar orden de abasto más adelante? —preguntó Gume.

—¿Cuánto ha que no comen?

—No tienen en las talegas nada de nada, Sande. Ha sido por lo visto este un año de muy malas cosechas y

291

arrastran hambre atrasada. Algunos llevan una semana e incluso más con algunos mendrugos y agua.

—Pues proceda y no se hable más.

Me preguntaba yo qué sería eso del «abasto» y cómo se las apañaría el señor Gume para solucionar el problema, que a mi parecer era irresoluble.

Un poco más adelante el camino pasaba junto a una cortijada. Los pastores reunían su rebaño para meterlo en los apriscos y los mastines nos ladraban a distancia. Enseguida salieron los campesinos, los guardas y los menestrales a curiosear al borde del camino. Los saludó muy amablemente el capitán.

—¡A las buenas de Dios, buena gente!

Se inclinaron los del cortijo con mucho respeto y sonrieron con encías desdentadas.

—¡Alto la compañía! —gritó el señor Gume.

Nos detuvimos obedeciendo la orden. Se hizo un gran silencio en el que casi podía escucharse cómo se relamían los famélicos reclutas al ver el ganado.

—Proceda al abasto, alférez Gume —ordenó don Jerónimo.

Sin que se diera ninguna otra orden, sucedió inmediatamente algo que me dejó pasmado. En loca carrera, los veteranos se lanzaron sobre el ganado como una manada de lobos y, al verlo, lo mismo hicieron los reclutas; pero estos con más ferocidad si cabe, por el hambre que arrastraban. Echaron mano a los corderos y comenzaron a degollarlos sin contemplaciones. Los pastores, desconcertados, corrían de acá para allá gritando:

—¡No, por amor de Dios! ¡No, señor capitán! ¡Tenga a sus hombres! ¡Que es nuestro sustento! ¡Tenga a sus hombres, por caridad!

Se hincaban de rodillas, se mesaban los cabellos, sollozaban, suplicaban, pataleaban... Pero don Jerónimo, impasible, solo decía de vez en cuando:

—¡Lo necesario, muchachos! ¡Ni un animal más de lo necesario! ¡No os ensañéis, que habrá castigo!

Por lo menos mataron veinte borregos. También echaron mano a los gallos y gallinas y a cuantos huevos había en el ponedero. Uno de los veteranos se metió por los graneros y vino al punto con un saco de garbanzos al hombro exclamando:

—¡Señor capitán, ahí hay legumbres, trigo, cebada... y vino, mucho vino!

—¡Hala, requisadlo! —les mandó don Jerónimo—. Pero no todo; dejad algo para el cortijo.

Pronto estaban los sacos sobre las carretas donde iban las armas, toldos, ollas y otros enseres.

En esto llegó a galope tendido el que decía ser el dueño del cortijo, que debía de estar en unos campos cercanos. Maldecía y pedía explicaciones hecho una fiera.

—¡Qué bellaquería es esta! ¡Quién va a pagarme este desaguisado! ¡Ladrones! ¡Yo pago el alcabalazo como Dios manda y no hay derecho a que se me robe de esta manera!

Don Jerónimo sacó entonces la espada, se fue e él muy serio y le advirtió:

—¡Cuidado, señor mío! Que estos abastos son para el ejército del emperador nuestro señor.

Luego ordenó al oficial Cristóbal Pacheco, que llevaba los papeles, que le extendiera un documento dando cuenta de cuanto fue requisado; lo firmó y se lo entregó al amo del cortijo.

—¿Y para qué diantres quiero esto? —protestó el propietario.

—Llevadlo a la Real Hacienda y se os eximirá del tributo.

—¿Eh? ¿Del tributo...? ¡Pero si ya lo he pagado! ¡Me cago en...!

—¡A callar! —le mandó el señor Gume—. ¡Cuidado con ofender, que representamos a su majestad!

Nos fuimos de allí prestos, con la requisa hecha. Un poco más allá, se dio orden de montar el campamento y los hombres encendieron hogueras para cocinar los alimentos. No tardó en oler a carne asada. Los hambrientos reclutas se dieron un festín digno de un palacio, de manera que rebrotó el ánimo y, una vez llenos los estómagos, se pusieron a cantar coplas de sus pueblos, a contar historias y a charlar muy divertidos.

Estaba yo a la diestra de don Jerónimo, sin salir de mi asombro, al haber visto por primera vez estos usos del ejército.

—¿Has visto cómo Dios provee? —me preguntó.

—Sí, señor —balbucí—, aunque... ¿está bien esto que hemos hecho? ¿Es de ley?

—¿Cómo de ley? —exclamó estirando el cuello, extrañado—. ¿Qué quieres decir, muchacho?

—No sé... Me parece que quitarles sus ganados a esa buena gente, así, sin más...

Hizo él una mueca comprensiva ante mi ignorancia y me dio unas convincentes razones:

—Mira, Monroy —dijo, con sus azules ojos muy abiertos y haciendo expresivos gestos con los dedos—, los reinos funcionan de esta manera: el rey y sus Cortes gobiernan y dictan leyes en el nombre de nuestro Dios, pues hacen las veces dél en la Tierra; los sacerdotes contribuyen al bienestar del reino con sus oraciones; la Santa Hermandad y la alguacilería cuida del orden; el hombre llano, esto es, campesinos, propietarios de tierras de labranza y ganaderos, sustentan el reino con los productos de su trabajo; y el ejército lo defiende de los enemigos con las armas. ¿Comprendes? Ese es el orden del mundo y no hay otro. Resulta que esas buenas y pacíficas gentes, a las que hemos requisado las vituallas, pueden estar en sus tierras y dedicarse a sus labores gracias a que los soldados dan la vida para que haya paz. ¿Qué sería del reino sin el ejército?... ¡Nadie podría trabajar!... ¡Ni vivir! Así que deben contribuir a sostenernos, pues, dedicados nosotros a las armas, no podemos ganarnos el sustento.

—Visto de esa manera...

—¡Pues claro, hombre! —sentenció—. Es, desde luego, un desastre que te caiga una compañía de soldados en la propiedad; pero, si quiere Dios que esto suceda, es porque tienes paz para cultivar la tierra y criar ganados. ¡Peor sería que vinieran moros a conquistar estas tierras! Entonces sí que lo perderíamos todo.

Estos razonamientos me dejaron muy conforme. Admiraba yo ese ánimo con que don Jerónimo encontraba explicaciones para todo y me sosegaba mucho ver la tranquilidad con que ejercía su oficio. Ya me iba dando cuenta de que era un caballero valiente y decidido.

36

Media legua antes de llegar a las puertas de Mérida, divisamos a lo lejos una banda de gente armada que venía a caballo hacia nosotros.

—¡Huy, qué mala espina me da esto! —dijo el señor Gume—. A ver si va a ser gente avisada por el dueño del cortijo en el que requisamos los abastos, y vienen a tomar venganza.

—Pues que vengan —observó tan campante el capitán—, que aquí los esperaremos.

—¡Alto! —ordenó Gume a la tropa.

Nos detuvimos en un altozano a ver en qué paraba aquello. A medida que se acercaban íbamos distinguiendo con mayor detalle el aspecto que traían: serían más de un centenar de caballeros que galopaban sobre unos caballejos no demasiado vistosos, con barbas largas que agitaba el viento, cubiertas las cabezas con cascos antiguos, celadas o simples caperuzas de cuero; las corazas y cotas de malla estaban oxidadas, y las armas eran de los tiempos del Cid.

—¿Mando a los veteranos que carguen los arcabuces? —preguntó Gume al capitán.

—No nos dará tiempo —repuso don Jerónimo sin inmutarse demasiado—; mientras sacamos las piezas de las carretas y preparamos las mechas, los tendremos encima. Pero... ¡no hay de qué temer! No creo que se atrevan con las tropas del rey.

—¡Uf, esa gente es muy bruta! —aseguró Pacheco—. Pongámonos en guardia que nos darán que sentir.

—¡No hay que preocuparse! —insistió con energía el capitán picando espuelas y adelantándose hacia los de Mérida.

Le vimos galopar y detenerse en mitad del trayecto. Los que venían llevaban las lanzas en ristre e iban al trote a su encuentro, levantando mucho polvo y armando algarada.

—¡Qué temeridad! —exclamaba Pacheco—. ¡Sande está loco!

—Dejémosle —observó Gume—, que sabe él lo que se hace.

Vimos cómo los de Mérida rodeaban al capitán, hablando a voz en grito y gesticulando. Como no entendíamos lo que decían, suponíamos que le echaban en cara con enojo lo del cortijo. Pero enseguida vimos que se estrechaban la mano amigablemente y venían todos hacia nosotros.

—¡No hay problema! —nos gritaba don Jerónimo mientras se acercaba—. ¡Es gente que viene a unirse a la compañía!

—¡Anda! —dijo Gume—. Si resulta que son los hombres levantados en Mérida y su comarca. Se ve que los bandos mandados al corregidor han dado sus frutos. ¡Pues habrá más de un ciento de almas en esa tropa! ¡Menuda pesca!

Hubo mucho contento entre los oficiales por este

acontecimiento. Los hombres que venían a alistarse eran sobre todo hidalgos e hijos de familias de agricultores que veían su única salida en el ejército, por haber sido los últimos años duros, por las malas cosechas, las enfermedades y el hambre. Eran estas tierras muy pobres y en tiempos difíciles suponía la milicia una gran solución para los jóvenes. Así que estaban estos «pretendientes» encantados de que la Caja viniera a su ciudad para poder alistarse. La voz había corrido durante semanas por los pueblos vecinos y vino también mucha gente del otro lado del río Guadiana y de las comarcas del sur.

Permanecimos dos semanas en Mérida, donde la cosa se dio de maravilla. Don Jerónimo estaba encantado, pues veía que a este paso juntaría la tropa antes de lo previsto.

—Ya se sabe —comentaba—, los años de hambruna son los mejores para la milicia. Es una lástima, pero la panza llena no da buenos soldados, como bien suele decir mi señor tío, don Álvaro de Sande.

Antes de partir a continuar nuestro camino hacia el sur, llegó para alistarse otra buena fila de hombres. Venían estos de Badajoz y de tierras de Portugal; era gente de la frontera que cabalgaba sobre sus caballos luengos y flacos, con guarniciones muy rudimentarias, sillas de jineta y bridas de cuero de jabalí.

—¡Madre mía! —exclamó el señor Gume al verlos—. ¿De dónde carajo salen estos? ¡Si parecen de los tiempos de Fernán González!

Resultaron ser hombres dispuestos y obedientes, que venían preparados para lo que se les mandase y no dieron mayores problemas que la necesidad de abastecerlos desde el primer día, ya que, como casi todo el mundo que se alistaba, estaban pelados de dineros y viandas.

Eran los primeros días de mayo cuando proseguimos nuestra ruta por la vieja vía militar de la Plata, pasando por importantes villas donde se acrecentaba la compañía en cada parada. El tiempo era muy bueno, con sol y un vientecillo suave que aliviaba de los calores. Salvo alguna tormenta que nos desaguó encima, resultaba muy agradable viajar hacia el sur en primavera. Las flores se abrían con diversas tonalidades en los campos y perfumaban el aire con aromas confundidos; junto a los arroyos florecían rosadas las adelfas y los cardos exhibían sus coronas moradas. El camino culebreaba por los montes y luego transcurría muy recto entre los trigos que comenzaban a dorarse.

A medida que avanzábamos, los hombres, mujeres y niños de las aldeas y caseríos próximos a la calzada salían a ver pasar la fila de hombres tan variopinta, y alguno que otro gritaba:

—¡Viva el rey! ¡Viva la milicia! ¡Vivan los tercios!

Cuando llegamos a las puertas de Zafra, me embargó una gran emoción, al sentir muy próxima mi ciudad de origen. Pero no podía apartarme del itinerario para ir a visitar a mi familia, porque supondría esto demorar unas jornadas el viaje. Así que me conformé con aspirar los aires de mi tierra, para llevarme prendido el recuerdo en el alma, por si pasaba mucho tiempo sin que pudiera regresar.

A estas alturas ya me tenía yo muy bien aprendido el procedimiento que se seguía para formar el tercio y asistía al capitán en todos los trámites. Resultaba que, para reclutar a las tropas, se hacía el llamamiento en las ciudades, pueblos y aldeas, merced a un despacho del Alto Mando, firmado por el propio rey, al que se llamaba la «conducta». Con este documento, el capitán encargado de levantar a los hombres iba de un lado a otro seleccionando al personal. Era curioso ver cómo en algunos sitios acudía una legión de maltrapillos, golfos, vagabundos y todo género de vivales. En estos casos, los oficiales ponían sumo cuidado en la selección, haciendo muchas preguntas y observando bien la talla y la salud de la chusma. Se solicitaba también información a los alguaciles municipales, a la Santa Hermandad y a los vecinos. En otras ocasiones, los que venían eran gañanes, hortelanos e incluso gente del comercio. Resultaban estos reclutas de más fácil manejo y muy pronto se hacían a la disciplina de la milicia.

—Hoy día —se lamentaba don Jerónimo—, por desgracia, hay que conformarse con lo que Dios nos mande. No está la vida como para andarse con remilgos. Han sido tantas y tan malogradas las guerras en los últimos años que apenas queda mocedad en los reinos para armar un tercio.

Me llamaba asimismo la atención la manera en que se hacía el aprovisionamiento de la compañía, la cual, como es dicho, aumentaba de día a día. Esta tarea era más difícil, según vimos, en las zonas despobladas. Pero más adelante, en las grandes ciudades andaluzas, estaba todo muy bien previsto: había negociantes que se dedicaban a ello y sabían su oficio de maravilla. Los aprovisionadores, llamados «asentistas», firmaban una especie de contrato con el capitán de la unidad para fijar la cantidad de víveres que debían proporcionar. Una vez hecho el avituallamiento, el oficial les extendía un billete que, después de partidas las tropas, los dueños podían presentar a los recaudadores de tributos y exigir su pago. Y esto me parecía a mí ser más justo que ir y tomarse por la mano las vituallas, como hiciéramos en aquel cortijo. Aunque comprendía que, en ciertos casos, no quedaba más remedio.

Además de víveres, tuvimos más adelante que proveernos de medios para transportar la impedimenta, ya que el paso de Sierra Morena era duro, por los puertos tan altos de montaña que debían atravesarse. Y éramos ya más de quinientos hombres, con lo que necesitábamos una treintena de mulas y al menos cuatro carretones para llevar tanto como nos era preciso. Y todo esto tuvimos que conseguirlo antes de llegar a Córdoba, pues aseguraban los veteranos que una vez allí la vida sería más cara.

Tomaba yo puntual nota de cuanto veía, resultándome todo nuevo y sorprendente. Me maravillaban los usos del ejército, las costumbres que descubría cada día y esa inteligencia misteriosa que parecía asistir a los militares para resolver imprevistos. A decir verdad, este mundo de la milicia me cautivaba por momentos y se despertaba en mí el ansia de observación y un deseo de saber más y más cosas. De manera que constantemente hacía preguntas a don Jerónimo, aunque disculpándome siempre por mi ignorancia y temiendo resultar pesado. Y él me respondía a todo paciente y generosamente. Incluso, bonachón, me decía:

—Así me gusta, muchacho, que se te note el interés. Tú, pregunta, pregunta cuanto quieras, que para eso estoy yo aquí, para aleccionarte.

37

Las últimas tormentas de primavera nos fustigaron con granizos y feroces aguaceros en las sierras. Los relámpagos surcaban con sus cárdenos resplandores el cielo negro de nubarrones y los truenos retumbaban en los montes. Pero, al descender por la vertiente sur de Sierra Morena, cesó el viento y apareció un cielo azul muy limpio en el horizonte. Entonces lució el arco iris más bello que jamás he visto y, a lo lejos, bajo el radiante sol, brillaba la ciudad de Córdoba a orillas del río Guadalquivir, que centelleaba desde su curso lento, como un gran espejo de plata.

—¡Ahí la tienes —exclamó don Jerónimo—, la más bella ciudad del mundo!

A medida que nos aproximábamos, me extasiaba yo al percibir los últimos aromas de mayo. Las amapolas, rabiosas de puro rojo, asomaban entre los dorados trigales, como salpicaduras de sangre; había verdes naranjales que crecían al borde mismo del camino, olivos, almendros y muchos frutales que se extendían hasta los mismos muros de la ciudad. A lo lejos, las torres, alminares y cúpulas se recortaban en la fogosa puesta del sol, creando una visión mágica e irreal.

Delante de la puerta, el capitán hizo muchas recomendaciones a la tropa:

—¡Nada de pendencias! ¡Nada de borracheras! ¡Nada de broncas…! Y ojo con que nadie tome lo que no es suyo. El que no tenga para pagar que se aguante, y mejor será que no entre en la ciudad. ¡Cuidado! Están vuestras mercedes ya bajo disciplina militar y serán juzgados como soldados. ¡Son las leyes muy estrictas en esto!

Exhibió delante de los alguaciles sus documentos don Jerónimo y se nos abrió la puerta. Los hombres iban locos de contento, deseosos de encontrarse cuanto antes frente a las maravillas que de Córdoba se decían.

Penetramos en la ciudad y nos vimos inmersos en un laberinto de callejuelas que parecían no tener fin. Avanzábamos en fila pasando junto a grandes caserones herméticamente cerrados, que preservaban sus intimidades detrás de apretadas rejas y celosías. Las persianas permanecían echadas y los muros eran muy elevados, de manera que no se veía nada tras ellos, ni siquiera desde la altura del caballo. Las mujeres que iban por la calle se embozaban con el velo o desaparecían, quitándose del medio, tímidas, al ver venir tal cantidad de hombres.

Atravesamos un mercado donde había muchos moriscos vendiendo verduras, frutas y legumbres. El olor a especias era intenso. Un poco más adelante nos encontramos con una plaza muy concurrida. A esa hora, al atardecer, los viejos reposaban recostados en las paredes y los caballeros paseaban en todas direcciones, platicando, aguardando a que llegase el momento de ir a las tabernas. Aquí y allá descargaban los carros de reparto pellejos de vino, cuya deliciosa fragancia impregnaba el ambiente. Los aguadores ofrecían el fresco líquido de sus ánforas en escudillas de pulido bronce y en las esquinas humeaban pequeños puestos de fritangas, pinchitos, peces asados y buñuelos. Los chiquillos correteaban bulliciosos y nos seguían alborotados, divertidos por la novedad de la curiosa fila de hombres que formábamos, con nuestras variadas indumentarias, cabalgaduras y armas.

Embargado por un raro placer, me iba yo sintiendo inmerso en la peculiar atmósfera de Córdoba, envolvente, misteriosa, plena de aromas y sensaciones. Las campanas se alzaban repicando monótonamente para llamar al rezo de Vísperas y di gracias a Dios por haberme regalado el encanto de la aventura y la suerte de ver mundo.

Como era sábado por la tarde, don Jerónimo me obsequió permitiéndome acompañarle a una taberna donde daban cenas. Una vez acomodados en la fonda donde íbamos a pernoctar, me dijo halagüeño:

—Hala, muchacho, ponte tus mejores galas, que te convido a cenar en un buen sitio que conozco de otras veces. Ya verás qué buena comida y qué vino tan rico.

Entusiasmado, fui corriendo a mi petate para sacar la librea de gala que me regaló mi tía la condesa: zaragüelles de terciopelo, fajín rojo de damasco, chaquetilla de brocado y mangas de valona acuchilladas. A medida que el capitán me iba viendo vestirme, ponía una cara rara, como de asombro y de guasa a la vez.

—¡Pero, muchacho! —exclamó—. ¿Es que vamos a ver al papa? ¿Se puede saber qué galas son esas?

—Bueno… —balbucí—, me dijo vuestra merced que llevara las mejores.

—Hombre… ¡No tanto! Así vestido serás el hazmerreír de la taberna de Sindo, que es donde vamos. Esas galas, para servir al rey, buenas serán; pero para ir donde los tratantes, soldados y buscavidas… La taberna de Sindo es el mejor sitio de Córdoba, mas no es precisamente el palacio de su majestad…

—Ha de creerme vuestra merced —confesé— si le digo que jamás he visitado una taberna.

—¡Carajo! —se sorprendió—. ¿Pues no dices que cumpliste ya los dieciséis?

—Sí, en febrero.

—Hummm… ¡Qué poco baqueteado estás, muchacho! No es que sea yo el maestro más adecuado en estas lides, pero habré de enseñarte algo de la vida. Me da la sensación de que has debido de andar demasiado entre mujeres, en esos palacios donde serviste…

—¡Sé manejar las armas! —repliqué ofendido.

—Sí, sí, no te enojes, Monroy; ya lo sé. Pero te falta salir de puertas afuera, ver mundo, afilar el colmillo… ¿Comprendes?

Asentí con un movimiento de cabeza. Cuánta razón tenía don Jerónimo. La mayoría de los jóvenes, al cumplir los dieciséis, ya sabían cosas de la vida que yo ahora solo intuía. Me daba cuenta de que las circunstancias de mi mocedad fueron muy especiales y que necesitaba ponerme al día, pues no estaba dispuesto a pasar por uno de esos mojigatos palaciegos que no han tenido más experiencias que las intrigas internas de los mayordomos, lacayos y sirvientes de sus señores.

Comprendí enseguida lo que el capitán quería decirme y me vestí más adecuadamente, con unas prendas buenas pero menos llamativas.

—Así está mejor —aprobó don Jerónimo.

Cuando bajamos al zaguán de la fonda estaba ya esperándonos el señor Gume, al que resultaba difícil de reconocer porque iba muy bien compuesto, con la barba y el bigote oscurecido con betún, recortado y atusado, y unas ropas nuevas y limpias. Salimos los tres a la calle y percibí yo por primera vez esa peculiar emoción de ir al encuentro de la pura diversión. Pero Gume me amargó el comienzo de la noche cuando, al ver que iba yo con ellos, se quejó al capitán enojado:

—¿Y este por qué viene, porque tiene carta del rey?

—Deja al muchacho, Gume —dijo el capitán—; le invité yo.

—No sé por qué tenemos que ir con críos —refunfuñaba Gume.

La taberna de Sindo estaba a un par de manzanas de la fonda, en la que llamaban plaza del Potro, que era muy famosa como lugar de encuentro en Córdoba. A esa hora, la noche había caído sobre la ciudad y la luna aparecía por encima de los tejados, iluminando los blancos hilillos de humo que se alzaban desde las chimeneas de las cocinas. Las paredes desprendían un suave calor y los aromas de la tarde estaban prendidos en el aire denso e inmóvil. Había macetas recién regadas en las ventanas que exhibían sus flores de indefinido color en la penumbra. Un par de faroles prendidos bajo un arco iluminaban tenuemente el acceso al callejón que se volvía negro al fondo, como una oscura cueva. Pero en la plaza se abrían cuatro tabernas alineadas, mostrando su interior, y vertían a la calle aires de fiesta; palmoteo, risotadas y un entrar y salir de hombres vociferantes, ávidos de vino y juerga. En un extremo, se veía el famoso mesón del Potro.

—Entramos primero en la de los Pájaros y luego terminamos en la de Sindo —propuso don Jerónimo.

—Como siempre —asintió conforme el señor Gume.

La primera taberna era un tugurio largo y estrecho, maloliente, completamente abarrotado de pellejos de vino y tinajas. En el prolongado mostrador que iba de una parte a otra, dos muchachos flacuchos y renegridos no daban abasto poniendo vaso tras vaso sobre la mugrienta madera. Por encima de sus cabezas, colgaban jaulas de todos los tamaños que albergaban pájaros tediosos, tristes, hechos al bullicio y al ambiente viciado, impregnado de vinosos alientos.

—Este sitio no es muy limpio —observó don Jerónimo—, pero sirven un vino de Montilla…

Se veían caballeros de muy buen porte conversando al fondo; buenos capotes, presencias impecables y bonitas espadas en los cintos, de esas que dicen de paseo, muy largas, con la guarnición y el mango labrados, de hueso o de dorado bronce, con cintas y borlas colgando hasta media pierna.

Recorrimos las tres primeras tabernas por su orden. En la última, cuyo nombre no recuerdo, tenía yo un mareíllo y una flojera de piernas grandes, a resultas de los seis vasos que llevábamos ya para el cuerpo. Menos mal que don Jerónimo cayó en la cuenta y dijo:

—Hala, vamos ya a comer algo que va siendo mucho vino para las tripas vacías.

Fuimos por fin a la taberna de Sindo. Este establecimiento era más grande que los anteriores, y tenía ciertos lujos, como bonitas jarras y platos pintados en las paredes y unas buenas mesas de madera donde elegantes señores comían y bebían. Un exquisito aroma llegaba desde la cocina y los platos que se veían eran de aspecto muy apetitoso. Al fondo de la espaciosa estancia, sobre una tarima de madera flanqueada por dos manojos de hoja de palma, un joven morisco de tez mulata tocaba el laúd armoniosamente.

—¡Pasen, señores! —nos invitó el tabernero—. ¡Avancen, que hay mesas libres en el fondo!

Allá fuimos, a ocupar el sitio que nos indicó.

—¿No te acuerdas de nosotros, Sindo? —le preguntó el señor Gume al dueño del establecimiento.

Este nos miró durante un rato y luego respondió:

—Quiero acordarme, caballeros, pues gente tan distinguida no es de olvidar; pero… ¡pasan tantos clientes por esta taberna…!

—No importa —dijo el capitán—, lo que queremos es que nos sirvas como la última vez que pasamos por aquí, ha dos años.

—¡Ah, ya recuerdo, caballeros! ¡Si son vuestras mercedes los del tercio de Italia! —exclamó el tabernero.

—Los mismos —asintió Gume—. Y vamos a pernoctar por lo menos un mes en Córdoba, así que ya lo sabes.

—¡Cuánto honor! —Se desvivía en reverencias Sindo—. ¡Sean bienvenidos, señores! ¡Pidan vuestras mercedes por esas bocas! ¿Qué desean de esta casa?

—Una jarra de buen vino —pidió el capitán— y, de comer, lo mejor que tengas en la cocina.

—¡Hecho! ¡Muchacho, ven a atender a los señores! —llamó a uno de sus ayudantes.

No tardaron en servirnos el vino y una serie de deliciosos platos a base de cordero, berenjenas y ricos pescados fritos. Estaba yo tan contento a causa del vino y por disfrutar de algo tan nuevo y sorprendente para mí que ni las viandas del palacio de Jarandilla me sabían mejor que esas.

—¡Qué!, ¿te gusta? —me preguntaba el capitán palmeándome el hombro.

—Ya lo creo, señor.

—Pues saca partido, muchacho —decía—, que fuera de España no has de oler siquiera comidas como estas.

Cuando estábamos ahítos, todavía Gume insistía en repetir de esto y aquello, pero don Jerónimo le frenaba.

—Ya está bien, Gume, que lo aborreceremos y quedan muchos días.

—¡Pues más vino! —repuso el alférez dando con el puño en la mesa.

—Que vamos a salir de aquí a cuatro patas...

En esto, como avanzaba la noche y el ruido de los comensales se iba aplacando, el joven morisco del laúd vio llegado el momento de pasar a una música más apropiada para el momento. Observé atentamente cómo templaba su instrumento y comprendí que se trataba del *ud* moro de seis cuerdas dobles del que tanto me había hablado Inés, del cual decía que era ideal para cantar al amor.

Afinado el instrumento, el músico tocó un precioso son con mucha habilidad. Luego inició una bella canción en lengua cristiana, pero que resonaba con sabor moro.

Cual tímido ciervo
mi amada es de bella.
Sus hermosos ojos
robó a la gacela.
Duna es luminosa
con palma de perlas...

Me extasié al escuchar aquella copla tan sentida. La

belleza de las notas y las hermosas palabras me tenían arrobado.

> *Vino son sus ojos,*
> *su mejilla un huerto,*
> *rojo oro su boca,*
> *arrayán su cuerpo,*
> *magia sus palabras,*
> *su unión el contento…*

Entretanto, el capitán y el alférez hablaban y hablaban de sus cosas de la milicia, sin prestar demasiada atención, como la mayoría de los caballeros que estaban en la taberna, lo cual me parecía una gran falta de caridad hacia el pobre músico, que se esforzaba por mostrar todo su arte.

—Te gusta la música, ¿eh, muchacho? —me dijo de repente don Jerónimo al percatarse de lo pendiente que yo estaba—. ¿No habías escuchado nunca tañer y cantar? Aquí en Andalucía es esto muy corriente.

—Sé yo tañer y cantar, señor —contesté ufano—. Y perdone vuestra merced la inmodestia.

—¿Tú? ¿Es cierto eso? —Se sorprendieron.

—Sí, señores, a mucha honra; puesto que cantaba para mis señores los condes de Oropesa e incluso para el emperador nuestro señor.

—¡Carajo! —exclamó Gume—. ¡Con la falta que nos hacía ese oficio en el tercio! Recuerdo cómo cantaba el pobre de Nicomedes Montero… ¡Qué lástima!; le mataron los franceses en el dichoso cerco de Metz. Le dio una bala aquí sobre el ojo y le salían los sesos…

—¡Gume, que vas a amedrentar al muchacho! —le recriminó el capitán.

—¿Amedrentar? —repuso él—. ¡La guerra es la guerra, diantre!

—A ver, Monroy, a lo que íbamos —prosiguió don Jerónimo—; resulta que eres cantor.

—Tal y como he dicho, señor.

—¡Lo que se va a alegrar don Álvaro de Sande! —exclamó—. ¿Eh, Gume?

—Ya lo creo —asintió el alférez—. Con lo que le gustan al general estas cosas…

38

El domingo muy de mañana me levanté impaciente por ir a conocer la ciudad. Mi jefe se despertó quejumbroso a causa del vino de la noche y me dijo que se quedaría reposando, así que me dio permiso para ir a mi aire a vagar por ahí.

Salí a la calle y me topé con la luz intensa de la que decían ser «ciudad de sabiduría» y «maravilla del mundo». De momento agradecí el silencio que reinaba en las calles y el aire limpio. Como era domingo, no había mercado y la gente descansaba en sus casas o salía de los conventos e iglesias de oír misa. De vez en cuando, aquí o allá, alguna campana anunciaba el oficio religioso y rompía la quietud solemne de la mañana. Andaba yo al principio muy rápido, como queriendo aprehender todo con ansiedad; pero luego reparé en que no tenía prisa alguna pues nadie me esperaba, perteneciéndome todo el día. Entonces caminé con más sosiego, recreándome en los bellos rincones; contemplando las sobrias fachadas de los caserones y los elegantes adornos; tejadillos, limpias piedras de cantería, rejas y cancelas. Una especie de fuerza irresistible me conducía hacia el corazón de la ciudad, surgiéndome a cada paso en su recinto íntimo y bello. De repente me topaba con una pared encalada que lanzaba destellos de blanca luminosidad, o pasaba junto a las más inverosímiles macetas donde crecían claveles, rosas, alhelíes, jazmines... Las callejas me transportaban a un intrincado y complejo mundo de arcos, esquinas y retorteros sin fin, por donde me perdí llevado por mi deambular sin rumbo fijo.

Llegué hasta el templo principal de la ciudad: la catedral, que es un edificio insigne, merecedor de toda alabanza. Fue construido, dicen, por los moros, para ser su mezquita, que es el sitio donde suelen rezar ellos; pero quisieron luego los reyes cristianos convertirlo en iglesia y es hoy sede del obispo de Córdoba. Se entra en el edificio por doce puertas protegidas de latón. Una vez dentro, se atraviesa como un bosque de columnas de mármol de gran altura, dispuesto por los arquitectos de tan ordenada manera que, se mire donde se mire, la vista alcanza una profundidad majestuosa. Hay también una capilla obrada por todas partes, donde descansan sepultados los cuerpos de los reyes, y otra capilla de mármol con mosaicos resplandecientes.

Proseguí mi paseo saliendo por el gran patio donde manan diversas fuentes y fui a dar a una calle amplia que conduce al puente que cruza el río Betis. Se veía una noria enorme que giraba movida por la corriente y que sirve para subir el agua sobre las murallas, con el fin de regar los jardines del palacio de los reyes.

Me llevaron mis pies de nuevo al abigarrado barrio antiguo que llaman la Almedina y anduve un buen rato por un dédalo de callejuelas estrechas, hasta verme de repente en una pequeñísima plaza donde se arremolinaba la gente, vociferando, pugnando para coger un buen sitio y poder presenciar de cerca cómo la justicia azotaba a unos ladronzuelos públicamente. Y allí me detuve un rato, sujeto por mi curiosidad, para ver en qué paraba el escarmiento.

En esto, una campana llamó al rezo del ángelus con sus notas pausadas, broncíneas y solemnes, con lo que supe que era el mediodía y reparé en que mis tripas me avisaban de que tenía hambre, pues desde la noche anterior no había comido. Entonces pudo más la necesidad que la curiosidad y me fui sin ver siquiera cómo daba comienzo el castigo de aquellos bribones.

Don Jerónimo me dijo que iría a comer a la posada del Potro, en la plaza del mismo nombre, justo enfrente de la taberna donde cenamos la noche anterior. Así que fui preguntando y resultó no estar muy lejos de allí, con lo que pronto me vi en la plaza. Siendo aún temprano, no había llegado mi jefe. Entonces me senté en el umbral de una de las casas a esperar.

Sucedió que vi pasar al morisco del laúd, el cual vendría a su oficio diario, y no pude resistir las ganas de interesarme por aquel instrumento cuyo melodioso tañido me había gustado tanto.

—¡Eh, tú! —le llamé—. ¿Tienes un momento para platicar conmigo?

El muchacho se volvió hacia mí y me miró con unos ojos raros, sin responder nada.

—¡Que no muerdo! —le dije—. ¿Puedes dejarme ver un momento el laúd?

Vino hacia mí sonriente y me ofreció amigablemente el instrumento. Lo tomé en mis manos y lo estuve observando.

—Vaya, vaya —comenté—; resulta que tiene seis órdenes, como la vihuela de mano.

—Claro, señor —explicó el morisco—. El *ud* y la vihuela española tienen las mismas cuerdas, se afinan de igual manera y comparten el mismo repertorio.

—Hummm… ya veo, ya —asentí asombrado.

—¿Sabe vuaced tañer? —me preguntó.

—Sí, pero no había visto antes un laúd hasta anoche, cuando tú lo tocabas. Aunque sabía de su existencia.

—Vamos, anímese vuaced y toque algo, que ya le digo que vihuela y *ud* son hermanos; aunque sin duda este es el rey de los instrumentos.

—Tú primero —le dije devolviéndole el laúd—. Veré cómo tocas y luego haré yo intento.

Me fijé en la afinación que, en efecto, era muy parecida a la de la vihuela, y comprobé que la posición de los dedos y el punteado también eran muy semejantes. El joven morisco inició una bonita melodía cuyo ritmo me resultaba muy difícil de captar. Cuando concluyó, observé:

—¡Uf! Es complicado eso.

—Es la *núba* de mañana —explicó.

—¿La qué?

—La *núba*.

—¿Y qué es eso?

—Bueno, no sé cómo explicarlo… La *núba* viene a ser como el alma de la canción… Depende del estado de ánimo. Ahora luce el sol en su punto más alto y el ritmo es como has escuchado. Pero, al atardecer, la *núba* mandará un modo de tañer que llamará al recuerdo…

—¡Qué cosa tan rara! —exclamé, pues no comprendía a qué se refería—. Pero suena muy bien.

—Vamos, ahora vuaced —me animó.

Cogí de nuevo el laúd y empecé a tocarlo a manera de vihuela, como sabía.

—No está mal —decía el morisco—, no está mal…

—Bueno —repuse—, ya me gustaría a mí llegar a tocar como tú.

—No le será difícil, señor. Yo puedo enseñar a vuaced —se ofreció.

—¿Cómo te llamas? —le pregunté, al ver que era tan servicial.

—Abdulah ibn Bazaza, señor. Pero puede llamarme Sasa, que es como me conoce todo el mundo en este barrio.

Tenía el joven un rostro como de cansancio y la mirada triste. No creo que tuviera más de catorce años, aunque se manifestaba como alguien de más edad.

—Yo me llamo Luis María —dije.

—¿Puedes darme una moneda? —me pidió enseguida, al ver mi actitud amigable.

—¿Por qué he de dártela?

—Porque no he comido nada.

—¿No te pagan en la taberna de Sindo por tañer y cantar?

—Depende… Unas veces sí y otras no.

—Bueno, Sasa —me puse serio—; ayer vi cómo te daban algunas monedas los caballeros que cenaban a nuestro lado. ¡No te quejes!

—¡Tú no me diste nada, señor! —replicó, acortando las distancias y tratándome con menor respeto—, y por tu misma boca te has delatado cuando dijiste que me escuchabas tañer y cantar y que te holgaste mucho dello. ¿No debías haber pagado tu parte, señor?

—En eso tienes razón —otorgué—. ¿Es verdad que tienes hambre?

—¡Me comería la torre de la mezquita!

—Vamos, yo también tengo hambre. Te convidaré

y tú me seguirás mostrando cosas acerca del laúd —dije haciendo ademán de ir a la taberna de Sindo.

—¡No, ahí, no, señor! —exclamó sujetándome por el brazo.

—¿Por qué no? Hay buena comida ahí.

—No les parecería bien a mis amos que comiera yo con un caballero. ¡No sabe vuesa merced cómo es Sindo!

—¿Entonces? ¿Vamos a la posada del Potro?

—No, no, no… tampoco. Mejor será que vayamos a un sitio que yo conozco no muy lejos de aquí, señor.

—Bien, Sasa, pero antes he de esperar a que venga mi jefe para decírselo. También yo tengo a quién dar cuentas de lo que hago.

—¿Eres siervo de un señor? —preguntó mirándome de arriba abajo—. No tienes traza de criado.

—Soy militar. Bueno, digamos que aspiro a ser militar.

—Comprendo; eres un recluta del tercio.

—Eso mismo.

Estando en esta conversación aparecieron por el callejón que daba a la plaza el capitán y Gume. Les expliqué que prefería seguir a mi aire y me comprendieron.

—Anda, ve —otorgó don Jerónimo—. Pero pon mucho cuidado, que hay astutos pícaros y truhanes en cada esquina aguardando a desplumar al más pintado.

—Descuide vuestra merced, que ya sabré librarme dellos.

Partió delante Sasa y andaba muy rápido, moviéndose con gran soltura por aquellas callejuelas donde se había criado. Iba yo siguiéndole muy conforme al principio; pero, como viera que nos adentrábamos más y más en el laberinto cada vez más cerrado y complicado de un barrio donde solo se veían moros, empecé a tener desconfianza.

—¿No decías que estaba muy cerca ese sitio? —le preguntaba preocupado.

—Tú sígueme, que te alegrarás.

Me llevó finalmente por una especie de pasadizo que debía de ser parte del mercado, pues olía a verduras marchitas, a queso y especias. Arriba los balcones de madera casi se juntaban frente por frente, abarrotados de tiestos y de colgajos de hierbas silvestres puestas a secar.

—Aquí es —anunció Sasa deteniéndose delante de una puerta.

Ascendimos por una escalera de caracol que daba dos vueltas en torno a un grueso tronco central. Una vez en el piso alto, las maderas crujían bajo los pies en una sola estancia que estaba abarrotada de objetos de todo tipo: vasijas, figuras de madera, instrumentos colgados en la pared, animales disecados…, que en un espacio tan reducido producían sensación de ahogo. El olor a maderas, resinas, cola, goma arábiga y tinte era muy intenso, por lo que enseguida se concluía que era aquello una especie de taller.

—¿Aquí vamos a comer? —le pregunté al muchacho con algo de recelo.

—No, comeremos después; ahora quiero que conozcas a mi abuelo.

—¿A tu abuelo?

—Sí. Todavía hay que subir un piso. ¡Sígueme!

Fue hasta el final de la estancia y trepó por otra escalera semejante a la primera haciendo crujir las tablas. Yo le seguía.

Llegamos a una estancia semejante a la anterior pero más angosta si cabe. Sentado frente a una mesita baja, un anciano trabajaba la madera de lo que parecía ser una caja de laúd.

—Este es Abú Bazaza, mi abuelo —dijo el muchacho—. Como ves, se dedica a hacer instrumentos de música.

Cuando advirtió nuestra presencia, el anciano levantó los ojos de su tarea y miró extrañado hacia nosotros, para sonreír enseguida dejando ver unas encías desdentadas.

—¿Quieres comprar, señor? —me preguntó—. ¿Quieres un rabel? ¿Un laúd tal vez? ¿Una vihuela de arco?

Puesto en pie comenzó a descolgar instrumentos de las paredes y me los mostraba.

—Toca algo, Sasa —le pedía a su nieto.

El muchacho le gritaba en árabe cosas que no entendía yo.

—Hay que darle voces, porque es muy sordo —me explicó a mí—. Le digo que no hace falta tocar, que ya has escuchado tú el sonido de mi laúd, el cual es semejante a esos.

—Así que vendéis laúdes —dije—. ¿Por qué no me lo dijiste, en vez de traerme aquí engañado?

—Bueno, supuse que no querrías venir.

—Pero… ¿no decías que tenías mucha hambre?

—Dame una moneda y traeré comida —propuso—. Mientras, puedes ir mirando los laúdes, por si te interesan, amigo… Si no, en paz. Cada uno manda en su dinero.

Le di unos maravedís y salió corriendo, loco de contento, para ir a comprar comida. Yo me quedé allí, disfrutando de la novedad que para mí suponía tener a mano tantos instrumentos. Me interesé sobre todo por el laúd, pues era lo que más llamaba mi atención. Me ofreció el anciano uno que decía haber terminado esa misma mañana. Era realmente bonito y sonaba muy bien.

—¿Cuánto cuesta? —le pregunté.

—Llévatelo, amigo, es tuyo —decía él—; es el mejor de los laúdes. Solo cuesta cinco reales, nada más.

—¡Eh! ¡Es mucho! —exclamé sobresaltado.

—No, no, amigo, eso no es nada; es un buen instrumento. ¿Cuánto puedes dar por él?

—No sé… ¿Dos reales y medio?

—No, no, no…, amigo mío, eso no es caridad… Me dejé la vista lijando cada pieza… ¡Y esas cuerdas de tripa de gato! ¿Sabes lo que cuesta conseguir un gato viejo de Córdoba? No, joven cristiano, dos reales y medio es muy poco dinero.

—¿Tres?

—Cuatro y es tuyo, amigo. ¡Y es regalado!

—Está bien, toma los cuatro reales —dije sacando mi bolsa, encantado de poder comprar aquella joya.

—¡Oh, amigo, joven amigo! Ese laúd ha de darte fama y gloria —decía muy contento el anciano abuelo de Sasa.

Hecho el trato apareció el nieto y dio saltos de alegría al saber que yo había comprado el laúd.

—¡No te arrepentirás, amigo! —me felicitaba—. Hiciste una buena compra. Nadie fabrica ya laúdes como los de mi señor abuelo Abú Bazaza.

El tercio permaneció en Córdoba más de dos meses. Venían a alistarse hombres de Montilla, Cabra, Priego, Puente Genil y de las sierras de los Pedroches. Don Jerónimo estaba loco de contento al ver que el llamamiento daba sus frutos e iban completándose las compañías que debía juntar.

—Esta gente cordobesa es brava —decía—. Con los

extremeños y con los setecientos hombres que van reclutados aquí me daba yo por satisfecho. ¡Si no esperábamos juntar ni tres centenares! ¡Qué contento estará mi señor tío el general!

Mientras la Caja iba aumentando, yo cumplía puntualmente mis obligaciones cada mañana, asistiendo al capitán con los listados y acompañándole diariamente a los despachos de los cuarteles donde se hacía el reclutamiento. Pero las tardes eran para el laúd.

Por otros dos reales Sasa se prestó encantado a ser mi maestro de música. Y no faltaba ninguna tarde, porque acordamos que el pago se haría cada día, dándole yo los maravedís que correspondieran según el tiempo que me dedicase. Y era tanto el deseo que tenía yo de aprender la manera de este maravilloso instrumento que no me escocía desprenderme de tales emolumentos.

Me costó al principio comprender qué era eso de la *núba*, pero, apenas habían pasado las dos primeras semanas, me sumergí de lleno y casi de repente en el misterioso embrujo de esta cautivadora manera de tañer y cantar. Los moros llaman *al-ala* al instrumento y la *núba* viene a ser el cancionero, es decir, el conjunto de obras, poemas, composiciones y cantos que se ordenan según los diferentes ritmos. De manera que cada *núba* contiene cinco movimientos que van desde el taimado al rápido, y cada poema se divide en tres partes a su vez, cada una de las cuales tiene un número de versos cortos que varía según el tema de la copla. En fin, esto así dicho puede parecer complejo, pero luego viene a ser todo muy libre y uno puede dejarse llevar por la ensoñación del momento, haciendo triste o alegre el canto, según le inspiren las circunstancias. ¡Oh, cuánto sentía yo no hablar la lengua árabe!, por no poder saber en cada instante lo que los bellos poemas decían. Tenía que recurrir constantemente a Sasa, el cual me los traducía. Aunque algunas veces me bastaba con dejarme llevar solo por los sonidos del laúd y llegaba a esa especie de éxtasis del canto, en el que sobra el sentido de las palabras; cuando habla el corazón y no la boca. Además, el laúd hacía también muy buenas migas con la lengua cristiana y no eran pocos los cantores que adecuaban la *núba* a los poemas en cristiano.

Había una canción que me enloquecía y no paré hasta poder tocarla y cantarla a la vez con todo el sentimiento:

> *La luna se asoma hermosa*
> *por detrás de los tejados.*
> *En la fuente está la moza*
> *que me tiene namorado.*
> *Cautivo soy de los aires*
> *que deja tras sus andares,*
> *mas no mira mis donaires,*
> *ni le apenan mis pesares.*
> *¡Ay, moza del agua clara!*
> *Ay, si en la fuente dejares*
> *tu semblante reflejado*
> *bebería tus desaires.*

No resultaba nada difícil llegar pronto al espíritu de la *núba* gracias a poemas tan bellos. El caso es que, pasados dos meses, el laúd y el canto de las moaxajas y zéjeles guardaban ya pocos secretos pasa mí.

39

En Antequera se llevó don Jerónimo un buen chasco. Venía diciendo durante todo el camino que era allá donde esperaba levantar más gente, pues, si se había dado bien la cosa en Extremadura y Córdoba, mejor acopio de hombres solía hacerse siempre hacia el sur, desde estas tierras hasta Málaga. Pero resultó que se nos había adelantado un capitán navarro que se llevó por delante a toda la mocedad disponible, no solo de las villas importantes, sino también de los campos y de las aldeas de la mar.

—¡Me cago en todos los demonios! —maldecía el alférez Gume—. ¡No es la primera vez que nos gana por la mano ese dichoso capitán Lasarte! ¡La madre que le…!

—Bueno, bueno, Gume —le calmaba don Jerónimo—. Lasarte no ha hecho sino lo que debía; lo mismo que nosotros, que para eso hemos venido. Si llegó el primero, qué se le va a hacer; mala suerte.

—¡Carajo, que tiene muchos otros sitios! Que levante la gente del norte.

—El norte está muy castigado, Gume.

Descendimos desde allí hasta Málaga. Había que remontar unas sierras e ir luego sorteando monte tras monte por una carretera polvorienta.

—Ahí tienes, muchacho, la mar —me avisó el capitán cuando remontamos el alto de una loma.

Me quedé sobrecogido al contemplar una visión del todo nueva para mí. La ciudad de Málaga se extendía allá abajo desde el apretado racimo de casas del barrio viejo hasta el puerto abarrotado de barcos. El mar azul, inmenso y luminoso, no tenía fin.

Cuando uno es joven, las sorpresas del mundo obran maravillas. Mi alma parecía ensancharse al gozar de tanta belleza y daba gracias al Creador por haberme deparado la dicha de viajar y poder conocer lugares tan diferentes.

La mayoría de los reclutas, como yo, tampoco había visto nunca el mar, por lo que el asombro les hacía soltar exclamaciones, y un denso murmullo brotaba de las filas a medida que los hombres llegaban a lo alto de la loma y se iban encontrando con la prodigiosa visión.

Al atardecer estábamos frente a la puerta de la ciudad, donde una larga caravana de carretones y comerciantes aguardaba para pagar la tasa, pues siempre era mercado en Málaga. Sería por esto que el corregidor se negó a dejar pasar a nuestros hombres al interior de la muralla, recelando de aquella chusma desorganizada aún, que venía desharrapada y hambrienta de los caminos. Así que nos mandó ir a acampar al Real de los Tercios, que era un extenso campo que quedaba en las afueras, debajo del Gibralfaro y al pie mismo de la alcazaba que se alza sobre la otra colina que domina la ciudad. Allí se reunían por lo menos veinte compañías de veteranos que se alojaban en barracones de madera y una gran cantidad de reclutas de la peor traza, aguardando todos a que hubiera galeras disponibles para embarcarse hacia los puertos de Italia.

Cuando don Jerónimo se percató del panorama, se lamentó mucho temiendo que nos tocara en suerte una espera de varios meses, al ser nosotros los últimos en llegar de todo aquel gentío. Y siendo principios de agosto, esto suponía alargar nuestra estancia en Málaga por lo menos hasta noviembre. Y no había sitio en las edificaciones del real ni para los oficiales siquiera. De manera que, desde el capitán hasta el último de los reclutas, tuvimos que hacer noche a la intemperie, lo cual se agradecía en pleno verano.

Mientras don Jerónimo hacía todos los trámites que requería el embarque de su tropa, aprendí yo en su compañía muchas cosas acerca de la marina. Y comprendí que el conjunto de barcos de un reino y el personal encargado de su servicio era el más importante instrumento de intercambio, prosperidad y potencia, siendo los viajes por mar indispensables en nuestro tiempo para el desplazamiento de los ejércitos y la rápida defensa de las costas y ciudades del Mediterráneo.

Como las oficinas de la armada que debía transportarnos estaban en el mismo puerto, aprovechaba yo las largas esperas para husmear por ahí, satisfaciendo mi natural curiosidad sobre los asuntos navales. Me maravillaba contemplando los barcos y siempre había alguien que me hiciera la merced de explicarme cosas acerca dellos. Supe de esta manera que la galera es superior al navío en tiempo de calma, cuando no sopla el viento. Y que lo contrario ocurre desde el momento que se levantan los aires y el mar se embravece. Porque la galera sobresale poco de la superficie del mar; siendo como una gran barca abierta, con una simple plataforma que desborda por ambos lados, sobre la que están los bancos de los remeros, dejando un corredor en medio, y un techo encima, como un angosto pasillo para la circulación de los soldados. Durante las fuertes marejadas, la galera se anega; no así el navío, que viene a ser como un gran edificio flotante. El puente superior de estos está a dos o tres veces la altura de un hombre sobre el nivel del agua y todavía es sobrepasado por los castillos de popa y proa, a parecida elevación sobre el puente que la de este sobre la superficie del mar. Aunque el navío sea azotado por las aguas, incluso en las tempestades, navega seguro; porque, con la marejada, el balanceo permite que se hunda menos y que navegue a más velocidad. En cambio la galera se hunde más en las aguas y puede quedar cubierta por las olas.

Estando una mañana en el puerto, vi navegar una galeaza veneciana inmensa, de las que usan para el transporte de mercancías, la cual iba a gran velocidad a golpe de remos, adentrándose en la mar.

—Esa va a Flandes —indicó un marinero—. Dicen que es la más veloz de cuantas hay.

En otra ocasión vi zarpar otra galera y por primera vez me apercibía de cómo los remeros forzados accionaban los remos, de más de doce varas de longitud, con cinco hombres por cada uno, obligados a maniobrar al sonido del silbato, excitados por una granizada de golpes de látigo. Luego las velas triangulares se desplegaban y la nave cobraba velocidad abriendo como un surco de espumas en las aguas.

Pero me impresionaban más los navíos, tan altos como castillos, con sus velámenes complejos, sus altos mástiles principales y las velas cuadradas. Cuando navegan, el agua se estrella contra el obstáculo de sus bordes reforzados por redes de vigas y, al ser rechazada, se descompone en finísimo polvillo que chorrea como lluvia sobre el puente. ¡Qué sólidos resultan a la vista estos grandiosos barcos! Con el espolón amenazante, erizados de cañones, parecen imbatibles fortalezas flotantes.

El alférez Gume, que sabía mucho de las cosas del mar, me explicaba cómo era cada uno de estos barcos en la guerra.

—La misión de la galera consiste en llevar soldados al abordaje para el combate cuerpo a cuerpo. Carece de espolón y su proa afilada está destinada a amortiguar el choque en el abordaje.

—¿Se lucha encima de los barcos? —preguntaba para salir de mi ignorancia.

—¡Y tanto! El combate en la galera es una batalla de infantería, que se descompone en una serie de luchas acá y allá, incluso en el puente mismo, a arcabuzazo limpio y al arma blanca, en los que incluso los almirantes llegan a cruzar el acero. Mira —explicaba dibujándolo con un palo en la tierra—, las flotas adversarias luchan primero a fuerza de remos, buscando situarse a favor del viento y del sol, luego forman una línea, así y así —señalaba—, en media luna, para intentar envolver al enemigo, y finalmente tiene lugar el abordaje, en el que juegan ya el ardor caballeresco, los redaños de cada uno y la destreza a la espada. ¡Ahí es donde ha de demostrar cada uno lo que vale!

—En un abordaje murió mi señor padre —dije.

—¿Eh? ¿Dónde fue eso, muchacho?

—En la jornada de Bugía.

—¿En Bugía? —exclamó sobándose nerviosamente la barba—. ¡Yo estuve allí! —Y, después de mirarme muy fijamente, añadió—: ¡Diablos! ¡Ahora caigo! ¿Pues no serás tú el hijo del capitán Monroy?

—El mismo —asentí.

—¡Me cago en los moros! —decía dándose con la palma de la mano en la frente—. ¡Si seré tonto! ¡Además eres idéntico a tu padre! Ya decía yo que me sonaba tu semblante.

Había coincidido Gume con mi padre en más de una campaña y, aunque no pertenecieran a la misma unidad, podía contarme muchos hechos dél, por haber sido, según me aseguraba, un capitán de renombre, valiente y que no pasaba desapercibido en la milicia.

40

Vivían muchos moros en Málaga; tantos que algunas partes de la ciudad parecían más propias de morisma que de nuestras cristianas tierras. La mayor parte de ellos tenían sus casas en los rabales que llamaban «la morería», más allá del casco viejo, pero deambulaban por todas partes, sobre todo en los numerosos mercados que había dentro y fuera de las murallas. Aprovechaba yo esto para seguir aprendiendo acerca de la *núba* y, donde quiera que oía tañer el laúd, entraba y pedía a quien lo tocaba que me dejara estarme para conocer la que llamaban la «manera de Málaga», la cual era semejante a la de Córdoba, pero tenía sus matices propios y los poemas sonaban al oído de diferente modo. El cancionero malagueño, llamado *kunnás*, era muy extenso y sus moaxajas y zéjeles incorporaban el tema del mar, que aportaba a las letras una melancolía y un sentimiento grandes.

¡Oh atardecer!, única es tu belleza,
y el rostro de la luna en el mar me embelesa.

Voy viendo a cada instante cómo las olas traen mis recuerdos y mis nostalgias se mecen en ellas...

Había una alejada hilera de casas más allá del barrio de pescadores, donde los cantores solían reunirse a la puesta de sol para embriagarse con el dulce vino malagueño y dar soltura a la música. Desde que lo descubrí, allá iba yo cada tarde con mi laúd, a empaparme de cantos y jugoso mosto. Pero tenía que buscar la manera de ir a escondidas de mi jefe, pues a don Jerónimo no le parecía nada bien que anduviera yo entre moros.

—Hay que ver la afición que le has cogido a esa gente —me recriminaba—. ¿Se puede saber qué diantre le ves a la morisma?

—Es por la música, señor —me excusaba yo.

—¿Por la música? ¡Pues no sobran mesones de cristianos donde ha música y canto!

También iba yo a las tabernas del casco viejo, en las callejuelas próximas a la gran catedral que se estaba construyendo. Eran establecimientos muy concurridos, abarrotados de comerciantes, soldados y marineros, donde corría el buen vino y no faltaban bonitas mujeres que le alegraban a uno la vida.

Precisamente había un mesón al que llamaban la Villanesca, donde se divertían los ricos mercaderes napolitanos, genoveses y venecianos, los maestres de galeras y navíos, los altos mandos del tercio y muchos señores importantes malagueños. Tenía este sitio un gran salón corrido donde los músicos tocaban pavanas, gallardas y calatas, que eran danzas muy en boga por Italia. Los hombres se distribuían por las mesas jugándose los cuartos a los naipes o a los dados, mientras un buen número de mujeres, muy bien compuestas con elegantes atavíos y alhajas, permanecían al fondo alegres, risueñas y conversadoras.

La primera vez que entré en este lugar iba yo con mi jefe y con Gume, como de costumbre, y me quedé muy asombrado al ver a tantas mujeres juntas que me parecían damas principales por su aspecto, aunque viera ademanes y posturas en ellas que no eran de tales; como risotadas y de vez en cuando alguna que otra bronca. Y desde luego no eran las suyas guisas propias de campesinas, ni de aldeanas, ni de mujeres de las que andan en los mercados. Llamaba la atención asimismo ver cómo se prestaban a danzar con los caballeros que se lo pedían y conversaban con ellos resueltamente e incluso bebían vino.

Con esta curiosidad, aproveché que mis jefes encontraron allí a unos conocidos con los que charlaban animadamente, para ir aproximándome a las misteriosas damas y contemplarlas mejor de cerca. Entonces varias de ellas, que advirtieron mi maniobra, enseguida me hacían señas y me llamaban simpáticas:

—¡Eh, véngase vuaced aquí a echar un ratito!

Me turbaba yo ante esta soltura de las mujeres, pero estaba como atraído hacia ellas, de manera que ni avanzaba más, ni era capaz de retirarme de allí. Como vieron mi indecisión, no tardaron en rodearme y me llevaron donde ellas. Me preguntaban:

—¿Tienes dinerito? ¿Has cobrado tu soldada? ¿Eres paje o escudero? ¿En qué tercio sirves, buen mozo? ¿Convidas a una jarrita de vino?

Se acercó una madura que parecía mandar sobre las demás y me llevó aparte para decirme:

—A ver, saca la plata, prenda, que me alborotas el gallinero. ¿Qué llevas en las faltriqueras?

—Tengo algunos reales —contesté tímidamente.

—¡Matilde! —llamó ella a una de las otras—. Anda, ven a divertir a este caballero.

Muy obediente, se llegó donde nosotros una muchacha delgadita y de muy buen ver que tenía el cabello negro, recogido a un lado y adornado con blancas florecillas de tela.

—Hala —dijo la mujer madura—, esta es Matilde. ¡A solazarse, mozos!

La joven se agarró de mi brazo muy melosa y me llevó al fondo del salón, a una mesa que estaba detrás de una columna. Nos sentamos el uno frente al otro y nos mirábamos muy sonrientes, sin decir nada. Tenía ella unos bonitos ojos oscuros, chispeantes, y una naricilla respingona.

—Así que te llamas Matilde —dije al fin.

—Eso mismo —contestó—. ¿Y vuaced?

—Luis María Monroy. Soy paje de un capitán del tercio.

—Huy, qué bien. ¿Pedimos vino, guapo?

—Bueno.

Ella misma fue al mostrador y trajo una jarra y dos vasos; escanció el vino y lo bebió con avidez. Seguía yo sin salir de mi asombro al ver estas costumbres de las mujeres malagueñas, y más me espanté cuando la vi beber como un hombre.

En esto, tocaron los músicos la pavana que se titulaba *Guárdame las vacas*, la cual sabía yo danzar por habérmela enseñado Inés y, como viera que salían dos filas de caballeros y damas de aquellas al medio del salón, le pregunté a la muchacha:

—¿Sabes bailar eso?

—Claro, vamos allá.

Salimos los dos a un extremo y nos alineamos ella en la fila de las mujeres y yo, enfrente, con los hombres. Se danza esta pavana de la manera siguiente: cuando se ha danzado hacia delante durante el primer pasaje, se retrocede hacia atrás con el mismo aire. En el segundo pasaje se hacen dos floreos, levantando el pie y haciendo molinete en el aire con dicho pie, afirmándolo luego en tierra y repitiendo el juego con el otro pie. Es esta danza muy divertida si se hace bien y se presta admirablemente al juego amoroso de miradas entre dama y caballero. De manera que estaba yo encantado al ver que Matilde seguía los pasos muy complacida y me parecía que la tenía en el bote.

Terminada la pavana, fuimos a calmar la sed con más vino y ella empezó a ponerse muy cariñosa, dándome besitos fugaces y soltando risitas.

—¡Ay, lo que me gustas! —me decía.

—Y tú a mí —contestaba yo.

—Vamos a un sitio que yo me sé —propuso.

—Vamos donde quieras, guapa.

—Pues, hala, págale medio real a la Alfonsa y nos vamos.

—¿Eh?, ¿medio real? —repliqué—. ¿Y por qué?

—Pues porque si no, no me dejará ir contigo y tendré que regresar donde ellas.

—Pues no lo comprendo…

—Esa es la ley de esta casa, querido. Anda, déjate de comprender y págaselo. ¿O es que no quieres echar un rato a solas conmigo?

Fuimos donde estaba la tal Alfonsa, que era la mujer madura que nos presentó, y le di el medio real sin entender aún el porqué, pero me gustaba tanto la muchacha que habría dado incluso un real si me lo hubiera pedido.

—Debes darme aún cuatro maravedís a cuenta del vino que os habéis bebido —reclamó la mujer.

Pagué también esto y la Alfonsa se sacó una llave de entre las ropas.

—Aquí tenéis, tortolitos —dijo con una pícara sonrisa al tiempo que se la entregaba a Matilde.

Me llevó la joven por unos pasadizos que partían de las traseras de la Villanesca y cruzamos un patio pavimentado con rollos, en cuyo centro había un pozo.

—Aquí es —dijo deteniéndose delante de una portezuela e introduciendo la llave en la cerradura.

Entramos en una especie de salita que estaba en penumbra, merced a una sola lámpara que ardía tenuemente en un rincón. Allí nos aproximamos el uno al otro. Olía yo el vino dulce en su aliento y adivinaba el vivo centelleo de sus ojos. Ella se soltaba el pelo, que le iba cayendo espeso y negro sobre los hombros, mientras las florecillas blancas se esparcían por el suelo. Me alcanzaba el aroma a jazmín que brotaba de su cuerpo, mezclado con el sudorcillo que la impregnaba a causa del calor que hacía.

—¿Te gusto? —preguntó sonriendo.

—Sí que me gustas —musité—. ¡Qué bella eres!

—Hala, pues abrázame —me invitó.

La rodeé con los brazos y la besé frenéticamente. Ella soltaba risitas nerviosas y se iba quitando el vestido que caía prenda a prenda a sus pies. Entonces comprendí que aquella bonita muchacha me iba a dar, sin demasiada insistencia por mi parte, lo que mi amada Inés siempre me negaba. De repente estuvo desnuda, a excepción de las joyas que llevaba encima.

—¿De verdad te gusto? —insistía mientras me besaba dulcemente.

—Mucho, muchísimo…

Me daba cuenta de que era inexperto yo en los juegos del amor, mientras que era ella toda una maestra. Y siendo aquellos tiempos de aprender para mi mocedad, me dejé enseñar encantado…

Por la mañana Matilde se fue hacia la ventana y abrió los postigos. Desperté por la luz en un camastro, algo confundido, y mis ojos se toparon con su cuerpo desnudo.

—Hay panza de burra —dijo ella divertida.

Me levanté a ver. Un turbio velo que venía del sur cubría el cielo con un tono grisáceo, uniforme. El sol desaparecía detrás de ese toldo y traslucía solo un tenue brillo opaco, amarillento.

—Cuando el cielo se pone así —explicó ella—, por aquí decimos que hay panza de burra. Hoy hará mucho calor, porque eso no son nubes, sino polvo del sur que llega con el viento ardiente del otro lado del mar.

Me daba vueltas la cabeza y un sudor frío me recorría la espalda. Al ver a la muchacha a la luz del día, terminaron de disiparse los deseos que me cautivaron la noche anterior. Matilde era bella, pero no tanto como me pareció en la Villanesca. Tenía ahora el cabello revuelto y las pinturas de su cara estaban corridas, desdibujando los rasgos. Sus piernas eran demasiado largas, muy delgadas, y los huesos de las caderas le asomaban bajo la piel.

—Tengo que irme —dije—. Mi jefe se preguntará dónde estoy…

—Anda, ¿no me das un beso? —pidió ella.

El beso me pareció marchito y frío, del todo lejano

a los primeros que nos dimos al llegar a aquel cuartucho. Pues incluso la estancia, que en la penumbra de la tenue llama parecía un lugar hospitalario y cálido, no resultaba ser otra cosa que una sucia alcoba con unos escasos y destartalados muebles.

Me vestí y salí de allí deprisa, casi huyendo. Ella me gritaba a la espalda:

—¿Vendrás esta noche a la Villanesca, querido? ¿Volverás a buscarme? ¡Anda, guapo, no me olvides!

Deambulé por las calles tortuosas del barrio viejo, caminando entre los suntuosos y nobles caserones cuyas puertas y ventanas abrían los lacayos para ventilar las estancias. Tenía yo una sed grande que me atenazaba la garganta y un sabor amargo y dulce a la vez por el recuerdo de la noche.

Al pasar por delante de la capilla de un convento, me alcanzó la voz chillona de un fraile que hacía sonar una estridente campana y predicaba llamando a la penitencia. Entonces me afligí grandemente al caer en la cuenta de mis pecados. Se venían a mi mente las recomendaciones graves de don Celerino y me angustiaba arrepentido por haberme dejado llevar por los engaños de los sentidos. Como saetas, me atravesaban funestos presentimientos y venía a lamentar haber sido tan débil, traicionando tan pronto los firmes propósitos que me hice para esta vida de caballero que apenas comenzaba. Y me parecía sentir que mi señor padre no estaba orgulloso de mí, y que me asemejaba poco a los nobles héroes de las historias de caballería que tanto admiraba. Así que corrí al interior del templo y busqué ansiosamente confesión, la cual se me brindó al momento, y luego satisfice con una buena limosna la pena que pudiera corresponderme.

Con esta experiencia y otras que tuve, empecé a comprender lo difícil que era vivir en el mundo y que debía ir con los ojos bien abiertos. Y que no bastan las buenas intenciones, porque, con ellas o sin ellas, cae uno en los engaños de la vida. Pues, creyendo yo que encontraba los amores que tanto buscaba y necesitaba, vine a estar en manos de mujerzuelas a las que no interesaba de mí otra cosa que los cuartos que guardaba en las faltriqueras. Y vi cómo muchos soldados perdían a manos dellas cuanto tenían para subsistir. ¡Qué distinto era esto de las ingenuas suposiciones que me hice!

41

Don Jerónimo recibió permiso para embarcar a su gente a mediados de octubre. Zarpamos en diez galeras genovesas y cuatro napolitanas con buen tiempo, de manera que se navegó a gran velocidad no muy lejos de la costa, a favor del viento, durante dos jornadas. La chusma viajaba en cubierta a cielo abierto, y solo de noche arreciaban los fríos. Había que pernoctar incómodamente en los duros bancos donde se hacinaban los soldados y se amontonaban los pertrechos, sin más abrigo que las mantas y ropas que cada uno llevaba en su petate. Al no haber nada previsto para evacuar las inmundicias, la gente lo hacía como podía, asomándose por la borda. Pero, cuando apretó la marejada y comenzó el balanceo, vino lo peor, porque los vómitos y orines recorrían las tablas sin que pudiera uno verse libre de ellos, así que el hedor resultaba insoportable a medida que se alargaba la travesía. Y en este estado de cosas proliferaron las pulgas y piojos; aunque peor que la comezón era el mareo que no le dejaba a uno ni el agua parada un rato dentro del cuerpo.

No todo era malo a bordo. Estaban las recaladas en

las ciudades marítimas del recorrido. La necesidad de descansar, reanimar y nutrir a las dotaciones, así como de reponer las provisiones, ya que la galera solo puede llevar unas pequeñas cantidades, obligaban, gracias a Dios, al cabotaje. Y verdaderamente nuestros reinos cuentan con una admirable cadena de puertos en el Mediterráneo: Cartagena, Alicante, Valencia, Tarragona, Barcelona, Palma de Mallorca y, finalmente, Génova y las de las costas de Italia.

Con las paradas en tierra, los permisos y los desarreglos que sufrían las galeras, algunas de las cuales eran viejas, no llegamos a la vista de Génova hasta el día 6 de noviembre, con el tiempo metido ya en agua y unos fríos que le dejaban a uno tieso en cubierta. Y todavía tuvimos que aguardar al desembarco una jornada y media, anclados a dos millas de tierra, mientras las autoridades se ponían de acuerdo para dar acomodo a los mil quinientos hombres que éramos.

Por fin, al avemaría del día 7, comenzaron a bogar poco a poco hacia tierra y vimos crecer ante nuestros ojos la ciudad portuaria al tiempo que nos aproximábamos para entrar en la dársena: la colina de Sarzano a lo lejos con las fortificaciones, la iglesia y los palacios del burgo, las suntuosas fachadas de los edificios del puerto, la catedral de San Lorenzo y el Castello. Las altas montañas detrás, como un paredón, crecían bruscamente desde la costa rocosa, cerrada y con múltiples entrantes.

Apenas nos dieron tiempo para desentumecernos después del desembarco en Génova. Recogimos toda la impedimenta y el 8 de noviembre pusimos rumbo a la Lombardía, a los cuarteles de invierno del tercio, donde se hacía la instrucción, que estaban en Milán.

Cruzamos lo que decían ser la región más rica de Italia; una tierra codiciada y estratégica, causa de muchas guerras y teatro de gloriosas batallas entre los emperadores alemanes, los reyes franceses y los déspotas italianos del pasado. Se apreciaba que eran estos unos campos ricos, preparados ya para la siembra a estas alturas de otoño. En las praderas los ganados pacían mansamente y los aldeanos transitaban por los caminos a los mercados, bien vestidos, con paños ricos y buenos calzados que les protegían los pies del barro.

—Cualquier gañán parece aquí un príncipe —comentó alguien.

—Y las putas llevan guisa de condesas —añadió un veterano.

La carretera pasaba por preciosas ciudades antes de llegar a la llanura padana: Busalla, Tortona, Voghera y Pavía. Se quedaba uno admirado al ver el lujo de los carros, el señorío de las casas y lo orondas y lustrosas que estaban las gentes. Desde luego, allí no debía de pasarse mucha hambre; era lo primero que te venía a la mente. Cruzamos el río Po y nos adentramos en unas húmedas tierras, muy fértiles y jugosas, donde proliferaban los huertos rodeando bonitas granjas con numerosos paisanos dedicados a sus labores. El olor a tierra removida impregnaba el aire y grandes bandadas de pájaros se movían entre las alamedas. En las corrientes de los muchos riachuelos que encontrábamos a nuestro paso, los pescadores se afanaban con sus trasmallos o echaban la caña desde las orillas.

Al verme por estos territorios, no dejaba de venírseme a la memoria el recuerdo de mi padre, que pasó gran parte de su corta vida en los tercios de Italia, yendo desde aquí a dar batalla a franceses y herejes una y otra vez.

Por eso, los nombres de Génova, Pavía y Milán estaban grabados en mi alma desde muy niño, porque de estas plazas provenían las cartas trayendo las noticias que tanto anhelaba mi madre. Emocionado, sentía que era ahora llegado al fin el momento de que fuera yo tras sus pasos.

Apareció ante nuestros ojos Milán a lo lejos, y lo primero que llamaba la atención, no siendo aquella una ciudad muy grande, era la magnitud y la solidez de las fortificaciones y la gran extensión que ocupaban los cuarteles mandados edificar por nuestro señor el emperador hacía más de treinta años, así como la altura de los muros del Castello Sforzesco, que sobresalían por encima de las murallas. Uno de los sargentos, sin demasiado buen oído, inició una copla que debía de ser conocida por los veteranos, porque corearon todos el estribillo animosos:

> *España, mi natura,*
> *Italia, mi desventura,*
> *Flandes, mi sepultura.*
> *Ay, Milán,*
> *Milán, Milán, Milán…*

Había oído hablar tanto y con tanta veneración del maestre de campo, don Álvaro de Sande, que sin haberle visto aún se me hacía que sería un gran señor de tanta nobleza y gallardía como requería ornar las muchas hazañas que se contaban dél. Quienes habían servido a sus órdenes estaban de acuerdo a la hora de ensalzar las virtudes de este valiente militar, su prudencia y los siempre acertados hechos de armas que se le atribuían. Su sobrino don Jerónimo y el alférez Gume no se cansaban de recordar gestas en las que participaron con su jefe: en la jornada de Argel, en Lambrecy, en la toma de Luxemburgo; en Epernay, sobre el Marne, donde contaban que estuvo a punto de morir quemado en un asalto, pero aún teniendo que guardar cama no dejó de dirigir la lucha desde el lecho, mereciendo por ello que el propio emperador fuera a honrarle visitándole en su aposento; después en Hungría, en la campaña del Danubio; en la batalla gloriosa de Mühlberg, donde relataban ufanos cómo la gente de Sande apresó nada menos que al derrotado duque Mauricio de Sajonia, jefe de los herejes protestantes; y contra los sarracenos una vez más, en Trípoli, como ya tuvo que luchar antes junto al propio rey, en el año del Señor de 1535, en la triunfal jornada de Túnez.

En Milán nos instalamos en los cuarteles destinados a la instrucción de las tropas, que era donde don Jerónimo tenía su destino. Desde que llegamos, el capitán trabajó con todo el entusiasmo posible; organizó a los hombres según la estructura del tercio y no se cansaba de dar órdenes para que las cosas funcionasen lo antes posible, pues su tío, el general don Álvaro de Sande, se encontraba en España visitando la Corte y se esperaba que regresase un día u otro; por lo que era menester recibirle con las tropas dispuestas de la mejor manera.

Casi desde el mismo día de nuestra llegada dio comienzo para los hombres una recia instrucción. A los reclutas recién venidos se les llamaba en los cuarteles «guzmanes», y les correspondían a ellos desde el primer día los trabajos más duros. Estaba determinado que ningún hombre formara parte de las filas del tercio sin saber antes su oficio, y en Milán esto se cumplía con esmero, pues era Sande muy estricto. Los reclutas pasaban a manos de los veteranos y estos debían enseñarles a ser verdaderos soldados. Durante este tiempo, los nuevos eran considerados pajes de rodela, el grado más bajo del escalafón, y estaban encargados de servir y llevar las armas a los veteranos a cuyo cargo quedaban, los cuales no les ahorraban esfuerzos y sacrificios a la hora de endurecerlos con muchos ejercicios del cuerpo: saltos, carreras, juegos de pelota, equitación, esgrima…; pues ni en los ratos de ocio se desperdiciaba el tiempo, por aquello de que el infante no debía caer en la ociosidad para no hacerse perezoso.

Y don Jerónimo, por mucho aprecio que me tuviera, no me eximió de esta ardua tarea; por ser él el primero en considerar lo conveniente que resultaba en los meses iniciales el adecuado adiestramiento, con el fin de templar el ánimo y fortalecer los miembros.

Y con esta disciplina vine yo a comprender por qué nuestros tercios eran capaces de sostener el Imperio y habían escrito las más gloriosas páginas de la historia de los ejércitos, solo comparables con aquellos tiempos de las legiones, cuando los romanos gobernaban el mundo. La importancia y eficacia del tercio estriba en el predominio de la infantería, como ideara con su mucha inteligencia don Gonzalo de Córdoba, pues estos soldados pueden maniobrar en toda suerte de terrenos. Dobló él la proporción de arcabuceros, hasta el número de uno por cada cinco infantes, y armó con lanzas arrojadizas y espadas cortas a dos infantes de cada cinco, con el fin de que pudieran estos deslizarse entre las largas picas de los batallones suizos y lansquenetes para herir a los adversarios en el vientre. A esto se unió la mejora de las armas de fuego. La pólvora del arcabuz quedaba ahora al abrigo del viento, merced a una cazoleta protegida, y el arcabucero podía marchar con el arma cargada. Con el arcabuz de rueda, la pólvora es encendida por la chispa arrancada a una piedra de sílex con un solo movimiento del dedo; un avance definitivo, que permite el uso de esta arma incluso en la caballería.

Y esta fue mi sorpresa al aprender las nuevas tácticas: pues creía yo antes que era la caballería la sección que determinaba la victoria en las batallas, como recordaba de las grandes historias épicas. Y no era así, sino que, muy al contrario, habían pasado a ser los caballeros un mero testimonio del pasado, revestidos con armaduras cada vez más pesadas para evitar los impactos de los proyectiles, que les restaban movilidad e incluso resultaban fatales si caía el jinete a tierra frente al enemigo.

Pero los soldados españoles seguían conservando el orgullo de ser los más diestros en el manejo de la espada. Por eso los piqueros, cuyas armas defensivas eran la pica y la espada, recibían el más duro entrenamiento militar y una gran disciplina, porque en el combate cuerpo a cuerpo, que era el último estadio de las batallas, les correspondía a ellos decidir el triunfo. Y ha de destacarse también que, en las batallas navales, los grandes navíos son fortalezas que se ganan al asalto, como los castillos en tierra firme, con idéntico desprecio de la vida en atacantes y defensores. Son estos tremendos combates, con espantosos choques en los que la lucha se desenvuelve «a la antigua», con abordajes y mucha refriega sobre cubierta, siendo entonces definitivo el valor y el manejo de la espada.

Por estas fechas, finales que era del año del Señor de 1557, se hablaba todavía mucho en el tercio de la victoria de San Quintín. Algunos de estos veteranos estuvieron allí el 13 de agosto, cuando el rey de España llegó a la vista de los muros de la fortísima ciudad francesa. Después del asedio de Marienburg, a los ocho días, el general en jefe, que era el duque de Saboya, levantó silenciosamente el campo y cayó inesperadamente sobre San Quintín. Duró la batalla varias jornadas, hasta que fue tomada la ciudad el día 27 de agosto. Se contaban cosas horrendas de la toma y saco de esta plaza. La suerte de los franceses, a merced del furor de los soldados, fue muy triste. No se vieron libres del degüello ni las damas ni los niños, y los alemanes acabaron poniendo fuego al caserío, con lo que casi nadie se salvó. Solo escaparon las damas que nuestro rey pudo rescatar de la matanza con esfuerzos inauditos, recogiéndolas en la iglesia Mayor, que decían ser muy grande.

García, un maduro veterano que estuvo allí con los arcabuceros de la cuarta bandera, se recreaba en los detalles de las crueldades de esta última guerra y, felicitándose por el éxito, solía repetir las ganancias que se obtuvieron fruto del saco:

—Al ser aquella tierra de mercancías —decía—, no hubo soldado que no ganase; salieron muchos a mil ducados, ¡figuraos!, y a dos mil algunos… Y se hablaba por ahí de que los oficiales llevaban en la bolsa piezas, oro y joyas, por valor de hasta doce mil ducados… ¡Aquello fue maravilloso!

Solía haber siempre algún curioso que quería saber más y le preguntaba:

—¿Y tú, García, a cuánto escapaste?

—¡A ti qué carajo te importa! —contestaba desdeñoso—. ¡Mira este! ¡A él se lo voy a decir! ¡Me llevé lo mío y basta…!

42

En la primavera del año de 1558 regresó de España don Álvaro de Sande a Milán. Por abril mandó correo avisando de su venida y se hicieron grandes preparativos para su recibimiento y honra, pues traía nuevos oficios del rey don Felipe, que le nombró maestre de campo de todos los soldados españoles de a pie y a caballo del tercio del Milanesado y gobernador de la ciudad de Asti y del valle de Ferrara. Se presentó en los cuarteles de invierno a mediados de mayo y se le hizo alarde de bienvenida con todos los hombres formados en filas, con gran exhibición de armas, estandartes y banderas. Era la mañana de un bonito día de sol y los arneses desprendían destellos por estar recién pulidos. Los heraldos vitoreaban:

—¡Viva el césar emperador! ¡Viva el rey de España! ¡Vivan los tercios! ¡Viva don Álvaro de Sande!

—¡Viva! ¡Viva! ¡Viva!… —contestaban los soldados a una sola voz, con viril ímpetu.

Contemplé yo la ceremonia militar desde las últimas filas, por pertenecer aún a los guzmanes, y no se veía otra cosa que el yelmo empenachado del general por encima de las cabezas de mis compañeros de armas. Seríamos unos tres mil hombres y por lo menos tenía yo delante un millar alineados.

Nos dieron ese día asueto en los cuarteles, regalándonos con vino, carnes y panecillos dulces, y dejándonos libres por la tarde para ir a visitar la ciudad. Los hombres, rebosantes de felicidad, comentaban los beneficios de los nuevos oficios de Sande y se alegraban al presentir que mejoraría la vida de los soldados españoles. De camino hacia Milán, íbamos como un río humano, entonando las coplas aprendidas de los veteranos:

> *Aunque todo el mundo se ande,*
> *no se encontrará otro tercio*
> *como el de Álvaro de Sande.*
> *Ay, Milán, Milán, Milán, Milán.*
> *En Francia entra cagalera*
> *cuando ven llegar de lejos*
> *de los tercios las banderas.*
> *Ay, Milán, Milán, Milán, Milán.*

En julio llevaba yo cumplido más de un año a las órdenes del capitán don Jerónimo y contaba ya con edad y méritos suficientes para ser soldado; así que determinó mi jefe que fuera a presentarme al general para mostrarle la carta del emperador nuestro señor, la cual guardaba como un tesoro.

Por estas fechas pidió don Álvaro de Sande al gobernador de Milán guarnición de soldados españoles para el presidio que le correspondía en Asti, y el capitán general de todas las cosas de la guerra de Lombardía le concedió una bandera completa del regimiento de españoles, la cual capitaneaba don Jerónimo de Sande, su sobrino. Este se puso enseguida a seleccionar a los hombres de entre el tercio, donde ya formaban en las mismas filas los veteranos y los nuevos traídos del último reclutamiento. Para mí, esto supuso definitivamente dejar de ser guzmán y empezar a disfrutar de los privilegios que pudieran reportarme mis recomendaciones.

Don Jerónimo me habló un día muy serio:

—Monroy, va siendo hora de que ocupes el lugar que te corresponde. Así que vendrás conmigo y veremos qué decide don Álvaro.

Instalamos nuestro campamento en Asti. No era considerada esta como una plaza de importancia, por lo que las antiguas y ruinosas fortificaciones llevaban abandonadas el tiempo transcurrido desde la última guerra con los franceses. Hubo, pues, que mejorar los reductos, reparar la muralla y emplazar cañones donde los lugareños se los habían llevado para negociar con el hierro. Cuando todas estas tareas finalizaron, consideró don Jerónimo oportuno ir a visitar a su señor tío a Alejandría, lugar distante apenas cinco leguas, donde el general tenía su residencia. Reunió a los oficiales y les dijo:

—El domingo iré a comunicar al general que estamos ya dispuestos para lo que mande en los presidios de Asti. Llevaré conmigo al señor Gume y al alférez Pacheco para rendirle cuentas. Y tú, Monroy —añadió señalándome con el dedo—, vendrás también.

Llegamos a Alejandría y fuimos directamente a la residencia de don Álvaro de Sande, un bonito palacete situado en el centro de la ciudad, dando a la plaza. Era la hora de la misa mayor y el general asistía al oficio con toda su familia y servidumbre en la iglesia principal, que estaba a solo unos pasos de la puerta de su casa. Así que el lacayo que nos atendió nos invitó a esperarle en el recibidor.

No pasó mucho tiempo antes de que escucháramos cómo chirriaban los goznes de las puertas y el alboroto del gentío que regresaba de la misa. El criado debió de avisar al momento a su amo de nuestra presencia, porque enseguida se oyó exclamar a una voz madura:

—¿Jeromito? ¿Mi sobrino Jeromito? ¿Dónde está?

Irrumpió impetuosamente en el recibidor el general. Era esta la primera vez que le veía yo de cerca y me sorprendió su aspecto por ser muy diferente a la idea que de él me había hecho. Era don Álvaro de Sande un hombre muy anciano; alto, seco, flaco, de nariz afilada y piel amojamada; el pelo completamente blanco, perilla atusada y bigotes puntiagudos, hacia arriba; ojos grisáceos de expresión delirante y un nervioso y extraño temblor en las manos. Vestía ropas de calle, calzón y medias negras, jubón de caballero de Santiago con la roja cruz en el pecho y capote de buen tafetán, negro también. La cazoleta dorada de su gran espada resaltaba en el cinto, brillando en medio de tan oscuros atavíos.

—¡Ay, qué alegría! —decía extendiendo las manos hacia su sobrino—. ¡Ven, Jeromito, a mis brazos!

Se abrazaron tío y sobrino contentos de volver a verse, y se dieron las nuevas el uno al otro.

—Ya hemos terminado de acomodar la guarnición, excelencia —le dijo don Jerónimo—. Así que quedamos a sus órdenes.

—¡Qué Jeromito este! —exclamaba muy cariñoso don Álvaro sin dejar de palmear el hombro de su sobrino—. ¡Estará todo que dará gloria verlo! ¡Menudo capitán estás hecho!

También tenía elogios el general para los alféreces Gume y Pacheco.

—¡Qué gente tan buena tengo! ¡Ay, Dios bendito, qué tercio el mío! Ya tengo yo ganas de que se nos dé la oportunidad que merecemos. A ver si viene una campaña como Dios manda y podemos demostrar lo que valemos.

Trataba don Álvaro a sus hombres como si fueran hijos, más que subordinados, por tenerlos bajo su mando desde que eran apenas unos niños. Podría decirse que él los había criado, pues llevaban a sus órdenes casi toda la vida. Esa relación de años entre ellos saltaba a la vista; y se notaba una confianza total, así como una gran proximidad de trato.

Hablaron largo rato de sus asuntos, recordaron cosas y rieron muy a gusto todos las ocurrencias de Gume. Y por fin, se acordaron de mi presencia. Fui presentado y llegó el momento de decidir lo que debía ser de mi persona.

—Es Luis María Monroy de Villalobos —indicó don Jerónimo a su tío—. Viene con carta del mismísimo césar para nuestro tercio. Ha hecho ya la instrucción de ley y sabe muchas cosas de armas.

—¡Villalobos! —exclamó el general—. ¿De los Villalobos del priorato de Tudía?

—Sí, señor —contesté—. Soy nieto de don Álvaro de Villalobos.

—¡Vive Dios! ¡Nieto de mi querido tocayo Álvaro! ¡Ven a mis brazos, muchacho!

Se alegró mucho el general al saber mi parentesco. Había compartido muchas batallas con mi abuelo y fueron buenos amigos desde su juventud. Podía decirse que pertenecían a la misma época y al mismo mundo, por haber vivido historias semejantes. Con la diferencia de que la carrera de mi abuelo se malogró cuando fue hecho cautivo en Argel. Lo cual lamentó don Álvaro de Sande y se le ensombreció el rostro al asaltarle este triste recuerdo:

—¡Qué pena! —comentó—. Fue una desgraciada jornada aquella donde tu valiente abuelo fue hecho cautivo. ¡Qué gran oficial era! ¿Qué fue de él finalmente?

—Le rescataron unos frailes y regresó salvo a casa.

—¡Dios bendito! ¡Gracias al cielo!

Conté a don Álvaro cómo fueron los últimos días de mi abuelo, su muerte y también la de mi padre. Se entristeció él escuchando mis palabras y luego me puso la mano en el hombro y me dijo con gravedad:

—Estarán ambos en la gloria, hijo, que ya tendrá a bien Dios recompensar sus sacrificios. Y ahora te toca a ti continuar la buena obra que ellos iniciaron al servicio de nuestros reinos.

—Para eso he venido a ponerme a las órdenes de vuestra excelencia, señor general.

—¡Así se habla, Villalobos!

Desde ese día, don Álvaro me llamaba siempre por el apellido de mi abuelo materno, aunque todo el mundo en el regimiento me conocía como Monroy.

Nos obsequió el general con una buena comida en su casa y se alargó la plática en la sobremesa hasta bien entrada la tarde. Contaba don Jerónimo los pormenores del último levantamiento de hombres y su tío celebraba mucho los nuevos mil quinientos soldados que eran traídos para engrosar el tercio.

—Eso es lo que se necesitaba —dijo—; gente española en las filas. Que los suizos resultan muy caros, los alemanes y lansquenetes, borrachones y los italianos, demasiado puteros y bujarrones.

—¡Ja, ja, ja…! —reímos.

—¡Ay, Dios Bendito! —suspiró el general—. ¡Qué malos tiempos estos! Las guerras se están poniendo difíciles… Cada año cuesta más encontrar hombres con coraje… ¡Ah, esa gente brava del pasado! Ahora la juventud está falta de bríos y es cobardona, floja… ¿Y qué decir de la nobleza? Prefieren envejecer en sus señoríos antes que ir a conocer mundo en el ejército. ¿Y ese dichoso Nuevo Mundo, allende los mares? ¡La de gente que está loca por ir allá! ¡Si es aquí donde hacen falta buenos soldados para poner a raya al turco, al hereje y al francés! Y, claro, con la necesidad de material militar que hace falta en las Indias, cada vez están más caras las cosas de la guerra, los metales, el salitre, el azufre, las municiones…

—¿Hay a la vista alguna campaña, señor? —le preguntó don Jerónimo.

—¡Quia! —respondió don Álvaro desdeñoso—. El césar está muy mal de salud, ya sabéis… Y el dichoso duque de Alba, ¡como siempre!, a lo suyo. ¿Pues no dicen que anda lamiendo el culo a los franceses y al papa? El rey Felipe no quiere guerras; prefiere los tratados de paz, la diplomacia y todas esas bujarronerías propias de flamencos o de judíos… En la Corte está todo el mundo más pendiente del oro y la plata de las Indias que de los putos franceses y los endiablados turcos que se nos meten en las barbas. ¡Así están las cosas!

—¿Y qué carajo se puede hacer? —se exasperó Gume.

—Poca cosa —le contestó con gesto de desaliento don Álvaro, meneando la cabeza—. Mientras el de Alba esté haciendo y deshaciendo a su antojo, los demás capitanes generales no se atreven a dar un paso. Resulta que se ha sabido que los malditos sarracenos asaltaron Ciutadella en Menorca. Fue un saqueo y una degollina de cristianos terrible, el mes pasado. Los turcos se llevaron un millar de cautivos a Constantinopla. ¿Y qué se hace ante esto en la cristiandad? ¿Se cuidan de ir a poner remedio los cristianos reinos?

Negamos todos con movimientos de cabeza.

—Poca cosa se ha hecho —prosiguió el general—: pues lo único que ha acordado nuestro rey es conceder franquicia a los diezmos por espacio de diez años para lograr con el dinero sacado comprar la libertad de tal cantidad de cautivos. Y el papa Pío IV autoriza un jubileo extraordinario, extensivo a todas las tierras de España, para conseguir limosnas con que pagar los numerosos y cuantiosos rescates. ¡Menudo negocio para esos turcos del demonio! Si hacemos eso, ¿cómo vamos a pensar que dejarán algún día en paz nuestros mares?

—¡Me cago en…! —protestaban los oficiales—. ¡Será posible! ¡Hay que hacer algo!

—Que os lo digo yo —insistió don Álvaro—, que son estos los más difíciles y complejos tiempos que se han vivido. ¡Y lo que os he contado no es nada! ¿Sabéis cuál es el mayor disgusto de nuestra patria?

Volvimos a negar con la cabeza, impacientes por seguir escuchando sus informaciones. El general se echó hacia atrás en su asiento y abrió cuanto pudo sus grisáceos ojos, bajo las pobladas y encanecidas cejas, como en un gesto de asombro e indignación total. Inspiró profundamente, hinchando su menguado pecho, crispó las manos sarmentosas y, elevando la mirada al cielo, exclamó:

—¡Valladolid está infestada de herejes!

—¡Voto al cielo! —gritó don Jerónimo dando un puñetazo en la mesa.

—¡Por los clavos de Cristo! —dijo Gume.

—¡No es posible! —negó Pacheco.

—Sí, sí, sí…, hijos míos —afirmó don Álvaro—. Es la mayor desgracia que podía venirnos en estos desdichados años… ¡Si parece que el mismo Satanás anda suelto!

Contó el general cómo había sido descubierto en Valladolid un foco luterano que extendía desde allí sus nefastas influencias herejes a otros lugares de España. El inquisidor general y los consejos de la Inquisición se aprestaron a hacer grandes diligencias para atajar este pasmo, que tanto empezaba a cundir; pero mucho mal a la fe estaba hecho. Ya un año antes fue descubierto en Sevilla un precedente de este negro suceso acaecido en Castilla, cuando huyeron doce monjes jerónimos observantes de su monasterio y el canónigo magistral llamado doctor Edigio sembró de iluminismo Andalucía. Espantábase mucho don Álvaro de estas noticias y se lamentaba con ojos enrojecidos, a punto de brotarle las lágrimas:

—¡Santo Dios! ¿Para esto nos hemos dejado el pellejo, la hacienda y las vidas en tantas guerras?

—Anímese, señor tío —trató de consolarle el capitán—, y no se duela de esas noticias; que ya pondrá cuidado la Santa Inquisición, ¡pese al diablo!, en mandar a los herejes donde se merecen.

—¡Ay, quiéralo Dios, sobrino…! —rezó más calmado el anciano general, sacando un gran pañolón con el que se enjugó las lágrimas.

—¡Hala, hay que animarse! —propuso el señor Gume dando una palmada—. ¿Por qué no nos canta un romance Monroy?

—Eso, muchacho, canta —me pidió don Jerónimo—; muéstrale a su excelencia esa arte que aprendiste en España.

Bajé obediente a por la vihuela que llevaba siempre en la alforja, envuelta en cuero, y me dispuse a tañer y cantar algunos versos adecuados para el momento.

—¡Que no sean cosas de moros, eh! —me advirtió el capitán.

—¿Va bien una pavana? —dije—. ¡Ahí va eso!

Presto vengo a merecer
lo que se me prohibía
que puesto a te convencer
no me miras todavía...

Di luego una sucesión de acordes a la manera que aprendí en Málaga y ellos tamborilearon con los dedos en la mesa, moviendo los hombros y sonriendo de oreja a oreja. Canté luego un par de romances y muchas coplas de las que sabía desde que comencé a tañer en Oropesa. Terminó reuniéndose en el salón toda la familia y servidumbre del general y se improvisó una animada fiestecilla.

A última hora, se acercó a mí don Álvaro y quiso recompensarme con algunos reales, que yo no acepté, gustoso de haberle alegrado el alma. Entonces él, poniéndome la mano en el hombro, anunció delante de todo el mundo:

—Ya sé cuál será tu oficio en el tercio, Villalobos. Parece que Dios me lo ha soplado al oído esta tarde. Serás tambor. Aprenderás a tocar la caja y, si Dios quiere, pronto llegarás a tambor mayor. ¿Qué te parece?

—Lo que mande vuestra excelencia —asentí muy conforme.

***

De manera que vine yo a recibir el oficio de tambor en el tercio de Lombardía. Me apliqué enseguida a aprender el manejo de las cajas de guerra, que era como se llamaba a los tambores que se hacían sonar en los ejércitos para comunicar las órdenes de los oficiales a los soldados. No tardé en conocer muy bien los toques de ordenanza y pronto obtuve la distinción y el sueldo que correspondía a este servicio de tanta importancia y responsabilidad, cuya proximidad al Alto Mando le venía dada por la obligación de evitar los posibles yerros en las señales, de los cuales sobrevenía mucho daño. En poco más de dos meses, además de saber hacer todos los toques que el tercio usaba en campaña; «al arma», «arma furiosa», «batalla soberbia», «apresto a retirada», «retirada presurosa»…, sabía también interpretar y transmitir las respuestas y, no solo conocía los toques españoles, sino que iba distinguiendo ya las señales de los tambores alemanes, franceses, turcos y moriscos. Pero lo verdaderamente difícil era entenderse con los toques en el estruendo de la batalla, por lo que solíamos practicar sirviéndonos de los pífanos y trompetas que señalaban las órdenes del tambor general y las transmitían al resto de las cajas del tercio.

A primeros de octubre del año de 1558 se supo en Asti que había muerto en Yuste el emperador nuestro señor, el 21 de septiembre, día de san Mateo. Inmediatamente las autoridades iniciaron los aprestos para las honras fúnebres que eran menester y se dieron las órdenes de luto pertinentes. Hubo muy solemnes funerales, alardes militares y muchas salvas que tronaban a los cielos para despedir al césar y saludar al rey de las Españas. En los discursos que se dieron y en los sermones que se sucedieron durante muchos días se nombraba al difunto soberano como «emperador cristianísimo, invictísimo», cuya vida se gastó toda en defensa de la fe y en conservación de la justicia en nuestros católicos reinos. Don Álvaro de Sande no pudo concluir la lectura de una larga oda que compuso un oficial aficionado a los versos para que fuera proclamada por el general delante de sus soldados; se le quebró la voz cuando el poema ensalzó los sufrimientos del césar por la causa de la cristiandad y se hizo un gran silencio. Alguien de entre las filas gritó entonces:

—¡Viva el emperador nuestro señor!

—¡Viva! —respondió el tercio a una sola voz.

No pudo proseguir don Álvaro ya, y tuvo el sargento mayor que dar las órdenes de que los tambores iniciaran un redoblar de cajas destempladas que se tenía preparado para la ocasión. Comenzaron entonces a desfilar las banderas y estandartes del tercio; la cruz de san Andrés o de Borgoña con crespones negros, las armas imperiales a media asta y un catafalco que se montó sobre un carromato, cubierto con el estandarte de Carlos I emperador, que debía encaminarse hacia la catedral de Asti, donde se oficiaban los solemnes funerales.

Por estas fechas, ya era yo tambor primero, y ocupaba mi lugar en las filas que componían la fanfarria de paz que debía ir tocando durante el trayecto, acompañando la melodía de trompetas, cuernos, tubas y trompas. En la tristeza de la música y la gravedad del paso, iba recordando cómo conocí al difunto césar y las veces que serví su copa, tañí y canté para él.

LIBRO V

Donde se cuenta cómo el duque de Sessa, gobernador que era de Milán, recibió orden de que la infantería española fuese a servir en la empresa de Trípoli. De los aparatos de guerra que se hicieron en Sicilia y de los trabajos con que fueron atribulados y afligidos los soldados. Nárrase también la salida de la Armada del puerto de Malta y las muchas cosas que sucedieron antes de saltar a tierra en los Gelves, así como las peleas que hubo con los moros de allí.

43

Concluyó el año de 1558 con la muerte del césar y muchos cambios que hizo el rey Felipe, así en el Alto Mando del ejército como en el gobierno de los reinos del Imperio. Parecía que este nuevo rey no quería seguir las contiendas del pasado y hacer cuentas nuevas con los viejos enemigos de su augusto padre. Y pareció que Dios mismo le ayudaba a la hora de buscar las paces, porque, después del emperador Carlos, bajó a la tumba el papa Paulo IV y murieron también las reinas de Francia y Hungría, hermanas del césar; María de Inglaterra y muchos otros príncipes. Era como si se cerrara un mundo viejo y se abriera otro nuevo. De manera que, en la primavera del año de 1559, se firmó en Cateau-Cambrésis la paz con los franceses. Suponía esto dar un respiro a los ejércitos de Flandes y Lombardía, pues fruto de los pactos, se hicieron nuevas fronteras: Calais, Guiñes y Ham quedaban en poder del rey de Francia, al que nuestro rey devolvía la plaza de San Quintín; recuperando el ducado de Saboya Manuel Filiberto, su duque, el gran vencedor de San Quintín, y volvían al Imperio todo lo que los franceses nos quitaron en los Países Bajos; Thionville, Luxemburgo y Marienburg, entre otras.

Muchos veteranos militares se quejaban porque se tornaban a manos de sus antiguos dueños lo que tanta sangre había costado en las batallas, pero se consolaban al recordar que al menos se conservaba el botín fruto de los sacos. Una cruel copla se cantaba mucho por entonces en el tercio de Lombardía:

> *Toma Francia a San Quintín*
> *en busca de sus mujeres,*
> *no dará con el botín*
> *ni con los míos placeres.*
> *Ay, Milán,*
> *Milán, Milán, Milán*

Don Álvaro de Sande no veía tampoco con muy buenos ojos estas nuevas alianzas y de vez en cuando se le oía quejarse entre dientes:

—Prudencia…, demasiada prudencia es esto… Y el francés guarda siempre una carta bajo el tapete. ¡Bien se estarán riendo de nosotros! ¡Si son unos zorros! ¿Cómo nadie se da cuenta de que no harán nada sin buscar su beneficio?

Pero escuché decir a algunos oficiales que estaban recién llegados de Flandes que serían muy provechosas estas paces con Francia, pues gracias a ellas podría defenderse al fin sin tropiezos a la Santa Iglesia Romana de los herejes. Otros decían también que era necesaria la alianza con el reino vecino para que el rey Felipe regresase a España y se asentase definitivamente en su corte, conviviendo con sus súbditos, lo cual no hacía ningún monarca desde la muerte del Rey Católico.

Aunque, la mayoría de los caballeros españoles lo que de verdad lamentaban y no perdonaban al rey francés era la alianza que este hizo con el sultán turco, gracias a la cual pudo una escuadra de galeras mandada por Piali bajá hacer mucho daño en las costas de Calabria, Nápoles y Baleares, poner sitio finalmente a Trípoli y conquistarla. ¡Con los esfuerzos que costó esta plaza al césar!

Por eso hubo tanto jolgorio y muchos hasta se emborracharon para celebrar la noticia que llegó en verano: que el rey Enrique de Francia había muerto en un torneo en París, herido por un caballero escocés el 10 de julio de ese año.

También llegaron los cambios a Italia, como al resto del Imperio. Fue nombrado gobernador de Milán don Gonzalo Fernández de Córdoba y el duque de Medinaceli, don Juan de la Cerda y Silva, virrey de Nápoles. Vinieron al tercio de Lombardía muchos caballeros de renombre; célebres militares como el conde Brocardo, Flaminio Paleólogo, el conde de San Segundo, don Alonso Pimentel o el famoso capitán de la caballería ligera don Melchor de Herrera, que llegaría a ser gran ministro del rey.

Pero, como quiera que la paz entre Francia y España interrumpió las guerras, se volvió muy difícil en el tercio de Milán conseguir ganar aína peculio y fama, por lo que muchos de aquellos nobles caballeros estaban descontentos y se volvían a sus señoríos o se iban a otras provincias donde se prometían campañas prósperas.

A finales del verano se supo en Asti que había llegado a Milán el comendador Guimarán con una orden del rey para el duque de Sessa; en ella se anunciaba una gran campaña contra el moro en África, con el fin de liberar Trípoli. Se solicitaban inmediatamente dos mil hombres para que fuesen a servir a esta empresa. Enterado don Álvaro de Sande, partió inmediatamente a Milán para ofrecerse con los soldados españoles que tenía a su cargo. Todo esto supe yo —aunque se hacía con gran sigilo— porque don Jerónimo estuvo muy agitado esos días y constantemente se reunía con el señor Gume y con los oficiales de su confianza para darles nuevas. Se notaba al personal deseoso de hacer armas, porque decían que esta quietud los estaba matando.

—Así ha de ser —comentaban entre ellos—; si está calmada Europa, hay que mirar para el moro. ¡Dios quiera que salga adelante esta empresa! Trípoli de África es una buena plaza… —aseguraban los que fueron allá en la última empresa.

Regresó don Álvaro de Sande pronto y anunció muy emocionado que habría campaña y que tenía encomienda de escoger mil quinientos hombres del tercio de españoles e ir a Nápoles cuanto antes, para tomar allí a otros dos mil soldados de infantería, españoles también, y navegar con todos a Sicilia, donde el duque de Medinaceli debía ponerse como capitán general al mando de la armada, con otras tres banderas de italianos y alemanes que irían con nosotros desde Génova.

Se inició el aparato de guerra con muchas prisas y fuimos a concentrarnos los hombres a Milán, sin que casi tuviéramos tiempo de hacernos a la idea de cuánto se nos avecinaba. Allí tardaban al parecer en llegar los dineros para el armamento, munición y vitualla, por lo que el general se volvía más impaciente de lo que estaba. Así que el duque de Sessa le mandó ir con las tropas a Génova y aguardar con toda la gente a que llegasen los pertrechos para recogerlos directamente en el puerto. De manera que fuimos a reunirnos allá los mil quinientos españoles con los tres mil italianos y los setecientos alemanes que componían las otras tres banderas.

Toda esta gente estuvo en Génova veinte días esperando a las galeras que debían venir para llevarnos a Sicilia. Era demasiado tiempo para una soldadesca ávida de guerra y que llevaba ya muchos meses sin cobrar su paga. A esto vino a sumarse el retraso de las raciones, pues, si no llegaban los dineros de España para el pago de las soldadas, tampoco el de las vituallas. Cundió entonces el malestar entre la tropa, que tenía además vedado el paso a la ciudad por temor a los desórdenes. Los hombres iban de acá para allá como manadas de lobos hambrientos, furiosos, haciendo reuniones en las que los cabecillas llamaban al motín. Empezaron las deserciones. Un grupo de veteranos se hizo con una barca en los aledaños del puerto y se lanzaron a la mar. Se supo luego que habían ido saqueando los pequeños puertos de la costa y que se ensañaron en un pueblo haciendo todo tipo de fechorías.

No salía yo de mi asombro al escuchar las conversaciones de nuestros soldados, más propias de rufianesca que de leales milicias cristianas. Iban por ahí a ver qué pillaban y pobre desdichado el que se cruzase en su camino; si era mujer la deshonraban y si era hombre lo molían a palos y le quitaban cuanto llevara encima. Tuve que poner mucho cuidado con mis cosas, pues hasta entre compañeros había robos. El ambiente era malísimo en las filas, con broncas, rencillas y peleas de unas secciones con otras.

Al ser sargento mayor del tercio don Jerónimo de Sande, debía acompañarle yo en todo momento, por tener ganado ya el grado de tambor mayor; así que vine a enterarme de muchas cosas del mando y a ser testigo de importantes conversaciones. Le daba diariamente las nuevas el capitán a su tío y este se quedaba compungido, preocupado o golpeaba con el puño en la mesa y gritaba:

—¡Disciplina, disciplina y disciplina! ¡Orden y disciplina! ¡Al que pilléis en una fechoría, lo colgáis sin más miramientos!

—Que no, señor tío —replicaba don Jerónimo—; que se está poniendo la cosa muy negra. ¡No vamos a colgar a un centenar de hombres cada día!

—¡Por los clavos de Cristo! —rugía don Álvaro—. ¡Pero qué suerte de canalla nos ha entrado en las filas! ¡Colgadlos he dicho!

La disciplina que pedía el general se hacía imposible de cumplir. Muchos de los oficiales estaban tan furiosos como sus hombres, por no tener qué llevarse a la boca. Se veía cada día cómo los soldados enflacaban y eran capaces de vender a su propia madre por un mendrugo de pan.

Finalmente sucedió lo que más se temía: estalló un motín liderado por un capitán italiano llamado Hugo Meazza, que puso en armas a su gente primero y luego se extendió la revuelta a otras secciones. Los rebeldes intentaron asaltar los barcos españoles que estaban anclados en el puerto. Hubo una feroz refriega y el general de la armada del mar, don Juan de Mendoza, se retiró con sus galeras para regresar a las costas españolas, temiendo que los amotinados se hicieran con ellas y se fueran a cualquier parte a asaltar los puertos vecinos o, peor aún, que se ofrecieran al corso.

Para colmo de males, enfermó don Álvaro, seguramente a causa del disgusto, y tuvo tales fiebres que debía guardar cama. Oí decir que deliraba y andaba como sonámbulo dando absurdas órdenes. Veía yo cómo el pobre de don Jerónimo se exasperaba, sin saber qué hacer. Tuvimos que ir a recluirnos en el castillo de Génova, porque la cosa estaba tan peligrosa que temíamos incluso por las propias vidas.

Contemplando estos desastres, tardaba yo en conciliar el sueño durante las noches, no por temor, sino por sentirme muy defraudado acerca de lo que suponía que era el ejército. «¿Estas son las cristianas tropas del rey? —me preguntaba—. ¿Dónde están los ideales caballerescos, la lealtad, el sacrificio, el sagrado orden…?». Me entristecía mucho ver a caballeros tan nobles como mi capitán sufriendo a causa de la chusma desmandada y enloquecida de egoísmo.

—Estas cosas pasan, Monroy —me decía consolador el señor Gume, al verme silencioso y meditabundo—; no vayas tú a desalentarte.

—Pero… —observaba yo estupefacto—. ¿Esos son los hombres con los que iremos a dar guerra al moro?

—¿Y qué vamos a hacer si no? —suspiraba él—. Son esos los bueyes con los que hay que arar; no hay otros.

44

Mejoró gracias a Dios don Álvaro de Sande de sus males, lo cual reconfortó mucho a la oficialía que estaba temerosa de que se diera al traste con la campaña. Tan feas se habían puesto las cosas, por la mucha gente que desertó y el amotinamiento, que llegó a decirse que solo un milagro enderezaría el entuerto y se podrían cumplir las órdenes de su majestad. Los soldados andaban por ahí divididos, buscándose la vida por Génova, que salió muy maltrecha del desaguisado; y el Alto Mando permanecía recluido en el castillo, deliberando acerca de lo que debía hacerse.

En tal estado de la situación, quiso el cielo que no llegase a mayores la tropa, gracias a que vino al fin el duque de Sessa con las pagas que le enviaron desde Flandes por tierra.

Lo primero que se hizo fue mandar publicar bandos para hacérselo saber a la soldadesca y llamarlos a una general retreta, para que fueran a recogerse en los cuarteles y en el gran campamento militar, que estaban casi desmantelados del todo a causa de tanto desorden.

Pareció que los hombres se apaciguaban con estas noticias e iban acudiendo al llamado como ovejas a su redil.

Mandó don Álvaro que todos los oficiales se pusieran las armaduras y que se aprestaran a salir con sus caballos y armas, como si fueran a dar batalla. Ordenó luego que las bandas de pífanos y tambores salieran del castillo por delante formando estruendo con una fanfarria guerrera muy briosa que se tocaba antes de los combates. Con esto y con una fila de más de un centenar de alabarderos y varios cientos de soldados de infantería leales que vinieron con el de Sessa, se encaminó hacia la inmensa plaza de armas donde se reunían las tropas sin demasiado orden ni compostura.

Llegamos primeramente los músicos, y los soldados nos abrieron paso, haciéndose a los lados, curiosos. Algunos veteranos alzaban la voz por encima del estruendo y nos preguntaban desgañitándose para hacerse oír:

—¡Muchachos!, ¿es verdad que el virrey ha traído las soldadas?

Afirmábamos muy serios con grandes movimientos de cabeza, sin dejar de tocar ni un momento.

—¿Habéis cobrado vosotros? ¿Habéis visto la plata? —insistían.

Aunque no había recibido yo ni un real de las soldadas, se me ocurrió echar mano a la bolsa que llevaba en la faltriquera desde que vine de España y sacar un puñado de monedas de valor, las cuales mostré al gentío.

—¡Han cobrado! ¡Les han pagado! —comenzaron a gritar los soldados—. ¡Estos tienen la paga!

La voz se corrió y cambió sobremanera la actitud de la mayoría de los hombres, que ahora se apresuraban a formar las filas, cada uno en su lugar, para aguardar la llegada del Alto Mando.

Fueron entrando en la plaza de los cuarteles los alabarderos, seguidos de muchos caballeros armados sobre sus monturas, y todos los infantes con los mosquetes cargados. Llegó al fin el general con el duque de Sessa. Cesó la música militar y se hizo un gran silencio. Todos los ojos estaban pendientes del virrey y del Alto Mando.

—¡Soldados! —gritó un heraldo—. ¡Su excelencia el maestre de campo va a hablaros!

Se adelantó don Álvaro al centro de la plaza y comenzó una perorata:

—¡Soldados de los tercios! Su majestad el rey de las Españas os pide una vez más que deis la sangre en socorro de nuestros cristianos reinos. Los moros y los turcos, andando el corso, han hecho y hacen muchos daños en nuestros mares con tantas galeras y galeotas por todo el Mediterráneo que no dejan en paz los negocios de contratación que son la prosperidad y el sustento de la cristiandad. ¿Vamos a dejar que sean ellos los señores del mar?

—¡No! —contestaron los soldados a una voz, aunque sin demasiado ímpetu.

—¡Pero que se nos pague! —se escuchaba gritar desde las últimas filas.

—¡Eso, que se nos pague! —decían otras voces—. ¡No se puede pelear con la tripa vacía! ¡Solo pedimos lo que se nos debe!

Me hizo una señal don Jerónimo y me puse a tocar la caja llamando al orden. De nuevo se hizo el silencio. Prosiguió el general:

—¡Todo el mundo cobrará su parte! Su excelencia el duque de Sessa tiene los dineros mandados por el rey para los menesteres de esta campaña y ha suficiente y sobrado para que cada soldado reciba su paga.

—¿Y dónde están esos dineros? —demandó el cabecilla de los amotinados, el tal Meazza, que estaba algo adelantado con respecto a los demás soldados, muy bien guardadas las espaldas por varios centenares de veteranos armados hasta los dientes.

—¡A buen recaudo! —contestó don Álvaro furioso—. ¿Qué pensabais, que los íbamos a traer aquí para que dierais cuenta dellos con esta indisciplina y fanfarronería?

—¡Solo pedimos lo que nos corresponde por justicia! —replicó Meazza.

—Y nadie os lo niega —le respondió el general—. Si se han retrasado las pagas es precisamente por lo dueños que andan del mar los turcos, que no dejan pasar galera del Levante de España. Han tenido que venir los dineros por tierra desde Flandes. ¡Así están las cosas, hijos míos! ¿Vamos a dejar que el sarraceno decida cuándo hemos de cobrar nuestras soldadas?

—¡No! —gritaron ahora con más brío los hombres.

—Pues, muchachos —prosiguió el de Sande su discurso más seguro, viendo que iba dominando al fin las conciencias de sus soldados—, no quiere el rey otra cosa que pongamos fin a los daños que causa el turco en nuestros mares; pues son tan grandes las presas que hacen, así de cristianos cautivos, como de haciendas y mercancías, que es sin comparación y número la riqueza que los dichos moros y turcos han habido, y la gran destrucción y asolación que han hecho en las costas de España: porque desde Perpiñán, ¡daos cuenta, caros hijos!, a la costa de Portugal, las tierras marítimas están incultas, bravas y por labrar y cultivar; porque a cuatro o cinco leguas del agua no osan las gentes estar: y así viene mucha pobreza, por haberse perdido las heredades que solían labrarse en estas tierras…

—¡Hay que ir a ellos! —gritó entonces con fuerza don Jerónimo a mi espalda, con un atronador vozarrón.

—¡Eso, a ellos! ¡Al diablo el moro! ¡Démosle lo que se merece! ¡Al moro…! —gritaban los soldados, olvidándose ya de las pagas y del motín.

Las cajas llamaron al silencio de nuevo y pudo concluir su perorata el general, en fiera arenga:

—¡Os juro, hijos míos, que se os pagará! Pero comprended que sería un gran riesgo repartir aquí los dineros, pues algunos malos soldados desertarían con ellos y se daría al traste con nuestra misión. ¡Confiad en vuestros generales! ¡Nadie se quedará sin lo suyo! Y sabed que hay en Trípoli de África muchas riquezas llamándonos a botín y que tiene allí el turco sus tesoros, fruto de tanto robo y saqueo como han hecho en toda Grecia, Sicilia, Venecia, Nápoles y España, galera tras galera y navío tras navío… ¡Por Santiago, hijos! ¡A ellos! ¡Al moro!

—¡Santiago! ¡Santiago! —gritaban enfervorizados los hombres—. ¡Al moro! ¡Al moro!

Aprovechando estos ánimos y la buena disposición de toda la tropa, hizo don Jerónimo una señal a la guardia de los alabarderos y fueron estos con un rápido movimiento a coger preso al italiano Meazza. En medio del alboroto y la sorpresa de la maniobra, fue fácil reducir al cabecilla junto con sus más cercanos seguidores. Era curioso ver cómo los soldados cambiaron muy de repente su manera de mirar a los jefezuelos del motín, despreciándolos ahora y yéndose incluso hacia ellos para aporrearlos y propiciarles puntapiés.

—¡Traidores! ¡A la horca con ellos! —gritaban algunos—. ¡Santiago! ¡Santiago! ¡Al moro! ¡Al moro! —seguía vociferando la gente, en la que ya era una imparable explosión de fervor guerrero y ganas de ir a la batalla.

***

Llegaron las galeras de Sicilia al día siguiente, lo cual no pudo suceder en mejor momento, ya que la tropa estaba aquietada y contenta por haber comido lo suficiente, aunque no hubiese cobrado aún. Venía al mando de los barcos don Berenguer de Requesens, el cual estuvo algo remiso a embarcar a los hombres a causa de que había temporal. Pero, como quiera que don Álvaro le apremió contándole lo que había pasado en los días antes por el retraso, accedió al fin a que subieran los soldados. Partieron con estas galeras todos los alemanes, italianos y parte de la infantería española, aunque con amenaza de tormenta y vientos adversos, de manera que tuvo que regresar al poco uno de los barcos en que iba parte de la infantería italiana, por temerse que fuera a pique.

La caballería ligera española, los soldados principales y el Alto Mando se embarcó en cuatro galeras venecianas a cuyo mando venía Juan Andrea Doria, sobrino que era del afamado príncipe Doria, que traía la misión de unirse a la empresa y pasar soldados a Sicilia. Estas naves, con la galera siciliana donde iban los italianos, ya recompuesta de la avería, partieron dos días después que la flota capitaneada por Berenguer de Requesens. En el navío del príncipe Doria iba yo, orgulloso de compartir viaje con los generales y la alta oficialía de la empresa.

Cuando zarpamos, el tiempo era al fin apacible. El barco surcaba el mar en calma a golpe de remos. Atardecía y el cielo adquiría un tono rojo pálido sobre un horizonte de montañas azuladas que se quedaban atrás. El silbato del maestre de forzados dirigía el ritmo de las paladas con sus pausados toques, como un piar de pájaro cansino. Al caer los remos y romper el agua a la vez, era como una ola deshecha en espuma, a un lado y otro de los altos costados de la nave.

Pronto cayó la noche y la brisa era cada vez más fresca. Aparecieron lejanas y brillantes estrellas en el cielo limpio que se confundía con el mar oscuro. Teníamos luna llena. ¡Qué extraordinaria visión! La luz plateada iluminaba la estela que dejaban los barcos, como un ancho camino blanco en las aguas.

Echado sobre mi petate, contemplaba yo el mar nocturno y sereno, dejándome cautivar por ese vago encanto de lo ilimitado. Qué lejos se me hacía ahora que estaban mi familia y mi tierra con sus campos y gentes. Quería recordar los rostros y se me borraban en la memoria. En cambio, se avivaban en mi alma las ansias de aventuras, los sueños de gloria y victorias, la misteriosa atracción de la guerra…

45

A los dos días de navegar, el mar tan azul y el cielo claro me producían cansancio. No íbamos muy lejos de la costa, por lo que veíamos todo el tiempo las montañas, la tierra del litoral e incluso las ciudades de Italia. Al cuarto día comenzó a soplar el viento y las velas se hincharon, impulsando con mayor fuerza la nave. Luego se echó encima el mal tiempo, llovía y hacía frío. En esas circunstancias, la vida a bordo se hace mucho más dura.

Nos detuvimos en Nápoles solo un día, el tiempo suficiente para que se nos sumara la escuadra napolitana con la infantería del Tercio Viejo. Eran nueve galeras más: siete del general de la armada del mar Sancho de Leiva y dos de Stefano di Mare; aportando otros dos mil soldados españoles a la empresa, veteranos todos y pláticos muchos de ellos en la lucha contra el moro.

El día primero de septiembre llegábamos a Messina y echábamos el ancla en el puerto al amanecer. La ciudad se veía allá arriba, respaldada en una alta sierra. Las costas brotaban duras y todo el mar estaba lleno de velas latinas de los barcos de los pescadores, que inmediatamente bogaban hacia nosotros para ofrecernos peces, pan tierno, agua dulce y vino. Nos detuvimos el tiempo suficiente para esperar a que se reuniera toda la armada antes de pasar el estrecho.

Fueron acudiendo las escuadras que componían la flota de más de cien barcos: la galera real al frente, bajo estandarte del príncipe Doria, que capitaneaba toda la armada teniendo como general a Juan Andrea Doria, pues el príncipe no vino a la empresa por sus muchos años; seguían las dieciséis galeras venecianas; la escuadra de Nápoles, con sus nueve galeras; la de Sicilia, que se adelantó con don Berenguer de Requesens por general; la escuadra pontificia, bajo el mando del general Flaminio Languillara; la escuadra del duque de Florencia y la del marqués de Terranova; dos más de Mónaco y dos de Visconte Cicala. Resultaba un espectáculo imponente tal cantidad de barcos con sus velas desplegadas, los palos, los estandartes y las cruces e insignias en el horizonte del mar.

La gente que venía en las naves echó pie a tierra en el puerto de Messina y fue a reunirse en unos campos donde estaba hecho todo el aparato de guerra, con muchos barracones, intendencias, tiendas de campaña y el arsenal necesario para proveer convenientemente a la gran armada. Más de un centenar de heraldos aguardaban allí, por orden del Alto Mando, para ir distribuyendo a las diversas secciones de los ejércitos por los lugares que les correspondían.

Acampó nuestra tropa en las laderas de un monte, de manera muy incómoda a causa de la pendiente. Pero había tal ánimo en los hombres y tanta gana de ir a dar batalla al moro que todas las penalidades eran tenidas por buenas con tal de estar en esta empresa. Además, como los jueces militares fueron duros con el amotinado Meazza y sus secuaces, nadie alzaba una voz más alta que otra, por temor a terminar en la horca.

Veíamos el puerto allá abajo, con aquella enormidad de naves, cuya visión, plegadas las velas y alineadas las galeras por escuadras, daba la sensación de ser un bosque que brotaba del cabrilleo de las olas, por tal cantidad de arboladuras. Al otro lado del estrecho se veían las altas montañas de Calabria, extendiéndose en medio un mar brillante y una atmósfera transparente, limpia, que enviaba brisas salinas.

Guardaba para mí Messina unos sentimientos singulares, pues era este nombre el que más había escuchado yo en mi infancia, por ser el puerto donde una y otra vez recalaba mi señor padre en sus idas y venidas a los tercios de Italia. Embarcábase él en Málaga en sus primeros años de soldado y venía al tercio de galeras de Sicilia, que era el que acudía en socorro de las costas. De manera que tan pronto estaba en Génova, como en Nápoles, en Bari, Brindisi, Potenza, Tarento o aquí, en Sicilia, de la que tanto hablaba. Pasó luego a luchar en las guerras de Europa, donde le hicieron capitán; pero añoró siempre él, según decía, estos mares del sur de Italia. Sería por eso que los últimos meses los pasó aquí, antes de ir a dar la que sería su postrera y final guerra, a los moros de Bugía, hallando la muerte.

Había dispuesto el rey que el duque de Medinaceli y virrey de Sicilia, don Juan de la Cerda y Silva, fuera capitán general de toda la empresa. Vino a Messina el duque con sus poderes el 21 de septiembre, en la galera almiranta de la escuadra española cuyo general era don

Juan de Mendoza. Llegaron con él muchos caballeros de renombre, maestres de campo, coroneles e ingenieros que tenían el cometido de hacer todo el aparato de guerra. Ese día supo don Álvaro de Sande que sería lugarteniente del duque y que le correspondía por tanto la más alta responsabilidad en la campaña guerrera.

Lo primero que hizo el general fue preparar el alarde. Tenían que desfilar doce mil hombres con sus pertrechos delante de la bandera del rey el día de San Miguel Arcángel que era el 29 de septiembre.

Ya la semana antes del desfile comenzaron las contrariedades. Los intendentes se quejaban de que las vituallas que trajo la flota española para abastecer a todo el ejército estaban en mal estado. Al parecer, los alimentos habían pasado todo el verano en el puerto de Málaga, soportando el calor, esperando a que se terminara de juntar a todas las fuerzas que debían participar en la empresa. Las grasas estaban rancias, el trigo y la harina comidos de bichos, las salazones desprendían un olor repugnante y nadie sabía qué había sido del aceite, pues las alcuzas que debían contenerlo no aparecían por parte alguna. Cuando los soldados terminaron con las raciones que traían para el viaje, se encontraron con que tenían que comer una suerte de inmundicia nada apetecible. Hubo protestas, pero, por temor a que pasara lo que en Génova, los hombres terminaron haciendo de tripas corazón y metiéndose en el cuerpo aquella basura.

Sucedió lo peor; faltando solo un día para el alarde, los soldados empezaron a enfermar. Resultaba lamentable ver a toda aquella gente tan brava retorciéndose de dolor de barriga y yendo continuamente a vomitar y hacer de cuerpo.

Se reunieron los generales y decidieron que, a pesar

de este contratiempo, debía hacerse el desfile, pues era muy necesario para enardecer los ánimos e infundir valor a los ejércitos.

Llegó el día de San Miguel y la parada estaba prevista para media mañana. Desde muy temprano, los músicos templábamos nuestros instrumentos, vestidos ya con nuestras galas y alineados, esperando a que se nos indicara el momento de salida. De vez en cuando, a algún pífano le daban arcadas y debía salir corriendo a arrojar para no llenar la flauta de vómitos por el camino. ¡Qué lamentable situación!

Cercana ya la hora del comienzo, vi venir a don Jerónimo muy apurado, llamándome:

—¡Monroy, Monroy…!

—¡Aquí estoy, señor! —contesté solícito.

—¿Cómo estás, muchacho? —me preguntó.

—Muy bien, señor.

—¡Gracias al cielo! Anda, ven conmigo que te necesito para un cometido —me ordenó.

Seguí al capitán y vi que me llevaba a los barracones del Alto Mando, que se alineaban al final del puerto, en las atarazanas que se extendían delante de donde permanecían ancladas las galeras principales. Estaban allí formados los alabarderos de la guardia del duque junto a las banderas reales y los estandartes de los diversos tercios. También allí se veía a los hombres algo maltrechos, con los rostros amarillentos o agarrándose la tripa por los retortijones. Me condujo don Jerónimo a unas dependencias donde estaban reunidos algunos caballeros en torno a un jergón en el que se hallaba echado un enfermo. Se dirigió a ellos mi jefe y les dijo:

—Este es el muchacho.

Vino hacia nosotros un caballero alto y delgado que

vestía galas de coronel. Supe que era don Quirico Spínola, que mandaba varias banderas de infantería y que servía directamente a don Álvaro. Se acercó a mí y, en baja voz, me preguntó:

—¿Sabes el toque de paso solemne?

—Claro, señor —respondí.

—¿Y el aviso de saludo a la bandera?

—Sí, señor, también lo sé.

—Pues ven conmigo, muchacho.

Me acercó adonde estaban los otros oficiales y me explicó que el tambor general de la bandera principal española había caído enfermo del dichoso mal de tripas; que debía ser por ello sustituido y que los segundos tambores también se encontraban obligados a permanecer tendidos a causa de la enfermedad. A un lado, sobre un taburete, descansaban las galas lujosas que debía vestir el tambor general y la caja de color intensamente azul que tenía que tocar en el desfile.

—Veamos cómo te sientan esas ropas —me dijo el coronel.

—Vamos, muchacho, vístete con ellas —me ordenó don Jerónimo—, que tendrás que hacer el oficio de tambor general.

Inmediatamente me puse las galas. Me quedaban algo holgadas, pero, con el capote y tapado por el gran tamaño de la caja, no se notaba demasiado. Conocía yo bien esas prendas propias de quien ostentaba el mayor rango entre los músicos: la parlota de paño amarillo con plumero rojo sobre la cabeza, el jubón y los gregüescos acuchillados también en amarillo y rojo, las medias rojas y el capote de dorado brocado.

—¡Perfecto! —exclamó don Quirico Spínola—. ¡Andando, al alarde!

Se inició el desfile, que, a pesar de la baja de unos tres mil hombres, quedó muy lucido y vistoso. Tocaba la caja yo detrás del estandarte de don Álvaro de Sande, que iba precedido de muchos otros estandartes y banderas de los tercios; me seguían una veintena de pífanos y treinta tambores con las libreas del color de sus maestres de campo. Las salvas de honor se confundían con el ensordecedor redoble de las cajas. Le hervía a uno la sangre al escuchar el estrépito de los pasos de casi diez mil soldados que iban desfilando por las dársenas del largo puerto de Messina, pasando por delante de la bandera real y de un estrado donde estaba dispuesto un gran crucifijo y desde donde un arzobispo y sus acólitos lanzaban agua bendita con grandes hisopos. Un poco más adelante, se hallaba la imagen de un Santiago Matamoros de enorme tamaño, sobre un caballo encabritado, alzando la espada y venciendo a unos sarracenos que caían a sus pies. Al pasar por allí, los hombres gritaban:

—¡Santiago! ¡Santiago!

46

Como quiera que el tambor general no mejoraba de la enfermedad, sino que iba a peor, enflaquecía y tenía ya casi perdido el sentido, como muchos otros hombres aquejados de este mal, seguí yo supliéndole. La dignidad de este alto oficio me permitía usar galas y distinciones diferentes a las de simple soldado, cobrar una paga más alta y, lo mejor de todo, alternar con otros principales caballeros veteranos y oficiales. El señor Gume, que me veía ir de acá para allá disfrutando de mi nueva situación, me decía con sorna:

—¡Qué suerte has tenido, Monroy! ¿Eh, bribón? No ha dos años que llevas en el tercio y vas para arriba que vuelas.

—De algo habrá de valerme haber pasado tantas horas al tambor —replicaba yo—. Así es la vida.

—Que sí, muchacho —decía él amigable—, que tienes razón. ¡Te lo mereces, carajo!

Conocí en este tiempo de Messina a mucha buena gente de las banderas de Nápoles y Milán; soldados principales de la caballería ligera, capitanes y alféreces de infantería y caballeros de los hábitos de Santiago, Alcántara y Calatrava. A punto de cumplir diecinueve años, me consideraba yo un hombre hecho y derecho e iba por ahí pavoneándome, haciendo uso de los dineros que me sobraban en la bolsa y aprovechando cualquier momento libre para entregarme a la vida de las tabernas. Y siendo Sicilia un sitio de paso para la milicia, no faltaban los buenos tugurios donde corría el rico vino de Messina, del cual decían ser uno de los mejores del mundo.

Había un enorme mesón en la parte baja de la ciudad, dando al puerto, que debió de ser uno de esos edificios que se usaban en la antigüedad para aderezar los barcos, porque los muros eran de sólidas piedras y los techos altísimos, de manera que podía hacerse fuego dentro sin necesidad de chimeneas, y los humos escapaban por los ventanucos que estaban a más de quince varas del suelo. Cabían dentro un par de centenares de hombres y estaban holgados. La pena era que, habiendo venido a desembarcar a Messina tal cantidad de soldados, se les agotaron las comidas a todos los mesoneros de los alrededores y no te servían otra cosa que aceitunas muy amargas o unas bolas de harina, hierbas y especias, con demasiada sal, para que pidieras más y más vino. Sería por esto que los españoles llamaban a ese gran mesón el Saladero. Y no solo dentro, sino delante de la puerta y en los alrededores, se concentraba diariamente una gran cantidad de soldados, sobre todo al atardecer. Corrió además la voz de que el vino fuerte de la isla era el mejor remedio para la pandemia que aquejaba a los hombres, con lo que se veían unas borracheras de muerte.

Entre el grupo de camaradas que me eché, había una buena porción de caballeros de Cáceres que ya se conocían muy bien la ciudad de otras correrías anteriores. Estaba un tal Martín de Ulloa, muy dicharachero, que solía servirnos de guía y, cuando el Saladero se atestaba de gente y no se podía parar dentro, sabía buscar la manera para no desaprovechar el rato de diversión.

—Andando, vamos a la casa de unas amigas mías —nos propuso un día.

E íbamos todos con él a un antiguo palacio ruinoso, donde vivía un viejo bandido siciliano, venido a menos, que tenía una especie de serrallo con una veintena de mujeres muy hermosas, italianas, moras y hasta negras, las cuales estaba dispuesto a ceder por un puñado de monedas, siempre que quien las solicitara fuera al menos capitán. Decían de él que era el noble hijo de un conde calabrés y una turca cautiva, que se había pasado la vida saliendo a corso por Grecia, y ahora viejo, tuerto y manco no tenía mejor manera de ganarse la vida que la ruindad de dar en mancebía a sus concubinas. Se llamaba Polo Ropetón, vestía a la griega o a la turca, con anchos calzones, fajín, collares sobre el pecho y muchas sortijas en los dedos. Gastaba este viejo zorro unas malas pulgas que se permitía sacar cada vez que no le agradaba algo de sus clientes, gracias a que le guardaban las espaldas una cincuentena de rufianes armados hasta los dientes, que no serían otra cosa que los hijos de sus pecados. Cuando se alteraba, se ponía Ropetón que echaba chispas, comenzaba a golpear mesas y paredes con el bastón y gritaba:

—*Fuora! Fuora españoli de merda! Fuora dil mio palazzo! A la merda putana! Ire con il diabolo!*

Y teníamos que salir de allí por pies, pues su guardia de bandidos echaba mano a los arcabuces y espadas y no era cosa de entrar en guerra antes de ir a tierra de moros.

Pero, cuando el dueño estaba de buenas, ir al palacio de Polo Ropetón era todo un lujo. Sus cocineras preparaban deliciosos caracoles, tortas rellenas de pasta de aceitunas y lentejas con salazón de pescado. Creo que, más que por el remedio del vino siciliano, nos libramos mis compañeros y yo de la pandemia por la rica comida que nos servían en este sitio. Y bien caro nos salía el privilegio, que gasté yo más plata en el mes de Messina que en los dos años anteriores.

Otra cosa muy buena que tenía este palacio antiguo y destartalado era que se podía tañer y cantar a gusto, porque a su dueño le encantaba la música, amén de apaciguarle mucho, como a fiera que era. Así que mis camaradas, siempre que íbamos a ir allí, me pedían:

—Anda, Monroy, lleva el laúd y la vihuela, que ya sabes cómo nos facilitan las cosas en lo del viejo Ropetón.

Y serían las mujeres del anciano corsario rameras por hacer ganancia de su cuerpo, pero, como a su amo, les deleitaba más una buena canción que ninguna otra cosa. ¡Ah, qué delicia para mi mocedad!, verme rodeado de aquellas fémíneas, perfumadas y lindas hembras envueltas en sedas y gasas, después de pasar la mayor parte de mi tiempo entre rudos y malolientes soldados. Era maravilloso apurar el vino dulce mesinés, tañer, cantar y dejarse acariciar amorosamente por delicadas manos de mujer. A estas alturas, la conciencia de lo que era pecado o no dormía ya plácidamente en lo más hondo de mi ánima.

Aunque no siempre teníamos a nuestra disposición el palacio de Ropetón, porque con demasiada frecuencia se nos adelantaban otros grupos de oficiales o concertaba su negocio el viejo con los más altos caballeros del mando y, como prefería el rango de su clientela antes incluso que el dinero, nos quedábamos a dos velas. Teníamos entonces que conformarnos con las aceitunas amargas, las bolas de harina y el hacinado y sofocante ambiente del Saladero.

Una de aquellas tardes de octubre, con pegajoso sol otoñal y atmósfera densa y vaporosa en el puerto, estábamos aplicados al vino del mesón cuando entró un muchacho vociferando, que avisaba:

—¡Vienen las barcazas de Reggio! ¡Las mujeres de Calabria llegan al puerto!

Se levantaron todas las cabezas de los hombres que jugaban a los naipes, conversaban parsimoniosamente o se adormilaban amodorrados por el vino; durante un instante se detuvo el ir y venir de los mesoneros y se hizo un gran silencio. Pero inmediatamente después se armó un confuso alboroto y la soldadesca se precipitó atropelladamente hacia el gran portalón buscando la salida.

—¡Por fin! —exclamaban—. ¡Menos mal! ¡Ya era hora!

Llevados por nuestra curiosidad, corrimos también nosotros siguiendo a la alborotada turba.

—¿Qué es eso? —preguntaba yo al veterano Martín de Ulloa—. ¿Por qué llevan esas prisas?

—¡Uf, ya veréis! —nos decía Ulloa.

Por el estrecho, en dirección al puerto, a golpe de remo, venían dos embarcaciones de alto bordo, y otras dos más pequeñas. A medida que se acercaban, se iba distinguiendo el colorido de los vestidos del mujerío que saludaba en cubierta. Los hombres que estaban en el extremo mismo de los muelles, apiñados de manera que casi se caían al agua, chillaban y aplaudían locos de contento.

—¿Qué es eso, por Dios, Ulloa? —le preguntaba yo a mi compañero, comido por la impaciencia.

—Son las mujeres de Calabria y del otro lado de la costa —explicó él—. Cuando se enteran de que hay tropas en esta parte de Sicilia se reúnen y cruzan el estrecho para venir a negociar. Traen talegas y cestas de frutas, pescado, aceite, seda y vino. ¡Todo un lujo en este trance! Pero esos soldados por lo que se alegran más es porque saben que podrán limpiar la espada.

—¿Limpiar la espada? —pregunté inocentemente.

—¡Claro, hombre! —dijo con un gesto explícito—. ¡Ya me entiendes! Esas pobres deben de tener un hambre… Son años muy malos a causa del turco y tienen que sacar adelante a sus hijos. No es que todas lo hagan, pero algunos maridos miran para otro lado y siempre habrá alguna de esas que se saque unos cuartos de mala manera.

—Ah, comprendo.

A estas alturas, me iba yo curando de espanto. ¡Qué tristes son las cosas de la guerra! Empezaba a darme cuenta de que para nosotros aquello era aventura y sueño de gloria, pero para muchas pobres gentes el paso de los ejércitos, las maldades de las armas y el egoísmo de los reinos no era otra cosa que miserias e indignidades.

Me sucedió a las pocas semanas de estar en Sicilia que, llegadas una tarde las barcazas de Reggio de Calabria, como cada día, fuimos a curiosear y a comprar qué llevarnos a la boca. Estábamos viendo cómo descendían por las pasarelas, largado ya el anclerío, toda esa fila de mujeres con sus enaguas de colores y sus pañuelos sobre la cabeza, las talegas y las cestas al cuadril, cuando oí que ya desde la borda una de ellas gritaba a voz en cuello:

—¡Monroy! ¡Monroy! ¡Monroy!…

—Ahí hay una que te busca, bribonzuelo —me dijo uno de los compañeros.

—¡Imposible! —repliqué—. No he estado con ninguna de esas mujeres.

—Pues desde luego llama a un Monroy y, que yo sepa, no hay otro en el tercio que tú.

Veía yo a la mujer ir de acá para allá, como buscando a alguien. Iban con ella un muchacho adolescente, un chiquillo de cuatro o cinco años y llevaba en los brazos a otra criatura en edad de mamar.

—¡Monroy! ¡Monroy! ¡Monroy!… —no dejaba de gritar, alzando la cabeza por encima del gentío.

Como viera yo que nadie acudía a ella y me intrigara mucho la cosa, me acerqué y estuve observándola de cerca. Entonces, uno de los hombres de mi bandera me señaló y le indicó a la mujer:

—Ese es Monroy, buena mujer.

Ella clavó los ojos en mí. Debía de tener menos de treinta años, aunque estaba algo estropeada. Sus ojos eran grandes y expresivos, con pupilas muy verdes; la tez morena y el cabello negro, desgreñado. Vestía ropas pobres, descoloridas, y estaba muy flaca, lo mismo que sus hijos.

—¿Es vuaced Monroy? —me preguntó balbuciente, con labios agrietados y temblorosos.

—Sí, mujer —contesté—. ¿Qué me quieres? ¿Por qué me buscas?

—¿Es vuaced del señorío de Belvís de los Monroy? —inquirió muy nerviosa—. ¿Del sur de España?

—Bueno… —contesté algo confuso—. Mi señor padre era de allá…

—¡Ay! —lanzó un agudo grito y se arrojó a mis

pies, besándomelos, arrodillada—. ¡Señor, señor Monroy! —sollozaba—. ¡Mi *capitano* Luis Monroy!

—¡Eh, mujer! —le decía yo, tratando de alzarla del suelo—. ¿Qué te pasa? ¿Por qué me dices esas cosas?

Empezaba yo a pensar que era una loca que había escuchado mi nombre por ahí y que quería pedirme algo. Mis camaradas y muchos soldados hacían corro a mi alrededor, curiosos, y contemplaban la escena con sonrisas socarronas.

De repente, uno de los sargentos de otra bandera dijo en voz alta:

—¡Me cago en el turco, Monroy! ¿Pues no te van a salir ahora aquí unos medio hermanos?

Me quedé paralizado. Miraba a la mujer y a los hijos que iban con ella y no sabía qué hacer. Mi mente daba vueltas en una confusión grande. Hasta que Ulloa tiró de mí hacia un lado y me dijo:

—¡Anda, vámonos de aquí!

Entonces la mujer intensificó sus gritos.

—¡No, señor Monroy! ¡Son estos tu sangre! ¡Son hijos de tu señor padre, el mejor caballero de España! ¡He sabido ayer que lo mataron los moros en Bugía! ¡Las mujeres me lo dijeron cuando regresaron a Reggio! ¡Pero eres tú su hijo!…

Un poco más allá estaba el señor Gume haciendo tratos al lado de la barcaza y debió de oírlo todo, porque se acercó enseguida y arrancó de mis ropas las manos de la mujer mientras le gritaba:

—¡Fuera de aquí! ¡Aprovechada! ¡Anda, lárgate con tus cuentos a otra parte! ¿Te crees que vas a sacar un escudo con esas patrañas?

—Pero… ¿Se puede saber qué? —balbucía yo.

Gume y Ulloa me sacaron de allí casi a rastras y me

llevaron en volandas al campamento. Por el camino, me decían:

—¿Vas a hacer caso a esa loca? Es un viejo truco eso de ir con historias a los soldados para sacarles la plata. Unas veces inventan un cuento y otras una mentira absurda y repugnante como esa.

Iba yo aturdido, escuchando sus razonamientos, pero el rostro y los gritos de la mujer seguían grabados en mi mente. No quería ni dar oportunidad a mi conciencia para preguntarme: ¿y si era verdad? ¿Y si esa mujer era un amor de mi padre en estos puertos? ¿Y si alguno de esos hijos suyos era mi hermano?

47

Por la mañana estaba yo dedicado en el campamento a los ensayos de la caja con mis compañeros, cuando vino un guardia de puerta y anunció:

—¡A ver, quién es el tal Monroy!

—Aquí presente —contesté—. ¿Qué se me quiere?

—Hay en la puerta una mujer con tres niños que no deja de gritar tu nombre y dice que te busca.

Fui hacia allí echando chispas, dispuesto a quitarme de encima de una vez y para siempre a la dichosa mujer. La encontré recostada en los muros, con un hatillo al lado y las criaturas famélicas y sucias. Nada más verme, corrió hacia mí y se me arrojó a los pies como la tarde anterior.

—Señor Monroy —sollozaba—, caro señor... socórrame, por el amor de su señor padre.

—¡Qué patraña es esa, mujer! —le espeté—. ¿Crees que me vas a engañar con ese cuento? ¿Cómo voy a creer que esos son hijos de mi padre?

—¡No, señor, no digo mentira! Este pequeño no es de don Luis Monroy, pero los otros dos sí. ¡Mire vuestra merced sus caras! ¿No son iguales a su señor padre? ¿No se parecen a vuaced?… ¡Mírelos bien, por caridad!

Me fijé en el muchacho adolescente y en el niño de cinco años. Por mucho que me doliera, ella tenía razón; los rostros de sus dos hijos no podían resultarme más familiares. Pero, aun así, me parecía mentira su historia.

—No, no te creo —le dije—. Anda, mujer, coge a tus hijos y vete a tu pueblo. ¡Déjame en paz o llamaré a la justicia!

—¡Ay, señor Monroy! ¡Socórrame, por caridad! —insistía agarrada a mi mano—. Si no me cree, pregunte a los de la cuarta bandera de Nápoles. ¡Pregúnteles a ellos, señor Monroy, que le dirán verdad! Hay viejos soldados en el tercio que sabían lo del padre de vuaced conmigo.

—¿Dónde dices?

—En la cuarta bandera, señor Monroy. Ellos le dirán…

Miré otra vez a los niños. Sobre todo el mayor era realmente parecido a mi señor padre y, por ende, a mí; aunque tampoco el otro dejaba de asemejárseme. Me asaltó entonces como un vértigo y espanté inmediatamente la idea.

—¡Vete de aquí, mujer! —le grité—. ¡Vete ahora mismo o llamaré a la alguacilería! ¡Te juro que la llamaré! Estás calumniando a mi señor padre y ensucias la honra de mi apellido… ¡Fuera de aquí!

Regresé al interior del campamento y, con un nudo de contradicciones en la cabeza, me dejé llevar por mis pasos en dirección a los barracones de la oficialía de nuestra bandera para buscar a don Jerónimo.

—¡Hombre, Monroy, muchacho, qué te trae! —me recibió con su habitual cordialidad.

—He de hablarle de un asunto serio —dije en tono grave.

—Bien, tú dirás.

Fuimos a un lugar apartado de la gente y le conté todo lo que me estaba sucediendo con esa mujer. Circunspecto, escuchó mi asunto y luego dijo:

—He oído algunas historias parecidas a esa. Es frecuente que los soldados dejen retoños en el puerto. Aunque los hombres sean prudentes y respetables maridos… ¡La carne es la carne, qué diablos! Son muchos meses lejos de casa; años incluso…

—¿Entonces? —observé entristecido—. ¿Es posible que esos desgraciados sean mis medio hermanos?

—¡Uf, quién sabe! Puede ser también que, como dice Gume, sea todo una mentira de esa mujer para sacar cuartos. Cuando hay hambre, la inteligencia afina mucho.

—¿Y qué puedo hacer?

—Hombre, Monroy, aun siendo cierto… ¿Eres tú acaso culpable de los pecados de tu señor padre?

—No, señor, pero no podré vivir tranquilo pensando que mi sangre anda por ahí muerta de necesidad.

—Entonces —propuso—, haremos una cosa: vamos ahora mismo a la cuarta de Nápoles e indagamos. Ha solo cinco años que murió tu padre y muchos compañeros deben recordar lo que hacía o no hacía, pues era un capitán de renombre.

Me pareció muy justo seguir su consejo. Se prestó amablemente don Jerónimo a acompañarme para que hallara yo más facilidades en mis pesquisas. Fuimos a la parte donde acampaban los de Nápoles y estuvimos preguntando entre los oficiales. Para mi sorpresa, había allí muchos capitanes, sargentos y caballeros que conocieron a mi padre y estuvieron contándome muchas cosas de él, tanto de su primera época de militar, allí en Sicilia, como de sus correrías en las guerras de Francia, Alemania y Flandes. Coincidieron todos en lo mucho que me parecía yo a él y se mostraban encantados porque el hijo de un antiguo camarada estuviera también en el tercio.

—Tendrías que estar en la cuarta de Nápoles —me decían—, en la que servía tu padre. Así habría otra vez un Monroy en la bandera.

Llegó la hora de explicarles el asunto delicado que me llevaba a ellos y fue don Jerónimo quien les contó todo y les hizo las oportunas e incómodas preguntas. Los oficiales, alegres y dicharacheros hasta ese momento, ensombrecieron ahora el rostro, meneaban la cabeza y comentaban:

—Son cosas que pasan, muchacho. No te preocupes por eso. La vida es así. La milicia conlleva esas cosas. Es dura la vida del soldado y...

—Pero... —repliqué exasperado—. ¿Era o no era esa mujer amante de mi padre?

—¡Quién sabe eso! —exclamó un sargento impetuoso, llamado Corrales—. ¿Y quién puede saber si esos son sus hijos o son los de otro? Todos los que estamos aquí hemos limpiado la espada en este y en otros puertos del Mediterráneo, en Italia, Flandes, Alemania... ¿Vamos a ir a buscar por ahí a nuestros hijos? ¡Olvídate de este asunto, muchacho, o te volverás loco!

—Al menos, díganme vuestras mercedes si conoció mi padre a esa mujer —supliqué.

—¡Conocía tu padre a tantas hembras! —exclamó Corrales.

—¿Qué quiere decir vuaced? —inquirí.

—Pues eso. Mira, muchacho, eres un hombre hecho y derecho y estás en el ejército. ¡No se te puede ocultar lo que es evidente! Tu padre era un capitán hermoso y tenía las mujeres por docenas, aquí, en España, en Nápoles o en Flandes. ¡Como tú, si te pones a buscarlas!

La confusión terminó apoderándose por completo de mí. Miraba a aquellos militares que sonreían socarronamente y me palmeaban el hombro, contándome sus correrías y sus historias de faldas y una voz dentro de mí repetía: «¡Por Dios, se trata de mi padre; mi propio padre!».

—De todas formas —añadió el sargento Corrales—, ya que veo que sigues empeñado en saber toda la verdad acerca de esa mujer, será mejor que busques al sargento mayor Alonso de Escobar. Era íntimo de tu señor padre y sabrá dél muchas más cosas que nosotros.

—¿Y dónde podré encontrar a ese caballero? —pregunté.

—Está en la sexta bandera, sirviendo a las órdenes del coronel Diego de Ávalos, pero lo encontrarás a esta hora sentado bajo un nogal en aquellos cerros de allí, donde se reúnen los oficiales.

—Vamos allá —dijo don Jerónimo—, te acompañaré.

Llegamos a una especie de pequeño valle, bajo los cerros, donde crecían inmensos nogales que estaban perdiendo las amarillentas hojas. Los soldados recogían del suelo las nueces, canturreando o platicando apaciblemente, las machacaban y extraían el delicioso fruto. Al vernos llegar, uno de ellos alzó la cabeza y nos avisó con cara de pocos amigos:

—¡Eh, vosotros! Esta zona pertenece a la sexta bandera de Nápoles, por lo tanto, las nueces son propiedad nuestra. No se os ocurra echar mano a una sola.

—¡No venimos a por nueces! —replicó el capitán con desdén—. ¿Dónde está el sargento mayor don Alonso de Escobar?

Nos señalaron los soldados un gran nogal a lo lejos que brotaba junto a un arroyuelo. Fuimos allá. Al remontar un altozano y pasar entre unos arbustos, nos salieron al paso algunos alabarderos:

—¡Alto, quién va!

—Capitán de la primera de Milán y tambor general —respondió don Jerónimo.

—¿Qué trae a vuestras mercedes?

—Buscamos a don Alonso de Escobar.

—¿Para qué?

—Asunto privado.

Volvió el oficial de los alabarderos a preguntar nuestros nombres y oficios y desapareció por detrás de una empalizada levantada con gruesos troncos, tras la cual asomaba el vértice más alto de una tienda de campaña. A poco regresó y nos dijo:

—Síganme vuestras mercedes. Don Alonso les dará audiencia.

Nos sorprendió lo que encontramos al pasar al interior de la empalizada. La tienda de campaña era soberbia, suntuosa, sólida, confeccionada con buen cuero de cabra y adornada con bellos remates y piezas de paño a la turca. Se extendía delante de ella una especie de dosel flanqueado por las banderas del regimiento donde dos lacayos vestidos con buenas libreas estaban disponiendo comidas sobre una mesa. Un poco más allá, bajo la sombra del inmenso nogal, varios caballeros distinguidos jugaban a los naipes y bebían en copas de fina plata.

Se alzó de su asiento un oficial alto y de aspecto poderoso, de poblado ceño y espesa barba rojiza con algunos hilos de plata. Vestía los abullonados y acuchillados propios de la indumentaria alemana, muy lujosa; el jubón ceñido, abotonado en pulido bronce, y las medias ajustadas, pulcras, que traslucían unas piernas fuertes y arqueadas; la capa hasta la cintura a la española y la gorra como las que recordaba haber visto a mi padre, con abundantes plumas de color.

—¡Jerónimo de Sande! —exclamó al ver al capitán—. ¿Qué te trae por esta bandera, bribón?

—¡Qué bien vivís los de Nápoles! —le contestó don Jerónimo extendiéndole la mano.

Se conocían bien por ser ambos de Cáceres y haber servido juntos un tiempo. Hablaron primero de sus cosas y luego el capitán me presentó a mí. Ya notaba yo que don Alonso me miraba mucho de reojo, pero, fue al saber mi apellido y origen, cuando dio un respingo y gritó bruscamente:

—¡Jesús de los clavos! ¡Ver para creer! ¡Si eres la estampa de Monroy!

Se retiró un poco para remirarme con más detenimiento y añadió:

—¡Ven a mis brazos, criatura de Dios!

Me abrazó y besó muy cariñoso. Chocaba ver a un hombretón como aquel, con tan recia voz y ademanes tan varoniles, deshacerse en lágrimas y gemir emocionado.

—¡Qué sorpresa tan grande! ¡Jesús de los clavos, qué sorpresa! —decía con unos abiertos ojos de asombro—. ¡Tomemos algo para celebrarlo!

Se despidieron los oficiales que compartían la partida de naipes y pasamos los tres a ocupar la mesa que estaba bajo el nogal, a mano izquierda de la tienda. A una orden de Escobar, los lacayos sirvieron carne asada y vino.

—¿Puede saberse de dónde viene esta carne fresca

tan rica? —le preguntó don Jerónimo al sargento mayor—. ¡Si no hay manera de encontrar de nada en la isla!

—¿De dónde va a ser sino de los cuartos que me han costado? Son muchos años viviendo en Sicilia, Sande, y uno es ya perro viejo… Vamos, probad ese vino, que es de lo mejor que hay en Messina.

—¡Buenísimo! —exclamaba el capitán—. ¡Excelente! ¡Qué bien has sabido alegrarte siempre la vida, Escobar!

—¡Pues claro! —observó don Alonso—. Ya de por sí es dura la vida del militar. ¡Ay, si no fuera por los placeres que uno se busca!

Estuvimos comiendo y bebiendo un largo rato mientras avanzaba la tarde. Llegaban desde lejos los rumores del campamento: el cacharreo de la cocina, los silbidos de los pífanos, las voces de los heraldos y ese continuo rumor metálico del constante trajinar de los hombres con arneses, hierros y armas de todo género.

—¿Cómo ves esta campaña, Escobar?; tú que eres veterano en cosas de turcos y moros —le preguntó don Jerónimo al sargento mayor.

—¡Uf, qué quieres que te diga! —contestó escéptico Escobar—. Esos turcos del demonio son muy cucos. Sinceramente, considero que nos hemos retrasado demasiado. Estas expediciones deben jugar siempre a la sorpresa. Es fundamental caer sobre las plazas lo más repentinamente posible. Cosa que ya no será posible, pues con el retraso de Génova, entre Messina y lo que nos queda, ya andará Dragut bien enterado de nuestros propósitos y estará reforzando sus guarniciones en Trípoli.

—¡Somos nada menos que doce mil hombres! —replicó el capitán—. Ahí abajo en el puerto hay más de cien galeras. Se han reunido las mejores escuadras que pueden armarse en el Mediterráneo…

—¿Y qué? —repuso don Alonso—. Mira, se echa encima el invierno; estamos terminando octubre y ya apuntan las nieblas decembrinas en el estrecho. Pronto estaremos a merced de vientos, tormentas y lluvia. ¡Nada hay peor que una campaña en invierno!

—Entonces… —suspiró don Jerónimo—. ¡Qué hacer!

—A estas alturas, qué otra cosa que seguir adelante. ¿Vas a mandar a casa a todo este ejército? Pero, ya te digo, considero que el Alto Mando se precipitó. Una campaña como esta no se prepara así, a la carrera, con prisas e improvisaciones. No, no fue de esta manera como el emperador Carlos conquistó Túnez.

—¿Crees que debería estar aquí el rey? —le preguntó el capitán bajando la voz.

—¡Pues claro, hombre! —contestó él dando con la palma de la mano en la mesa—. ¿No te das cuenta? Estamos bajo el mando de inexpertos y vejestorios, dicho sea con todo el respeto. Tu tío, don Álvaro, tiene ya cumplidos los setenta, y el almirante Doria es un abuelo que ha tenido que enviar a su sobrino, pues no se tiene en pie. Y el duque de Medinaceli… ¡mejor no hablar!

—¿Qué pasa con el de Medinaceli? —quiso saber don Jerónimo.

—¡Pues que no tiene ni puta la idea de lo que es una guerra! ¿Has visto las galas que lleva? ¡A quién se le ocurre ponerse una borgoñota colorada para revistar a las tropas! Y esa indumentaria que usa, que parece de ir a pasear por Valladolid… ¡Si se están mofando de él todos los veteranos, carajo!

—¡Anda, Escobar, no te quejes tanto! —le recriminó don Jerónimo, dándole un cordial golpe en el hombro—. Está ahí lo mejor de la cristiandad y le vamos a dar a esos sarracenos lo que se merecen. Con sorpresa o sin ella, Trípoli volverá al Imperio.

—Dios te oiga —dijo don Alonso—. ¡Vamos a brindar por ello!

Empezó a atardecer. Me interesaba a mí mucho la conversación que mantenían los dos oficiales, pero no dejaba de dar vueltas en mi mente el asunto que me trajo a ver a Escobar. Y, como quiera que llevaba ya bebido bastante vino, me atreví a preguntar a don Alonso muchas cosas de mi padre. Contome él cómo era en la milicia; lo buen camarada que resultaba y los provechos que se disfrutaban por tener su amistad. Recordó muchos ratos felices y también las dificultades pasadas juntos en las guerras.

Entonces, don Jerónimo creyó oportuno el momento de dejarnos solos y se excusó:

—Muy bien, caballeros, yo me marcho a mis ocupaciones, que he de reunirme ahora con el general, según acordé esta mañana. Os dejo para que recordéis a gusto las cosas del capitán Monroy.

Quedamos frente a frente Escobar y yo. Tenía él los ojos algo tristes, vidriosos por el vino y perdidos tal vez en los recuerdos. Yo no quise aguardar más y le pregunté sin rodeos:

—¿Había mujeres en la vida de mi padre?

—¿Mujeres? —contestó él, estirando el cuello—. ¿Qué quieres decir, muchacho?

—Lo que he dicho, señor. Quiero saber si mi padre tuvo amantes y dejó hijos aquí, en Sicilia.

Se quedó mirándome un rato en silencio. Después, dijo con pausada y resonante voz:

—¿Por qué quieres conocer los pecados de tu señor padre? Los hijos no han de saber otra cosa de sus progenitores que las virtudes. No me parece justo que me preguntes a mí cuáles eran las miserias de mi querido amigo Luis Monroy.

Entonces le conté lo que me había pasado el día anterior con esa mujer y la insistencia que ella tenía en demostrar que sus dos hijos mayores eran medio hermanos míos.

—¡Jesús de los clavos! —exclamó dando un puñetazo en la mesa—. Esa pobre mujer no debió saber nunca que tú estabas en Sicilia. Algún hijo de puta se fue de la lengua contando por ahí entre las mujerzuelas de Reggio que un hijo de Monroy había venido con el tercio.

—Entonces… ¿era ella la querida de mi padre? —pregunté impaciente.

—¿Dónde está esa mujer?

—En la puerta del campamento, esperando a que yo salga. No se ha movido de allí desde ayer.

—¡Vamos allá! —dijo él poniéndose en pie y descolgando el capote de una rama del nogal.

Llegamos a la puerta del campamento y la mujer estaba acurrucada en el mismo rincón donde la dejé. Sus hijos deambulaban por los alrededores. Al vernos, ella se alzó y corrió hacia nosotros gritando:

—¡Ay, *grazie a Dio*! ¡Señor don Alonso! ¡Señor don Alonso, diga vuaced al señor Monroy quién soy!

Escobar la miró y se fijó también en los niños. Luego le dijo a ella con autoridad:

—Bueno, Mariana, nadie tiene la culpa de lo que te ha pasado. Luis Monroy murió en la guerra y su hijo nada tiene que ver contigo. ¡Déjale en paz, mujer! ¡No le importunes, por los clavos de Cristo!

—¡No pido nada, señor don Alonso! —gritó ella—. No pido nada para mí. Pero estas criaturas se mueren de hambre; vuaced lo sabe, han sido años malos en Calabria a causa del turco.

—¡Ese hijo recién nacido que llevas en los brazos no puede ser de Monroy! —le recriminó Escobar con enfado—. ¡Ha cinco años ya que murió Luis!

—Ay, señor don Alonso —sollozó Mariana—, los turcos nos quitan la hacienda y los soldados españoles la honra. ¡Así es la vida para las desdichadas mujeres de Calabria!

Meneó la cabeza Escobar, con gesto entristecido. Se echó mano a la faltriquera y sacó una moneda de plata que le dio a la mujer.

—Ahí tienes, Mariana. ¡Y que no te vuelva a ver por aquí! —le advirtió.

Besó nuestras manos la mujer y me miró con sus ojos bellos que reflejaban un abismo infinito de dolor. Recogió el hatillo y se marchó con sus hijos, caminando con fatigados pasos hacia el puerto.

—¡Vamos a beber un vaso más nosotros, Monroy! —propuso Escobar echándome su fuerte brazo por encima de los hombros—. Bebamos un vaso de vino más para pasar mejor este mal trago.

Cuando regresamos a la tienda, volvimos a sentarnos bajo el nogal y llenó él los vasos. El sol se ocultaba en el mar a lo lejos y teñía de rojo resplandor el cielo. El maremagno de arboladuras de los barcos creaba un contraste que parecía irreal con el morado fondo del horizonte. Lloramos los dos de repente; sería a causa del mucho vino bebido, por el recuerdo de mi padre o por la visión triste de esa mujer y sus hijos.

Después de un largo rato de silencio, Escobar inició una perorata pretendiendo justificar los líos de los militares con mujeres que no eran sus esposas. Dijo lo de siempre; lo de la soledad del soldado, la lejanía, el peligro, la falta de cariño… Yo mismo conocía bien esas razones, pues ya tenía mis propias historias de faldas.

—Entiendo todo eso —observé—, y no condenaré yo las faltas de mi pobre padre muerto. Ya no soy un niño. Pero…

—Comprendo, hijo —dijo paternalmente—; no es un plato de gusto descubrir de repente algo así.

—No dejo de pensar en esa pobre —me lamenté— y en esos desdichados niños. ¡Qué culpa tienen ellos!

—La vida es así, el mundo es así —sentenció Escobar—. Te contaré una cosa: se dice entre la oficialía que el césar Carlos, que Dios tenga en su gloria, tiene un hijo bastardo. Dicen que el propio emperador lo conoció el año pasado en su retiro de Yuste y que el rey Felipe incluso lo reconoció como hermano hace poco en una cacería. Uno de los generales estuvo allí y cuenta que el rey dio a su hermano el nombre de Juan de Austria y que lo aceptó e incluso le trasladó a su corte.

—Es un noble gesto ese —observé asombrado.

—Sí, al fin y al cabo, tan hijo es uno como el otro y todos somos hijos de Dios.

Nos quedamos pensativos. Notaba yo que congeniaba muy bien con don Alonso de Escobar. Sus razonamientos y palabras, sus gestos amables y su noble temperamento me acercaban a él.

—Bien, muchacho —dijo poniéndose en pie de repente—. Regresa a tu bandera, que es tarde y pueden echarte en falta. Pero, antes, ven a darme un fuerte abrazo, que me he holgado mucho de conocerte y recordar a mi querido camarada, tu padre.

—Ya quisiera que me estimara vuestra merced como a él —dije.

—Eso está hecho, Monroy —asintió apretujándome con su mucha fuerza—, que ya veo que te haces querer como hijo suyo que eres. Y no dejes de venir a verme, que pre-

403

siento ya lo buenos amigos que vamos a ser. ¡Jesús de los clavos, qué vida esta; unos se van pero vienen otros!

Salí de allí con una mezcla de extrañas y diferentes sensaciones en el alma. Estaba contento por haber conocido a Escobar y por haberme encontrado de repente con tantos recuerdos de mi padre, pero no podía quitarme de la cabeza la imagen de la pobre Mariana.

Todo lo que me había contado Escobar del hijo bastardo del césar me tenía conmovido.

Me dejé llevar por un loco impulso y corrí hacia el puerto. No me fue difícil encontrar a la mujer, pues estaba acurrucada en el muelle, junto a la barcaza anclada donde debían regresar a Reggio de Calabria. Sus hijos se apretujaban junto a ella buscando calor. Como era ya noche cerrada, se veía poco y se sobresaltaron al escuchar mis repentinos pasos.

—¡No, señor, no me haga daño! —gritó ella, temiendo que fuera yo un soldado desconocido.

—Soy yo, Mariana.

—¡Ah, señor Monroy!

Saqué mi bolsa y le di cuatro monedas de plata; reales de a ocho. Ella las tomó, las palpó y exclamó:

—¡Santa María! ¡Dios te lo pagará, Monroy!

Cogí al mayor de los hijos por el brazo y lo llevé hasta el fanal encendido de una galera que estaba un poco más allá. Verdaderamente, ese muchacho llevaba nuestra sangre. Me asaltó como un vértigo y le abracé. No sabía hablar él la lengua de España y no sé si comprendería lo que, con mucho afecto, le dije:

—Si vuelvo me ocuparé de vosotros. ¡Que Dios os ayude! ¡Que tengáis toda la suerte del mundo!

48

Rompió el alba del día primero de noviembre, fiesta de Todos los Santos, y levaba anclas la flota del puerto de Messina. Iban los hombres desencantados y faltos de entusiasmo, porque, como antes en Génova, no llegaban las pagas a tiempo y las vituallas seguían siendo de pésima calidad. Algunas compañías de las formadas por bandidos sicilianos reclutados a última hora se sublevaron y se echaron a los montes para ir a la otra parte de la isla, por sus fueros, a asaltar pueblos y ciudades. Una galera de las de don Lope de Figueroa se dio a la fuga cruzando el estrecho y más de tres centenares de hombres fueron a perderse por las abruptas tierras de Calabria. Entre las deserciones y las epidemias, se contó buen número de bajas en la armada. Con este panorama, faltaba la alegría de las tropas y cundía además el sombrío presentimiento de que la oportunidad era desaprovechada; que los turcos de Dragut tendrían ya noticias bien ciertas acerca de la expedición de cristianos que iba para allá.

Cuando llegó a su término el ajetreo de botes, barcas y lanchones que llevaban hombres e impedimenta a los barcos, aprovechando un reflujo favorable y el escaso viento, enfiló la armada por el estrecho, galera tras galera, abarrotada de bastimentos y soldados. Brillaban los cañones de bronce que asomaban por las portas; brillaban asimismo las puntas de las lanzas, las ropas y los yelmos con el primer sol del día y los remos mojados batiendo las aguas plateadas. Era un espectáculo hermoso. Se alzaban las brumas del amanecer como si hirviera el mar, evaporándose, dejando al desnudo los roquedales de tierra firme y el alboroto de las gaviotas se unía al de las banderolas que ondeaban al viento en los mástiles.

Hicimos a buena velocidad las setenta millas que hay hasta el cabo de Santa Croce y se recaló brevemente en el puerto de Augusta, el cual es capacísimo para recibir a tan enorme armada. Pero no se permitió a la chusma echar pie a tierra por miedo a mayores deserciones. Desde allí a Siracusa hay treinta millas que se cubrieron con viento muy favorable. En este puerto aumentó la epidemia al no permitirse tampoco el desembarco. Se contaban ya más de tres mil los enfermos a bordo y el ambiente en las galeras era nauseabundo a causa de las heces y los vómitos, lo cual acentuaba el malestar en la tropa.

Se vieron llegar al fin unos navíos que traían vituallas desde España: galletas, vino, vaca salada, aceite, judías y garbanzos. Pero, una vez hecho el reparto, se vio que no había raciones para abastecer siquiera a media escuadra.

Temió el duque de Medinaceli que se amotinaran finalmente los hombres, lo cual era un peligro, pues se dispersaría tal cantidad de soldados hambrientos por la isla en estado de rebeldía que sucederían grandes desórdenes y alborotos, como ya acaeció en campañas anteriores en circunstancias semejantes. Así que reunió el capitán general a toda la oficialía en el puerto de Siracusa y les habló gravemente, dándoles sus poderosas razones:

—Generales, maestres de campo, caballeros del rey…, venidos a esta noble y santa empresa en bien de la causa de los reinos cristianos y de nuestra religión: el invierno se avecina y tanta gente como somos no puede meterse en la isla para pasar los meses siguientes sin tener qué comer. Por ello, hállome obligado a dar orden de inicio a la gran empresa que nos trae acá, con la esperanza fundada en mucha razón, cual es que los moros nos proveerán de vituallas frescas y dineros, como han hecho otras veces, a causa de la enemistad que tienen con el turco Dragut, de la cual tenemos seguras noticias de nuestros informadores; dejando aparte que también lo harán porque es costumbre suya muy sabida hacer cualquier cosa por su particular ganancia. De manera que levaremos anclas mañana para cubrir primeramente las cien millas que nos separan de Malta, donde el gran maestre de la religión nos aguarda para darnos otros dos mil hombres y cuanto pueda aportar a esta causa.

Resueltos a cumplir esta orden todos los maestres de las naves, se partió del puerto a la hora prevista, aun haciendo muy mal tiempo. El mar se veía ondulado y pardusco, el viento soplaba en rachas templadas y el horizonte estaba negro de nubarrones en la dirección que iba la flota. Alguien a mi lado dijo:

—En tres o cuatro horas habrá tormenta.

—No será nada —repuso un viejo marinero—. Conozco bien este mal tiempo del Jónico; será un rato de vendavales y lluvias furiosas, como si los cielos fueran a venirse abajo y enseguida abrirán las nubes y veremos el sol africano.

Así fue, empezó a bramar el aire y se echó encima un feo temporal con relámpagos cárdenos entre nubarrones muy oscuros; rompió el aguacero y la agitación de la aguas causaba mucho susto. Los hombres corrieron primeramente de un lugar a otro, buscando asideros y luego todo el mundo se arrinconó donde pudo, de manera que se veía solo al maestre de la galera, bajo la lluvia, que sujetaba muy firme el timón y ojeaba las velas recogidas y los palos.

—¡Amarradme esa culebrina, carajo! —gritaba—. ¿No veis cómo se mueve?

Y rápidamente iba un marinero y se ponía a hacer nudos con gran habilidad.

Veía yo cuán dura era la vida de la gente del remo, abajo en los talares, que tan inclinados estaban para favorecer la salida del agua embarcada por los golpes de mar y por la lluvia. Tenían ahora los remos recogidos a causa de la tormenta, pero no por eso se les permitía levantarse de los duros bancos para guarecerse en cualquier otra parte del barco.

Soporté yo la tormenta acurrucado en popa, junto a la carroza, sin más refugio que unos telones que el viento sacudía, mojándome más debajo de ellos que afuera, porque el agua caía a chorros a cada golpe de mar.

—Esto es lo peor de la armada —comentaba a mi lado don Jerónimo—. Tengo yo más miedo al temporal en la galera que a un abordaje del turco.

—¡Ya será menos, Sande! —refunfuñó Gume.

No duró mucho la tempestad. Cesó la lluvia, amainó el vendaval de repente y se abrieron las nubes, aunque el mar continuaba revuelto, con oleaje verdinegro y crestas turbias de espuma. No tardaron en aparecer los primeros rayos de sol.

—¡Regresan a Siracusa! —gritó el vigía una vez que retornó a su lugar y oteó el horizonte—. ¡Vuelven al puerto!

Vi salir a don Álvaro de Sande y a otros oficiales del Alto Mando que iban hacia la borda de estribor para mirar.

—¡Serán cobardes! ¡Voto al cielo! —exclamaba enfurecido don Sancho de Leiva, el general de la escuadra española—. ¡Han dado media vuelta! ¡Regresan a los puertos!

Apenas iban delante de nosotros una veintena de galeras, el resto de la flota regresaba a Sicilia atemorizada por el temporal y temiendo que no remitiese hasta Malta. Aguardamos detenidos en alta mar media jornada, hasta que Leiva estuvo cierto de que las ochenta naves que faltaban no nos darían ya alcance. Proseguimos entonces la navegación hacia nuestro destino, para el que restaban unas sesenta millas, confiando en reunirnos allí lo antes posible con el resto de la armada y que no se añadieran más retrasos a los ya sufridos.

Fuimos recibidos en la isla de Malta con mucha lisonja por el gran maestre de los Caballeros de San Juan y su gente. Nos saludaron salvas de bienvenida cuando aún estábamos a una milla del puerto.

—¡Cómo se alegran de vernos los caballeros de la religión! —exclamó don Jerónimo.

—Deben de estar los pobres cansinos de no ver sino turcos por estos mares —apostilló Gume.

¡Qué gran emoción!; tenía delante la isla de los Caballeros de la Orden Hospitalaria de San Juan de Jerusalén. Era como si las historias de caballeros, las viejas leyendas y toda la magia de las aventuras de los libros de caballería cobrasen realidad ante mis ojos. Admiraba yo especialmente a esta orden de caballeros más que a ninguna otra.

Me sabía al dedillo su magnífica historia: que fue fundada por el bienaventurado Gerardo allá por el siglo onceno en Palestina, la tierra de nuestro Señor Jesucristo, para proteger a los cristianos en el Oriente mahometano; luego pasó a la isla de Chipre, cuando cayó Tierra Santa, y de allí a la isla de Rodas. Tras un asedio terrible del turco Solimán II, el gran maestre Felipe de Villiers abandonó la isla con honores de guerra. Fue nuestro señor el emperador Carlos quien dio luego a los caballeros esta isla de Malta, en el año de 1530. Nunca abandonó la Orden de San Juan su vocación hospitalaria y combatiente. Su flota de galeras no era grande, pero resultaba eficacísima y era la más disciplinada de la cristiandad; daba custodia a los mercantes que navegaban a Siria o Palestina y protegía muchas plazas importantes de las costas frente a la piratería, el corso y el constante incordio del turco. Era, pues, para nuestros reinos esta isla un enclave estratégico de primera magnitud, por recalar siempre aquí las escuadras que iban a dar guerra al turco y por ser la punta de lanza de las campañas contra Túnez y Argel.

Cuánto escuché yo en mi primera infancia hablar de esta Orden de San Juan, de las gestas de sus caballeros y del valor probado que cualquier militar que hubiera luchado junto a ellos ensalzaba. Pero más que nada me llamó a la admiración hacia ellos el relato de la excelsa novela de caballerías *Tirante el Blanco*, la cual leí en Jarandilla admirándome mucho de tanta maravilla como se contaba de la piadosa Orden.

Arribamos al puerto con muy mal tiempo. El cielo estaba encapotado y el aire no dejaba en paz las velas, azotando de manera que se hacían incómodos los movimientos. A pesar de la lluvia persistente, nos aguardaban los caballeros formados en filas, llevando sobre las armaduras las sobrevestes negras de su hábito, con grandes cruces blancas bordadas en el pecho. Era una escena digna de verse, que movía a gran devoción. Cualquiera hubiera aplaudido viendo con cuanto rigor lucían las insignias de la Orden. Los capitanes de a caballo ostentaban las hachuelas; los alféreces y sargentos, las alabardas, y los caballeros, sobre sus monturas guarnecidas por brillantes arneses, las espadas desenvainadas. El gran maestre ocupaba el centro de la formación, rodeado por un buen número de sacerdotes, monjes y acólitos revestidos con ropas litúrgicas, que exhibían cruces de plata, ciriales bruñidos y estandartes de santos. El viento apagaba las velas y hacía revolear las capas y el humo de los muchos sahumerios.

Habían colocado arcos triunfales en la dársena del puerto, hechos con palmas, varas de olivo y ramas de naranjo, de las que pendían los coloridos frutos. Pero lo que nos hizo vibrar de emoción y nos apretó un acongojado nudo en la garganta fue el canto de un salmo de bienvenida por parte de los caballeros, con sus profundas y recias voces hechas tanto a la algarada del combate como a los armoniosos rezos:

Passer invenit sibi domum
et turtur ridum,
ubi reponat pullus suos:

411

altaria tua Domine virtutum,
Rex metis et Dens meus:
beati qui habitant in domo tua,
in saeculi laudabunt te.
(El ave ha encontrado para sí una casa
y la tórtola un nido
en donde colocar sus polluelos:
tus altares, Señor de los ejércitos.
rey mío y Dios mío,
son para ti este nido.
Dichosos los que habitan en tu casa,
por los siglos de los siglos te podrán alabar).

Y era ciertamente la pequeña isla como un nido en mitad de la mar, tan protegida como estaba por un sinfín de fortalezas y murallas, a cuyo resguardo desenvolvían su vida los caballeros, a modo de aves marinas asentadas en un roquedal emergente de las aguas.

Durante todo el mes de diciembre arreciaron los temporales. Fueron tan contrarios los vientos que tardó mucho en juntarse toda la armada. De manera que pasamos en Malta la Navidad y el final de año. Pude yo conocer gracias a esto muchas cosas de la Orden de San Juan, que me maravillaba cada día más.

Tenían los caballeros una iglesia grande a la que llamaban de la Santa Cruz y de San Juan. Hacían en ella los cultos con mucha solemnidad y reverencia, tocando salterios, arpas y un gran órgano que sonaba muy armoniosamente, el cual, si el organista lo tenía a bien, tronaba como un millar de trompetas llamando al unísono. Acentuaba esta bella música que acompañaba el rezo de los freires el misterio y el sacro ambiente de virtud que reinaba en las ceremonias de los caballeros. Y no faltaba nunca la buena organización. Guardaban ellos fiel memoria de sus hechos y gestos del pasado, los cuales recordaban continuamente en sus reuniones, banquetes y ceremonias de investiduras. Así estaban muy vivos los recuerdos de la caída de Constantinopla a manos de los turcos, el ataque a Rodas por el sultán Baybars, el tiempo que constituyeron el único baluarte cristiano en Oriente, hasta que en el año 1480 un inmenso ejército turco bajo el caudillo Pachá Paleólogos desembarcó y se dispuso a capturar la fortaleza cañoneando las murallas con una poderosa artillería; los caballeros rechazaron el ataque, aunque la mitad de ellos perdió la vida en defensa de la ciudad. Y el siguiente intento llegó en 1522, a manos de los vastos ejércitos de Solimán el Magnífico. Tras seis semanas de heroica resistencia, los caballeros se rindieron, y se les permitió abandonar Rodas habiéndose ganado la admiración de los sarracenos y de toda la cristiandad.

Hice mucha amistad durante el tiempo que estuve en la isla con un caballero de San Juan, oriundo de Cáceres, el cual me presentó don Jerónimo por ser primo suyo y, por ende, sobrino también de don Álvaro de Sande. Se llamaba el dicho caballero Alonso Golfín y era por entonces algo mayor que yo. Me lo presentó el capitán una tarde que me pidió que le acompañara al convento de los caballeros, precisamente para llevarle a su primo una carta que le enviaban sus padres desde España y un paquete con regalos.

—Verás qué cosa tan digna de verse es el convento de San Juan de Jerusalén —me dijo.

Iba yo encantado por poder entrar en la gran fortaleza cuyo interior estaba reservado solo a los caballeros.

413

Era domingo, pues únicamente este día tenían permitido los miembros de la Orden recibir visitas, las cuales podían hacerse después del capítulo, que era la reunión de todos los hermanos terminada la misa mayor. Así que fuimos temprano a la capilla y estuvimos asistiendo al oficio. Me maravillé al escuchar los cantos litúrgicos, entonados por tantas voces, y al contemplar la celebración religiosa, a la que asistían ellos con sus túnicas de ceremonial, largas hasta los pies. La riqueza del rito cantado, el conjunto del instrumental sonando en perfecta armonía y el sacro ambiente que proporcionaban los aromáticos sahumerios le elevaban a uno extasiándole en la impresionante solemnidad.

Acabada la misa e impartidas las bendiciones, estuvimos aguardando en el atrio a que salieran los caballeros, los cuales fueron desfilando de dos en dos, en perfecto orden, pasando por delante de las pilas de agua bendita para santiguarse.

—Ese de allí es mi primo Alonso —me indicó don Jerónimo.

Era el pariente del capitán un joven esbelto y de mucha apostura; cabellos claros muy ralos y mirada exenta de malicia.

—¡Eh, Golfín! —le llamó don Jerónimo en un susurro—. ¡Golfín!

El caballero se volvió hacia su primo y pareció momentáneamente que no le reconocía, pero al momento extendió los brazos e hizo un gesto de viva sorpresa.

—¡Primo Jerónimo! —exclamó.

Se abrazaron en la misma puerta del templo.

—¡Cielos, ha por lo menos seis años que no te veo! —observó el capitán en demasiada alta voz para lo recogido del lugar donde nos hallábamos.

Un grupo de caballeros nos miró con ojos poco conciliadores. Así que Golfín le dijo a su primo:

—¡Chissst...! Vamos afuera. Pasearemos por las murallas.

Contó don Jerónimo a su primo cuanto este quiso saber acerca de su familia y de España. Le dio luego las cartas y los regalos, de lo cual se alegró mucho. Estuvo el joven caballero leyendo las misivas algo apartado de nosotros, muy concentrado, sentado entre dos almenas y de vez en cuando perdía la mirada en el lejano horizonte del mar, seguramente recordando los paisajes de su tierra y los rostros de sus amados padres y hermanos.

—Es un hombre hecho de una pieza —me dijo el capitán—; sin duda el más noble e íntegro de mis parientes. Ya descubrieron sus padres y abuelos la valía que prometía Alonso Golfín cuando era apenas un niño y le pidieron al rey Felipe, entonces príncipe, que le diera las recomendaciones para el gran maestre de la Orden, pues en ningún lugar encontraría mejor acomodo mi primo que entre los Caballeros de San Juan. Partió teniendo apenas cumplidos los quince años para esta isla, a hacer el noviciado; y, como para ti, esta será su primera guerra.

49

Decían los caballeros de San Juan que no recordaban en aquel mar tiempos tan malos ni tan contrarios
vientos como los de ese año desde que ellos llegaron a la
isla, que fue en el año 1530. Se iba un temporal y no
pasaban dos días sin que le sucediese otro peor. De manera que tardaba en juntarse la armada, pues no terminaban de llegar las galeras que se volvieron a Siracusa. Se
temía que los turcos reforzasen las plazas de la costa de
África, enterados como debían de estar a esas alturas
de la empresa. Así que determinó el duque de Medinaceli
no aguardar más, y que las naves que estaban en Malta se
hicieran a la mar cuanto antes para ir dando batalla por
delante, mientras iban llegando el resto de las escuadras.
Les pareció acertada esta decisión al gran maestre de la
Orden y a los demás generales, y se dieron las oportunas
órdenes para que fuese todo dispuesto a esperar la primera oportunidad que brindase el cielo.

La noche del 10 de febrero amainó el viento. La madrugada prometía un cielo despejado, con aire frío y a
rachas. No había salido el sol cuando los heraldos vinie-

ron a despertarnos y, a medio vestir, corrimos los tambores y pífanos a las torres para dar los avisos. Amanecía y ya iban los hombres cada uno a su galera llevando los petates y las armas. «Zarpar sin demora», era la orden que corría de boca en boca y tardó poco en cesar el ir y venir de soldados, galeotes y caballos a los barcos, pues se cumplió el cometido con gran diligencia.

Se hizo a la mar la flota antes del ángelus con un viento muy favorable que puso muy contentos a los marineros. Se situó en cabeza la capitana, mandada por don Sancho de Leiva, con la armada de guardia compuesta por las galeras de Nápoles; detrás iba la almiranta, que era la galeaza veneciana de Juan Andrea Doria, donde navegaba el duque con toda su guardia y el consejo de generales; y luego seguían las naves pontificias y las pocas de la escuadra de Sicilia que no se dieron la vuelta. En total, creo recordar que venían unos sesenta barcos; poco más de la mitad de la armada, ya que el resto debía partir conforme llegase a Malta.

Me correspondió ir en la capitana, donde viajaba don Álvaro de Sande, el capitán don Jerónimo, cien soldados de infantería, la escasa caballería ligera y cincuenta Caballeros de San Juan. Como quiera que mejoró de su enfermedad el tambor general, torné a mi cargo de tambor mayor, aunque con el grado de suplente primero. Mi misión en combate era estar cerca de la bandera, y a unos cincuenta pasos de la caja principal, por si se producía baja en esta y debía entonces aproximarme al general para transmitir sus órdenes. Quiso don Álvaro que la bandera del rey fuera portada por su sobrino don Alonso Golfín, precisamente por haber recibido este orden escrita de su majestad para ser caballero de San Juan.

A estas alturas del mes de febrero del año 1560 tenía cumplidos yo los diecinueve años ya, e iba entusiasmado a mi primera empresa guerrera, ávido de aventuras, batallas y gloriosas victorias. Ardían en mi alma las ansias militares que desde que tuve uso de razón fueron depositando mis mayores y, entonces más que nunca, sentía que para aquello nací.

Llegó la flota al fondeadero que llaman el Seco del Palo, que está entre Trípoli y la isla de los Gelves. No había moros en la costa, ni bajeles turcos y ni siquiera se veían barcos de pescadores faenando cerca de las playas, lo cual llevó a los capitanes a la certeza de que el sarraceno estaba sobre aviso. Tampoco se vio gente en una vieja torre que mira al mar, ni junto a las ruinas de lo que fuera una fortaleza pequeña levantada por los catalanes. Al atardecer soplaban ráfagas de aire y el cielo estaba plomizo. Las aves iban a refugiarse en las palmeras que parecían desde lejos estar plantadas en el agua. Era imposible desembarcar allí y seguimos adelante por la ondulada línea de playas, quebradas aquí y allá por abruptos roquedales.

Con las primeras luces del día 14 de febrero llegábamos al brazo de mar que llaman Alcántara, por el puente que une la isla de los Gelves con la tierra. Allí nos adelantamos algo en la caleta que cierra el paso al oleaje, mientras hacia levante batía el mar gris con ondas cada vez más fuertes. Los hombres, codo con codo en la borda que daba a tierra, oteaban curiosos la lejanía, como deseando descubrir movimientos de enemigos.

De pronto rompió la rutina la voz de un vigía:

—¡Nave a la vista!

Salió el general de la cámara y subió a la plataforma

para observar. Don Sancho de Leiva se apoyaba en la murada y fijaba unos agudos ojos en la lejanía, como un aguilucho buscando su presa.

—¿Cuántas se ven? —les gritó a los vigías.

—¡Una, señor! —contestaron—. ¡Parece nave turquesa!

—¡Boga larga! —gritó el maestre.

Vimos que se apercibían detrás de nosotros otras galeras de la guardia y cómo se daban al remo para meterse por el canal donde estaba la nave enemiga. Los capitanes se comunicaron a grito limpio:

—¡Debe de ser una avanzada de observación!

—¡Sí! ¡Avancemos con precaución por si hay otras más adelante!

No tardamos en aproximarnos a la nave divisada, pues estaba quieta y próxima a tierra. Era un velero turco no muy grande, sin banderas, que tenía el velamen recogido y no se veía gente en cubierta ni tampoco en la playa cercana. No hizo falta siquiera preparar la artillería, por verse enseguida que no había peligro alguno en los alrededores.

Llevaba en la capitana don Sancho de Leiva un corsario turco cautivo, al que llamaban Chuzamuza, el cual era muy entendido en las cosas de moros y turcos, sirviendo de informador. Preguntado acerca de lo extraño que resultaba aquella embarcación allí abandonada, respondió el preso que sin duda eso era prueba de que andaban sobre aviso los turcos, y que tendría avería la nave hallada, no pudiendo pararse a repararla sus dueños precisamente por saber cerca la armada cristiana.

Se arrimó nuestra galera y saltaron los marineros y un buen número de infantes con los mosquetes cargados para registrar la nave.

—¡No hay un vivo! —explicaba un sargento—. ¡Ni víveres, ni armas, ni cosa alguna de valor!

En esto, volvió a dar aviso el vigía:

—¡Dos bajeles, señor! ¡Dos bajeles a la vista!

Metidos en una canal que se adentraba por entre los roquedales, se vieron aparecer dos bajeles de remo que iban bogando a gran velocidad, tratando de salir a mar abierto.

—¡Me cago en los moros! —exclamó el maestre—. ¡Boga arrancada!

Maniobraba nuestra nave tratando de conseguir lo antes posible la posición adecuada para ir en pos de los bajeles, mientras Sancho de Leiva le gritaba a los maestres de las galeras de la guardia:

—¡Id a tomarlos, que escaparán a dar aviso a Dragut!

Era ya demasiado tarde; también ellos estaban con la proa a trasmano de los bajeles que huían, más pendientes de la dichosa nave abandonada que del resto del mar.

—¡Dios Bendito! ¡Si seremos necios! —se lamentaba don Álvaro de Sande en la plataforma—. ¡Se nos van delante de las narices!

Impotente, vio toda nuestra flota cómo los bajeles ligeros de los turcos salían a mar abierto, recibiendo de súbito el viento a su favor que los impulsaba al tiempo que sus remos batían al agua a buen ritmo. Así que se tuvo por inútil la persecución, pues había que sortear los roquedales y enfilar el canal que era de navegación muy compleja, ya que nuestros propios barcos nos cerraban el paso y debían ir virando uno a uno.

Se puso a nuestra altura la almiranta y se reunieron en ella los generales con el duque de Medinaceli, muy preocupados todos, para decidir qué debía hacerse desde ese crítico momento, pues se temía que los bajeles huidos fueran a dar aviso a Constantinopla.

Se acordó hacer leñame con la nave abandonada, que decían ser nao, y proseguir un poco más adentro del canal, para comprobar si había otros barcos enemigos. Y se descubrió otra nao abandonada a media milla, detrás de un alto roquedal, encallada en la arena, en la cual los turcos habían hecho una gran brecha para hacerle agua y dejarla inútil. Tampoco en esta había otros enseres que viejas armas de poca utilidad, pertrechos sin valor y mucha munición pesada que se dejaron para aligerar la carga. Se suponía que los turcos de las dos naos se fugaron por tierra la mayoría, viendo que no podrían escapar al cerrarles el canal nuestra armada; mientras que los bajeles ligeros tenían mejor salida por el entrante donde estaban ocultos a nuestra vista.

50

El 15 de febrero arribó la escuadra a un fondeadero al que llaman la Roqueta, donde aseguraba Chuzamuza que había cerca unos pozos, como a dos leguas de la costa. Y siendo muy necesario proveerse de agua para beber, acordó don Álvaro de Sande armar una expedición para ir a hacer la aguada. Así que desembarcamos por primera vez en la isla de los Gelves, a la que los antiguos conocían como de los lotófagos, por creer que estuvo en ella Ulises al regreso de Ítaca.

Dispuso el duque que echara pie a tierra toda la infantería en la playa que estaba delante de nosotros, entre la orilla y unos densos palmerales que se extendían tierra adentro. No pareció oportuno que fuese adonde los pozos toda la armada, por no dejar sin defensa las galeras, de manera que se consideró más prudente que hiciera la operación la infantería española con don Álvaro al frente. Así que nos dispusimos a la marcha dos banderas del tercio y la reducida caballería ligera.

Atravesamos la arena y una árida planicie donde brotaba el palmeral cada vez más denso, y enfilamos luego un mal camino que discurría entre olivares bravíos e higueras. Era muy llana la isla, sin que se alzara ni el más mínimo promontorio a lo lejos, así que no había manera de encaramarse en parte alguna para otear la distancia. En una legua de camino no encontramos más signo de habitantes que unas casas medio en ruinas en las que no se veía un vivo. Más adelante había huertas, aunque medio abandonadas.

Llegamos al fin a un pueblo polvoriento, con restos de un castillo de adobe y murallas, donde salieron a nuestro encuentro una veintena de ancianos montados en sus jumentos. Venían gritando ya desde lejos, agitando las manos. Al llegar a la altura de los caballeros, descabalgaron y se arrojaron al suelo para hacer sumisa reverencia. Fue a ellos don Álvaro con Chuzamuza para que le sirviera de lengua, y los viejos moros, al comprender que era el jefe de los soldados, se pusieron a besarle las manos y a hacerle muchas inclinaciones, exclamando:

—¡*Ahlen!* ¡*Ahlen!* —Que eran palabras de bienvenida.

Les preguntó el general a través del corsario si habían visto turcos por allí y respondieron que hacía tiempo que no venían a esas tierras. Enojose mucho don Álvaro y sacó su espada, con la que amenazaba gritándoles que mentían, que no era posible eso, por haberse visto en el mar cercano unos bajeles que a buen seguro eran de Dragut, que no andaría muy lejos, conminándolos a que dijeran la verdad.

—¡*La!* ¡*La!* ¡*La!*... —Que significa en su lengua «no», negaban ellos, lloriqueando y revolcándose por la tierra muy atemorizados.

Como viera el general que no soltaban prenda, les preguntó entonces por los pozos, a lo que ellos contestaron muy conformes que los siguiéramos, que estaban encantados de darnos su agua.

Fuimos a los manantiales que no distaban mucho del pueblo y estuvimos llenando los odres durante toda la mañana. El cielo era plomizo y el ambiente sofocante a mediodía, por lo que los hombres se tendieron aquí y allá, debajo de las palmeras, higueras y olivos.

Un capitán fue al pueblo con un pelotón de infantes para hacer la requisa mientras tanto, pero regresó pronto sin más vituallas que algunos sacos de dátiles, higos secos y muy poco grano. No había más animales que cuatro camellos y los asnos medio tullidos de los viejos moros que salieron a recibirnos. Extrañó esto mucho a los oficiales, que veían en ello una prueba clara de que los turcos habían pasado no hacía mucho por allí. Don Álvaro no dejaba de repetir:

—Mienten esos moros, estoy seguro. Me da en la nariz que Dragut no anda lejos.

Se dio permiso a los hombres para que comieran algo antes de emprender el camino de regreso y cada uno sacó la ración que tenía para la expedición: dos onzas de galleta y un pedazo de vaca salada. No habríamos dado el primer bocado cuando se oyó un grito desgarrador:

—¡Ay, madre mía!

Se formó de repente un gran alboroto y los soldados comenzaron a echar mano a sus armas. Comía a mi lado el caballero Alonso Golfín, el cual saltó hacia la bandera, que estaba pinchada en la arena a cuatro pasos de nosotros.

—¡Llama al arma! —me ordenó don Jerónimo.

Cogí la caja e inicié el toque, secundándome al momento los otros tambores.

—¡Al arma! ¡Al arma! ¡Al arma! —gritaban furiosos los heraldos.

En el revuelo vi correr a un soldado que llevaba las manos puestas en la cabeza, de donde le manaba abundante sangre, e iba quejándose:

—¡Ay, madre mía, que me han dado! ¡Me han matado!

Anduvo vacilante unos pasos y cayó desplomado delante de mí. Sobresaltado, dejé de tocar momentáneamente.

—¡Qué haces, mastuerzo! —me recriminó enseguida el capitán—. ¡Que no pare la llamada! ¡Al arma, al arma…!

Golfín estaba muy próximo a mí, enarbolando la bandera con una mano y sujetando la espada con la otra. Un poco más allá, don Álvaro había subido a su caballo y lo encabritaba exclamando:

—¡Santiago, Santiago! ¡A ellos, mis valientes!

Pero no acababa yo de ver al enemigo por parte alguna. El pueblo estaba a un tiro de piedra y no había movimiento en las murallas. Por delante de mi vista solo corrían soldados de los nuestros que se ponían en guardia, alineándose los mosquetes en filas dobles y las picas detrás, no viéndose más heridos que el que yacía en el suelo retorciéndose de dolor.

En esto, estalló súbitamente un estrépito de arcabuzazos a mis espaldas. Me volví y me llegó la humareda de la negra pólvora, al tiempo que sentía silbar la munición cerca de mis orejas. Cayeron al suelo heridos muchos hombres.

—¡Llama al arma furiosa! —me ordenó don Jerónimo, mientras me rebasaba e iba con ímpetu hacia el palmeral seguido por un buen número de soldados.

Nuestros hombres respondieron al fuego enemigo con profusión de mosquetazos, desde el mismo borde del palmeral, y los piqueros avanzaron luego en cerrada formación, prorrumpiendo en furiosa algarada, arengados por los heraldos:

—¡A ellos! ¡Al moro! ¡Santiago! ¡Santiago!...

Vi por primera vez a nuestros adversarios. Venían un sinnúmero de alárabes desharrapados, sin armaduras ni guarnición militar alguna, vestidos solo con sus chilabas y mantos, cubiertas las cabezas con turbantes y capuchas, blandiendo espadas y arrojando lanzas de pobre fábrica. Detrás de ellos galopaban los turcos, protegidos, estos sí, con buenos arneses, corazas, petos en los caballos y escudos redondos. También llegaban muchos otros de a pie por los flancos, disparando arcabuces, ballestas y arcos.

—¡Es Dragut! —oí gritar a mis espaldas—. ¡Al arma!

Cerraron filas nuestros hombres rodeando la bandera. Don Álvaro no paraba de arengar al tercio:

—¡Adelante! ¡Al turco! ¡Demostrad lo que valéis, soldados de su majestad!

A mi alrededor, los infantes disparaban continuamente sus mosquetes. La pólvora quemada formaba ya una densa nube de humo negro, que hacía casi irrespirable el aire. La gente se movía hacia uno y otro lado como oleadas; avanzaba y retrocedía; gruñía, insultaba y maldecía. Brotó casi de repente el resonar metálico de las armas al cruzarse, entre los gritos de las órdenes y las voces de los soldados que respondían a las llamadas de los jefes. Los combatientes comenzaron a arremolinarse desorganizadamente. Se veía caer a los heridos, resaltando en la refriega los alaridos de dolor.

Me afanaba yo en mi oficio de hacer sonar la caja,

siempre muy cerca de la bandera, sudando copiosamente, de manera que sentía empapada toda la espalda. Me dolían ya las manos y las piernas me temblaban, pero no cejaba, sabiendo lo importante que era el sonido del tambor para los soldados en semejante trance.

—¡Batalla soberbia! —me ordenó don Jerónimo.

Iniciamos el furioso toque que debía infundir valor y ánimo a los hombres. Veía yo al capitán delante, con un buen pelotón de piqueros, dando mandobles a diestro y siniestro, y era difícil que le perdiera de vista, pues sobresalía su estatura por encima de la gente y las plumas de su borgoñota parecían una llamarada oscilante en medio de la multitud.

De repente noté cómo nuestras filas comenzaban a avanzar, abriéndose paso por entre los alárabes que caían al suelo como moscas, de manera que los muertos y heridos se amontonaban ya por doquier. Aunque también había numerosos caídos de los nuestros, junto a los manantiales, al borde del palmeral e incluso a mis pies.

—¡Se retiran! —oí gritar a los de delante—. ¡Perseguidlos! ¡No les deis respiro!

Parecía que nuestra gente vencía e iba en persecución del enemigo, cuando de repente irrumpió en la escena del combate un numeroso pelotón de turcos por nuestro flanco derecho, con espantoso estruendo de arcabuzazos, a los que seguían buen número de jinetes con amenazantes lanzas apuntando hacia nosotros.

—¡Alerta por la diestra! —gritó don Jerónimo.

Me libró Dios de las balas ese día, porque cayó mucho personal a mi lado y tuve a los turcos a unos pasos. Menos mal que reaccionó pronto nuestra gente, y los que iban por delante persiguiendo a los turcos que huían retrocedieron prestos para hacer frente a este nuevo ataque. Fue entonces cuando vi caer del caballo a don Álvaro y alguien exclamó:

—¡Asistid al general, que le han dado!

Al momento varios hombres corrieron a socorrer al de Sande; le recogieron del suelo y lo llevaron en volandas a la retaguardia. Pareció entonces que nuestros soldados cobraban bríos y se dio un último empuje con mucho ímpetu, tanto que los enemigos huyeron ya y se los vio perderse en la lejanía de palmeras y olivares, levantando mucho polvo.

—¡Llama a retreta! —me ordenó el capitán.

Iniciamos el toque de llamada a replegarse, pero los hombres no estaban dispuestos a dejar escapar al turco e iban ya en loca carrera tras ellos.

—¡No! ¡Júntese la gente! —les gritaba don Jerónimo—. ¡Que puede haber más enemigos allá! ¡No sean locos!

Intensificamos las llamadas de las cajas y obedecieron, acudiendo a reunirse todos al matinal. Cesó entonces el estrépito de las cajas y brotó de repente un gran silencio. No olvidaré nunca ese momento, por ser entonces cuando vine a darme cuenta de lo que era la guerra.

Los hombres deponían su furor guerrero y se los veía desmadejarse a causa de la fatiga, después de tan largo rato de bregar en el combate. Muchos se santiguaban entonces o caían de rodillas para dar gracias al cielo por haber salvado el pellejo. Pero, en la gran quietud que seguía a la confusión de la batalla, los quejidos de los heridos hacían estremecerse. Los enfermeros iban de acá para allá, sin saber qué hacer cuando veían a soldados destrozados y con vida aún. A otros mejor parados les aplicaban ungüentos o emplastos y los llevaban corriendo a la sombra. Recuerdo que un muchacho, muy cerca de mí, con media cara deshecha por un arcabuzazo, se levantaba y gemía:

—¡Ay, madre mía, ay…! ¡Que no veo nada…! ¡Ay, válganme, que me muero…!

Poco se pudo hacer por él, ya que tenía roto el cráneo a un lado y le brotaban los sesos con mucha sangre. Fui a ver si podía ayudarle y se aferró a mis ropas entre temblores y espasmos. Le sacudió mucho la muerte antes de llevárselo y finalmente quedó rígido como una tabla, de manera que me resultó muy difícil abrirle los pobres dedos que, como garfios prendidos en mi jubón, tuve que ir enderezando uno por uno.

Habían herido a don Álvaro entre la cadera y las costillas. Cuando le sacaron la coraza y las ropas, apareció su cuerpo delgado y blanco como un esqueleto, todo sembrado de rosadas cicatrices aquí y allá.

—No es nada, no es nada… —decía él, secándose la sangre con un trapo—. Dios Bendito me ha valido. ¡Gracias Santa María!

Era poca cosa, pues apenas le había rozado un pedazo de hierro la piel. Si hubiera acertado el tiro en medio de la barriga, le habría dado que sentir.

Noté yo entonces, al percibir el olor de la sangre, cuando se disipó el humo y el polvo, que me acudía como una flojera de piernas, al tiempo que me flaqueaban las fuerzas, y caí sentado al suelo. Me sacudió entonces un irrefrenable deseo de gritar y sollozar, pero me contuve.

En esto, llegó un pelotón de soldados trayendo a rastras a los enemigos que fueron hechos cautivos y a los ancianos moros que nos mintieron al recibirnos por la mañana, diciendo que no había turcos.

—¡Vamos a darles lo que se merecen a esos viejos! —exclamaban los hombres—. ¡Matémoslos ahora mismo!

Al verse reos de muerte, se arrojaban de rodillas los prisioneros y suplicaban clemencia. Pero los más crueles de nuestros soldados iban a ellos espada en mano para darles muerte.

—¡No! ¡Quietos! —les ordenó don Álvaro desde el lugar donde los médicos le atendían—. ¡Hay que interrogarlos!

Se les dio tormento allí mismo a los turcos, metiéndoles tizones ardiendo y espadas al rojo por el ano. Los alaridos eran tan terribles que creía yo volverme loco al tener que asistir a semejante escena, después de lo duro que había sido mi primer combate.

Confesaron los cautivos pronto que Dragut era, en efecto, el jefe turco que campaba por la isla, pero que no tenía consigo mucha gente plática, sino sobre todo alárabes de los de por allí, que eran muy aficionados a turcos. Se supo también que no había flota enemiga en las aguas cercanas, pues retornaron las galeras de Uluch Alí a sus puertos llevándose el botín de Trípoli.

Una vez que se les hubo sacado la información y se concluyó que no había ya nada más de interés que saber, dijo uno de los capitanes:

—¡Hala, dadles muerte a estos!

Entonces los soldados se abalanzaron sobre los turcos y los mataron allí mismo, sin compasión alguna. Después se fueron a por los ancianos alárabes y comenzaron a darles una gran paliza, sin reparar en sus canas ni en lo poco peligrosos que podían resultar como enemigos por sus muchos años. Me pareció a mí una infamia esta acción y se me ocurrió alzar la voz para decir:

—Dejad a esos pobres viejos, por amor de Dios, que poco mal nos pueden hacer.

—¡Qué dices, muchacho! —me espetó un sargento

de piqueros—. ¿Te vas a mover a compasión? Si estos viejos zorros no nos hubieran mentido, ocultándonos que andaban cerca los turcos emboscados, no habrían muerto todos esos compañeros.

No dejaron sanos los nuestros ni los jumentos medio tullidos que eran las únicas bestias que había en el pueblo de los alárabes. Luego sacaron a la poca gente a descampado y pegaron fuego a sus casas.

—¡Así aprenderán! —gritaban—. ¡Al diablo con esta mala gente que no quiere sino turcos!

Recogimos a los muertos y heridos y regresamos con ellos al fondeadero donde aguardaba nuestra flota. Una vez allí, fueron llevados los heridos a una galera que servía de hospital y se hizo un funeral por las almas de los caídos en la misma playa. Después ordenaron los oficiales que fueran los hombres a reunir muchas piedras de gran tamaño.

—¿Son esos pedruscos para las tumbas? —le pregunté a don Jerónimo.

—No, no, nada de tumbas —negó él—. En tierra de moros no se puede dar cristiana sepultura a los cadáveres, porque vendrían detrás de nosotros los enemigos sarracenos para desenterrarlos y arrancarles la nariz y las orejas. Sucede que esta endemoniada gente tiene la superchería de creer que así no irán al paraíso. Así que, como comprenderás, no podemos dejar aquí a nuestros muertos.

—Entonces, ¿para qué son las piedras?

—Para atárselas en los pies a los difuntos y hacer así peso. No queda más remedio que echar los muertos al mar…

Zarpamos al atardecer. Doblaban las campanas de los barcos pausadamente y los capellanes entonaban los responsos. Anochecía y el mar estaba rojo por irse a perder el sol como ascuas en el horizonte. Los cuerpos caían pesadamente a las aguas mansas con un repetido chapoteo y se hundían al momento por el peso de las piedras amarradas a sus pies. Nada menos que ciento cincuenta y siete muertos y treinta heridos tuvimos en este primer combate.

Cuando oscureció, reinaba un gran silencio a bordo de nuestra galera. Llegaba en cambio lejano el murmullo del jolgorio en los navíos italianos, donde navegaban las compañías que no entraron ese día en batalla. Trataba yo de conciliar el sueño, pero era presa de una gran agitación y las escenas del horror acudían a mi mente. A pesar del cansancio, no pude pegar ojo; cada vez que iba rindiéndome el sueño, me sobresaltaba repentinamente alguna visión y el corazón me palpitaba como si quisiera salírseme del pecho.

51

Puso rumbo a Trípoli la flota, estando ciertos nuestros jefes de que Dragut iba para allá al frente de todos sus turcos por tierra, siguiendo los caminos que conocía bien. Teníamos la esperanza de arribar antes que él y hacernos con la plaza sin mucha dificultad, porque se obtuvo información segura de que la guardaban no más de quinientos turcos, viejos, cojos y mancos muchos de ellos. Pero tuvimos la mala fortuna de que comenzó un tiempo pésimo; primeramente un viento contrario recio y constante y después una fuerte tempestad. Así que navegaron las escuadras a reunirse al Seco del Palo, buscando la manera de hallar algo de resguardo doblando el cabo. Era tan impetuoso el vendaval, que se dispersaban las galeras y fueron algunas incluso a dar al través en las rocas de la costa, como le sucedió a la capitana de Nápoles, que quedó tan deshecha que no se pudo recomponer.

Se perdieron quince días en este trance, tiempo que nos era muy necesario para tomarles la delantera a los enemigos y conquistar Trípoli, con lo que se cumpliría la principal obligación de la empresa. Con el retraso, se tuvo por imposible esta esperanza. Vino a sumarse encima otro contratiempo peor aún. Además de que la gente iba ya muy cansada y débil a causa de la mala alimentación y la larga navegación, esta mutación de los aires y el agua que recogimos en los pozos de la Roqueta provocaron que se inficionara una enfermedad y pestilencia muy grave. Los hombres no podían ni tenerse en pie y caían malos por decenas. Empezaron luego a morir y cada día se echaban gran cantidad de cuerpos a la mar.

Ante tanta contrariedad, reunió el duque de Medinaceli a todos los oficiales de su consejo para tomarles parecer y decidir lo que debía hacerse a partir de ese momento. Aunque algunos fueron partidarios de abandonar la empresa y regresar a Sicilia, pareció más oportuno a la mayoría seguir. Resolvieron finalmente entre todos no cejar en la misión. Pero no consideraron ya conveniente ir a Trípoli, sino volver a la isla de los Gelves, tomarla, desembarcar y limpiar las naves.

Así se hizo. Y quiso Dios que mejorase mucho el tiempo, soplando tanto el viento a nuestro favor que en diez días llegábamos al cabo que llaman de Valguarnera, el cual es la última punta de la isla en la parte de poniente. Pero, como quiera que arreciara de nuevo un fuerte temporal desde tierra, estuvimos sin poder desembarcar cinco días.

Se hacía el tiempo muy largo a bordo, en una humedad constante y con un frío que calaba hasta los huesos. Las noches sobre todo se convertían en un verdadero infierno; las olas agitaban la galera en un movimiento constante y el agua entraba a raudales por todas partes. En la cubierta, dura y mojada, trataba uno de conciliar el sueño lo mejor que podía, tiritando sobre las heladas maderas sin más abrigo que las empapadas mantas duras y frías. En la oscuridad total, pasaban las horas con la sola esperanza de que amaneciera un fuerte sol que nos caldease la carne y nos secase las ropas y los petates. A mi lado, Alonso Golfín soportaba estos malos ratos rezando. Entre el ulular del viento en las arboladuras, me llegaba el bisbiseo de sus oraciones. Quería yo platicar para pasar el mal trago con mayor ánimo, pero era él un compañero reservado y silencioso. Con el fin de iniciar la conversación, le pregunté una de aquellas noches cuando me pareció que había concluido:

—¿Qué rezabas, Alonso?

—El santo rosario —respondió—. ¿No rezas tú, Monroy?

—De vez en cuando —observé—. Aunque… sobre todo cuando veo un peligro cerca; como el día del combate. ¡Uf, me acordé entonces de todos los santos! Pero no he sido yo nunca muy rezador.

—El que ora todo lo puede —sentenció.

—¿De veras crees eso?

—¡Claro! Y tengo motivos para creerlo. Mis padres tuvieron siempre la ilusión de que yo sirviera en la Orden de San Juan. Hoy día es muy difícil eso, ya lo sabes, en la Corte no hay familia que no pretenda ese destino para alguno de sus hijos. Y yo me crie soñando que algún día sería Caballero de San Juan. Solicitaron mis padres al prior de España mi ingreso y ni siquiera les contestaron, ¡tal era el número de aspirantes! Y aunque mi señor abuelo insistió a algunos buenos amigos suyos próximos al rey que vieran la manera de meterme, finalmente llegamos a estar ciertos de que sería algo imposible…

Quedó un rato en silencio Golfín, como meditando en sus palabras. Estaba echado él boca arriba y yo un poco más allá, hecho un gurruño por el frío que me tenía entumecido. A la luz de un fanal que se bamboleaba encendido, veía su nariz fuerte y bien dibujada, y adivinaba su mirada perdida en el infinito y nocturno cielo, adonde constantemente enviaba sus plegarias.

—¿Y qué pasó, pues? —pregunté.

—Resultó que un viejo sacerdote de una iglesia cercana a mi casa, viendo que yo me desalentaba por no poder ir a cumplir con mi vocación de ser caballero de San Juan, me aconsejaba: «Reza, muchacho; pídeselo a Dios, insístele sin descanso, que ablandarás su corazón y te concederá eso que tanto deseas. ¡Cómo vá a negarte Él un puesto a su servicio en la Orden! Lo que pasa es que Dios prueba a los hombres, para que se les avive en la fe y vengan a estar muy seguros de lo que buscan en esta vida».

—¿Y fue Dios mismo quien te armó caballero? —dije con algo de guasa.

—Bueno, no fue Él directamente, pero se sirvió de su Providencia para allanar el camino por delante de mí y que llegara a cumplirse finalmente mi propósito.

—¿Querrás contarme cómo fue eso?

—¡Claro, amigo mío! Que quiso Dios que viniese el príncipe don Felipe a cazar el oso a unos señoríos próximos a los nuestros, cuando iba camino de Guadalupe. Entonces fueron a besarle la mano mi señor abuelo y mi padre y me llevaron con ellos. Tenía yo a la sazón quince años cumplidos. Como mi señor bisabuelo sirvió a la Reina Católica doña Isabel de Castilla, expresaron los de mi casa su lealtad a la Corona y contaron a su alteza cuántos buenos servicios hicieron desde sus abuelos hasta el momento presente, tanto a los reyes, como al césar Carlos. Debieron de caer en gracia mis familiares al príncipe, porque enseguida se manifestó dispuesto a otorgar un favor a la familia. Y fue así como le solicitó mi padre que me diera carta para el gran maestre de la Orden, la cual mandó su alteza redactar a su secretario allí mismo.

—¿Y qué tienen que ver los rezos con todo eso? —pregunté.

—¿No lo comprendes? Había estado yo rezando todos los días y escuchó Dios mis oraciones. Quiso Él que pasara el príncipe por allí, justo en aquel momento. Fue Dios quien escuchó mis ruegos y dispuso todo para servirse dar cumplimiento a mi súplica.

—No sé... —repuse—. Pudo ser una casualidad.

—No, no, amigo mío; nada de casualidad. Dios dispone las cosas de tal manera que parecen transcurrir sin otra lógica que la vida misma. Pero no olvides que todo cuanto hay obedece a sus designios. Él quiso que el príncipe tuviera apetencia de cazar osos y gracias a eso soy yo caballero de San Juan. Prestó oído a mis oraciones, eso es lo que creo. Tú hazme caso, Monroy, reza mucho y verás como Él te escucha.

—Entonces —observé—, todos los hombres que murieron en lo de la Roqueta y los muchos que han caído enfermos de pestilencia habrán sido presa de sus desgracias por no rezar demasiado, puesto que no creo que le pidieran a Dios otra cosa que salvar el pellejo en esta empresa.

—Hummm... —contestó mirándome con ojos muy abiertos que brillaban sinceros en la penumbra—. Eso es cosa aparte, Monroy. Murieron porque les llegó la hora; como a ti y a mí nos ha de llegar también cuando lo quiera Dios, indistintamente de lo poco o lo mucho que oremos.

—Pues no lo comprendo. Si rezando o sin rezar te ha de llegar el palo…

—Tú reza, amigo mío —insistía él con fervientes palabras—, hazme caso. Es difícil de explicar, pero uniendo uno el ánima a Dios se ve todo de diferente manera. Y, ahora, durmamos si podemos que, si Dios lo quiere, se podrá desembarcar mañana en la isla.

Amainó algo el oleaje y el movimiento del barco fue menos violento. Se hizo luego un gran silencio, cuando los hombres cayeron vencidos por el sueño. Era muy negra la noche, sin luna ni estrellas. El velacho del trinquete estaba justo encima de mí y crujía de vez en cuando; otras veces emitía un chirrido largo, como un lamento. No sentía yo los pies, por tenerlos fríos como carámbanos, y de vez en cuando me sacudía una violenta tos que procuraba contener para no molestar a mis camaradas que dormían.

En un momento determinado me pareció que entraba en calor y pronto empecé a sentir que me ardía el pecho. «Esto deben de ser fiebres», pensé, porque muchos hombres padecían de graves calenturas. Pero, a pesar del temor a caer inficionado por el mal, fuime quedando poco a poco como suspendido en un sueño cada vez más plácido. Quería rezar algo. No era capaz de terminar el paternóster; lo iniciaba una y otra vez, pero las palabras se me escapaban. «Tengo que orar —me decía, queriendo seguir el consejo de Alonso Golfín—; tengo que orar o pereceré de enfermedad o a manos del turco».

No sé cuándo percibí que amanecía repentinamente. Un sol anaranjado y cálido me bañaba con sus rayos y me envolvía una atmósfera cálida. Entonces la galera arribó a una playa de arenas blancas y suaves. Salté feliz a tierra y vi a lo lejos a alguien que me hacía señas:

—¡Eh, Luis María! —me llamaba una voz conocida—. ¡Soy yo!

Era mi padre. Vestía su mejor jubón de tafetán leonado, unos gregüescos abullonados y medias color azafrán; la parlota le caía a un lado y le brillaba el cabello claro. Sonreía con un gesto muy suyo, como de hilaridad y algo burlón.

—¡Padre, padre, padre…! —Corrí yo a abrazarle, sollozando.

—¡Eh, Luis María —me espetó sin dejar de sonreír—, los hombres no lloran!

—Es esta guerra, padre —le dije con amargura—, me angustia.

—¿Tienes miedo?

—No, no es eso.

—¿Entonces?

—No pensaba que fuese así la guerra.

—¡Ja, ja, ja…! —rio él con ganas—. ¿Y qué te esperabas?

—No sé… Hay muchos muertos, padre. Se mata aquí sin ton ni son.

—¿Y qué? Así es la vida, hijo mío. Yo también maté lo mío y aquí me tienes, en el purgatorio.

—¿En el purgatorio? ¿Estás en el purgatorio, padre? —le pregunté sin dejar de llorar.

—Pues claro, Luis María; ¿dónde habría de estar yo si no?

—¿Y toda esta gente de ahí? —le pregunté, pues empezaba a ver siluetas humanas a sus espaldas, aunque no distinguía sus caras.

—Son mis hijos.

—¿Tantos hijos tienes?

—¡Montones! ¡Ja, ja, ja…!

—¿Y qué puedo hacer yo por ellos?

—¿Tú? ¡Ja, ja, ja…! Nada, hijo mío, Dios cuida de ellos.

Dicho esto, comenzó a alejarse de mí. No dejaba de sonreír y su presencia, con aquella expresión tranquila y el ánimo tan alegre que siempre conocí en él, me confortaba mucho. Así que le supliqué:

—¡No te vayas!

—Adiós, hijo —decía—, que tengo faena; que también hay aquí herejes y moros a los que enseñarles quién manda.

—¡No te vayas, padre, padre mío…!

En esto, desperté de mi pesadilla. Me encontré con los rostros de don Jerónimo, Gume y Golfín que me observaban preocupados y comentaban:

—Ya despierta, gracias a Dios. Son fiebres lo que tiene, mirad cómo suda…

—Llamaba a su padre —decía un médico que estaba allí también—. Lo cual quiere decir que delira. Sí, sin duda son las fiebres. Hay muchos enfermos de este mal.

—¿Y mi padre? —preguntaba yo—. ¿Es esto el purgatorio?

—¿El purgatorio? —dijo extrañado el médico—. ¡Pues sí que está bueno este! Denle vuestras mercedes un caldo caliente y unas friegas con vinagre de ajenjo.

52

El 8 de marzo, con las primeras luces del alba, se aproximaba la flota a tierra en el punto que llamaban la Goleta, donde hay un castillo que mira al mar desde un promontorio. Aunque el viento era contrario, no soplaba tan recio como durante toda la semana que precedió a ese día. Estaba yo repuesto ya de las fiebres, pero me sentía tan débil que casi no podía con el peso de la caja.

Nuestra galera se fue acercando a las aguas que se extendían delante de la fortaleza. Se veían los cubos y murallones bañados por el sol que les daba color de miel, en contraste con el mar de profundo azul turquí. Teníamos justo enfrente un torreón de piedra rojiza, cuadrado, con matacanes en la parte alta y saeteras estrechas. Los lienzos de paredes amarillentas, almenadas, parecían brotar de la misma playa, y hacia tierra se alzaba la muralla blanquecina, que se prolongaba por todo el promontorio que servía de base al castillo.

—¡No se ve ni un vivo! —gritó el vigía.

—¡Boga larga! —ordenó el maestre de la nave.

El resto de la flota se iba alineando con las troneras

mirando a tierra. Los remos se alzaban pausadamente y se mantenían el mayor tiempo posible bajo el agua.

—¡Echad el ancla!

Comenzaron a caer al agua los botes, barcos y lanchones y pronto se formó un tráfico espeso entre la flota y la orilla. Los hombres desembarcaban por orden, a medida que eran transportados desde sus galeras.

De repente, tronó un cañonazo en el castillo y se vio una densa bocanada de humo negro. Al momento se inició desde las murallas un ininterrumpido fuego de culebrinas, tormentarias y cañones cuyos proyectiles batían el agua a nuestro alrededor.

—¡Ya nos la pegaron otra vez esos turcos del demonio! —gritó don Álvaro—. ¡Responded! ¡Fuego a discreción!

Se abrieron las troneras y asomaron los cañones que respondieron con grandes estampidos. Se veían volar las bolas y caer detrás de las murallas o golpear las construcciones con secos impactos. Los botes que transportaban a las tropas titubearon durante un rato, detenidos en mitad de las aguas, sin decidirse a proseguir el desembarco o regresar a las galeras. Pero el duque resolvió que continuasen la operación a pesar del fuego cruzado.

—¡Gente en lontananza! —gritaban los vigías—. ¡Gente en tierra nos ataca! ¡Al arma!

Se vio venir a lo lejos una ingente masa de hombres a pie y a caballo que remontaban unas dunas y llegaban a las orillas desde todos lados.

—¡Recoged el ancla y boga rápida! —ordenó don Sancho de Leiva—. ¡Hay que aproximar las galeras a tierra cuanto se pueda!

Espantados, los que permanecíamos todavía a bordo asistimos a la desgraciada escena que se produjo cuando los moros cayeron sobre nuestra gente que estaba en la playa. Era una turba de varios miles frente a poco más de dos centenares de soldados de infantería, los cuales echaron mano a sus armas pero apenas pudieron defenderse. Los más de ellos eran hombres de nuestro tercio a los que don Álvaro mandó por delante para observar y organizar el desembarco. Vimos caer a muchos muertos y el resto se rindió, soltando las armas y alzando los brazos. Los enemigos vociferaban ferozmente y rodearon pronto a aquellos desdichados.

Resolvió don Álvaro no amedrentarse y aconsejó al duque ir a dar batalla todos a una, pues no se veía que los moros fueran más de los que se juntaban en la costa. El de Medinaceli estuvo de acuerdo y se acercaron las galeras todo lo que pudieron, hasta fondear a tiro de arcabuz de tierra. No daban abasto los botes trayendo y llevando gente, mientras un intensísimo fuego rociaba a los enemigos desde la flota.

—¡Huyen! —gritaban los vigías—. ¡Se retiran!

Por donde vinieron, los sarracenos escapaban veloces, al ver que nuestra armada estaba resuelta a darles batalla. Pudo hacerse entonces el desembarco completo y no tardó en estar todo el ejército en tierra, alineado y en guardia, dispuesto a ir contra el castillo y a perseguir a los moros huidos, que no llevaban traza sino de ser tribus de alárabes reunidas, sin compostura de tropas ni otro orden que el de los jefes que los azuzaban como a jauría.

Se dio a los hombres mantenimiento para cuatro días y se repartió mucha munición, pólvora y otros aparejos de guerra necesarios para tanta batalla como se pensaba dar. Allí mismo, en los llanos que se extendían desde la orilla, se dividió la armada en tres partes: en la primera, un escuadrón de a pie y a caballo de los caballeros de Malta, con seis regimientos de alemanes; en otra parte, los soldados italianos de a pie; y en la tercera, los españoles con don Álvaro al frente. Advirtióse a todo el ejército de que nadie desobedeciera la más mínima orden, so pena de la vida, pues, no sabiéndose con cuánto poder de armas y gente contaba el enemigo, era menester no aventurarse a operaciones improvisadas y maniobras inútiles. Se puso alrededor del lugar mucha vigilancia y se procedió a sitiar el castillo, para evitar que los turcos de dentro mandasen aviso a Dragut, donde quiera que se hallara.

Con esta organización, avanzó el día y cayó la noche, por lo que se consideró oportuno acampar allí mismo y esperar a la mañana siguiente para mover las tropas hacia el interior de la isla, temiendo que, de no hacerlo así, nos sorprendería la oscuridad en terreno desconocido y a merced de adversarios cuyo número no se sabía.

Padecía yo un malestar grande y el alimento no me paraba en el cuerpo. Así que agradecí no tener que marchar esa misma tarde, porque no me veía con fuerzas ni para dar un paso.

—¿Cómo va eso? —me preguntó don Jerónimo al verme vomitar próximo a él.

—No es nada —dije por no resultar quejica.

—¿Estás muy mal, verdad, Monroy? —se interesó.

—Si duermo algo, estaré bien a la mañana.

—¡Dichosas fiebres! —maldijo Gume—. ¡Me cago en todos los moros!

Se hizo pronto el silencio, obedeciendo a la orden de descansar el mayor tiempo posible antes del amanecer. Tan severas eran las advertencias, que no se oía otro ruido que el relincho de los caballos y los rebuznos de los jumentos de carga. Solo de vez en cuando algún enfermo se quejaba y enseguida alguien le mandaba callar.

Debía de ser pasada la medianoche cuando los centinelas gritaron el «¡Quién va!». Se vio luego un fogonazo de arcabuz al que siguió el inmediato estampido y enseguida se armó un gran revuelo de voces.

—¡Vive Cristo, hermanos! —se escuchaba gritar—. ¡No disparéis!

A mi alrededor, los compañeros saltaban y se ponían en pie movidos por una gran agitación.

—¡Qué pasa! ¡Quién va!

No tenía yo ánimo ni bríos suficientes para levantarme y me quedé echado. Sentí correr en la oscuridad a los hombres de aquí para allá y escuché porfiar al capitán y a otros oficiales sobre el asunto.

—¿Es un ataque? —preguntaba don Jerónimo.

—¡No, no es un ataque! —respondía alguien desde lejos.

—¿Qué pasa, pues?

—¡Un cristiano huido de los moros! —contestó una voz—. ¡Llamad a don Álvaro!

Pasado un rato, regresó el capitán y le oí contar a Gume lo que sucedía. Al parecer, había llegado uno de nuestros hombres que consiguió escapar de manos de los turcos. Vino a dar aviso inmediatamente a la oficialía de que las tribus de alárabes isleños estaban a dos mil pasos de allí, armados, y con ellos los turcos de Dragut, resueltos a acometer a nuestro ejército con la primera luz del día.

Tan molido estaba yo que la noticia no me sobresaltó lo más mínimo ni me espantó el sueño. Pronto quedé profundamente dormido en el duro suelo, como si de un colchón de plumas se tratase.

Al amanecer, me despertó el ajetreo de la tropa que se aprestaba temprano a la marcha, teniendo recogidos los pertrechos y habiendo comido ya el primer bocado del día. Me puse en pie y me alegré mucho al sentir que me habían vuelto las fuerzas con la dormida. Vino el médico de nuestro tercio, me observó y, al descubrirme tan entero, me preguntó:

—¿Hay apetito, Monroy?

—Sí, señor —respondí.

—¡Pues andando! Parece que tu natura ha podido con la pestilencia.

Se puso en marcha el ejército. En primer lugar iban los caballos y soldados de Malta con nuestro tercio, que seguía siempre a don Álvaro; detrás iban los italianos y alemanes con dos mangas de arcabuceros, dispuestos y prevenidos para cualquier súbito e imprevisto acontecimiento. Quedaron asediando el castillo tres mil quinientos soldados, la flota a distancia suficiente para abrir fuego y un escuadrón de alemanes con mucha artillería.

Empezamos a caminar y, a medida que nos adentrábamos en la isla, fuimos encontrando unos terrenos pantanosos con blando lodo que nos dificultaba grandemente la marcha, sobre todo a las piezas pesadas de artillería. Como se gastaba mucho tiempo en el avance por esta causa, mandó el duque a don Álvaro que se adelantase con su tercio hasta los pozos donde se había de asentar el ejército.

Cuando llegamos adonde estaba el agua, vimos enseguida que era un lugar idóneo para que acampase la tropa todo el tiempo que hiciese falta. Encontramos cegados los manantiales con piedras y arena, mas pronto se comprobó que era fácil limpiarlos. Así que puso nuestra gente manos a la obra y empezó a retirar todo lo que los moros habían echado en los pozos para dejarlos inservibles. Mientras tanto, algunos observadores nuestros fueron a otear las proximidades para ver si veían indicios del enemigo. Y no fue necesaria su información, porque no tardaron en escucharse en la distancia los instrumentos de guerra que usan los moros, los cuales no son tambores, sino tablas batiendo unas con otras, formando un curioso estrépito.

Esa misma tarde, acampó todo nuestro ejército en torno a los manantiales, que, una vez aclarados, daban una buena agua que mejoró mucho la salud de la gente.

Por la noche no paraba de sonar el tableteo de los moros. Tardaba yo en dormirme. Se me pintaban en la mente todos los horrores posibles y me agitaba de un lado para otro. No es que tuviera miedo, pero vi tantos muertos en tan pocos días que, sin tener costumbre, la impresión me tenía inquieto.

Sería casi el amanecer cuando me cogió el sueño y me dormí profundamente. De nuevo me asaltaron las pesadillas. Soñé que caía a manos de los turcos y era llevado a un cautiverio donde encontraba a mi señor abuelo don Álvaro de Villalobos.

—Soy nieto de vuaced, don Álvaro —me esforzaba yo en explicarle—. ¿No me recuerda?

Pero él estaba sumido en su vesania y, ocupado solo en tocar el laúd, no me prestaba la menor atención.

—¡Soy su nieto, don Álvaro! —insistía yo—. ¡Soy Luis María Monroy de Villalobos! ¡Su nieto, su nieto, su nieto…!

53

Era ya muy de día cuando estaba yo tan fuertemente dormido que tuvieron que empujarme de un lado a otro para despertarme.

—¡Vamos, Monroy, despierta! —me gritaba don Jerónimo—. ¡Que hay que hacer formación!

Abrí los ojos creyendo que despertaría en cualquier parte de España, pues había soñado con ello. El sol iluminaba el campo, donde no se veían sino soldados. Tardé un buen rato en ser consciente de que estaba en aquella isla africana y, cuando me puse en pie, me sentí aturdido. Pero pronto me di cuenta de que me encontraba muy bien de salud, como si un vigor nuevo acudiese a mis miembros. El corazón me latía pausadamente y la luz tan brillante parecía infundirme fuerza.

Empezó a tañer la campana con la que avisaban los capellanes a la oración y los hombres hincaron la rodilla en tierra.

—¡Hoy habrá batalla, hermanos! —exclamaban los clérigos—. ¡Acudid a confesaros y comulgad! ¡No dejéis que la muerte os alcance en pecado!

Era una mañana rara aquella; o sería que me lo parecía a mí por haber tenido un sueño tan profundo. Había una quietud grande bajo el cielo azul y el aire estaba inmóvil. Acudí a ponerme en la fila y recibí la absolución de mis pecados. Luego fui a comulgar. Los soldados estaban silenciosos y graves.

Los oficiales dieron órdenes y corrimos cada uno a nuestro puesto. Iniciamos el toque de cajas anunciando la marcha y la tropa comenzó a avanzar. Caminamos por unos arenales desolados durante un par de horas hasta llegar a unos monótonos campos de olivares e higueras donde la tierra era ceniciecta. A lo lejos, se veía un pueblo muy grande en cuyo centro sobresalía un alto alminar.

—Es la ciudad más importante de la isla —explicó alguien—, el lugar donde estos alárabes hacen sus ferias y mercados. Debe de haber ahí abundante riqueza, si es que los turcos han dejado algo.

Delante y a los lados de la población, se veían unas lomas blanquecinas donde negreaban parapetados los moros que nos aguardaban para dar batalla. El ambiente era bochornoso y en la lejanía el calor hacía borrosa la visión.

—No habrá allí más de dos mil sarracenos —indicó un sargento de infantería.

—Son por lo menos tres millares —apostilló Gume.

Iba yo próximo a la bandera que llevaba Golfín y no tardó en ponerse a nuestra altura don Álvaro de Sande. Le vi sacarse de la cabeza el yelmo y apareció su rostro viejo, menguado y amarillento, que parecía carecer de vida. Jadeaba el general, pues su edad debía de tenerle fatigado con tanto ajetreo, pero disimulaba muy bien. Con sus ojos de aguilucho, oteó la lejanía, circunspecto, durante un buen rato. Luego observó:

—Es pan comido. No hay moros ahí ni para darnos batalla hasta la hora del tajo.

Dicho esto, ordenó a los capitanes que dispusieran a las tropas en formación de combate. Las mangas de mosquetes se alinearon en los flancos y los piqueros formaban las filas. Caballeros, rodeleros e infantería pesada quedaban en retaguardia esperando su momento. Estuvimos allí por lo menos una hora, bajo el sol cada vez más potente, muy atentos a los moros, cuyos tropeles se movían de un lado para otro, como oleadas, dando la impresión de que no estaban muy decididos a dar batalla o que incluso rehusaban el encuentro.

Los oficiales se impacientaban y le gritaban a don Álvaro:

—¡Vamos a ellos, general! ¡Dé vuestra excelencia la orden!

—¡No! —contestaba reciamente el de Sande—. ¡Todavía no! ¡Aguardemos a que muevan ellos ficha en el tablero!

Cesaron los moros en su estruendo y pararon también nuestras cajas. Se hizo un espeso silencio en el que parecía escucharse el gruñir rabioso de nuestra gente que se enfurecía por la larga espera. Pasaron así al menos otras dos horas. A cada momento, venía un maestre de campo o algún capitán enviado por los generales y pedía explicaciones a don Álvaro. Este, enojado, respondía:

—¡Déjenme hacer a mi manera! Que estas esperas hacen flaquecer mucho los ánimos de la morisma; que lo que quieren es que vayamos una y otra vez a por ellos, para rehuir y fatigarnos. Que son cobardes y traidores y les gusta jugar al escondite.

—¡Vuecencia sabrá! —asentían los miembros del consejo de los generales.

Quien menos conforme estaba era Quirico Spínola, el cual, por ser el más joven del Alto Mando, tenía los bríos y la impaciencia propia de su edad, que no sería mayor de treinta años. Él y su gente estaban que echaban chispas y una y otra vez pedían que se les dejase ir al moro.

—¡Paciencia! —le gritaba don Álvaro a Spínola—. ¡Paciencia, que lo echaremos todo a perder!

En esto, se vio que los moros se removían mucho y dio comienzo de nuevo el ruido de las tablas y atabales con mucha fuerza. Creímos que vendrían a presentar batalla y se aprestaron los nuestros al combate. Salió entonces del enemigo una fila de hombres a caballo que venían al trote, haciendo cabriolas y enarbolando grandes espadas.

—¡Es alarde! —avisaba el general—. ¡Son cosas de morisma! Les gusta a ellos hacerse ver.

Pero los hombres de Quirico Spínola se sintieron provocados y no pudieron ya contenerse. Sus caballeros picaron espuelas y fueron a ellos en algarada, sin demasiado orden, de manera irregular y sin que la infantería los cubriera desde las espaldas, como era norma. Los moros que —dicho sea en honor a la verdad— son muy duchos a caballo, los envolvieron con facilidad y de las lomas salieron en oleada muchos turcos con arcabuces tiroteando. Viendo esto, se dejaron llevar temerariamente por el ardor guerrero muchos malteses y españoles y fueron a dar apoyo a los de Spínola.

—¡No! ¡Quietos! —gritaba Sande—. ¡Que es temeridad eso! ¡Que no conviene apartarse del ejército! ¡Que es eso lo que los moros quieren!

Se sujetó la mayor parte de la tropa atendiendo al consejo sabio del general. Y fue muy triste ver cómo los moros, con gran ímpetu y mucho vocerío, acometieron a Quirico y a los suyos, desbaratándolos, tirándolos con habilidad de los caballos y haciendo gran matanza en ellos.

—¡Hay que hacer algo! —gritaban los nuestros—. ¡Mande vuecencia avanzar!

—¡Se lo han buscado ellos, por imprudentes! —contestaba Sande—. No voy a caer en tretas de moros.

Y dicho esto, mandó avanzar el ejército todos a una, sin que se abandonase el orden dispuesto. Marchaban las tropas muy organizadas por secciones. Fueron las mangas de arcabuceros llegando adonde tenían a tiro a los moros que mataban a los de Spínola y dispararon la primera andanada de arcabuzazos, hiriendo a muchos enemigos. Entonces los moros huyeron en loca desbandada a replegarse donde estaba el grueso de los suyos, parapetados tras las lomas. Hicieron algunos caballeros nuestros intento de ir tras ellos a tomar venganza, pero el general ordenó retreta, pues recelaba de que vinieran más moros desde las alas y volviera a suceder un descalabro.

Se detuvo nuestro ejército como a mil pasos de la ciudad de los moros y se mandó hacer un gran estruendo de tambores. Sabía bien don Álvaro por su experiencia que esto amedrentaría a los sarracenos. Y no se equivocaba, ya que no tardaron en comenzar a retroceder.

—¡A ellos! ¡A ellos! —gritaba ensordecedoramente nuestra gente—. ¡Al moro! ¡Santiago! ¡Santiago!…

Me entró como un frío sudor y me contagié de aquel irreprimible deseo de ir a acabar con ellos. Tampoco yo comprendía por qué don Álvaro se resistía a ordenar el ataque, ahora que los teníamos atemorizados y a la mano.

—¡Por Dios Santísimo, general! —le suplicaban los capitanes—. ¡Dé vuecencia la orden! ¡Déjenos ir a por ellos, que ardemos por dentro!

Se mascaba la gran tensión que soportaba la gente. Los caballos relinchaban, las cajas proseguían su infernal estruendo y los aceros chocaban estrepitosamente contra las rodelas. Bufaban los hombres como perros rabiosos preparados para destrozar a su presa.

De repente, se vio venir una fila de moros desarmados que agitaban banderolas blancas y se arrodillaban a cada cuatro pasos, en gesto de pedir paz y conversaciones.

—¡Silencio! —ordenó don Álvaro extendiendo las manos desde su montura—. ¡Paren las cajas!

Cesó el ruido de tambores y el vocerío. Pero todavía muchos oficiales pedían al general:

—¡No les dé vuecencia resuello a esas gallinas! ¡No se ablande, general! ¡Vamos a pelar a esos pajarracos!

Pero sabía muy bien lo que hacía el general. Más que una victoria guerrera, interesaba que los isleños se sujetasen y se pusieran bajo la obediencia del rey don Felipe. Era este el encargo principal que traía el duque de Medinaceli de su majestad y había que cumplirlo, por mucho que los hombres quisiesen saciar su hambre de sangre y destrucción.

Mandó el jeque de los Gelves a un emisario suyo para hacer pactos. Era el enviado un mercenario que antes fue cristiano y vivió en Apulia, y se le conocía ahora como Hamet Ráyense. Rogó este al duque que nuestro ejército no pasase adelante; que los de la isla, que eran la mayoría alárabes de las tribus mahámidas, estaban resueltos a someter sus personas y cosas al rey de España y a ser tributarios dél en adelante. Aceptó el ofrecimiento de paz el de Medinaceli pero, reunido con su consejo, acordó poner a los moros la condición de que entregasen a todos los turcos que con ellos estaban. A lo que el emisario respondió que lo diría a su jefe.

Como vieran nuestros hombres que se hacían paces con los enemigos, se pusieron furiosos y despotricaban mucho de la oficialía, ya que se daban cuenta de que éramos muy superiores a los isleños y la victoria, de hacerse guerra, estaba segura.

—¡Esto es estar a la voluntad y condiciones dellos! —protestaban—. ¡Creerán que somos cobardes y rehusamos el combate!

Pero, por la mañana del día siguiente, poco después de romper el alba, sucedió algo que calmó mucho los ánimos de la gente del ejército cristiano. Resultó que salieron de la morisma muchos guerreros alárabes llevando amarrados a numerosos turcos de los que habían luchado en sus filas.

—¡Mirad, traen a los turcos! —gritaban nuestros soldados—. ¡Han traicionado a Dragut!

Corrimos a ponernos a distancia suficiente para ver lo que pasaba. Los moros degollaron a varios centenares de turcos delante de nuestros ojos. El cruel espectáculo se convirtió en una fiesta. Los isleños danzaban entre los cadáveres y los pisoteaban. La sangre corría por el suelo tiñendo la arena y el estruendo de las tablas llegaba desde la lejanía. La gente de las tropas cristianas jaleaba desde este lado, muy contenta, y aplaudía, satisfecha por asistir a lo que consideraban una merecida venganza.

—¡Duro con ellos! ¡Así mueran todos los turcos! ¡Al infierno Dragut!

A mí me desconcertó mucho aquella visión. No terminaba yo de hacerme a los crueles usos de la guerra y me estremecía ante tanta muerte aún. A mi lado, el alférez Gume me daba con el codo y, muy sonriente, me comentaba:

—Por lo menos hay ahí quinientos turcos con el pescuezo rebanado. ¡Me cago en todos los moros, qué fácil ha sido esta guerra! Si no hubiera sido por los hombres que hemos perdido con la dichosa enfermedad…

LIBRO VI

T<small>RATA DE CÓMO LOS MOROS ISLEÑOS</small>
<small>PIDIERON PAZ AL EJÉRCITO CRISTIANO Y</small>
<small>SE SUJETARON PONIÉNDOSE EN OBE-</small>
<small>DIENCIA AL REY DON</small> F<small>ELIPE DE</small> E<small>SPAÑA</small>
<small>DE LA MANERA EN QUE QUEDÓ SEÑOR</small>
<small>DEL CASTILLO DE LOS</small> G<small>ELVES EL TERCIO</small>
<small>DE DON</small> Á<small>LVARO DE</small> S<small>ANDE Y DE LOS</small>
<small>MUCHOS TRABAJOS Y PENALIDADES QUE</small>
<small>SUFRIERON LOS SOLDADOS CRISTIANOS</small>
<small>ASEDIADOS POR LOS TURCOS QUE LLEGA-</small>
<small>RON POR MAR.</small>

54

Una vez que los moros isleños hubieron degollado a parte de los turcos que estaban aliados con ellos, vinieron a parlamentar con ánimo de someterse. Y digo «parte de los turcos», porque no tardó en saberse que a Dragut le habían largado con buen número de su gente, asegurándose de esta manera el futuro, por si acaso algún día cambiaban las tornas y tenían que verse otra vez en manos del turco. Así de faltos de ley eran estos mahámidos, que no podía uno fiarse del todo dellos. Pero, aun sabiendo sus falsedades, al duque le interesaba mucho tenerlos de parte, para poner la isla en potestad y presidio de España. Precisamente porque, dejando a su aire a gente de fe y fidelidad tan inconstante, faltarían pronto a lo prometido y se irían de nuevo a pactar con los piratas y corsarios para permitirles hacer desde allí sus correrías que tanto molestaban las costas de Sicilia, Malta y las demás islas. Tenían por otra parte los Gelves buenos puertos y cómodos fondeaderos que frecuentaban muchos mercaderes, siendo muy célebres sus ferias y mercados. Interesaba por último la isla a nuestro rey por ser lugar estratégico para quien quisiera señorear África.

Echándose estas cuentas, hizo el duque de tripas corazón y otorgó cartas de vasallaje al jeque mahámido, asentándose las condiciones de sujeción y el compromiso de no hacerles a los de la isla injurias ni malos tratamientos. De la misma suerte, prometió el moro echar bandos a sus gentes para que acudieran trayendo al ejército todo género de provisiones.

También estuvo conforme el jeque con que tomaran posesión los cristianos del castillo que daba al mar, donde resistían algunos centenares de sus hombres bajo mando de turcos. Para cumplir con esto, envió el duque al maestre de campo Miguel Barahona con dos compañías, las cuales no tuvieron que dar ni un solo tiro, porque advertidos los moros de dentro de las condiciones del pacto, les faltó tiempo para arrojar desde lo alto de las almenas a los desgraciados turcos, que fueron a hacerse pedazos contra las rocas.

A todo esto, nuestros soldados seguían descontentos y con mucho sentimiento por no haberse hecho conquista y botín en la isla. Rabiaban al ver que sus esperanzas de ganar riquezas fáciles, después de tantas penalidades, se echaban a perder.

Los heraldos pregonaron entre las tropas el bando que decía: «Manda su excelencia el duque de Medinaceli, en nombre de su majestad el rey, que ningún soldado de las tropas cristianas se atreva a perjudicar a moro alguno de los que están sujetos al jeque de los Gelves; que no se les haga la mínima injuria y les sean respetadas las mujeres, haciendas y pertenencias; y que sean todos tenidos como hermanos y soldados del rey Felipe. Quien osara no cumplir con esta ley, será castigado con pena de la vida».

Cuando los soldados escuchaban el bando, echaban pestes y rugían furibundos:

—¿A esto hemos venido? ¿Para esta villanía han dado la vida nuestros camaradas? ¿Se van a salir con la suya esos moros del demonio después de haber dado muerte a los hombres de Quirico Spínola?

Había mucho odio contra el moro y muchas ganas de hacer presa en ellos para matarlos. Pero estaban muy resueltos el duque y el consejo a no dejar a los hombres hacer tropelías por sus fueros. Lo cual se demostró porque fueron ahorcados sin contemplaciones unos piqueros de la tercera bandera que osaron entrar a saco en un caserío y deshonrar algunas mujeres. Tanta fue la rabia de los soldados al verse impotentes para llevar a efecto sus ganas de venganza y botín, que un español llamado Ordóñez, vuelto su sentimiento en desesperación, dio rienda suelta a su ira contra sí mismo y se hundió un puñal en el pecho.

Entregado el castillo, entraron en él los del Alto Mando para tomar posesión y disponer el presidio. Encomendó el duque al ingeniero español Antonio Conde que lo fortaleciese más de lo que estaba y que se hiciera una gran muralla alrededor, a modo de fuerte, para que hubiera lugar para más soldados de los que ahora tenían cabida. Hecha la planta y aprobada, se comenzó la obra, repartiendo los oficios entre las diferentes naciones que componían el ejército. A los alemanes les correspondió abrir el foso. Contaba el fuerte con cuatro torres, las cuales se encomendaron levantar: una a Juan Andrea Doria con la gente de sus galeras; otra a los caballeros de Malta; la tercera, a los italianos; y la cuarta, al duque con los españoles. A nuestro tercio se nos encargó uno de los muros y proveer los necesarios materiales. Para estos menesteres, se cortaron muchos árboles y se pidió a los isleños que trajesen ladrillos, piedras y barro y paja para hacer adobe.

Estando toda la armada muy ocupada en fortificar el castillo, fueron acudiendo los jefezuelos de moros a rendir pleitesía al duque y a someterse al rey de España. Venían y acampaban a distancia para esperar a que se les diera audiencia y poder hacer juramento de sujeción, pues tenían mucho miedo de que, de no hacerlo, nuestras tropas fueran a sus pueblos a causarles perjuicios. Gracias a esto, llegó abundante grano, aceitunas, almendras, dátiles, ganados y otros mantenimientos necesarios que vinieron muy bien a nuestra gente; sobre todo a los enfermos que se contaban en más de dos mil.

A finales de abril empezó a hacer calor. Llegaba un viento ardiente desde tierra adentro y el cielo se cubrió con un velo grisáceo que decían ser polvo de los desiertos que hay al sur. Las obras iban ya muy avanzadas y los hombres comenzaban a estar ociosos. Poco se podía hacer en aquella isla, una vez concluida la fortificación del castillo.

Una mañana me mandó llamar don Jerónimo. Fui a su tienda y me dijo que se me necesitaba para un servicio muy especial.

—Mande lo que se precise de mí —respondí solícito—, que para eso estoy en el tercio.

—Muy bien, Monroy —dijo él sonriente—. Te explicaré de qué se trata. Resulta que su excelencia el duque tiene previsto hacer una recepción de cortesía a los jefes moros, como muestra de amistad y deferencia porque tuvieron a bien prestar juramento de sujeción a nuestro rey.

Para este menester, ha resuelto dar un festín y agasajar lo mejor que se pueda a sus invitados. Y enterado yo de los preparativos por boca de mi señor tío el general, me pareció oportuno sugerirle que tú tañeras el laúd para animar la fiesta, pues es cosa que se te da muy bien.

—Lo haré con mucho agrado —asentí obediente.

—Pues mañana, antes de la puesta del sol, te presentas con tu laúd frente a la tienda del duque.

Allí estaba yo al día siguiente dispuesto a tocar y cantar el repertorio que aprendí en Málaga, pues era esa una *núba* que me parecía que sería del gusto de los moros.

Ordenó el duque que se hiciera mucho aparato de bienvenida a los jefes moros, buscando impresionarlos. Se había despejado una amplia explanada en el real del ejército, en un pequeño altozano frente al mar, al pie mismo de la fortaleza, donde se alineaban las tiendas de los generales. Estaban dispuestas todas las banderas y estandartes, ocupando las armas del rey un lugar preeminente. Los infantes y piqueros formaban dos largas filas a la entrada del campamento, con sus armas en las manos, para que pasaran entre ellas los invitados, con sus familias y cortejos. Los caballeros formaban más adelante vistiendo sus arneses y mostrando los colores de sus casas. Era todo esto un grandioso espectáculo, con la fortaleza mirando hacia poniente y todas las galeras fondeadas en la bahía. Tanto en las torres como en los palos mayores coloreaban los estandartes cristianos.

De repente, empezaron a redoblar los tambores y prorrumpieron las estridentes trompetas en una alegre fanfarria de bienvenida. Siguieron muchas salvas de arcabuz y un cañoneo prolongado desde las almenas al que respondió la artillería desde las troneras de los barcos.

—¡Ya vienen! —gritó un heraldo—. ¡Saludad!

No estaban nuestros hombres muy conformes con toda esta lisonja y mejor hubieran preferido echarse sobre los moros y rebanarles los pescuezos, pero, nobleza obliga, y no les quedaba más remedio que obedecer al mandato del duque para que se sirviera mejor a los planes de diplomacia, que aconsejaba tratar como aliados a los magnates tunecinos. Así que, aunque sin demasiado entusiasmo, los soldados vitorearon a los recién llegados.

Venían delante medio centenar de reyezuelos a caballo, con sus guardias personales, hijos y lacayos; detrás venía el jeque mahámido cuyo nombre era Mazaud, al cual rodeaban muchos guerreros bien pertrechados, sobre buenas monturas árabes; finalmente, algo distanciada, venía la comitiva del rey de Cairovan, el cual era conocido como rey caravano. Llegaron precediendo a este singular monarca más de un centenar de lanceros cabalgando, con mucha exhibición de cabriolas y caracoleos de sus caballos, como les gusta hacer a los árabes para alardear; seguían una veintena de nobles lujosamente ataviados, montados todos en enormes dromedarios inmaculadamente blancos que, por ser dignos de verse, arrancaron exclamaciones de maravilla en nuestra gente; detrás, para mayor asombro, llegaron muchos elefantes, grandes como casas, que eran llevados por expertos domadores por sus cadenas, como si de dóciles perros se tratara; y, para colmo de boato, venía una fila de avestruces blanquinegros de sedosas plumas, pastoreados por muchachos vestidos de blanco lino. Por último, hizo aparición el cortejo del sultán caravano: su guardia, que eran veinte negros enormes armados con grandes alfanjes; sus muchos eunucos, parientes e hijos, y el reyezuelo, que venía a lomos de una yegua negra, cubierto con manto verde de seda y muy tapada la cabeza y el rostro con turbante y embozos. A simple vista, no parecía ser un hombre demasiado fuerte; le colgaban unas piernecillas menudas a los lados de la silla y su cuerpo era pequeño y redondito, así como su barriga muy abultada.

Tanto había impresionado a nuestros soldados todo lo que vino delante dél, que causó la visión del sultán mucha hilaridad, por grande y hermosa que fuera la yegua que montaba. A mis espaldas, oía comentar a los oficiales:

—Si parece una pelotilla.

—Vaya un rey menudo.

—No medirá de alto ni una vara.

Y todo el mundo reía sin disimulo alguno, a pesar de que había mandado el duque que saludaran la llegada del monarca con vítores.

—¡Viva el rey caravano!

—¡Viva! —contestaba el personal sin entusiasmo.

—¡Viva el rey caravano! —repitió el heraldo.

—¡Viva!

—¡Viva el rey caravano! —gritó por tercera vez el heraldo.

Entonces, con mucha guasa, se adelantó el general Bernardo de Aldana, que era muy ocurrente, y contestó:

—¡Le den por el ano!

Esto arrancó una sonora carcajada en la gente cristiana, lo cual enojó visiblemente al duque, que había puesto mucho cuido en advertir de que nadie desairara a sus invitados. Menos mal que el moro no conocía la lengua española y no pudo saber de qué iba la cosa; creyéndose que las risas y mofas no eran sino salutaciones alegres y jolgorio de bienvenida.

Entráronse todos los magnates del ejército cristiano con los jefes moros en la tienda del duque, donde se les tenía dispuesta la mesa para el banquete, y los acompañantes de menos rango se quedaron fuera, alrededor de unas hogueras donde se asaba carne en abundancia para contentarlos también a ellos.

Yo estaba allí junto a la puerta, vestido con mis mejores galas y con mi laúd en la mano, esperando a que se me señalara el momento en que debía entrar para hacer la actuación.

Fue cayendo la tarde y los cocineros entraban y salían en la tienda, llevando calderos y bandejas con los muchos manjares que se sirvieron. Fuera, el resto de los oficiales, lacayos y los guardias personales de los de dentro daban cuentas de las sobras y se aplicaban al vino de unas pipas que estaban dispuestas para abastecer a los comensales. A medida que avanzaba la fiesta, se oía cómo las voces subían de tono en el interior y de vez en cuando los cumplidos y halagos que unos y otros se prodigaban, siendo traducidos por los intérpretes. También resaltaban entre el vocerío los brindis y los vítores:

—¡Dios guarde al rey de las Españas!

—¡Viva el jeque Mazaud! ¡Viva el rey de Cairovan!

—¡*Naam, naam…!* —exclamaban los moros—. ¡*Yah, yah…! ¡Alá, alá…! ¡Bismülah…!*

Era ya casi noche cerrada cuando salió un mayordomo del duque y anunció:

—De parte de su excelencia que entre ya el del laúd.

Era mi momento. Me coloqué bien las ropas y me puse el capote sobre el hombro. Hice entrada por la puerta destinada al servicio y avancé por donde me indicó un lacayo. La tienda era muy grande y lujosa; la sujetaban mástiles labrados y las lonas estaban muy bien guarnecidas con cueros repujados y damascos dispuestos aquí y allí. Había muebles, sillas, armarios y mesas de maderas nobles, como en un palacio, y las lámparas, que brillaban encendidas, eran de dorado bronce. Se percibía dentro una mezcla de olores a comida, esencias y pieles. Los caballeros cristianos se alternaban junto a los ricos manteles con los magnates moros, compartiendo los muchos platos de diferentes viandas que ya tenían a todos visiblemente satisfechos. Pero aún servían los pajes abundante vino en las copas y era patente que se había bebido mucho.

Llegueme a una pequeña tarima donde me tenían dispuesto un taburete y aguardé de pie, con la gorra en la mano, a que me hicieran alguna señal para indicarme que debía empezar.

—¡Hala, muchacho, toca lo que sabes! —me dijo don Álvaro desde su sillón, que estaba como a cinco pasos de mí, junto al rey caravano que reposaba entre cojines.

Había escogido yo concienzudamente una composición de la *núba* de Málaga, muy triste, para el comienzo, la cual estaba cierto que me haría quedar airoso entre los convidados del duque, por ser muy del gusto de moros. Comenzaba la melodía con suaves notas que incitaban al recuerdo y pasaba luego a un ritmo exaltado que volvía una y otra vez a ser sustituido por las notas melancólicas. Al principio, los invitados seguían enfrascados en sus conversaciones, pero poco a poco fueron volviéndose hacia donde tocaba yo y se hizo el silencio. Me fijaba en el rostro de don Álvaro, que sonreía complacido, y en el duque, que ocupaba una especie de trono en el centro del salón. Era el de Medinaceli un hombretón grande y desproporcionado, de tronco largo y ancho, cabeza pequeña y abultado vientre, cuya cara tenía siempre expresión de abulia. A su lado, el rey caravano me miraba muy fijamente, con sus ojos pequeños y penetrantes, desde su redondo y menudo rostro, donde le brotaba

467

una afilada barba negra, que descansaba sobre la gruesa papada. Pronto noté que le gustaba sobremanera mi música, porque su semblante rebosó gozo y manifestaba asentimiento con elocuentes movimientos de su cabeza.

Cuando concluí mi repertorio, aplaudieron mucho y pidieron otra canción y luego otra más. Salieron al final conmigo unos atabaleros de los que venían con los moros e hicimos música alegre, acompañándonos en melodías de fiesta que no nos resultó difícil acompasar.

Me retiraba ya, por ser el turno de unos flautistas, cuando el lacayo vino y me pidió que fuera donde el duque. Llegueme a él y allí me felicitaron mucho unos jefes y me recompensaron con algunas monedas. El sultán, por su parte, saltó eufórico hacia mí y me besaba y me abrazaba, sirviendo esto de mucha rechifla para los caballeros que me advertían desde sus mesas:

—¡Cuidado con el moro, que es bujarrón como el padre que lo engendró!

El intérprete me traducía los elogios del sultán:

—Dice que le ha gustado mucho tu música; que pagará tu precio al duque para llevarte con él a su palacio del sur.

Y don Álvaro, que oía esto desde su sitio, le dijo al moro muy serio:

—No tiene precio este joven; que es libre para ir donde quiera, debiéndose ahora a nuestro rey por servir en su ejército.

Se quedaba el sultán con un mohín de extrañeza y no me quitaba sus ojillos agudos de encima, mientras me retiraba yo sin dar la espalda, algo turbado por el trance.

55

Era 7 de mayo cuando llegaron dos rápidos veleros desde Malta, que enviaba el gran maestre de la Orden, para avisar de que en Constantinopla se había hecho a la mar una gruesa armada del turco y venía presta a hacernos la guerra. Supo esto el superior de los caballeros por los muchos y buenos espías que tenía en todos los puertos del Mediterráneo. Y no solo advertía del gran peligro que se avecinaba, sino que ordenaba el gran maestre a sus galeras y gentes que volviesen al punto a su isla, pues debían, antes de nada, protegerla; por si al enemigo le daba por detenerse allí y hacer estragos de paso para los Gelves.

Causó esta noticia un gran revuelo en el ejército. Los generales de las diversas naciones se reunieron en consejo con el duque y estuvieron debatiendo durante muchas horas acerca de lo que sería más conveniente. No tardó en trascender que las opiniones estaban muy divididas. La escuadra de Malta tenía resuelto obedecer inmediatamente la orden de su jefe supremo y se aprestaron a salir. Por otra parte, el tercio napolitano recibió a su vez aviso del virrey de Nápoles con mandato de volverse para guarecer y presidiar las costas de su reino. Con esto, hubo muchas discusiones y grandes porfías en el Alto Mando y no se ponían de acuerdo sobre si era mejor abandonar la empresa y tornarse todos a los puertos de la cristiandad o quedarse a esperar al turco y darle batalla. Mientras tanto, entre los soldados se iba creando muy mal ambiente, pues se echaban en cara unas naciones a otras las posiciones de sus generales y se llamaba cobardes a los miembros de las escuadras que decidieron partir. Hubo altercados, broncas y hasta se llegó a las manos.

Lo peor de todo fue que supieron los isleños y los del rey caravano que venía la armada turca, no tardando los unos y los otros en alborotarse mucho y ser presa del susto. No bien se habían enterado cuando levantaban a todo correr sus tiendas y se olvidaban de los pactos y juramentos hechos para salir corriendo de allí cuanto antes.

Nuestra gente entonces se puso muy furiosa al ver este rápido cambio de parecer de los moros, después de lo respetados y bien tratados que fueron. Los soldados españoles echaron mano a las armas y salieron como una turba rabiosa a rodearlos, para no dejarlos escapar sin antes darles su merecido y hacerse con el botín, que aún tenían muy presente que se les negó a la llegada, por tanta contemplación como tuvo el duque.

—¡A por ellos! ¡Traidores! —rugían enardecidos los hombres—. ¡No dejemos que se vayan de rositas!

Se formó un tumulto enorme. Todavía muchos sicilianos y calabreses querían tomarse cumplida venganza de lo que pasó en los pozos con los hombres de Quirico Spínola y aprovecharon para degollar a muchos moros del jeque Mazaud, el cual pudo huir y corrió a refugiarse al amparo del duque, suplicándole que mediara antes de que acabaran con toda su gente.

Tomó consigo el de Medinaceli un regimiento de caballeros y acudió en socorro de los aliados, consiguiendo parar la matanza, y puso tropas para proteger a los moros. Aunque, queriendo contentar a todo el mundo, dijo que ponía vigilancia a los vasallos de la isla para que no se marchasen. Y los jefezuelos de los sarracenos, no sabiendo si temer más a los cristianos que estaban o a los turcos que venían, hicieron nuevas promesas de sujeción y, en señal dello, arrojaron al suelo y pisotearon el estandarte de Dragut y alzaron luego el del rey de las Españas, profiriendo juramentos en su lengua y haciendo mucha ostentación de gestos para que se les tuviera definitivamente como aliados.

Durante tres días, cundió el desorden en la armada. Las naciones no terminaban de ponerse de acuerdo. La mayor parte del ejército recogió en ese tiempo sus pertrechos y los fue llevando a los barcos, de manera que no se advertía una firme voluntad de quedarse para presentar batalla. Desesperaba esto mucho a don Álvaro de Sande, que una y otra vez iba a verse con los demás generales para convencerlos y hacerles entrar en razón de que no se había hecho todo el aparato de la empresa para salir por pies a la primera embestida. Pero la gente estaba acobardada y con muy poco ánimo. Un cuarto del ejército continuaba todavía malo o muy débil, no terminando de recobrar la salud, por la deficiente comida y la poca salubridad de las aguas que se tomaban. El propio almirante Juan Andrea Doria se encontraba muy enfermo en su galeaza y no quería ni que le hablaran siquiera de guerra, que no se planteaba sino recoger a toda su gente e impedimenta y hacerse a la mar cuanto antes para abandonar una campaña que, a su juicio, no debió empezarse nunca.

Solo a don Álvaro de Sande y a sus capitanes se veía firmes y resueltos a permanecer, lo cual me enorgullecía a mí mucho, pues, en tan general desbandada, no dejaba de ser un consuelo saberse miembro de los únicos tercios valientes.

Finalmente, decidió el duque dejar dos mil hombres en el fuerte y al maestre de campo don Miguel de Barahona como gobernador del castillo y la isla, acordando que el resto de la armada regresase a sus puertos para fortalecerse y regresar cuando se pudieran reunir más naves y gente.

Sacó esta decisión de quicio al de Sande, que llegó al campamento después de la reunión del consejo con mucho disgusto. Llamó a junta militar a sus maestres de campo y capitanes y les estuvo hablando con mucha gravedad de las decisiones tomadas por el Alto Mando. Como quiera que hice yo el toque de caja para convocar al personal, me quedé junto a la bandera, esperando órdenes, y pude escuchar todo el discurso, por traspasar las voces las lonas de la tienda del general. Les decía don Álvaro:

—Los de Francia se marchan mañana con la primera luz.

—¡Gallinas! —exclamó uno de los oficiales.

—Era de esperar —contestó otro—, pues nunca les interesó la empresa y no pusieron otro ímpetu que el de contentar al papa.

—También se marchan la escuadra pontificia, la de Nápoles, las galeras de Mónaco y las de Malta.

—¿Y los de Sicilia? —oí preguntar a don Jerónimo.

—Pasado mañana zarparán —le contestó el general—, con todo el tercio que trajo el duque.

—¿Y nosotros? —preguntó alguien con ansiedad.

—Esa es la cuestión —respondió la voz de don Álvaro—. Nosotros hemos de decidir si quedarnos con Barahona o embarcarnos también. Pues dejará el duque a elección de los hombres el sumarse al presidio del fuerte. Quiere voluntarios, más que soldados obligados. Lo cual es de comprender, tratándose de una misión tan arriesgada.

Se hizo un gran silencio en toda la tienda. Fuera, estaban próximos a las lonas los alabarderos de la guardia alineados, algunos sargentos y alféreces que aguardaban a sus jefes y, justo delante de mí, Gume, que permanecía sentado en el suelo, meditabundo, muy atento a la conversación que se mantenía dentro. Los hombres se miraron circunspectos.

—¿Qué premio habrá para los que se queden a resistir el asedio del turco? —preguntó alguien dentro de la tienda.

—¡Gloria, hijos míos! —exclamó enfervorizado el general—. La gloria de defender el honor de nuestra causa, la buena fama cuando regresemos a España y, en la otra vida, el cielo. Eso es lo que debe importarnos. Pero a buen seguro su majestad recompensará muy bien el sacrificio a quienes resulten salvos de la empresa.

—¡Nos quedamos! —se oyó decir con voz firme a don Jerónimo.

—¡No, no, no, es una locura! —repuso otra voz—, ¡nos matarán a todos! No podremos resistir a más de diez mil turcos en esa fortaleza…

—¡Que se quede el duque! —porfiaban los jefes—.

¡Seamos valientes, compañeros! ¡Somos soldados de España! ¡Será una temeridad!

—¡Silencio! —gritó don Álvaro de Sande—. ¿Vamos a discutir entre nosotros lo que ya debatieron los del consejo? ¡Seamos hombres de una pieza y pensemos como soldados!

—¡Eso! —asintió don Jerónimo—. Diga vuecencia qué debemos hacer.

—Que cada uno decida por sí mismo —respondió el general con firmeza—. Ya he dejado claro que la empresa será voluntaria. El que quiera asumir el riesgo que lo manifieste y que se una a los de Barahona.

—¿Y vuecencia qué hará? —le preguntaron—. ¿Se marchará vuecencia o se quedará?

—El duque me manda partir con la flota —contestó don Álvaro apasionadamente—. Pero mi corazón me dicta quedarme aquí a esperar al turco y que sea lo que Dios quiera. Aunque… no voy a resistir solo si vosotros, hijos míos, decidierais embarcaros…

—¡Nos quedamos todos! —aseguró don Jerónimo—. ¡Que no se diga que el tercio de Sande ha declinado una hazaña! ¿Somos soldados o gallinas?

—¡Eso, quedémonos y demostremos lo que vale el tercio de Milán! —asentían las voces—. ¡Vaya vuecencia a decirle al duque que los españoles se quedan!

En esto, Gume se puso en pie de un salto y empezó a gritar enardecido:

—¡Yo me quedo, por los clavos de Cristo! ¡Hatajo de cobardes! ¡Tendría que quedarse todo el ejército! ¡Mierda de italianos, franceses y monegascos bujarrones! ¿Vamos a perder el culo porque vengan esos turcos del demonio? ¿A qué carajo hemos venido a esta puta tierra africana?…

Muchos soldados y oficiales menores que estaban

algo retirados por los alrededores, esperando a ver qué sucedía, empezaron a acercarse y llamaban a voces al resto de los hombres.

—¡Venid, camaradas! ¡Venid a demostrar que no tenéis miedo!

Pronto se reunió allí mucho gentío que discutía: unos decían querer permanecer en el fuerte y otros se mostraban a favor de poner pies en polvorosa cuanto antes.

56

El 10 de mayo llegó un navichuelo veloz desde Malta con la nueva de que la armada turca había hecho agua en la isla del Gozo, que la componían más de un centenar de naves y que venían jenízaros por miles en ellas. Hizo la noticia tal estrago en el ánimo de los nuestros, que se formó general desbandada. Los esquifes se echaron al agua y no paraban de ir y venir llevando gente a las galeras, pues cundió la prisa y a nadie le importaban ya ni las obras del fuerte ni los pertrechos del aparato de guerra que quedaban en tierra. A tal punto llegó el pánico que los que estaban encargados de llenar las cisternas y aljibes del castillo, soltaron allí las pipas y botas y salieron a todo correr, dejando a medias los depósitos.

Vino el duque a nuestro campamento a caballo, al galope, seguido por los otros generales y dio órdenes de embarque a don Álvaro de Sande, con mucho solivianto.

—¡Me quedo con mi gente! —le contestó el general, que salió de su tienda a medio vestir.

Descabalgó el duque y se fue a don Álvaro con las manos alzadas y los dedos crispados.

—¡Es locura, Sande! Nos avisa el maestre de Malta de que por lo menos son quince millares de turcos con mucha artillería y que se les vienen sumando sarracenos, piratas y corsarios de todo el Mediterráneo. Pide la prudencia dejar la empresa para mejor momento…

—¡No, no y no! —le contestó el general con los ojos muy abiertos y expresión delirante—. ¡Si hemos de morir, moriremos! Tengo setenta y un años y no he manchado mi honra con una sola escapada. ¡Me quedo con mi gente, he dicho!

—¡Ay, Dios bendito —exclamó el duque—, que no es esto cosa de honras! ¡Que es un peligro grandísimo! Dejemos a Barahona en el fuerte con los voluntarios, como acordamos, y hagámonos prestos a la mar, que ya regresaremos de aquí a unos meses con socorro abundante. ¡Sea vuaced razonable!

—¡No, no y no! —negaba don Álvaro—. ¡A mí no me mueven a cobardía esos jenízaros! ¡Con lobos más fieros me he visto yo las caras!

—¡Así se habla! —gritó a sus espaldas don Jerónimo.

—¡Hagan vuestras mercedes su voluntad! —dijo al fin el de Medinaceli—. Que con esa terquedad que les veo, no les haré entrar en razones. ¡Queden con Dios y que Él los proteja!

En esto, no se había marchado aún el duque cuando llegaron a todo correr unos heraldos gritando:

—¡El turco, excelencia! ¡Se avista ya la flota en la lejanía!

—¡Llama al arma! —me ordenó el general.

Corrí a por la caja e inicié el toque, siguiéndome al momento los pífanos de nuestra bandera. La llamada se transmitió enseguida y los tambores empezaron a sonar en toda la extensión del campamento.

—¡Al arma! ¡Al arma! —gritaban los heraldos—. ¡Turcos en la mar! ¡Al arma!…

Dejaron inmediatamente los hombres las faenas de recoger las tiendas y pertrechos y corrieron a armarse. Muchos soldados se habían embarcado ya, con lo que quedarían en la isla no más de cuatro mil infantes y la mayor parte de los caballeros, que esperaban al último momento para llevar a las galeras sus caballos.

—¡Al castillo! —ordenaba don Álvaro de Sande—. ¡Todo el mundo a la fortaleza!

Los heraldos proclamaban la orden con mucho ímpetu y empezó un movimiento de tropas hacia el fuerte y el castillo, que distaban unos doscientos pasos de las primeras tiendas del campamento. Al mismo tiempo, los de artillería se dispusieron a trasladar todas las piezas, muchas de las cuales estaban ya desmontadas para ser llevadas a los barcos.

Iba yo sin dejar de tocar abriendo fila, seguido por la fanfarria detrás de la bandera, y los infantes, piqueros y rodeleros en sus formaciones de marcha. Los caballeros, que tardaron más en ponerse los arneses y guarnecer sus monturas, quedaban en el campamento asistidos por sus escuderos.

Cuando llegamos a la playa que estaba al mismo pie del castillo, vimos un espectáculo infame. La gente rompió la formación y corrió en desbandada general hacia los botes que estaban allí varados para trasladar pertrechos. Buscaba cada uno la manera de embarcar y hasta se formaban peleas entre hombres de la misma tropa.

—¡Canallas, cobardes, miserables…! —les gritaba don Jerónimo.

Pero sucedía que todo el mundo había visto en el horizonte la imponente flota de bajeles turcos, que venía

478

batiendo el agua a todo remar, como una hilera amenazante que ocupaba la anchura de la bahía de parte a parte.

—¡Al castillo! ¡Al castillo! —no dejaban de gritar los heraldos.

Como viera don Álvaro que la gente iba cobardemente cada uno por su pellejo, mandó a los capitanes:

—¡Muerte a todo el que huya! ¡Muerte a los cobardes!

Y no voy a decir que todo el ejército estuviera acobardado; había muchos soldados de nuestro tercio y del de Nápoles, todos los caballeros de Malta y buen número de infantes que se alineaban ya en el fuerte, en las murallas del castillo, en las torres y hasta en la misma playa dispuestos a la batalla.

—¡Muerte a esos cagados! —gritaban los oficiales obedeciendo a Sande.

Fue lamentable ver cómo nuestra propia gente comenzaba a disparar contra los hombres del ejército cristiano y quedaban muchos tendidos en la arena muertos por sus compañeros.

Gracias a Dios, reinó por fin el orden en el ejército que estaba en tierra y los oficiales consiguieron sujetar a todas sus tropas. Entonces se procedió a aprestar castillo y fuerte a la defensa. Comprendiendo que la flota turca tendría que vérselas primero con nuestras escuadras, que se hallaban entre el enemigo y la tierra, dispuso don Álvaro que saliera cuanta gente pudiera al campamento y, con ayuda de los moros aliados, traer todo el grano, alimentos y armas que allí quedaban. Por otro lado, se tomó a los forzados de las galeras de Sicilia que estaban todavía en la playa y se les cargó con las botas y tinajas para a ir por agua y terminar de henchir las cisternas del castillo. Al mismo tiempo, se instalaron las baterías de cañones en las plataformas.

Estando ya todo el mundo en estos menesteres, tronaron en la mar los primeros cañonazos. Corrimos a las almenas para ver el combate naval. Era ya atardecido y el cielo estaba rojo como ascuas hacia poniente. Desde la altura del castillo se dominaba toda la bahía. Se apreciaba a simple vista que la armada turca era superior a la nuestra. Venían los barcos enemigos muy bien dispuestos, en dos filas, a lo ancho del mar, de manera que difícilmente podrían escaparse entre ellos algunas de las galeras cristianas. Estaban estas últimas desorganizadas y, para colmo de fatalidad, les era muy contrario el viento, de manera que trataban con mucho esfuerzo de ponerse derechas y en orden de combate. Quedaban una veintena en el fondeadero y el resto iba ya mar adentro, siendo sorprendida por esta súbita aparición del enemigo.

—¡Los van a destrozar! —exclamaban horrorizados los soldados veteranos a mi alrededor—. ¡Se los van a merendar! ¡Ay, qué desastre!

Como iba oscureciendo, resaltaban los fogonazos de los cañones y se reflejaba el resplandor del fuego en el azul del mar. Los proyectiles volaban y caían sobre los nuestros o golpeaban las aguas arrancando espumas blancas y salpicaduras. Arreció el cañoneo de una y otra parte. Dos galeras de Nápoles fueron hechas pedazos ante nuestros ojos y ardieron como piras. El poco orden de nuestra armada se desbarató pronto. Algunas naves viraban y, vueltas hacia tierra, venían ya aprovechando el empuje del viento para ponerse al abrigo del castillo.

Entre las galeazas que se daban la vuelta, estaba la almiranta de Juan Andrea Doria, la cual bogaba hacia la orilla muy veloz, tanto que vino a encallar en las arenas, como a cincuenta pasos de los muros de la fortaleza que miraban al agua. Saltó el duque con su gente a tierra y corrieron todos a ponerse a salvo en el fuerte.

Entonces, la chusma de forzados, al verse libre de vigilancia, consiguió reflotar la nave y fue a pasarse a los turcos. Causó esto mucho dolor a los que lo veíamos, por ir las cruces y banderas en los palos, las cuales tomaron los enemigos con mucha algazara para causarnos humillación, pisoteándolas, escupiéndolas y agraviándolas todo lo que podían.

Subiose el duque con los generales a la torre donde estaba don Álvaro y se los veía allí porfiar, manoteando y dando rienda suelta a su disgusto. Pero el de Sande los animaba y los hacía entrar en razón de que ahora lo único importante era la defensa del presidio de tierra.

A pesar del desastre, pudieron escapar a mar abierto muchas naves cristianas y se alejaban en el horizonte, fuera del peligro. Aunque abordaron los turcos, apresándolas, a tres galeras de la escuadra del papa, a cinco de Nápoles, a cuatro de los italianos y a una del duque de Florencia.

Los de Sicilia se dieron la vuelta y, siendo cañoneados ferozmente, iban tocados de popa y ardiendo, de manera que apenas podían fondear de buena manera. Los hombres se arrojaban al mar y venían nadando a tierra. Viose entonces la mayor canallada de aquel malogrado combate: los moros del rey caravano y los isleños del jeque Mazaud corrieron como una oleada a las playas y, como Dios es Cristo, pensábamos que iban a dar socorro a esos desdichados; pero echaron mano a sus espadas y lanzas y comenzaron a dar muerte a nuestros pobres hombres, que llegaban exhaustos de nadar a la arena.

—¡Moros del demonio! ¡Hijos de perra! —gritaban los soldados desde las almenas—. ¡Hay que hacer algo! ¡Traición! ¡Traición!…

Mandó entonces don Álvaro que fuera don Jerónimo con la infantería y la caballería en socorro de los nuestros, y enseguida se formó un regimiento que salía en tropel por las puertas, armando mucho vocerío para asustar a los moros traidores y que dejaran en paz a los fugitivos. Huyeron despavoridos los sarracenos y pudo salvarse gracias a esto a mucha gente.

Cayó al fin la noche con una oscuridad muy grande. Había nubes y la luna era tan menguada que apenas alumbraba. En la negrura del mar, veíase un desolador panorama que, por ser muy triste, no dejaba de tener su belleza. Ardían con anaranjadas llamas las galeras vencidas y el fuego se alzaba aquí y allá en mitad de las aguas, con reflejos que mecía el oleaje. Los turcos gritaban mucho en sus navíos y hacían feroz alarde de tambores y chirimías, como diablos de mar.

En nuestras filas cundía el desánimo y la tristeza. Los capellanes pusieron una imagen de la Virgen María en unas andas y formaron una procesión por el fuerte. Iban los soldados cabizbajos, con velas en las manos, musitando rezos, mientras los enfermeros asistían a los heridos que no dejaban de quejarse. En las traseras del castillo, resonaban las paletadas de tierra que arrancaban los forzados en las fosas donde había de enterrarse a tantos muertos como hubo esa tarde.

Pasada la medianoche, bajaron al fondeadero el duque, los generales del consejo, el almirante Doria, Leiva y muchos caballeros. Se subieron a las naves que quedaban y se hicieron a la mar, aprovechando la gran oscuridad que reinaba.

—¡Vaya vuestra excelencia con Dios! —se oía gritar desde las murallas a la gente—. ¡No tarden en venir en nuestro socorro! ¡Pida vuecencia a su majestad que no nos olvide en esta traicionera isla! ¡No nos dejen morir aquí, por caridad!

Cruzaron en su huida las galeras la fila que formaban los navíos turcos. Advertido el enemigo, se inició un momentáneo cañoneo, pero, viendo que se perjudicaban a sí mismos —pues ya digo que no se veía a dos pasos—, el fuego cesó pronto. Se escuchaban, eso sí, las voces que los vigías turcos se daban desde una nave a otra, para avisarse de lo que pasaba.

—¡Recemos, hijos míos! —exclamaba Sande desde la torre—. ¡Recemos para que lleguen salvos a España y puedan venir pronto en socorro nuestro!

Nadie durmió esa noche aguardando la primera luz. Había un silencio muy grande en la tropa. Cuando una tenue claridad empezó a crecer hacia oriente, gritaron los vigías:

—¡Amanece!

Corrimos todos atropelladamente a las almenas. Hacía un frío húmedo y desagradable que helaba los huesos. Abajo en la playa, el mar arrojaba cadáveres, maderas y objetos de todo tipo sobre las arenas. A lo lejos, comenzaban a negrear entre la oscuridad y la poca luz los navíos de los turcos. Observábamos casi sin aliento el horizonte, para averiguar qué había sucedido durante la noche.

—¡Se salvaron. Virgen Santísima! —exclamó un vigía en la torre más alta.

—¿Estás seguro? —le preguntó a voces don Álvaro—. ¿Tienes certeza dello?

—¡Como de que Dios es Cristo, excelencia! He contado todas las naves; las que están enteras, las apresadas y las maltrechas. ¡El duque ha escapado!

—¡Gracias a Dios! —se felicitaban los hombres, abrazándose entre ellos y alzando los brazos al cielo—. ¡Dios quiera que vuelvan pronto a socorrernos! ¡No tardarán un mes, ya lo veréis! —se decían animándose unos a otros—. ¡Vendrán! ¡Vendrán con mucho refuerzo y les darán a esos turcos su merecido! ¡El rey nos socorrerá y premiará el habernos quedado a resistir!

57

Pasó un mes de duro asedio, en el que las esperanzas se iban evaporando, así como la canícula aumentaba. Parecía arder el aire para abrasarnos en ese castillo, cuando no nos caía encima el fuego de los turcos. Quedamos con don Álvaro de Sande en los Gelves cinco mil hombres, dos mil de ellos inútiles para la guerra, y mataba más gente la pandemia que los ataques del enemigo. Se guardaba en la fortaleza mantenimiento para dos mil quinientos soldados, pero, como quiera que en el desbarajuste de la flota se quedaron en tierra otros tantos, el sustento que se calculaba para tres meses estaba tan mermado a finales de junio que no se esperaba que llegase el agua y el alimento a julio. Solo una cosa nos mantenía algo avivada la esperanza: confiar en que el turco no tuviera vituallas para mayor tiempo y, viendo que nuestra armada era ya partida, quedando solo nosotros, se cansase de poner sitio y resolviera irse a Constantinopla.

Pero a primeros de julio terminó de tornársenos todo en contra. Resultaba que el general de la armada turquesa, Piali bajá, llamó a Dragut, gobernador de Trípoli, que vino con cuatro galeras más trayendo al enemigo mantenimiento, muchos pertrechos, artillería y todo género de aparato bélico. Además de esto, previno a toda la gente que pudo y ordenó que le siguiesen por tierra. De manera que se presentaron más de quinientos hombres a caballo, con el jeque Mazaud y el traidor rey caravano, los cuales estaban ya olvidados del todo de las promesas que hicieron al duque.

Empezó para nosotros el más duro purgatorio que haya conocido soldado alguno. Las raciones eran mínimas: apenas una galleta diaria, unos tragos de vino y un puñado de trigo. Para colmo, con tanto calor como hacía, se derritió el betún que tapaba las grietas de las cisternas y parte del agua se derramó durante la noche, sin que los centinelas se dieran cuenta. Entonces nuestra vida se hizo sumamente penosa, pues, si todos los demás males puede vencer la paciencia, la naturaleza humana no puede vencer la sed.

Los hombres estaban deshechos por el suplicio de la canícula, hacinados en el espacio reducido del fuerte y castillo, viviendo entre escuálidos rebaños, estiércol y enseres militares, en un hedor constante y sin mayor alivio que la leve brisa que se levantaba desde el mar para refrescarnos algo. Porque apenas salía el sol nos abrasaba en las almenas que debíamos guardar día y noche.

Se puso el ejército enemigo en el mismo lugar en que antes estuvo el campamento cristiano, desde donde con frecuencia venían a rociarnos con lluvias de flechas, balas y piedras que mataban a muchos de los nuestros en cada ataque. También soltaba el turco desde allí a cristianos de los que tenía cautivos, los cuales traían cartas a Sande en las que le pedía Piali que se rindiese con unas condiciones inicuas. Se indignaba harto el general y se le oía gritar en la torre:

—¡Jamás! ¡Eso nunca! ¡Resistiremos hasta que nuestro rey nos mande el socorro!

Recibiendo el turco estas negativas por única respuesta, se animó al fin a hacer intento de tomar el castillo por la fuerza. Una mañana avisaron nuestros centinelas de que se levantaba todo el ejército enemigo y venía acercándose a las fortificaciones.

—¡Al arma, al arma…! —gritaron los heraldos.

Corrimos todos los sanos a las almenas y vimos la imponente masa de hombres y caballos —más de doce mil, dejando aparte los moros—, con muchas piezas de artillería y unas altas torres compactas, que habían estado construyendo allende los palmerales, fuera de nuestra vista.

Como estaba yo muy próximo a Sande y a los maestres de campo por mi oficio de tambor, asistía a las deliberaciones de los jefes, que debían en poco tiempo resolver qué hacer ante el impetuoso ataque enemigo.

—¡Salgamos a ellos, general! —exclamaban los más arrojados—. ¡No dejemos que se acerquen más!

—La parte más vulnerable es la de poniente —decía circunspecto don Álvaro, sin dejar de observar los cuatro ángulos de la fortaleza y el avasallador avance de los enemigos.

—¡Pues salgamos por ahí! —proponía don Jerónimo.

—¿Cuántos caballos sanos tenemos? —preguntó el general.

—Un ciento de los de Malta, setenta alemanes, cincuenta de nuestro tercio y otro tanto que se puede reunir de lo que queda suelto —respondió el maestre de campo Barahona.

—Pues aprestadlos al combate —dijo Sande sin pensárselo dos veces.

Se dio la orden y los caballeros corrieron hacia las

plazas de armas con los escuderos para subir a sus monturas. En el fuerte, el movimiento de los caballos levantaba una gran nube de polvo.

—¡La infantería española! —gritaban los heraldos—. ¡En pie de ataque!

Iniciamos un fuerte toque de cajas anunciando el apresto y acudieron enseguida los arcabuceros, piqueros y rodeleros a la plaza para ponerse en formación de salida. Al frente de los caballeros iría don Jerónimo de Sande y al frente de la infantería don Juan Osorio. En las murallas del fuerte que daban a poniente se situó mucha artillería y un refuerzo grande de infantería para cubrir desde allí a los que harían la salida. También nos situamos los tambores en esa parte para dar ánimo con la fanfarria.

—¡Abrid la puerta! —ordenó el general desde la torre.

Los heraldos fueron transmitiéndose la orden y los guardias de puerta la cumplieron. Se abrió hacia el este la fortaleza y comenzaron a salir los caballeros. Se vio entonces que los turcos que iban delante vacilaban y se hubieran detenido si no fuera porque eran azuzados desde atrás por los jenízaros.

—¡Al ataque! —se oyó gritar.

Nuestros caballeros iniciaron la embestida y acometieron con mucho orden al enemigo. Los turcos, que no se esperaban esto, fueron parándose y muchos se retiraban hacia los flancos, de manera que nuestra caballería pasó sin demasiado esfuerzo hacia delante, midiéndose pronto con los turcos de a caballo en feroz combate.

Mientras tanto, desde el castillo arreciaba el fuego sobre los otros frentes del enemigo, para no dejarles rodear a nuestra gente.

—¡Así, mis bravos, a por ellos! —se desgañitaba el general desde la torre, como si pudieran oírle sus hombres.

—¡A ellos, Santiago, Santiago…! —jaleábamos desde la fortaleza.

En esto, por estar demasiado pendientes de la salida, se descuidó el ala sur del castillo y se aproximó peligrosamente una torre de asedio.

—¡Al arma hacia la parte sur! —gritaban los heraldos—. ¡Ataque en la parte sur!

Corrió allí Barahona con toda su gente y trató de contener la embestida, pero la cosa era harto peligrosa, pues los turcos estaban ya junto a los muros por millares y arreciaba sobre nosotros una verdadera lluvia de proyectiles. Vi entonces a muchos hombres caer heridos aquí y allá. Era un espectáculo sobrecogedor. En las almenas, al pie mismo de la torre donde se hallaba Sande, estalló un barril de pólvora alzándose una gran llamarada que dejó inerme un buen paño de muralla, por donde pudo el enemigo aproximarse de tal manera que temimos que abriera brecha en el reparo del fuerte para pasar adentro. Pero, gracias a Dios, reaccionó pronto nuestra gente y se pudo poner en orden la defensa.

Cuando volvimos los ojos hacia donde peleaban los caballeros, vimos que eran ya rodeados y que habían caído muchos de ellos. Los que quedaban, si querían salvar la vida, tenían que retirarse, cosa que no tardaron en hacer, pasando como podían por entre los enemigos que tenían a las espaldas. Los vimos desembarazarse del hervidero que los envolvía y emprender loca carrera de regreso. Tornaron al castillo poco más de un centenar, de los casi trescientos que salieron. Cayó Osorio, pero pudo salvarse mi capitán, don Jerónimo de Sande, el cual llegó de los últimos al fuerte. Le vi descabalgar con gran excitación, sacarse el yelmo y desprenderse de la armadura, bajo la cual su cuerpo estaba bañado en sudor. Le temblaban todos los miembros y gritaba:

—¡Son demasiados! ¡Matas cuatro y parecen brotar otros tantos del suelo! ¡Hicimos lo que pudimos!

Declinado ya el día, dejaron de acometernos los turcos y fueron retirándose a los resguardos de su ejército, hacia la parte de oriente, donde tenían toda la artillería y excavaban trincheras, aprovechando el combate que duró todo el día. Cuando se hubieron retirado del todo, era ya casi de noche. Entonces comprobamos cuánto daño les habíamos hecho, pues estaba todo el campo sembrado de muertos y la torre con la que quisieron asaltar la muralla ardía desbaratada al pie del castillo.

Nuestros hombres estaban extenuados. El calor había sido muy grande durante toda la jornada y, teniendo tan exigua ración de agua, la sed nos atenazaba las gargantas. En las torres y las almenas, todo el mundo contemplaba las posiciones de los turcos, su mucha gente, armas y caballos; pero, sobre todo, cómo se refrescaban en el mar y bebían cuanta agua querían, pues tenían a su merced los pozos que tanto nos costó excavar a nosotros.

Los capitanes se preguntaban:

—¿Volverán mañana? ¿Se irán? ¿Qué pasará cuando amanezca?

—¡Lo que Dios quiera! —exclamaba don Álvaro, como clamando a los cielos—. ¡Lo que su divina voluntad disponga! ¡Al menos han probado ya el temple de nuestras ánimas y aceros! ¡Hoy hemos resistido; mañana Dios dirá…!

58

Quien no ha vivido un largo asedio no puede hacerse una idea del calvario que supone para los que lo sufren. Siempre guardaré en mi mente el recuerdo de la sucesión de adversidades y pesadumbres con que nos vimos afligidos durante los ochenta y un días que permanecimos resistiendo en el castillo de los Gelves. Cerró el turco el cerco en torno nuestro; su armada desde el mar, su ejército de doce mil hombres en trincheras alrededor del fuerte y muchas piezas de artillería en todas partes, mirándonos y dejándonos caer diariamente abundante fuego encima. A esto se sumaron todos los isleños, el rey caravano con su gente y los ejércitos de once gobernaciones de moros de Túnez, sobre los que Dragut tuvo el mando. El bajá puso su tienda en el campamento enemigo y mandó construir reparos y fortificaciones, con lo que definitivamente comprendimos que no estaba dispuesto a dar por perdida la isla, dejando que nos quedáramos en el castillo.

Sande, a pesar de los ofrecimientos que le hizo Piali una y otra vez, se negó a entregarse, decidido a defender el presidio hasta el final. Sabiendo el general que la cosa iba para largo, dio muchas disposiciones a los capitanes, para que se racionase el agua al máximo, considerando que, de las muchas penalidades que nos apretarían, sería la sed la de más cuidado. Mandó también que se mataran todos los animales, incluidos los caballos, para tener, además, carne fresca, sangre y jugos que aplacaran algo la falta de agua y, además, porque cualquier ser viviente necesitaba beber a diario. Causó esto gran pesar a los caballeros que asistieron entre lágrimas al sacrificio de sus preciadas monturas. Mucho dolor me costó a mí la muerte de la yegua alazana, herencia de mi señor padre; pero era tan apremiante la causa que todo se daba por bien perdido.

Fueron muchas las necesidades que se pasaron, las cuales no trataré aquí todas, porque necesitaría un libro solo para poder describirlas. Diré a modo de ejemplo que, cuando ya se hubo comido toda la carne, se vio vender una gallina por catorce ducados. Hizo este negocio un avispado sargento de Jaén y nunca sabremos de dónde sacó el ave. El caso es que una mañana de aquellas se formó un revuelo delante de la intendencia. Y como ordinariamente no pasaba nada de particular en el castillo, aparte de los ataques de los turcos, fuime a ver de qué iba la cosa.

—¡Yo doy cuatro! —gritaban los hombres—. ¡Yo cinco! ¡Seis!

El tal Velárdez, que así se llamaba el sargento jienense, alzaba la gallina en alto y la mostraba orgulloso, ensalzando las excelencias del ave:

—¡Tiene el huevo en el culo, camaradas! Podéis comer una tortilla cada día o guisaros la gallina…

—¡Mientes, Velárdez! —replicó uno de los caballeros—. ¡Vendes el ave precisamente porque ya no pone!

—¡Claro que pone! —repuso el sargento—. Quien quiera comprobarlo, que venga y le meta el dedo en el culo. ¡Veréis que el huevo está a la misma puerta!

Fueron al momento a él unos cuantos a hacer la comprobación e introdujeron el dedo por el orificio.

—¡Sí que tiene huevo! —asentían—. Se toca perfectamente. Esta gallina, aunque está escuálida, está a punto de poner.

Efectuada la prueba, los caballeros adinerados y padeciendo tanta caninez, se relamieron ante la posibilidad de comer tortilla y pujaron más fuerte.

—¡Ocho por aquí! ¡Nueve! ¡Nueve con cinco maravedís!…

—¿Quién da más? —preguntaba ansioso Velárdez—. ¿Quién da diez?

—¡Doce! —exclamó de repente el maestre de campo Escobar, aquel que fuera tan amigo de mi señor padre.

—¡Trece! —gritó otro de los caballeros.

—¡Catorce! —se apresuró a pujar Escobar.

Ya nadie se atrevió a ofrecer nada más. Eran catorce ducados una suma astronómica para una gallina que solo tenía huesos, pellejo y plumas, aunque pareciese que estaba a punto de poner un huevo. Así que se quedó el amigo de mi padre con el ave. Y enseguida mandó a sus criados que la matasen y la desplumasen para comerse tanto el huevo como la carne, sin esperar a más.

Resultó que lo que la gallina llevaba en sus entrañas no era un huevo, sino una piedra muy redonda y pulida, que a buen seguro le introdujo el vivo de Velárdez para aumentar el precio.

—¡Ladrón! —le gritó Escobar cuando descubrió el engaño.

—Yo no le he metido en el culo la piedra al animalito —se justificaba Velárdez—. Seguramente que se la habrá comido la gallina, pues tanta hambre sufre la pobre como nosotros, y le habrá pasado por las tripas hasta el culo. ¡No piense vuaced que trataba de engañarle!

—¡Miserable, pícaro! —le gritaba Escobar—. ¡Devuélveme mi dinero!

Causó este suceso mucha risa a los hombres y sirvió para salir al menos un rato de la rutina tan dura que vivíamos a diario. Por eso lo he contado, por relatar algo que no sean solo penalidades.

En otra ocasión ocurrió algo harto más desagradable. Resulta que llegó a ser el hambre tan grande que hasta se vendieron cabezas de cebolla a real y la gente se comía cualquier cosa que se moviera; fueran ratas, bichos y hasta murciélagos fritos. Pero nunca pensé yo que sería testigo de la más macabra acción que el hombre pueda llegar a hacer empujado por la necesidad extrema.

Una madrugada nos despertamos percibiendo el delicioso aroma de un guiso. Teníamos tan avivados los sentidos que el inconfundible olor nos llevaba a determinar sin asomo de dudas que alguien cocinaba carne encebollada en alguna parte.

—¡Ay, madre mía! —exclamaban los hombres, acostados todavía en el duro suelo de las murallas—. ¿Oléis eso? ¿Huele a comida o lo sueño yo? ¡Sí, huele a guiso!

Era tan intenso el olor que nos llegaba que nos dio por suponer que se hacía comida para todos nosotros. Nos pusimos en pie y corrimos en busca del lugar de donde procedía el aroma. Nuestras narices nos llevaron hasta la puerta que daba a oriente, y enseguida vimos el resplandor de una hoguera, donde había un caldero puesto al fuego, y muchos guardias alrededor, dispuestos a dar cuenta del guiso.

—¡Eh, compañeros! —preguntábamos los que acabábamos de despertar—. ¿De dónde habéis sacado esa deliciosa carne?

—¡No os importa! —contestaron los guardias, que ya introducían sus espadas en el caldero y sacaban grandes pedazos de carne cocinada.

—¡Es hígado! —gritó alguien.

Entonces se descubrió el asunto. Había allí al lado varios cuerpos humanos abiertos en canal. Resultó que los guardias de la puerta, llevados por su desesperación, salieron en la oscuridad de la noche y arrastraron al interior los cadáveres de los enemigos caídos en las proximidades; les extrajeron los hígados y se disponían a comérselos guisados junto con las cebollas que se habían comprado a un real cada una.

—¡Demonios! —les gritaban los oficiales—. ¡Qué habéis hecho, malnacidos! ¡Dios os ha de castigar! ¡Qué pecado tan grande! ¡Sacrílegos! ¡Estáis en pecado mortal!

Mandó don Álvaro, cuando se enteró del suceso, azotar a los guardias y echar los despojos al otro lado de las murallas. Luego los capellanes hicieron un desagravio, pues decían ser aquello un gran sacrilegio que enojaría a Dios.

Pronto fue la falta de agua para beber asunto de mucha más gravedad que el hambre. Por eso andaba cavilando don Álvaro de Sande de día y de noche la manera de hallar remedio a esta grandísima dificultad. Convocaba con mucha frecuencia a los capitanes e ingenieros y trataban entre todos de dar con alguna solución.

Llegose un día al general un siciliano que había en la fortaleza llamado Sebastián Poleiro, según creo recordar, el cual aseguraba conocer un artificio con el que se podría conseguir tornar el agua salada del mar en agua dulce. Pareció esto primero a los capitanes una gran fantasía merecedora de poco crédito. Pero, como quiera que el siciliano se desvivía dando explicaciones de su método, llegó a sembrar esperanzas en el alma de don Álvaro, el cual prometió al tal Poleiro que, de ser cierto lo que proponía, sería cubierto de oro en el caso de que llegáramos al fin del cerco sanos y salvos.

Mandó Sande que se le diese al siciliano cuanto pidiese y reclamó este unos instrumentos de destilar que tenían los artificieros alemanes. Cuando se puso en experiencia el truco, se halló ser verdad que el agua resultante era dulce. Esto hizo enloquecer de contento a la guarnición, que transmitía la noticia de boca en boca:

—¡Poleiro ha hecho milagro! —gritaban—. ¡Como Cristo convirtió el agua en vino, él ha transformado el agua del mar en agua dulce! ¡Milagro, milagro, milagro…!

Pero poco duró la alegría. Pronto se vio que el artificio producía solo veinticinco vasos al día, aun estando toda la jornada en rendimiento. Era esta cantidad un alivio muy pobre para tanta sed como se pasaba.

Se hicieron por otra parte cincuenta pozos en el territorio del dominio cristiano, para ver si Dios quería que alguno resultase de agua dulce. Pero, aunque abundante, toda el agua extraída era tan salada como la del mar. Aunque, eso sí, alivió mucho nuestros calores el fresco líquido que sacábamos de la tierra. ¡Ay!, qué triste espectáculo era ver aquella fila de hombres despojados de sus corazas y atuendos militares, famélicos en su desnudez, como esqueletos andantes. Yo mismo me pasaba la mano por el costillar y no reconocía mi propio cuerpo, pues no palpaba sino huesos debajo de la piel.

La sed llegó a ser aún más angustiosa cuando se decidió amasar el pan con agua salada, por carecerse ya de otra que no fuera la poquísima de las cisternas y los veinticinco vasos de Poleiro. Se mezclaba este escaso líquido con una mitad de los pozos y eso se nos daba para beber. Resultaba un agua salobre y sucia que poco mitigaba la necesidad.

En el colmo de la desesperación, muchos hombres deliraban y andaban como sonámbulos por las murallas, clamando:

—¡Agua, Señor, agua…!

Al exponerse de esta forma, eran blanco de los turcos y morían, o se arrojaban ellos mismos desde las almenas para quitarse la vida.

Pero el mayor estrago que nos causó la sed fue la traición de mil hombres que flaquearon de ánimo y se pasaron a los turcos. Nos hizo esto más daño en la honra que sufrir la más dura de las derrotas. Fue desolador ver cómo los propios guardias abrieron las puertas y la gente corrió en estampida a echarse en manos del enemigo, clamando el nombre de su dios:

—¡Alá!, ¡Alá!, ¡Alá!…

—¡Traidores! —les gritábamos los leales desde las almenas—. ¡Judas! ¡Malditos!

—¡Matadlos antes de que escapen! —ordenaba don Álvaro desde la torre—. ¡Dad muerte a esos rufianes traidores!

Nuestra gente les disparó desde las posiciones del fuerte, hiriendo a muchos, pero los más escaparon para, pobres diablos, caer en manos del cruel turco que, de no matarlos, los harían esclavos de sus galeras.

Fue esa noche la más triste en el castillo de los Gelves, por mucho que lo fueran las ochenta de infierno que llevábamos en el cuerpo. Los hombres estaban desalentados y sin fuerzas, muertos de sed y calor; deshecha ya toda esperanza y puesto solo el consuelo en los rezos, para quien era capaz de rezar.

Mi capitán don Jerónimo era de los muy pocos que mantenían el ánimo. Parecía estar hecho de frío acero. Trataba él de alentar a su tropa y constantemente decía:

—Resistamos, que será ya esto cosa de poco tiempo.

Pero los soldados le miraban de soslayo, con ojos de muerte, cuyo brillo de confianza nadie podría ya avivar. Entonces, el capitán me pedía a mí:

—Anda, Monroy, ve a tocar tu laúd y cántanos algo, a ver si nos consuela al menos la música.

Y sería que el hambre aviva la inteligencia, como dicen por ahí, porque me surgían a mí muy acertados versos en el trance. Templaba las cuerdas de mi laúd y cantaba, sacando fuerzas de flaqueza.

> *¡Quién eres tú que te espantas solo en verte!*
> *Soy muchedumbre de árboles cortados*
> *que sobre flaca arena fabricados*
> *contra toda razón me llaman fuerte.*
> *Soy pura valentía resistiendo,*
> *que por hallarme aún en el baluarte,*
> *no he de esperar vida ni otro tiempo*
> *que vencer algún día y abrazarte.*

Lloraban los hombres recordando a sus amadas. Y yo mismo cerraba los ojos y me parecía tener a mi lado, mientras cantaba, a la bella Inés de mis sueños. Ay de mí, qué lejos se me hacían ya aquellos bonitos días de mi mocedad en España.

59

Se cumplían los ochenta y un días de asedio, cuando se decidió el turco a darnos definitiva batalla, animado por la deserción de los más de mil hombres que se nos fueron a ellos la jornada anterior. No bien había clarecido, avisaron los centinelas del ataque. Tan molidos estábamos que tardamos en reaccionar. Los soldados iban renqueando hacia las murallas y subían tardos a las construcciones; una escalera de apenas treinta peldaños se les hacía un mundo.

—¡A la defensa! —gritaban los heraldos—. ¡Al arma!

Cuando estuvimos todo el mundo en las posiciones, dispuestos para la defensa, teníamos ya casi encima a los enemigos, pues es de suponer que se habían estado pertrechando y aprestando durante la noche. Cuando nos vimos de repente, recién despertados, con la barahúnda de gente y aparato de guerra que se nos venía encima, no pudimos evitar que el ánima se nos fuera a los pies.

—¡Esto es el acabose! —exclamaban nuestros hombres—. ¡No podremos contra tal cantidad de enemigos! ¡El cielo nos valga! ¡Acabarán con nosotros!

Llegó don Álvaro de Sande a la torre donde tenía el puesto de mando y se asemejaba a una aparición, en vez de a un ser de carne y hueso, pues venía en paños menores de sus aposentos, y estaba su cuerpo tan menguado, que solo una sobrenatural fuerza podría ayudarle a sostenerse con la armadura que sus lacayos portaban detrás dél para vestirle.

—¡Ánimo! —gritaba hecho una fiera, con el rostro desencajado y los ojos delirantes—. ¡Resistiremos! ¡No os amedrentéis, mis bravos! ¡Dios nos asiste! ¡Santiago y a ellos!

—¡Santiago, Santiago, Santiago...! —repetían los capitanes con unas voces que apenas les salían del cuerpo.

Comenzaron a caer sobre nosotros las balas en tanta cantidad que parecía ser granizada. Luego vino el cañoneo y siguieron las flechas. Pronto tuvimos a los turcos ya casi en los fosos que amparaban el fuerte.

—¡Ahora nosotros, fuego a discreción! —ordenó el general.

Respondió la infantería con mucho ímpetu y les causamos más daño del que seguramente se esperaban, porque vacilaron los enemigos cuando les llegó nuestro fuego y recularon. Pero detrás venían oleadas de jenízaros de Piali bajá, empujando a punta de lanza a los de delante, y en sus últimas filas, precediendo a los jefes de su ejército, muchos guerreros enormes con látigos, azuzando como a fieras rabiosas a toda la masa de gente turca.

Luchaba en nuestras posiciones la desesperación contra la misteriosa fuerza que brota de la flaqueza, y los soldados se entregaban a una feroz defensa que parecía ser empresa de titanes. Brotaba el tiroteo desde cualquier punto del castillo, pues no había ala que no sufriera impetuoso ataque. Los cañones arrojaban fuego sin parar y se iban quedando inservibles por momentos, acentuando nuestra penuria de aparato guerrero, frente a la gran potencia enemiga.

Nos asediaba también la armada turca por la parte del mar, con aparatoso estruendo de bombardas, culebrinas y demás artillería de la que va en los navíos; pero, gracias a Dios, poco daño nos causaban, por la altura del castillo. Pudimos nosotros por contra hundirles un par de galeras y varias barcas, lo cual aumentó mucho el ánimo de los soldados.

La más encarnizada lucha se mantuvo cuando pusieron los turcos empeño en asaltar las murallas con escalas, las cuales llegaban por decenas a hombros de su gente. Pero también esto fue un descalabro para los asediadores, que vieron cómo los rechazábamos matando a gran cantidad de ellos.

En esta sangrienta brega, vi morir en valiente combate a numerosos de los mejores caballeros de nuestro ejército. Alonso Golfín cayó herido de un flechazo en el pecho a unos pasos de mí, donde sostenía como siempre la bandera del rey. Enseguida acudió otro de los caballeros de Malta a hacerse cargo de la bandera y Golfín se vació de sangre sin que nadie pudiera hacer nada por él. Impotente, mientras tocaba yo la caja, vi cómo se volvía en un momento su semblante del color de la cera y un rojo charco se formaba a su alrededor en el suelo. No dijo palabra, solo se santiguó y quedó con los ojos muy abiertos mirando al cielo.

Sería en torno al mediodía cuando pareció que mi capitán don Jerónimo se tambaleaba y dejaba de dar las órdenes a sus hombres. Al momento se desplomó y acudimos a su socorro, comprendiendo que había sido herido.

—¡No es nada! —decía—. ¡No abandonéis la lucha! Ha debido de darme una piedra…

Pero no era capaz de ponerse en pie, por flaquearle los miembros, y vimos cómo le manaba abundante sangre por la parte de la espalda. Le quitaron el yelmo y se comprobó que un tiro de arcabuz le atravesaba el cuello por la nuca y otro le había abierto brecha en la cabeza. Murió en brazos de su tío y rodeado por sus oficiales y camaradas. Dolió la muerte de este caballero mucho a todo el mundo. Aunque al señor Gume más que a nadie, costándole a él también la vida, pues se enardeció de tal manera que se fue al enemigo loco de ira y sin cuidado de su persona, de manera que le dio una pedrada en la frente y se precipitó herido desde lo alto de las almenas al suelo, destrozándose.

Si no hubiera sido porque cayó la noche repentina, sin luna y muy oscura, nos habrían dado que sentir los turcos esa tarde, porque los teníamos encima, saltando casi al fuerte por la parte de poniente. Además, nuestra artillería estaba menguada y los hombres deshechos de cansancio.

—¡Resistid, que cae la noche! ¡Aguantad! —gritaban los oficiales.

Pudimos mantener a raya al enemigo hasta que se vio poco y no tuvieron más remedio que retirarse de los muros a sus posiciones.

Cuando quedamos por fin en paz, se hizo el recuento. Las bajas habían sido más numerosas que en los ataques precedentes y resultó que solo quedaban ochocientos hombres enteros y un cañón en servicio. Esta precaria situación terminó de desalentar al ejército. La gente se lamentaba:

—Mañana podrán con nosotros. Hoy hemos resistido, pero al amanecer será nuestro final…

Había muerto el sargento mayor Barahona y un buen número de capitanes y caballeros de los mejores. Quedaban muy pocos oficiales de peso que pudieran servirle a don Álvaro de Sande para levantar el ánimo de la tropa.

Al natural decaimiento y la sed atroz que pasábamos, vino a sumarse el incordio de los enemigos, los cuales estaban ya tan cerca del castillo que podían oírse fácilmente sus voces desde la otra parte de los muros. Nos llegaban sus amenazas en boca de los cristianos que tenían presos, a los que mandaban decirnos:

—¡Pereceréis todos! ¡Rendíos esta noche o al amanecer os cortaremos las cabezas! ¡Perded las esperanzas de salir vivos de ahí!…

Y también nos tentaban diciéndonos lo que comían y bebían:

—¡Tenemos uvas, pepinos y todo género de fruta muy fresca! ¡Aquí fuera hay toda el agua que nos apetece beber! ¡Si no es a manos nuestras, moriréis de sed y de hambre! ¡Rendíos!

Don Álvaro se enfurecía mucho al ver que sus hombres prestaban oído a tales proposiciones y rugía:

—¡Si nos rindiésemos, nos matarían de cualquier forma! ¡Ánimo! ¡Que Dios no ha de abandonarnos!

Pero hasta los maestres de campo sentían cercano el fin y no se le veía a ninguno de ellos con la confianza del general.

La gente cristiana empezó a estar dividida con respecto a lo que debía hacerse en tan crítica hora. Los italianos resolvieron ir a pedirle a Sande que entrase en conversaciones con el enemigo.

—¡Nunca! —les espetó el general—. ¡Eso jamás! Si hemos de dar la vida, la daremos luchando. No parlamentaré con esos diablos.

También en la gente española había quienes empezaban a nombrar la palabra «rendición». Un capitán llamado Rodrigo Zapata se echó de rodillas y le suplicó a Sande:

—¡No podemos más, general! ¡Denos vuecencia al menos la posibilidad de salvar la vida! Si de todas maneras ha de perderse este castillo.

—¡No! —replicó secamente don Álvaro.

Toda la fortaleza estaba sembrada de cadáveres. Los hombres iban entre ellos como fantasmas en la noche. El aire estaba inmóvil, ardiente y fétido.

Yo me sentía ausente. Hasta el miedo me había abandonado con mis últimas fuerzas. Tenía paralizados los pensamientos y la voluntad, y me acurruqué en un rincón de las almenas. No sé en qué momento me venció el cansancio y quedé profundamente dormido.

Soñé que nadaba en un río de agua limpia y fresca. Me envolvía una luz especial, transparente, y los colores eran nítidos y vivos. En aquel placentero estado, vine a comprender que había muerto y quise saber si me hallaba en el cielo. Entonces apareció ante mí un libro abierto y alguien me dijo:

—Faltan muchas páginas. La vida es larga…

Sentí que me zarandeaban y desperté en la pesadilla del castillo de los Gelves. Un capitán llamado Juan de Funes daba órdenes en voz baja a los soldados de las almenas:

—Todo el mundo al patio de armas. En silencio. No hagáis el mínimo ruido.

Aturdido, seguí la fila de hombres que descendía por las escaleras hasta la parte inferior del castillo. Allí estaba el general rodeado por casi toda la gente que podía tenerse en pie. Cuando vio que eran llegados los últimos, Sande inició un desesperado discurso, sosteniendo un crucifijo en la mano:

—Maeses de campo, capitanes, caballeros y toda la valiente gente cristiana de nuestro ejército: ha llegado la hora de sacar el ánima de soldados que llevamos a los pechos. ¡Somos el ejército de su majestad católica! ¡Somos las armas de la fe! Ea, soldados, ya nos ha alcanzado lo que deseábamos tanto, venir a las manos de una vez y acabar prestos y no consumirnos más. Ha llegado la hora de la verdad, ¡vencer o morir! En los dos casos será victoria, por tanto, nada hemos de perder. Aunque los enemigos nos tienen sitiados y nos han estrechado a tan corto sitio, siendo mucho más numerosos que nosotros, les demostraremos lo que vale nuestra fe, que es más fuerte que las armas y su pérfida religión mahomética. ¡Luche ahora el atrevimiento de acometer y saquemos toda la fuerza que nos queda! Por lo cual, valerosos soldados, hijos míos, pelead como valientes en denodado ataque esta noche.

—¿Qué dice? —preguntaban los hombres por la parte de atrás, pues hablaba don Álvaro a media voz y no se le escuchaba en todos sitios.

—Dice que atacaremos esta noche —respondían los capitanes.

—¿Se ha vuelto loco? —comentaban unos y otros—. ¿Qué temeridad se le ha ocurrido ahora? ¿Qué suerte de locura propone?

Había decidido don Álvaro de Sande hacer una salida impetuosa a la desesperada, buscando sorprender al enemigo en la oscuridad de la noche y abrir brecha en sus filas para ir hasta las tiendas donde se alojaban Dragut y el bajá. Si se lograba matar a los jefes, confiaba el general en que huirían desconcertados los turcos y podríamos lograr una victoria repentina, aunque con gran riesgo. Era esta la única escapatoria honrosa que él consideraba posible para nuestro ejército. Y así lo explicó con todo detalle.

—¡Ahora o nunca, hijos míos! ¡Es la hora de la gloria! —concluyó su discurso.

Cuando todos los soldados se hubieron enterado de lo que el general se proponía hacer, se formó un gran revuelo.

—¡Es una temeridad! —exclamó el capitán Zapata—. ¡Es un imposible!

—¡Hay que intentarlo! —porfiaban los hombres—. ¡Es la única solución! ¡Arriesguémonos!

—¡No, no, no...! —replicaban otros—. ¡Es locura! ¡Nos matarán!

—¡Silencio, camaradas! —pedían los heraldos—. ¡Silencio o pondremos en guardia a los enemigos!

En esto, cuando se hizo de nuevo el silencio, habló el sargento mayor Morato, manifestándose muy a favor de lo que proponía Sande:

—¡Es un plan sensato! —dijo con aplomo—. Aunque aparentemente suene a temerario, puede realizarse con éxito. Se trata de salir todos a una en la misma dirección y romper la defensa para dar en el corazón de la armada turca. Muchos de nosotros moriremos, pero los que consigan llegar a las tiendas de los jefes sarracenos lograrán una victoria memorable. ¡Seamos valientes! Y hagámonos a la idea de que, de todas maneras, esos turcos están resueltos a cortarnos las cabezas. Es más honroso morir peleando. ¡Santiago ha de valernos!

—¡Santiago, Santiago, Santiago...! —exclamaban a media voz los hombres.

—¡Formad las filas, mis valerosos soldados! —ordenó Sande, aprovechando este asomo de arrojo.

506

Corrieron a situarse cada uno en su puesto. En esta ocasión, las armas ligeras irían delante, con las picas largas, los rodeleros y ballesteros, para hacer el menor ruido posible. Los arcabuceros y mosqueteros estarían atrás abriendo fuego en el crítico momento que se consiguiera penetrar en las filas enemigas, para evitar que nos envolvieran. Se situaron al frente los trescientos mejores hombres; los que se encontraban más fuertes y decididos. Detrás saldría el resto formando diez filas de infantería, con las armas de fuego cargadas y esperando la orden precisa.

Don Álvaro de Sande se dispuso muy decidido a ocupar la delantera de la formación con su guardia de alabarderos y los capitanes del tercio de Milán que quedaban vivos. Un caballero de San Juan portaba la bandera real y yo, como siempre, ocupé mi lugar con el tambor junto al pífano y el heraldo, para transmitir las órdenes.

—¡Que vengan los capellanes! —pidió Sande—. ¡Pongámonos en gracia de Dios, como corresponde a lo que somos!

Confesaban los capellanes aquí y allá, con tanta prisa, que casi se escuchaban los pecados de los hombres, que hablaban nerviosos, atropelladamente.

—¡Ay, Dios mío! ¡Vamos a morir! ¡Virgen Santísima! ¡Santiago nos valga…! ¡Señor…!

Había mucho miedo y una rara excitación a la vez; como un delirio. Todo el mundo mirábamos hacia las puertas del castillo, esperando a que se abrieran para ir a enfrentarnos con nuestro destino. El resonar de los arneses, el jaleo de los hombres agitados, el bisbiseo de los rezos…, en la total oscuridad, creaban un ambiente extraño y casi irreal. Unos cuerpos chocaban con otros, las ar-

507

mas emitían metálicos ruidos al golpearse con las corazas y los escudos, y constantemente los capitanes ordenaban:

—¡Chissst! ¡Silencio! ¡Callaos de una vez o nos descubrirán!

El corazón me latía frenéticamente. Recuerdo que sudaba copiosamente. Sentía seca y acartonada la garganta y me temblaban las piernas.

—¡Acabemos toda el agua que queda, excelencia! —suplicó alguien.

—¡Eso, bebamos, señor! —añadió otro—. A fin de cuentas, si morimos, esa agua se perderá; y, si salimos victoriosos, tendremos toda el agua que queramos.

Accedió don Álvaro a la petición y los intendentes llegaron pronto con el agua que quedaba en las cisternas y pipas, la cual repartieron entre los hombres. No era mucha, pero pareció que aquello renovaba nuestras fuerzas.

—¡Adelante! —gritó Sande—. ¡Santiago y a ellos!

Crujieron las grandes puertas del castillo y sentimos que se abrían porque nos llegó una súbita ráfaga de brisa fresca. La fila empezó a avanzar atropelladamente y en absoluto silencio, tal y como se había dispuesto. Salimos de la fortaleza, cruzamos las murallas y las primeras construcciones defensivas, pasamos por encima de los puentes que volaban sobre los fosos y estuvimos al fin en campo abierto. Delante, a lo lejos, se veían las antorchas encendidas del campamento enemigo.

Caminábamos muy deprisa, procurando no hacer ruido. La oscuridad era grande y el cielo negro, poblado de estrellas, infinito sobre nuestras cabezas.

—¡Por aquí! ¡Hacia la parte del mar! —decían los heraldos.

Pero los hombres iban en gran confusión, sin estar demasiado enterados de lo que debía hacerse. Era muy difícil organizarse sin luz y la fila empezó a deshacerse. Además, en la parte de atrás, el estruendo de las pisadas en los puentes de madera hacía imposible que se escuchasen las medias voces de los heraldos.

De repente, en el lado de los turcos empezó a escucharse un gran alboroto. Nos habían descubierto y llamaban al arma.

—¡Ahora, mis bravos! —gritó Sande—. ¡Santiago y a ellos!

—¡Arma furiosa! —me ordenó el sargento mayor Morato.

—¡Al ataque! —gritaban los heraldos—. ¡Santiago y a ellos!

—¡Santiago, Santiago, Santiago…! —vociferaban los soldados, arrojándose hacia el frente en loca carrera.

Tardamos muy poco en estar en las primeras trincheras del enemigo, las cuales atravesamos sin apenas dificultad. Después llegó nuestro ejército a la artillería turca. Aunque se había dado ya la voz de alarma, la defensa enemiga estaba desconcertada y se apreció que se desbarataba y huía.

—¡Huyen! ¡Huyen! —se oía gritar a los nuestros con entusiasmo—. ¡A ellos! ¡Al frente…!

Había ya algo de luz hacia oriente, cuando pudimos divisar las tiendas alineadas en una amplísima extensión. Pero, asimismo, vimos cómo venía hacia nosotros una masa enorme de turcos, que parecía que brotaban en todas partes de la misma tierra.

—¡Juntaos y adelante! —ordenaba Sande—. ¡Santiago y a ellos!

Pero muchos hombres estaban como paralizados ante el estruendo de las voces y disparos de la ingente avalancha de enemigos que se nos venía encima.

—¡Huyamos! ¡No podremos contra ellos! —gritaban a nuestras espaldas los de la infantería.

—¡Adelante! ¡Adelante! —trataban de animar los heraldos inútilmente a la gente—. ¡Santiago! ¡Santiago! Cuando llegaron los primeros jenízaros de la guardia a nuestra altura, los caballeros de delante se batieron valientemente. Había aún poca luz y ello nos beneficiaba, porque nos permitía seguir avanzando por entre los enemigos. Vi batirse fieramente a don Álvaro delante de mí, flanqueado por media docena de sus alabarderos, y a varios de nuestros oficiales acometer a un sinnúmero de piqueros turcos. Pero saltaba a la vista que el empeño era del todo imposible.

Volví el rostro para ver cuántos de los nuestros nos seguían y, estupefacto, me encontré con que apenas llevábamos gente a las espaldas, sino que huían a todo correr en dirección al castillo. También advirtió el sargento mayor Morato que nuestro ejército se daba la vuelta y se lo comunicó a Sande:

—¡Excelencia, nos dejan solos!

Se volvió a su vez el general y lo comprobó con sus propios ojos. Íbamos al frente poco más de doscientos hombres, mientras el grueso de nuestra tropa llegaba ya a las puertas del castillo y se ponía a salvo. Los turcos nos rodeaban y nos acometían con furia, al tiempo que clarecía y la luz les iba permitiendo percatarse de nuestras posiciones.

—¡Hacia el mar y sálvese quien pueda! —gritó el general.

Al escuchar esta última orden, solté yo la caja y saqué la espada. El terreno era allí muy irregular, con montículos aquí y allá, arbustos y restos de construcciones. Corrí como llevado por una sobrenatural fuerza, escuchando a mis espaldas las voces de los jefes:

—¡Poneos a salvo, muchachos! ¡Sálvese el que pueda!

Todavía no lograban los turcos rodearnos por la parte del mar; pero un extraño impulso me llevó a no seguir a mi gente y corrí en sentido contrario, teniendo la fortuna de no tropezar con ninguno de los enemigos que venían de frente. Tenía a mano derecha el campamento turco, y a la izquierda la densa maraña de matorral y palmeras que se extendían tierra adentro en la isla, por donde estaban los pozos. Fui en esa dirección, como llamado por el cobijo de la espesura.

Subí por un repecho de arena y me dejé caer por el otro lado de la pendiente, que era de cuesta repentina y corta, muy poblada de vegetación. Noté allí que me enmarañaba en unas matas espinosas y tuve que desprenderme del jubón. Entonces reparé en que estaba ya lejos de los enemigos, aunque los veía correr hacia el mar desde muchos puntos. Nadie me perseguía y no se veía personal alguno donde me hallaba.

Aflojé el paso, pues notaba que me ahogaba, y traté de recobrar el resuello. Andaba deprisa, tratando de ocultarme en la vegetación, donde la penumbra era mayor.

Finalmente, me detuve en medio de unos arbustos, en un lugar desde donde no se veía ya gente alguna, por tener delante unos montículos y muchas palmeras por todos lados. Me arrojé al suelo y me oculté entre las matas. Necesitaba parar y respirar un rato tranquilo. El corazón parecía querer salírseme del pecho. Rezaba para calmarme, por haberme salvado de momento y pidiendo no ser descubierto.

No llevaba puesta otra ropa que los gregüescos, que estaban hechos jirones, y reparé en que tenía arañado todo el torso, con abundante sangre manándome por las muchas heridas que me habían causado las espinas de los arbustos, como agujas afiladas, en antebrazos, manos, rodillas y hombros. Me tenté el cuerpo y estuve mirándome, comprobando que no tenía, milagrosamente, más daño que aquellos pinchazos. Después de haber estado entre tantas balas por todas partes, no había recibido impacto alguno.

Acurrucado en la arena que estaba fresca de la noche, decidí descansar primero, para serenarme antes de tomar una determinación acerca de lo que debía hacer. Como un animalillo asustado, me hice un ovillo y permanecí muy despierto, con los sentidos atentos a lo que sucedía a mi alrededor. Las ideas se agolpaban en mi mente y no perdía la esperanza de poder ir a buscar refugio con los míos, cuando los enemigos estuviesen más confiados.

LIBRO VII

Trata de la desventura y penosa tribulación sufrida por nuestro héroe a merced de la sed, huido por la isla de los Gelves, y del modo que ideó camuflarse para no ser hecho cautivo de los turcos. Trata también de la manera en que cambió su suerte cuando parecía que llegaban sus días a término.

60

No sé cuántas horas estuve escondido en los matorrales. Aun perdida la noción del tiempo, recuerdo que pasó una noche entera en la que creí que moriría de sed. Tenía la garganta completamente seca y la lengua adherida al paladar. Tanta era mi necesidad de beber que no reparaba en las muchas heridas que, abiertas por todo el cuerpo, atraían a muchedumbre de moscas que no podía espantar por temor a que mis movimientos me delataran. Sacaba de vez en cuando la cabeza por encima de las ramas y veía pasar las filas de hombres con antorchas que vociferaban en algarabía y se me hacía que eran diablos que me harían pedazos en cuanto diesen conmigo. Volvía a esconderme y me refugiaba en los rezos, suplicando a Dios, la Virgen y todos los santos que acudieran en mi socorro.

Durante algún breve tiempo, me venció la extenuación y caí en profundo sueño. Era esto peor que estar despierto, pues, sumido en tenebrosas pesadillas, me parecía que despertaba a salvo, para encontrarme de nuevo con la terrible realidad. Así que pasé la noche, afligido

por el duro tormento de dormir y despertar continuamente, en una agitación que amenazaba con arrebatarme
la razón.

Antes de que amaneciera, me arrastré por la arena
hasta unas hierbas que crecían un poco más allá y arranqué un puñado de ellas, confiado en que sus jugos me
calmarían algo la sed al masticarlas. Me las llevé a la boca
y las mordí con ansiedad, pero eran tan secas y amargas
que no conseguí sino aumentar las ganas y la necesidad
de beber.

En aquel estado angustioso, se me venían a la mente
los recuerdos de las muchas historias escuchadas en la
infancia de soldados que se vieron en trances semejantes
al mío. ¡Ay, cuánto me gustaban aquellos relatos! Y ahora, desdichado de mí, me veía yo mismo acosado por el
peligro que entonces tan lejano parecía. Me acordaba de
lo que se contaba de los soldados huidos de la batalla, los
cuales andaban errantes días y noches, ocultándose en
los campos, víctimas del hambre y la sed, atacados por
animales salvajes, picados por víboras y escorpiones,
descubiertos por sus perseguidores… Otros en cambio
guardaban la calma y conseguían dar con la escapatoria
de sus males; haciendo largas jornadas de camino en la
oscuridad, arrojándose a los mares aferrados a un tablón,
disfrazándose del enemigo con ropas de muertos para
pasar desapercibidos…

Tenía yo que hacer algo para salvar la vida, pues
sería la sed la que acabaría conmigo si seguía allí un momento más. De manera que daba vueltas y vueltas en mi
cabeza a las posibles soluciones a mi azarosa situación. Y no
se me ocurría mejor cosa que ir cuanto antes a los pozos,
los cuales no estaban muy lejos de donde me hallaba, y
creía recordar bien la dirección por donde debía encami-

nar mis pasos para dar con ellos. Pero ¿cómo hacer para llegar allí sin ser visto? No encontraba remedio más adecuado que el de camuflarme con ropas de moros entre el mucho gentío que no dejaba de ir de acá para allá, en todas direcciones.

Antes de que clarease, comencé a andar con mucho cuidado hacia el sur. Quiso Dios que mis pasos vacilantes me llevasen a un lugar donde se amontonaban los muertos sin sepultura, de los que había muchos por todas partes, tanto de cristianos como de sarracenos, y se hacían pilas con ellos, esperando a que las treguas permitiesen enterrarlos como Dios manda. Llegueme a aquel macabro lugar donde el hedor a muerte era tan intenso que creí perder el sentido. La primera luz de la madrugada me ayudó a encontrar lo que buscaba. Me hice con una túnica de moros y un manto, que me puse sobre el cuerpo que llevaba desnudo como el día que nací. Asimismo, me cubrí la cabeza a la manera de los alárabes, con un turbante hecho de harapos, y corrí de allí cuanto antes, para dejar en paz a aquellos muertos cuyas carnes eran ya comida de gusanos, causándome mucha repugnancia.

A guisa de sarraceno recorrí un trayecto grande, errando mucho en la dirección que debía ir, por llevar la mente espesa e ir preso de mis terrores, que me alejaban de donde se escuchaba alboroto de gente. Pero, cobrando serenidad, me vencí y anduve finalmente por un sendero muy sembrado de pisadas de hombres y animales, estando bien cierto de que me conduciría a los pozos.

Me crucé en el camino con algunos isleños que me saludaban con el «Alafia» que es su costumbre; les contestaba yo con un movimiento de cabeza y continuaba cabizbajo para que no distinguieran mis rasgos. Al ver que no era reconocido, cobraba ánimos y se encendían mis esperanzas.

Llegueme al palmeral que enseguida reconocí como el lugar donde se hallaban los pozos y, al ser la vegetación tan densa que acentuaba la penumbra, me sentí seguro. Pero no tardé en verme entre mucha gente que iba y venía; turcos, alárabes, negros y hasta jenízaros. Iba yo por en medio de la muchedumbre, arropado por la confusión, y pronto me llegó a la nariz el inconfundible aroma del agua. Tuve entonces que sujetarme para no salir corriendo y tirarme al manantial, llamando la atención de los sarracenos. Comprobé primero que andaban a lo suyo; aviándose la comida, abrevando a las bestias y reposando tranquilamente junto a sus pertrechos. Pasé por entre un rebaño de camellos y me arrojé a cuatro patas en la orilla de un canalillo que llevaba el agua que una gran noria extraía más allá de uno de los pozos. ¡Oh, bendita agua; qué pronto devuelve las fuerzas al que sin ella se hallaba!

Me sacié despacio, con sumo tiento y mesura, pues bien sabía yo que hincharse de agua hace mucho mal a quien está sediento. Decidí recostarme a unos pasos del manantial entre unos arbolillos, para tomarme más tiempo e ir bebiendo espaciadamente. Desde mi reposo, no exento de mucho miedo, contemplaba a los sarracenos. Qué tranquilos y despreocupados se veían, saboreando su victoria y dominio sobre la isla. Me preguntaba yo qué sería a su vez de mi gente; si habrían conseguido ponerse a salvo o habrían caído finalmente en manos del enemigo. Pero no era este momento para inquietarse y afligirse, sino para seguir buscando la manera de salvar la vida.

Como quiera que se hacía del todo de día y con la mucha luz me sentía inseguro, resolví a mi pesar abandonar la cercanía del agua. Me pareció más seguro ir hacia el interior de la isla, en pos de un lugar despoblado donde aguardar a que cayera de nuevo la noche, para regresar en la oscuridad a las fortificaciones donde únicamente podría hallar socorro entre los míos.

Llegado a unas dunas que distaban del mar unos mil pasos, me eché en tierra con la intención de gastar la menor energía. Era la canícula muy fuerte, y el hedor de mis ropas sanguinolentas y acartonadas tan repugnante que decidí en mala hora desnudarme. De esta manera, quedeme profundamente dormido a la sombra de un arbusto.

Me llevaban engañosamente los dulces sueños a la casa de mi infancia y veía los patios, las frescas alcobas y los familiares rostros, lejos de todo peligro, cuando me despertó el doloroso impacto de algo duro en la cabeza. Abrí los ojos y me encontré rodeado de muchachos sarracenos que cogían piedras del suelo para arrojármelas, mientras gritaban como locos palabras en su lengua.

Al verme descubierto, no se me ocurrió mejor cosa que echarme a correr; lo cual hice, en dirección a la costa. Sacaba fuerzas de mi mucha flaqueza y remontaba montículo tras montículo, duna tras duna, llevando a los muchachos pisándome los talones. Y como gritaban estos en algarabía, sucedió lo que más temía; los moros del cercano campamento fueron advertidos y salieron también ellos a la carrera en pos mía. Tan débil como estaba, pronto me fallaron las piernas, aflojé el paso y me dieron alcance.

Una turba furiosa me rodeó. Me llovían golpes por todas partes. Sus voces gritaban en mis oídos aturdiéndome y las puntas de espadas y puñales brillaban delante de mis ojos amenazadoras. Suponía que no habría clemencia para mí y que me darían muerte allí mismo.

Pero no fue así, sino que me asieron fuertemente por brazos y cabellos y me llevaron como trofeo a sus jefes. A medida que nos íbamos acercando a las fortificaciones, comprendí que tanto el fuerte como el castillo habían caído en sus manos, pues ondeaban las banderas turcas en las torres y había enemigos por todas partes. En la bahía se alineaban las naves turquesas por decenas y las tiendas de campaña estaban montadas hasta el pie mismo de las murallas. No había señales de nuestro ejército en parte alguna.

Me condujeron mis captores a la zona oriental del fuerte, donde se alzaba la gran empalizada que construyó nuestra gente antes del asedio. Delante de la puerta, estaban un gran número de jenízaros y muchos sarracenos vociferando. Me llevaron a presencia de quienes parecían ser los jefes de todos y me presentaron a ellos.

Un turco alto y fuerte, de espesa barba rojiza, se acercó y les preguntó algo a los que me llevaban asido por todos lados. Mis aprehensores le respondieron enseguida hablando todos a la vez en su lengua alárabe. Con una recia voz, el jenízaro les mandó callar. Se hizo el silencio. El turco se aproximó a mí y, mirándome fijamente a los ojos, me preguntó en perfecta lengua de Castilla:

—¿Eres un espía, cristiano? Dicen estos que lo eres, que te apresaron espiando.

Negué con un movimiento de cabeza.

—Entonces… ¿Qué hacías por ahí, lejos del castillo? —inquirió el turco apretando los dientes, sin dejar de mirarme fijamente con sus fieros ojos.

—Hui cuando nuestra gente salió a dar batalla y nos vimos perder el combate.

—¡Ah! —exclamó—. ¡Eres un caballero de los de Sande! ¿Cuál es tu oficio en el tercio?

—Tambor mayor soy.

—Vaya, vaya… ¿Cuáles son tus apellidos?

—Monroy de Villalobos.

El jenízaro dio entonces orden a sus subalternos y varios de ellos fueron al interior de la empalizada. Al momento regresaron trayendo a alguien amarrado, al que enseguida reconocí a pesar de estar muy desmejorado; se trataba de don Bernardino Mendoza, maestre de campo que era de la tercera bandera de Lombardía.

—¿Quién es este? —le preguntó el jefe turco.

Mendoza me miró y contestó:

—Es Luis María Monroy, el tambor mayor del tercio de Sande.

—¡Adentro los dos! —gritó el jenízaro.

Los guardias turcos tiraron de nosotros y nos condujeron a empujones al interior de la empalizada. Dentro me encontré con poco más de un centenar de nuestros hombres, los cuales eran en su mayoría maestres de campo, capitanes e importantes caballeros del ejército cristiano.

—¡Monroy! ¡Es Monroy! —exclamaban al verme entrar—. ¡Has salvado el pellejo, muchacho!

Enseguida supe todo lo que pasó durante el tiempo que anduve huido. Me contaron cómo fue aprehendido don Álvaro de Sande cuando se vio solo a merced del enemigo, después de que la mayor parte de los que salieron con él se dieran la vuelta. Luego de saberse en el ejército cristiano que el general estaba en manos de los turcos, resolvió el consejo de maestres de campo pedir condiciones de rendición.

—¿Qué fue del general? —pregunté.

—Le llevaron preso a la galera capitana de los turcos —me explicó don Bernardino Mendoza—. Es de suponer que haya salvado la vida, pues es el mejor trofeo que el bajá puede llevar al sultán de Constantinopla para testimoniar su victoria.

—¿Y el resto de nuestra gente? —pregunté con ansiedad, pues apenas habría allí ciento veinte hombres.

Con el rostro ensombrecido y entre lágrimas, los caballeros me contaron que los turcos habían degollado cruelmente a la mayoría de nuestros soldados nada más entregarse el castillo.

—¿Por qué crees que me preguntó ese jefe de los jenízaros quién eras y cuál era tu oficio en el tercio? —me dijo Mendoza—. Solo nos hemos salvado quienes podemos proporcionarles un buen rescate. Y aun así, nadie está seguro. Los sarracenos de ahí fuera están sedientos de venganza y les piden a sus jefes nuestras cabezas. Dale gracias a Dios porque no te mataran nada más descubrirte. A pesar de tu mal aspecto, debieron de ver en ti la presencia de alguien de valor que despertó su codicia.

—¿Por qué entregasteis el castillo? —le pregunté—. ¿No hubiera sido mejor resistir?

—No quedaba agua en las cisternas y nuestra defensa era ya tan pobre que habrían entrado de todas maneras. Esta guerra estaba perdida desde su inicio.

61

Vi cosas terribles en los días siguientes. Turcos, alárabes e isleños se entregaron a la saña de su venganza y los pocos que sobrevivimos fuimos testigos horrorizados de las más penosas escenas. No dejaban de traer a decenas de soldados de nuestro ejército que, como yo, eran apresados por la isla. Todos los tormentos y atroces muertes que puedan imaginarse se llevaban a cabo en la carne de aquellos infelices. Vimos hombres quemados vivos, asados en calderos, empalados, mutilados y despedazados. Los gritos y lamentos eran espantosos. El hedor de la muerte impregnaba el aire ardiente, inmóvil, y los cadáveres se amontonaban por todas partes. Cerca de cinco mil de los nuestros perecieron en aquella empresa; unos por peste, otros peleando y el resto a manos de la más despiadada crueldad.

Piali bajá mandó a su gente construir una torre que se viera desde el mar con los cuerpos de los soldados cristianos muertos, para que en lo sucesivo sirviera de advertencia a cuantos soberanos se les ocurriese ir a señorear la costa de África. Durante días, los sarracenos estuvieron reuniendo restos humanos y los fueron apilando sobre una gran plataforma de piedras y argamasa. La construcción crecía a medida que se amontonaban más y más cuerpos que iban siendo apelmazados con cal, tierra y agua. Asomaban manos, pies y cráneos de las paredes de la macabra obra que iba teniendo forma de pirámide. Resultaba una visión apocalíptica que a los cautivos nos helaba la sangre cuando la mirábamos por las rendijas de la empalizada.

—¿Veis en lo que se han convertido vuestros compañeros? —nos decían ufanos nuestros carceleros—. ¡Así acaben todos los perros cristianos!

Entre los turcos había numerosos jenízaros y corsarios que hablaban a la perfección nuestra lengua, por ser apóstatas que un día fueron súbditos de reinos cristianos y que se pasaron a la religión de Mahoma para servir mejor a sus intereses. Muchos era calabreses, sicilianos, griegos, cretenses y malteses; pero también había españoles. El que corría con la vigilancia de los cautivos era un jenízaro de origen valenciano llamado Dromux arráez, el cual era a su vez capitán de uno de los principales navíos de la flota turquesa. Era este el fiero jefe, alto, fuerte y de rojiza barba, a cuya presencia me condujeron mis aprehensores el día que fui capturado. Y a sus órdenes servían otros muchos españoles que vestían a guisa de turcos, con ampulosos calzones, fajas coloradas, abultados turbantes y pieles de tigre. Eran estos tan crueles o más que los sarracenos de nacimiento, lo cual nos causaba a nosotros mucho pesar.

Un capitán veterano apellidado Cardona, que era muy piadoso y rezador, se dirigió un día a estos apóstatas con voz suplicante y les dijo:

—¿Cómo vosotros no nos tenéis caridad, hermanos? ¡Apiadaos de nosotros, que somos compatriotas vuestros!

El tal Dromux se ofendió mucho al oír aquello, se fue hecho una fiera hacia el pobre Cardona y, mientras le propinaba una brutal paliza, nos dejaba muy claro:

—¡Somos turcos, súbditos de Solimán el Grande! ¡Nada tenemos que ver con vosotros, perros cristianos! ¡Alá es nuestro dios y Mahoma su profeta!

Después de ver esto, comprendimos que ninguna caridad podíamos esperar de aquellos feroces hombres, por bien que hablaran nuestra lengua.

Tardaron los sarracenos ocho días en construir la torre con los muertos y, una vez concluida, se dispusieron a hacer una gran fiesta, con mucha algazara y estruendo de tambores. Oímos comentar a nuestros carceleros que venía el bajá y comprendimos que se aprestaban a recibirle con boato a la manera turquesa. Durante horas no cesó el vocerío y la música en los campamentos, y se escuchaba también el galopar de muchos caballos que iban y venían por los senderos de la costa. A través de las rendijas de la empalizada, veíamos el movimiento de las tropas y el llegar de las caravanas de alárabes que venían a rendir pleitesía a sus nuevos señores.

—¡Mañana nos darán muerte, camaradas! —proclamó con acongojada voz el maestre de campo don Bernardino Mendoza—. ¡Muramos con honor, como lo que somos: caballeros cristianos de su majestad!

Muchos de los nuestros sollozaron al escuchar aquello, se abrazaban y rezaban.

—¡Apiádate de nosotros, Dios nuestro! ¡Santa María, válenos!

Esa noche nos dieron para comer abundantes dátiles, higos secos y harina, y nos trajeron varias pipas con abundante agua fresca y limpia.

—¿Por qué nos tratan ahora así? —se preguntaban los hombres—. ¿Será que nos tienen al fin compasión?

—No confiéis en esos diablos —nos desengañaba Mendoza—. Esta comida y bebida no es sino el signo de que mañana nos matarán. Quieren que estemos algo más lustrosos para cuando venga el bajá, pues nuestra muerte será el mejor espectáculo para engalanar la fiesta de su victoria.

A pesar de estos funestos augurios del maestre de campo, satisficimos nuestra hambre y sed, pues era tanta la necesidad que arrastrábamos que ni la proximidad de la misma muerte nos quitaba el apetito.

—Si hemos de morir, que sea con la tripa llena —decían los que mayor presencia de ánimo tenían.

—No han de matarnos, camaradas —pronosticaban los más optimistas—. Somos botín de guerra. Nos alimentan porque no quieren nuestra muerte, sino que vivamos para cobrar el rescate.

—¡Mejor morir que ser esclavos de esos demonios! —exclamaba Mendoza—. ¡Más nos hubiera valido haber caído en combate como esos hermanos nuestros que ahora son las piedras de esa torre!

Con esta porfía, los hombres fueron quedándose en silencio bajo la noche estrellada. Las chirimías y los atabales taimaban su música en el campamento turco y la algarabía cesaba poco a poco. Luego reinó una calma grande en la que solo se escuchaba el rumor de las olas y el monótono y agudo cantar de los grillos en el palmeral. Cerca de mí, se apagó también el bisbiseo de las oraciones de los más rezadores y fue sustituido por algún que otro ronquido.

Comido y bebido, notaba yo que me vencía también el sueño, a pesar de los terrores que me afligían. Antes de quedarme dormido, meditaba acerca de mi corta vida, considerando que podría llegar a su fin a la mañana siguiente.

En la oscuridad, la media luna iluminaba tenuemente las almenas del castillo, las cuales se recortaban en la negrura del firmamento. Aun siendo este un lugar lejano y hostil, resultaba para mí aquella visión familiar, nada extraña a mis ojos. Venía yo a recapacitar y me daba cuenta de que siempre viví en castillo, entre almenas y murallas. Al reino de Castilla pertenecía como mis paisanos, pero, como muchos de ellos, era castellano no solo por recibir el nombre que me correspondía por origen, sino también por ser hombre de castillo. En castillo nací, pues toda mi ciudad era fortaleza, jalonada de torres y baluartes; y, desde donde me alcanza la memoria, son mis primeros recuerdos las almenas que recortaban cielos y montes. A castillo me mandó mi padre por codicilo, a servir de paje, y en castillo moré hasta ser caballero, primero en el de Belvís, luego en Oropesa y después en Jarandilla. En castillo me hice soldado del rey y en castillo de galera viajé por mar a esta isla, donde castillo guardé y defendí, hasta que fui hecho cautivo, y en castillo sufría mi cautiverio.

Con estas consideraciones, que no eran sino el fruto de tantas fatigas y padecimientos, conseguí quedar profundamente dormido.

Acudieron a mí los absurdos sueños, como en tantas otras ocasiones. Era esta vez mi pesadilla una gran fortaleza construida por muertos, en cuyas torres ondeaban las banderas de nuestros reinos y las insignias de la cristiandad. Defendíamos las almenas —que no eran sino

527

cráneos— mi abuelo, mi padre y yo, codo con codo, de una legión de gusanos de los que comen cadáveres, que venían asediándonos.

—¡Ánimo, Luis María —me gritaba mi padre—, que no han de poder con nosotros!

Mi abuelo cargaba su arcabuz y disparaba bocanadas de fuego que achicharraban a los repugnantes gusanos.

—¡Santiago y a ellos! —exclamaba—. ¡Que no se diga! ¡Démosles su merecido!

Me afanaba yo tocando el tambor con todas mis fuerzas, llamando ora arma furiosa, ora batalla soberbia; pero nuestros enemigos los gusanos se nos venían encima como una masa imparable.

—¡Padre, son demasiados! —me quejaba yo—. ¡No podremos con ellos!

—¡Cómo que no! ¡Ánimo, no te amilanes! —decía él.

—¡Malditos gusanos sarracenos! —exclamaba mi abuelo sin dejar de disparar su arcabuz—. ¡Bichos del demonio!

Y yo cobraba ánimo y proseguía dale que dale con la caja. Pero enseguida me venía abajo al ver que crecía el número de los gusanos que trepaban por las paredes hechas de cadáveres.

—¡Padre, vámonos de aquí! —suplicaba angustiado—. ¡A fin de cuentas, este castillo está hecho de muertos!

—¡Son nuestros muertos, hijo! ¡Nuestros propios muertos! ¡Con lo que nos ha costado construirlo, no vamos a abandonar el castillo ahora!

62

—¡Arriba, perros! ¡Despertad! —Me sacaron del sueño las bruscas voces de los carceleros—. ¡Amanece! ¡Arriba, perros!

Abrí los ojos y me encontré con el cielo violáceo que amanecía sobre las almenas. Había dormido profundamente y mis sombrías pesadillas hacía mucho que me habían abandonado, por lo que me resultó harto desagradable encontrarme de nuevo con el apestoso fuerte donde nos guardaban cautivos.

—¿No oís? ¡Arriba, perros! —insistían los jenízaros, mientras comenzaban a golpearnos con varas—. ¡Hoy viene nuestro jefe! ¡Piali bajá llega y hemos de recibirle!

—¿Vais a matarnos? —les preguntaban algunos de los nuestros—. ¿Nos daréis muerte hoy?

—¡Ja, ja, ja…! —reían los guardianes—. ¿Tenéis miedo, perros cristianos? El bajá decidirá hoy lo que ha de hacerse con vosotros. Pero ahora debéis lavaros y estar presentables para la fiesta.

Abrieron las puertas y nos condujeron a golpes hasta la orilla del mar.

—¡Hala, meteos en el agua! —nos ordenaban sin dejar de darnos puntapiés y varazos—. ¡Lavaos bien, perros!

Después de mucho tiempo sin sentir el contacto del agua, con tanto calor como habíamos soportado, polvo en el aire, humo y pólvora, tenía adherida a la piel una oscura costra de suciedad y sangre seca, la cual me fue muy difícil desprender. La sal marina me producía gran escozor en las heridas, pero, sabiendo que contribuía a sanarlas, procuré frotarme bien.

Una vez limpios, nos llevaron de nuevo al fuerte, donde tenían dispuesto un montón de ropa en el centro de la plaza de armas.

—¡Ahora vestíos adecuadamente! —nos mandó Dromux.

Cada uno de nosotros estuvo rebuscando en el montón hasta dar con la vestimenta que le resultara adecuada. Había de todo: gregüescos, camisas, jubones, parlotas, sombreros y demás prendas; las cuales sin duda habían sido obtenidas del saqueo de las galeras de nuestra flota, de los campamentos y del castillo. Mientras nos vestíamos, éramos conscientes de que toda aquella ropa pertenecía a nuestros camaradas muertos.

—¡Que cada uno se componga conforme a su rango! —nos ordenaba Dromux—. El que sea maestre de campo que vista conforme a tal, el capitán con galas de capitán, el sargento con sus adornos…, y los demás que busquen lo que mejor les siente.

Obedecimos y no tardamos en estar todos vestidos como para hacer un alarde; aunque tristes, cabizbajos y sin armas.

—Estos diablos quieren darse el gusto de vernos morir engalanados —decía por lo bajo don Bernardino

530

Mendoza—. Desnudos, todos los hombres somos iguales. Les da mayor placer degollar a lo más granado del ejército cristiano conforme a su rango.

Me puse yo unas medias rojas con agujeros, un coleto de ante suave y unos gregüescos amarillos. Era esto lo más aproximado a las galas de tambor mayor que hallé en el montón.

—Aquí hay una parlota de paño, Monroy —me señaló amablemente uno de los capitanes.

Era la gorra muy parecida a la que usaba yo en mis galas, aunque le faltaba la pluma roja. Con ella y unos zapatos negros estuve finalmente vestido.

Resultaba lamentable ver a los maestres de campo, coroneles, capitanes, sargentos mayores y caballeros con aquellas ropas arrugadas, sucias y descoloridas; las libreas de los ayudantes y oficiales menores se veían combinadas arbitrariamente; las calzas rotas y los gorros abollados. Todo el mundo estaba desgreñado, ojeroso y con las barbas sin atusar.

—¡Ja, ja, ja…! —reía Dromux para humillarnos más de lo que estábamos—. ¿Estos son los jefes del ejército cristiano? ¡Vaya hatajo de miserables! ¿Y con esto pretendía el rey de España señorear África? ¡Ja, ja, ja…!

Nuestra gente rechinaba los dientes de rabia y descendían lagrimones como puños por las mejillas abatidas de los generales.

—¡Vayamos todos a una a por ese turco de Satanás! —decía don Bernardino Mendoza por lo bajo—. Muramos con honor, defendiendo el buen nombre de nuestro ejército.

—No, por amor de Dios, Mendoza —le sujetaba el maestre de campo don Emilio Castro—, que eso es lo que quieren. Aguantemos la afrenta, que ya sabrá Dios darnos la hora de nuestro desquite.

En esto, se escucharon fuera muchas trompetas tocando al unísono y al momento repiquetearon los atabales con ímpetu. Al oírlo, Dromux se sobresaltó y gritó a su gente:

—¡Es Piali bajá que llega! ¡Salgamos a recibirle!

Nos sacaron formando cuerda de presos, a golpe de látigo, y nos condujeron por el sendero que comunicaba las fortificaciones con el fondeadero. Vimos salir de los campamentos las comitivas de recepción que avanzaban hacia el noroeste al son de los atabales y las chirimías. Iban muchos estandartes delante y grandes banderolas ondeando al viento; detrás galopaban los jinetes jenízaros, con sus alfanjes desnudos y sus capas azules, naranjas y verdes. No nos resultó difícil reconocer el cortejo del rey caravano entre los millares de moros que comenzaban a extenderse por la llanura.

Próxima a nosotros, delante del mar, teníamos la horripilante visión de la torre construida con los cuerpos de nuestros camaradas. La fetidez que llegaba con la brisa lo impregnaba todo, se filtraba a través de la ropa, el pelo y la piel. Sería por eso que los generales turcos reunidos delante de la fortaleza sostenían en la mano pañuelos empapados en perfume que se apretaban contra la nariz.

—¡Malditos sean! —sollozaba don Bernardino Mendoza—. ¡Dios los condene al fuego eterno!

La enorme nave del bajá venía navegando lentamente hacia el fondeadero, flanqueada por cuatro barcazas donde iba toda su guardia. Los remos batían el agua y quedaban luego sostenidos en el aire. En las torres tronaron los cañones con una sucesión de salvas de recibimiento.

Piali descendió hasta un esquife que le trajo a tierra. Un palafrenero acercó un gran caballo blanco al visir y este fue ayudado a montar por sus lacayos. Toda la guardia le seguía y él cabalgaba arrogante. Era el bajá alto y grueso; vestía túnica azul brillante y capa y turbante blancos de seda pura, con plumas de garza teñidas de rojo vivo; su barba era negra, larga y rizada. Cuando estuvo más cerca, se distinguió el rostro de mofletes abultados y gruesos labios; la mirada fiera y el gesto desafiante.

El almirante Uluch Alí corrió hacia el visir y se arrojó tres veces al suelo, luego gritó el nombre del sultán Solimán tres veces y otras tantas el de Piali bajá antes de acercarse a besarle la mano. El corsario Dragut y los demás generales de la armada turquesa repitieron idéntico ceremonial. Un pregonero cantaba a voz en grito indescifrables frases que debían de ser las alabanzas correspondientes al momento.

Cuando el visir hubo descabalgado, fue acomodado en un lujoso trono, bajo un dosel que le protegía del sol que a esa hora empezaba a apretar. Entonces fue obsequiado con un sangriento espectáculo: se adelantaron varios jenízaros y llevaron a su presencia doce de nuestros hombres, a los cuales degollaron con un rápido movimiento de afiladas espadas. Sus cuerpos cayeron hasta el pie de la torre construida con los cadáveres. Esta acción fue celebrada con mucho jolgorio del gentío congregado y con salvas de arcabuz. Con grandes asentimientos, movimientos de cabeza y manos, el bajá manifestó la satisfacción que le producía ver terminada la macabra obra.

A continuación, salieron del castillo nuevos jenízaros trayendo sujeto por cadenas a don Álvaro de Sande, el cual venía muy digno, vistiendo sus mejores galas, con la cabeza bien alta y el ceño fruncido sobre sus ojos de dura mirada. El apóstata Dromux se acercó a él y le ordenó:

—¡Inclínate, general cristiano, ante el visir del serenísimo sultán Solimán el Grande de Constantinopla!

—¡Ja, ja, ja…! —rio Sande con sonoras y forzadas carcajadas, con mucha arrogancia.

—Está loco —comentó alguien a mis espaldas.

—¿Cuál es la causa de esa risa? —le preguntó furioso Dragut al general—. ¿No deberías llorar por tu penosa suerte?

—Que llore quien torpe y cobardemente fue cautivo —respondió don Álvaro estirando el cuello con orgullo—; que yo cumplí con las obligaciones de hombre y capitán, y a los corazones valerosos les ha de entristecer la culpa, no la mala fortuna.

Tradujo Dromux esta contestación a su jefe y se vio al visir admirarse mucho, en vez de enojarse. Luego habló el bajá durante un largo rato a Sande. El intérprete repitió sus palabras cambiadas a la lengua cristiana:

—Dice mi amo que se enorgullece mucho de haber tenido como enemigo a tan valeroso caballero, que admira tu temple y se sorprende de que no vacilen tus piernas ni tus manos de terror, siendo tú tan anciano.

—¿Anciano? —replicó don Álvaro—. Dile a tu jefe que, aunque vea arrugas en mi cuerpo, mi alma está tersa y firme como mármol. Que no temo a su crueldad, aunque esté ahí, frente a nosotros, esa torre que ha mandado construir con los cristianos soldados que eran como mis hijos. No temo sino a Dios que está en los cielos y ha de juzgarnos a él y a mí por nuestras obras. ¡Que Él disponga el infierno para vosotros, infieles!

Cuando hubo terminado de decir estas atrevidas

frases, todos los guerreros turcos se enfurecieron y tanto ellos como el gran número de sarracenos que nos rodeaba gritaron rabiosos:

—*¡Kalb, kalb, kalb…!* —Que significa: «¡Perro, perro, perro…!». Y le pedían a Piali bajá que mandase degollar al general, agitando sus espadas y golpeando el suelo con los pies.

—Sande ha perdido el juicio —decían los nuestros—. Está loco. Le arrancarán la piel a tiras.

El visir, puesto en pie, extendió las manos y mandó callar a su gente, haciéndose al momento un gran silencio. Habló el jefe turco y tradujo su intérprete una vez más.

—Dice mi amo que admira tu valentía, pero que no está dispuesto a consentir que le ofendas ni una sola vez más. Te ofrece ahora la oportunidad de salvar la vida y ganar muchas riquezas si dejas la fe cristiana y te haces a la del profeta Mahoma, y sirves al gran señor de la Sublime Puerta, nuestro dueño Solimán el Grande.

—Solo me pesa no poder recibir más de una muerte en defensa de mi religión —contestó Sande con bravura—. Y podéis inventar infinitos tormentos para quitarme la vida, que no me pasaré yo a vuestra secta mahomética.

Al oír la traducción de esta devota respuesta, el bajá se levantó de nuevo de su trono e hizo una señal con la mano a sus subalternos. Entonces fueron estos a por las banderas, cruces y estandartes de nuestro ejército y los arrojaron a los pies del jefe turco. Al momento, los enormes guardias negros que le custodiaban se bajaron los calzones y orinaron encima de las insignias, lo cual provocó un gran regocijo en los sarracenos.

—¡Hijos de Satanás! —les gritaba don Álvaro fuera de sí—. ¡Diablos encarnados! ¡Fieras sin alma!

Vinieron después más guardias desde el castillo trayendo a un buen número de oficiales de nuestra armada y muchos marineros que habían capturado en las galeras. Entre estos cautivos estaban don Sancho de Leiva, don Berenguer de Requesens, el marqués de Terranova y el general Cardona. A todos los humillaron cargándolos de cadenas, abofeteándolos, escupiéndolos y mofándose de ellos en presencia de sus subordinados. Pero a Sande nadie le puso la mano encima, porque el bajá le tuvo mucho respeto; por admiración a su bravura o porque tendría orden del sultán Solimán de llevarlo sano y salvo como trofeo a Constantinopla.

Interrumpieron los sarracenos nuestro escarnio cuando les llegó a los alárabes el momento de rendir pleitesía al turco. Se acercaron al trono el rey caravano, el jeque Mazaud y los otros moros que solo unos días antes se declararon vasallos del rey de las Españas. Se postraron con gran reverencia, besaron la mano del visir y le entregaron muchos presentes, alhajas, monedas que quitaron a nuestros soldados, vestidos lujosos, frutas, corderos y caballos. Todo esto recibió el bajá con grandes asentimientos y gestos de complacencia. Se intercalaban largos y tediosos discursos en su lengua alárabe y se abrazaron y besaron mucho, como si hermanos fueran.

A todo esto, don Álvaro de Sande se desgañitaba insultándolos:

—¡Malditos traidores! ¡Judas! ¡Buitres carroñeros! ¡El diablo, vuestro padre, os lleve!…

Tanta era la ira del general que, enrojecido de cólera como estaba, le dio un soponcio y cayó a tierra soltando espumarajos por la boca. De manera que tuvo que echárselo a las espaldas uno de los enormes negros que lo custodiaban y se lo llevó de allí a las galeras, donde debía ir a Constantinopla.

Llegó la hora de que se decidiera nuestra suerte y temimos una vez más que nos degollaran. Pero tenía dispuesto para nosotros otro destino el turco. Éramos botín de guerra y, como tal, entrábamos en el reparto de la misma manera que todo lo que pasó a manos de los sarracenos tras la derrota.

Mandó a su gente el bajá que fueran llevados a la galera capitana turquesa los generales e importantes caballeros que componían lo que quedaba del Alto Mando del ejército cristiano. El resto de los cautivos no cabía en la flota, pues ya tenían provistos de forzados el total de los remos. Entonces comprendimos que nuestro destino era contentar a cuantos gobernadores y jefezuelos habían hecho alianza con el turco.

A latigazos, nos empujaban el Dromux y sus hombres al centro de la explanada y allí se procedió a distribuirnos de manera semejante a como se hace con el ganado en una feria. Enseguida nos rodearon los moros y se pusieron codiciosamente a estimar lo que valíamos; nos abrían la boca, nos miraban la dentadura, nos palpaban las carnes, nos observaban los miembros… Vi cómo lloraban amargamente algunos de mis compañeros al sufrir tan dura afrenta.

A mí me asieron unos por el brazo derecho y otros por el izquierdo, discutiendo y forcejeando por mi persona, cual objeto digno de codicia. Era triste comprobar que los más jóvenes teníamos mayor valor a sus ojos que los veteranos soldados, los cuales se iban quedando para el final en el reparto.

Algunos jenízaros de los que sabían hablar en cristiano se aproximaban y nos preguntaban a los cautivos:

—¿Es tu padre conde? ¿Es marqués acaso? ¿Tiene buena hacienda tu familia?…

Porque confiaban en hallar entre nosotros ricos caballeros que les proporcionasen un suculento rescate desde España.

También nos preguntaban:

—¿Sabes leer y escribir, perro cristiano? ¿Sabes herrar caballos? ¿Tenías otro oficio antes de empuñar las armas?…

Y nuestra pobre gente se esforzaba en explicar que sabía hacer esto o aquello —adobar pieles, construir casas, templar espadas, forjar el hierro, tejer…—, confiando en que estos oficios les proporcionasen mejor vida en la esclavitud que se les avecinaba.

Viendo cómo mis compañeros describían sus habilidades en medio del pavor, se me despertó a mí el ingenio y dije a los que porfiaban por mi persona que sabía tañer el laúd y la vihuela, recordando que a los moros les gustaba mucho esta arte. Desconfiaban de momento de lo que yo les aseguraba, así que rogué:

—Traedme un laúd.

Se miraban ellos extrañados y, como comprendían unos sí y otros no lo que yo les decía, discutían, manoteaban y vociferaban entre ellos. Yo no dejaba de insistir:

—Traedme el laúd, traedme el laúd…

El Dromux parecía tener interés en mí y se fijó en lo que pedía. Enseguida mandó a uno de sus hombres ir a por el instrumento y no tardó el mandado en dar con él. Temblando, en medio de la confusión, la incertidumbre y el terror, agarré yo el laúd y lo afiné como pude, mientras los sarracenos me observaban curiosos. Comencé a tañer nervioso primero y algo más sereno después, al adivinar complacencia en ellos. Luego dejeme guiar por

los tientos y fantasías, aproximándome a la *núba* y canté
con voz que apenas me salía del cuerpo, improvisando
casi:

> *No te tardes que me muero,*
> *carcelero,*
> *no te tardes que me muero.*

Entusiasmáronse los sarracenos y creció el interés
dellos hacia mí. Con lo cual, aun dentro de mi desventura, supe que al menos no me matarían.

Pero, mientras seguía tañendo, vi para mi susto venir con mucha diligencia al rey caravano, el cual sonreía
de oreja a oreja, feliz por hallarme entre los cautivos y
poder ahora conseguir lo que se le negó aquella vez que
canté delante dél.

Me quedé yo mudo y paralizado, pues de manera
alguna quería pasar a manos del infame reyezuelo traidor, por adivinarle en los ojos brillos libidinosos que delataban su deseo de tenerme por otros motivos, además
de por mi música.

Al ver los demás moros el interés del magnate en mi
persona, se apartaron y me dejaron a su merced. Entonces
se me desplomó definitivamente el alma a los pies y, estupefacto, comprobé cómo las esperanzas de beneficiarme
de mis habilidades se troncaban en grave perjuicio.

El moro me miraba y remiraba, encantado, y me
decía incomprensibles frases en su lengua. Uno de los
lacayos me echó una soga al cuello y tiró de mí. De esta
manera, era yo incorporado como esclavo a las posesiones de aquel poderoso hombrecillo.

Pero he aquí que, cuando parecía mi suerte echada,
el Dromux se adelantó y le rugió a la cara al rey caravano

palabras que sonaban a regañina. Comprendí que el apóstata jenízaro también me codiciaba y vi por ahí encenderse una luz en la esperanza de salvar mi honra. Disputaron los dos brevemente. No tardó en arrugarse el rey caravano y, muy contrariado, se quitó de en medio y se fue echando pestes en algarabía con toda su servidumbre.

Dromux arráez sujetó el extremo de la cuerda que me rodeaba el cuello y tiró de mí mientras decía:

—Mío eres desde este momento, cristiano. No pensaba cargar con más cautivos de los que ya tengo ahí en mi galera, pero me ha gustado tu música. Esos dedos que tienes, finos para tañer, te librarán del remo.

Dicho esto, dio órdenes a sus hombres para que me llevaran a su barco.

Por el camino, miraba yo hacia atrás y veía a mis compañeros distribuirse cada uno con quien le correspondía después del reparto. Los moros recogían sus pertrechos y se despedían del turco. Algunas naves levaban ya sus anclones y salían a golpe de remo del fondeadero. El bajá saludaba desde su trono a unos y otros, saboreando su victoria hasta el último momento.

TRISTE FINAL DE ESTA HISTORIA

En la cegadora luz de la mañana del estío, se hizo a la vela la gruesa armada del turco, navegando hacia donde sale el sol, al puerto de Trípoli. Iba delante la galera de Dragut, en cuya cubierta andaban ocupados sus hombres en las algaradas y fiestas que apetecían a su victoria, las cuales eran muy amargas para los que tan recientemente nos veíamos cautivos. Detrás navegaba exultante la nave almiranta turquesa, engalanada con todos los signos del triunfo: banderolas, estandartes y medias lunas, que humillaban nuestras derrotadas enseñas. A bordo de esta enorme galeaza de Piali bajá, iban los generales del ejército cristiano, destacando la abatida figura de don Álvaro de Sande, que era llevado en el puente dentro de un jaulón de madera, como fiera apresada. A estribor de esta principal nave del turco, surcaba el agua el bajel de Dromux arráez, en cuya cubierta me hallaba yo, amarradas las manos atrás con recios cordeles y atado el cuerpo por la cintura a unos palos.

Veía alejarse la costa de la isla de los Gelves, con el castillo que desafiaba al mar hacia poniente, y la triste imagen de la torre construida con los cuerpos de mis malogrados compañeros. Me palpitaba el corazón, pero, aun en tanta desventura, no me asomaban las lágrimas. Pues, a pesar de los innumerables sufrimientos y penalidades pasadas, todavía permanecían muy vivos en mi espíritu los muchos consejos de la educación que me dieron. Era ciertamente yo un hombre nacido para esto. Y en manera alguna me sobrecogía mi cautiverio. Concluía esta parte de mi vida conjeturando que se cumplía mi destino y que, a fin de cuentas, siempre barrunté este acaecimiento.

Quiso Dios traerme a la vida en una casa donde pesaba la sombra del cautiverio. Desperté a la razón con la esperada libertad de mi señor abuelo, la cual recibió él del cuerpo, pero no ansí del ánima, que se la dejó en cautiverio. Y fueron las historias de cautivos las que más me entretenían en mi infancia: sucesos de hombres aprehendidos por los moros y conducidos a lejanos puertos; donde vendidos, esclavos y sufriendo los más penosos tormentos, conservaron la vida, para verse libres un día y traernos el relato de sus desventuras. Ahora era llegado al fin el momento de rendir yo mi tributo a la existencia, y había que hacerlo, cómo no, en cautiverio.

Cuando llegó la armada cerca de Trípoli era ya casi noche cerrada. Se cañoneó desde las naves para dar aviso y se vieron encender muchos hachones en lo alto de las murallas y en el puerto, cuyos resplandores se reflejaban en las aguas. Mandaron los maestres de las galeras arrojar las anclas y quedose la flota a distancia, pasando a tierra los turcos en esquifes y lanchones que se apresuraron a venir a recogerlos. A los cautivos nos dejaron a bordo, así como a la chusma de remeros, poniéndonos bajo vigilancia y reforzándonos bien las ligaduras, grillos y cadenas con que nos sujetaban. Por ser Dromux arráez el jefe de la guardia que tenía encomendado el oficio de vigilar a los prisioneros, le correspondió quedarse a cuidar de los barcos con su gente.

Cayó del todo la noche y la flota permanecía en silencio, mientras el jolgorio de tierra se escuchaba a lo lejos. Veíanse los fuegos en muchas partes y llegaba el sonido de la animada fiesta en la ciudad, las voces y las músicas.

Los sarracenos que estaban a bordo, algo contrariados por tener que quedarse sin ir a tierra, decidieron divertirse también como podían. Encendieron unos braseros y estuvieron asando carne de cordero y pescados. Asimismo, repartieron abundante vino y pronto se los vio ir borrachos de acá para allá, cantar, palmear y danzar a su manera. A los cautivos nadie nos prestaba la menor atención. Nos habían dado algo de grano para comer a media tarde y la ración de agua que nos correspondía tres veces durante la jornada.

En esto, vi venir a Dromux arráez, tambaleándose casi, por la cubierta, con un pedazo de carne asada en una mano y una copa llena de vino en la otra. Le acompañaba un ayudante suyo que debía de ser también apóstata, porque ambos hablaban entre ellos en cristiana lengua.

—¿Y va a querer cantar ese? —venía diciendo este último.

—Si no tañe y canta —observaba Dromux—, le corto el cuello y lo echo por la borda para que se lo coman los peces.

Comprendí que se referían a mi persona.

—Anda, suéltalo —le ordenó Dromux a su subalterno—. ¡Y cuidado que no se tire a escapar a nado!

Bruscamente, el apóstata me empujó hacia delante poniéndome el pie en la espalda y cortó con habilidad los cordeles que me sujetaban manos y cintura.

—¡Andando, cristiano —me dijo—, que has de animarnos la fiesta!

Me llevaron al medio de la cubierta, donde estaban la mayoría de ellos reunidos en torno a las brasas. A la luz de los fanales, advertí que había allí unas cuantas mujeres que permanecían en silencio, acurrucadas y muy juntas. Sentí una gran pena al comprender que serían también botín de guerra y que eran llevadas como tesoros, por su mucha hermosura. Tan atemorizadas estaban que de vez en cuando se hincaban de rodillas y besaban los pies de sus guardias con gran rendimiento, a lo que los turcos respondían con carcajadas y burlas.

Puso un laúd en mi mano Dromux y me ordenó:

—¡Vamos, cristiano, tañe y canta de la manera que sabes!

Quiso Dios que no me amilanara yo y, resuelto a que aquella habilidad mía siguiera sirviéndome para conservar el pellejo, hice de tripas corazón y me puse a tocar y a cantar con las ganas que podía sacarle a mi mortificado cuerpo.

No debió de salirme mal, porque se pusieron mis cautivadores muy contentos, dando palmas y animándose a bailar y canturrear al son de mis notas.

—¡Bien, muchacho! —exclamaba Dromux muy satisfecho y sonriente—. ¡Así se hace!

Cantaba yo:

Ay, ay, ay…
de mí ay…
Ay que por tu amor me muero.

Ay tus ojos, ay tu pelo,
ay tu mirada, ay tu cuerpo…

Para complacer a los fieros marineros turcos, salió al medio una bella mujer que movía las caderas muy armoniosa y delicadamente, en una danza al gusto dellos, a la que supe luego que llaman «del vientre». Pareció esto aplacarlos mucho y se los veía contentos, disfrutando de verdad.

Tan conforme estaba el jefe de todos, Dromux, que, en un descanso que me concedió, me pasó su copa de vino y, con sorprendente amabilidad, me dijo:

—Anda, bebe un trago, muchacho. ¡Por el gran turco, qué buen negocio hice contigo! Sigue tañendo y cantando así y no tendrás mala vida entre nosotros.

Me daba cuenta yo de que era ese precisamente el interés de mis cautivadores en mantenerme vivo, y mi propio instinto de sobrevivir me hacía afinar en mi cometido. Lejos de desdeñar el trago que me ofreció Dromux, apuré hasta el fondo la copa y el vino pareció darme fuerzas para cantar y tañer con mayor ímpetu.

Bebieron, cantaron y danzaron aquellos hombres, y se solazaron con las mujeres en la medida que les permitió su borrachera. Luego cayeron rendidos. Pero, antes de dormirse, tuvieron la precaución de atarme bien de nuevo.

Aunque tenía yo al fin el estómago lleno con la sabrosa carne que me permitieron comer como premio a mi música, y el vino que me dio generosamente Dromux era como un bálsamo para mi tribulación, no logré dormirme esa noche. Pensaba en todo lo que había sucedido;

o bien ocupaban mi pensamiento retazos de ideas, como ráfagas, y visiones muy vivas que me asaltaban en esa rara zona donde cae la mente entre la vigilia y el sueño.

La noche era inmensa. Mis ojos, desde el lugar donde estaba amarrado, abarcaban un buen espacio de negrura poblada de brillantes estrellas. Cerré los párpados y me dejé de momento confundir con el universo. Era como si desaparecieran mis limitaciones corporales y repentinamente me sintiera flotar, liberado de mis ataduras y apreciando esa grandeza de la libertad total que solo la muerte podrá alcanzarnos. Fue entonces como si muriese y quedase atrás el Luis María Monroy de Villalobos que había sido hasta entonces y naciese un nuevo hombre, dispuesto a una nueva vida, o a proseguir la misteriosa aventura; el milagroso éxtasis de existir, con ventura o sin ella, con placer o con dolor, con dicha o desdicha, en libertad o cautiverio...

NOTA HISTÓRICA

LOS ÚLTIMOS AÑOS DEL REINADO DE CARLOS V

Hasta Carlos V, no hubo en la historia una persona en cuyo nombre se gobernaran tantas tierras. La herencia que este monarca acumula le pone al frente del Imperio que comprende los más amplios territorios de su época, sobre todo contando las inmensas Indias. La unión de diecisiete coronas sobre la cabeza del emperador convierte a la Historia de España de estos años en algo extravertido y vinculado a los muchos problemas de tantos y tan variados reinos. El ideal hispánico se confunde en esta época con el que representa Castilla, eje de la monarquía, y la tarea de este ideal se convierte en algo obsesionante. Dos son fundamentalmente los objetivos del reinado de Carlos V, tal y como fueron resumidos en sus mismos comienzos por el obispo Mota ante los procuradores de las Cortes de Santiago en 1520: «¡[...] desviar los grandes males de nuestra religión cristiana [...]; emprender la empresa contra los infieles enemigos de nuestra santa fe católica!». Para realizar esta misión, España se somete a un duro sacrificio que configurará su ser desasosegado, eufórico y emprendedor tan propio de este siglo XVI.

Al final de su reinado, el emperador Carlos se encontrará con que sus dos grandes objetivos han fracasado. La unidad cultural y religiosa propia de Europa en la Edad Media, que él quería llevar a su máxima realización, quedará amenazada por dos peligros: las divisiones que la Reforma luterana introduce en las naciones católicas y la presión que los turcos ejercen en el Mediterráneo. Esta situación mantendrá al Imperio en constante guerra. Y aunque Carlos V fue un inteligente estratega, fue también un pésimo administrador. Todas las campañas, con victoria o sin ella, terminaban con extremos agotamientos financieros, lo cual le impedía mantener ejércitos permanentes y fieles. El monarca obtuvo casi todos sus recursos de Castilla, Países Bajos e Italia, mientras que la Corona de Aragón le concedía únicamente algunos subsidios y Alemania no le proporcionó ayuda financiera, como tampoco Austria. Esto provocó que Castilla, con un sistema agrario muy deficiente y un escaso rendimiento de la industria, sufriera grandes hambres y un continuo sangrado de sus hombres que partían a las muchas campañas.

Tuvo sus días de gloria la política imperial, como la victoria de Mühlberg, pero los protestantes no renunciaron a sus ideas y continuaron las guerras. Llegaron finalmente los fracasos estrepitosos y vergonzantes, como el doloroso trance de Innsbruck y el desastroso cerco de Metz en el invierno de 1552-1553.

También fracasaba la tentativa de Carlos V de mantener a la cristiandad fuerte y unida contra el turco, que contaba con el caudillo terrible Solimán el Magnífico, sultán de Constantinopla. Llegó a apoderarse de Belgrado en 1521 y consiguió derrotar al soberano de Hungría, Luis II, estableciendo en Buda una base formidable de operaciones en el Danubio, y puso cerco a Viena entre

1529 y 1532. Pero fueron los choques más constantes en el Mediterráneo. La alianza de Francia con el Imperio otomano facilitó al almirante de la flota turca, Barbarroja, apoderarse de Túnez en 1534. Las costas de Andalucía oriental, de Cataluña y de Valencia fueron muy castigadas por los corsarios. El enfrentamiento marítimo fue muy intenso, con acciones brillantes, casi siempre sin futuro, como la celebrada victoria de la armada que conquistó Túnez en julio de 1535, reponiendo en el trono a Mulay Hazen, que había depuesto Barbarroja. Hasta que por fin se acometió la empresa de Argel, cuya expedición fue planeada con mucho empeño y que sin embargo se resolvió muy desastrosamente a causa de los temporales del otoño de 1541, perdiéndose ciento cincuenta navíos. Cayeron después Trípoli y Bugía, haciéndose muy difícil la navegación en el Mediterráneo y el comercio quedó gravemente perjudicado.

Envejecido, cansado y enfermo, el emperador veía la imposibilidad de realizar su idea europea. La Dieta de Augsburgo en 1555 se celebró ya sin su presencia y estableció una paz religiosa que suponía la confirmación oficial de lo que ya era una realidad: que en Alemania se reconocía con todas las de la ley a la confesión luterana en pie de igualdad con la católica. Europa y toda España asistían al irremediable declive del prestigio de Carlos V, el cual quedaba profundamente abatido y atormentado por el fracaso de su proyecto de Sacro Imperio.

LA ESPAÑA DEL SIGLO XVI

Sorprende comprobar cómo el más firme y leal baluarte de la ambiciosa política de Carlos V, que era España, es en esta época el más despoblado y pobre de sus señoríos. Había muy pocas ciudades grandes y realmente importantes. A comienzos del reino de Carlos V, Madrid contaba escasamente con 5 000 habitantes. Entre todas las ciudades descollaba la opulenta Sevilla, con 108 000 habitantes. Fuera de las vegas riquísimas de Valencia, Murcia, Granada y el Guadalquivir, la zona cultivada en la ancha España debía de ser muy escasa. Había viejos núcleos urbanos de ilustre historia forjados en la Reconquista, en estrechas zonas de huertas junto a alguna corriente fluvial o rodeados de algunos campos de cereales, olivares y viñedos. Pero podemos deducir en general de las descripciones de los viajeros y de los viejos censos —como el de don Tomás González, archivero de Simancas— que España sería en este siglo XVI un desierto silencioso y grande, con bellos núcleos de población no muy numerosa donde brillaban el arte y la tradición.

Esta peculiaridad configura una estructura social que habrá de prevalecer durante casi dos siglos. Los grandes señores ya no tienen poder por sí mismos, sino que lo reciben del rey. En esta época, el poder de la Corona ya no es discutido. Los nobles siguen ahora a la Corte, buscando situarse cerca del monarca, que es donde reside la preeminencia social. Los castillos, que antes eran el lugar donde ejercían un dominio las grandes casas, quedan ahora abandonados como inútiles armatostes y las villas muradas quedan olvidadas residiendo en ellas solo los hidalgos y el pueblo llano.

Los grandes señores reúnen inmensas posesiones y riquezas, muy mal administradas, y habitan en enormes residencias donde mantienen un verdadero pueblo ocioso de parientes, damas, dueñas, gentilhombres, escuderos y pajes. A pesar de las ceremonias externas y el aparato de súbditos y sirvientes que acompaña a la alta nobleza, sufrían la misma penuria económica que es característica de esta España del siglo XVI y que alcanza desde el rey al último hidalgo. Es la clase de los caballeros la que aporta las más altas dignidades de la Iglesia y la milicia, y los hidalgos son la gran cantera que nutre conventos, monasterios, clerecías, catedrales, y el grueso de los soldados principales del tercio. Tener un apellido de cristiano desde algunas generaciones atrás daba ya el derecho de cierta preeminencia. Este tinte aristocrático de la sociedad alcanza incluso a los últimos estamentos populares: labradores y pastores de los campos, villanos y tenderos de las ciudades buscan tener apariencia hidalga. Son el clero, los hidalgos y el pueblo de las Españas de uno y otro lado del océano los que dan sangre y oro necesarios para que los altos ideales del emperador y su hijo puedan llevarse adelante.

Es notable la adhesión popular del siglo XVI a la política imperial que caía sobre las gentes de España de forma abrumadora, gravando sus vidas con un continuo gasto del cual apenas se obtenía beneficio alguno. El pueblo español se creía instrumento de la providencia para contener al protestantismo y al islam, así como el gran misionero llamado a llevar la fe a las Indias Occidentales. El rey es el jefe designado por Dios para esta alta misión. De manera que servir al emperador en cualquier empresa es un gran orgullo y motivo suficiente para sobrellevar cualquier sacrificio por grande que sea: viajes, guerras, cautiverios y la misma muerte. Y este sentir hispano se amplifica enormemente por el inmenso orgullo que suponía para un español tener posibilidades reales de actuar en Nápoles, Milán, Sicilia, Cerdeña, Países Bajos o el Rin, en los territorios del norte de África, en las islas de los mares de Oriente y en las Indias Occidentales.

El linaje de los Monroy y el señorío de Belvís

La poderosa familia de los Monroy fue muy significada en Extremadura desde el siglo xv. Se sabe muy poco sobre el origen de este linaje, pero los hechos más destacados se vinculan a Alfonso de Monroy, conocido como el Clavero, su hermano Hernán de Monroy, apodado en las crónicas como el Gigante, y un primo de ambos nombrado como el Bezudo. Su afán guerrero llevó a los Monroy a mantener continuas contiendas por los señoríos familiares. Estas guerras se sucedieron paralelas a las que tuvieron lugar con los Álvarez de Toledo de Oropesa, con Portugal en tiempos de los Reyes Católicos, y con los Gómez de Cáceres y Solís, por la sucesión del Maestrazgo de la Orden de Alcántara.

El linaje, dejando aparte estas luchas encarnizadas y banderías, fue extenso e influyente. Muchos Monroy ocuparon importantes cargos en el ejército, en la política y el clero a lo largo de todo el siglo xvi. El padre del conquistador Hernán Cortés era, por ejemplo, Monroy y gran militar. Aparecen numerosos miembros del linaje en las listas de la milicia de la época y los segundones se fueron situando por toda Extremadura, merced a matrimonios con damas nobles, el ingreso en el clero o la recepción de prebendas por servicios militares.

Don Francisco de Monroy y Zúñiga, nieto y heredero legítimo de don Hernán de Monroy, será el séptimo señor de Belvís con el amparo de los Reyes Católicos.

Casó en 1496 con doña Francisca Enríquez y ambos fundaron el convento de San Francisco del Berrocal, que sería famoso por partir de él los doce primeros frailes franciscanos que fueron a evangelizar las Indias Occidentales, los llamados «doce apóstoles de Belvís». El 28 de junio de 1523 don Francisco fundó mayorazgo y nombró como heredera a su hija Beatriz de Monroy y Ayala, hija de su tercera esposa.

Casó doña Beatriz, octava señora de Belvís, con don Fernán Álvarez de Toledo, tercer conde de Oropesa. Con las influencias que tenía este en la corte de Carlos V, la unión de los señoríos de Belvís y Almaraz con los condados de Deleitosa y Oropesa alcanzaron su máxima extensión y poder. Pero el castillo de Belvís quedó definitivamente sin sus señores, convirtiéndose en residencia eventual, con lo que perdió su vida de antaño y pasó a un progresivo abandono.

Se encuentra enclavado Belvís de Monroy al noroeste de la provincia de Cáceres, en un singular paisaje mediterráneo donde predominan encinas y retamas entre tremendos canchales graníticos que aportan una extraordinaria belleza al conjunto de castillo, villa y bosques. Parece un lugar de encantamiento donde el tiempo está detenido, y los recuerdos del belicoso linaje prendidos en muros, almenas, torreones y casas solariegas.

JEREZ DE LOS CABALLEROS

En el extremo suroccidental de la baja Extremadura, sobre un terreno accidentado y agreste que mira a Andalucía, se alza una ciudad verdaderamente singular: Jerez de los Caballeros. En un medio natural cubierto de tupidos encinares, dehesas, monte bajo y otras especies propias del bosque mediterráneo, la visión de este núcleo urbano, asentado sobre dos colinas, como un conglomerado de murallas, fortificaciones, iglesias y torres, no puede resultar más sugerente. Fue cabeza del poderoso Bayliato de los Caballeros Templarios hasta la disolución de la Orden del Temple en 1312. Pasó luego a integrarse en la Orden de Santiago y, convertida en cabeza de partido, recibió de Carlos V el título de «muy noble y muy leal ciudad» en 1525. Con ello se inicia una época de pujanza económica y social que la convertirán en uno de los centros más sobresalientes de toda la región.

Durante todo el siglo XVI se configurará un peculiar núcleo urbano que perdura hasta hoy, con destacadas construcciones de iglesias renacentistas y barrocas, ermitas, conventos, dos hospitales y una arquitectura señorial repleta de palacios y casas solariegas de nobles fachadas, que exhibían los blasones de los ilustres apellidos que proporcionaban constantemente hombres de armas a las empresas guerreras del emperador.

LOS CONDES DE OROPESA

En 1534, el tercer conde de Oropesa, don Fernando Álvarez de Toledo y Figueroa, contrajo matrimonio con doña Beatriz de Monroy y Ayala, condesa de Deleitosa, señora de Belvís y heredera única de otros varios linajes aristocráticos. Con la unión de tan amplios señoríos, no es de extrañar que estos condes, señores de miles de vasallos, fueran personas de la máxima confianza de los reyes españoles, que los distinguieron con su amistad y les concedieron el honor de ser parte muy destacada en la Corte.

La vida del tercer conde se realizaba a caballo entre los importantes servicios que prestaba en el ejército de Carlos V y el gobierno de su amplísimo condado, por lo cual sabemos que la condesa ejercía sobre sus súbditos y posesiones una administración muy activa. Tuvo doña Beatriz cuatro hijos, los cuales fueron educados por san Pedro de Alcántara, al que unía una gran amistad con los condes, e incluso tenía una humildísima celda en el palacio (que aún puede ser visitada hoy en lo que actualmente es el Parador de Oropesa, antiguo castillo y residencia condal).

En 1566 regresó definitivamente don Fernando Álvarez de Toledo a sus dominios, cuando el emperador Carlos V abdicó de su reinado y decidió retirarse de la vida ajetreada del Estado. Fue el conde quien aconsejó al monarca que escogiera para su apartamiento del mundo la región de la Vera. Y mientras se terminaban las obras del cenobio de Yuste, se hospedó el césar en el palacio de Jarandilla, residencia de verano de los condes.

El retiro del emperador en Yuste y su estancia previa en Jarandilla de la Vera

Un año después de su abdicación, Carlos V abandonó los Países Bajos, partiendo de Gante a bordo de la nao capitana, la Berdentona, la nave que capitaneaba una flota de cincuenta y seis navíos. Iban con él sus hermanas Leonor y María y un séquito de ciento cincuenta personas, secretarios, guardias y nobles de su corte. Llegó a Laredo el 28 de septiembre de 1556 y su comitiva recorrió Castilla, llevándole «más veces en silla de brazos de hombres y otras en literas», según nos dice Prudencio de

Sandoval, en su *Historia de la vida y hechos del emperador Carlos V.*

Llegó a Tornavacas el césar el 11 de noviembre, poco después de anochecer, y descansó antes de partir hacia la jornada más dura de su recorrido. Al día siguiente, para hacer más corto el camino, decidió atravesar la sierra de Tormantos que separa el valle del Jerte de la vecina comarca de la Vera. Al llegar a lo más alto, en el llamado puerto de las Yeguas, y contemplar desde las alturas por fin el hermoso paisaje verato, el emperador comentó: «Ya no pasaré otro puerto en mi vida sino el de la muerte».

Don Luis Méndez Quijada, mayordomo de Carlos V, dice en una carta enviada al secretario Juan Vázquez que el camino «era el peor que yo he caminado jamás, tanto que la litera en los machos no podía venir, por la aspereza de la tierra, y ansí vino su majestad en los hombros tres leguas». Son los lugareños quienes transportaron a su fatigado soberano «que para ese efecto se traían a Tornavacas».

Llegó a Jarandilla, donde le esperaba el reparador descanso en el castillo del conde de Oropesa, y permanecería desde el día 12 de noviembre hasta el 3 de febrero de 1557.

Fue aquel un otoño lluvioso y el invierno que siguió, muy desapacible, tanto que don Luis Méndez Quijada se quejaba amargamente de la dureza del clima y lamentaba la decisión del emperador de venir a estas tierras: ... *Que allá [en Valladolid] escomienzan las nieblas* —le describe a Juan Vázquez— *no me espanto, pues acá no lo han dejado de haber, después que llegamos, en lo bajo, y agora en lo alto, tan buenas como en Valladolid. Los de aquí dicen que este tiempo suele durar aquí la mayor parte del invierno, y que en Yuste en mucha mayor humidad que aquí. Si ansí es, no me parece que será la casa tan sana como dicen.*

Estas lluvias y continuas humedades hicieron que se cambiara el aposento que inicialmente se destinó al monarca (que debía de ser el mejor del castillo), por otro donde se construyó una chimenea. El secretario del emperador, Martín de Gaztelú, en carta a Juan Vázquez, nos deja el siguiente testimonio de esta estancia: ... *y el día siguiente que llegó mudó de aposento, el cual diz que le satisface, porque tiene junto pegado con su cámara un corredorcillo abrigado donde vate el sol todo el día, y se está la mayor parte dél allí, de donde tiene bien larga y alegre vista de huertas y verdura, y debajo dél un jardín, cuyo olor a cidras, naranjos, limones y otras flores se siente arriba....*

Agustín García Simón, en el libro *El ocaso del emperador*, nos describe puntualmente la estancia del emperador tanto en Jarandilla como en Yuste, con elocuentes testimonios sobre la voracidad del césar, su afición a los banquetes y gran detalle de las viandas, bebidas y ceremonias del buen comer y beber que tanto le privaron hasta casi sus últimos días.

Basten al respecto estas afirmaciones escritas en la *Relación* de Federico Badoaro: *Por lo que se refiere a la comida, el emperador siempre ha cometido excesos. Hasta su marcha a España tenía la costumbre de tomar por la mañana, apenas despertaba, una escudilla de pisto de capón con leche, azúcar y especias; después de lo cual tornaba a reposar. A mediodía comía una gran variedad de manjares; merendaba por la tarde y cenaba a primera hora de la noche, devorando en estas diversas comidas todo género de alimentos propios para engendrar humores espesos y viscosos*

[...]. Come en gran cantidad toda clase de frutas y después de sus comidas muchas confituras. Bebe solamente tres veces, pero mucho cada vez. Se sabe que tenía por costumbre vaciar las copas de un solo trago, lo cual testimonia el inglés Roger Asham, que vio comer al emperador en 1551.

Su menguada corte le acompañó hasta el final, aunque tuvo que despedir a los noventa y nueve alabarderos de su guardia personal, los cuales arrojaron las alabardas al suelo, haciendo así señal de no querer servir a otro señor en adelante. «Es lástima ver partir una compañía de tantos años», dice Luis Méndez Quijada.

En Jarandilla visitaron al emperador importantes personajes de la época y permanecieron con él un reducido grupo de nobles, entre los que destacaban Luis de Ávila y Zúñiga, cronista de los hechos del emperador, compañero de armas y gran amigo suyo.

La educación de un futuro caballero en el siglo XVI

Durante el siglo XVI perviven muchos de los ideales que constituían la base de la sociedad medieval. El espíritu caballeresco y militar es un pilar fundamental en la vida de gran parte de la nobleza, tanto urbana como rural. Los futuros caballeros, soldados principales del ejército imperial, nacían en el seno de familias con tradición caballeresca. Muchos de ellos solían ser nobles rurales que pasaban la mayor parte del tiempo en sus posesiones, en la residencia de su padre dentro de la hacienda familiar. En ocasiones, estas familias vivían en diferentes casas según la época del año, para asegurarse de que su condición de señores fuera reconocida y respetada en todas sus posesiones. Aunque ya en decadencia, algunas familias conservaban la costumbre de habitar en los castillos de sus antepasados. Pero es esta la época en que esta forma de vida tan genuinamente feudal empieza a caer en desuso.

Durante los primeros años de su vida, los futuros caballeros o militares estaban al cargo de las mujeres de la casa. Cuando tenían siete u ocho años eran confiados a un señor y se criaban junto a otros hijos de caballeros. Allí se les comenzaba a instruir en el arte de las armas, la equitación y la esgrima. Primero hacían de pajes, aprendían a servir la mesa y realizaban algunas tareas domésticas. Era frecuente también que aprendieran a tocar algún instrumento musical, el canto y la danza. Herencia de los siglos precedentes era el gusto por los poemas de trovadores, los romances y los cantares de gesta.

Cuando llegaban a la adolescencia, los muchachos ascendían en la jerarquía del castillo o casa señorial y se convertían en escuderos. Durante este período perfeccionaban el arte de la montura y se los adiestraba en el manejo de todas las armas. Debían aprender buenos modales y se iniciaban en otros aspectos más sutiles de la vida cortesana, como trinchar la carne, servir a su señor en la mesa, practicar la caza, participar en banquetes, cantar, bailar... En ocasiones aprendían a leer y adquirían afición por la música y la literatura; esta última incluía, además de los libros de instrucción militar, tratados de caza, crónicas de los reinos y de la nobleza y libros de caballería. La vida palaciega permitía a muchos de estos jóvenes llegar a ser entendidos en los ceremoniales de la corte y en ropajes lujosos, armas y armaduras.

Al llegar a la edad apropiada, los jóvenes eran incorporados a la hueste de su señor, a una orden militar o a los tercios como soldados principales. De entre ellos se nutría luego la alta oficialía del ejército.

LA LÍRICA RENACENTISTA

El siglo XVI supone el triunfo del Renacimiento en España. Uno de los géneros literarios más cultivados durante este período fue la poesía, que se renueva gracias a la relación que por entonces mantienen españoles e italianos, aunque la nueva lírica renacentista no rompe con la tradición de los cancioneros castellanos del siglo XV. El gran paso se da al adoptar un metro distinto, el endecasílabo, más acorde con las nuevas sensibilidades, ya que es un verso de ritmo lento que permite una manifestación más fiel del sentimiento del poeta y su entorno, es decir, del paisaje que le rodea. Pero perviven las formas castellanas precedentes, la canción, el madrigal... Predomina la poesía culta, mientras paralelamente corren por las calles los romances y las cancioncillas populares. En buena parte se trata de «un divertimento compañero de la música y las fiestas [Lapesa] y centrado en la expresión del llamado amor cortés».

LA VIHUELA

La vihuela es un antiguo instrumento de cuerda español cuya forma se aproxima a la de la guitarra, si bien su mecanismo y modo de ejecución son como las del laúd, a cuya familia pertenece en realidad. Su número de cuerdas varía entre cinco y siete y el cifrado de la música escrita para vihuela es distinto al de la guitarra. Conoció este instrumento algunas variantes, que tienen que ver más con su denominación que con su modo de construcción. La vihuela de arco es nombrada ya por el Arcipreste de Hita y durante el siglo xv aparece en la iconografía con una forma similar a la llamada vihuela de mano, aunque tocada con arco.

La vihuela de mano es el instrumento por excelencia del Renacimiento español. En castellano antiguo se llamaba «vigüela» y en Flandes «laúd español», por tener las mismas cuerdas y afinación que el laúd y por tanto compartir el mismo repertorio. Sabemos que alcanza su máximo esplendor en la península Ibérica durante el siglo xvi, en el entorno del ambiente cortesano y bajo el amparo de las capillas musicales de reyes y nobles. El príncipe don Juan, único hijo varón y primer heredero de los Reyes Católicos, era un diestro vihuelista; su muerte a finales del siglo xv causó una gran tristeza a lo largo y ancho del reino, y a ella aluden la canción *Triste España sin ventura*, de Juan del Encina, y el romance *Triste nueva*, que la tradición oral ha conservado y hoy puede escucharse en muchos pueblos de España.

Por otra parte, en el siglo xvi se dignifica la cultura popular y muchas de las canciones, hasta entonces transmitidas por tradición oral, pasan a los cancioneros y libros de música, formando parte de los amplios repertorios para la vihuela. Esto, unido al uso noble y cortesano del instrumento, hace que la difusión de la vihuela sea enorme, tanto entre la nobleza como entre las clases populares.

Durante el siglo xvi hubo en España grandes compositores y multitud de vihuelistas. Son siete los libros de vihuela que han llegado hasta nosotros, si bien hay otros que, aunque no destinados exclusivamente a este instrumento, contienen numerosas piezas y gran cantidad de datos importantes. Todos estos libros fueron impresos en España entre los años 1530 y 1576. Es de suponer que la posesión de uno de los ejemplares suponía un verdadero tesoro para el vihuelista, así como un preciado regalo de los señores para quienes tañían y cantaban para ellos.

Luis de Narváez, nacido en Granada en este siglo, fue un hábil vihuelista y publicó en 1538 la obra titulada *Los seis libros del Delphin de música en cifras para vihuela*, en el cual figuraban arreglos de algunas obras vocales, «diferencias» o variaciones de otras composiciones españolas, fantasías, etcétera. Alonso de Mudarra publicó en 1546 *Tres libros de música en cifra para vihuela*, obra que alcanzó gran difusión entre los vihuelistas de la época. Pero sin duda el más popular de los libros para vihuela fue el de Enrique Enríquez de Valderrábanos, el *Libro de música para vihuela, intitulado Silva de Sirenas* (1547), que contiene composiciones religiosas y profanas arregladas para dos vihuelas, villancicos y madrigales.

Otros importantes compositores fueron: Juan Bermudo, autor de dos célebres tratados teóricos, *Declaración de instrumentos musicales* y *Arte tripharia*; Diego Pisador, que publicó en 1552 su *Libro de música para vihuela*, con transcripciones de danzas españolas antiguas, madrigales, villancicos y misas; el celebérrimo Miguel de Fuenllana, autor del *Libro de música para vihuela, intitulado Orphenica Lyra* (1554), obra de máximo interés que recopila composiciones de muchos autores; y, por último, Esteban Daza, con su obra *Libro de música en cifras para vihuela, intitulado Parnaso,* que fue muy estimado y constituye una antología de la tablatura española.

Era frecuente que algunos adolescentes y jóvenes, así como también algunas doncellas, se educasen en el uso de la vihuela y el canto, con el fin de intervenir en los banquetes, bailes y en ejecuciones con exclusivo fin estético. A estos músicos, generalmente pajes, escuderos y damas de compañía, tañedores de arpas, vihuela y trompeta, se los llamaba «ministriles» en general, y «atabaleros», a los que tocaban los atabales, panderos y cajas. Carlos V creció rodeado de estos músicos y fueron también ellos los que le acompañaron en su itinerante vida. De manera permanente le servían los «ministriles» de la Casa castellana, que desde su segunda visita a España se incorporaron a su séquito, participando desde entonces en los momentos festivos del emperador.

Tañer y cantar

En el prólogo del libro de *Orphenica Lyra* (Sevilla, 1554), su autor, Miguel de Fuenllana, escribe: *... por el toque que con el espíritu bivo se haze; como es la vihuela, y por la proporción y conformidad que con la humana boz tiene. Y por tanto es mayor su perfección, porque es de cuerdas, que en latín se dicen chorde. Y aunque ella sea dictión Griega, si origen latina le quisiésemos dar, muy a proporción le vendría que naciesse de cor, que significa corazón.* Es ilustrativo ver la importancia que este vihuelista y compositor, como los demás de su tiempo, da a la unión de vihuela y voz. Se decía que Luis de Narváez era tan hábil vihuelista que daba la impresión de ejecutar a la vez todas las partes de una composición a cuatro voces. Y en la polifonía profana llegó a ser habitual que mantuviera el texto un solo cantor, mientras que el resto de las voces eran ejecutadas por instrumentos.

Las formas predominantes en casi todos los cancioneros de la época son el villancico, la canción, el romance, el madrigal, el verso, los tientos, la fantasía, la glosa y las diferencias. No merece la pena citar aquí autores, aparte de los mencionados, por ser géneros cultivados en la inmensa mayoría de los compositores del siglo XVI. Y es de suponer que cualquier músico de este tiempo los conociera y practicase sobre ellos.

Las poesías y canciones que aparecen en esta novela han sido obtenidas de diversas antologías poéticas y cancioneros del siglo XV y XVI, así como de las obras citadas en el apartado anterior. Sorprendentemente, cuando llevaba ya escritos todos los capítulos que hacen referencia al aprendizaje de la vihuela y el canto por parte del protagonista, cayeron en mis manos dos discos de vihuela en los que, maravillado, pude escuchar composiciones que constituían —por así decirlo—, la «banda sonora» de *El cautivo*. Dichos discos son: el titulado *Claros y frescos ríos* (canciones y piezas instrumentales del Renacimiento español) de Nuria Rial (soprano) y José Miguel Moreno (vihuelista), editado por Glossa Music, S.L. (2000); y *Valderrábano y los vihuelistas castellanos*, interpretado por Alfred Fernández (vihuelista) y editado por Unacorda (2000).

Hoy día la vihuela es un raro instrumento que solo algunos especialistas conocen y pocos artesanos pueden fabricar. Se debe ello a que a finales del siglo XVI cayó en desuso y fue sustituida con los mismos fines por la guitarra renacentista primero y luego por la guitarra española.

El laúd y la *núba*

La palabra «laúd», que procede del árabe *al-'ûd*, hace referencia al instrumento que entró en Córdoba en el año 822 traído de Bagdad por Zyriab y se extendió por todo Alándalus. La etimología latina del nombre, *testudo*, nos dice que el laúd es descendiente de la cítara antigua, que el dios Mercurio construyó con el caparazón de una tortuga hallada a orillas del Nilo. En el siglo XIV, el Arcipreste de Hita castellaniza el nombre árabe *al-'ûd* por «alalud». Aparece en las miniaturas de las *Cantigas de Santa María* de Alfonso X el Sabio, revelando que ya en esa época el instrumento tenía características propias. Durante el siglo XV se le añadió una quinta cuerda al grave y, posteriormente, hacia principios del siglo XVI, una sexta.

El laúd es el instrumento por excelencia de los moriscos españoles, que conservan su uso muy extendido después de la Reconquista. Muchos músicos moros y mudéjares de los que se tiene noticia se quedaron en Castilla, Aragón, Valencia y Andalucía, y alegraban las fiestas cristianas con sus cantos e instrumentos. También se sabe de la existencia de cantores que recorrían España de fiesta en fiesta y de taberna en taberna ganándose el sustento. Esto originó singulares repertorios que, conservando el peculiar estilo morisco, se adaptaron a la nueva sensibilidad del ambiente cristiano.

En principio, el arte musical andalusí, como el magrebí, se funda en la *núba*, término que comenzó a utilizarse ya en el siglo VIII y que originariamente definía el «turno de actuación» de los artistas, para pasar a significar más ampliamente la ornamentación y el adorno de la sesión musical en sí misma.

La música andalusí era una mezcla de lo oriental con lo autóctono, dando lugar a ritmos con una marcada personalidad que variaban de un territorio a otro. Las *núbas* integran el ritmo y la poesía en composiciones como la muaxaja y el zéjel, en los que la melodía y la letra van íntimamente ligadas. En este sentido, cabe recordar cómo la copla andaluza une a la melodía una auténtica y completa conexión con la vida cotidiana, prevaleciendo el amor, el paisaje y en el caso de Málaga, Huelva o Cádiz, el mar. Un apartado especial merecería la influencia de la música andalusí en la más genuina expresión musical del pueblo andaluz: el flamenco. Blas Infante llegó a ver una relación más o menos directa entre la *núba* andalusí de fondo melancólico y el cante jondo, que debió fraguarse precisamente en el siglo XVI.

EL TERCIO DE MILÁN

A pesar de cuanto se ha dicho, las tropas de Gonzalo Fernández de Córdoba no llegaban todavía a constituir un ejército moderno. Eran básicamente ballesteros, hombres de armas y caballería ligera quienes luchaban en Granada dando la última batalla a los reyes nazaríes y estaban entrenados en la lucha peculiar de la península Ibérica contra los musulmanes.

El Gran Capitán fue capaz de aprender de la técnica militar europea y transformó estas fuerzas en un ejército nuevo de piqueros y arcabuceros fundamentalmente.

Los primeros llevaban a cabo el choque y los segundos eran el elemento de fuego. La caballería ligera se conservó, pero no era ya la fuerza principal para llevar el combate a su decisión.

Fue en el transcurso de las guerras de Italia cuando se introdujeron las sucesivas reformas del ejército español que desembocaron en el tercio. La primera reorganización fue en 1503, dando predominio a la infantería. La ordenanza de 1536 reguló la organización de los primeros tercios. Cada tercio estaba mandado por un maestre de campo, con una fuerza de tres mil hombres divididos en tres coronelerías, cada una de las cuales constaba a su vez de cuatro compañías. De las doce compañías que formaban el tercio, unas eran de piqueros y otras de arcabuceros; aunque es muy probable que en determinadas circunstancias se organizaran compañías mixtas de ambas armas.

Los tres primeros tercios se formaron en Lombardía, Nápoles y Sicilia, y el cuarto, dos años después, en Málaga. A estos cuatro se los llamaba los Tercios Viejos y a mediados del siglo XVI seguían nutriéndose por voluntarios reclutados en la región donde se «levantaba» la unidad. La procedencia de los soldados era diversa: trabajadores del campo, artesanos, aventureros, pícaros (*maltrapillos*) y demás hombres de las aldeas, pueblos y ciudades de toda la geografía hispana. Pero no faltaban los hidalgos en busca de fortuna y los nobles que conservaban ciertas consideraciones y privilegios, siendo nombrados soldados principales. Generalmente, esta era una condición que se heredaba de padres a hijos, reservándose en la mayoría de los casos los más altos cargos para esta aristocracia militar.

El grado de capitán era el más ambicionado y su

elección se realizaba entre los alféreces de mayor mérito. Debía tener experiencia en las cosas de la guerra y en el empleo de las diversas armas. Tenía también el cometido de organizar su compañía y elegir a los oficiales competentes y capaces de mantener la disciplina y el entrenamiento de los soldados. Generalmente se encomendaba a un capitán el reclutamiento de los hombres.

Todas estas tropas iban acompañadas de capellanes, médicos cirujanos, mariscales (lo que hoy llamaríamos veterinarios y herradores) y los carros y las mulas suficientes para transportar el equipo y la impedimenta de guerra, con sus correspondientes acemileros y carreteros.

Para formar un tercio, lo primero que se necesitaba era reclutar a los hombres. Para este menester, se otorgaba al oficial encargado de levantar tropas un real despacho que recibía el nombre de «conducta». Con esta orden, se hacía el llamamiento que solía consistir en recorrer un amplio territorio para llevar la caja, es decir, el toque de tambor que comunicaba el reclutamiento. Los «pretendientes» acudían a ofrecerse y se realizaba la selección de los reclutas, a los que se denominaban desde ese momento «guzmanes».

Los puntos principales de levantamiento de tropas eran Barcelona, Cartagena y Sevilla. Una tercera parte aproximadamente de los soldados procedía de Cataluña y Aragón, otra tercera parte de Castilla y la otra de Andalucía y Extremadura. El enganche se hacía en lugares señalados y el aviso tenía lugar mediante la señal de un tambor colgado en la fachada.

Otra forma de efectuar la recluta era por medio de un soldado distinguido, que hubiera acreditado durante años sus méritos y valor; este recorría los pueblos y ciudades para «levantar» una compañía, dirigiéndose al puerto señalado para el embarque y desde allí ir con su gente a unirse al tercio de Italia, Flandes u otros lugares de acuartelamiento. Es este el sistema de formar el tercio que aparece en la presente novela.

La instrucción tenía lugar generalmente en Milán, en donde estaba el tercio llamado de Lombardía o del Milanesado, el cual guarnecía Milán, Cremona, Mantua, Pavía, Varese, Sandrio, Bérgamo y Como.

Además de los tercios, en Italia se reunían, organizaban y adiestraban otras milicias con fines específicos, por cuenta de la Corona de España, y algunas tropas particulares de grandes señores como el duque de Medinaceli, con autonomía propia, aunque al servicio del rey para participar en las grandes campañas militares.

EL TAMBOR

Las comunicaciones interiores del tercio se realizaban mediante los toques de los tambores, con un código de señales que transmitían las órdenes. Del sargento mayor dependía directamente el tambor general o tambor mayor, que tenía la misión de estar muy pendiente de comunicar, mediante señales acústicas de su caja, las órdenes del Alto Mando al resto de los tambores. Era este cargo de gran responsabilidad y no se encomendaba a cualquiera por el mero hecho de que supiera tocar la caja. Además de conocer todos los toques de ordenanza, debía saber comunicar las órdenes de combate: «arma furiosa», «batalla soberbia», «retirada presurosa», «retreta», etcétera. También estaba obligado a conocer los toques de los otros ejércitos: franceses, alemanes, ingleses, italianos, turcos y moriscos. Esta misión era ayudada por los pífanos y trompetas, para evitar que en la confusión y estruendo de la batalla se perdieran las órdenes.

La librea que vestían los tambores solía ser muy vistosa, con gregüescos amarillos acuchillados en rojo, calzas rojas, zapatos negros y una parlota o gorra amarilla con un gran plumero rojo que resultaba muy visible.

DON ÁLVARO DE SANDE

Don Álvaro de Sande es un curioso personaje español del siglo XVI. No deja de sorprenderme que, siendo su vida tan intensa y rica en hazañas y gestas guerreras, este gran general de los ejércitos de Carlos V y Felipe II sea tan desconocido. Fui a dar con él, como suele decirse, «por pura casualidad», al descubrir que mi personaje Luis María Monroy de Villalobos fue hecho cautivo en la triste jornada de los Gelves, en la cual figura Sande como principal protagonista.

Don Álvaro desciende del linaje cacereño de los Sande, venidos desde Galicia con Juan II. Es hijo de otro Álvaro de Sande, tercer señor de Valhondo, y de doña Isabel Paredes Golfín, dama de Isabel la Católica e hija del camarero de la misma reina, Sancho Paredes Golfín. Destinado como segundón a la carrera eclesiástica, llegó a ocupar el cargo de tesorero de la catedral de Plasencia. Pero su vocación le llevó por el camino de las armas y dejó pronto los hábitos. Participó en numerosas campañas guerreras y estuvo presente en los más resonantes triunfos del ejército imperial: la victoriosa jornada del emperador en Túnez en 1535, en la conquista de Duren y

Rocremond en 1543, en Lanbrecy en 1544 y en la gran batalla de Mühlberg en 1549, donde obtuvo Sande un éxito militar importante al apresar los hombres de su tercio al derrotado duque Mauricio de Sajonia, jefe de los protestantes.

Concluidas las campañas en Alemania, don Álvaro pasó a Italia e intervino en las guerras del ducado de Parma, de Siena y del Piamonte, permaneciendo en los tercios del Milanesado hasta las paces asentadas entre España y Francia en 1569, reinando ya Felipe II y muerto Carlos V.

Estas paces propiciaron la ocasión oportuna para que se emprendiera la campaña contra los sarracenos en las costas del norte africano, donde Dragut se había apoderado de Trípoli. Sucedió entonces el llamado «desastre de los Gelves», sobre el que más adelante hablaremos con más detenimiento. Don Álvaro de Sande se entregó a esta campaña militar con denodado empeño, a pesar de haber cumplido ya los setenta años, pues nació en 1489, según consta en los libros de bautismo de la parroquia de San Mateo de Cáceres. Tuvo que arrostrar el veterano militar todo tipo de dificultades: viajes por mar, tempestades, enfermedades, hambre, sed y calor, antes de sufrir la derrota en el castillo de los Gelves. Fue hecho cautivo por los turcos después del desastre y llevado a Constantinopla, donde estuvo prisionero en la torre del mar Negro. Rechazó en todo momento las ofertas tentadoras de los turcos para que se pasase a sus fuerzas, manteniendo siempre una actitud «noble, cristiana y digna», según rezan las crónicas.

Fue rescatado por fin en 1565, después de cinco años de gestiones al más alto nivel, hechas por el rey de Francia y el emperador don Fernando, antiguo rey de

Romanos, que apreció mucho a Sande, y tras su muerte por Maximiliano, su heredero. Se pagaron sesenta mil escudos de oro y quedó al fin libre para regresar a sus oficios y propiedades.

Su última gran empresa fue en 1565, recién liberado, yendo brillantemente en socorro de la isla de Malta, cuando, según la cronología de su vida, era ya un anciano. Felipe II premió sus servicios concediéndole el señorío de Valdefuentes y el título de marqués de la Piovera. En 1571 ostenta el cargo de gobernador de Milán, lugar donde murió en 1573.

De la vida de don Álvaro de Sande sabemos a través del *Memorial de la calidad y servicios de la casa de don Álvaro Francisco de Ulloa...* (comúnmente llamado *Memorial de Ulloa*); y repetidamente se cita su nombre en los hechos militares de los reinados de Carlos V y Felipe II (fray Prudencio de Sandoval, Cabrera de Córdoba, etc.) y algunos documentos publicados en la *Colección de documentos inéditos para la historia de España*. En el archivo de Simancas se guarda numerosa documentación relativa a Sande y entre ella un relato del desastre de los Gelves escrito por él, al que se hará referencia en el apartado relativo a ese hecho de esta nota histórica.

Pero el documento fundamental que me ha servido para seguir con precisión la parte de su vida a la cual se alude en esta novela ha sido el raro libro *Vida de don Álvaro de Sande*, de Huberto Foglietta, un manuscrito que procede del archivo del marqués de Valdefuentes y que fue adquirido en una librería de viejo de Madrid por don Antonio Rodríguez Moñino para su biblioteca. He accedido yo a la versión castellana del manuscrito (el original está en italiano) gracias a una edición de 1962 que se encuentra en la Biblioteca Nacional, publicada y comentada por Miguel Ángel Orti Belmonte.

El capitán Jerónimo de Sande

Era el capitán don Jerónimo de Sande un joven sobrino de don Álvaro de Sande, nacido como él en Cáceres y bautizado en la parroquia de San Mateo. Llevaba en sus manos la responsabilidad de levantar, armar y adiestrar a los reclutas que formarían parte del tercio de su tío. En 1558, con menos de treinta años, este intrépido militar partió de Cáceres llevándose a un buen número de hombres consigo, entre los que destacaban otro sobrino de don Álvaro, llamado asimismo Álvaro de Sande, y los nobles cacereños Per Álvarez Golfín, Juan de Ovando, Martín de Ulloa, Alonso de Escobar, Diego de Paredes, Jerónimo de la Cerda, Alonso Sánchez de Paredes y otros muchos, los cuales perecieron todos en el desastre de los Gelves.

En el documento que se conserva en el archivo de Simancas, escrito por la propia mano de don Álvaro de Sande, en el que relata el fatídico desenlace de la jornada de los Gelves, el general cuenta cómo fue allí herido en una mano «e matáronme delante de los ojos al capitán don Hierónimo de Sande, mi sobrino, é otros amigos e muchas personas muy queridas».

El caballero de San Juan don Alonso Golfín

En 1522 los turcos expulsaron de la isla de Rodas a los Caballeros de la Orden de San Juan de Jerusalén. En marzo de 1530 Carlos V concedió la soberanía plena de la isla de Malta a dicha orden, a condición de que se opusiera al progreso del Imperio otomano y ayudase a defender el Mediterráneo de sus ataques y los de los muchos corsarios que estaban asociados a él.

En 1559 era gran maestre de los caballeros Jean Parssot de la Valette, uno de los mayores militares de su época. Fue entonces cuando el rey Felipe II se interesó por recuperar Trípoli, que había caído en manos de Dragut. El propio gran maestre participó desde el principio en la preparación de la campaña y consiguió influir en el rey de Francia para que enviase tropas. La isla de Malta era un punto fundamental de recalada de la armada y jugó un importante papel en esta gran empresa militar. Se detuvieron en sus puertos las escuadras y se sumaron las galeras de la Orden, así como un buen número de caballeros, los cuales eran expertos en la lucha contra los ejércitos musulmanes.

En el *Memorial de Ulloa* se hace referencia a don Alonso Golfín, caballero del hábito de San Juan, el cual era el cuarto hijo de don Hernán Pérez Golfín, que fue maestresala del infante don Fernando. De este caballero cacereño se dice que fue a Malta a tomar el hábito de la Orden llevando carta del rey Felipe II, siendo aún príncipe, la cual rezaba de esta manera:

Al Muy Reverendo, i de Gran Religión Maestre del Convento de San Juan de Jerusalén. Nuestro muy Caro, i Amado Amigo Don Felipe, por la Gracia de Dios, Príncipe de las Españas. Muy Reverendo, i de Gran Religión, Maestre del Convento de San Juan de Jerusalén. Nuestro muy Caro, y Amado Amigo, a Alonso Golfín, que esta Os dará, tengo

Voluntad de hacer todo Favor, i Merced, así por lo que él merece por su persona, como por ser de Linaje, i deudo de Criados Antiguos de la Casa Real, según he entendido, él va a esa Corte a tomar el Abito de Vuestra Religión, por la devoción que a ella tiene: Yo os ruego muy afectuosamente, que pues en su persona concurren tan buenas calidades para ello, le tengáis por nuestra contemplación respeto, particularmente por nuestro encomendado, favoreciéndole en todo lo demás que así se le ofreciere, como a Vasallo de Su Majestad [...]. Muy reverendo, i de gran Religión, Sea Nuestro Señor, en vuestra continua Guardia. De Bruselas a trece de Marzo de 1550. Yo el Rey.

En la *Relación que Don Álvaro de Sande dio a su Majestad de la jornada de Berbería de los años 1559 y 1560*, que se encuentra en Simancas, hace referencia también en su escrito el general a la muerte de su sobrino Alonso Golfín. Y el citado *Memorial de Ulloa* nos dice que don Jerónimo de la Cerda, hermano del anterior, «siguió la milicia con su primo don Álvaro de Sande».

EL DESASTRE DE LOS GELVES

La isla de los Gelves, a la que hacen referencia muchas crónicas del siglo XVI, se encuentra en el norte de África, concretamente en Túnez. Los antiguos la conocían como la isla de los lotófagos, por creer que en ella estuvo Ulises al regreso de Ítaca. Ya en 1284 los catalanes levantaron una torre y un puente que la unía con tierra; por esto, se llamó al brazo de mar o canal que discurría entre el continente y la costa insular Alcántara, palabra árabe que significa puente.

Se convirtieron los Gelves en una especie de obsesión de los españoles desde que en 1510 se hiciera la primera expedición seria para dominar el territorio, la cual acabó desastrosamente por morir de sed muchos soldados y el propio general don García de Toledo. Esto provocó un profundo dolor en la corte y el poeta Garcilaso de la Vega compuso unos versos alusivos:

¡Oh patria lagrimosa, y como vuelves
los ojos a los Xelves, suspirando!

Carlos V protagonizó la victoriosa jornada de Túnez en 1535, a la que se refiere frecuentemente Cervantes en su obra y que fue puntualmente relatada por Gonzalo Illescas. Después de la conquista, el emperador liberó a muchos cautivos cristianos, sometió bajo su autoridad a los jefes árabes y fortificó las costas. Todo esto sirvió para magnificar su imagen en España y en toda la cristiandad, como continuador de la gran obra de la Reconquista, culminada en la península Ibérica por sus abuelos los Reyes Católicos. A partir de ese momento, actuaron los españoles muchas veces en la isla de los Gelves, tanto para castigar a los piratas como para desde allí lanzar operaciones contra Trípoli.

En 1559, muerto ya Carlos V, el rey Felipe II quiso emular en cierto modo la gesta de su padre, para conseguir un efecto propagandístico, al comienzo de su reinado, semejante al de 1535. Algunos estudios dicen que fue el gran maestre de la Orden de los Caballeros de San Juan quien, aprovechando las paces asentadas entre España y Francia, logró interesar a Felipe II para que ordenase que se emprendiese la campaña.

Se designó capitán general de la empresa al duque de Medinaceli, virrey de Nápoles, don Juan de la Cerda; y se confió el mando de la armada del mar al príncipe Andrea Doria. Hubo muchos fallos en la organización, lo cual se desprende de los escritos de la época y de la fiel crónica que el propio don Álvaro de Sande escribió de su puño y letra. Tardaron las tropas en juntarse con la celeridad necesaria y tuvieron que superarse muchas dificultades: motines, enfermedades, tempestades, falta de abastecimiento... El caso es que se perdió la ocasión propicia que hubiera sido el final del verano y el retraso hizo que se perdiera también el secreto, enterándose Dragut, al que le sobró tiempo para organizarse.

Llegó la expedición al norte de África a mediados de febrero de 1560, después de detenerse primero en Sicilia y luego en Malta. El 7 de marzo desembarcaron las tropas en los Gelves sin oposición alguna y, tras un par de escaramuzas con los moros de allí, el jeque de los isleños y el rey de Cairovan se reconocieron vasallos del soberano de las Españas. Iniciaron los ejércitos obra de reconstrucción y defensa en el castillo, lo rodearon de un amplio foso y construyeron un fuerte.

Pero el turco había sido ya avisado y se armaba en Constantinopla para ir a dar batalla. Esto se supo a través de los espías del gran maestre, que enseguida comunicó la noticia; lo cual causó gran desconcierto en las tropas de los cristianos, parte de las cuales se apresuraron al embarque. En medio del desorden y de la división de opiniones acerca de lo que debía hacerse, llegó la flota turca y empezó el combate. Muchas naves de la flota cristiana fueron apresadas y un buen número de ellas destruidas. Cundió el pánico. Consiguió escapar el duque de Medinaceli y prometió volver con refuerzos. Los que se quedaron para defender el castillo sufrieron todo tipo de penalidades: calor, sed, hambre, enfermedades y deserciones. Finalmente resolvió Sande salir a la desesperada y fracasó, perdiendo el fuerte y cayendo lo que quedaba del ejército en poder de los turcos. Algunos de aquellos cautivos fueron llevados a Constantinopla (entre ellos el propio don Álvaro de Sande, don Berenguer de Requesens y don Sancho de Leiva). A la mayoría de los soldados los degollaron los vencedores nada más tomarse la fortaleza.

Mandó Piali bajá construir una torre con los cadáveres a modo de trofeo, recubierta de cal y tierra. Este macabro monumento estuvo en pie hasta finales del siglo XIX, siendo conocido como borjer-Russ, la «fortaleza de los cráneos» o la «pirámide de los cráneos». Hablan de esto algunos viajeros que la vieron, describiéndola, y hasta se conservan grabados de la época que la representaban en las proximidades de la fortaleza.

Después de más de tres siglos, en 1870, a instancias del cónsul de Inglaterra, el bey (gobernador) de Túnez ordenó que se demoliera la torre y los restos fueran sepultados. Después de la ocupación francesa, se honró la memoria de aquellos héroes y se levantó un obelisco con las fechas de la expedición y de la inhumación de los huesos.

En España, aquella campaña quedaría ya nombrada tristemente como el «Desastre de los Gelves». Fue una importante derrota de la armada de Felipe II que la «propaganda» oficial se encargó de disimular. Trataron de buscarse responsabilidades y de hallar culpables de la desorganización y la derrota final. Prueba de ello son la *Relación que don Álvaro de Sande dio a su Maj. de la*

Jornada y las *Anotaciones hechas por el Duque de Medinaceli al relato de don Álvaro de Sande*, dos amplios testimonios en los que ambos militares dan las explicaciones oportunas acerca de los hechos. Estos documentos los conseguí yo a través de un artículo publicado por Miguel Muñoz de San Pedro, conde de Canilleros, en la *Revista de Estudios Extremeños*, en 1954.

Los originales de estos memoriales se conservan en la Biblioteca de la Real Academia de la Historia. También se describe con mucho detalle la campaña en la ya citada biografía de don Álvaro de Sande que escribió el humanista italiano Huberto Fiogletta, con el título *Historia de D. Álvaro de Sandi, Marqués de la Piovera. De sus prudentes, cristianos y valientes hechos en armas en las guerras del emperador Carlos V y el Rei D. Phelipe.*

Un testigo presencial, Busbequius, cuyo testimonio recoge Fernández P. de Camba (Don Álvaro de Bazán, Madrid, 1943) nos cuenta muchas cosas acerca de la llegada a Constantinopla de los cautivos, hambrientos y cubiertos de heridas, despojados de todos sus adornos, emblemas e insignias.

Posiblemente, la causa de que este gran desastre quedase olvidado y apenas sea conocido se encuentre en la gran victoria posterior de la armada en la batalla de Lepanto, cuya importancia y renombre fue tan grande en adelante que «sepultó» muchos de los fracasos anteriores contra el turco.

CAUTIVOS EN TIERRAS DE INFIELES

En el ámbito del Mediterráneo, hubo un estado de pugna constante y fueron muchos los años de guerra contra los musulmanes, desde que los Reyes Católicos quisieron proseguir la empresa de la Reconquista en el norte de África. Luego su nieto Carlos V, como ya ha quedado dicho en parte, protagonizó sonoras victorias contra los infieles; pero también un buen número de derrotas en las que gran cantidad de soldados españoles fueron hechos cautivos.

El cautiverio se convirtió pues en un fenómeno corriente en toda la Edad Media, que continuó en la Edad Moderna. Se trataba de una situación frecuente que se producía cada vez que llegaba a término una de las muchas campañas que se emprendían, o cuando una nave cristiana era apresada por corsarios. Permaneció durante varios siglos la concepción medieval del cautivo como prisionero de guerra que pertenecía al captor, pudiendo este conservarlo sin más a la espera de que se comprara su libertad mediante pago de un rescate.

Esta realidad tan cotidiana en la España del siglo XVI nos ha dejado innumerables testimonios. Llegó a ser un fenómeno que formaba parte de los pueblos y ciudades, donde las gentes solían vivir a la espera de que sus familiares cautivos regresasen. Era tan frecuente caer en cautiverio en la guerra que incluso en una misma familia se daban casos de padres cautivados primero y luego sus hijos; como demuestra un documento conservado en el Archivo General de Simancas donde se hace referencia a un padre aprehendido en la toma de Alhama, luchando al servicio de los Reyes Católicos, cuyo hijo también cayó cautivo en el peñón de la Gomera al servicio de Carlos V (A.G.S., Cámara de Castilla, leg. 172, fol. 80, hoja 20).

Pero no solo las derrotas provocaban la caída en cautiverio, sino que incluso en las victorias eran apresados algunos soldados, como le ocurrió al cautivo de la novela más famosa de nuestra literatura, *Don Quijote de la Mancha*, en la que Cervantes nos cuenta cómo fue hecho cautivo un soldado español que luchaba en la batalla de Lepanto.

Una vez que se caía en cautiverio, se perdía la libertad y se entraba en estado de esclavitud. El captor podía escoger entre exigir el rescate o conservar a su servicio al cautivo. Esto último solía suceder cuando el aprehendido conocía bien su oficio o podía reportar a su dueño algún otro beneficio. También solían ser vendidos los cautivos, en cuyo caso, si se obtenía un buen precio, las ganancias resultaban más rápidas.

La frecuente realidad del cautiverio en tierra de infieles provocó incluso que se fundara la Orden de la Merced, llamada también Orden de los Cautivos, por su fin redentor. La función histórica más destacada y la finalidad primordial de esta orden fue la redención de cautivos cristianos «del poder de los moros y de cualquier otro enemigo de ley de Cristo», según rezan sus primitivas constituciones. Los mercedarios ejercieron una importante misión yendo y viniendo a tierras de infieles para rescatar a los cautivos mediante gestiones, pago de rescates e intercambios de prisioneros.

La cuestión del cautiverio llegó a ser una realidad sufrida por muchísimos españoles y que condicionaba la vida de muchos otros. Para la solución de este problema, la sociedad de aquel tiempo ideó múltiples fórmulas. La predicación de las bulas de cruzada y de rendición de cautivos, por ejemplo, tenía como fines obtener recursos para pagar los rescates y liberar a los cautivos. La preocupación por los cautivos en tierra de infieles llegó a ser tal que hizo aparecer la figura de los alfaqueques en la

Corona de Castilla y los exeas en la Corona de Aragón, con la misión de ir a pagar las cantidades exigidas y conseguir la liberación.

En la religiosidad tan arraigada en esta época, también aparece el fenómeno del cautiverio. Algunos santuarios y monasterios se convierten en centros de peregrinación de los cautivos que acudían a dar gracias por su liberación. Así sucedió con la Virgen de Guadalupe, la cual fue invocada desde antiguo como «Redentora de Cautivos». A este santuario acudían miles de redimidos a dejar sus cadenas como ofrenda. Esto produjo una fuente documental de primera magnitud, lo que se conoce como *Códices de milagros* que se conservan en el Archivo del Real Monasterio de Guadalupe. Se trata de una serie de volúmenes que contienen una rica información respecto a los comportamientos religiosos y devocionales de una extensa época. Dentro de los códices, los llamados «relatos de cautiverio» están constituidos por una serie de narraciones en las que abundan los detalles sobre el cautiverio; las causas de la pérdida de la libertad, las circunstancias de la vida de los cautivos, la liberación, el regreso a casa… Baste como ejemplo la narración del ciego que aparece en el capítulo 24 de esta novela, la cual está extraída de dichos códices.

Cuando el cautivo era liberado y regresaba a casa, con mucha frecuencia sufría importantes trastornos, sobre todo en el caso de que su cautiverio hubiese sido muy prolongado. La familia tenía entonces que prodigarle el máximo de cuidados, pues se consideraba un deber primordial y pío tener consideraciones hacia quien había padecido tan grande tribulación.

JUSTIFICACIÓN DE LA NOVELA

Cuando en el año 2001 se publicó mi novela *El mozárabe*, mi querida amiga Pilar González Modino, que participó activamente en la presentación y difusión del libro, me sugirió la existencia de un apasionante tema histórico que bien merecía la escritura de una nueva novela. Se trataba precisamente de los relatos de cautiverio que se conservaban en los *Códices de milagros* del monasterio de Guadalupe. Recogí la idea y me puse a investigar en diversas historias que me parecieron muy interesantes. Inicialmente, emprendí la tarea de narrar una serie de relatos entrelazados tomando como base el tema del cautiverio y desenvolviendo las tramas en el siglo xv. Pero en mis investigaciones fui a dar con los elementos de una historia que transcurría en el siglo xvi y que superaba con mucho a todas las demás.

Así ideé al personaje Luis María Monroy de Villalobos, recogiendo una serie de indicios que me llevaron a Belvís y por ende a los condes de Oropesa. Me pareció adecuadísima la situación de un joven paje que tuvo la posibilidad de servir a su señor nada menos que durante el tiempo que el emperador se hospedaba en su residencia. Las características propias de la época: la música tan peculiar, las costumbres, los ideales del siglo XVI, la cultura caballeresca… eran los ingredientes perfectos para configurar un protagonista que aglutinaba en sí mismo toda la realidad del que quizá sea el más interesante período de la historia de España.

A medida que iba leyendo documentos fechados en esta época, memoriales, relaciones, cartas y escritos de todo género, me iba dando cuenta de la peculiar forma de ser y pensar de los hombres que vivían en aquella sociedad tan original del siglo XVI. Aparecían ante mí todos los sueños, fantasías e ilusiones de un hombre que con cierta frecuencia me parecía no tener los pies en la tierra, sino en un mundo ideal e ilusorio. Entonces comprendí más que nunca la idiosincrasia que alimenta a *Don Quijote de la Mancha*, a la monja andariega Santa Teresa de Jesús o a los grandes conquistadores del Nuevo Mundo.

Personajes geniales como don Álvaro de Sande, capaz de embarcarse en una campaña militar agotadora a la edad de setenta y un años, me llevaban a descubrir el ser más íntimo de aquella España febril, enloquecida por el ansia de gloria, los ideales caballerescos y la concepción mística y religiosa de la existencia. Ahí estaba la realidad más genuina de nuestro pasado y a la vez la más irracional y misteriosa.

Ante los ojos de Luis María Monroy se despliega un mundo lleno de curiosos matices y sentimientos; las esperanzas de una sociedad que se debate entre la gloria y la decadencia, la permanencia y la evolución, el apasionamiento y el desaliento, el apego a la vida y la misma muerte… Es en suma el estado crítico del mundo medieval que sucumbe y el renacer de una nueva realidad que aquella España no termina de aceptar.

Más que contar la situación del cautiverio en sí mismo, me pareció mucho más oportuno encarnar al personaje principal en la peculiar vida de su época. Como habrá comprendido el lector al terminar de leer la novela, no es esta la historia de una pérdida de la libertad a nivel físico, sino a nivel de pertenencia a una cultura tan fuerte y definida que el individuo llega a confundirse con la realidad que le envuelve y domina.

Aun así, es tan curiosa la historia de Luis María Monroy que mañana mismo emprenderé la tarea de recrear su vida en cautiverio.

NOTA DEL AUTOR

Viajé a Túnez en enero de 2004, con el fin de buscar indicios sobre la campaña militar de los Gelves que terminó trágicamente para la armada española en 1560. La isla de los Gelves, llamada en la actualidad de Yerba o de Djerba, tiene una superficie de 514 km y una anchura de 22 km. La influencia moderada del mar confiere al clima de la isla una suavidad legendaria. Los palmerales, elemento esencial del paisaje, se encuentran en gran número, sobre todo en la costa. Los olivos, muchos de ellos de gran antigüedad, ocupan el interior junto a vides y otros frutales.

A orillas del mar está el *borj el-kébir*, llamado también *borj* Ghazi Mustapha o fuerte español; es una antigua fortaleza edificada a mediados del siglo XV, reforzada en 1557 por el corsario Dragut y, en 1560, por los españoles enviados por Felipe II. Se alza sobre el antiguo emplazamiento de una fortificación romana y hoy día tiene forma de castillo, en el cual se encuentra un museo que puede visitarse diariamente. Dentro hay una sala donde se explica el duro asedio que sufrieron los españoles en 1560, así como algunas referencias a la gran pirámide que mandaron construir los turcos, como macabro trofeo, con los cuerpos de los soldados derrotados. Tenía el borjer-Russ (la torre de los cráneos) 34 pies de diámetro en la base y una considerable altura. En las reproducciones del siglo XIX, aparece todavía junto al castillo, frente al mar.

Aún se explica en la isla que, durante el asedio, los españoles hicieron túneles para extraer agua de los pozos que había fuera del fuerte; e incluso que una mujer vio asomar un brazo de las paredes del interior de uno de los aljibes donde sacaba agua, y avisó a los turcos, que redoblaron la vigilancia. También pervive en la memoria colectiva la existencia de la torre de los cráneos.

Pregunté al director del museo del *borj el-kébir* acerca de la ubicación exacta de la torre y, después de mostrarse algo reticente, finalmente me señaló un lugar en la playa, desde las almenas del castillo. Fui allí y me encontré con unas máquinas excavadoras que removían la tierra para hacer un gran anfiteatro, donde en el futuro se harán representaciones teatrales para el turismo. Después de andar un rato rebuscando entre la arena removida, descubrí gran cantidad de huesos antiguos extendidos por una amplia zona. Recogí cuantos de esos restos pude y los traje a España.

Es este el triste recuerdo de una más de las muchas guerras de los hombres, las cuales no dejan sembrado sino el recuerdo de la desolación y la muerte…

AGRADECIMIENTOS

Nada se hace completamente a solas; ni siquiera esta tarea tan particular de escribir. Quisiera agradecer a tantas maravillosas personas que me comunican aliento y ayuda; a mi querida amiga Pilar González Modino, que me regaló el tema inicial de esta novela en un momento feliz de mi vida; a Cristina Hernández Johansson, por su gestión sosegada, amable y llena de cariño; a fray Sebastián García, que me ayudó en la investigación de los códices de la Biblioteca del monasterio de Guadalupe; a la Biblioteca de la Diputación de Cáceres, que muy generosamente me facilitó con rapidez parte del fondo documental; a la Biblioteca Juan Pablo Forner de Mérida y a Magdalena, que me agiliza los préstamos interbibliotecarios con la Biblioteca Nacional; a los funcionarios del Ayuntamiento de Belvís de Monroy; y al guía oficial tunecino Ghassen, que tan magníficamente me mostró su país.

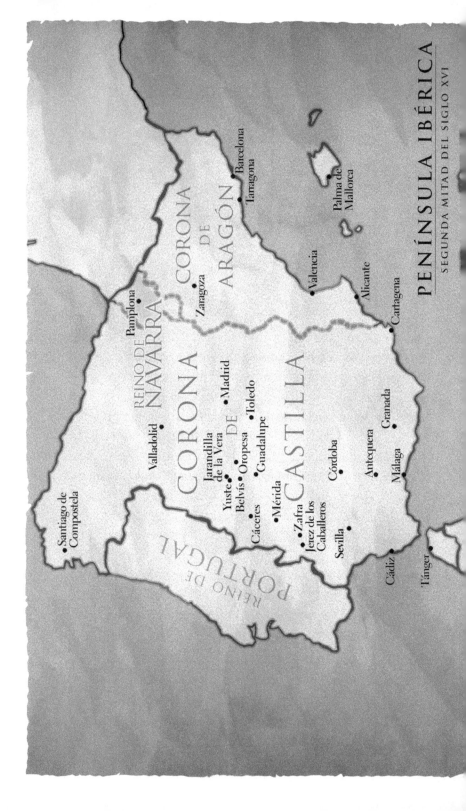

PENÍNSULA IBÉRICA
SEGUNDA MITAD DEL SIGLO XVI

Santiago de Compostela

REINO DE PORTUGAL

REINO DE NAVARRA

Pamplona

CORONA DE CASTILLA

Valladolid

CORONA DE ARAGÓN

Zaragoza

Barcelona

Tarragona

Palma de Mallorca

Valencia

Alicante

Cartagena

Madrid

Jarandilla de la Vera
Yuste
Belvís
Oropesa
Toledo
Guadalupe

Cáceres

Mérida

Zafra
Jerez de los Caballeros

Córdoba

Sevilla

Antequera

Granada

Málaga

Cádiz

Tánger

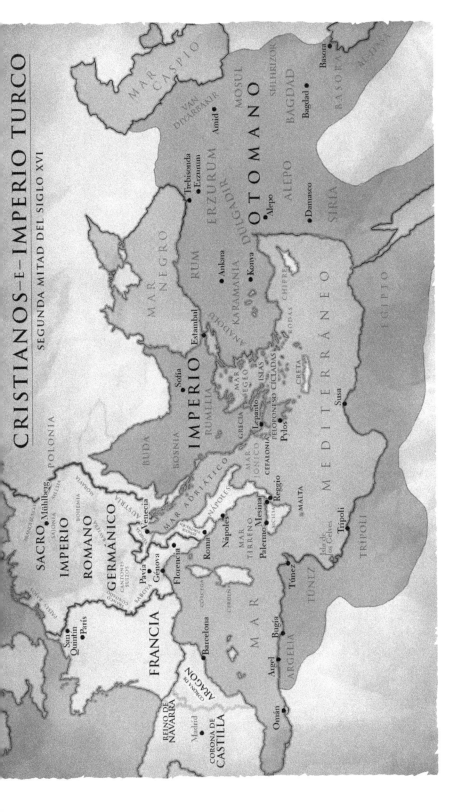

CRISTIANOS-E-IMPERIO TURCO

SEGUNDA MITAD DEL SIGLO XVI

MAR CASPIO

MOSUL

SEHRIZOR

VAN
DIYARBAKIR

Amid •

BAGDAD

Bagdad •

Basora •

BASORA

O T O M A N O

Trebisonda •
Erzurum •

ERZURUM

RUM

DULGADIR

ALEPO

Alepo •

Damasco •

SIRIA

MAR
NEGRO

Ankara •

KARAMANIA

Konya •

ANADOLU

EGIPTO

POLONIA

Estambul •

RODAS

MEDITERRÁNEO

SACRO
IMPERIO
ROMANO
GERMÁNICO

Sofía •

IMPERIO

RUMELIA

MAR
EGEO

ISLAS
CICLADAS

CRETA

Susa •

SAJONIA

BOHEMIA

MORAVIA

AUSTRIA

BUDA

BOSNIA

GRECIA

PELOPONESO

Pylos •

Lepanto •

CHIPRE

MAR
JÓNICO

CEFALONIA

Mühlberg •

Venecia •

Pavia •
Génova •

CANTONES
SUIZOS

SABOYA

MAR ADRIÁTICO

NÁPOLES

Reggio •

MALTA •

Tripoli •

TRIPOLI

Florencia •

Roma •

Nápoles •

Mesina •

Palermo •

SICILIA

MAR
TIRRENO

Islas de
los Celtes

Túnez •

TUNEZ

FRANCIA

San
Quintín •

Paris •

CÓRCEGA

CERDEÑA

Barcelona •

M A R

Bugia •

Argel •

ARGELIA

REINO DE
NAVARRA

CORONA DE
ARAGÓN

Madrid •

CORONA DE
CASTILLA

Orán •

CPSIA information can be obtained
at www.ICGtesting.com
Printed in the USA
BVHW040453111022
648976BV00030B/130

9 788491 396826